Klassieke Chinese literatuur

Zhuang Zi, De volledige geschriften. Vertaald en toegelicht door Kristofer Schipper
Lao Zi, *Het boek van de Tao en de innerlijke kracht.* Een nieuwe vertaling met toelichting door Kristofer Schipper
De geschriften van Liezi. Vertaald en toegelicht door Jan De Meyer
Confucius, De gesprekken. Gevolgd door *Het leven van Confucius* door Sima Qian. Vertaald en toegelicht door Kristofer Schipper

Zhuang Zi

De volledige geschriften

Het grote klassieke boek van het taoïsme

Vertaald en toegelicht door

Kristofer Schipper

Uitgeverij Augustus
Atlas Contact
Amsterdam · Antwerpen

Eerste druk februari 2007
Tweeëntwintigste druk mei 2025

Omslagillustratie Zhou Dongqing (1420–1463),
The Pleasures of Fishes © Palace Museum, Taipei
Omslagontwerp Suzan Beijer
Foto van de auteur Constant Brinkman
Typografie Sander Pinkse Boekproductie, Amsterdam
Drukkerij CPI books GmbH, Leck

FSC www.fsc.org
MIX
Papier | Ondersteunt verantwoord bosbeheer
FSC® C083411

ISBN 978 90 450 2779 1
NUR 302 / 739

www.atlascontact.nl

Aan mijn ouders

Inhoud

Inleiding

Van alle literatuur uit de oudheid die tot ons is gekomen, spreekt geen enkele ons zo direct aan als de Chinese. Sommige werken, zoals het *Boek van de Tao en zijn deugd* (de *Daodejing*) van Lao Zi of *De gesprekken van Confucius* (de *Analecta*), worden overal ter wereld nog gretig gelezen. Ook de nu voor u liggende geschriften van Zhuang Zi[1] (de *Zhuangzi*) behoren tot de oorspronkelijkste en invloedrijkste werken uit de wereldliteratuur. Toch werd het nog niet eerder direct uit de oorspronkelijke Chinese tekst in het Nederlands vertaald,[2] en waarschijnlijk is dit boek daarom in Nederland tot op heden vrij onbekend gebleven.

Zhuang Zi's geschriften behoren tot de oudste taoïstische teksten. Men neemt aan dat ze gedurende de vierde en derde eeuw voor onze jaartelling zijn geschreven. Meester Zhuang, wiens eigennaam Zhou[3] ('de Volkomene') was, moet omstreeks 360 tot 300 voor onze jaartelling geleefd hebben, hetgeen hem tot een tijdgenoot van Aristoteles maakt. Er is heel weinig over Zhuang Zhou bekend, en nog minder over de omstandigheden waaronder het boek dat zijn naam draagt tot stand is gekomen.[4]

Om te beginnen moeten we ons realiseren dat Meester Zhuang onmogelijk de auteur kan zijn van álle geschriften die hier zijn

1 Spreek uit 'Dzwângdze'. De titel van het werk wordt cursief geschreven: de *Zhuangzi*, en de auteur als Zhuang Zi ('Meester Zhuang').

2 De *Zhuangzi* is slechts enkele malen vertaald, in het Frans en het Duits, maar vooral in het Engels (zie de Bibliografie). De mij bekende Nederlandse versies zijn, bij mijn weten, hervertalingen of herinterpretaties van deze vertalingen. De onderhavige zou dus de eerste poging zijn om een vertaling te maken die direct op het Chinese origineel gebaseerd is.

3 Spreek uit 'Dzôô'.

4 Dit geldt voor vrijwel alle taoïstische boeken. Onder de meer dan vijftienhonderd werken in de taoïstische canon is maar een klein deel daadwerkelijk gedateerd en van de naam van de auteur voorzien. Het taoïsme is antihistorisch.

verzameld. Alleen het oudste gedeelte, dat wil zeggen de Innerlijke geschriften, stamt uit de tijd dat Zhuang Zhou geleefd moet hebben. De twee andere gedeelten van het boek, de Uiterlijke geschriften en de Gemengde geschriften, zijn van later datum. Wanneer ze precies zijn geschreven weten we niet, maar wel dat ze omstreeks 240 voor onze jaartelling al bestonden.[5]

Niet het werk van één auteur dus, maar de traditie van een hele school over een periode van ongeveer honderd jaar ligt in deze geschriften besloten. Er bestaat desalniettemin een hecht verband tussen de verschillende delen. De latere geschriften bouwen voort op de vroegere, en passen het eerdere gedachtegoed aan bij hun eigen tijdperk. Daarom zijn de geschriften ook collectief als 'de *Zhuangzi*' onder de aegis van 'Meester Zhuang', de grondlegger van de school, geplaatst. Het weinige dat over Zhuang Zi en over zijn school bekend is zal ik hieronder proberen uit te werken, teneinde enkele aanknopingspunten te vinden.

ZHUANG ZI EN ZIJN TIJD

'Van alle taoïsten uit de oudheid,' schreef Marcel Granet, 'lijkt alleen Zhuang Zi echt bestaan te hebben. Men weet echter niets van hem, behalve zijn naam. [...] Hoe dan ook, hij was buitengewoon goed op de hoogte van alle ideeën die in zijn tijd opgang deden. Weinig Chinezen bezaten een vergelijkbare leergierigheid en openheid van geest. Niemand was vrijer en objectiever in zijn oordeel dan hij. En hierin was hij een perfecte taoïst: van zijn leven is geen enkel spoor overgebleven behalve een boek, sprankelend van genie en fantasie.'[6]

Mooi gezegd, en als uitgangspunt zeker niet onredelijk, want alle voor en ook na Granet geschreven inleidingen op het werk van Meester Zhuang zijn over het algemeen wel langer van stof, maar niet veel rijker aan informatie. Ze beperken zich vrijwel

5 De eerste keer dat we de *Zhuangzi* tegenkomen in een meer algemene context is in dit encyclopedische werk, dat door een rijke handelaar genaamd Lu Buwei in 239 voor onze jaartelling werd gepubliceerd.

6 Marcel Granet (1883–1945), een van de grootste westerse sinologen, in *La pensée chinoise*, p. 504–505.

altijd tot een uiteenzetting over de filosofische scholen die in de Chinese oudheid bestonden en wat hun respectieve kenmerken waren. Dat is misschien leerzaam, maar we hebben er niet veel aan, want, zoals we zullen zien, de geschriften die samen het collectieve werk van de *Zhuangzi* uitmaken lijken helemaal niet op die van de andere bekende scholen.[7]

De meeste filosofische scholen hadden een politieke rol, en hun boeken waren bedoeld als raadgevingen voor een vorst. In latere tijden hielden de koningen van de verschillende landen van de Chinese federatie er academies op na waar ze een aantal hun welgevallige filosofen onderhielden. Maar dit alles gaat niet op voor de *Zhuangzi*. Nergens in de geschriften vindt men aanwijzingen van politieke doeleinden of van een vorstelijk mecenaat, anders dan om er de gek mee te scheren.

Ook in andere opzichten is de *Zhuangzi* uniek.[8] Geen enkel Chinees boek is er wat betreft taal, stijl en inhoud mee te vergelijken.[9] Het enige boek uit de oudheid dat tot dezelfde taoïstische traditie als de *Zhuangzi* behoort is het *Boek van de Tao en zijn deugd* (de *Daodejing*).[10] Er bestaat een grote overeenkomst in de gedachtewereld van beide boeken, en de aforismen van de 'Oude Mees-

7 Hoofdstuk 33 is geheel gewijd aan een discussie over de verschillende filosofische scholen en de manier waarop ze verschillen van het eigenlijke taoïsme. Voor een goede inleiding over de verschillende filosofische scholen van de Chinese oudheid, zie A.C. Graham, *Disputers of the Tao*.

8 Victor Mair suggereert in *Wandering on the Way*, XIII, dat er sporen te vinden zouden zijn van vroege invloeden uit India en Perzië, maar hiervoor ontbreekt tot dusver elk bewijs.

9 Met uitzondering van de *Liezi*, een boek dat eveneens uit de oudheid zou dateren. Het staat echter vast dat de *Liezi* is samengesteld uit losse teksten die veelal dezelfde oorsprong hebben als de *Zhuangzi*, en waarschijnlijk zelfs daar deel van hebben uitgemaakt. Het gaat dus in wezen niet om een onafhankelijke tekst.

10 In principe is de *Daodejing* ouder, maar dat geldt alleen voor sommige gedeelten van de tekst. Als boek, in de vorm zoals die nu bestaat, dateert de *Daodejing* pas uit de derde eeuw voor onze jaartelling. Er zijn verschillende vertalingen in het Nederlands, maar alleen die van J.J.L. Duyvendak is direct uit het Chinees en geldt derhalve als een wetenschappelijk verantwoorde versie; ze is helaas, vooral na de vondst van de recentelijk ontdekte Mawangdui- en Guodian-teksten, erg verouderd. Over de datering van de *Daodejing* en de relatie tussen dit werk en de Zhuangzi, zie mijn *Tao, de levende religie van China*, p. 230–249.

ter' (Lao Zi), ook genoemd 'Oude Langoor' (Lao Dan), worden in de *Zhuangzi* veelvuldig aangehaald.[11] Maar wat vorm en stijl betreft liggen de twee werken ver uit elkaar. De *Daodejing* is een korte tekst van niet veel meer dan vijfduizend karakters die de grondbeginselen van het taoïsme neerlegt in korte paradoxen. De geschriften van Meester Zhuang zijn daarentegen veel meer uitgewerkt, met allerlei korte verhalen, filosofische beschouwingen, tweespraken, mystieke gedichten en wetenschappelijke observaties, alle doorspekt met wonderlijke en humoristische elementen. De opeenvolging van de verschillende passages werkt als een caleidoscoop: de stijl heeft vele schakeringen; soms ernstig en plechtig, nu eens ingetogen, dan weer vrolijk, oneerbiedig en zelfs niet zonder onomwonden provocatie en heiligschennis. De *Daodejing* is als een zang, de *Zhuangzi* is vergelijkbaar met een symfonie of zelfs met een heel concert.

De invloed van de *Zhuangzi* op de Chinese en de Japanse beschavingen kan moeilijk overschat worden. Deze invloed is zonder meer grensoverschrijdend, want niet alleen taoïsten maar ook confucianisten en boeddhisten hebben voortdurend de *Zhuangzi* bestudeerd en zich zijn gedachtegoed eigen gemaakt, en ook veel dichters en schilders zijn erdoor geïnspireerd.

Daar komt bij dat men onder alle oude Chinese boeken alleen in de *Zhuangzi* verhalen vindt over het gewone volk, niet alleen over ambachtslieden, maar ook over handelaren en boeren. De *Zhuangzi* is zeer anticonformistisch, en alleen de *Zhuangzi* paart een grote diepzinnigheid aan een duidelijk gevoel voor satire en humor.

Dit alles veronderstelt een zeer vrije en ontwikkelde geest. Zoiets kan natuurlijk overal voorkomen, maar veelal kan een dergelijke geest zich slechts ontplooien en weerklank vinden in een eveneens vrije, vredelievende en kunstzinnige omgeving, en niet in een feodale en ritualistische samenleving. Toch wordt de tijd waarin de *Zhuangzi* tot stand kwam als zodanig gezien.

Er is vaak op gewezen dat het tijdperk waarin de Chinese filo-

11 Verwijzingen naar de betreffende passages worden in de voetnoten van de vertaling gegeven.

sofie zich ontplooide overeenkomt met de grote klassieke periode in Athene. Het probleem is echter dat niets wat over het algemeen over China in diezelfde tijd wordt geschreven hiermee overeenstemt. In China, zo luidt het in de officiële geschiedschrijving, was dit de tijd van de 'Strijdende Staten', een, zoals de benaming al uitdrukt, afschuwelijke periode van oorlogsgeweld die ruim tweeëneenhalve eeuw, van omstreeks 500 tot 221 voor onze jaartelling, duurde. Dit is de laatste fase, de stuiptrekkingen mag men wel zeggen, van de Oostelijke Zhou-dynastie (771–221). Onder deze dynastie bestond China uit een soort federatie van feodale leenstaten die zich onder de rituele en religieuze autoriteit schaarden van de koning van Zhou ('de Zoon des Hemels'), maar verder vrijwel onafhankelijk waren. In latere tijden brokkelde de autoriteit van de Zoon des Hemels steeds verder af. Menig hertog of graaf nam zelf de titel van koning aan en begon de strijd om de heerschappij over de andere staten te verwerven. In de geschiedschrijving wordt deze tijd dan ook beschreven als gekenmerkt door voortdurende chaos en verschrikking, door niet aflatende, steeds heviger wordende oorlogen en de opkomst van 'barbaarse' samenlevingen; kortom, een tijd van maatschappelijke en geestelijke ontreddering waarin de oude (lees 'confucianistische') waarden van China geheel en al verloren gingen. De opkomst van de bovengenoemde filosofische scholen wordt dan ook consequent toegeschreven aan het radeloos zoeken van de grote geesten uit die tijd naar een uitweg uit de chaos en een terugkeer naar een maatschappij van orde en morele waarden.

De geschiedschrijving die deze negatieve visie heeft verspreid dateert echter uit een later tijdperk, namelijk dat van het tweede keizerrijk, de Han-dynastie (202 voor onze jaartelling tot 220 erna). Niet alleen had deze dynastie er belang bij de aan haar voorafgaande periodes in een zo duister mogelijk daglicht te stellen, bovendien was toen het confucianisme de dominerende ideologie van het rijk geworden.[12] Voor de confucianisten was de periode, die zij de naam van 'Strijdende Staten' gaven, een tijd waarin de

12 Een nieuw soort confucianisme, aangepast aan de politieke realiteit van de bureaucratische, totalitaire macht van de keizerlijke staat.

klassieke leer van Confucius in verval was geraakt. Vandaar dat ze er geen goed woord voor overhadden, noch voor de cultuur, noch voor de samenleving, en nog het minst voor het taoïsme dat in die tijd opgang deed. Het zijn immers juist de confucianistische zedenpreken over morele en maatschappelijke orde waar onze Zhuang Zi voortdurend de draak mee steekt!

Stel dat het traditionele confucianistische beeld van de tijd waarin Zhuang Zi leefde niet juist of in ieder geval erg tendentieus en onvolledig is, hoe moeten we dan een beter beeld krijgen? Dat is niet makkelijk, want alle bewaard gebleven Chinese geschiedschrijving is bij uitstek confucianistisch – iets dat moderne onderzoekers maar al te vaak vergeten. Sinds het begin van de twintigste eeuw zijn er echter grote vorderingen gemaakt in de Chinese archeologie, en hierdoor krijgen we van de periode waarin Zhuang Zi geleefd moet hebben een heel ander beeld.

De 'staten' van China zijn in die tijd niet meer de feodaal bestuurde landen van weleer, maar hebben zich ontwikkeld tot stadstaten die in de eerste plaats commerciële en industriële centra zijn. De Strijdende Staten waren dan ook vaak niet meer dan rivaliserende steden. De situatie in China in die tijd is dus in menig opzicht vergelijkbaar met die van het toenmalige Hellas. De kunstvoorwerpen behelzen niet alleen de kostbare rituele bronzen die van oudsher een grote rol speelden in de klassieke Chinese offerreligie, maar ook allerlei uit lak gemaakte voorwerpen met amusante en vrolijke voorstellingen. Deze voorwerpen zijn over heel China op allerlei plaatsen teruggevonden, wat duidt op een intensieve handel. De twee eeuwen voor het begin van het keizerrijk waren misschien tijden van conflict, maar ook van grote economische en culturele bloei en maatschappelijke emancipatie, waarin vrijwel onafhankelijke steden zich ontwikkelden tot centra van kunst en wetenschap. Deze evolutie heeft ook gedurende deze periode een grote integratie van de verschillende delen van het toenmalige China bewerkstelligd, en dat heeft uiteindelijk de politieke eenwording in 221 voor onze jaartelling mogelijk gemaakt.

Met deze politieke eenwording doet echter, tegen het einde van de periode, de militair-bureaucratische totalitaire staat zijn intrede, die alle stadstaten onder de voet zal lopen en het keizerrijk zal stichten met uiteindelijk het confucianisme als staatsideologie. Deze ontwikkeling heeft een einde gemaakt aan het vrije intellectuele denken zoals dat door Zhuang Zi en de taoïsten werd beoefend. Slechts in periodes waarin het keizerrijk ophoudt te bestaan en China weer uiteenvalt in verschillende staten, kan de vrije cultuurwereld enigszins herleven. Dit zijn de tijden van de zogenaamde 'Zes Dynastieën', tussen 420 en 589 van onze jaartelling, en de 'Vijf Dynastieën', tussen 907 en 960. Voor de confucianistische geschiedschrijving zijn het periodes van verval, maar in de Chinese kunst en filosofie zijn het juist weer tijden van grote bloei.

Zoals gezegd: we weten weinig van Zhuang Zi, maar één ding is duidelijk: hij was edelman noch ambtenaar, maar een man uit het volk. Dat komt naar voren uit de verhalen die in het boek zelf staan,[13] en dat sluit ook aan bij wat vermeld staat in de enige historische biografie die er van Zhuang Zi is in de *Shiji* (de 'Annalen van de Grote Geschiedschrijver') door Sima Qian (140–83 voor onze jaartelling). Het is maar een korte passage:

> Meester Zhuang kwam uit Meng, en zijn eigennaam was Zhou. Hij werkte gedurende een zekere tijd als klerk in een laktuin. Hij leefde ten tijde van koning Hui van Liang[14] en van koning Xuan van Qi.[15] Er was niets dat hij niet bestudeerd had, maar de essentie en de basis van zijn wetenschap lagen toch in de woorden van de Oude Meester.[16] Dat is dan ook de reden dat zijn geschriften, die meer dan honderdduizend karakters tellen, voor het overgrote deel uit allegorieën bestaan. Hij schreef 'De oude visser', 'Rover Voetpad' en 'Koffers openbreken'.[17] Daarin bekritiseert hij

13 De geschiedenissen over Zhuang Zi zijn verzameld door Graham, in zijn *Chuang-tzu. The Inner Chapters*, p. 116–125.

14 Regeerde van 370 tot 355 voor onze jaartelling.

15 Regeerde van 319 tot 301 voor onze jaartelling.

16 Lao Zi.

17 Respectievelijk de hoofdstukken 31 en 29 van de Gemengde geschriften en hoofdstuk 10 uit de Uiterlijke geschriften.

de volgelingen van Confucius en maakt hij de methodes van de Oude Meester aanschouwelijk. De verhalen over Meester Gengsang, die in de Woeste Bergen van het noorden woonde, en dergelijke zijn allemaal verzinsels zonder enige realiteit.[18] Toch was hij zeer bekwaam in het hanteren van argumenten, het gebruik van analogieën en het karakteriseren van situaties. Deze bekwaamheden gebruikte hij om met de confucianisten en de mohisten korte metten te maken, en zelfs de besten onder de geleerden van zijn tijd wisten niet hoe ze zich aan zijn kritiek konden onttrekken. Zijn woorden waren briljant, open, vrij en geheel persoonlijk. Derhalve konden koningen, vorsten en hoogwaardigheidsbekleders niets met hem aanvangen.

Koning Wei van Chu [die regeerde van 339 tot 329 voor onze jaartelling] had gehoord dat Zhuang Zi een wijs man was, en stuurde een afgezant met rijke geschenken om hem uit te nodigen met de belofte hem tot minister te maken. Zhuang Zi barstte in lachen uit en zei tot de gezant: 'Duizend goudstukken zijn een flinke beloning, en minister zijn is een eervolle positie. Maar hebt u dan nooit naar de stier gekeken die bij het grote hemeloffer geslacht wordt? Gedurende een groot aantal jaren wordt hij vetgemest, hij wordt bedekt met kleden van brokaat, en zo wordt hij naar de grote voorvadertempel geleid. Op dat moment zou hij misschien liever een eenzaam kalfje[19] willen zijn, maar wat wil je? Vooruit! Scheer je weg! Bezoedel me niet! Ik geef er

18 Dit verhaal staat aan het begin van hoofdstuk 23, het eerste van de Gemengde geschriften. Meester Gengsang was een leerling van Lao Zi, die zich terugtrok in het wilde gebied van Weilei om zich daar in stilte aan de Tao te wijden. Maar vanaf het moment dat hij zich in de streek had gevestigd, werden de oogsten overvloedig en begonnen er vrede en welvaart in het land te heersen. De boerenbevolking had al gauw door dat dat te danken was aan de invloed op de natuur die van Meester Gengsang uitging.

19 In de tekst staat eigenlijk 'biggetje', en dat sluit ook beter aan bij de modderpoel waar Zhuang Zi het even verder over heeft. Het voorbeeld van de stier die als offerdier naar de tempel wordt geleid is echter ontleend aan hoofdstuk 32, en daar staat wel degelijk 'kalfje', terwijl het biggetje en de modderpoel voorkomen in een ander, analoog verhaal, waarin een vetgemest varken het rituele slachtoffer is. Sima Qian heeft hier twee anekdotes uit de *Zhuangzi* in elkaar geschoven.

> de voorkeur aan om in m'n modderpoel te blijven spelen, in plaats van me door een potentaat in het gareel te laten slaan! Nooit van m'n leven zal ik een ambt aanvaarden, maar altijd fijn blijven doen waar ik zelf zin in heb.'[20]

De Grote Geschiedschrijver – en dit is voor hen die vertrouwd zijn met zijn werk zonder meer duidelijk – laat zich niet erg positief uit over Meester Zhuang. Aan het hof van keizer Wu (die regeerde van 141 tot 87 voor onze jaartelling), waar de confucianistische leer hoogtij vierde, kon dat waarschijnlijk ook niet anders. Het is eigenlijk al heel mooi dat Zhuang Zi een plaatsje heeft gekregen in zijn grote 'Annalen'. Aan concrete informatie bevat de biografie alleen dit: Zhuang Zi kwam uit Meng, hij werkte in een laktuin, en zijn geschriften telden meer dan honderdduizend karakters. Hoe summier deze informatie ook mag zijn, ze is veelbetekenend.

DE SAMENLEVING

Meng, daar is vrijwel iedereen het over eens, bevond zich in het land van Song.[21] Song was een kleine staat die zich op het grondgebied van de huidige provincies Henan en Shandong bevond, niet ver ten oosten van het koninklijke gebied van de Zhou-dynastie en haar hoofdstad Luoyang. Song had een zeer aparte status, want het was gesticht als een leengoed gegeven aan de nazaten van de aan de Zhou voorafgaande Shang-dynastie (die nazaten, welteverstaan, die zich bij de overgang aan de kant van de nieuwe dynastie geschaard hadden). In Song werden de oude tradities van het Shang-rijk, dat in vele opzichten een hogere cultuur had gekend dan de Zhou, in stand gehouden. Daarom stonden de mensen uit Song bekend als wat ouderwets, en soms ook als een beetje wereldvreemd en onnozel; er waren over hen veel grappen in omloop.

20 *Shiji* 63 (Takigawa-uitgave, vol. 7, p. 912).

21 Een andere plaats die vaak wordt aangewezen als de geboorteplek van Zhuang Zi is Mengxian in de provincie Anhui, een streek die in die tijd aan de staat Chu behoorde. Het is echter bewezen dat deze veronderstelling onjuist is.

Maar Song was ontegenzeglijk ook een centrum van hoge cultuur en van filosofie, niet van de welbekende politiek- en beleidsgerichte filosofie, maar meer van de zuivere speculatieve kant. De sofisten, in de eerste plaats de grote Hui Zi, die we vaak in de Innerlijke geschriften zullen tegenkomen, kwamen oorspronkelijk uit Song. Ook de taoïsten waren er goed vertegenwoordigd, immers de geboorteplaats van de 'Oude Meester' Lao Zi bevond zich in dezelfde streek.[22]

Song had geen grote militaire of politieke macht, maar was al vroeg een belangrijk handelscentrum. Het bevond zich op een strategische plaats, tussen de machtige zuidelijke staat van Chu en de staten van Noord-China. De belangrijkste en rijkste stad van het oude China, genaamd Tao ('Pottenbakkersstad', en dus een heel ander woord dan *Tao*, de 'weg'), lag in Song, en volgens de historici van deze tijd waren veel conflicten uit de Strijdende Staten erom begonnen deze stad te veroveren.[23]

Heeft de stad Tao eenzelfde rol gespeeld in de Chinese cultuur als, omstreeks dezelfde tijd in het Westen, de stad Athene? Het is mogelijk, maar het is ook kenmerkend voor de huidige staat van de wetenschap dat, bij mijn weten, deze vraag nooit gesteld is. En toch, wanneer we naar een werk als de *Zhuangzi* kijken, en nog meer wanneer we zien hoezeer dit werk verbonden is met andere filosofische scholen, zoals de Chinese logici en epicuristen, en hoe er steeds de spot gedreven wordt met de feodale orde, dan moeten we welhaast denken dat er in het land van Song zo'n vrije handelsstad bestaan heeft, en dan is de meest voor de hand liggende hypothese de stad Tao.

22 Iets meer naar het zuidoosten, in het district Ku in de vroegere staat Chen, dat in 478 voor onze jaartelling werd ingelijfd door Chu. Deze streek is lang een centrum geweest voor het taoïsme, en veel taoïstische teksten, waaronder waarschijnlijk de *Zhuangzi*, zijn daar bewaard gebleven, met name aan het hof van de vorst van Huainan.

23 Deze plaats heet nu Dingtao en ligt in de provincie Shandong. Ik baseer me hier op het baanbrekende werk van de Chinese historicus Yang Kuan, *Zhanguo shi*, p. 104. Er zijn voorzover mij bekend in Dingtao geen opgravingen gedaan, maar wel in het nabijgelegen Shangqiu, waar de residentie van de vorsten van Song moet zijn geweest. De hele streek is echter van grote archeologische betekenis, en elke keer wijzen de vondsten uit hoe belangrijk dit knooppunt geweest moet zijn. Vandaag behoort deze streek in de provincies Shandong en Henan echter tot een van de armste van China.

Meng, waar Zhuang Zi's laktuin was gevestigd, lag niet ver van Tao. Vandaag nog is er in Meng[24] de plaats te zien waar zich volgens de overlevering eens de bewuste laktuin zou hebben bevonden. De traditie is oud, en er zijn inscripties bewaard gebleven uit de Chinese Middeleeuwen betreffende een heiligdom ter ere van Zhuang Zi, dat zich aldaar bevond. Maar wat werd er eigenlijk verstaan onder een 'laktuin'? Niet alleen een plaats waar lakbomen werden gekweekt en hun hars werd afgetapt, maar ook een werkplaats waar lakartikelen werden vervaardigd.

De techniek van het maken van lakartikelen behoort tot de grote uitvindingen van China. Lakvoorwerpen, gemaakt met een ondergrond van hout of geweven stof, zijn buitengewoon elegant en bestendig, en kunnen zeer fraai worden gedecoreerd. Omdat ze zo licht zijn, kunnen ze goed over lange afstanden worden getransporteerd om verkocht te worden. Lakwaren behoren samen met de beroemde zijde tot de vroegste Chinese exportartikelen.[25] Er zijn lakvoorwerpen gevonden uit de vijfde en zelfs zesde eeuw voor onze jaartelling, en lak was een belangrijk luxeartikel in Zhuang Zi's tijd. Het zijn eveneens de oudste beschilderde voorwerpen, en dus de oudste vorm van Chinese schilderkunst.

Een ander opmerkelijk feit is dat lakvoorwerpen de oudste gesigneerde kunstwerken zijn. Een groep van vijf of zes ambachtslieden werkte over het algemeen samen om een bord, een kom of een vaas te maken: de een maakte de vorm, een tweede bracht de lagen lak aan, een derde het verguldsel, een vierde beschilderde het, een vijfde graveerde, enzovoort. Het kwam voor dat al die vaklieden het eindproduct van hun naam voorzagen, niet als een merkteken of een handtekening, maar in de vorm van een fraaie inscriptie, die bijvoorbeeld luidde:

> Het vierde jaar van de Yuanshi-periode [4 van onze jaartelling]. Gemaakt in de Westerwerkplaats van Shu

24 Het tegenwoordige district Minquan in Henan, ongeveer vijftien kilometer ten zuidwesten van Dingtao.

25 Zie W. Willetts, *Foundations of Chinese Art*, p. 121, sq.

> [Noord-Sichuan]. Dit is een gelakte, gegraveerde en beschilderde lakkom, met bronzen handvatten. De vorm werd gemaakt door Yi, de lak opgebracht door Li, de laatste laag door Dang, de handvatten verguld door Gu, de beschildering gemaakt door Ding, de inscriptie werd gegraveerd door Feng, gepolijst door Ping, geïnspecteerd door Zong, de opzichter van de werkplaats was Zhang, de klerk was Bao.[26]

Wat betekent dit? Men heeft beweerd dat deze inscripties moesten dienen om controle op de productie te kunnen uitoefenen.[27] Maar dat gaat niet op, want waarom zouden dan ook opzichters en klerken vermeld moeten worden? Bovendien worden al deze medewerkers genoemd in een mooie inscriptie op een eindproduct waar niets op aan te merken valt. Het is eerder om de verdienste van een meesterstuk te doen delen door allen die aan het productieproces hebben deelgenomen, een erkenning dus van de gewone handwerker en de kunstenaar. Tevens leveren de inscripties het bewijs dat, althans in de 'laktuinen', handwerkers georganiseerd waren in teams die de verdiensten van de onderneming samen deelden. Ze zouden kunnen duiden op min of meer autonome vakverbonden, misschien een soort van gilden, die in de handelscentra van het oude China ontstonden, en dat is een heel andere samenleving dan die van de feodale krijgsheren waarover de confucianistische klassieken spreken. Dit soort vroege ambachtelijke organisaties binnen de grote handelssteden van het oude China zouden dus het milieu kunnen zijn geweest waarin de filosofie van Zhuang Zi zich heeft ontwikkeld.

Dit alles is natuurlijk zeer speculatief, maar het is een aanzet tot onderzoek naar de sociaal-historische achtergrond waartegen het taoïsme zich heeft ontwikkeld dat al veel eerder gedaan

26 Geciteerd in Willetts, p. 135.

27 In latere wetsvoorschriften van de militair-dictatoriale Qin-dynastie worden al deze arbeidslieden uit de laktuinen genoemd en hun activiteiten gereglementeerd. Maar dit is een ontwikkeling die samen met de staatsmonopolies komt en wel op de oude traditie van gilden kan hebben voortgebouwd, maar daar toch wezenlijk van verschilt.

had moeten worden. De confucianistische geschiedschrijving is een weerspiegeling van de minachting die de Chinese schriftgeleerden voor de handel en handelaren koesterden, zoals ook voor alles wat met het taoïsme te maken had. In werkelijkheid is China echter altijd een grote handelsnatie geweest, misschien wel de grootste ter wereld, en is het taoïsme op het geestelijke en artistieke vlak misschien wel de belangrijkste bijdrage van China aan de cultuur van de mensheid.

Ik zet deze twee elementen naast elkaar, ook al omdat men mag veronderstellen dat juist in de grote handelscentra zich de 'mysteriën' hebben ontwikkeld waartoe iedereen, ongeacht zijn sociale status, toegang had. Deze mysteriën kristalliseerden zich rond de vraag naar de zin van leven en dood en rond het zoeken naar de onsterfelijkheid, gesymboliseerd door de figuren van Huangdi, de zogenaamde 'Gele Keizer', en de godin Xiwangmu, de Moedervorstin van het Westen.[28] Zij zochten naar het persoonlijke heil en de individuele verlossing, in tegenstelling tot de ideologie van wat we de publieke cultus, de traditionele offerreligie van de feodale staten, mogen noemen. Deze laatste, vertegenwoordigd door het confucianisme, beschouwde de mens slechts in de context van zijn milieu en afstamming en ging ervan uit dat 'de riten niet afdaalden tot het gewone volk'. Wanneer precies de mysteriën zijn opgekomen is nog steeds niet met zekerheid vastgesteld, maar in de tijd van Zhuang Zi bloeiden ze zeker.[29] Het zijn deze mysteriecultussen die we kunnen onderkennen als de achtergrond van het taoïsme en van de filosofie van Zhuang Zi.[30]

Ook in latere tijden van de ontwikkeling van het taoïsme zijn het steeds dit soort vrije en onafhankelijke volksorganisaties en hun mysteriën die de voedingsbodem voor het taoïsme zijn gebleven.[31] Het is bovendien opmerkelijk dat deze liturgische

28 Zie hoofdstuk 6, paragraaf 5.

29 Een van de belangrijkste teksten betreffende de cultus van de godin Xiwangmu is de *Mu tianzi zhuan* ('De geschiedenis van de Zoon des Hemels Mu'), die van omstreeks 350 voor onze jaartelling dateert.

30 Over de hypothese van het bestaan van mysteriën in het oude China, zie mijn *Tao, de levende religie van China*, hoofdstukken 1 en 10.

31 Zie mijn *Tao, de levende religie van China*, hoofdstuk 2, 'De tempels'.

structuren[32] onder het volk zich niet alleen buiten de keizerlijke bureaucratie hebben weten te handhaven – ze worden nooit ofte nimmer vermeld in de 'officiële' geschiedschrijving –, maar ook tot de duurzaamste instellingen van China behoren. In veel plaatsen in China vindt men tempels, heilige offerplaatsen en de daarbij behorende lekenorganisaties die schijnbaar moeiteloos de eeuwen van politieke omwentelingen hebben doorstaan. Hiervan getuigt de cultus rond het 'Juweel van Chen' (Chenbao), die reeds in de zevende eeuw voor onze jaartelling bestond in de stad Baoji, of die rond de taoïstische alchimist Tang Gongfang in Chenggu uit de tweede eeuw van onze jaartelling. Beide tempels staan er nog steeds, de legenden zijn vrijwel onveranderd, en ook de jaarlijkse feesten en optochten zijn nauwelijks veranderd. En dat terwijl sinds die tijd het 'officiële' China in deze noordelijke streek een uiterst bewogen geschiedenis met talloze grote politieke periodes en een lange reeks elkaar opvolgende dynastieën heeft doorgemaakt! Het volkstaoïsme is kennelijk tegen al deze veranderingen bestand, en ook de grote omwentelingen van de laatste eeuw zijn niet bij machte geweest het uit te roeien. Het mag dan wel zo zijn dat op dit moment de tempeltjes in beslag zijn genomen en tot dorpsschooltjes zijn gemaakt, maar zodra de politieke druk wat minder wordt en de gemeente genoeg geld heeft, worden de oude heiligdommen weer in ere hersteld.

Te midden van de talloze heilige plaatsen, tempels en plaatselijke tradities vinden we ook een aantal die verband houden met de legendarische figuren die we in de *Zhuangzi* tegenkomen. De wijze Xu You, die weigerde de troon van het rijk te aanvaarden, Jianwu, die meer wilde weten over de heilige bergen van Gushe (zie hoofdstuk 1), en nog meer de aartsvader van de Chinese beschaving, Huangdi (de 'Gele Keizer'), die op vele plaatsen genoemd wordt, werden allen reeds in de Chinese oudheid op hun eigen heilige plekken vereerd.

Het zijn deze religieuze achtergrond van de 'mysteriën', de verering van de 'onsterfelijken' van het vroege taoïsme, hun legen-

32 'Liturgie', in de Weberiaanse betekenis van een organisatie van sociaal-religieuze aard.

den en de mystieke praktijken die daaraan verbonden waren, die tezamen de achtergrond vormen van de filosofie van de geschriften. Net zoals dat in onze oudheid het geval was, kwam eerst de mysteriereligie, en daarna pas de filosofie.

DE TAO

In de verhalen van de *Zhuangzi* zelf worden vele malen leermeesters met hun volgelingen beschreven. Onder de meesters vond men zowel mannen als vrouwen, gezonde mensen en zieken, eerlijke ambachtslieden en voormalige criminelen. Hetzelfde geldt voor de leerlingen. Ook zij behoorden niet tot een bepaalde klasse, getuige de ruzie tussen Shentu Jia, die als straf voor een misdaad een geamputeerde voet had, en minister Zichan van Zheng, die samen in de leer waren bij Meester Duisterman Afwezig (hoofdstuk 5). Ook hebben we gezien dat er alle reden bestaat om aan te nemen dat hun scholen zich zo niet in, dan toch wel binnen het bereik van de grote handelssteden bevonden.

Dit alles staat in tegenstelling tot andere tradities die we uit de oudheid kennen. De volgelingen van Confucius behoorden, zoals de Meester zelf, in principe allemaal tot de adel, en werden 'heren van stand' (*junzi*) genoemd. De scholen waren aan de hoven verbonden, en het merendeel van het onderwijs had betrekking op het ritueel.

Naast de confucianisten (de 'Ru') was de andere grote beweging van de Chinese oudheid die van Mo Zi. Hier hebben we te maken met boeren in landbouwkolonies die een soort kibboetsideaal nastreefden. Ondanks de grote sociale tegenstelling hadden confucianisten en mohisten toch een belangrijk punt van overeenstemming. Beide scholen hingen de oude offerreligie van het feodale China aan. De confucianisten waren meer sceptisch en beklemtoonden vooral de morele waarden in die religie, de mohisten waren zeer devoot en orthodox. De taoïsten als Zhuang Zi moesten daarentegen niets van de praktijk van het ritueel offeren van dieren (en soms ook van mensen) hebben. In de *Zhuangzi* wordt dan ook vaak de draak gestoken met de goddelijke voorouders van de klassieke offerreligie, zoals bijvoorbeeld de mythische koningen Yao en Shun. In plaats daarvan vinden we in de *Zhuangzi* een geheel andere gedachtewereld, die is gegrondvest in de Tao, de 'weg' van de natuur, van 'hemel en aarde' in al zijn aspecten, in de kosmische energieën van de sterren en van de natuur rondom ons. Wanneer mensen de Tao bereiken (*dedao*), dan evolueren ze met de natuur en worden ze 'onsterfelijk'. Dat is het geval met de 'goddelijke mensen' op de heilige bergen van Gushe (zie hoofdstuk 1), en ook met het merendeel van de andere personages die in de *Zhuangzi* ten tonele worden gevoerd, zoals bijvoorbeeld Huangdi, de 'Gele Keizer', of Xu You, die het koningschap weigerde.[33]

Zowel in sociaal als in religieus opzicht stonden de taoïsten dus volkomen buiten het traditionele feodale systeem en de daaruit voortgekomen confucianistische leer. Deze leer was in de eerste plaats gegrondvest in de riten. Confucius (557-479 voor onze jaartelling) zelf onderwees de riten aan de jonge edellieden ('heren van stand') van het land van Lu, waaruit hij afkomstig was. Hij was van oordeel dat al het kwaad in de wereld van zijn tijd voortkwam uit het feit dat de oude riten werden verwaarloosd, terwijl ze eigenlijk de grondslag waren van de feodale wereldorde. De deugd van de goddelijke voorvaderen kon alleen maar behouden worden door het stipt navolgen van het van oudsher voorgeschreven ritueel, want, zoals de Meester zei: 'Zonder riten geen deugd.' Confucius, zo heet het, schreef zelf de rituelen op[34] en gaf er commentaren bij waarin hij de 'rechtzinnige betekenis' ervan vastlegde, zonder welke volgens hem de riten geen enkele waarde zouden hebben. Als voorbeeld:

> O! Hoe groot is de weg van de heilige mens! [...] Hij
> bestaat uit driehonderd canonieke rituelen en de duizend
> aanvullende riten![35]
> Zoals de muren en de hoektorens van de vestingen, zo zijn

33 Zowel Huangdi als Xu You werd in de oudheid als 'onsterfelijke' (*xian*) vereerd.

34 Tot zijn tijd werden ze waarschijnlijk, zoals in veel andere culturen in de oudheid, mondeling overgeleverd.

35 Liji, 'Zhongyong'.

> de riten en de rituele mentaliteit de instrumenten voor de discipline [van de mens]. Zij maken dat de verhouding tussen vorst en onderdaan vastligt, de relatie tussen vader en zoon hecht is, die tussen broers welwillend, tussen echtgenoten harmonieus, en er in alles een juiste maat wordt betracht.[36]

De riten bestemden voor alles en iedereen een plaats. Zoals Confucius zelf in zijn *Gesprekken* (of de *Analecta*) zegt: 'Laten de vorsten zich als vorsten gedragen, de onderdanen als onderdanen, vaders als vaders, zonen als zonen...' Hij bedoelde daarmee dat als ieder mens zich aan zijn door zijn naam aangewezen plaats zou houden, er geen wanorde meer zou zijn. Dit rituele principe van de 'juiste benaming' (*zhengming*) werd nog versterkt door het feit dat het woord voor 'naam', *míng* (tweede toon), vrijwel synoniem is met 'lot', *mìng* (vierde toon), wat bovendien nog de nevenbetekenissen van 'bevel' en 'mandaat' (zoals in het 'Mandaat van de Hemel', *tianmìng*) heeft. De confucianisten hadden het dus makkelijk, want het logisch verband sloot als een bus: de naam = het lot. Met andere woorden: de naam die je hebt bepaalt je plaats in het leven en de rol die je in de samenleving behoort te vervullen. Ben je een vader, gedraag je dan als een vader, ben je een dochter, gedraag je dan als een dochter. Zo niet, dan ben je de naam van vader of dochter niet waardig en zal die je ontnomen worden.

Volgens de confucianisten had het oude China geen wetten nodig: de rituele orde voorzag in alle behoeften om mensen op hun plaats te houden en ze te straffen zodra ze zich in strijd met de riten gedroegen. De riten zijn sterker dan wetten: degene die zich in strijd met de riten gedraagt zondigt niet alleen tegen de samenleving of de godsdienstige orde der voorvaderen, hij 'verliest zijn gezicht' en telt niet meer mee als mens. Archaïsche vooroordelen? Allerminst. Deze rotsvaste 'moraal' is nog steeds het efficiëntste instrument van de maatschappelijke ordening, ook al noemt China zich nu niet meer confucianistisch.

36 Liji, 'Liyun'.

Het antwoord van Zhuang Zi op het systeem van de 'juiste benaming' en alles wat daaraan vastzit is even eenvoudig als het eerste hoofdstuk van de *Daodejing*: er zijn geen absolute namen, althans niet in onze menselijke samenleving. Zhuang Zi gelooft niet in 'namen'. Men mag hem noemen zoals men maar wil: 'Zhuang Zhou' of 'paard' of 'rund'. Het is mooi, zegt hij, om iets toe te schrijven aan 'het lot' en aan 'de hemel', die het lot bestuurt, maar wie weet of dat wat we de hemel noemen niet toevallig eigenlijk de aarde is, en of dat wat we het lot noemen toevallig niet gewoon toeval is? Wie ben ik eigenlijk? Ben ik Zhuang Zhou die droomt dat hij een vlinder is, of een vlinder die droomt dat hij Zhuang Zhou is? Alle dingen veranderen voortdurend, en wat woorden of namen betreft,[37] wat voor betekenis ze ook mogen hebben, die is altijd aan veranderingen onderhevig (zie hoofdstuk 2). Weg met al die dogma's, al die concepten en die redeneringen!

Zhuang Zi geeft niet om de riten ('Heb je wel eens gevraagd aan het rund dat naar de offerplaats geleid wordt, hoe die erover denkt?'), en hij moet nog minder hebben van het 'morele' of 'rechtvaardige' systeem dat daaruit is ontstaan. Zoals de Grote Geschiedschrijver al zei, het viel de filosofen uit de Chinese oudheid niet makkelijk zich aan zijn kritiek te onttrekken, want Zhuang Zi, als niemand voor hem en als weinigen na hem, sprak de taal van de vrijheid.

De taoïsten waren echter niet de enigen die het 'namen'-systeem van de confucianisten onder vuur namen. In de tijd waarin Zhuang Zi leefde ontstond er in Song een verlangen naar het beter definiëren van wat logisch was en wat niet. Degenen die zich met deze vragen bezighielden werden de retorici of sofisten (*pianzhe*) genoemd, en later ook wel de 'school van de benamingen' (*mingjia*). In eerste instantie zochten de sofisten naar paradoxale stellingen waarmee ze de algemeen aangenomen waarheden aan het wankelen konden brengen, waardoor ze de mensen beter de betrekkelijkheid van hun ideeën en oordelen konden laten zien.

De voornaamste, en ook enige min of meer bekende, vertegenwoordiger van deze sofistische stroming is Hui Zi, een tijdgenoot

37 De term *míng* (tweede toon) kan zowel 'naam' als 'woord' betekenen.

en ook een persoonlijke vriend van Zhuang Zi. Latere sofisten als Gongsun Longzi (actief in de eerste helft van de derde eeuw voor onze jaartelling) verfijnden de paradoxale argumentatie door een diepere analyse van de taal, door een onderscheid te maken tussen woorden die een bepaalde klasse of groep van wezens of dingen (*wu*) aanduiden, zoals 'mens', 'paard', en de attributen die aan die woorden kunnen worden toegevoegd, bijvoorbeeld: 'een wit paard'. Een wit paard is geen algemeen paard, het heeft als attribuut wit te zijn, en daarom is 'een wit paard niet (zomaar) een paard'. Graham heeft deze eerste beginselen van de Chinese causale logica uitputtend bestudeerd.[38] Het is duidelijk dat Meester Zhuang en zijn navolgers in de Uiterlijke geschriften en de Gemengde geschriften zeer goed op de hoogte waren van hun theorieën en daar ook door beïnvloed werden. Tegelijkertijd tonen ze de beperkingen van de causale logica aan. Wat ermee bereikt kan worden is niet meer dan steriele discussies over wat wel of niet juist is, terwijl het waarheidsprincipe van de Tao hier ver boven uitstijgt.

Er zijn dingen die we kunnen weten omdat we ze kunnen bewijzen. Maar tenslotte zijn er ook veel dingen die we weten zonder dat we ze kunnen of hoeven te bewijzen. En er zijn ook heel veel dingen die we niet weten en nooit zullen weten, en die zijn vaak belangrijker dan de dingen die we wel weten. Hiermee slaat, in de latere oudheid, het Chinese denken een radicaal andere weg in dan Hellas. In plaats van voor het causale denken, dat de logica van de Griekse filosofie en wetenschap kenmerkt, kiest het taoïsme voor de 'correlatieve logica'. Aan de basis van de correlatieve logica ligt een classificatiesysteem dat gebaseerd is op de observatie van de natuur en haar dynamische wetten, zoals die belichaamd worden in het universele transformatieproces, de eeuwige kringloop van de Tao. Dit is 'de weg', de manier waarop dingen geschapen worden en weer verdwijnen, van yin en yang (negatief en positief), van de vijf fundamentele stadia van de transformaties (*wuxing*), de zes uitersten (de vier windrichtingen, het zenit en het nadir), en al hun interacties zoals die, bijvoor-

38 Zie A.C. Graham, *Disputers of the Tao*, p. 75–95.

beeld, kunnen worden weergegeven door de acht driegrammen (*bagua*) of, in een verdere ontwikkeling van hetzelfde systeem, in de vierenzestig hexagrammen van het *Boek der Veranderingen* (*Yijing*). Dingen die onder dezelfde categorie vallen (*tonglei*) resoneren met elkaar en functioneren op een analoge manier. Het is deze correlatieve logica die de basis vormt van de Chinese medicijnen, de meest uitgebreide en meest diepgaande tak van de Chinese wetenschap.

De categorieën van het Chinese correlatieve denken, zoals bijvoorbeeld yin en yang, zijn universeel en onbegrensd. Ze zijn zowel immanent (inherent aan alle dingen) als transcendent, in zoverre dat ze niet door de dingen bepaald worden, maar zij, als boven de materie uitstijgende principes, de hoedanigheid van de materie bepalen. Alle categorieën komen samen en versmelten in de Tao, het grondprincipe van de kosmos. De beide fundamentele modaliteiten van yin en yang vormen samen de Tao: 'Eenmaal yin, eenmaal yang: dat is de Tao,' schrijft de *Xici*, een appendix van het *Boek der Veranderingen*. Maar aan deze beroemde definitie kan ook een andere duiding gegeven worden: 'eenmaal' kan ook 'geheel' betekenen, en dan luidt de zin: 'Geheel yin, en [tegelijkertijd] geheel yang, dat is de Tao.' Beide duidingen zijn juist. De eerste slaat op de schepping, de kosmos, waarin de krachten van yin en yang samen alles vorm geven. Dit is het 'hoogste principe' (*taiji*, vaak geschreven als *t'ai-chi*). De tweede duiding slaat op de modaliteit waarin yin en yang samen versmolten zijn en er nog geen 'principe' (beginpunt) is. Dit is het 'zonder principe' (*wuji*), de fase waarin alle dingen nog ongedifferentieerd aanwezig zijn in de aan de schepping voorafgaande oerchaos (*hundun*). In de *Zhuangzi* speelt deze ongedifferentieerde fase een uiterst belangrijke rol, als zijnde de meest vooraanstaande modaliteit van de Tao. Niet het zijn maar het niet-zijn; niet het weten maar het niet-weten; niet het doen maar het niet-doen bestemt onze werkelijkheid. Dat is de ware hoedanigheid, de waarachtigheid (*zhen*) van de Tao.

Het gaat er bij de taoïsten niet om de confucianisten of de sofisten te bestrijden of zelfs ook maar om een woordenstrijd met hen aan te gaan. Meester Zhuang en zijn volgelingen zijn nergens tegen, ze hebben het op niemand gemunt, en zeker niet op Confucius, die ze tot de held van veel van hun verhalen maken. Wat Hui Zi betreft, hier voelen we de persoonlijke verwantschap en de verzuchting van de vriend die het betreurt dat de grote logicus zijn tijd en geluk verspilt met theorieën die aan de essentie der dingen voorbijgaan. Waar het bij Meester Zhuang om gaat is de vraag van de kennis. Niet de kwestie van het 'zijn' ('wie ben ik') staat in het middelpunt, maar 'wat weet ik' en 'hoe weet ik wat ik weet'. Niet de ontologie dus, maar de epistemologie houdt hem bezig, en dit 'kennen' is ook een 'verkennen' van de verschillende modaliteiten en staten van ons bewustzijn. Naast het weten is er het niet-weten, naast het bewuste ook het onbewuste. Door onze zintuigen, ons verstand, maar ook door onze intuïtie, door ons gevoel en door afstand te nemen van ons intellect kunnen we de werkelijkheid benaderen. Naast alle betrekkelijke werkelijkheden is er ook de 'eigenlijke waarheid' (*zhen*), die we met ons verstand misschien nooit zullen kunnen bevatten, maar die juist daarom de echte werkelijkheid is.

Die werkelijkheid kan op allerlei manieren benaderd worden: door al onze heilige huisjes omver te gooien, door de scheppingsmythen voorzichtig belachelijk te maken (toch wel onpraktisch, zo'n grote vogel te moeten zijn...), door met de heilige Confucius en diens riten een loopje te nemen en kritisch te zijn over het nut van de causale logica. Niets kan echt bewezen worden, en wel het minst door ons te beroepen, zoals de confucianisten en vele andere tradities doen, op de 'lessen' van de geschiedenis. Er is geen tijd, of liever: tijdsduur is betrekkelijk en berust vooral op afspraken die de mensen gemaakt hebben. Net zoals de betekenis van woorden iets is dat we afspreken en er dan ruzie over maken. Alles komt voort uit en keert terug naar de grote oerchaos, en dat feit is iets dat ieder mens beseft omdat het overeenkomt met ieders eigen geschiedenis. Ook wij maken de twee zijnsmodaliteiten door: in de entropische omgeving van de baarmoeder, het innerlijke, nog ongestructureerde, tijdloze en spontane leven in de chaos, en het latere, afgesneden, gedifferentieerde leven, dat ons leidt naar de dood. De waarachtigheid van de Tao wordt dus in de eerste plaats gevonden in ons eigen lichaam, in ons eigen bewustzijn en tot in de trance toe, maar ook in het alledaagse bestaan, te midden van de mensen, één met alles, verzoend met het leven en daarom ook verzoend met de dood, in de eindeloze verandering der dingen.

DE TEKST EN ZIJN GESCHIEDENIS

Laten we aannemen dat er inderdaad een zekere Zhuang Zhou bestaan heeft, dat hij een klerk – en dus een geletterde – was die verbonden was aan een gilde van handwerkers in een lakplantage in de buurt van de grote handelsstad Tao. Hoe is zijn werk tot stand gekomen, en hoe is het tot ons gekomen? Hier moeten we in de eerste plaats de hoedanigheid van de geschriften in acht nemen. Angus C. Graham, de grote kenner van de klassieke Chinese filosofie en zelf vertaler van de Innerlijke geschriften, heeft eens terecht opgemerkt dat een van de grootste fouten die iemand die de *Zhuangzi* wil begrijpen kan maken is om deze 'extraordinary medley' te zien als een *boek*, dat wil zeggen: iets dat onderverdeeld is in opeenvolgende hoofdstukken en paragrafen die samen een integraal en samenhangend proza vormen.[39] Inderdaad zijn de geschriften niet meer dan een verzameling losse stukken, in proza of in versvorm, een verzameling van uiteenlopende teksten, anekdotes, parabolen, allegorieën en mystieke uitingen, kortom: een mozaïek van losse stukken is eigenlijk alles wat we hebben.

Sommige van die stukken zijn lang en vullen meerdere bladzijden, andere zijn een paar regels of zelfs maar één regel lang. Het zijn uitspraken, verhalen of korte filosofische verhandelingen. Veel verhalen komen een aantal malen voor. Dit geldt bijvoorbeeld voor de anekdotes over oude bomen met onbruikbaar en daarom 'nutteloos' hout, die op vier plaatsen voorkomen, of over invalide personen die over een grote mate van 'deugd' (innerlijke kracht) beschikken, waarvan er eveneens een groot aantal versies zijn. Het meest veelvuldige verhaal is dat van de ontmoeting tussen Confucius en Lao Zi, waarin de Oude Meester de zedenpreker de les leest; het komt in min of meer identieke vorm wel acht keer

39 Graham, *Chuang-tzu. The Inner Chapters*, p. 173–174.

voor. Vaak staan deze verhalen zo dicht bij elkaar dat we kunnen aannemen dat het in wezen om verschillende versies van eenzelfde mondelinge overlevering gaat. Dat zou betekenen dat we in plaats van 'geschriften' beter over 'overleveringen' kunnen spreken, die door de school van Zhuang Zi van generatie op generatie zijn doorverteld. Nogmaals: de *Zhuangzi* is niet het werk van één persoon, nog minder een 'boek' dus, maar een collectie van teksten die een traditie vertegenwoordigt en eigenlijk het meeste weg heeft, zowel wat de vorm als wat de inhoud betreft, van de chassidische verhalen zoals die door Martin Buber zijn verzameld en uitgegeven.[40]

De Innerlijke geschriften zullen zeker uit de tweede helft van de vierde eeuw voor onze jaartelling stammen. Ook al zijn ze beslist niet aan één enkele auteur toe te schrijven – de stijlverschillen zijn te groot, speciaal hoofdstuk 4 onderscheidt zich in dat opzicht van de rest –, toch zijn ze zeker altijd als een geheel overgeleverd. Op een zeker moment – we weten niet precies wanneer – zijn ze van echte titels voorzien, zoals 'Zwerven, vrij en blij', of 'Verhandeling over de gelijkheid der dingen', die bedoeld zijn om de voornaamste strekking van het bewuste hoofdstuk uit te drukken. Vrijwel alle overige hoofdstukken van de Uiterlijke geschriften en de Gemengde geschriften worden slechts aangeduid met de woorden waarmee ze beginnen. Helemaal aan het einde echter vinden we vier korte hoofdstukjes (28–31) die een echte titel hebben, en ook wat betreft stijl en strekking staan ze apart.

Om het wat eenvoudiger te maken, geef ik een overzicht van de verschillende tekstgroeperingen:

1. Hoofdstukken 1 tot en met 7 vormen de Innerlijke geschriften, die uit de vierde eeuw voor onze jaartelling dateren. Ze vormen een geheel, met uitzondering van hoofdstuk 4, dat zich in taal en syntaxis, maar niet wat betreft inhoud, enigszins van de andere onderscheidt.
2. Hoofdstukken 8 tot en met 10, het begin van hoofdstuk 11 en de hoofdstukken 15 en 16 zijn naar alle waarschijnlijkheid van één hand. Graham noemt de auteur 'the Primitivist', omdat hij

40 M. Buber, *Die Erzählungen der Chassidim.*

zijn afkeer laat blijken van alle morele en esthetische cultuur, en droomt van een terugkeer naar een primitieve samenleving. Net zoals de ecologen van vandaag houdt deze aanhanger van 'terug naar de natuur' nogal van polemiek.

3. Hoofdstukken 11, 12, 13 en 14 horen ook bij elkaar. Voor Graham is de auteur, of zijn de auteurs, hiervan syncretistisch ingesteld. Dat wil zeggen, hier worden de taoïstische beginselen met die van andere scholen vermengd. Deze hoofdstukken hebben dan ook een meer politieke strekking, hoewel de apolitieke houding van het taoïsme toch als het hoogste ideaal wordt gezien. Misschien zou het laatste hoofdstuk, 33, dat een overzicht geeft van de verschillende filosofische scholen en aan het taoïsme de hoogste plaats geeft, ook tot deze tekstgroep behoren.

4. Nu komt een grote groep van elf, of misschien twaalf, hoofdstukken (17–27, en eventueel nog 32), die alle met elkaar gemeen hebben dat ze nauw aansluiten bij de oorspronkelijke Innerlijke geschriften. Veelal vinden we hier stukken uit de Innerlijke geschriften terug, maar in een wat andere versie, uitgebreider of met een wat andere strekking. Misschien hoort ook hoofdstuk 32 bij deze groep. Deze belangrijke groep hoofdstukken valt zowel onder de Uiterlijke geschriften als onder de Gemengde geschriften. Hierbij rijst natuurlijk de vraag wat dan wel de bedoeling kan zijn geweest van deze onderverdeling. Op die vraag is bij mijn weten nog geen echt antwoord gevonden.

5. Ten slotte zijn er nog de bovengenoemde kleine hoofdstukjes 28 tot en met 32, die een geheel eigen stijl hebben. Volgens Graham zou de auteur hiervan een Chinese epicurist kunnen zijn, een navolger van de denker Yang Zhu, die het individu en zijn behoeften de voornaamste plaats gaf in zijn systeem. Deze stelling lijkt me moeilijk te bewijzen, omdat het oorspronkelijke werk van Yang Zhu geheel verloren is gegaan. Hoe dan ook, hoewel de stijl en de algemene vorm van deze vijf hoofdstukjes wat anders zijn dan de rest, is hun algemene strekking toch niet duidelijk verschillend, en er is geen wezenlijke noodzaak om ze als 'yangistisch' te bestempelen.

Dat de *Zhuangzi* in zijn geheel in de oudheid en voor de stichting van het keizerrijk in 221 voor onze jaartelling al bestond is vrij zeker. Het eerder genoemde encyclopedische werk van Lu Buwei, de *Lüshi chunqiu*, uit de derde eeuw voor onze jaartelling, citeert stukken uit alle delen van de *Zhuangzi*.[41] Ook zijn er recentelijk archeologische vondsten gedaan van tekstfragmenten uit de *Zhuangzi* in een graf niet ver van de streek waar Meester Zhuang geleefd moet hebben, en dat ook uit de derde eeuw voor onze jaartelling dateert. Deze fragmenten zijn uit de latere Gemengde geschriften.

De tekst die ons is overgeleverd en waarover we nu beschikken, is zonder meer in een slechte staat. Generaties van Chinese geleerden hebben met de tekst geworsteld en er erudiete commentaren op geschreven. Toch is er aan de problemen van de grondtekst niet veel veranderd en blijven er in vrijwel elke passage problemen. Zoals gezegd: Meester Zhuang en zijn opvolgers hebben een heel eigen taal. Hun grammatica en woordenschat zijn veelal niet dezelfde als die van zijn tijdgenoten onder de Chinese filosofen, zoals, bijvoorbeeld, de confucianistische denker Mencius, die in dezelfde tijd als Zhuang Zhou leefde. *Het boek van Mencius* (*Mengzi*) is in het zuiverste klassieke Chinees geschreven, en de tekst van de *Zhuangzi* lijkt daar niet op. In de laatste decennia is in graven op plaatsen in Zuid-China waar vroeger steden van het koninkrijk van Chu gevestigd waren, een groot aantal teksten uit de oudheid teruggevonden. Enkele van deze teksten zijn in het archaïsche schrift en in de taal van het Chu-koninkrijk geschreven. De tekst van de *Zhuangzi*, vooral in de oudere gedeelten, blijkt overeenkomsten te vertonen met deze Chu-taal. Hier moet echter nog veel onderzoek naar gedaan worden.

De moeilijkheden beperken zich zeker niet tot de taalproblemen. Ook de gedachten van Meester Zhuang zijn vaak buitengewoon moeilijk te volgen; althans voor ons, arme kinderen van het avondland. De stijl is levendig, fascinerend, meeslepend soms, maar de inhoud is vaak dermate diepzinnig en heeft zo veel betekenislagen dat het ondoenlijk is om alles uit te diepen, laat staan in een westerse taal getrouw weer te geven. Vaak schuilt er achter

41 Zie het baanbrekende werk van Liu Xiaogan, *Classifying the Zhuangzi Chapters*.

de eerste betekenis nog een tweede of zelfs een derde strekking.

Het begint al met de eerste zin van het boek: 'In de duistere wateren van het noorden was er eens een vis, en zijn naam was Kun.' De vis, zo wordt ons verteld, is gigantisch groot en verandert in een gigantische vogel. Maar *kun* betekent eigenlijk 'vissenei', waarmee wordt gezinspeeld op het feit dat het allergrootste in wezen niet verschilt van het allerkleinste. Het woord – en ook het karakter waarmee het geschreven wordt – is verder ook nog connotatief met *hun*, dat 'chaos' betekent. De grote vis is dus het 'ei van de chaos', en daarmee zijn we beland bij een belangrijk thema van de Chinese scheppingsmythologie: de oerchaos. Tevens speelt nog de context van 'de duistere wateren' (vergelijk het begin van Genesis) en die van 'het noorden', het yin-element. Allerlei met elkaar verbonden thema's: de oerchaos, het kosmische ei, het duistere water met de grote vis, en de hemel en de wind met de grote vogel. Al deze elementen zijn in een paar zinnen verwerkt, en zo gaat het het hele boek door.

Teneinde de betekenis enigszins recht te doen, heb ik dus vaak mijn toevlucht moeten nemen tot verklarende voetnoten. Om deze niet al te veelvuldig en zwaar te maken heb ik ook veel commentaar achterwege moeten laten. Dit is misschien des te meer gerechtvaardigd door het feit dat de auteurs van de *Zhuangzi* zelf hebben uitgelegd wat hun manier van schrijven is en hoe we die moeten begrijpen. In hoofdstuk 27 zeggen ze dat ze in de meeste gevallen gebruik maken van zogenaamde 'schuilwoorden'. Dat wil zeggen dat ze hun verhaal in de mond leggen van personages die uit de geschiedenis of uit de mythologie bekend zijn, maar die er eigenlijk niets mee te maken hebben. Dat doen ze bijvoorbeeld door te pas en te onpas Confucius allerlei dingen te laten zeggen die de brave schoolmeester natuurlijk nooit gezegd kan hebben, hem hele toespraken te laten houden over het taoïsme, en hoe dat ver boven zijn eigen leer uitsteekt, hoe nodig hij nog veel daarvan moet leren, hoe blij hij is dat hij het nu eindelijk begint te begrijpen, enzovoort. Op die manier worden de zogenaamde 'wichtige woorden', de grote wijsheden uit de taoïstische traditie, ingekleed. En ten slotte zijn er de humor, de grapjes, de leuke 'kiepelbekertjeswoorden' (*zhiyan*), die eigenlijk niets zeggen. Ze maken dat wat er gezegd wordt er eigenlijk niet toe doet, want het is toch maar een grapje; en 'als je je hele leven niets zegt, dan ben je nooit opgehouden met iets te zeggen. [...] Ja, als we niet die dagelijkse leuke woorden hadden, die ons in harmonie brengen met het Hemelse Kind, wie zou dan ooit blijven bestaan?' (hoofdstuk 27).

DE VERTALING

Een enkel woord over de vertaling van enkele belangrijke woorden en uitdrukkingen. Ik heb me gepermitteerd om een viertal woorden niet te vertalen en in het Chinees te laten. Dat is in de eerste plaats *Tao*. Tao betekent letterlijk 'weg', maar dit woord bestrijkt een dermate groot semantisch veld dat het echt onvertaalbaar is. Dan zijn er verder *yin* en *yang*, in het Nederlands ingeburgerde termen van de twee grondprincipes van de Chinese natuurkunde, en ten slotte *qi* (spreek uit 'tsji'), 'ether', 'adem', 'de grondmaterie van het heelal', een term die geen goede tegenhanger heeft in onze taal.

Verder zijn er enkele andere, wel vertaalde termen die echter om een kleine toelichting vragen. In de theologie van de religie van de Zhou-periode werd de hoogste godheid eenvoudigweg 'hemel' genoemd. Dan is er de uitdrukking 'de tienduizend dingen', die staat voor 'alles', 'alle wezens', 'de hele schepping'.

Ik heb zo veel mogelijk overal dezelfde vertaling voor een bepaald woord gebruikt, ook al zijn er soms verschuivingen in de betekenis. Zoals hiervoor uitvoerig is besproken, beslaat de tekst van de geschriften een periode van minstens honderd jaar, een periode van grote veranderingen, ook in het denken. Het woord 'deugd' (*de*) heeft in de oudere gedeelten van de *Zhuangzi* de betekenis van 'de werking van de Tao', terwijl het in de latere hoofdstukken meer de betekenis van 'innerlijke kracht' krijgt. Na lang beraad heb ik overal 'deugd' gehandhaafd.

DE LATERE OVERDRACHT

In de hierboven vertaalde 'biografie' door de Grote Geschiedschrijver wordt vermeld dat de geschriften van Meester Zhuang maar liefst meer dan honderdduizend karakters telden. Dat is veel voor een tekst uit die tijd, en dat is in ieder geval veel meer dan de versie van de *Zhuangzi* die we nu hebben, want die telt er maar zeventigduizend. Wat is er met de rest gebeurd? Dit is een vraag waar al veel eruditie aan te pas is gekomen, maar die misschien niet alleen voor stoffige geleerden van belang is.

De teksten van de *Zhuangzi* werden in de oudheid vooral in het gebied van Song en het aangrenzende land van Chu[42] bewaard.[43] Tot aan het begin van de Han-dynastie bleef de taoïstische traditie, en ook de geschriften van Zhuang Zi, daar behouden. In het midden van de tweede eeuw voor onze jaartelling, onder de Han-dynastie, was die streek tot een prinsdom geworden en als leengoed aan een van de afstammelingen van de stichter van de dynastie gegeven. Dit was Liu An (gestorven in 122 voor onze jaartelling), een groot beschermheer van de kunst en de wetenschap en een aanhanger van het taoïsme. Hij stichtte aan zijn hof te Huainan een academie en belastte acht van de beste geleerden uit zijn tijd met het schrijven van een summa van de taoïstische filosofie en wetenschap. Deze activiteiten strookten echter in het geheel niet met de confucianistische ideologie van de nog jonge keizer Wu. Deze wilde zijn persoonlijke macht als Zoon des Hemels op alle manieren versterken, en was dus beducht voor de toenemende roem en populariteit van Liu An. Hij beschuldigde hem van hoogverraad, en Liu An pleegde zelfmoord.[44] Zijn summa overleefde hem echter en is, zij het in een bekorte vorm, tot ons gekomen.[45] Veel van wat erin staat is direct of indirect aan de *Zhuangzi* ontleend, en daarom weten we dat dit boek niet alleen

42 Chu was een machtige zuiderbuur van Song. Nadat Song in 286 voor onze jaartelling door Qi ten val was gebracht, werden grote delen ervan door Chu veroverd en ingelijfd. Daarom werd in latere tijden wel eens gezegd dat Zhuang Zi uit Chu stamde.

43 In die tijd werden teksten met inkt op houten latjes geschreven, die dan met touw aan elkaar vast werden gemaakt. Een zekere hoeveelheid latjes werd tot een bundeltje opgerold en met een lint omwikkeld. Een dergelijke 'rol' was een min of meer vaststaande hoeveelheid tekst. Tot aan veel latere tijden, toen er al papier en zelfs boekdrukkunst bestonden, werden teksten nog steeds onderverdeeld in 'rollen'.

44 Volgens de taoïstische overlevering werd Liu An hierdoor juist 'bevrijd van het lichaam' en werd hij een onsterfelijke.

45 Dit werk staat nu bekend als de *Huainanzi*, het 'Boek van de Meester van Huainan'.

aan zijn hof aanwezig moet zijn geweest, maar daar ook een groot aanzien genoot.

Nadat het reactionaire confucianisme tijdens de Han-dynastie en ten tijde van keizer Wu en zijn Grote Geschiedschrijver hoogtij had gevierd, won die stijve leer hoe langer hoe meer aan invloed. Vooral tijdens de tweede helft van de Han-dynastie, de zogenaamde 'Oostelijke Han' (25-220), was er geen houden meer aan en werd het ene antitaoïstische geschrift na het andere geschreven. Volksbewegingen die de cultus van de taoïstische heiligen en het gedachtegoed van de Oude Meester in ere hielden, werden vervolgd en onderdrukt.[46] Alles wat een begin heeft, heeft echter ook een einde, en dus werd op een goed moment het grote Han-rijk – in veel opzichten te vergelijken met het Romeinse Rijk – het slachtoffer van zijn eigen agressiviteit tegen de door het taoïsme geïnspireerde volksbewegingen. Na de val van de Han in 220 van onze jaartelling werd het taoïsme dan ook gerehabiliteerd. De oude teksten werden herontdekt en opnieuw uitgegeven met commentaren die aansloten bij de gedachtewereld uit die tijd, waarin niet alleen de confucianistische denkpatronen een grote rol bleven spelen, maar waarin ook het recentelijk in China verbreide boeddhisme zijn invloed deed gelden.

Ook de *Zhuangzi* werd verschillende malen op deze manier heruitgegeven,[47] onder anderen door een zekere Guo Xiang, een met de tijdgeest meegaande filosoof die een soort synthese tussen taoïsme en confucianisme probeerde te vinden. Guo Xiang had heel mooie en hoogstaande ideeën, die vaak meer uit zijn eigen gedachtegoed kwamen dan dat ze iets met het denken van Zhuang Zi uitstaande hadden. Ook vond Guo Xiang dat bepaalde stukken uit de *Zhuangzi* niet strookten met het idee dat hij over diens filosofie had, of hij vond ze zonder belang omdat ze alleen maar verschillende versies van hetzelfde verhaal waren. Daarom gooide hij alles eruit wat hem niet beviel, en bracht zo de tekst terug

46 Zoals bijvoorbeeld de beroemde 'Weg van de Hemelse Meester'. Zie Seidel, *La divinisation de Lao-tseu dans le taoïsme des Han*.

47 Vanzelfsprekend in manuscriptvorm, geschreven in inkt op tijdens de Han-dynastie uitgevonden papier, hetgeen de vermenigvuldiging en verspreiding zeer bevorderde.

tot ongeveer zeventigduizend karakters. Omdat de geleerden, en vooral de confucianisten, de uitgave van Guo Xiang prachtig vonden (soms nog mooier dan het oorspronkelijke werk), werd deze versie al gauw de standaardeditie en bleef als enige bewaard, terwijl al de andere versies verloren gingen.

Dat is natuurlijk erg jammer, maar gelukkig zijn er twee omstandigheden die het minder erg maken dan het lijkt. Ten eerste is het vrijwel zeker dat Guo Xiang niet aan de zeer fundamentele Innerlijke geschriften is gekomen.[48] Ten tweede is het mogelijk dat althans een gedeelte van de door Guo Xiang uit de *Zhuangzi* geschrapte stukken later is terechtgekomen in het werk dat de titel *Liezi*[49] ('Meester Lie') draagt. Dit naar ieders oordeel een omstreeks 300 samengestelde bundel van doorgaans oud materiaal moest voor een boek uit de klassieke oudheid doorgaan. De auteur van deze falsificatie zou een bekend geleerde genaamd Zhang Zhan zijn geweest. Een groot aantal teksten uit de *Liezi* heeft veel gemeen met stukken uit de *Zhuangzi*.[50]

Hoewel Guo Xiangs editie van de tekst van de *Zhuangzi* dus de enige is die bewaard is gebleven, wordt zijn commentaar gelukkig allang niet meer als enig zaligmakend gezien. In de vroege Tang-periode (zevende eeuw) schreef een taoïst genaamd Cheng Xuanying een nieuw en buitengewoon nauwkeurig commentaar, dat hij met karakteristieke bescheidenheid een 'ondercommentaar' (*shu*) van het werk van Guo Xiang noemde, maar dat in werkelijkheid de oorspronkelijke betekenis van Zhuang Zi's geschriften veel meer recht doet. Omstreeks die tijd werden ook de eerste wetenschappelijke tekstkritische studies gedaan naar de *Zhuangzi*. De Tang-dynastie was het taoïsme zeer goed gezind, en de grote keizer Xuanzong (712–756) ging zelfs zover om de *Zhuangzi* officieel tot een canoniek boek te maken, met de titel *Nanhua*

48 Volgens Lu Deming zijn de Innerlijke geschriften in alle in zijn tijd nog bewaarde versies hetzelfde.

49 Spreek uit 'Liédze'.

50 Zie hierover A.C. Graham, *The Book of Lie-tzu*.

51 Dit gebeurde in 751. De term 'De Bloem van het Zuiden' is waarschijnlijk een zinspeling op het feit dat de *Zhuangzi* in het zuiden van China (het land van Chu) was overgeleverd.

zhenjing ('Het Waarachtige Boek van de Bloem van het Zuiden').[51]

Hoewel, gelukkig, de *Zhuangzi* toch nooit een 'heilig boek' geworden is, groeide zijn invloed wel, niet alleen binnen het taoïsme, maar ook binnen het boeddhisme. In de latere Tang-dynastie kwam het zenboeddhisme op, dat sterk onder de invloed van de *Zhuangzi* stond. Verschillende zenmeesters hebben dan ook commentaren op de *Zhuangzi* geschreven. Ook de Song-dynastie (960-1127-1279) en het toen opkomende neoconfucianisme waren het taoïsme zeer toegedaan, zodat ook veel aanhangers van deze nieuwe filosofische richting hun bijdrage aan de nu reeds lange reeks commentaren leverden.

Sindsdien is de populariteit van de *Zhuangzi* nooit verminderd, en tot op heden komen er jaarlijks nieuwe studies uit, niet alleen in China maar ook in Japan en Korea, zodat een complete bibliografie van alle studies en tekstkritische uitgaven van de geschriften duizenden titels zou opleveren. De geschriften toegeschreven aan Zhuang Zhou zijn immers altijd actueel gebleven; zijn weergaloze kritiek op alle systemen en ideologieën is in onze huidige tijd meer dan ooit onontbeerlijk.

Bibliografie

CHINESE BRONNEN

De standaardteksteditie is tot op heden de *Zhuangzi jishi* van Guo Qingpan (1844-1896). Dit werk, dat voor het eerst in 1894 gepubliceerd werd en eindeloos is herdrukt, bevat naast de standaardcommentaren van Guo Xiang en Cheng Xuanying ook de kritische annotaties uit de *Jingdian shiwen* van Lu Deming (556-627) en veel ander materiaal. Bijzonder zijn de aantekeningen over de betekenis van de tekst van de vader van de auteur, de grote geleerde Guo Kundao (1823-1882), die de *Zhuangzi* met zijn kinderen las en aan hen uitlegde.

Van de talloze andere tekstuitgaven en commentaren heb ik vooral de volgende gebruikt:

1. Li Mian, *Zhuangzi zonglun ji fenpian pingzhu*. Taiwan Commercial Press, Taipei 1973.

De auteur van deze te weinig bekende studie werd geboren in 1921 en was hoogleraar aan de Chenggong Universiteit in Tainan (Taiwan). Zijn commentaar berust op een uitnemende kennis van de vroege Chinese literatuur en een onbevooroordeelde, hoewel weinig originele, benadering van Zhuang Zi's denkwijze.

2. Guan Feng, *Zhuangzi neipian shijie he pipan*. Zhonghua shuju, Beijing 1961.

De enige werkelijk kritische en filosofische studie van de Innerlijke geschriften van het communistische China. Guan heeft zeer belangrijke en originele inzichten, die jammer genoeg vaak samengaan met de meest oninteressante marxistisch-leninistische vooroordelen. Gedurende de Culturele Revolutie nam Guan actief deel aan de campagne tegen Lin Bao en Confucius, en is sindsdien van het toneel verdwenen.

3. Chen Guying, *Zhuangzi jinzhu jinshi*. Zhonghua shuju, Beijing 1983.

Een actuele geannoteerde editie met een vertaling in het moderne Chinees, vooral bedoeld voor het universitair onderwijs. De auteur, die zowel aan de National Taiwan University te Taipei als aan de Peking University te Beijing verbonden is, is een van de meest vooraanstaande specialisten op het gebied van de vroege Chinese filosofie.

4. Wang Shumin, *Zhuangzi jiaoquan*. Academia Sinica, Taipei 1988 (3 dln.).

Een summa van alle commentaren, kritische studies en parallelpassages in andere bronnen (vooral de *Huainanzi*), waaraan de auteur zijn hele leven gewerkt heeft; een eerdere, eenvoudiger versie van zijn werk werd reeds in 1944 in Sichuan verspreid onder de titel *Zhuangzi jiaoshi*. De gigantische hoeveelheid mate-

riaal die door de auteur is bijeengebracht is echter niet verwerkt tot een synthese, en er is geen sprake van een echt oorspronkelijke benadering.
Voor de verdere klassieke teksten zoals de *Lunyu* (de *Analecta*) van Confucius, de *Chuci* ('Elegieën van Chu'), de *Chanhai jing* ('Het boek van Bergen en Zeeën') en de *Mu Tianzi zhuan* ('De legende van de Zoon des Hemels Mu') heb ik de gangbare klassieke tekstuitgaven benut. De daaraan beantwoordende vertalingen heb ik hieronder vermeld.

VERTALINGEN, STUDIES EN VERDERE GECITEERDE WERKEN

Buber, Martin, *Die Erzählungen der Chassidim*. Manesse Verlag, Dresden 1949.

Duyvendak, J.J.L., en Tau Te Tsjing, *Het boek van Weg en Deugd*. Van Loghum Slaterus, Arnhem 1942. Herziene 3e uitgave: De Driehoek, Amsterdam 1980.

Graham, A.C., *The Book of Lie-tzu*. John Murray, London 1960.

——, *Chuang-tzu. The Inner Chapters*. George Allen and Unwin, London 1989.

——, *Disputers of the Tao: Philosophical Argument in Ancient China*. Open Court, Chicago and La Salle 1989.

Granet, Marcel, *La pensée chinoise*. Albin Michel, Paris 1934 (vele herdrukken).

Hawkes, D., *Ch'u tz'u: The Songs of the South; An Ancient Chinese Anthology*. Clarendon Press, London 1959 (vertaling van de *Chuci*).

Henricks, Robert G., *Lao-tzu Te-tao ching – een nieuwe vertaling, gebaseerd op de recent ontdekte Ma-wang-tui-teksten*. Kosmos, Utrecht/Antwerpen 1991 (zeer goed gedocumenteerde en zorgvuldig verantwoorde studie van de *Daodejing*; de tekst zelf is helaas een hervertaling uit het Engels, en daarom vaak minder gelukkig).

Liu Xiaogan, *Classifying the Zhuangzi Chapters*. Center for Chinese Studies, Michigan 1994.

Mair, Victor H., *Wandering on the Way. Early Taoist Tales and Parables of Chuang Tzu*. Bantam Books, New York 1994.

Maspero, Henri, *Taoism and Chinese Religion*. Translated by F.A. Kierman. The University of Massachusetts Press, Amherst 1981.

Mathieu, R., *Le Mu Tianzi zhuan: traduction annotée*. IHEC, Paris 1978.

Schipper, K.M., *Tao, de levende religie van China*. Meulenhoff, Amsterdam 1988.

——, 'Le culte de l'immortel Tang Gongfang', in Alain Forest, Yoshiaki Ishizawa et Léon Vandermeersch, eds., *Cultes populaires et sociétés asiatiques*. L'Harmattan, Paris 1991.

Seidel, Anna K., *La divinisation de Lao-tseu dans le taoïsme des Han*. Ecole française d'Extrême-Orient, Paris 1969.

Waley, A., *The Analects of Confucius*. George Allen and Unwin, London 1938 (vertaling van de *Lunyu*).

Watson, Burton, *The Complete Works of Chuangtzu*. Columbia University Press, New York 1968.

Willetts, W., *Foundations of Chinese Art*. Donald Moore, Singapore 1965.

Yang Kuan, *Zhanguo shi*. Renmin chubanshe, Shanghai 1980 (geschiedenis van de Strijdende Staten, nieuwe en verbeterde editie).

De Innerlijke geschriften

HOOFDSTUK 1

Zwerven, vrij en blij

I

In de duistere wateren van het noorden was er eens een vis, en zijn naam was Kun.[1] Die Kun had een omvang van ik weet niet hoeveel duizend mijl, zó groot was hij. Hij veranderde en werd een vogel genaamd Peng. En die Peng had ook een omvang van ik weet niet hoeveel duizend mijl, zó groot was zijn rug.

Met grote kracht sloeg hij zijn wieken uit. Zijn vleugels waren als wolken die de hemel bedekten. Wat een vogel! Met hoge zee zette hij koers naar de duistere wateren van het zuiden.[2] Die zuidelijke zeeën zijn het Hemelse Meer.

Xie Qi[3] was iemand die wonderen opschreef. Hij zei: 'Toen die Peng wegvloog naar de duistere wateren van het zuiden, sloeg hij [met zijn vleugels] op het water over een afstand van drieduizend mijl. Daarna rees hij op als een wervelwind tot een hoogte van negentigduizend mijl, en vertrok met de storm die blaast gedurende de zesde maand van het jaar.'

Eerst lijkt hij nog een wild paard,[4] dan een nietig stofje – zo worden wezens in de storm door elkaar geblazen. En dan de blauwe hemel: is dat eigenlijk wel zijn echte kleur? Is de verte waarnaar we staan te turen eigenlijk zonder einde? Als die vogel naar beneden kijkt, dan ziet hij ons vast ook zo.

1 *Kun* betekent ook vissenei, en daarmee wordt aangeduid dat de allergrootste vis ook meteen de allerkleinste is.

2 Het woord *ming*, dat ik hier als 'de duistere wateren' vertaal, wordt zeer vaak gebruikt in verband met de oerchaos (zie de *Daodejing*, hoofdstuk 21). We hebben hier, in het begin van het boek, te maken met elementen van een oude scheppingsmythe.

3 Misschien gaat het hier niet om de naam van een persoon, maar om de naam van een boek.

4 'Wild paard' is de letterlijke vertaling van de tekst. Veel commentaren kiezen voor de figuurlijke betekenis van 'overdrijvende wolk'.

Als water niet diep is, dan heeft het niet voldoende weerstand om een grote boot te dragen. Giet een kom water in een gat in de grond, en een strootje kan erop varen; zet je de kom zelf erin, dan blijft hij steken – het water is te ondiep en het vaartuig te groot! Als er niet genoeg wind is, ontbreekt de kracht om zulke grote vleugels te dragen. Daarom moet hij eerst negentigduizend mijl opstijgen, om zo de wind onder zich te krijgen en dan op de wind te steunen; boven hem niets dan de blauwe hemel, niets dat hem in de weg staat, en dan pas kan hij koers zetten naar het zuiden.

Het krekeltje en het duifje lachen erom, en zeggen: 'We maken een sprongetje en vliegen tot aan die olm of die sandelboom. Soms halen we het niet en vallen we op de grond voordat we er zijn, en dat is dat! Wat moet dat eigenlijk, eerst negentigduizend mijl omhoog om naar het zuiden te vliegen?'

Degene die naar de nabijgelegen bossen wil en genoeg eten meeneemt voor drie maaltijden, komt terug met zijn maag nog vol. Hij die een reis van honderd mijl moet maken, staat een dag tevoren het benodigde graan te malen. Maar wie een reis van duizend mijl moet maken, neemt proviand voor drie maanden mee. Wat begrijpen krekeltjes en duifjes daarvan?

Kleine kennis is niet opgewassen tegen grote kennis, en een korte levensduur niet tegen een lange. Hoe weet men dat? De eendaagse paddestoel weet niets van de nieuwe en de volle maan, noch weet de krekel van de vier jaargetijden, want ze hebben een korte levensduur. Maar ten zuiden van het koninkrijk van Chu leeft een goddelijke schildpad[5], voor wie vijfhonderd jaar gelijk is aan een lente, en nog eens vijfhonderd jaar aan een herfst. In de hoge oudheid bestond er de grote Chun-boom[6], waarvoor achtduizend jaar gold als een lente, en nog eens achtduizend jaar als een herfst. Dat zijn lange levensduren. En dat terwijl Pengzu[7]

5 *Mingling*; een goddelijk wezen uit de duisternis van de oerchaos. Het wordt door de commentatoren gezien als een gigantische schildpad. Schildpadden waren heilige dieren in het oude China. Hun schild werd gebruikt voor het wichelen.

6 Ook hier gaat het om een mythologisch thema. Chun, geschreven als 'lenteboom', is kennelijk een eigennaam, net zoals Kun en Peng.

7 Letterlijk: 'de aartsvader van Peng', wiens naam Qian Jian luidde. Volgens de legende was hij raadsman onder de oerkoningen Yao en Shun. Hij werd ingewijd in de geheimen

vandaag de dag beroemd is om zijn lange leven! Iedereen wil hem nadoen! Is dat niet bedroevend?

'De vragen van Tang' aan Ji[8] gaan daar ook over. Daar staat dat ten noorden van het Land van de Mensen zonder Haar[9] duistere wateren zijn. Die vormen het Hemelse Meer. Daarin leeft een vis met een omvang van enkele duizenden mijlen – niemand weet precies hoeveel –, en zijn naam is Kun. Daar is ook een vogel, en die heet Peng. Zijn rug is zo groot als de Taishan.[10] Zijn vleugels zijn als wolken die aan de hemel hangen. Met zijn vleugels slaat hij op het water, en als een wervelwind – draaiend als een ramshoorn – rijst hij op tot een hoogte van negentigduizend mijl. Ver boven de wolken, met zijn rug tegen de blauwe hemel, zet hij dan koers naar de zuidelijke zeeën.

Het musje moet er maar om lachen, en roept: 'Waar moet die heen? Ik maak een sprongetje en vlieg naar boven, en na een paar meter daal ik weer neer. Ik fladder heen en weer tussen de lianen. Dat is toch ook heel goed vliegen? Die daarginder, waar moet die naar toe?' Zo zie je het verschil tussen klein en groot.

Iemand die maar één ambt weet te bekleden, wiens daden zich beperken tot één district, wiens gedrag aansluit bij wat hem door zijn heer gevraagd wordt en die dusdoende belast wordt met de administratie in één land, een dergelijk iemand beschouwt alles ook net zo vanuit zijn eigen standpunt. Song Rongzi[11] moest er dan ook om lachen. Wanneer de hele wereld hem prees, ging hij

van het Lange Leven, die niet alleen gymnastiek en ademhalingsoefeningen behelsden, maar ook seksuele praktijken. Hij leefde achthonderd jaar. In de Chinese folklore wordt hij geïdentificeerd met de Ster van het Lange Leven (Shouxing), wiens afbeeldingen als een oude man, met een zeer prominent en hoog voorhoofd, overal te vinden zijn.

8 Tang stichtte in 1765 voor onze jaartelling de legendarische Shang-dynastie. Ji, elders ook Ge Ji genoemd, was zijn wijze raadsman. 'De vragen van Tang' is thans de titel van een hoofdstuk van de *Liezi*, een boek dat veel overeenkomsten vertoont met de *Zhuangzi* en misschien zelfs is samengesteld uit fragmenten van dezelfde oorsprong. Zie hierover de Inleiding, en hieronder, noot 12.

9 Een mythologisch land.

10 De voornaamste heilige berg van China, in de huidige provincie Shandong.

11 Dit is Song Xing, ook bekend als Song Jing of Song Jian, een denker uit de vroege Strijdende Staten-periode, die tussen 400 en 320 voor onze jaartelling geleefd moet hebben. Song Xings filosofie, voorzover we die kennen, komt in zekere mate overeen met die van de stoïcijnen. Zie verder hoofdstuk 33, paragraaf VI.

heus niet meer zijn best doen; en wanneer de hele wereld hem afviel, dan werd hij daar niet door ontmoedigd. Hij maakte een strikt onderscheid tussen het innerlijke en het uiterlijke. Hij hield roem en schande goed uit elkaar, en dat was dat. Wat de wereld betrof, daar maakte hij zich helemaal niet druk over. Toch had hij het nog niet helemaal bereikt.

Net als bijvoorbeeld Lie Zi,[12] die op de wind reed en er zo vandoor ging. Heerlijk fris! Na vijftien dagen kwam hij weer terug. Wat zijn fortuin betrof, daar maakte hij zich volstrekt niet druk over. En toch, hoewel hij dus niet hoefde te lopen, bleef er altijd nog iets waarvan hij afhankelijk was.[13] Indien men echter de norm van hemel en aarde[14] berijdt en de verandering van de zes kosmische energieën[15] bestuurt, en zo gaat rondzwerven in het onuitputtelijke – waarvan is men dan nog afhankelijk? En daarom heet het: de allerhoogste mens heeft geen 'ik'; de goddelijke mens heeft geen verdienste; de heilige mens heeft geen naam.

II

Yao[16] wilde het Hemelse Rijk[17] afstaan aan Xu You.[18] Hij sprak: 'Als zon en maan blinkend aan de hemel staan, wie zou dan nog

12 Lie Zi is een van de prominente figuren in de *Zhuangzi*, een student van de Tao die meer tot het magische dan tot het mystieke is aangetrokken. Het boek dat nu zijn naam draagt kwam pas later tot stand, waarschijnlijk in de vroege vierde eeuw van onze jaartelling, maar bevat veel oud materiaal.

13 Namelijk de wind.

14 Dat wil zeggen: de spontane evolutie van de kosmos, het hoogste natuurlijke principe.

15 Kosmische energie is een vertaling voor *qi*, de materie van al wat leeft. De zes hier zijn de energieën van yin, yang, wind, regen, licht en duisternis.

16 Yao is een van de grote heilige stamvaders van de Chinese cultuur en als zodanig vooral vereerd door de confucianisten. Volgens de traditionele Chinese chronologie zou hij van 2357 tot 2258 voor onze jaartelling over het Hemelse Rijk geregeerd hebben.

17 *Tianxia*; 'het Hemelse Rijk' is de aloude benaming van China. De letterlijke betekenis is 'Alles onder de Hemel', en daarmee wordt uitgedrukt dat China niet alleen werd gezien als het centrum van de wereld (het Rijk van het Midden) maar ook als het centrum van de menselijke cultuur, en in feite een land zonder grenzen. Hier vertaal ik *Tianxia* als 'het Hemelse Rijk' of eenvoudigweg 'het rijk', en soms als 'de hele wereld'.

18 Xu You was een heremiet die in de wildernis leefde. Er bestaan verschillende versies

de fakkels laten branden? Hun licht kan heus niet opwegen tegen dat van die hemellichamen. Als de regen op de juiste tijd valt, wie gaat dan nog door met het land water te geven? Zo'n geplens is dan toch overbodige moeite? Nu jij, meester, er bent, heerst er orde in het rijk, en ben ik maar een vicaris.[19] Ik beschouw dit als een onbevredigende situatie. Neem alsjeblieft het rijk van me over!'

Xu You antwoordde: 'Je heerst nu over het Hemelse Rijk, en zo is er al orde. Als ik je nu zou vervangen, zou ik dat dan moeten doen vanwege de naam? De naam is maar de gast van het echte ding; moet ik het dan om het gast-zijn doen?[20] Het musje heeft genoeg aan een enkele tak om zijn nest te bouwen in het dichte woud; de veldmuis die aan de rivier drinkt neemt daarvan niet meer dan zijn buikje kan vullen. Hou op, jij! Ik heb geen enkele baat bij de zaken van het rijk. Zelfs al doet de kok het niet goed, toch springen de vicaris en de voorbidder[21] niet over de offervaten om zijn plaats in te nemen!'

III

Jianwu sprak met Lianshu[22] over zijn twijfels: 'Ik heb Jieyu[23] horen praten. Het klonk geweldig, maar hij had geen enkel bewijs

van het verhaal waarin de machtige koning Yao zijn koninkrijk aan hem wil afstaan. In een ervan staat dat Xu You, nadat hem een dergelijk voorstel was gedaan, zijn oren waste om ze van de door deze woorden veroorzaakte vervuiling te reinigen.

19 Het woord dat hier gebruikt wordt is *shi*, letterlijk: 'lijk', 'kadaver'. Deze naam werd ook gegeven aan de persoon die tijdens de offers aan de voorvaderen de gestorvenen representeerde en door hun geest bezeten werd (vergelijk de etymologie van ons woord 'lichaam'). De *shi* is dus een acteur, een plaatsvervanger, de vicaris, van een goddelijke persoon.

20 Xu You wil zeggen dat hoewel Yao de naam van heerser heeft, hijzelf al spontaan orde in de wereld brengt. Maar hij heeft er geen behoefte aan dat iedereen dat zou weten en erkennen.

21 De twee voornaamste personen in het offerritueel. De vicaris is de *shi* (zie ook noot 19) en de voorbidder de *zhu*, die de tekst van het ritueel voordraagt. Over de kok die het offerdier moet voorbereiden staat een lang verhaal in hoofdstuk 3, paragraaf II.

22 Beiden zijn taoïstische wijzen uit de oudheid, die een aantal malen in de *Zhuangzi* ten tonele komen.

23 Letterlijk betekent deze naam 'hij die het rijtuig opwacht'. Volgens de legende zou hij Lu Long geheten hebben, en hij staat ook bekend als 'de Gek van Chu'. Hij zou eens het rijtuig van Confucius hebben aangehouden en hem gewaarschuwd hebben voor de

voor wat hij zei, en er was geen touw aan vast te knopen. Ik werd er echt bang van; het leek wel op de eindeloze Melkweg! Het was volkomen fantastisch en stond ver van ons menselijk bestaan.'

'Wat zei hij dan?' vroeg Lianshu.

'In de verre bergen van Gushe[24] wonen goddelijke mensen. Hun huid is wit als rijp en sneeuw; ze zijn schuchter als maagden. Ze eten geen granen,[25] maar voeden zich met de wind en de dauw. Ze berijden de wolken en mennen vliegende draken om te gaan zwerven in de contreien buiten de vier wereldzeeën. Door de concentratie van hun geest kunnen ze de pest verdrijven en de jaarlijkse oogst doen rijpen.[26] Volgens mij zijn dat maar verzinsels, en ik hecht er geen enkel geloof aan.'

'Dat dacht ik wel!' zei Lianshu. 'De blinde is niet in staat prachtige motieven te zien, noch is de dove bij machte iets van klokken- en trommelspel te begrijpen. En een dergelijk onbegrip is heus niet alleen weggelegd voor blinden en doven: het verstand kent het ook, getuige wat je daarnet hebt gezegd! Je zult ook nooit veranderen!

Die mensen! Hun kracht! De tienduizend dingen[27] worden erdoor samengebald tot één geheel. Wanneer de wereld tot hen bidt om orde in de verwarring te brengen, gaan ze zich heus niet uitsloven om zich met de zaken van het Hemelse Rijk bezig te houden!

Die mensen! Niets kan hun deren. Al komt er een vloed die tot de hemel reikt, ze zullen niet verdrinken; al komt er een hittegolf die metaal en stenen doet smelten en aarde en bergen verschroeit, ze zullen het niet eens warm krijgen.[28] Van hun afval

politiek. Zie de *Lunyu*, de *Analecta* (ook wel vertaald als *De gesprekken van Confucius*), 18, 5. In de *Zhuangzi*, hoofdstuk 4, paragraaf III, staat een persiflage van dit laatste verhaal.

24 Verschillende bergen in Noord-China zijn met deze heilige contreien geïdentificeerd, maar hier gaat het natuurlijk om een mythologische plaats.

25 Het niet eten van granen was van oudsher een van de meest voorkomende geboden voor hen die de onsterfelijkheid zochten. Zie mijn *Tao, de levende religie van China*, hoofdstuk 9.

26 Er zijn aanwijzingen dat in de Chinese oudheid deze 'onsterfelijken' (*xianren*) als natuurgoden werden gezien en aangeroepen werden om de oogst te beschermen.

27 *Wanwu*; alle wezens op aarde, inclusief alle mensen, de schepping in haar geheel.

28 Dit zijn apocalyptische beelden, die hier voor het eerst in de Chinese cultuur in een context van religie en onsterfelijkheid voorkomen.

en uitwerpselen zou je nog een Yao of een Shun kunnen maken! Denk je heus dat ze bereid zouden zijn om zich met de zaken van het Hemelse Rijk bezig te houden?'

IV

Een man uit Song[29] handelde in staatsiehoeden. Op een dag ging hij naar de volksstammen van Yue.[30] Die mensen in Yue scheren echter hun haar af en tatoeëren hun lichaam, en dus hebben ze helemaal geen staatsiehoeden nodig.

V

Yao bestuurde het volk in het Hemelse Rijk en breidde zijn bewind uit over alles wat binnen de vier wereldzeeën lag. Daarop bezocht hij de vier meesters[31] in de verre bergen van Gushe, die liggen ten noorden van de Fen-rivier. Hij werd daardoor zo bevangen dat hij het rijk volkomen liet schieten.

VI

Hui Zi[32] zei tegen Zhuang Zi: 'De koning van Wei gaf me zaden van een soort grote kalebassen. Ik plantte ze, en eenmaal rijp wogen ze niet minder dan vijf ton! Toen ik er water of andere vloeistoffen in wilde doen, werden ze te zwaar voor me om op te tillen. Toen ik ze daarop in tweeën deelde om er scheplepels van te maken, waren ze ook te groot om ergens in te kunnen. Er was

29 Song, het land waar Zhuang Zi zelf vandaan kwam, was ook het spreekwoordelijke land der domoren.

30 Een land in Zuid-China dat toen nog maar zeer gedeeltelijk door de Noord-Chinezen was gekoloniseerd. De stammen van Yue zijn de voorvaderen van de Vietnamezen en van minderheidsvolken in Zuid-China en in Zuidoost-Azië.

31 Volgens de traditie zijn dit Wangni ('Prinsenkind'), Niejue ('Tandeloos'), Piyi ('Kazuifel') en de hierboven genoemde Xu You. Alle vier zijn dit heilige figuren uit de Chinese oudheid die op bepaalde bergen vereerd werden.

32 Hui Zi, 'Meester Hui', wiens volledige eigennaam Hui Shi luidt, was een beroemd sofist. Hij was een tijdgenoot van Zhuang Zi en net als hij afkomstig uit Song. Later werd hij raadsman van koning Hui van Liang. Zie ook hoofdstuk 33, paragraaf X.

niets mis met de afmetingen van die kalebassen, maar voor mij waren ze van geen enkel nut. Dus heb ik ze maar stukgeslagen.'

Zhuang Zi antwoordde: 'Nou, meester, dan ben je wel erg dom als het erom gaat grote dingen te gebruiken. Er waren eens mensen in Song die sinds generaties zijdebleker van beroep waren, en die een uitstekend middeltje hadden tegen gekloofde winterhanden.[33] Een vreemdeling hoorde ervan en bood hun honderd goudstukken voor het recept. Alle leden van de familie kwamen bij elkaar, en zeiden: "Sinds generaties bleken we zijde, en nooit hebben we meer verdiend dan een paar stukken goud, en nu ineens kunnen we er honderd verdienen. Laten we het hem alsjeblieft verkopen!" De vreemdeling kreeg dus het recept en sprak erover met de koning van Wu.[34] Die was net in oorlog met Yue. De koning van Wu maakte de man aanvoerder van zijn leger. Midden in de winter leverde hij een zeeslag met Yue, en bracht ze een grote nederlaag toe.[35] Daarop gaf de koning van Wu hem een deel van zijn land en verhief hem in de adelstand. Het ging om hetzelfde middel tegen gekloofde winterhanden, maar de een kreeg er een leengoed voor, terwijl de anderen niet boven de zijdeblekersarbeid uit kwamen. Dat bedoel ik met het verschil in gebruik.

Nu heb jij grote kalebassen van vijf ton: waarom heb je niet bedacht ze als grote drijfboeien te gebruiken en ermee over de rivieren en meren te zwerven, in plaats van je te beklagen dat ze als scheplepels te groot waren om ergens in te kunnen? Ik zie wel dat je hart nog vol lianen zit!'[36]

VII

Hui Zi zei eens tot Zhuang Zi: 'Neem nou eens die grote boom, die de mensen *chu* noemen.[37] Zijn dikke stam zit vol knobbels en

33 Zijdeblekers wasten de zijdecocons en lieten ze in het water weken om ze vervolgens af te spinnen. Deze ambachtslieden werkten dus veelal met hun handen in het water.

34 Wu was net als Yue een zuidelijk 'barbaars' land dat in Zhuang Zi's tijd een sterke ontwikkeling op politiek en militair gebied doormaakte.

35 Omdat zijn soldaten geen last kregen van gekloofde handen.

36 Dat wil zeggen: je verstand zit dichtgegroeid met parasieten die je belemmeren vrij te denken.

bulten. Er is geen rechte lijn op te trekken. Zijn takken zijn allemaal krom en gedraaid. Geen kompas of winkelhaak die je erop kunt gebruiken. Als hij langs de weg staat, is er geen timmerman die ernaar omkijkt. Krek die woorden van jou: wel groot, maar zonder enig nut. Iedereen keert ze de rug toe.'

Zhuang Zi antwoordde: 'Heb je nooit een boskat of een wezel gezien? Ze sluipen laag bij de grond en liggen in een hinderlaag, loerend op kleine diertjes. Dan nemen ze een grote sprong van hier tot ginder, zonder op te letten hoe hoog ze springen, en zo raken ze in de val of vinden ze de dood in het vangnet. Of neem bijvoorbeeld de oeros.[38] Hij is zo groot dat hij reikt tot aan de wolken die van de hemel hangen. Hij is wel bekwaam in het groot zijn, maar beslist niet in het vangen van ratten.[39] En nu heb jij een grote boom, maar je beklaagt je dat hij geen nut heeft. Waarom plant je hem dan niet in het land van niemendal, in het veld van de wijde wildernis?[40] Dan ga je er lekker naast zitten niets doen[41] of er vrij en blij onder liggen slapen. Want:

Niet ten prooi zal hij vallen aan de bijl!
Geen ding zal hem ooit kwaad doen!
Wie nergens toe dient,
Wat kan die nog overkomen?'

37 Er zijn veel verschillende opinies over wat voor boom hier bedoeld wordt: eik, lakboom, enzovoort. Maar uit de tekst blijkt niet dat het hier om een bepaalde boomsoort gaat, maar alleen om een soort boom die de mensen *chu* noemen en die per definitie onbruikbaar hout oplevert.

38 Het Chinese woord is *li*, geschreven met een zeldzaam karakter, dat een levensgroot wild rund betekent dat vooral in het zuidoosten zou voorkomen. Sommige commentaren spreken hier over de jak van de Tibetaanse hoogvlakten, maar dat lijkt onjuist.

39 Iedereen heeft zijn sterke kanten, en die brengen niet alleen voordelen maar ook nadelen met zich mee. Maar wie geen sterke kanten heeft, heeft ook geen nadelige.

40 Ver van alle contingenties die verband houden met 'nuttig of onnuttig', in een geestelijke dimensie die zich van de vooroordelen van de menselijke mentaliteit heeft losgemaakt.

41 *Wuwei*; het 'niet handelen' of 'niet ingrijpen', de fundamentele levenshouding van het taoïsme.

HOOFDSTUK 2

Verhandeling over de gelijkheid der dingen

I

Ziqi van de Zuiderwal zat te leunen op zijn armsteun.[1] Zijn gezicht was naar de hemel gekeerd en hij ademde zachtjes, in zichzelf verloren, alsof hij zijn tegenhanger[2] ten grave had gedragen. Yancheng Ziyou[3] maakte zijn opwachting, en zei: 'Wat is dit? Hoe is het mogelijk om zo te worden: het lichaam als uitgedroogd hout, het hart als uitgedoofde as![4] Zoals u daarnet zat, leunend op uw armsteun, was u heel anders dan zoals u daar gewoonlijk zit!'

'Ja, dat is een goede vraag!' antwoordde Ziqi. 'Zojuist had mijn "zelf" mijn "ik" ten grave gedragen. Weet je wat dat is? Je hebt de blaasmuziek van de mensen wel gehoord, maar nog niet die van de aarde. Of anders wel de blaasmuziek van de aarde, maar nog niet die van de hemel.'[5]

'Mag ik dan zo vrij zijn te vragen hoe dat in zijn werk gaat?' vroeg Ziyou.

1 Het gaat om een armsteun op de zitmat geplaatst, zoals die nu nog in traditionele Koreaanse woningen voorkomt. Hier is de bijbetekenis: ontspannen zitten (*xianju*), dat wil zeggen: mediteren. De uitdrukking komt een aantal malen in deze betekenis in de *Zhuangzi* voor.

2 Deze letterlijke vertaling van het woord *ou* heeft een belangrijke overdrachtelijke betekenis. De 'tegenhanger' of 'metgezel' is het bewustzijn, met het 'ik' als reflectief denkobject. Dit wordt verduidelijkt in de latere parallelpassage waarin Ziqi zegt: 'Zojuist had mijn "zelf" mijn "ik" ten grave gedragen.' Dit 'ten grave dragen' heeft de figuurlijke betekenis van 'verliezen'.

3 De discipel van Ziqi. Zijn eigennaam is Yan (ander karakter dan dat in Yancheng).

4 Dit is de stereotiepe beschrijving van iemand die bij de meditatie in trance is geraakt. Zijn lichaam is verstard en zijn geest ('het hart') is ontoegankelijk en daarom 'als uitgeblust'. Deze uitdrukking komt vaker in de *Zhuangzi* voor.

5 De universele kosmische harmonie.

'De grote materie[6] blaast lucht uit. Dat noemen we "wind". Zolang de wind niet opsteekt, gebeurt er niets. Maar zodra het begint te waaien, beginnen alle openingen te galmen. Heb je nooit dat loeien gehoord? Over de kimmen en toppen van bergen en heuvels, door de gaten en holtes van reusachtige bomen – die zijn net als neuzen, monden en oren, als klokken, bekers en vijzels, als kuilen en scheuren. Ruisend, fluitend, sissend, suizend, zuchtend, huilend, lachend, klagend, klinkt eerst hun zang: "Hoe!" En daarna: "Ha!" Een briesje maakt een kleine harmonie, een orkaan schept een grote symfonie; en als de grote winden stoppen, dan zijn alle holtes stil. Heb je nooit al dat zwaaien en trillen gezien?'

'Al die holtes, die maken dus de blaasmuziek van de aarde. Schalmeien en fluiten, die maken de blaasmuziek van de mensen. Maar mag ik vragen wat dan de blaasmuziek van de hemel is?' vroeg Ziyou.

Ziqi sprak: 'Het blazen [van de wind] is nooit hetzelfde, maar maakt ieder ding tot iets eigens. Zo krijgt alles zijn eigen plaats. Maar degene die de opwinding teweegbrengt, wie is dat?'

II

Grote kennis is ruim en breed,[7]
Kleine kennis is eng en bekrompen.
Grote woorden zijn rustig en vredig,
Kleine woorden zijn druk en schreeuwerig.
Wanneer ze slapen gaan hun zielen zich vermengen;[8]
Wanneer ze wakker zijn staan hun lichamen wijd open;

6 Letterlijk: 'de grote aardklomp', maar hier is de betekenis wijder, en wordt de ruwe, natuurlijke materie bedoeld.

7 Hier begint, in versvorm, een lange beschrijving van de menselijke conditie en de daaruit voortkomende geestelijke ontreddering. De algemene strekking van het lied is duidelijk, maar op veel plaatsen is de tekst zo duister dat elke vertaling vooral op giswerk moet berusten.

8 Volgens de Chinese theorie dat de hogere zielen van de mens, de *hun*, zich tijdens de slaap van het lichaam losmaken en dan met andere zielen in aanraking komen. Het resultaat is onze dromen.

Zo worden ze betrokken bij waar ze ook maar mee in
aanraking komen.
Dag na dag is hun hart vol met innerlijke conflicten:
Soms zijn ze in paniek,
Dan weer verward,
Dan weer stiekem.
Hun kleine angsten maken hen vol kommer en zorg,
Terwijl hun grote vrees zich uit in angst en beven!
Ze vliegen op als pijlen uit een boog,
Om te beslissen wat juist is en wat niet.
Ze houden zich stil als samenzweerders,
Om zich zodoende zeker te stellen van hun overwinning.
Ze slachten af als herfst en winter:[9]
Dat is hun dagelijks tijdverdrijf!
Ze verdrinken in wat ze doen,
Niet in staat om tot een ommekeer te geraken!
Ze zitten bekneld, als verzegeld met banden:
Dat is de rampspoed van hun oude dagen.
Hun hart is op weg naar de dood,
En niemand kan hen doen omkeren naar het leven.

Nu eens blij, dan weer woedend; nu eens verdrietig, dan weer vol vreugde; vol zorgen en klachten, wikkend en wegend, vol met nerveuze angst; oppervlakkig, slordig, onbeschoft, vol met pretenties: al dat is maar muziek uit de leegte, zwammen voortgekomen uit hete lucht.[10] Dag en nacht volgen elkaar op in steeds weerkerende afwisseling, maar niemand weet waaruit ze voortkomen. Genoeg! Genoeg! Juist omdat dageraad en zonsondergang elkaar voortdurend afwisselen,[11] om diezelfde reden wordt dit alles voortgebracht!

9 Een gebruikelijke vergelijking in China, omdat in deze seizoenen de vegetatie afsterft.

10 Men dacht in het oude China dat paddestoelen voortkwamen uit atmosferische condities. Deze zin is de conclusie van al het voorafgaande: al onze emoties komen voort uit het ledige.

11 Dat wil zeggen: deze eindeloze mutatie van yin (donker) en yang (licht).

III[12]

Zonder de 'ander' is er geen 'ik'. En zonder 'ik' kan er geen onderscheid tussen de dingen gemaakt worden: dat komt er dichtbij.[13] Nu weten we echter nog steeds niet wat het is dat maakt dat het zo is. Misschien bestaat er een ware bestuurder, maar er is absoluut niets van hem te zien. Men kan handelen in het volste vertrouwen dat hij bestaat, maar nooit zal men zijn vorm aanschouwen. Want hij heeft wel wezenlijkheid,[14] maar geen vorm.

Honderd gewrichten, negen openingen, zes ingewanden: ze zijn allemaal aanwezig en verenigd [in het lichaam]. Met welke ervan voel je jezelf[15] nu het meest verbonden? Of vind je ze soms allemaal even aardig? Zijn er die je verkiest boven andere? In dat geval, kunnen ze dan allemaal als je dienaren of dienaressen beschouwd worden? Maar in die hoedanigheid van dienaren en dienaressen kunnen ze elkaar moeilijk besturen! Zouden ze dan misschien elkaar afwisselen als meesters en dienaren? Is er onder hen een ware heerser? Als we zoeken naar zijn wezenlijkheid, maar we vinden die niet, dan doet dat niets af – noch voegt dat iets toe – aan zijn waarachtigheid.

Vanaf het moment dat de mens zijn individuele[16] lichaam heeft ontvangen, blijft het onveranderd in afwachting van het moment

12 Deze nieuwe paragraaf gaat verder op de basis van het voorafgaande: de tweeledigheid van de wereld, de eindeloze mutaties die oscilleren tussen twee polen beïnvloeden ook onze perceptie van de werkelijkheid. Waar is het absolute?

13 Bij de oplossing voor het epistemologische probleem dat Zhuang Zi tracht te definieren.

14 De wezenlijkheid der kennis, als een metafysisch zijnsbeginsel. Het Chinese woord hier is *qing*, een woord met een bijzonder ruim semantisch veld dat uitgaat van emotie, gevoel, met de verdere betekenissen van hoedanigheid, werkelijkheid (dit is de betekenis die alle Chinese commentatoren hieraan geven), waarheid, enzovoort. Deze metafysische werkelijkheid is niet het ware of waarachtige (*zhen*), het absolute dat boven onze perceptie uit gaat en dat een fundamenteel attribuut is van de Tao.

15 Naast de twee epistemologische polen van het individu, het nominatieve 'zelf' (*wu*) en het objectieve 'ik' (*wo*), introduceert Zhuang Zi hier een derde aspect, het aspectieve 'je' (*ru*) van de mens die tegen zichzelf spreekt.

16 *Cheng* is een belangrijke term bij Zhuang Zi, die in een groot aantal uitdrukkingen gebruikt wordt. De grondbetekenis is: iets vervolmaken, volmaakt, afgerond, en hier heeft hij de betekenis van: bepaald, eigen, gedetermineerd, en dus individueel.

dat het afgelopen is. Samen met andere schepsels, soms tegen elkaar in, soms met elkaar mee, rent hij tot het einde als een hollend paard, en niemand die hem kan tegenhouden. Is dat geen tragedie? Je hele leven je zo af te sloven zonder ooit volledig te slagen, doodmoe en uitgeput te raken zonder te weten waar je rust kunt vinden, wat een verdriet! Er wordt gezegd dat de mens niet sterft, maar wat doet dat ertoe? Als zijn lichaam verandert, dan verandert zijn hart[17] ook! Mag je dat dan niet een zeer groot verdriet noemen? Het leven van de mens, is dat werkelijk zo ondoorgrondelijk? Ben ik de enige die zo in het duister tast, en zijn er misschien anderen die niet zo onwetend zijn?

Maar als we ons eigen individuele hart[18] volgen en dat als onze meester nemen, wie zou dan zonder meester zijn? Hoezo zou alleen hij wiens kennis volkomen is en wiens geest uit zichzelf onderscheiden kan maken, zo een meester hebben? Domme mensen hebben hem net zo goed. Maar als er nog geen volmaaktheid van het hart is, en dan toch gaan redeneren over wat juist is of niet, ja, dan kom je al gauw bij zaken als 'vandaag ga ik naar Yue en ben daar gisteren aangekomen'.[19] Dat is van iets wat niet bestaat iets wat bestaat maken, en als je daarmee begint, dan zou zelfs iemand als de goddelijke Yu[20] dat niet kunnen bevatten, laat staan dat ik dat wel zou kunnen!

Woorden uiten is niet lucht uitblazen. Degenen die woorden uiten, zeggen iets. Maar dat wat ze zeggen is bij uitstek wisselvallig. Is er dan wel echt zoiets als 'iets zeggen'? Of bestaat er eigenlijk niet zoiets als 'iets zeggen'? Als je vindt dat iets zeggen verschilt van het tjilpen van vogeltjes, is er dan nog grond voor discussie? Of is er geen grond voor discussie?

17 Dat wil zeggen: de geest, het bewustzijn.

18 *Chengxin*; 'de eigen geest', in aansluiting op *chengxing*, het eerdergenoemde eigen individuele lichaam.

19 Dit is een van de vele paradoxen van de vroege Chinese sofisten, tot wie ook de eerdergenoemde Meester Hui behoorde. Deze paradox wordt geciteerd in de passage over Meester Hui's denksysteem in hoofdstuk 33, paragraaf x. Zhuang Zi's epistemologische kritiek pakt de draad op waar de sofisten en logici die hebben losgelaten.

20 De goddelijke Yu herschiep de wereld en maakte hem voor de mens bewoonbaar na de grote vloed. Hij wordt ook gezien als de 'stichter' van de Xia-dynastie in 2207 voor onze jaartelling.

Waar kan de Tao op steunen voor het bepalen van wat waar is en wat vals? Waar kunnen woorden op steunen om te bepalen wat juist is en wat onjuist? Hoe kan de Tao[21] ooit verdwijnen en er niet altijd zijn? Hoe kunnen ooit woorden bestaan en toch niet aanvaardbaar zijn? Als de Tao berust op kleine succesjes en woorden steunen op briljante uiterlijkheden, dan krijg je de discussies over welles en nietes van de confucianisten en de mohisten: wat de een juist vindt, wordt weerlegd door de ander en omgekeerd. Maar als je echt wilt bevestigen wat ze verwerpen, en verwerpen wat ze bevestigen, dan gaat er niets boven het vasthouden aan het licht.[22]

Ieder wezen is 'de ander' [voor een ander wezen], en ieder wezen is jezelf [voor zichzelf].[23] Ga je uit van 'de ander', dan zie je het verschil niet, maar ga je uit van jezelf, dan besef je het wél. En daarom kan gezegd worden dat 'de ander' voortkomt uit jezelf, en 'jezelf' berust op de ander. Dat is de redenering van het wederzijds voortbrengen van complementaire tegengestelden. Net zoals het leven uit de dood voortkomt, en de dood uit het leven, zo is het ook dat 'juist' uit 'onjuist' voortvloeit, en 'onjuist' uit 'juist'. Omdat er een 'wel' is, is er ook een 'niet', en tegenover het 'niet' staat altijd weer een 'wel'. Dat de heilige mens[24] daarom niet zoekt naar oorzaken van buitenaf, maar alles in het licht van de hemel ziet, dat is ook weer vanuit zijn eigen zelf gezien.[25]

21 Als ultieme ratio.

22 Dat wil zeggen: als je uit wilt stijgen boven deze eeuwige discussies en tonen dat ze allemaal ongelijk hebben in het maken van onderscheidingen, dan moet je alles zien in het ware licht (*ming*).

23 In deze buitengewoon moeilijke passage wordt *bi* ('dat daar', 'diegene') met 'de ander' vertaald en *shi* ('dit hier') met 'jezelf' of 'zelf'.

24 Zhuang Zi maakt, zoals we in het vorige hoofdstuk gezien hebben, een verschil tussen de allerhoogste mens, de goddelijke mens en de heilige mens (*shengren*).

25 De tekst heeft *yinshi*, wat in normaal gebruik 'hierom' zou betekenen. Maar in het zeer aparte woordgebruik van Zhuang Zi in deze passage staat *shi* voor 'dit hier' en 'jezelf', dat wil zeggen de subjectieve perceptie van de dingen. In latere passages komen we dezelfde uitdrukking een aantal malen tegen. De heilige mens ziet alles in het licht van de hemel (de natuurlijke orde) omdat dat nu eenmaal aan zijn eigen zienswijze beantwoordt.

Jezelf is ook de ander;
De ander is ook jezelf;
Vanuit het oogpunt van de ander gezien heb je de ene kijk op juist en onjuist;
Vanuit het oogpunt van jezelf gezien heb je weer een andere kijk op juist en onjuist;
Is er dan wel eigenlijk een 'ander' en een 'jezelf'?
Of is er eigenlijk helemaal geen 'ander' en ook geen 'jezelf'?

Als noch de ander, noch jezelf een tegenhanger[26] heeft, dan kunnen we spreken over 'de spil van de Tao'.[27] Vanaf het moment dat de spil in het centrum van het draaipunt staat, kan hij eindeloos reageren. Of het nu 'wel' of 'niet' is blijft dan ook eindeloos hetzelfde. En daarom mag er nog eens gezegd worden: er gaat niets boven het vasthouden aan het licht.

IV

Tekens[28] gebruiken om aan te tonen dat wat betekend wordt eigenlijk geen betekenis heeft, is minder doeltreffend dan geen tekens gebruiken om aan te tonen dat wat betekend wordt geen betekenis heeft. Bijvoorbeeld, om het woord 'paard' te gebruiken om aan te tonen dat 'een paard' geen 'paard' is,[29] is minder doeltreffend dan niet het woord 'paard' te gebruiken bij dergelijke demonstraties. Want net zoals hemel en aarde[30] slechts van woorden aan elkaar hangen, kunnen ook alle dingen gelijkelijk 'paard' genoemd worden.[31]

26 Hetzelfde begrip *ou* dat we aan het begin van dit hoofdstuk zijn tegengekomen.

27 *Daoshu*; dat waar alles om draait maar dat zelf niet meedraait.

28 De verhandeling gaat nu verder met de kwestie van de logica, zoals die door de sofisten werd beoefend. Centraal staat het concept van *zhi*, 'betekenen', of, in de logica van Gongsun Longzi, het 'attribuut' of 'teken'.

29 Dit slaat op de beroemdste stelling van de in de vorige noot genoemde logicus Gongsun Longzi: 'Een wit paard is niet een paard.'

30 Dat wil zeggen: de hele wereld.

31 Dit is niet geheel in tegenstelling met de leer van de sofisten, die ook tot de uiteindelijke conclusie kwamen dat alles één was.

Een weg bestaat omdat we hem bewandelen, en dingen zijn zo omdat we ze zo noemen.[32] Waarom zijn ze zo? Omdat we dat zo hebben afgesproken. En waarom zijn ze niet zo? Omdat we hebben afgesproken dat ze niet zo zijn. Het is nu eenmaal onvermijdelijk dat dingen zus of zo genoemd worden en dat ze dientengevolge juist [of onjuist] genoemd worden. Er is niets dat niet zus of zo is en niets dat niet juist of onjuist is. Daarom wordt er vanuit 'dit hier'[33] een onderscheid gemaakt tussen een strootje en een pilaar, tussen een mormel en de schone Xishi.[34] Maar hoe groot, hoe veranderlijk, hoe bedrieglijk of hoe bizar dingen ook mogen zijn, vanuit de Tao gezien zijn ze allemaal een. Scheidt men ze, dan krijgen ze een eigen bestaan. Maar wat zo tot stand gekomen is, gaat ook weer te gronde. Eigenlijk is er voor alle dingen dan ook geen sprake van bestaan of te gronde gaan, maar gaan ze terug tot het alomvattende Ene. Slechts diegene die dit doorschouwt weet dat ze allemaal een zijn. Hij maakt daarom geen gebruik van zijn eigen standpunt, maar brengt het allemaal onder in het onveranderlijke midden.[35] Het 'jezelf' als uitgangspunt nemen is daarmee beëindigd; het aldus eindigen en zelfs niet meer weten dat het zo is, dat noemen we de Tao.

Je geest vermoeien met alles te verenigen zonder te beseffen dat alles op hetzelfde neerkomt, dat noemen we ''s morgens drie'. Wat betekent ''s morgens drie'? Een apenfokker die noten uitdeelde, zei: 'Jullie krijgen er 's morgens drie en 's avonds vier.' De apen waren allemaal woedend. Toen zei hij: 'Goed, dan maar 's morgens vier en 's avonds drie.' De apen waren allemaal blij. De volledige overeenstemming tussen namen en dingen bleef intact, en toch was er zowel blijdschap als woede. Deze manier van doen kwam ook voort uit het 'jezelf' als uitgangspunt nemen. De heili-

32 Tao, hier in de letterlijke betekenis van 'een weg', maar met de bijbetekenis van 'methode' of 'ratio'. Voorafgaand aan deze zin vindt men in oudere edities de zin: 'Dingen zijn "juist" omdat we ze juist noemen, en "niet juist" omdat we ze niet juist noemen.' De huidige opinie is dat het hier om een foute interpolatie gaat.

33 'Jezelf', een bepaald standpunt.

34 Beroemde schoonheid uit de oudheid.

35 *Yong*; hierna heeft de gewone tekst enkele zinnetjes met definities van het woord *yong* die duidelijk een interpolatie zijn, afkomstig uit een oud commentaar.

ge mens brengt overeenstemming tussen 'zo' en 'niet zo' door zich te berusten op het hemelse evenwicht. Dat, kun je zeggen, is 'de zaak van twee kanten zien'.[36]

De kennis van de mensen in de oudheid ging daar echter ver bovenuit. Hoe ver dan wel?

Onder hen waren er die meenden dat daar waar de dingen nog niet begonnen waren te zijn,[37] dat dat het allerhoogste was,[38] het uiterste, waar niets aan kon worden toegevoegd.

Het volgende stadium was volgens hen dat waar er wel al dingen waren, maar ze nog niet gedefinieerd waren.

Daarop kwam de fase dat ze wel al gedefinieerd waren, maar er nog geen verschil werd gemaakt tussen 'wel' en 'niet'. De manifestatie van 'wel' en 'niet' was hetgeen waardoor de Tao te gronde werd gericht. En dat waardoor de Tao te gronde werd gericht, was ook datgene waardoor de voorkeur tot stand werd gebracht.[39] Is er dan eigenlijk wel zoiets als tot stand brengen en te gronde richten? Of bestaat er eigenlijk helemaal niets dergelijks?

Wat betreft het tot stand brengen en het te gronde richten hebben we het voorbeeld van de oude Zhao[40] die zijn luit bespeelde. Niets tot stand gebracht en ook niets te gronde gericht: dat was wanneer de oude Zhao zijn luit niet bespeelde.[41] Wanneer Zhao Wen de luit wél bespeelde, dan stond Meester Kuang[42] erbij de maat te zwaaien, terwijl Meester Hui op zijn eigen luit zat te leunen. De kennis van deze drie meesters had een hoge graad van voortreffelijkheid bereikt, en zodoende is die dan ook voor het nageslacht bewaard gebleven. Maar in wat ze mooi vonden waren ze ieder verschillend. En dat wat ze mooi vonden, dat wilden ze

36 Dat wil zeggen: hij kiest niet, maar laat alles door de natuurlijke orde beslissen.

37 *Weishi*; 'het nog niet begonnen zijn', is een technische term in het filosofisch systeem van Zhuang Zi, die de staat van de kosmos voor de schepping in zijn oorspronkelijke toestand van oerchaos beschrijft.

38 *Zhi*, als in de allerhoogste mens, *zhiren*.

39 *Cheng*; letterlijk: 'vervolmaking'.

40 Genaamd Zhao Wen, een beroemde luitmeester uit de oudheid.

41 Niets gaat boven het spel zonder snaren, oftewel 'de grootste muziek is zonder tonen' (zie *Daodejing*, hoofdstuk 41).

42 De beroemde muziekmeester van hertog Ping van Jin (557–531 voor onze jaartelling).

ook in een helder licht zetten. Ze deden dat door te verhelderen wat voor de anderen niet helder was, en zo liep het uit op duistere discussies over 'hard' en 'wit'.[43] Daarom slaagden deze meesters er uiteindelijk ook niet in de traditie van de grote luitspeler Zhao Wen[44] in stand te houden. Kun je in dit geval dan nog zeggen dat ze iets tot stand hebben gebracht? In dat geval heb zelfs ik, die niets tot stand heb gebracht, ook iets tot stand gebracht! Of moet je zeggen dat ze niets tot stand hebben gebracht? In dat geval heb noch ik, noch enig ander wezen ooit iets tot stand gebracht.

Daarom worden gladde paradoxen, hoe briljant ze ook mogen zijn, door de heilige mens geminacht. Hij maakt er dan ook geen gebruik van, maar brengt het allemaal onder in het onveranderlijke midden. Dat noemen we: vasthouden aan het licht.

Als ik hier nu iets zou gaan zeggen, zou het dan tot de categorie van het 'ikzelf' behoren of niet? Of het nu wel tot die categorie behoort of niet, in ieder geval ontstaan categorieën in relatie tot elkaar, zodat deze categorie in dat opzicht niet verschillend is van die van 'de ander'. Laat ik dus maar eens proberen iets te zeggen:

Er was een begin;
Er was een nog-niet-begonnen begin;
Er was een nog-niet-begonnen-zijn van dat nog-niet-begonnen begin;
Er was een zijn;
Er was een niet-zijn;
Er was een nog-niet-begonnen niet-zijn;
Er was een nog-niet-begonnen-zijn van dat nog-niet-begonnen niet-zijn.

Zo vind je dan onverwachts het zijn van het niet-zijn! Nu weet ik echter niet of dat zijn van dat niet-zijn nu wel 'zijn' is of eigenlijk 'niet-zijn'. En nu ik hier iets gezegd heb, weet ik niet of wat ik gezegd heb nu echt wat zeggen was of niet.

43 Dat wil zeggen: de dwalingen van de sofisten, die alles onnodig ingewikkeld maken en daarmee het essentiële uit het oog verliezen.

44 Die ook muziek wist te maken zonder die te spelen.

'Niets ter wereld is groter dan de punt van een herfsthaartje, maar de Taishan is klein.'

'Niemand leeft langer dan een gestorven kind, maar Pengzu stierf een voortijdige dood.'

'Hemel en aarde werden tegelijk met mij geboren, en alle schepsels en ik zijn één.'[45]

Nu alles één is, kan er dan nog iets gezegd worden? Nu alles gezegd is één te zijn, kan het dan zijn dat er niets gezegd is? Het een-zijn en het zeggen, dat maakt twee. En deze twee, samen met de zojuist gemaakte som, maken drie.[46] Als we van hieruit zo verdergaan, dan kan straks zelfs een bekwaam rekenaar er niet meer tegenop, laat staan een eenvoudig mens zoals ik! Gaande van het 'niet-zijn' naar het 'zijn', zijn we immers al beland bij drie: hoeveel meer zullen er dan komen wanneer we van iets dat is gaan naar iets anders dat ook is. Wanneer we echter nergens heen gaan, dan heeft ook het zien 'vanuit jezelf'[47] afgedaan.

De Tao is nog nimmer gedefinieerd. Woorden hebben nog nooit enige bestendigheid gehad.[48] Vanuit het eigen beperkte gezichtspunt bestaan er begrenzingen. Wat valt er over die begrenzingen te zeggen? Ze zijn: de linkerkant, de rechterkant, de leerstellingen, de commentaren, de onderscheiden, de discussies, de competities en de ruzies. Dat zijn wat men noemt de 'acht deugden'![49] Over wat zich buiten de zes uitersten[50] van de wereld bevindt, dat bewaart de heilige mens voor zichzelf, en hij doet er geen uit-

45 Uitspraken van de sofisten, in de eerste plaats Meester Hui. Zie hierover hoofdstuk 33, paragraaf x.

46 Deze drie stappen van het niet-zijn naar het zijn tonen overeenkomst met de kosmologie van de *Daodejing*, hoofdstuk 42: 'De Tao bracht het ene voort, het ene bracht de twee voort; de twee bracht de drie voort; en de drie, de tienduizend dingen.' Ook in het latere taoïsme staat het wordingsproces in drie fasen centraal.

47 Je eigen standpunt.

48 Deze zin sluit aan bij het beroemde begin van de *Daodejing*: 'Een Weg waarover gesproken kan worden is niet de bestendige Weg.'

49 Hier wordt de draak gestoken met de acht deugden van de confucianisten: trouw, piëteit, medemenselijkheid, liefde, eerlijkheid, gerechtigheid, harmonie en vredelievendheid. Al deze deugden zijn onderwerp van discussie omdat hier steeds verschillend over geoordeeld kan worden.

50 *Liuhe*; de vier windstreken, het zenit en het nadir, dat wil zeggen: de uiterste grenzen van de wereld.

eenzettingen over. Dat wat zich binnen de grenzen van de wereld bevindt, daarover geeft de heilige mens wel zijn commentaar, maar hij voert daarover geen discussies. Met betrekking tot de *Annalen der jaren*,[51] dat wil zeggen de optekeningen over de vroegere koningen der vervlogen generaties, daarover geeft de heilige mens zijn standpunt, maar zonder erover te discussiëren. En zo komt het dat daar waar onderscheiden gemaakt worden er toch weer geen onderscheiden zijn, en dat waar gediscussieerd wordt er toch niets te discussiëren valt. Hoe dat kan? De heilige mens houdt alles voor zich, terwijl gewone mensen demonstratief met elkaar discussiëren. En daarom zeg ik: daar waar gediscussieerd wordt, wordt iets uit het oog verloren. Voorwaar:

> De grote Tao wordt niet genoemd;
> Grote disputen zijn zonder woorden;
> Grote medemenselijkheid is niet medemenselijk;
> Grote bescheidenheid noemt zichzelf niet bescheiden;
> Grote dapperheid is niet gewelddadig.

Want:

> De Tao die zichtbaar is, is niet de Tao;
> Woorden voor disputen gebruikt, bereiken niets;
> Medemenselijkheid die te aanhoudend is, is niet alomvattend;
> Bescheidenheid die te zuiver is, is niet te vertrouwen;
> Dapperheid die gewelddadig is, is niet volmaakt.

Wanneer deze vijf stellingen niet terzijde worden geschoven, dan komt men dicht bij de goede richting.

Wie weet stil te staan bij wat hij niet weet, die heeft het allerhoogste bereikt. Wie kent discussies zonder woorden? De Tao die geen Tao is? Die heeft wat men noemt 'het hemelse bezit'.[52] Voeg

51 De *Chunqiu*, algemene naam gegeven aan de hofannalen van de vroegere deelstaten van China. De *Chunqiu* van de staat Lu, volgens de overlevering bewerkt door Confucius, is de enige die is blijven bestaan.

52 Zijn geest kan zich vrij bewegen dankzij het kosmisch bewustzijn.

eraan toe [zo veel je maar wilt], en toch raakt het niet overvol, schenk eruit [zo veel je maar wilt], en het raakt nooit op,[53] zonder dat men weet waar het vandaan komt. Dat is het zogenaamde 'beschermde licht'.[54]

V

Tandeloos vroeg eens aan Prinsenkind:[55] 'Weet jij iets waarin alle dingen met elkaar overeenstemmen?'

'Hoe zou ik dat weten!'

'Weet je dan wat je niet weet?'

'Hoe zou ik dat weten!'

'Betekent dat dan dat wezens geen kennis hebben?'

'Hoe zou ik dat weten! Maar laat ik dan toch maar proberen er iets over te zeggen: hoe weet ik dat datgene wat ik weten noem niet niet-weten is? En hoe weet ik dat wat ik niet-weten noem niet weten is?

Laat ik op mijn beurt ook eens proberen aan jou een vraag te stellen: als mensen op vochtige plaatsen slapen, krijgen ze pijn in hun heupen en worden ze half verlamd; maar geldt dat ook voor modderkruipers?[56] En als ze in bomen zitten, beven ze van de angst; maar doen apen dat soms ook? Wie van de drie, mens, modderkruiper en aap, bepaalt wat goed wonen is?[57] De mens eet

53 Vergelijk de *Daodejing*, hoofdstuk 6.

54 Graham amendeert tot *Yaogang*, dat een plausibele variant zou zijn, maar die ik nergens heb gezien. Dat zou de laatste ster van het handvat van de Grote Beer kunnen zijn. Deze passage wordt gevolgd door een verhaal over de mythische koning Yao, dat hier niet op zijn plaats is en daarom is weggelaten. De vertaling luidt: 'Eens vroeg Yao aan Shun: "Ik heb het plan om Zong, Hui en Xu'ao aan te vallen. In mijn positie als soevereine heerser voel ik me niet op mijn gemak. Hoe komt dat?" "Waarom je ongemakkelijk voelen over deze drie rijkjes die nog in de wildernis [tussen lianen en artemisia] leven? In vroeger tijden, toen alle tien zonnen gelijk opkwamen [dit wordt verteld in de mythe van boogschutter Yi, die negen van de tien afschoot], werden alle schepsels verlicht. Hoeveel te meer geldt dat voor de deugd, die stralender is dan de zon!"' De strekking is dat als Yao maar deugdzaam genoeg was, zijn invloed ook tot deze verre primitieve volken zou reiken. Dan hoefde hij ze ook niet te veroveren.

55 Dit zijn allegorische namen van taoïstische heiligen uit de Chinese oudheid.

56 Een klein visje dat op de bodem van stroompjes leeft; ook modderaal genoemd.

57 Letterlijk: 'weet wat correct wonen is'. Het gaat hier om het 'weten'.

vee gevoed met hooi of granen; het hert eet gras; de *jiju*[58] houdt van slangetjes, en de uil van muizen. Wie van de vier bepaalt wat lekker is? Apen zoeken andere apen als metgezellen, hinden paren met herten, modderkruipers verkeren met andere vissen. Mensen beschouwen dames als Maoqiang en de Schone van Li[59] als schoonheden, maar als vissen die zien, duiken ze in de diepte, vogels vliegen ver in de hoogte en herten hollen hard weg. Wie van de vier bepaalt wat de standaard voor schoonheid in de wereld moet zijn? Zoals ik het zie geldt dat ook voor de principes van medemenselijkheid en gerechtigheid[60] zowel als voor de verschillen tussen goed en kwaad. Die zijn zo verschrikkelijk verward. Hoe kan ik nou weten hoe je daarover moet discussiëren?'[61]

'Je weet dus niet wat goed of niet goed voor je is,' zei Tandeloos. 'Wil dat zeggen dat zelfs de allerhoogste mens daar helemaal niets van weet?'

'De allerhoogste mens is goddelijk!' zei Prinsenkind. 'Ook al staat de grote wildernis in vuur en vlam, hij kan daardoor niet verschroeid worden. Al vriezen de grote rivieren dicht, dat kan hem niet koud maken. Zelfs als het dondert en bliksemt dat de bergen ervan splijten of er een orkaan opsteekt die de oceanen opzweept, kan hem dat niet aan het schrikken maken. Een dusdanig mens rijdt op de wolken en winden, hij bestijgt de zon en de maan, en zwerft rond buiten de vier wereldzeeën. Leven en dood zijn voor hem geen enkele verandering. Laat staan principes over wat voor- of nadelig is!'

VI

Meester Schuwe Ekster vroeg eens aan Meester Lange Plataan:[62] 'Ik heb Confucius[63] eens horen zeggen dat de heilige mens geen

58 Andere naam voor de beruchte *wusong*, de Chinese duizendpotige schorpioen.

59 Li was een barbaarse staat ten noorden van China.

60 De grote principes van het confucianisme.

61 Dit is de sleutel van het betoog. Prinsenkind is beducht dat Tandeloos hem wil uitdagen tot een sofistisch debat.

62 Net zoals in het voorgaande verhaal zijn dit allegorische namen die ik geprobeerd heb letterlijk te vertalen.

bepaald doel nastreeft. Hij beoogt geen voordeel, noch vermijdt hij nadeel. Hij houdt niet van achter iets aan gaan, hij volgt geen bepaalde methode.[64] Door zijn zwijgen spreekt hij; door zijn spreken zwijgt hij, en aldus zwerft hij rond buiten het aardse stof. Voor Confucius was dit vage praat, maar naar mijn mening is dit de prachtigste Tao die je maar kunt volgen.'

Meester Lange Plataan antwoordde: 'Hier had de Gele Keizer al moeite genoeg mee,[65] en die Qiu[66] is dus zeer zeker niet in staat om het te begrijpen! En wat jou betreft, jij loopt ook te hard van stapel, en rekent al op een haan als je maar een ei ziet, en op geroosterde uil als je de kogel van een kruisboog ontwaart. Ik ga proberen het voor jou in het wilde weg onder woorden te brengen, en jij gaat er in het wilde weg naar luisteren. Hoe zou dat zijn?

Leunend op zon en maan,
Draagt hij het heelal in zich mee;
Opdat alle dingen elkaar omhelzen en zich verenigen,
Maakt hij alles glad en versmolten;
Door elkaar te dienen, eerbiedigen zij elkaar.[67]
De gewone mensen zijn jachtig en druk,[68]
De heilige mens is duf en suf.
Gedurende tienduizend jaren, in eenheid volmaakt hij zijn eenvoud;
Alle schepsels zijn zoals ze zijn, en vinden hierin hun onderlinge verbintenis.

Hoe weet ik of levensvreugde niet een dwaling is? Hoe weet ik

63 De tekst heeft 'de meester', maar omdat later in het betoog de eigennaam Qiu van Confucius valt, kunnen we er zeker van zijn dat hij hier bedoeld is.

64 Het woord dat hier gebezigd wordt is Tao (*dao*), 'de weg'. Maar in dit geval gaat het niet om de grote Tao, maar om een van de vele methodes die de filosofen in de oudheid aanprezen.

65 De Gele Keizer werd door Zhuang Zi's tijdgenoten gezien als een van de aartsvaders van het taoïsme.

66 Eigennaam van Confucius.

67 Zoals de verschillende delen van het lichaam; zie hierboven, paragraaf 11.

68 Dit komt overeen met een gelijkluidende zin in de *Daodejing*, hoofdstuk 20.

of mijn afkeer van de dood niet komt omdat ik al als klein kind mijn familie ben kwijtgeraakt en nu de weg naar huis niet meer weet? De Schone van Li was de dochter van de grenswachter van Ai. Toen het leger van Jin haar gevangen had genomen, huilde ze zo hard dat haar kleren doordrenkt werden met tranen. Toen ze echter in de paleizen van de koning terechtkwam, met de koning in één bed sliep en [vlees van] gefokt vee te eten kreeg,[69] begreep ze dat ze bij vergissing gehuild had. Hoe weet ik of zij die gestorven zijn niet net zo betreuren dat ze voorheen het leven zo najoegen? Iemand die in zijn droom heerlijk aan het wijn drinken was, weende bitter in de morgenstond. Iemand die droomde dat hij bitter weende, ging de volgende morgen uit jagen. Terwijl ze droomden, wisten ze niet dat het dromen waren. Tijdens hun droom gingen ze zelfs vanuit hun droom hun toekomst voorspellen, en pas toen ze wakker werden wisten ze dat het een droom was. Pas wanneer er een groot ontwaken komt, zullen we weten dat dit allemaal een grote droom was. En dat terwijl de dwazen van zichzelf vinden dat ze ontwaakt zijn en dat ze alles met zekerheid weten, en, of ze nu heer zijn of herder, daar steevast aan vasthouden. Die Qiu zowel als jijzelf, jullie zijn beiden aan het dromen. En ik die tot je spreek, droom ook. Dat betoog van jullie, dat heet "vreemde verhalen ophangen". Wanneer, na tienduizend generaties, eenmaal de Grote Heilige zal verschijnen, die al deze vreemde verhalen zal weten te verklaren, dan zal het zijn alsof hij van de ene dag op de andere gekomen is.

Laten we aannemen dat jij en ik eens gingen discussiëren. Als jij het zou winnen – en ik dus niet van jou gewonnen had –, zou jij dan inderdaad gelijk hebben, en ik echt heus ongelijk? En als ik het gewonnen had – en jij dus niet van mij –, zou ik dan inderdaad gelijk hebben en jij echt heus ongelijk? Is een van ons in het gelijk, en dus de ander niet? Of zijn we allebei in het gelijk of allebei in het ongelijk? Als jij en ik dat samen niet kunnen uitmaken, dan zullen andere mensen nog meer in het duister tasten. Wie kan ik erbij roepen om dit recht te zetten? Stel, ik haal iemand

69 In plaats van gejaagd wild uit de steppen, iets dat in die tijd als minder verfijnd werd gezien.

erbij om het recht te zetten die het met jou eens is; gezien het feit dat hij het met je eens is, hoe kan hij het dan rechtzetten? Stel dat ik iemand erbij haal die het eens is met mij; omdat hij het al met mij eens is, hoe kan hij dan tussen ons beslissen? Zullen we dan iemand erbij roepen die het zowel met jou als met mij oneens is om erover te beslissen? Daar hij het met ons beiden oneens is, hoe kan hij dan tussen ons arbitreren? En mochten we iemand laten komen die het met ons beiden eens is, juist omdat hij het zowel met jou als met mij eens is, hoe zou hij de zaak kunnen berechten? Dus, als noch jij noch ik noch enig ander dit onder ons kan uitmaken, op wat voor ander zullen we dan nog wachten?

Veranderende geluiden[70] die elkaar ondersteunen komen neer op het feit dat ze elkaar niet ondersteunen. Maar als we ze in overeenstemming brengen met het Hemelse Kind[71] en ze de eindeloze mutaties [van de kosmos] laten volgen, dan leef je rustig tot het door de hemel gegeven einde. Wat versta ik onder “het in overeenstemming brengen met het Hemelse Kind”? Daarmee bedoel ik dat hetgeen wat juist is niet juist is, en dat hetgeen wat zo is niet zo is. Als al wat juist was werkelijk juist was, dan zou het zó verschillend zijn van al wat niet juist was dat er ook niet over te discussiëren viel. En als dingen écht zo waren zoals ze zijn, dan zouden ze zo verschillend zijn van het niet zo zijn dat er ook niet meer over te discussiëren viel. Vergeet het levenslot! Vergeet gerechtigheid![72] Omdat ze allemaal in het oneindige door elkaar geschud worden, daarom kun je ze maar beter allemaal onderbrengen in het oneindige.’

VII

De Watergeest vroeg eens aan de Schaduw: ‘Net ging je vooruit, en nu ben je weer gestopt. Zo zit je, en zo sta je weer op! Waarom

70 Met ‘veranderende geluiden’ bedoelt Zhuang Zi de menselijke uitingen. De noodzakelijke ‘ondersteuning’ (*dai*) is voor hem het kenmerk van de menselijke kennis en de menselijke taal. Al onze concepten ‘steunen ergens op’ en zijn dus niet absoluut.

71 Over het Hemelse Kind (*tianni*), zie ook hoofdstuk 27, paragraaf 1.

72 Aangezien deze concepten altijd op verschillende manieren beoordeeld kunnen worden, en dus aanleiding geven tot discussies over ‘welles’ en ‘nietes’.

ga je niet wat meer doelbewust te werk?'

De Schaduw antwoordde: 'Is het niet dat ik zo ben omdat ik van iets anders afhankelijk ben?[73] En dat waarvan ik afhankelijk ben, is dat op zijn beurt ook niet afhankelijk van iets anders, dat het zo laat zijn als het is? Is mijn afhankelijkheid soms anders dan die van de slang van zijn schubben en die van de krekel van zijn vleugels? Hoe kan ik erachter komen waarom ik zo ben? En hoe kan ik erachter komen waarom ik niet anders ben?'

VIII

Eens op een dag droomde ik, Zhuang Zhou, dat ik een vlinder was, een vlinder die fladderend rondvloog, tevreden met zichzelf, en zich niet bewust dat hij mij was. Plotseling werd ik wakker en begon ik me er rekenschap van te geven dat ik nog altijd Zhou was. Nu is de vraag of ik Zhou ben die droomde dat hij een vlinder was, ofwel een vlinder die droomde dat hij mij was. Toch bestaat er noodzakelijkerwijs een verschil tussen mij en die vlinder. Dat noemen we dan maar de verandering der dingen.[74]

73 Hier weer het bekende idee van 'ergens op steunen', enzovoort.

74 Het idee van de verandering der dingen komt vele malen in de *Zhuangzi* voor, vooral in verband met de grote overgang tussen leven en dood. Leven en dood zijn maar schijnbaar verschillende aspecten van de alomvattende en eenmalige natuur, zoals die zich manifesteert in de Tao. De verandering der dingen is slechts een oppervlakkig fenomeen, of het nu gaat om het verschil tussen slapende en wakende toestanden of tussen leven en dood.

HOOFDSTUK 3

Richtlijnen om het leven te voeden

I

Mijn leven heeft welzeker zijn grenzen, terwijl mijn bewustzijn[1] daarentegen niet aan grenzen gebonden is. Met iets dat begrensd is iets onbegrensds navolgen, is zonder meer vermoeiend. Dat weten, en dan toch uit hoofde van je bewustzijn handelen, dat houdt in dat je je tot het einde van je leven gaat uitsloven. Als je maar vermijdt met het goede te doen vermaardheid te verwerven, en eveneens, met het kwade te doen straf op te lopen, en als je maar steeds de regulerende meridiaan als richtlijn neemt,[2] dan kun je je gezondheid beschermen, je eigen natuur intact houden, datgene wat je het dierbaarst[3] is voeden, en de jaren die je gegeven zijn ten einde leven.

II

Wanneer kok Ding voor vorst Wenhui[4] een rund in stukken sneed, dan sloeg hij met zijn handen, beukte met zijn schouders, stampte met zijn voeten, stootte met zijn knieën, en dan klonk het

1 Kennis (*zhi*) heeft hier de betekenis van het gelijkluidende woord voor 'bewustzijn', dat net zoals in onze taal in het Chinees een verwant begrip is.

2 Deze moeilijke zin draait om het woord *du*, met de betekenis 'besturen', maar het is ook de naam van een van de belangrijkste energiekanalen in het lichaam, de *dumai* of 'regulerende meridiaan', die van de bovenlip over de schedel door de ruggengraat naar het stuitje loopt. Als Zhuang Zi hier een toespeling maakt op deze energetische levensader, dan zou deze zin betekenen: 'Neem de energiestroom in je lichaam tot de belangrijkste richtlijn in je leven.' Dit idee past goed in de context van dit hoofdstuk.

3 In hoofdstuk 2, paragraaf III, wordt over het eigen lichaam gesproken als iets dat ons zeer dierbaar is. Hier zal hetzelfde bedoeld worden.

4 Deze rituele slachter heet Bao Ding. *Bao* is 'keuken', en *ding* is ook 'knecht', dus eigenlijk betekent dit: 'het koksmaatje'. Deze anekdote is nu bekend geworden als die van

'krak!', en zijn mes ging van 'zip!', alles op de maat van de muziek.[5] Als het niet leek op het 'Ballet van het Moerbeibos',[6] dan kwam het wel overeen met de uitvoering van de 'Serenade der Opperste Bestuursregels'.[7] Vorst Wenhui zei dan ook: 'Warempel! Wat is het mooi om over een dergelijke techniek te beschikken!'

Kok Ding borg zijn mes op, en antwoordde: 'Uw dienaar houdt van de Tao, en dat gaat verder dan alleen maar techniek. Toen ik begon met het ontleden van runderen, zag ik alleen maar hele runderen voor me. Na drie jaar zag ik geen enkel heel rund meer.[8] Vandaag de dag benader ik ze met mijn geest en niet meer met mijn ogen. Mijn zintuigen houden op te functioneren terwijl mijn geest in actie komt. De natuurlijke structuur volgend, geef ik dan een klap op de grote gewrichten, snijd ik in de grote openingen, naar de manier waarop het beest in elkaar zit. Zenuwen en spieren, beenderen en gewrichten, bieden nooit de minste weerstand, laat staan grote knoken!

Een goede kok neemt eens per jaar een nieuw mes: dat is snijden. Een klungelige kok wisselt elke maand: dat is houwen. Het mes van uw dienaar doet hier al negentien jaar dienst, en er zijn enkele duizenden runderen mee in stukken gedeeld; toch is het nog zo scherp alsof het pas van de slijpsteen komt. Tussen de geledingen bestaat ietwat ruimte, en wat mijn mes betreft: dat heeft geen omvang. Als je met iets dat geen omvang heeft binnendringt in waar ruimte is, dan kun je het scherp lekker vrij rond-

'kok Ding', en daarom heb ik deze vertaling aangehouden. Wie vorst Wenhui was is niet bekend. Hij wordt soms geïdentificeerd met koning Hui van Liang, die van 369 tot 335 voor onze jaartelling over het vorstendom van Wei regeerde, maar dit berust nergens op.

5 Dit verhaal speelt tijdens een offerritueel, waarbij ook rituele muziek en dans werden uitgevoerd.

6 *Sanglin*; dit was de beroemdste rituele dans van de oudheid, die werd uitgevoerd tijdens de plechtige voorouderrituelen van de Shang-dynastie. De vorsten van Song, het vaderland van Zhuang Zi, stamden af van deze dynastie, en daarom werd deze dans nog aan hun hof opgevoerd.

7 Dit is een ander stuk dat hoort bij de plechtigste en heiligste dans- en muziekstukken uit het oude China. De 'Serenade der Opperste Bestuursregels' (*Shoujing*) werd geacht terug te gaan tot de mythische koning Yao en maakte deel uit van het grote *Xianchi*, het concert dat tijdens bijzondere plechtigheden werd uitgevoerd.

8 Maar alleen nog maar ontlede runderen, zelfs al was hij nog niet met het snijden begonnen.

bewegen, want dan is er beslist plaats te over. Daarom gebruik ik dit mes al negentien jaar en is het nog zo scherp alsof het net geslepen is.

Toch is het zo dat elke keer als ik op een ingewikkeld punt stoot en zie dat het moeilijk gaat worden, ik me voorzichtig inhoud. Ik kijk er strak naar en ga langzaam te werk. Heel zachtjes beweeg ik mijn mes, en rats! het valt uit elkaar, als een klomp aarde die op de grond ploft. Dan sta ik rechtop, met m'n mes in de lucht, en kijk om me heen, triomfantelijk en tevreden. Daarop prijs ik m'n mes, en stop het in z'n foedraal.'

'Dat is prachtig!' zei vorst Wenhui. 'Door naar de woorden van kok Ding te luisteren heb ik het voeden van het leven geleerd.'[9]

III

Gongwen Xian[10] zag eens de Aanvoerder van Rechts, en riep met schrik uit: 'Wat is dat voor een mens? Hoe komt het dat hij maar één voet heeft?[11] Is het de hemel[12] of is het de mens die hem zo gemaakt heeft?'

'Het is de hemel, en niet de mens,' zei de Aanvoerder van Rechts. 'Het leven mij door de hemel beschoren heeft gemaakt dat ik maar één voet heb, terwijl het aan de vorm van de mens beantwoordt om er twee te hebben. Daardoor kun je begrijpen dat dit de hemel was, en geenszins de mens.'[13]

9 Concentreer je, wees voorzichtig en kies de weg van de minste weerstand.

10 Deze verder onbekende persoon zou een staatsman uit het rijk van Song zijn.

11 Deze hoge ambtenaar of officier was kennelijk eens veroordeeld wegens een misdrijf en bestraft met de amputatie van een voet, een gangbare straf in het oude China, maar zeer beschamend, en daarom niet op zijn plaats bij iemand met een hoge positie. Gongwen Xian veinst dit niet te weten en 'vist' naar een verklaring bij de verminkte ambtenaar.

12 Dat wil zeggen: door de hemel gegeven, en dus bij de geboorte invalide.

13 Deze wat cryptische passage is belangrijk: wie zijn we? Dat wat we van nature, bij onze geboorte hebben gekregen of dat wat de 'beschaving' ons maakt (door ons bijvoorbeeld als straf een voet af te hakken)? Dat is een zinloze vraag, zegt de *Zhuangzi*. Mensen hebben twee voeten. Als je om de een of andere reden er maar één hebt, dan is dat het lot 'van de hemel', of dat nu bij je geboorte al zo was of pas later is gekomen. Ieder is zichzelf, hier en nu, en daar hoef je geen benamingen en ideeën van 'hemel' of 'mens' aan vast te knopen. Zie ook hoofdstuk 6, paragraaf I.

IV

De fazant in de wildernis loopt tien passen om iets te kunnen pikken en honderd passen om te kunnen drinken. Toch vraagt hij er niet om in een kooi gestopt en gevoed te worden. Hoewel zijn geest als een koning wordt vereerd, houdt hij daar niet van.[14]

V

Toen Lao Dan[15] gestorven was, kwam een heremiet uit Qin zijn rouw betuigen. Driemaal stootte hij een rouwkreet uit, en vertrok.

Een discipel vroeg hem: 'Was u dan niet een vriend van de meester?'

'Jazeker wel!'

'In dat geval, is het juist om zo uw rouw te betuigen?'

'Natuurlijk! In het begin dacht ik dat hij tot de allerhoogsten behoorde, maar nu denk ik dat niet meer. Toen ik daarnet binnenkwam om over hem te rouwen, toen vond ik daar oude mensen die om hem weenden zoals men een gestorven kind beweent, en jongeren die huilden alsof het om hun moeder ging. De reden waarom zij daar allemaal bij elkaar zitten is beslist om woorden te uiten waar niet om gevraagd wordt, en om tranen te storten die niet gewenst zijn. Dat is de hemel[16] verloochenen, de menselijke conditie de rug toekeren en vergeten wat men ontvangen heeft. Dat komt neer op wat de ouden noemden "straf voor de verloochening des hemels". Je meester kwam immers toen zijn tijd was aangebroken, en hij ging weer op het moment dat het was afgelopen. Heb vrede met de tijd en berust in zijn gang, en verdriet noch vreugde zal in je binnendringen. Dat is wat de ouden noemden "de bevrijding uit de boeien der voorvaderen".'[17]

14 Fazanten waren heilige dieren in het oude China, en werden in aan hen gewijde heiligdommen vereerd. Voor de fazant zelf is dat niet leuk.

15 Lao Dan, letterlijk 'Oude Langoor', is een benaming voor Lao Zi. De twee karakters *Qin Yi* zijn als eigennaam volstrekt onbekend. Li Mian merkt terecht op dat *yi* hier 'heremiet' betekent, en dat hij uit Qin kwam, dat wil zeggen, van het andere eind van China.

16 Het begrip 'hemel' is bij Zhuang Zi vaak synoniem met 'natuur'.

VI

De hars brandt op in de toorts, maar het vuur wordt overgebracht, en niemand weet waar het ooit zal eindigen.[18]

17 Goddelijke voorvaderen, *di*, komen in de *Zhuangzi* nooit voor in de 'confucianistische' betekenis van de oppergod van de hemel. In de Innerlijke geschriften is dit de enige plaats waar we de uitdrukking *di* alleen vinden. Verder zijn er drie passages met 'Huangdi', de Gele Keizer en voorvader van de Chinese beschaving. De goden van het zuiden en het noorden die door hun doldrieste handelen de dood van hun weldoener Chaos veroorzaakten (zie hoofdstuk 7) worden ook *di* genoemd. Er is dus geen aanleiding hier *di* te vertalen met 'god' of iets dergelijks, maar het eerder in een wat negatiever licht te zien als die krachten in de wereld die ons binden aan onze menselijke conditie. Aan de ene kant zijn er degenen die deze conditie verloochenen en er dus niet aan zullen ontkomen, aan de andere kant zij die haar onderkennen maar er zich in de geest van losmaken, en zich zo bevrijden van hun 'boeien'.

18 Er zijn over deze cryptische uitspraak boekdelen geschreven. Het eerste karakter staat hoogstwaarschijnlijk voor hars. Stokken werden met hars bestreken en dienden als toortsen. Het vuur brandt op op deze plaats, maar zet zich elders voort. Niet alleen zal vuur altijd blijven bestaan, maar in de oudheid werd vuur zorgvuldig overgebracht van de ene plaats naar de andere, omdat het moeilijk was aan te maken. De menselijke geest is als het vuur: hij brandt op een plaats, maar wordt overgebracht naar een andere, en niemand weet waar het ooit zal ophouden, dat wil zeggen: we weten dat het altijd zal doorgaan.

HOOFDSTUK 4

De wereld van de mensen

I

Yan Hui bezocht Confucius, en vroeg of hij op reis mocht gaan.[1]

'Waar wil je heen?'

'Ik wil naar Wei.'[2]

'En wat wil je daar doen?'

'Ik heb gehoord dat de heer van Wei[3] in de kracht van zijn jaren is, maar eigengereid in zijn handelen. Hij gaat lichtzinnig om met zijn land, en ziet zijn eigen fouten niet. Hij gaat lichtzinnig om met de levens van zijn volk, zodat de lijken zo talrijk zijn als dorre staken in de wildernis. Nu heb ik u eens horen zeggen, meester: "Landen met een goede regering worden met rust gelaten; landen waar wanorde heerst gaat men bezoeken; aan de poort van de dokter vindt men vooral zieke mensen."[4] Ik wil nu dat wat ik geleerd heb ook in uitvoering gaan brengen, in het vooruitzicht dat het genezing zal brengen aan dat land.'

'Warempel! Ik ben eerder bang dat je naar je doodvonnis toe gaat! Bedenk goed:

1 Yan Hui is Confucius' favoriete leerling. Hier wordt Confucius aangeduid met zijn eigennaam, Zhongni. De hele passage is een persiflage op de gesprekken van Confucius, zoals die zijn overgeleverd in de *Lunyu*, de *Analecta*.

2 Wei is een van de staten van de vroegere 'Landen van het Midden'. Het werd gesticht als leenstaat van het Zhou-rijk, en in 209 voor onze jaartelling veroverd door de Qin. Het grondgebied van Wei lag in het zuiden van de huidige provincie Hebei en ten noorden van Henan, dus noordelijk van Song en westelijk van Lu, waar Confucius placht te wonen.

3 De geschiedenis kent verschillende vorsten van Wei, die bekendstonden om hun tirannieke handelwijze. Het is niet bekend welke van hen hier bedoeld is.

4 Het is niet zeker dat Yan Hui, die de uiting van zijn meester opvatte als een soort aanmoediging om zich in de politiek te begeven, deze goed heeft begrepen. Het zou best kunnen zijn dat Confucius hier kritiek uit: niemand interesseert zich voor de politiek als alles goed gaat, en mensen gaan alleen naar de dokter als ze ziek zijn.

De Tao mag geen mengelmoes zijn!
Van een mengelmoes komt een veelvoud,
Veelvoud baart last,
Last brengt zorg,
Eenmaal vol zorgen is er geen redding meer!

In de oudheid bewaarden de allerhoogsten het[5] eerst in zichzelf, voordat ze het toevertrouwden aan anderen. Zolang dat wat je in jezelf bewaart nog geen vastigheid heeft verkregen, heb je dan wel tijd over om je te bemoeien met de handelingen van tirannen?

Heb je je er bovendien wel rekenschap van gegeven waardoor de deugd wordt verdorven en de kennis wordt verspild? De deugd wordt bedorven door faam, en de kennis verspild in twisten. De faam maakt dat mensen elkaar verdringen, terwijl kennis gebruikt wordt als een strijdmiddel. In beide gevallen gaat het om onheil brengende middelen, die men maar beter niet kan bevorderen.

Daar komt bij dat je wel over een grote deugd en volstrekte eerlijkheid kunt beschikken, maar toch niet doordringt in de qi[6] van de ander; dat je weliswaar niet slaags raakt vanwege je goede naam, maar toch niet het hart van de ander weet te raken. Op die manier voor de tiran te gaan staan schitteren met grote toespraken over medemenselijkheid, gerechtigheid en andere mooie leefregels, dat komt erop neer dat je met de slechtheid van anderen jezelf een mooie rol geeft. Wie dat doet krijgt de naam van een pestkerel, en aan zo'n pestkerel hebben de mensen ook beslist de pest. Ik ben bang dat iedereen de pest aan je gaat krijgen!

Laten we eens aannemen dat de heer van Wei veel geeft om wijze mannen en niets opheeft met hen die niet zo zijn, wat heeft het dan nog voor zin voor jou om te gaan proberen door hem speciaal uitverkoren te worden? In dat geval doe je er beter aan om iedere discussie met hem te vermijden, want koningen en herto-

5 De Tao.
6 Qi is 'adem', 'levensenergie', 'kracht', en ook, zoals hier, iemands eigen temperament. Deze term is eigenlijk onvertaalbaar, en daarom gebruiken we hier liever het Chinese woord.

gen willen altijd het laatste woord hebben en vechten net zo lang tot ze gewonnen hebben:

Je ogen zullen sterretjes zien,
Je gelaatskleur zal wegtrekken,
Je mond zal zelfverdedigende woorden spreken,
Je houding zal zich op hem afstemmen,
Je hart zal uiteindelijk door hem gevormd worden!

En zo ga je met vuur het vuur te lijf, en water met water. Met andere woorden: je maakt het alleen maar erger. Begin je met hem mee te gaan, dan is het einde zoek. Ik ben bang dat je dan door je onbetrouwbare verzekeringen tegenover de tiran uiteindelijk je dood zult vinden.

En dan nog dit: in het verleden werd Guan Longfeng door koning Jie vermoord,[7] en prins Bi Gan door koning Zhou.[8] Deze raadslieden bevorderden namelijk hun eigen persoon door zich zorgzaam op te stellen tegenover het gewone volk. Vanuit hun ondergeschikte positie gingen ze tegen hun leiders in, en vanwege hun bezorgde houding werden ze door deze vorsten onderdrukt. Zo loopt het af met mensen die een goede reputatie willen genieten![9]

In het verleden voerde Yao oorlog tegen Zong, Zhi en Xu'ao,[10]

7 Guan Longfeng, ook geschreven als Guan Longpang, was een oprecht en deugdzaam staatsman onder de legendarische booswicht Jie, de laatste koning van de Xia-dynastie (traditionele data 2207 tot 1766 voor onze jaartelling). Tijdens de bacchanalen aan het hof was hij zo dapper om de vorst te berispen, met het fatale gevolg.

8 Bi Gan was de prinselijke oom van deze andere spreekwoordelijke tiran uit de vroege Chinese geschiedenis, die van 1154 tot 1122 voor onze jaartelling zou hebben geleefd. Ontevreden over de aanhoudende remonstranties van zijn oom liet Zhou het hart van de wijze man uit zijn lichaam snijden om te zien of het wel hetzelfde was als dat van gewone mensen, zeggende: 'Ik heb gehoord dat het hart van heiligen zeven openingen heeft. Laten we eens kijken hoeveel hij er wel heeft.' Levend ontleden was een gruwelijke, maar tot aan het eind van het keizerrijk gangbare vorm van terechtstelling in China.

9 Guan Longfeng en Bi Gan zijn tot op de dag van vandaag voor de confucianisten voorbeelden van dappere deugdzaamheid gebleven.

10 Yao, de legendarische koning die van 2357 tot 2258 voor onze jaartelling geleefd zou hebben, is, in tegenstelling tot de bovengenoemde tirannen, het evenbeeld van deugdzaamheid voor de confucianisten. Waar de rijkjes die Yao veroverde gelegen hebben is

en Yu viel de vorst van Hu[11] aan. Deze landen werden tot woestenijen gemaakt en hun bewoners tot wraakzuchtige geesten, terwijl hun koningen op wrede wijze werden terechtgesteld. Yao en Yu grepen zonder ophouden naar de wapens, hun zucht naar winst had geen einde. Zo is het nu eenmaal met hen die zowel naar een goede naam als naar winst hunkeren. Heb je daar echt nooit van gehoord? Een goede naam willen hebben en winst willen behalen, zelfs de heilige mens kan daar niet tegenop! En jij dan soms wel? Hoe dan ook, je hebt vast wel een plan. Vertel me het maar eens.'

'Ik zal me zowel correct als ook open opstellen, en me toegewijd maar ook vastberaden tonen,' zei Yan Hui. 'Zou dat niet goed zijn?'

'Wat? Hoe zou dat kunnen! Hij zit boordevol met yang-kracht, die hij op allerlei manieren naar buiten brengt. Gewone mensen wagen het daarom niet tegen hem in te gaan. Hij speelt in op de gevoelens van anderen om zijn eigen zin te krijgen. Dat wat men noemt "iedere dag een stapje verder op de weg van de deugdzaamheid" zal niet slagen, en nog minder de grote deugdzaamheid die jij aan den dag wilt leggen. Als hij je raadgevingen aanvaardt maar toch niet verandert, het uiterlijk met je eens is maar ze vanbinnen verwerpt, hoe zou dat dan tot resultaten kunnen leiden?'

'In dat geval zal ik me uiterlijk buigen maar innerlijk oprecht blijven. Mijn overtuigingen zal ik doen klinken als komend van boven. Degene die innerlijk oprecht blijft, is een metgezel van de hemel. Een metgezel van de hemel weet dat de Zoon des Hemels[12] en hijzelf beiden kinderen van de hemel zijn, en dat hij daarom alleen voor zichzelf mag spreken, zonder zich erom te bekomme-

niet precies bekend, maar het gaat hier zeker om drie van de vele inheemse en primitieve volken die zich in Noord-China lang hebben weten te handhaven naast de hoger ontwikkelde Chinese cultuur. Deze verovering wordt ook vermeld in hoofdstuk 2, in een hier niet opgenomen passage (zie hoofdstuk 2, noot 54).

11 Hu wordt geïdentificeerd met een primitieve stam die in het huidige Shaanxi zou hebben gewoond.

12 Zoon des Hemels (*Tianzi*) is de religieuze benaming voor de koning van China, in zijn hoedanigheid van vertegenwoordiger van de hemel, en bevestigd in zijn gezag door het Mandaat des Hemels (*Tianming*).

ren of dat door de anderen wordt goedgekeurd of niet. Iemand die zo is wordt door de mensen "het kind" genoemd.[13] Dat is wat ik bedoel met "een metgezel van de hemel" zijn.

Hij die zich uiterlijk buigt is een metgezel van de mensen. Met een hoftablet[14] in je handen eerbiedig buigen en knielen, dat is nu eenmaal de etiquette der hovelingen. Iedereen doet dat, dus hoe zou ik het wagen dat niet te doen? Als je maar steeds doet wat de anderen doen, kunnen ze daar ook geen aanstoot aan nemen. Dat bedoel ik met een metgezel van de mensen zijn.

Mijn overtuigingen doen klinken als komend van boven: ik bedoel ermee dat ik daarmee een metgezel der ouden word. Hoewel mijn uitingen ondubbelzinnige kritiek zullen behelzen, zullen ze komen van de ouden en niet van mezelf. In dat geval kan ik dus oprecht zijn zonder gevaar te lopen. Dat is wat ik bedoel met een metgezel der ouden te zijn. Wat vindt u van die aanpak?'

'Wat? Hoe zou dat kunnen! Al te veel regels en nooit rust. Als je je eraan kunt houden, dan zul je geen blaam oogsten, maar dat is dan ook alles. En hoe denk je op die manier enige verandering teweeg te brengen? Je volgt nog steeds je eigen hart.'[15]

'Dan heb ik niets meer aan u voor te leggen. Mag ik u vragen hoe ik dan te werk moet gaan?' vroeg Yan Hui.

'Eerst vasten!' zei Confucius, 'en dan zal ik het je zeggen. Vanuit je eigen hart de dingen doen, is dat niet al te makkelijk? Dat

13 Misschien behelst deze uitdrukking meer dan alleen maar 'spontaan zijn als een kind' (*fongzi*), zoals dat algemeen door de commentatoren wordt aangenomen. In deze uitermate ingewikkelde passage komen verschillende dingen aan de orde: innerlijke oprechtheid, het samengaan met de hemel (god, de natuur), het bewustzijn dat ieder mens een 'kind (zoon) des hemels' is en de benaming 'het kind'. Daar komt bij dat de uitingen van het kind 'van boven' komen en dus ook boven alle lof of kritiek staan. Dit hele verhaal doet erg denken aan een omschrijving van de rol en functie van een medium of sjamaan, een afgevaardigde van de goden die in zijn uitingen de wil van de hemel vertolkt. Het feit dat hier de benaming 'het kind' gebezigd wordt is intrigerend, aangezien tot op heden mediums en sjamanen in de volksmond deze benaming van *tongzi* hebben behouden.

14 *Hu*; een langwerpig voorwerp van hout of soms van ivoor dat hovelingen met beide handen voor hun borst houden zodat de top van het tablet de mond bedekt.

15 Het hart als de zetel van de geest en het verstand. Yan Hui volgt zijn eigen ideeën, zonder die in een bredere, meer spontane en minder persoonsgebonden context te zien.

16 Hao Tian; al in het 'Boek der documenten' en het 'Boek der liederen' een benaming voor het hoogste hemelwezen.

wat je te makkelijk doet is de hoge hemel[16] niet welgevallig.'

'Mijn familie is arm,' zei Yan Hui. 'We hebben al enkele maanden geen wijn gedronken of hartige spijzen genoten. Denkt u niet dat we zo al genoeg gevast hebben?'

'Dat is het vasten dat je doet voor het brengen van een offer,[17] niet het vasten van het hart.'

'Mag ik vragen wat dat vasten van het hart dan wel inhoudt?' vroeg Yan Hui.

'Concentreer al je aandacht. Luister niet meer met je oren maar luister met je hart. Luister niet meer met je hart maar luister met je qi.[18] Wat hoorbaar is houdt op bij de oren, terwijl het hart nog toegankelijk is voor symbolen.[19] Maar de qi is leeg; slechts dingen geven het gestalte.[20] Voorwaar! In die leegte wordt de Tao vergaard. Leeg zijn, dat is het vasten van het hart.'

'Toen ik dit nog niet van u geleerd had, was er echt een Yan Hui; maar nu ik het wel geleerd heb, besef ik dat er nooit een Yan Hui is geweest. Is dat het "leeg zijn"?'[21]

'Dat is het helemaal!' zei Meester Confucius. 'Ik zeg je: als je maar in staat bent om binnen in zijn kooi[22] te gaan spelen, zonder je om je reputatie te bekommeren. Kun je er binnengaan, dan zing

17 In het oude China werd er voor ieder offer een min of meer lange vasten gehouden. Deze hield onthouding van wijn, vlees, sterke kruiden en ook van seksueel contact in. Vasten werd gezien als een reiniging en een loutering, om zo de offeraar waardig te maken voor het aangezicht van de goden en voorvaderen te treden. Tegenwoordig heeft alleen het taoïstisch ritueel dit vasten bewaard.

18 De kosmische energie.

19 *Fu*; dit woord staat oorspronkelijk voor de Chinese *tessera*, de in tweeën gedeelde insignes die dienden voor identificatie en verificatie van boodschappers, vertrouwelijke brieven, enzovoort. Het woord 'symbool' heeft een analoge afleiding. Het oor kan slechts klanken en woorden horen, terwijl onze geest (het 'hart') ook nog de betekenis van symbolen kan bevatten.

20 *Wu*, dat we vaak met 'ding' of 'schepsel' vertalen, heeft in de taoïstische filosofie als eerste betekenis 'fenomeen', dat wil zeggen een bepaalde waarneembare configuratie die aan een aantal wetmatige condities beantwoordt.

21 In het 'leeg zijn' van het 'vasten van het hart' is er geen ikbesef, en daarom is er ook geen 'ik'.

22 Dat wil zeggen: het hof van de tiran van Wei.

23 *Zhi*; 'ophouden', 'stilstaan'. Hier wordt dit belangrijke thema voor het eerst te berde gebracht.

je je wijsje; kun je er niet binnengaan, dan houd je je stil.[23] Geen deuren en geen grendels:[24] plaats je hele verblijf daar in het teken van de aanpassing aan wat onvermijdelijk is. Dan kom je dicht bij waar je wezen wilt.

> Je sporen uitwissen is makkelijk:
> Niet over de grond lopen is moeilijk!
> Wat door mensen wordt uitgevoerd is makkelijk te vervalsen,
> Wat door de hemel wordt uitgevoerd is moeilijk te vervalsen.
> Het is bekend dat men met vleugels kan vliegen;
> Nog niet bekend is dat men zonder vleugels ook kan vliegen.
> Het is bekend dat kennis vergaard wordt door het weten;
> Wat nog niet bekend is, is de kennis verkregen door het niet-weten.
> Richt je blik naar die [duistere] waterplaats:[25]
> Uit het lege vertrek komt dan het witte [licht].[26]
> Alle voorspoed ligt in het "stilstaan van het stilstaan".[27]

Voorwaar! Als je niet echt stil blijft, dan doe je wat men noemt "al zittend blijven hollen"! Ik zeg je: als je oren en je ogen naar

24 *Wumen wutu*; letterlijk: 'er is geen deur en ook geen gif'. Gif (*du*) moet dus voor een ander woord staan, en onder de vele suggesties is die van 'barrière' het waarschijnlijkst. Het idee zou zijn dat Yan Hui moet proberen zich niet vast te zetten in een bepaalde situatie en positie, maar volkomen open moet blijven en zich schikken in wat de situatie ook mag zijn.

25 Het zeldzame karakter *gui* komt eigenlijk alleen op deze plaats voor. Naar de juiste betekenis kan men dus alleen maar gissen. Het karakter duidt een ruimte aan (het element *men*, 'deur') die gekenmerkt wordt door het element *kui*, het laatste van de tien cyclische karakters, dat correspondeert met het noorden, het water, de duisternis. De context van deze passage is die van een meditatie op het innerlijk van de mens. Het zou hier dus kunnen gaan om een ruimte binnen het lichaam waar het element water overheerst. In de traditionele Chinese fysiologie zou dit beantwoorden aan de duistere 'zee van qi' in de onderbuik. Ik vertaal dus met 'waterplaats' en voeg het adjectief 'duister' toe als tegenstelling tot het 'witte licht' dat in de volgende zin voorkomt.

26 *Bai* staat hier voor het witte licht, dat een belangrijk thema is voor Zhuang Zi.

27 Pas als je bent opgehouden met stilstaan, ben je echt stil.

binnen zijn gericht en daar geheel kunnen doordringen, terwijl je het eigen denken[28] buiten kunt sluiten, dan zullen de geesten der voorvaderen en goden zich bij je thuis voelen, en de gewone mensen nog des te meer! Dit betekent de scheppende verandering der tienduizend dingen, daar waar Yu en Shun zich aan hebben kunnen vastmaken,[29] daar waar het streven van Fuxi en Jiju zijn einde gevonden heeft.[30] Hoeveel te meer geldt dit voor hen die minder zijn dan dezen!'

II

Toen Zigong, de heer van Ye,[31] als gezant naar Qi moest, vroeg hij raad aan Zhongni:[32] 'De boodschap die de koning me gegeven heeft is erg belangrijk. In Qi gaat men buitengewoon beleefd met gezanten om, maar men maakt nooit enige haast. Zelfs in de gewone mensen is nooit enige beweging te krijgen, laat staan in een van de adellijke heren daar! Ik voel me nu erg ongerust. U zei vaak tegen me: "Of het nu om een grote of om een kleine aangelegenheid gaat, er bestaan maar weinig gevallen waar geen sprake is van bezorgdheid of ze wel zullen slagen. Want mochten ze niet slagen, dan krijg je beslist te lijden onder wat de mensen ervan zeggen, terwijl als je wél slaagt, je te lijden krijgt van yin- en yang-stoornissen. Degene die in staat is om, ongeacht of hij slaagt of niet, zich te vrijwaren van problemen, die moet wel iemand zijn die de deugd bezit!" Ik voed me eenvoudig en zonder raffinement. Met wat er uit mijn keuken komt heb ik geen behoefte aan

28 *Xinzhi*; vergelijk hoofdstuk 2, noot 18.

29 Yu en Shun, confucianistische cultuurhelden, hebben in dit principe van de scheppende verandering de basis van hun deugd gevonden.

30 Anders dan Yu en Shun, die de wereld 'beschaafd' hebben gemaakt, zijn Fuxi en de hier genoemde minder bekende Jiju scheppers van de wereld en verkondigers van de Tao, wier streven in het 'stil zijn' zijn hoogste uitdrukking vond.

31 Dit is een historische figuur. Zijn eigenlijke naam is Yin Chengzi, hij stamde af van de koningen van Chu en had een leengoed in Ye. Zijn voornaam was Zhuliang, zijn tweede naam Zigao.

32 Zhongni is, zoals we gezien hebben, de meer familiaire voornaam van Confucius.

33 Volgens de regels van de Chinese voedingsleer zijn sommige spijzen, zoals vlees en wijn, bijzonder yang, en maken ze het lichaam heet (men spreekt dan van 'het vuur dat

verfrissingen.[33] Maar sinds ik vanmorgen dit bevel heb ontvangen, doe ik de hele dag niets anders dan ijswater drinken: zo zie je hoe heet ik al vanbinnen ben geworden. Nog voor ik echt aan de zaak begonnen ben, lijd ik al aan yin- en yang-stoornissen! En als straks mijn gezantschap niet slaagt, dan krijg ik beslist nog te lijden onder wat men ervan zal zeggen. Met die twee problemen voel ik me niet in staat mijn opdracht als onderdaan naar behoren te vervullen. Vertelt u mij alstublieft, meester, wat u hierover te zeggen hebt.'

'In deze wereld bestaan er twee grote regels,' zei Zhongni. 'Ten eerste het lot, en ten tweede de plicht. Dat een kind zijn ouders liefheeft is zijn lot.[34] Hij kan die liefde niet uit zijn hart verwijderen.[35] Dat een onderdaan zijn heer dient, dat is zijn plicht. Waar je ook heen gaat, je blijft de dienaar van je heer, daar is geen ontkomen aan, waar dan ook tussen hemel en aarde. Dit zijn de grote regels, en daarom is het het grootste blijk van piëteit tegenover je ouders hen te dienen, waar je je ook mag bevinden. Wat je heer betreft: het grootste blijk van trouw bestaat erin hem te dienen, wat de zaak die je is toevertrouwd ook mag zijn. Degene die zijn geest zo weet op te voeden dat leed noch vreugde de overhand op hem kan krijgen, die zich bewust blijft van het onvermijdelijke en daarin berust alsof het zijn lot is, die heeft de hoogste deugd bereikt. Als dienaar zowel als als kind kom je altijd onvermijdelijke omstandigheden tegen. Als je je voegt naar de omstandigheden en je je eigen persoon vergeet, zodat je volstrekt niet meer in de verleiding komt om je te bekommeren om de geneugten van het leven of om de angsten van de dood, dan kun je rustig gaan.

Sta me toe je te vertellen wat ik eens geleerd heb: in nabije relaties zijn wij gebonden in wederzijds vertrouwen, terwijl wanneer we verre relaties onderhouden we moeten bouwen op woorden. Woorden moeten worden overgebracht. Welnu, een van de moeilijkste dingen die er zijn is woorden die beide partijen hetzij

oprijst in het lichaam'). Als tegenwicht heeft men dan grote behoefte aan koude en verfrissende dranken.

34 In de betekenis van 'zijn ingeboren natuur'.

35 Of: in zijn hart verklaren.

gelukkig, hetzij ongelukkig stemmen, goed over te brengen. In het eerste geval is er beslist een overdaad aan mooie woorden; in het tweede geval, wanneer het om iets gaat wat beide partijen ontstemt, is er beslist een teveel aan laakbare termen. Iedere soort van overdrijving is verderfelijk, en hierdoor wordt het vertrouwen te gronde gericht. Als er geen vertrouwen meer is, dan komt degene die deze woorden overbrengt in gevaar. Daarom luidt de regel[36] in dit geval dan ook: "Breng alleen de echte feiten over, en niet de overdreven termen, dan maak je de meeste kans om het er goed af te brengen."

Bedenk daarbij ook dat zij die wedstrijden in vaardigheid aangaan altijd beginnen in een openhartige yang-trant, maar over het algemeen eindigen met geheime yin-praktijken, en als ze te ver doorgaan zelfs allerlei rare trucjes gaan aanwenden. Zij die aan ceremoniële maaltijden deelnemen beginnen altijd met volgens de regels te drinken,[37] maar eindigen in wanorde, en als ze te ver doorgaan loopt het uit op allerlei ongeoorloofd vermaak. Zo is het met alles: het begint hoffelijk, het eindigt vulgair. Zaken die aanvankelijk eenvoudig waren, nemen uiteindelijk onhandelbare dimensies aan.

Woorden zijn als wind op de golven. Daden zijn succesvol of mislukken. Bedenk dat de wind makkelijk de golven kan doen zwellen. Bedenk ook dat zowel succes als mislukking gevaren met zich mee kan brengen. Zo kan het gebeuren dat om helemaal niets razernij ontstaat, en ook dat gekunstelde woorden uitlopen op leugens. Een met de dood bedreigd dier brult zo hard als het kan: het geeft de vrije loop aan zijn razernij en wekt aan alle kanten bloeddorstigheid op. Zij die te hard streven, wekken beslist in de harten van anderen nadelige reacties op waar zij zich zelf niet van bewust zijn. Maar als men handelt zonder te weten wat men doet, wie weet dan waar dat op uit zal lopen? Daarom luidt de regel in dit geval nog eens: "Wijk niet af van je opdracht, streef

36 *Fayen*; het zou hier om de titel van een 'Boek van regels' kunnen gaan dat in de oudheid zou hebben bestaan, maar de context maakt dit hier onwaarschijnlijk.

37 Het gaat hier om de rituele drinkgelagen die bij de plechtige offerrituelen hoorden en waarbij zeer strikte regels in het wijn drinken golden. Veel van die etiquette bij feestmaaltijden was in China tot aan de moderne tijd nog van kracht.

niet naar succes, alle overdrijving is verderfelijk." Afwijken van je opdracht en streven naar succes brengen de zaak in gevaar. Een goede afloop vraagt tijd, terwijl een slecht einde onherroepelijk is. Wees dus voorzichtig!

Voorwaar! Laat je voeren door de dingen om zo je hart vrij te laten zwerven. Berust in het onvermijdelijke om het centrum te voeden. Dan heb je het allerhoogste bereikt. Waarom zou je iets doen om er iets voor terug te krijgen, in plaats van eenvoudig je taak te vervullen? Daarin ligt het hele probleem!'

III

Toen Yan He de leermeester van de oudste zoon van hertog Ling van Wei moest worden, ging hij te rade bij Qu Boyu:[38] 'Dit is iemand die van nature een moordenaar is. Als ik in mijn omgang met hem mijn eigen principes laat varen, dan breng ik ons land in gevaar. Maar als ik aan mijn principes vasthoud, dan riskeer ik mijn eigen leven. Hij is slim genoeg om de fouten van anderen te zien, maar niet verstandig genoeg om te begrijpen waarom ze zo hebben gehandeld. Wat staat me te doen met iemand die zo is?'

'Dat is een goede vraag!' zei Qu Boyu. 'Wees behoedzaam! Wees voorzichtig! Breng je lichaam op orde! Uiterlijk is het het beste om vriendelijk en innerlijk het beste om kalm te zijn. Toch zijn hieraan bezwaren verbonden: in je vriendelijkheid moet je niet te zeer op hem ingaan en je sereniteit moet niet te veel uitstralen. Als je in je vriendelijkheid te zeer op hem ingaat, dan word je omvergelopen en vernietigd, dan word je vernederd en vertrapt. Als je sereniteit te zeer uitstraalt, dan win je een reputatie en word je beroemd, en daar komen valsheid en verraderlijkheid uit voort. Als hij het kind wil spelen, dan speel je het kind met hem. Als hij bandeloos wil zijn, dan ben je bandeloos met hem. Als hij alle

38 Yan He is bekend als een wijs man uit Lu, het land van Confucius, en een andere persoon dan de eerdergenoemde Yan Hui. Hertog Ling van Wei regeerde van 534 tot 494 voor onze jaartelling. Qu Boyu was zijn wijze raadsheer. Het verhaal over Yan He die de zoon en erfgenaam van de hertog zou moeten opvoeden is pure fictie; waar het hier om gaat is dat er twee confucianisten ten tonele worden gevoerd.

grenzen wil overschrijden, dan overschrijd je die met hem. Door zo in zijn binnenste door te dringen bereik je het vlekkeloze.[39]

Heb je wel eens een bidsprinkhaan gezien? Hij zwaait woedend met zijn poten om een naderende kar tegen te houden, zonder zich ervan bewust te zijn dat hij daar niet tegenop kan. Dat krijg je als je zo'n edele inborst hebt! Wees behoedzaam! Wees voorzichtig! Als je hem voortdurend te lijf gaat met je eigen goede eigenschappen, dan is het gauw met je gebeurd!

Heb je wel eens een tijgertemmer gezien? Hij durft de tijgers geen levende prooi te geven, vanwege de drift die het doden in hen zal doen ontstaan. Hij durft ze evenmin een heel dier te eten te geven, vanwege de drift die het uiteenscheuren in hen zal doen ontstaan. Hij observeert de momenten waarop ze hongerig dan wel verzadigd zijn. Hij doorgrondt hun natuurlijke driften. Tijgers mogen tot een andere soort behoren dan mensen, maar ze zijn lief voor degene die hen voedt, want dat ligt in hun aard. Ze vallen hem alleen aan als hij iets doet wat tegen hun natuur indruist.

De paardenliefhebber gebruikt een mandje om hun drollen in op te vangen en een schelp om hun urine in te laten lopen. Maar als er ineens een horzel op het paard afkomt en de man geeft het dier onverwachts een klap, dan breekt het paard zijn teugels, bonkt zijn hoofd en verbrijzelt de man zijn ribbenkast. De bedoeling van de vent was voortreffelijk, maar zijn liefde richtte hem te gronde. Wees dus voorzichtig!'

IV

Timmerman Shi[40] ging naar Qi. Bij Quyu[41] gekomen zag hij een

39 Dat wil zeggen: dan blijf je zelf zonder blaam. Maar de betekenis kan meer zijn, en duiden op het doordringen in dat wat in deze misdadige figuur het onbesmette innerlijk is.

40 *Shi* (letterlijk 'steen') kan een verschrijving zijn van *shou*, 'hoofd'. In dat geval moeten we dus met 'meestertimmerman' vertalen.

41 Letterlijk: 'Bocht in het karrenspoor', maar hier toch waarschijnlijk een plaatsnaam.

42 *She*; 'het altaar van de Aarde' is de heilige plaats waar de bevolking van een dorp of straat haar offers aan de aardgod brengt. Traditioneel werd deze aardgod vereenzelvigd met een grote boom.

eik als heilige boom van het altaar van de Aarde.[42] Hij was zo groot dat duizenden runderen eronder konden schuilen. Zijn omvang was wel honderd el.[43] Hij was zo hoog als een berg. Pas op tien vadem hoogte kwamen de eerste takken. Er waren meer dan tien zijtakken, die zo dik waren dat men er boten van kon maken.

Het stond er zo vol met kijkers dat het was alsof er markt gehouden werd.[44] Maar de timmerman keek niet op of om, en vervolgde zijn weg zonder te stoppen. Zijn leerling echter stond stil en, nadat hij zich er vol aan had gekeken, holde hij de meester achterna, en zei: 'Meester: sinds ik bijl en beitel heb opgenomen om u te volgen, heb ik nog nooit zulk prachtig materiaal gezien. Maar u keurt het geen blik waardig en loopt door zonder ook maar één keer te stoppen. Waarom is dat?'

'Hou op! Praat me er niet van! Dat is overtollig hout. Maak er een boot van en hij zinkt. Een doodskist? Hij verrot meteen. Een gebruiksvoorwerp? Het gaat dadelijk kapot. Een deur? Die blijft nat van de hars. Een steunpilaar? Daar komen insecten in. Dit is hout dat nergens toe dient, dat nergens voor kan worden aangewend, en om die reden heeft die boom zo oud kunnen worden.'

Toen de meestertimmerman thuis was gekomen, verscheen de heilige eikenboom aan hem in een droom, en sprak: 'Waar dacht je mij wel mee te vergelijken? Wilde je zeggen dat ik "overtollig hout" was? Appelen, peren, mandarijnen, pomelo's en de vruchten van andere bomen: ze worden afgerukt zodra ze rijp zijn. Daardoor worden die bomen gekwetst, hun grote takken afgebroken en hun twijgjes vernield. Dat is je hele leven narigheid ondervinden vanwege je bekwaamheden. Om die reden kan ook geen van hen zijn door de hemel bestemde levensloop volbrengen, maar sterven ze allemaal voortijdig wanneer ze pas op de helft zijn. Ze zijn het zelf die zich deze algemeen gangbare geweldplegingen op de hals halen, en met andere wezens is het ook zo gesteld. Daarom ben ik al lang geleden gaan proberen om volstrekt nutteloos te worden. Vaak kwam ik er dichtbij, en nu

43 Er zijn veel discussies over deze maten. *Wei* is een armomvang.

44 Het was gebruikelijk in het oude China dat er markten gehouden werden bij de plaatselijke heiligdommen, zoals bijvoorbeeld hier bij het altaar van de Aarde.

45 Omdat hij heilig is geworden.

heb ik het bereikt.[45] Dat is voor mij van het grootste nut. Als ik ooit enige nuttigheid gehad zou hebben, zou ik dan zo groot hebben kunnen worden? Laten we daarbij ook nog bedenken dat we allebei maar schepsels zijn. Hoe kunnen schepsels elkaar beoordelen? Hoe kan een overtollig mens zoals jij, die bovendien weldra gaat sterven, weten wat een overtollige boom is?'

De meestertimmerman werd wakker en vertelde over zijn droom. Zijn leerling zei: 'Als het zijn doel is om nutteloos te zijn, hoe komt het dan dat hij een aardgod geworden is?'

'Stil! Hou je mond! Dat is ook maar een soort toevlucht van hem, omdat anders zij die hem niet begrijpen kwaad van hem zouden spreken. Als hij geen aardgod was, zou hij misschien toch niet aan de bijl ontkomen! En laten we bedenken dat de manier waarop hij zichzelf beschermt anders is dan die algemeen gangbaar is. Hem met gewone normen beoordelen, sla je dan de plank niet al te ver mis?'

V

Ziqi van de Zuiderwal[46] wandelde eens over de Heuvel van Shang,[47] en zag daar een grote boom. Duizend vierspannen konden schuilen in zijn schaduw. 'Wat is dat voor een boom? Die moet welzeker over bijzondere eigenschappen beschikken,' zei Ziqi. Hij keek omhoog en zag de takken: ze waren allemaal krom en ongeschikt om er balken of planken van te maken. Daarna keek hij omlaag naar de grote stam en zag dat die zo vol spleten zat dat je er onmogelijk doodskisten uit kon maken. Als je aan de bladeren likte, deed je je pijn en ging je mond zweren; als je de lucht van de boom opsnoof, werd je er zo door bedwelmd dat het na drie dagen nog niet over was. 'Dit is werkelijk een boom die nergens toe dient,' zei Ziqi. 'Geen wonder dat hij zo groot heeft

46 Hier staat eigenlijk *nanbo* ('zuideroom') in plaats van *nanguo*, de Zuiderwal. Toch zijn alle specialisten het erover eens dat het hier om dezelfde persoon gaat als aan het begin van hoofdstuk 2.

47 Een naam die verband houdt met een plaats in het rijk van Song, waar vroeger de stad van de nazaten van de Shang-dynastie moet zijn geweest. Nu heet de plaats, in de provincie Henan, nog Shangqiu.

kunnen worden. Ach, de goddelijke mens! Door een dergelijk gebrek aan nuttige eigenschappen is hij geworden wat hij is!'

In Song, in de streek van Jing,[48] is de grond geschikt voor trompetbomen, cipressen en moerbeibomen. Als ze dikker dan een handbreedte zijn, worden ze gezocht door hen die een paal zoeken om hun aap aan vast te maken, en dus omgehakt; als ze drie of vier el in doorsnede zijn, dan worden ze geveld door hen die een nokbalk voor een statige woning zoeken; als ze zeven of acht el in doorsnede zijn, worden ze gezocht door adellijke families of die van rijke kooplieden, als zijplanken voor doodskisten. Geen van deze bomen zal daarom tot zijn door de hemel bestemde jaren blijven leven, maar vroegtijdig, in het midden van zijn levensloop, door de bijl aan zijn eind komen. Dat is de ellende die hun goede eigenschappen hun berokkenen. En zo ook wanneer het om een zoenoffer gaat, dan zijn runderen met een wit voorhoofd, varkens met een naar boven gedraaide snuit en mensen met aambeien ongeschikt om aan de god van de Gele Rivier te worden geofferd.[49] Daar weten sjamanen en voorbidders alles van. In hun ogen zijn het dan ook ongeluk brengende wezens. En dat is nu precies wat een goddelijk mens als bij uitstek als gelukkig beschouwt!

VI

Meneer Shu[50] had een kinnebak die tot aan zijn navel kwam. Zijn schouders staken boven zijn kruin uit, zijn tot een staartje

48 Naam van een streek die overeenkomt met het westen van de huidige provincie Anhui. Deze streek behoorde oorspronkelijk aan Song en werd later deel van het rijk van Chu.

49 In de Chinese oudheid, en tot aan de moderne tijd, werden niet alleen dierenoffers maar ook mensenoffers gebracht om de Gele Rivier, berucht om zijn overstromingen, gunstig te stemmen.

50 In deze anekdote, en op nog veel andere plaatsen, voert Zhuang Zi mismaakte, invalide en zieke mensen ten tonele als voorbeeld van hen die ondanks hun lichamelijke handicap een zuivere geest hebben, en bovendien boven de gewone mens en zijn beslommeringen uit kunnen stijgen. De naam van de held van dit verhaal, Zhili Shu, bestaat uit *zhili*, dat 'mismaakt' betekent, en *shu*, dat of als 'debiel', of als synoniem voor *sou*, 'meneer', kan worden opgevat. Ik heb voor dit laatste alternatief gekozen.

gevlochten haren [stonden rechtop op zijn hoofd en] wezen naar de hemel, zijn vijf zintuigen[51] zaten boven op zijn schedel, zijn dijen stonden naast zijn ribben.[52] Met naald- en waswerk verdiende hij genoeg om zichzelf in leven te houden. Als wichelaar met de stokjes en met de graanwan[53] kreeg hij voldoende bij elkaar om tien mensen te voeden. Wanneer de overheid krijgslieden mobiliseerde, liep onze Meneer Gedrocht tussen de gelederen door met zijn armen te zwaaien. Wanneer de overheid tot corvee opriep, werd onze Meneer Gedrocht als invalide ontzien. Maar wanneer de overheid graan uitdeelde aan de zieken, dan kreeg hij drie maten vol en daarbij nog tien bundels brandhout. Voorwaar! Je mag dan wanstaltig van leden zijn, dat belemmert je niet om je lichaam te voeden en de je door de hemel beschoren levensjaren uit te leven. Hoeveel te meer geldt dit voor hem die een wanstaltige deugd bezit![54]

VII

Toen Confucius in Chu verbleef, zwalkte Jieyu, de Gek van Chu,[55] voor zijn poort, en zong:

'Feniks! O Feniks!
Hoezeer is je deugd verloren gegaan!
Op de toekomst kun je niet rekenen,

51 Oren, neus, ogen, mond en, bij wijze van spreken, ook tastzin.

52 Dergelijke gedrochtelijke wezens zijn te vinden in de iconografie van de oudheid. Het gaat om bovennatuurlijke monsters die graven en andere heilige plaatsen bewaken.

53 Twee wichelmethodes, de ene met de duizendbladstengels voor het orakel van de Yijing, de andere met de graanwan.

54 De deugd (ook te vertalen als 'kracht') is de hoedanigheid die volgens de leer van Confucius de mens tot een nuttig en waardig individu in de samenleving maakt. Een 'wanstaltige deugd' hebben komt er dus op neer dat je je deugd of levenskracht niet gebruikt (of misbruikt) voor dit soort doeleinden.

55 We zijn Jieyu eerder tegengekomen in hoofdstuk 1, paragraaf III, waar hij de verteller van de wonderen van de verre Gushe-bergen is. Jieyu (letterlijk: 'hij die het rijtuig opwacht'), als bezeten profeet van het rijk van Chu, komt oorspronkelijk uit de *Analecta* van Confucius (hoofdstuk 18), waar hij, in een analoge context, de wijze waarschuwt geen officiële post te vervullen. Deze anekdote is een persiflage op die passage.

Het verleden is niet te achterhalen.
Als de wereld de Tao bezit,
Kan de wijze mens daarin tot zijn recht komen;
Als de wereld niet de Tao bezit,
Kan de wijze mens niets anders doen dan overleven.
In deze huidige tijd
Kan men slechts trachten straf te ontlopen.
Het geluk is licht als een veertje,
Maar niemand weet het te dragen;
Het ongeluk is zwaar als de aarde,
Maar niemand weet eraan te ontkomen.
Genoeg! Genoeg!
Mensen met deugd te benaderen!
Gevaar! Gevaar!
Ik trek lijnen op de grond om te dansen!
Braamslingers! Braamslingers!
Belemmer mijn passen niet!
Kronkels en bochten, kronkels en bochten!
Bezeer mijn voeten niet!'[56]

VIII

De bomen op de bergen, ze benadelen zichzelf.
Het vet in de toorts, het verbrandt zichzelf;
Kaneel kan gegeten worden, daarom wordt het afgehakt.
Lak kan verwerkt worden, daarom wordt het afgetapt.
Alle mensen kennen het nut van het nuttige:
Niemand begrijpt het nut van het nutteloze.

56 De betekenis van deze laatste zinnen is voor alle commentatoren een raadsel. Men is het er alleen over eens dat *miyang* een stekelig, braamachtig gewas is dat in liaanachtige stengels over de grond groeit. Mijn eigen speculatieve visie op dit versgedeelte is dat we moeten uitgaan van het feit dat het hier om een dans gaat die zich voltrekt volgens op de grond getrokken lijnen (een diagram). Dergelijke dansen komen veelvuldig voor in het taoïsme. Ze maken deel uit van rituelen die kwade invloeden uitbannen, waarbij ook lianen met doornen worden gebruikt. Uit die lianen, beter bekend onder de naam *peng*, werden pijlen gemaakt die tijdens het exorcisme werden afgeschoten. Mijn hypothese is dus dat hier op een exorcisme wordt geduid dat de kwade invloeden waaraan Confucius zich blootstelt moet afweren.

HOOFDSTUK 5

Het teken van de volkomen deugd

1

In Lu was er eens een zekere Wang Tai, wiens voet was afgehakt,[1] maar die evenwel evenveel volgelingen om zich heen had als Zhongni[2] zelf.

Changji[3] vroeg Zhongni hiernaar: 'Die Wang Tai heeft een geamputeerde voet, en toch deelt hij, wat volgelingen betreft, met u het land van Lu doormidden. Als hij opstaat heeft hij niets te onderwijzen, en als hij weer gaat zitten heeft hij niets te bediscussiëren, maar als men leeg naar hem toe gaat, keert men vol weer terug. Bestaat er dan echt zoiets als een leer zonder woorden? Kan de geest zijn vervolmaking ook daar vinden waar geen vormen bestaan?[4] Wat is dat voor iemand?'

'Deze meester is een heilig mens,' zei Zhongni. 'Ik ben nalatig geweest, omdat ik hem nog geen bezoek heb gebracht. Ik zou hem zelf als meester moeten nemen, en zij die nog niet mijn niveau hebben bereikt des te meer! Waarom alleen het land van Lu? Ik ben van plan de hele wereld mee te nemen om hem te volgen!'

'Iemand wiens voet geamputeerd is, en ondanks dat toch uw meerdere is, zoiets mag wel verre van gewoon genoemd worden! In dat geval, wat kan dan de bijzondere manier zijn waarop hij zijn geest benut?'

1 Wang Tai is een allegorische figuur uit Zhuang Zi's verbeelding. *Wang* is 'koning' en dus iemand die alom vereerd wordt, terwijl *Tai* synoniem is met 'aftands paard', met de bijbetekenis van 'seniel'. Zoals we gezien hebben, was in het oude China het amputeren van voeten een gangbare straf voor een misdaad.

2 Confucius.

3 Een discipel van Confucius, alleen hier genoemd.

4 Wang Tai geeft geen enkele vorm aan zijn onderricht, en toch ondervinden zijn volgelingen dat hun geest zich ontwikkelt.

'Leven en dood mogen dan nog zo groot zijn, ze zijn niet in staat hem te beïnvloeden. Hemel en aarde mogen neervallen en instorten, hij zal niet met hen verloren gaan. Hij verkeert in een onafhankelijke positie,[5] waar hij niet met de dingen meegesleept wordt. Hij legt zijn lot in de verandering der dingen[6] en houdt vast aan hun principe.'[7]

'Wat bedoelt u daarmee?'

'Als je de dingen beschouwt vanuit hun verschillen, dan liggen je lever en je gal net zo ver uit elkaar als de landen van Wu en Yue.[8] Als je ze beschouwt vanuit hun gelijkheid, dan zijn de tienduizend dingen alle één. Iemand die zo denkt, geeft zich er ook geen rekenschap van of wat hij hoort en ziet wel juist is, maar laat zijn geest vrij rondzwerven in de harmonie van de deugd.[9] Omdat hij de dingen in hun eenheid beschouwt, ziet hij niet hun vergankelijkheid. Hij beschouwt het verlies van zijn voet alsof het om een klomp aarde ging.'

'Hij doet dit voor zichzelf,' zei Changji. 'Door zijn denken heeft hij zijn eigen hart gevonden, en door zijn eigen hart heeft hij het onveranderlijke hart[10] gevonden. Maar waarom vergaren de schepsels zich rondom hem?'[11]

'De mensen spiegelen zich niet in stromend, maar in stilstaand water. Alleen dat wat stilstaat kan alles wat stil wil zijn stil maken.[12] Van alles wat van de aarde zijn lot ontvangt, heeft

5 Dit is de onafhankelijke positie (*wudai*) van de ware mens.

6 Zie hoofdstuk 2, paragraaf VIII en bijbehorende noot 74.

7 *Zong*; letterlijk: 'de voorouder', hier synoniem met de Tao. Vergelijk de *Daodejing*, hoofdstuk 4.

8 Wu en Yue waren twee buurlanden in het zuiden van het oude China. Het is opmerkelijk dat hier het innerlijk van het lichaam in verband wordt gebracht met de macrokosmos.

9 Dat wil zeggen: de werking van de Tao.

10 *Chángxin*; de term *chang* duidt op het constante, eeuwige en onveranderende, zoals in het eerste hoofdstuk van de *Daodejing*: 'De Tao waarover men kan spreken is niet de constante Tao', *changdao*.

11 Dit is de algemeen aanvaarde betekenis. Met andere woorden: waarom volgen al die mensen hem? Men kan echter ook letterlijk vertalen: 'Maar waarom beschouwen de schepsels dit als het meeste?', dat wil zeggen, het belangrijkste.

12 Vergelijk hoofdstuk 4, paragraaf I: 'Alle voorspoed ligt in het "stilstaan van het stilstaan".'

alleen de pijnboom de norm[13] bereikt: winter en zomer blijft hij groen. Van allen die van de hemel hun lot ontvangen,[14] behaalden alleen Yao en Shun de norm aan het hoofd der tienduizend dingen. Gelukkig zij die de norm in hun leven kunnen bereiken, want zij maken al het leven recht.[15]

Het bewijs van het behouden van je oorspronkelijke eigen natuur[16] is het feit dat je niet bang bent. Een dappere krijger stormt manmoedig op een groot leger af.[17] Als iemand die het erom te doen is roem te verwerven hiertoe in staat is, dan zeker des te meer degene die zijn leven tussen hemel en aarde slechts als een ambtelijke taak beschouwt, de wereld als zijn district,[18] zijn lijf[19] als de hem toegewezen woning. Alles wat zijn oren horen en zijn ogen laten zien, beschouwt zo iemand alleen maar als afbeeldingen. Alles wat zijn bewustzijn hem leert ziet hij als de kennis van het Ene. Zodoende heeft hij een hart dat nooit zal sterven! Ja, die mens kiest zelf de dag waarop hij naar de plaats der vrijheid zal opstijgen. De anderen zullen hem daarin volgen; wat hem betreft: waarom zou hij zich om de schepsels bekommeren?'

II

Shentu Jia, wiens voet afgehakt was, was samen met Zichan van Zheng[20] in de leer bij Duisterman Afwezig.[21]

13 Over de 'norm van hemel en aarde', zie hoofdstuk 1, noot 14.

14 Het zogenaamde *Tianming*, het Mandaat des Hemels, dat het recht geeft aan de Zoon des Hemels om over de wereld te regeren.

15 Hun invloed strekt zich uit over alle wezens.

16 *Shi*; letterlijk: 'het begin'. 'Het begin behouden' betekent hier zijn ongekunstelde, primitieve aard in stand te hebben gehouden.

17 Hier staat letterlijk: de 'negen legers', dat is de totale legermacht van het oude China.

18 Hemel en aarde, kosmische krachten, zijn de agenten (*guan*) van het leven, en niet de goden. Het latere taoïsme van de kerk van de Hemelse Meester belijdt een kosmologie waarin hemel en aarde 'beambten' zijn.

19 De tekst heeft hier de 'zes gewrichten' (*liuhai*) in plaats van 'de honderd gewrichten' in hoofdstuk 2. Het gaat hier waarschijnlijk om de zes lichaamsdelen: armen, benen, romp en hoofd.

20 Eigenlijk Gongsun Qiao geheten. Een staatsman uit het land van Zheng, die van 581 tot 521 voor onze jaartelling leefde en bij Confucius in hoog aanzien stond.

'Als ik aanstalten maak om weg te gaan,' zei Zichan tegen Shentu Jia, 'dan blijf jij maar even achter. En als jij als eerste weggaat, dan wacht ik even.'[22]

De volgende dag zaten ze weer in dezelfde zaal en op dezelfde mat, en zei Zichan nog eens tegen Shentu Jia: 'Als ik aanstalten maak om weg te gaan, dan blijf jij even achter, en als jij als eerste weggaat, dan wacht ik even. Is dat goed? Als jij een staatsman tegenkomt, dan ga je niet eens voor hem uit de weg. Ben jij soms de gelijke van een staatsman?'

'In de school van onze meester, horen daar eigenlijk wel dat soort van staatslieden? Uit zelfgenoegzaamheid dat je een staatsman bent, plaats je jezelf boven een gewoon mens. Ik heb gehoord dat stof zich niet hecht aan heldere spiegels maar wel aan vieze. Dat wil zeggen dat hij die lang met wijze lieden vertoeft, geen fouten meer maakt. Nu heb je in onze meester iemand gevonden die de grootste van allen is, en toch sla je nog zulke taal uit: is dat niet verkeerd?'

'Jij bent er zo aan toe, en toch zou je nog met Yao willen wedijveren in goedheid! Ik vraag me af of je nog wel genoeg deugd in je hebt om over jezelf na te denken!'

'Er zijn genoeg mensen die te koop lopen met hun fouten maar beweren dat ze er niet voor hadden moeten lijden. Er zijn er maar enkelen die niet praten over wat ze verkeerd hebben gedaan, maar evenmin volhouden dat ze gespaard hadden moeten worden. Alleen zij die in staat zijn zich rekenschap te geven van het onvermijdelijke en berusten in hun lot, zijn werkelijk deugdzaam. Wie binnen het schootsveld van de boog van Yi[23] loopt en zijn doelwit wordt, die wordt geraakt. In die omstandigheden niet getroffen te worden is alleen aan je goede gesternte te danken. Er zijn veel mensen die ongeschonden voeten hebben en die lachen omdat ik die niet heb. Ik word dan heel verontwaardigd en woedend. Maar

21 Bohun Wuren, opnieuw een allegorische naam. *Bo* betekent een oudere, in hoog aanzien staand persoon; *hun* is 'donker', 'duister', en wordt vaak gebruikt in verband met het mysterie. *Wuren* betekent 'er is niemand'.

22 Om te vermijden dat ze buiten samen gezien zouden worden, iets dat de staatsman gênant vindt.

23 Een legendarische boogschutter.

zodra ik bij de woning van de meester kom, verdwijnt mijn woede en word ik weer mezelf. Kan het zijn dat de meester mij in zijn goedheid schoonwast? Ik ben al negentien jaar bij hem, en nog steeds heeft hij niet opgemerkt dat ik een geamputeerde voet heb. Thans bewegen jij en ik ons binnen in het lichaam,[24] maar jij haalt me daaruit naar buiten.[25] Is dat niet verkeerd?'

Zichan keek beschaamd. Hij verbeterde zijn uitdrukking, veranderde zijn houding en zei: 'Laten we er niet meer over praten.'

III

In Lu was er iemand met een afgehakte voet die Shushan Zondertenen[26] genoemd werd. Al strompelend op het stompje kwam hij Zhongni opzoeken.

'Je bent niet voorzichtig geweest!' zei deze. 'Het is omdat je vroeger een misdaad hebt begaan dat je er zo aan toe bent. En hoewel je mij nu komt opzoeken, is er toch niets meer aan te doen.'[27]

'Ik was alleen maar onnozel en onvoorzichtig met mezelf, en daarom heb ik mijn voet verloren. Dat ik vandaag gekomen ben, is omdat er iets dat meer waard is dan een voet behouden is gebleven,[28] en ik mijn best wil doen om dat ongeschonden te bewaren. Er is niets dat de hemel niet bedekt, niets dat de aarde niet draagt. Ik beschouwde u, meester, als hemel en aarde. Hoe had ik kunnen weten dat u zich zo zou opstellen?'

'Ik geloof dat ik me vergist heb,' zei Confucius. 'Waarde meester, waarom komt u niet binnen? Vertelt u mij alstublieft wat u geleerd hebt.'

24 Dit is een zeer belangrijke opmerking. Shentu Jia definieert het onderricht dat hij en zijn medediscipel van hun meester ontvangen als het leren zich te bewegen binnen het lichaam. Mystieke meditatie op de innerlijke wereld is een van de meest kenmerkende praktijken van het taoïsme, ook in latere tijden (zie mijn *Tao, de levende religie van China*).

25 Shentu Jia verwijt Zichan dat hij hem beoordeelt op zijn uiterlijk.

26 De kans is groot dat de naam Shushan ook een woordspeling inhoudt. *Shu* betekent 'oom' en *shan* 'berg'. Maar *shan* kan ook 'groot' betekenen. Dus misschien 'Grote Oom Zonder Tenen'.

27 Het is moeilijk in het Nederlands de korzelige toon van Confucius in deze passage goed te treffen.

28 Dat wil zeggen: zijn geest.

Toen Zondertenen weer naar buiten kwam, sprak Confucius: 'Mijn discipelen, doe uw best! Deze Zondertenen mag dan wel een geamputeerde zijn, toch heeft hij zich de moeite getroost om te leren, om daarmee zijn vroegere gebreken goed te maken. Hoeveel te meer zouden dus zij wier deugd[29] intact gebleven is dat moeten doen!'

Zondertenen vertelde het aan Lao Dan,[30] en zei: 'Die Kong Qiu[31] heeft het niveau van de allerhoogste mens nog niet bereikt, nietwaar? Wat komt hij dan voortdurend bij u om lering vragen? Die kerel zoekt met allerlei curieuze en buitengewone zaken een naam voor zichzelf te maken, zonder te beseffen dat de allerhoogste mens een dergelijke beroemdheid alleen maar als banden en boeien voor zichzelf ondervindt.'

'Als je hem alleen maar kon doen inzien dat leven en dood van dezelfde orde zijn, en juist en onjuist tot eenzelfde orde behoren, zou hij dan niet van zijn banden en boeien bevrijd kunnen raken?' vroeg Lao Dan.

'De hemel bestraft hem. Hoe kan hij nog bevrijd worden?'[32]

IV

Hertog Ai van Lu[33] vroeg eens aan Zhongni: 'In Wei is er een afzichtelijk persoon die Aitaito[34] genoemd wordt. Mannen die bij hem vertoeven raken aan hem gehecht en kunnen hem niet verlaten, en vrouwen die, na hem ontmoet te hebben, hun ouders smeken met de woorden: "In plaats van de echtgenote van deze of gene te zijn, zou ik liever de concubine van deze meester worden",

29 Hier heeft 'deugd' de betekenis van 'levenskracht', verbonden met de kracht — en de gezondheid — van het lichaam, zoals in het Latijnse *virtus*.

30 Zie hoofdstuk 3, noot 15.

31 Confucius, wiens familienaam, zoals we al gezien hebben, Kong was, en zijn eigennaam Qiu ('bergje').

32 Vergelijk hoofdstuk 3, paragraaf v: zij die hun eigen natuur verloochenen ontvangen de straf des hemels, terwijl zij die daarin berusten 'de bevrijding uit de boeien der voorvaderen' zullen kennen.

33 Hertog Ai regeerde van 494 tot 467 voor onze jaartelling en heeft Confucius gekend.

34 Aitaito; *ai* betekent 'zielig', *tai* is 'aftands', 'dom' en *to* duidt iemand in de derde persoon aan: 'hij', 'die daar', *quidam*. De betekenis is dus zoiets als 'arme kwibus'.

daar vind je er tientallen van. Nooit hoort men hem zélf zingen,[35] maar altijd in harmonie met de anderen, en dat is alles. Hij heeft geen leiderspositie waarmee hij anderen uit de nood kan helpen, geen groot fortuin waarmee hij de buik van anderen kan vullen, bovendien is hij zo lelijk dat hij de hele wereld schrik aanjaagt. Hij zingt nooit zelf, zijn kennis reikt niet verder dan die van de gewone wereld, en toch komen mannetjes en vrouwtjes bij hem paren.[36] Dit is zeker een zeer buitengewoon mens. Wij[37] hebben hem ontboden om hem in ogenschouw te nemen, en inderdaad is hij wereldschrikaanjagend lelijk. Nadat hij nog geen maand bij ons gewoond had, begonnen wij te wensen met hem bevriend te zijn. En nog voor er een jaar voorbij was, hadden wij het volste vertrouwen in hem. Toen er geen eerste minister meer was in het land, droegen wij de zorg voor de staat aan hem over. Eerst zweeg hij, en daarna accepteerde hij, maar op een onverschillige toon, alsof het hem tegenstond. Wij voelden ons beschaamd, maar uiteindelijk slaagden wij er toch in de staat aan hem over te dragen. Niet lang daarna verliet hij ons om op reis te gaan. Wij voelden ons bedroefd, alsof wij een verlies geleden hadden en er niemand meer was met wie wij de geneugten van dit land konden delen. Wat was hij voor een mens?'

'Toen ik eens op een gezantschapsreis naar Chu was, zag ik daar toevallig biggetjes die zich bij hun dode moeder wilden voeden.

35 Het hoogste woord voeren.

36 Zoals wel te begrijpen is, bestaan over de interpretatie van deze zin heel verschillende opinies. De oudere commentatoren (Guo Xiang, Cheng Xuanying) vinden dat het hier om dieren gaat die in de aanwezigheid van Aitaito komen paren, zo vredig is hij. Als conclusie van al het voorgaande slaat dit natuurlijk nergens op. De moderne geleerden wijzen er terecht op dat 'mannetjes en vrouwtjes' (*cixiong*) hier verwijst naar al die mannen en vrouwen die zo verliefd op de lelijke arme kwibus zijn. Maar waarom zouden ze dan onderling gaan paren en niet met hemzelf, zoals ze dat kennelijk graag zouden willen? Misschien moeten we hier weer de taoïstische traditie te hulp roepen, die, hoewel bewaard in latere bronnen, toch zeker op oudere feiten teruggaat. In het taoïsme van de Han-periode en ook later vinden we de gemeenschappelijke seksuele riten die in het heiligdom, onder toezicht van een meester, plaatsvinden (zie Maspero, *Taoism and Chinese Religion*). Deze riten kunnen plaatsvinden dankzij de geestelijke verworvenheden van de meester. Er zou dus misschien een parallel getrokken kunnen worden met deze passage in de *Zhuangzi*.

37 'Wij' als *pluralis majestatis*. De Chinese term waarmee vorsten zichzelf aanduiden is *guaren*, letterlijk: 'deze eenzame mens'.

Het duurde maar een ogenblikje voordat ze het opgaven en wegrenden: "Ze ziet ons niet meer! Ze lijkt niet meer op wie ze was!" Wat ze in hun moeder liefhadden was niet haar lichaam, maar dat wat haar lichaam deed zijn zoals het was. Zij die op het slagveld sneuvelen, worden begraven zonder begeleiding van signaalpluimen.[38] Zij wier beide voeten geamputeerd zijn,[39] zijn niet erg aan hun schoenen gehecht. In al deze gevallen ontbreekt het fundamentele. Van hen die de bijslaap van de Zoon des Hemels zijn, worden noch de nagels geknipt, noch de oren doorgeprikt. Een man die een echtgenote neemt, blijft niet buitenshuis en wordt niet meer op gezantschappen uitgestuurd. Dat wordt gedaan om hun lichamen zo veel mogelijk intact te houden.[40] Hoeveel meer is dit niet van toepassing op hen die hun deugd intact bewaren![41] Deze Aitaito die u noemde, wordt vertrouwd zonder dat hij nog een woord gezegd heeft, hij verkrijgt intieme relaties zonder dat hij er iets voor doet. Hij maakt dat je hem je hele land wilt geven, en alleen maar bang bent dat hij het niet accepteert. Dat komt slechts voor bij hen die hun talent intact hebben gehouden en hun deugd geen gestalte geven.'[42]

38 *Xia*; oorspronkelijk waren dit waaiervormige insignes, gemaakt van veren, die tijdens de opmars van een leger de verschillende afdelingen aanduidden. Ze werden ook meegedragen in plechtige rouwstoeten. Gestorven krijgers werden op het slagveld begraven zonder veel ceremonieel, vandaar dat deze parafernalia niet nodig waren.

39 *Yue*; een straf, een graad erger in de rangorde van straffen dan de amputatie van een voet (*wu*), waarvan tot nu toe in dit hoofdstuk sprake is geweest.

40 In het geval van de concubines moeten hun lichamen zo veel mogelijk intact zijn, terwijl van de pasgehuwde man veel levensenergie wordt gevraagd.

41 Hier zien we de meerduidigheid van het begrip 'deugd': levenskracht, maar ook innerlijke kracht. In het Chinese denken wordt immers geen principieel onderscheid gemaakt tussen lichaam en geest. Het beschadigen, bijvoorbeeld door amputatie of door het doorprikken van oorlellen, alsook het afmatten van het lichaam, resulteert in een verlies van deugd. Diezelfde deugd is, voor Zhuang Zi, ook een geestelijke volmaaktheid zoals Aitaito die bezit.

42 Deze conclusie kan — waarschijnlijk met opzet — twee dingen betekenen. Ten eerste dat het lichaam van Aitaito niet overeenkomt met zijn deugd: zijn volmaakte levenskracht (*quande*) wordt niet in zijn uiterlijk 'belichaamd'. Ten tweede dat alleen die deugd die zich niet in een uiterlijke vorm uitdrukt zijn volledige potentieel behoudt. Deze gedachte vinden we ook in de *Daodejing*, hoofdstuk 38: 'De hoogste deugd is geen [zichtbare] deugd; de hoogste deugd handelt niet.'

'Wat bedoelt u met "talenten intact houden"?' vroeg hertog Ai.

'Leven en dood, slagen of mislukken, rijkdom en armoede, wijsheid en domheid, eer of blaam, honger en dorst, hitte en kou, dat zijn de wisselvalligheden van het leven, afhankelijk van het lot. Ze volgen elkaar op als dag en nacht, en ons verstand is niet in staat door te dringen tot waar dit alles zijn oorsprong heeft. Daarom dient het nergens toe om hierdoor de harmonie te verstoren, deze aangelegenheden te laten binnendringen in het huis der goden.[43] Maken dat ze zich door en door verenigen met het vreugdevolle,[44] zodat men nooit de blijdschap derft; maken dat voortdurend, dag en nacht, dit zo blijft en als de lente alle dingen nieuw maakt, dat is iemand zijn die alles in zich opneemt en binnen in zijn hart de jaargetijden kan genereren.[45] Dat is wat ik noemde "het talent intact houden".'

'En wat is dan "de deugd geen gestalte geven"?'

'Stilstaand water wordt volkomen egaal, en kan zo als maatstaf dienen voor het innerlijke dat bewaard blijft en het uiterlijke dat niet verstoord is.[46] Het beoefenen van de harmonie vindt zijn vervolmaking in de deugd. Zolang de deugd niet apart belichaamd wordt, verwijdert hij zich niet van de schepping.[47] Dat is "de deugd geen gestalte geven".'

43 *Lingfu*; deze term komt in de *Zhuangzi* alleen hier voor, en dus is de exacte betekenis moeilijk te bepalen. Er bestaat een vergelijkbare passage in de Gemengde geschriften waar in plaats van *lingfu* de term *lingtai*, 'altaar van de goden', wordt gebruikt. *Lingfu* en *lingtai* zijn beide termen voor tempel of heiligdom, hier niet op een gebouw of monument van toepassing, maar op de mens zelf. Over het algemeen vertaalt men met 'hart', maar het lijkt me dat we hieronder 'het huis der goden', het hele lichaam en dus het hele 'zelf' kunnen verstaan.

44 *Yu*; dat wat vreugde brengt wanneer de hogere krachten in werking komen. Yu is de naam van het zestiende hexagram van de *Yijing*.

45 Deze moeilijke zin zou betekenen dat hij die onverschillig voor de wisselvalligheden van het bestaan vasthoudt aan het goede en het scheppende, de creatieve krachten van de natuur in zichzelf kan realiseren. Dit komt overeen met een veel voorkomend thema in het taoïsme: de waarachtige mens schept de wereld vanuit zichzelf.

46 Als beeld van de wijze die zijn innerlijk beschermt en zich nooit uit zijn evenwicht laat brengen.

47 Het idee is hier dat zodra de levenskracht zich in een bepaalde vorm concretiseert, deze vorm een apart ding wordt en zich dus afscheidt van alle andere dingen. Alleen die kracht die zich niet 'belichaamt' en dus virtueel blijft, zal altijd immanent blijven.

Enige tijd later vertelde hertog Ai dit alles aan Min Zi:[48] 'Eerst dacht ik dat het allergrootste succes was om in mijn hoge positie gekeerd naar het zuiden[49] over de wereld te regeren als bestuurder van mijn volk en mij erom te bekommeren dat het volk niet sterft. Maar sinds ik de woorden van de allerhoogste mens heb gehoord, ben ik bang dat ik het ware niet ken en dat ik, door mijn lichaam te verwaarlozen, mijn land schade berokken. Ik en Kong Qiu[50] zijn niet langer vorst en onderdaan, maar eenvoudigweg vrienden in de deugd.'

V

Liploos de Mismaakte met de Bochel[51] gaf raad aan hertog Ling van Wei.[52] Hertog Ling hield zo veel van hem dat wanneer hij welschapen mensen zag, hij vond dat hun nekken te mager waren. Kropgezwel als een Waterkruik was de raadsman van hertog Huan van Qi.[53] Hertog Huan hield zo veel van hem dat ook hij wanneer hij welschapen mensen zag, vond dat ze te magere nekken hadden. Dus: daar waar de deugd zich groot kan maken, daar kan de uiterlijke belichaming worden vergeten. Als men niet vergeet wat vergeten is, en tevens vergeet wat niet vergeten is, dan kan men zeggen dat het vergeten waarlijk verwezenlijkt is.[54]

Daar waar de heilige mens zich beweegt, wordt kennis tot kwelling, belofte evenredig met lijmen, deugd een manier om mensen in te palmen en arbeid iets om geld voor te vragen. Want de heilige mens maakt geen plannen, dus wat heeft hij aan kennis? Hij breekt niets, dus waarom zou hij lijm gebruiken? Het ontbreekt

48 Min Qian, een van de leerlingen van Confucius.

49 Dit is de richting waarin de koningstroon staat.

50 Confucius.

51 'De mismaakte'; we hebben hier dezelfde uitdrukking *zhili* als in hoofdstuk 4, paragraaf VI: 'Meneer Gedrocht'. De benaming 'Liploos' zou een aanwijzing kunnen zijn dat deze wijze raadsman de 'leer zonder woorden' betrachtte.

52 We zijn hertog Ling van Wei al tegengekomen in hoofdstuk 4, paragraaf III.

53 De eerste van de zogenaamde Vijf Hegemonen van China, die regeerde van 685 tot 643 voor onze jaartelling.

54 Over de positieve waarde van het 'vergeten', zie hoofdstuk 6, paragraaf XI.

hem aan niets, dus waar zou hij deugd voor nodig hebben?[55] Hij heeft niets te koop, dus hoeft hij niets te verhandelen. Deze vier omstandigheden worden hem door de hemel verschaft.

Dat wat de hemel verschaft is het hemelse voedsel.[56] En wanneer men zijn voedsel ontvangt van de hemel, waar heeft men dan nog de mensen voor nodig? Dan heeft men een menselijke vorm, maar geen menselijke gevoelens. Omdat hij eruitziet als een mens, gaat hij op in de menigte van mensen. Omdat hij niet de gevoelens van de mensen deelt, daarom hebben 'welles' en 'nietes' geen greep op zijn persoonlijkheid. Oneindig nietig: in die hoedanigheid behoort hij tot de mensen. Onmetelijk groot: alleenstaand vervolmaakt hij de hemel in zich.

VI

Hui Zi vroeg aan Zhuang Zi: 'Kan een mens werkelijk zonder gevoelens zijn?'

'Ja.'

'Een mens zonder gevoelens, kan die nog een mens genoemd worden?'

'De Tao gaf hem gestalte, de hemel gaf hem zijn lichaam, in wat voor opzicht zou je hem dan geen mens noemen?'

'Precies omdat je zegt dat hij een mens is: hoe kan hij dan zonder gevoelens zijn?'

'Wat jij hier noemt is niet wat ik onder "gevoelens" versta. Wat ik "geen gevoelens hebben" noem, is dat je niet door liefde en haat het binnenste van je persoonlijkheid verwondt, maar altijd het natuurlijke volgt, zonder iets aan het leven te willen toevoegen.'

'Als je niets aan het leven toevoegt, hoe kun je dan een eigen persoonlijkheid verwerven?'

'De Tao gaf je gestalte, de hemel gaf je je lichaam. Verwond niet

55 In de zin van de opzettelijk gepleegde, naar buiten tredende deugd die het verlies van onze natuurlijke levenskracht moet vervangen.

56 Er is hier sprake van een woordspeling: 'verschaffen' is hier *yu*, een woord dat, zo geschreven, ook graanpap ('gruwel') kan betekenen. Vandaar dat men van dit woord gemakkelijk kan overstappen naar 'voedsel'.

je eigen innerlijk met liefde en haatgevoelens. Maar wat jij vandaag doet is niets anders dan het volgende:

> Je geest drukt je geest naar buiten uit,[57]
> Je zaad put je al slovend uit,[58]
> Je declameert al leunend op een boom,
> En valt in slaap over je luit.[59]
> De hemel koos je lichaam voor je.
> En jij gebruikt het om te kwekken over "hard" en "wit"!'[60]

57 Dat wil zeggen: je concentreert je op allerlei uiterlijke dingen die nergens toe leiden en de geest vermoeien.

58 Het lichaam te zeer vermoeien werd al even schadelijk geacht als seksuele overdaad.

59 De tekst heeft hier het karakter *wu*, dat eigenlijk 'plataan' betekent. Maar veel commentatoren wijzen erop dat dit karakter ook 'droog hout' kan betekenen, en als uitbreiding van die gedachte ook 'meubel', dus, bijvoorbeeld, 'armsteun'. Hui Zi zou dus dutten over zijn armsteun in plaats van te mediteren, zoals Ziqi van de Zuiderwal aan het begin van hoofdstuk 2. Maar *wu*, 'plataan', kan ook gebruikt worden als metoniem voor 'luit', want dit instrument werd uit deze houtsoort vervaardigd. Ik heb voor deze vertaling gekozen, ten eerste omdat we Hui Zi al zijn tegengekomen met een luit (in hoofdstuk 2, paragraaf 4) en ook omdat 'luit' een metafoor is voor 'vrouw' (de vrouw van de Gele Keizer vond de luit uit). 'Slapen over je luit' zou dus betekenen dat Hui Zi zo uitgeput was door al zijn intellectuele beslommeringen dat hij het niet meer opbracht vreugde te vinden in de natuurlijke omgang met zijn vrouw.

60 Dit zijn de sleutelwoorden van de stellingen van de sofisten ('een wit paard is niet een paard'), waar Hui Zi de belangrijkste vertegenwoordiger van was.

HOOFDSTUK 6

De meester van de grote leer

1

'Weten wat door de hemel gedaan wordt en weten wat door de mens gedaan wordt, dat is het allerhoogste weten.'[1]

Voor hen die weten wat door de hemel wordt gedaan, berust het ganse leven op de hemel, terwijl zij die weten wat door de mens wordt gedaan, niets beter kunnen dan gebruik maken van wat hun kennis weet, om daarmee datgene te voeden wat ze met hun kennis niet weten,[2] en zodoende de hun door de hemel beschoren jaren te voltooien zonder vroegtijdig, op het midden van hun levensweg, te sterven.

Hier schuilt echter een probleem: onze kennis moet ergens op berusten[3] om te kunnen worden toegepast. Datgene waarop onze kennis berust is echter zeer onbestendig. Hoe kan men bijvoorbeeld weten dat wat 'hemel' genoemd wordt niet 'mens' is, en dat wat 'mens' genoemd wordt eigenlijk niet 'hemel' is?[4] Pas als er een ware mens is kan er sprake zijn van ware kennis.

Wat wordt bedoeld met: 'de ware mens'?

De ware mens van weleer bood geen weerstand aan ellende,

1 Onder 'de hemel' wordt hier, zoals veelal elders in de *Zhuangzi*, de spontane natuur verstaan. Deze eerste zin is waarschijnlijk een bekend gezegde, dat hier voorop wordt gesteld om er daarna verder op in te gaan en aan de waarachtigheid te toetsen.

2 Datgene wat we vanuit onze kennis nooit kunnen bevatten is het geheim van het leven. Deze verborgen levenskracht kunnen we alleen maar 'voeden', dat wil zeggen zo goed mogelijk onderhouden, om zonder ongelukken ons leven te volbrengen. Over het begrip van het 'voeden van het leven', zie hoofdstuk 3.

3 *Dai*; 'steunen', en dus 'afhankelijk zijn' van iets; zie hoofdstuk 1, paragraaf 1, de geschiedenis van Lie Zi.

4 Oftewel: 'hemel' en 'mens' zijn maar namen, woorden, en daarom altijd afhankelijk van gezichtspunten en betekenissen, die nooit voor eeuwig vaststaan. Vandaar dat ze ook best door elkaar gebruikt zouden kunnen worden.

noch ging hij prat op welslagen, noch streefde hij naar macht.[5] Zij die deze hoedanigheid bezaten waren niet spijtig wanneer zij faalden, noch tevreden over zichzelf wanneer ze iets bereikten. Zij die deze hoedanigheid bezaten konden hoogten beklimmen zonder te beven, zich in het water begeven zonder nat te worden, het vuur binnengaan zonder warm te worden.[6] En zo was ook hun kennis in staat op te rijzen tot aan de Tao.[7]

De ware mens van weleer sliep zonder te dromen, hij ontwaakte zonder zorgen, wat zijn eten betrof vond hij alles even lekker. Zijn adem was dieper dan diep. De ware mens ademt door zijn hielen,[8] de gewone mens door zijn keel, en vernederd en onderworpen[9] spreken ze stamelend, alsof er iets in hun keel is blijven steken.[10] Hoe dieper hun begeerten, des te oppervlakkiger is de werking van de hemel in hen.

De ware mens van weleer kende geen blijdschap van het leven, noch verdriet van de dood. Hij ging naar buiten in het leven zonder vreugde, en kwam terug naar binnen in de dood zonder weerstand te bieden. Rustig in zijn komen en gaan, en dat was dat. Hij vergat niet de plaats waar hij begonnen was, noch zocht hij naar de bestemming waar hij zou eindigen. Wat hij ontving verloor hij weer; wat hij verloor kreeg hij terug. Dat is wat genoemd wordt: 'niet door de emoties van het hart de Tao verliezen, noch vanuit wat des mensen is, datgene te doen wat des hemels is'.

Dat is wat genoemd wordt: 'de ware mens'.

Zij die deze hoedanigheid bezitten, hebben een vergetend hart, een kalm gelaat, een hoog voorhoofd; fris als de herfst, zacht als

5 Ik lees *shi*, 'macht', in plaats van het andere maar gelijkluidende karakter *shi*, 'meester'.

6 Vergelijk hoofdstuk 1, paragraaf III: de goddelijke mensen van de Gushe-bergen, die ook tegen de elementen bestendig zijn.

7 Dat wil zeggen: zoals hun lichaam en geest boven de wereldse omstandigheden uit kunnen rijzen, zo is ook hun kennis niet aan wereldse betrekkelijkheden onderhevig.

8 Deze bekende zin wordt gezien als een onverbloemde toespeling op de taoïstische yoga, waarin de beoefenaar ernaar streeft om de energiestroom in het lichaam om te draaien: in plaats van van boven naar beneden te gaan, gaat de *qi* van onder naar boven.

9 Door de eindeloze discussies die altijd op niets uitlopen.

10 Dit is de psychologische kant van het ademen: de onvrije mens kan niet vrij ademen.

de lente, het hele jaar door zijn zij vrolijk of ernstig met de wisselende jaargetijden,[11] en dus altijd in het reine met alle dingen: niemand heeft ooit hun uiterste toestand gekend.[12]

De ware mens van weleer:
Zijn gestalte was groots, maar zonder ooit te vallen;
Schijnbaar ontoereikend, maar zonder iets te aanvaarden;
Zo meegaand! In zijn eenzaamheid was hij niet onbuigzaam;
Zo weids! In zijn leegheid was hij niet oppervlakkig;
Zo vrolijk! Hij schaarde zich bij hen die blij zijn!
Zo ernstig! Hij schikte zich in het onvermijdelijke!
Zo spaarzaam! Zo vermeerderde hij zijn eigen uitstraling.[13]
Zo gelukkig! Hij bereikte in zichzelf de hoogste deugd.
Zo tolerant! Hij stond dicht bij de wereld.
Zo trots! Niets kon de overmacht over hem verwerven.
Zo zwijgzaam! Hij gaf de voorkeur aan de geslotenheid.
Zo verstrooid! Hij vergat wat hij wilde zeggen![14]

Zodoende was hij één met wat hij prettig vond, en ook één met wat hij niet prettig vond. Met zijn een-zijn was hij een, en met zijn niet een-zijn was hij ook een. In zijn een-zijn was hij de metgezel des hemels, in zijn niet een-zijn was hij de metgezel van de mens. Wanneer hemel en mens elkaar niet overvleugelen – dat is wat genoemd wordt: de ware mens.

11 De temperamenten van de mens komen overeen met de wisselende jaargetijden in de natuur.

12 De uiterste toestand, het uiterste punt van de cyclus, waardoor een ommekeer wordt veroorzaakt, zoals het yin zich in yang verandert. De ware mens is daarom eeuwig. Na deze passage volgt een paragraaf die begint met: 'Wanneer de ware mens de wapens hanteert...' Dit is een interpolatie, en is hier dus weggelaten.

13 Door spaarzaam met zijn energie te zijn, vermeerdert hij deze en verkrijgt hij een grote uitstraling. Vergelijk de uitdrukking *jinjing*, 'de zaadenergie vermeerderen', als uitdrukking voor het zoeken naar een hoger geestelijk niveau, ook in het boeddhisme.

14 Hierna volgt in de tekst een geïnterpoleerde paragraaf, die daarom in de vertaling is weggelaten.

II

Leven en dood: dat is het lot. Hun regelmaat, gelijk die van dag en nacht: dat is de hemel. Voor de mens zijn er dingen waar hij niet bij kan komen, en die behoren alle tot de hoedanigheid der schepsels. Die daar beschouwen de hemel als hun vader bij uitstek, en hebben hem zelfs persoonlijk lief. Hoeveel meer zou dit op moeten gaan voor wat hoger dan de hemel is! De mens beschouwt zijn heerser als bij uitstek beter dan hemzelf, en is zelfs bereid om persoonlijk voor hem te sterven. Hoeveel meer zou dit op moeten gaan voor de ware mens onder ons![15]

De grote materie[16] belastte me met een lichaam, liet me zwoegen door het leven, genieten van mijn oude dag en laat me rusten in de dood. Dat wat mijn leven aangenaam maakt is daarom ook hetgeen wat ik in de dood waardeer.

III

Wanneer de bron opdroogt, blijven de vissen met elkaar op de bodem. Dan blazen ze op elkaar met hun adem, ze bevochtigen elkaar met hun speeksel,[17] maar toch weegt dat niet op tegen het elkaar kunnen vergeten in het water van de rivieren en meren. Dat kun je vergelijken met het ophemelen van Yao[18] en het afkammen van Jie,[19] want ook dat is minder goed dan beiden te vergeten, en op te gaan in de verandering van de Tao.

IV

Een boot verstop je in een inham, een visnet tussen de wilde struiken, en dan denk je dat ze daar in veiligheid zijn. Maar in het holst van de nacht komt er een sterk iemand die ze op z'n rug

15 Vergelijk hoofdstuk 2, paragraaf III, 'de ware heerser' in het lichaam.
16 Letterlijk: 'de grote aardklomp'. Zie ook hoofdstuk 2, noot 6.
17 Om te kunnen ademen en om nat te blijven.
18 De wijze koning uit de oudheid, zie hoofdstuk 4, noot 10.
19 Voor de confucianisten de aartsschurk onder de vroegere heersers van China.

neemt en ermee vandoor gaat, zonder dat zij die slapen er iets van merken. Het grote is heel geschikt om er iets kleins in te verbergen, maar toch zijn er dingen die verdwijnen. De hele wereld in de hele wereld verstoppen, zodat er niets is wat kan verdwijnen, dat is echter het grote principe om de dingen duurzaam te bewaren.[20]

Wanneer je nu toevallig een menselijke gedaante hebt gekregen, dan ben je nog blij ook. Een menselijke gedaante hebben betekent tienduizend veranderingen, zonder einde, doormaken. Is dat niet iets om grenzeloos gelukkig over te zijn? Om die reden begeeft de heilige mens zich dan ook naar de plaats waar dingen niet kunnen verdwijnen, maar er steeds allemaal zijn. Hij is tevreden met vroeg te sterven, net zo goed als met oud te worden. Hij houdt van het begin zowel als van het einde. Mensen nemen hem dan ook tot voorbeeld. Hoeveel meer zouden ze zich echter moeten richten naar dat wat alle schepsels verbindt, en waar alle veranderingen in hun totaliteit op berusten![21]

V

De Tao:
Hij heeft zijn hoedanigheid[22] en zijn geloofwaardigheid;[23]
Geen daden, geen vorm.
Hij kan worden overgedragen maar niet onderwezen;
Hij kan worden ontvangen maar niet gezien.
Hij is zijn eigen stam, zijn eigen oorsprong;
Nog voordat hemel en aarde bestonden,
Sinds de oudste tijden, bestond hij welzeker.

20 De hele wereld in de hele wereld verstoppen komt neer op niets verstoppen en alles laten zoals het is, en geen onderscheid maken tussen groot en klein, dus alles een en heel laten.

21 De tekst schrijft *yihua*, letterlijk 'de verandering van het Ene', maar dit duidt hier op de totaliteit van de kosmische transformaties.

22 *Qing*; 'wezen', 'identiteit', in de betekenis van 'principe', 'ratio', en daarom 'wetmatigheid'.

23 *Xin*; eigenlijk: 'pand', en daarom: 'overeenkomst', 'correlatie'. Dit is een toespeling op het welbekende kosmologische systeem van correspondenties (hout is oost is groen is lente is de lever, enzovoort). Vergelijk de *Daodejing*, hoofdstuk 21, over de hoedanigheid van de Tao.

Hij gaf de voorvaderen en de goden[24] hun heiligheid,
Hij baarde de hemel, hij baarde de aarde.

Hij bestond eerder dan het hoogste principe,[25] en toch is hij niet 'hoog',
Hij is de grondslag van de zes uitersten,[26] en toch is hij niet 'diep';
Hij werd geboren voor de hemel en de aarde,[27] en toch is hij niet 'langdurig',
Hij is ouder dan de hoogste oudheid, en toch is hij niet 'oud';

Heer Xiwei verkreeg hem, en vormde hemel en aarde;[28]
Fuxi verkreeg hem, en verenigde zich met de moeder van de Qi;[29]
De Grote Schepel verkreeg hem, en sinds de oudste tijden heeft hij nooit gefaald;[30]
De zon en de maan verkregen hem, en sinds de oudste tijden hebben zij nooit gerust;
Kan Fei verkreeg hem, en nam bezit van de Kunlun-berg;[31]
Feng Yi verkreeg hem, en dreef in de Grote Rivier;[32]

24 Voorvaderen: *gui*, en goden: *di*.

25 *Taiji*; het 'grootste uiterste', de fundamentele structuur van de dynamiek van yin en yang.

26 *Liuji*; de zes kardinale punten van het heelal: de vier windrichtingen, het zenit en het nadir.

27 Vergelijk de *Daodejing*, hoofdstuk 25: 'Er bestond iets chaotisch en toch volmaakts, dat werd geboren voor de hemel en de aarde.'

28 Deze goddelijke schepper komt alleen hier in de *Zhuangzi* voor. Om verschillende redenen mogen we veronderstellen dat hij tot de religie van het zuidelijke land van Chu behoort.

29 De eerste mens en de eerste heerser en offeraar. Hij beschouwde het heelal en bracht het in kaart door de acht driegrammen (*gua*), bekend uit het *Boek der Veranderingen* (*Yijing*), te ontwerpen, die de mutaties in de kosmische energie, de *qi*, weergeven. De moeder van de Qi is Fuxi's echtgenote Nüwa, de eerste moeder.

30 De Grote Schepel is de Chinese naam voor het sterrenbeeld de Grote Beer, die de bestuurder is van alle sterren en het hemelse klokwerk.

31 De Kunlun is in de Chinese oudheid de heilige berg bij uitstek. Kan Fei moet als god van deze berg zijn vereerd, maar er zijn geen andere bronnen die dit bevestigen.

32 Feng Yi wordt sinds de oudheid vereerd als god van de Gele Rivier.

Jianwu verkreeg hem, en verbleef op de Taishan;[33]
Huangdi verkreeg hem, en steeg op de wolken naar de hemel;[34]
Zhuan Xu verkreeg hem, en koos als residentie het Duistere Paleis;[35]
Yu Qiang verkreeg hem, en plaatste zijn troon op de noordpool;[36]
De Moedervorstin van het Westen verkreeg hem, en vestigde zich op de Shaoguang,[37] en niemand weet wat haar begin is, noch wat haar einde is.
Pengzu verkreeg hem, en leefde van de tijden van de heer van Yu tot aan die van de Vijf Hertogen.[38]
Fu Yue verkreeg hem, en assisteerde Wuding. Hij heerste wijd en zijd over de wereld, hij klom op het oostelijke sterrenbeeld, het huis Jiwei, en was de grootste van alle sterren.[39]

33 De grote heilige berg van het oosten in de provincie Shandong. Jianwu zijn we al eerder tegengekomen in hoofdstuk 1, paragraaf III.

34 Volgens de overlevering maakte Huangdi (de Gele Keizer) negen bronzen offervaten, en dat maakte dat hij met zijn gehele huishouden mocht opstijgen naar de hemel.

35 Het paleis van het noorden. Sinds de oudheid is deze kleinzoon van Huangdi de god van het noorden en het duister, en koning van de onderwereld en de geesten der afgestorvenen.

36 Deze god van het noorden komt elders alleen voor in het mythologische werk de *Shanhaijing*.

37 Mythische berg in het westen. De Moedervorstin van het Westen, Xiwangmu, is de belangrijkste godin van de mysteriegodsdienst van de Chinese oudheid. Zij bestuurt het land van de dood (het westen, waar de zon ondergaat) en van de onsterfelijkheid.

38 Deze legendarische figuur, die achthonderd jaar zou hebben geleefd, zijn we al eerder tegengekomen in het begin van hoofdstuk 1 (zie noot 7 aldaar). De heer van Yu is de mythische koning Shun, die volgens de traditie heerste van 2257 tot 2208 voor onze jaartelling; de Vijf Hertogen heersten gedurende de Xia-dynastie (2207 tot 1766 voor onze jaartelling).

39 Wuding is een van de koningen van de Chang- of Yin-dynastie (1765 tot 1122 voor onze jaartelling). De constellaties Ji en Wei komen overeen met een aantal sterren van Scorpio en Sagittarius. Fu Yue was de wagenmenner en raadsman van Wuding en werd daarna de god van de Ji-constellatie.

VI

Ziqi van de Zuiderwal[40] vroeg eens aan vrouw Yu:[41] 'Je bent al vergevorderd in jaren, maar je verschijning is als die van een klein meisje. Hoe komt dat?'

'Ik heb de Tao geleerd.'

Ziqi van de Zuiderwal vroeg opnieuw: 'Zou ik dat ook kunnen leren?'

'Wat zeg je? Hoe zou dat kunnen? Je bent er ook de vent niet voor. Die waarzegger Yi van Liang,[42] die had wel de aanleg om een heilig mens te worden, maar had niet de Tao. Ik heb wel de Tao, maar niet de aanleg om heilig te worden. Ik wilde hem wel onderricht geven, in de hoop dat hij misschien een heilig mens kon worden, want in een dergelijk geval, als het erom gaat de Tao van de heilige mens te vertellen aan iemand die daarvoor aanleg heeft, dan gaat dat toch makkelijker. En dus vertelde ik hem hoe de Tao te bewaren,[43] en na drie dagen was hij in staat de wereld buiten zich[44] te houden. Toen hij dat had bereikt, liet ik hem nogmaals de Tao bewaren, en na zeven dagen was hij in staat de dingen buiten zich te houden. Toen hij dat had bereikt, liet ik hem het nog eens doen, en na negen dagen was hij in staat het leven buiten zich te houden. Toen hij dat had bereikt, brak in hem de dageraad door,[45] en toen hij die doorbraak had gehad, kon hij de Alleenstaande[46] aanschouwen. Dit maakte dat hij in staat was om geen heden of verleden meer te ervaren, en daar binnen te treden waar geen leven of dood meer is. Wat het leven doodt sterft niet;

40 De tekst schrijft Nanbo Zigui, maar dit is een schrijffout voor Nanguo Ziqi, die we in het begin van hoofdstuk 2 en ook elders zijn tegengekomen.

41 De grote exegeet Cheng Xuanying zegt van haar: 'Zij was zwanger van de Tao.'

42 Deze figuur is verder onbekend. Volgens Cheng Xuanying was zijn familienaam Ji.

43 'Bewaren' (*shou*), de technische term voor concentreren en mediteren, zoals in de uitdrukking *shouyi*, 'het Ene bewaren' (zie mijn *Tao, de levende religie van China*). Vrouw Yu draagt de Tao dus niet alleen over met woorden, maar ook door samen met haar leerling te mediteren, zoals dat in het taoïsme gebruikelijk was.

44 Dat wil zeggen: buiten zijn gedachten en zijn begeerten.

45 Hij ervoer de verlichting.

46 *Du*; de eenzame of op zichzelf staande, een benaming voor de Tao. Vergelijk de *Daodejing*, hoofdstuk 25.

wat het leven voortbrengt is nooit geboren.[47] Wat betreft zijn relatie tot de dingen:

Niets wat hij geen uitgeleide doet,
Niets wat hij niet verwelkomt,
Niets wat hij niet verdelgt,
Niets wat hij niet vervolmaakt.
Zijn naam is "Behouden Vrede".

Hij heet "Behouden Vrede" omdat alleen door hem te behouden hij vervolmaakt wordt.'

'Waar heb je dit dan precies geleerd?' vroeg Ziqi van de Zuiderwal.

'Ik leerde het van het Kind van Kalligrafie,
Die het op zijn beurt gehoord had van de nazaat van Herhaalde Recitatie;
Deze laatste had het van Doorbraak van Verlichting;
Doorbraak van Verlichting kreeg het van Gefluisterde Aanwijzingen;
Die had het ontvangen van Zware Leerjaren,
Zware Leerjaren van Volkslied,
Volkslied van Duisternis,
Duisternis van Binnen in de Leegte,
En die had het gehoord van "Was er een Begin?"'[48]

47 Dit slaat op de Tao.

48 Dit is een alleraardigste persiflage, met allegorische personen, van de wordingsgeschiedenis van het taoïsme, zoals de taoïsten zich dat voorstellen. De oorsprong ligt bij de Tao als kosmisch principe, hier aangeduid als 'was er een begin?' (vergelijk hoofdstuk 2, paragraaf III). Een stapje hoger komen dan de leegte en de duisternis van de oerchaos. De eerste stap naar de uiting in woorden van de Tao is het lied dat kinderen spontaan zingen, en dat in de Chinese cultuur een profetische waarde heeft. Daarna komen de zware leerjaren van ascese onder leiding van een meester, die op het goede moment de geheime aanwijzingen geeft die tot de verlichting leiden. Hierna volgt het leren van de traditie, door herhaalde recitatie, en ten slotte het geschreven boek, het kind van de kalligrafie.

VII

Meester Si, Meester Yu, Meester Li en Meester Lai zaten met z'n vieren te praten, en zeiden tot elkaar: 'Wie kan het niet-zijn beschouwen als zijn hoofd, het leven als zijn ruggengraat en de dood als zijn kont? Wie beseft dat dood en leven, het bewustzijn en het onbewuste één lichaam zijn? Die zal onze vriend zijn!' De vier keken elkaar aan en barstten in lachen uit. Er was geen enkele weerstand in hun hart, en zo werden ze vrienden.

Meester Yu werd daarop plotseling ziek, en Meester Si ging vragen hoe het met hem ging. Meester Yu zei: 'Geweldig is de schepper, dat hij bezig is mij zo schots en scheef te maken! Ik krijg kromme heupen en een bochel op m'n rug, mijn vijf zintuigen zitten boven op m'n hoofd en mijn kin zakt af tot m'n navel. Mijn schouders reiken hoger dan mijn kruin en de knobbel onder aan mijn nek staat rechtop naar boven.'[49]

Zijn yin- en yang-energieën waren duchtig in de war, maar zijn hart bleef kalm, en hij maakte zich geen zorgen. Strompelend begaf hij zich naar de put om zich in het water te spiegelen. Toen zei hij: 'Ach! Werkelijk, de schepper, wat is hij bezig met mij zo schots en scheef te maken!'

'Vind je het naar?' vroeg Meester Si.

'Welnee! Waarom zou ik het naar vinden? Als hij mijn linkerarm in een ei verandert, dan word ik daarna een haan die de dageraad aankondigt. Verandert hij mij in een kogel van een kruisboog, dan haal ik later een uil om te roosteren binnen. En als hij m'n billen tot een wagen maakt, en m'n geest tot een paard, dan ga ik erop zitten, en wat voor ander voertuig zou ik dan nog nodig hebben? Ja heus, toen ik het leven kreeg was dat omdat de tijd daarvoor was aangebroken, en nu ik het ga verliezen is dat ook volgens de aard der dingen. Zij die vrede hebben met het verloop van de tijd en berusten in de natuurlijke gang van zaken, op hen kan verdriet noch vreugde enige vat krijgen. Dat is wat de ouden noemden: "van boeien bevrijd zijn". Maar als je niet in staat bent

49 Deze beschrijving van mismaaktheid komt op bijna alle punten overeen met die van Gedrochtelijke Shu in hoofdstuk 4, paragraaf VI.

jezelf te bevrijden, dan zullen de schepsels je aan banden houden. Hoe dan ook, altijd al hebben de schepsels het moeten afleggen tegen de natuurlijke ordening van de hemel. En waarom zou ik dat naar vinden?'

Niet lang daarna werd Meester Lai ziek. Al lijdende naderde hij zijn einde. Zijn vrouw en kinderen stonden om hem heen en huilden. Meester Li kwam op bezoek, en zei: 'Hé daar! Laat dat! Verstoor de verandering niet!' Daarop leunde hij tegen de deurpost en zei tot de zieke: 'Groots is de schepper! Wat gaat hij nu van je maken? Waar gaat hij je nu heen sturen? Zal hij je misschien tot de lever van een muis maken? Of tot de poot van een insect?'

Meester Lai antwoordde: 'Een kind zal altijd zijn ouders gehoorzamen, waar ze hem ook heen sturen. De band van de mens met yin en yang is nog veel hechter dan die met de ouders. Als ze mij bij de dood brengen, maar ik wil hun niet gehoorzamen, dan zou ik wel erg weerbarstig zijn. Wat voor onrecht kan ik hun verwijten? Wat hebben ze misdaan?

Neem nou een grote smid die ijzer gaat smeden, en dan begint het ijzer ineens te springen en te roepen: "Ik wil beslist een Moyé[50] worden!" Zou dan die smid niet vinden dat dit een onheil brengend stuk ijzer was? En zo ook als je toevallig een menselijke vorm hebt gehad, en daarom steeds roept: "Alleen maar mens! Alleen maar mens wil ik zijn!" Dan zou de schepper je ook beslist een onheil brengend mens vinden. Als we nu de hemel en de aarde als een grote smeltpot beschouwen en de schepper als de grote smid, waar zou ik dan weigeren heen te gaan? Alles vervolmaakt zijnde zal ik inslapen, en met hernieuwde kracht zal ik ontwaken.'

VIII

Meester Sanghu, Meester Fan van Meng[51] en Zhang de luitspeler waren bevriend. Ze zeiden tot elkaar: 'Wie kan verbonden zijn met de anderen zonder verbonden te zijn met de anderen? Samen

50 Dit was de naam van een legendarisch mooi zwaard uit de oudheid.

51 Een persoon uit de *Lunyu*, bekend om zijn kennis van de rituelen.

handelen zonder samen te handelen?[52] Wie kan opstijgen naar de hemel, spelen in de nevel, dansen in het oneindige, het leven vergeten, eindeloos, onuitputtelijk?' De drie keken elkaar lachend aan. Geen van hen had hier in zijn hart iets op tegen, en zo werden ze vrienden.

Niet lang daarna stierf Meester Sanghu. Hij was nog niet begraven of Confucius hoorde ervan, en stuurde Zigong[53] ernaar toe om zijn opwachting te maken.[54] De een was echter op een carillon van klankstenen[55] aan het slaan, de ander tokkelde op de luit. Samen zongen ze eenstemmig:

'Helaas! Sanghu!
Je bent al teruggekeerd tot het waarachtige!
En ach! Wij zijn nog steeds maar mensen.'

Zigong haastte zich respectvol naar voren, en zei: 'Mag ik vragen of zo te zingen in de nabijheid van de dode wel tot de rituele gebruiken behoort?'[56]

De twee keken elkaar aan, barstten in lachen uit, en zeiden: 'Wat weet die nou van de betekenis van rituelen?'

Zigong keerde terug en vertelde alles aan Confucius. Toen vroeg hij: 'Wat zijn dat voor lieden die zonder enige manieren zich laten gaan en zitten te zingen naast de dode, zonder zelfs maar een spier te vertrekken? Wat zijn dat voor lieden?'

Confucius antwoordde: 'Die twee zwerven buiten de grenzen van de wereld, terwijl ik me nog steeds binnen de grenzen van de wereld bevind. Buiten en binnen hebben geen punten van overeenkomst, en daarom was het dom van me dat ik je erheen liet

52 Een verbondenheid die dezelfde is als de verbondenheid die er bestaat tussen delen van eenzelfde lichaam.

53 Een van de bekendste leerlingen van Confucius.

54 Voor het uitvoeren van de rouwrituelen.

55 De gebruikelijke vertaling: 'een scherm voor zijderupsen wevend' is hier onzinnig. Platte stenen van verschillende grootte die aan een rek hingen werden in het oude China als muziekinstrument gebruikt.

56 In het oude China was het volgens de riten verboden te zingen in een huis waar rouw heerste.

gaan om hen te condoleren. Op dit moment zijn ze metgezellen van de schepper, en wandelen in de eenheid der kosmische energie van hemel en aarde.[57] Ze beschouwen het leven als een uitwas – een gezwel of een wrat – en de dood als het doorbreken van een abces of een zweer. Hoe zouden ze zich nog bekommeren over leven en dood en over wat vroeger of wat later komt? Hoewel dat wat in een lichaam is ondergebracht aan een veelvoud van wezens is ontleend,[58] vergeten zij het verschil tussen lever en gal, en bekommeren zich niet over wat hun oren of ogen vernemen,[59] maar keren begin en einde om zonder na te denken over regels en principes. Alles vergetend zwerven ze rond in de contreien buiten het wereldse stof, vrij en blij houden ze zich bezig met nietsdoen. Wat hen betreft, waarom zouden ze zich nog druk maken over al de rituele gebruiken die in de wereld in zwang zijn, en zo voor den dag te komen voor de ogen en oren van de menigte?'

'In dit geval, wat is uw eigen standpunt?' vroeg Zigong.

'Ik behoor tot het door de hemel veroordeelde volk.[60] Dat geldt trouwens voor ons beiden,' antwoordde Confucius.

'Mag ik u dan vragen of daar iets aan te doen is?'

'De vissen horen samen in het water, de mensen horen samen in de Tao. Zij die in het water thuishoren, voor hen kun je een meertje graven en hen daarin kweken. En zij die in de Tao thuishoren hoeven zich alleen maar nergens over te bekommeren om hun leven te bestendigen. Daarom luidt het gezegde: "Vissen kunnen elkaar vergeten in de rivieren en meren; mensen kunnen elkaar vergeten in de kunst van de Tao."'[61]

'En hoe zit dat dan met die buitengewone mensen?'

'De buitengewone mens is anders in verhouding tot de gewone mens, maar eender met betrekking tot de hemel. En daarom

57 Letterlijk: de ene *qi* van hemel en aarde.

58 Het idee is hier dat ons leven te danken is aan een tijdelijke concentratie van allerlei elementen uit de wereld binnen ons lichaam, en dat wanneer die ophoudt het moment van de dood is aangebroken. (Zie mijn *Tao, de levende religie van China*, p. 128.)

59 Lever en gal zijn organen die vermogen het innerlijke te bespeuren, en oren en ogen het uiterlijke.

60 In tegenstelling tot het uitverkoren volk.

61 Over de 'kunst van de Tao', zie hoofdstuk 33, paragraaf 1.

wordt gezegd: "De knechten van de hemel zijn de heren onder de mensen; de heren van de hemel zijn de knechten onder de mensen."'

IX

Yan Hui vroeg eens aan Zhongni:[62] 'Toen de moeder van Mengsun Cai stierf, liet hij geen traan bij het klagen, hij leed geen pijn in zijn hart, en gedurende de hele periode van de rouw toonde hij geen droefenis. En toch, terwijl hij in al deze drie dingen in gebreke bleef, werd hij om zijn uitmuntende manier van rouwen alom in Lu geroemd. Kan het zijn dat hij deze reputatie heeft verkregen zonder dat daar enige werkelijkheid aan ten grondslag ligt? Ik begrijp daar niets van.'

'Meneer Mengsun heeft het niet alleen uitstekend gedaan, maar bovendien heeft hij het begrepen. Het beste zou zijn om dit allemaal te vereenvoudigen, maar dat lukt niet.[63] Hij echter is erin geslaagd om het enigszins te vereenvoudigen. Meneer Mengsun weet niet waarom men leeft, hij weet niet waarom men sterft, hij weet niet van vragen naar wat voorafgaat, noch naar wat later komt. Aannemend dat hij door een veranderingsproces tot een schepsel geworden is, dan wacht hij in die hoedanigheid op een onkenbaar volgend transformatieproces, en dat is alles! Op het moment dat hij gaat veranderen, hoe kan hij weten of hij eigenlijk niet verandert? En als hij daarna niet meer verandert, hoe weet hij dan of hij eigenlijk niet al veranderd was?[64] Wat ons beiden hier betreft: zijn we soms nog niet begonnen uit onze droom te ontwaken? Bedenk dat hij uiterlijk plechtig was maar innerlijk geen schade ondervond, dat zijn postuur vol ontzag was maar zijn levenskracht geen verlies ervoer. Meneer Mengsun, wat hem betreft, hij is ontwaakt: als de anderen klagen, klaagt hij ook, en

62 De familiaire benaming van Confucius. In de vorige paragraaf werd de grote wijze 'Meester Kong' genoemd.
63 Ook Confucius vindt dat al dat rouwritueel overbodig is, maar het is hem niet gelukt de mensen daarvan te overtuigen.
64 De strekking van deze ingewikkelde zin is dat het veranderingsproces aan ons begrip ontsnapt.

zo gedraagt hij zich vanzelf zodanig! Bedenk daarbij dat mensen tegen elkaar "Dat ben ik" zeggen, maar hoe kunnen ze weten dat wat hun "ik" als "ik" betoont, niet "ik" is? Als jij bijvoorbeeld droomt dat je een vogel bent die hoog aan de hemel vliegt, of dat je een vis bent die in de diepe wateren duikt, hoe kun je dan beseffen of de woorden die je nu uitspreekt de woorden zijn van iemand die ontwaakt of van iemand die aan het dromen is?'

In plaats van naar geluk te zoeken kun je beter maar lachen!
In plaats van hardop te lachen kun je je beter gereedmaken!
Het is voor elkaar, je gaat veranderen,
Dan ga je de hoge hemel in, 'als een'.

X

Meester Leergraag[65] ging eens bij Xu You[66] op bezoek. Xu You vroeg hem: 'En wat heeft Yao je zoal geleerd?'

'Yao zei tegen me: "Je moet medemenselijkheid en gerechtigheid in praktijk brengen, en je duidelijk uitspreken over wat juist is en wat niet."'

'En wat kom je nu hier nog doen?' vroeg Xu You. 'Nu Yao al je gezicht getatoeëerd[67] heeft met medemenselijkheid en met gerechtigheid, en je je neus heeft afgesneden[68] met al wat juist en onjuist is, hoe zou je dan nog ongedwongen langs het kronkelpad van verandering kunnen zwerven?'

'Toch zou ik graag over dat pad wandelen,' zei Meester Leergraag.

'Dat gaat niet,' zei Xu You. 'Een blinde is niet in staat de schoon-

65 Zhuang Zi geeft de allegorische naam van Yi'erzi, letterlijk: 'meester die door zijn intentie zo geworden is', dus iemand die graag wilde leren.

66 We zijn Xu You al tegengekomen in hoofdstuk 1, paragraaf II, waar de grote Yao het Hemelse Rijk aan hem wil afstaan.

67 In het oude China was het gebruikelijk om bepaalde misdadigers in het gezicht te tatoeëren door eerst diepe sneden in de wangen te maken en die daarna met inkt in te smeren.

68 Dit is een andere, nog ergere maatregel om misdadigers te straffen en te schandvlekken.

heid van een mooi gezichtje te waarderen, noch kan de slechtziende de glans van groene of gele zijden gewaden aanschouwen.'

'Maar Wuzhuang,[69] die haar schoonheid liet varen, Juliang,[70] die zijn kracht opgaf, en de Gele Keizer, die zijn kennis liet schieten,[71] die konden allemaal wel in de smeltoven omgesmeed worden. Wie weet of de schepper mijn tatoeages wil uitwissen en mijn afgesneden neus weer wil laten aangroeien, zodat ik weer gaaf word en u, meester, mag volgen?'

'Je kunt maar nooit weten, hè?' zei Xu You. 'Laat ik het je dan maar in grote trekken vertellen:

Mijn meester! Mijn meester!
Hij maakt dat de tienduizend dingen met elkaar
overeenstemmen,
Maar niet omwille van de gerechtigheid;
Zijn weldaden strekken zich uit over tienduizend
generaties,
Maar niet uit medemenselijkheid;
Langer heeft hij geleefd dan de hoogste oudheid,
En toch is hij niet oud;
Hij draagt de hemel en steunt de aarde,
Hij beeldhouwde alle veelvuldige vormen,
En toch is hij niet "bekwaam".

Wandel hierin. Dat is alles!'

XI

Yan Hui zei: 'Ik maak vorderingen.'

'Wat bedoel je?' vroeg Confucius.

'Ik vergeet de rituelen.'

'Niet slecht! Maar je bent er nog niet.'

69 Letterlijk: 'Zonder make-up'; een allegorie van een schone dame.

70 Een allegorie voor een sterke man die in zijn eentje een mastboom kon optillen.

71 Over het niet-weten van de Gele Keizer (Huangdi), zie hoofdstuk 22, paragraaf 1.

Een paar dagen later kwam Yan Hui opnieuw, en zei: 'Ik maak vorderingen.'

'Wat bedoel je?'

'Ik vergeet medemenselijkheid en gerechtigheid.'

'Niet slecht! Maar je bent er nog niet.'

Een paar dagen later kwam Yan Hui opnieuw, en zei: 'Ik maak vorderingen.'

'Wat bedoel je?'

'Ik zit en vergeet alles.'[72]

Onthutst vroeg Confucius: 'Wat bedoel je met "zitten en alles vergeten"?'

'Ik laat lijf en ledematen wegvallen, ontdoe me van mijn verstand, verlaat mijn vorm en verjaag mijn zelfbesef, om me te verenigen met de Grote Doorstroom.[73] Dat bedoel ik met "zitten en alles vergeten".'

'Zo je te verenigen betekent dat je geen voorkeur meer hebt; zo te veranderen betekent dat je nergens meer aan vastzit. Ja werkelijk, je bent een wijze geworden. Wat mij betreft: sta me toe dat ik je volgeling word!'

XII

Ziyu was bevriend met Zisang. Op een keer had het tien dagen achter elkaar hard geregend. 'Ik ben bang dat Zisang in moeilijkheden zit,' zei Ziyu. Hij maakte een pakje met gekookte rijst om hem te eten te gaan geven.

Toen hij bij de deur van Zisang kwam, hoorde hij iemand op de citer spelen, en klaaglijk zingen:

'Vader, ben jij het?
Moeder, ben jij het?
O hemel!
O mensen!'

72 *Zuowang*; in het taoïsme is dit een van de bekendste en beproefdste vormen van mediteren.

73 *Datong*; de grote communie met de kosmos.

Het was alsof hij nauwelijks geluid kon voortbrengen, en de woorden van het lied werden stamelend uitgesproken.

Ziyu ging naar binnen en vroeg: 'Dat lied van je – waarom zong je dat?'

'Ik dacht na over wat me tot deze uiterste staat van ellende heeft gebracht, maar kon het antwoord niet vinden. Mijn vader en moeder, hoe zouden die hebben kunnen wensen dat ik zo arm ben? De hemel overkoepelt ons zonder aanzien des persoons, en zo is het ook met de aarde die ons draagt. Hoe zouden die dus kunnen wensen dat ik zo arm ben? Waar ik ook zoek om de dader te vinden, ik slaag er niet in. Dat ik deze uiterste staat van ellende heb bereikt, dat moet dan wel toevallig mijn lot zijn!'

HOOFDSTUK 7

Koning zijn in overeenkomst met het opperwezen

I

Tandeloos stelde eens vragen aan Prinsenkind. Vier vragen stelde hij, en viermaal was het antwoord: 'Ik weet het niet.'[1] Tandeloos maakte een sprong van plezier, en ging naar Meester Kazuifel[2] om het hem te vertellen. Meester Kazuifel zei: 'Weet je dat nu pas? Onze heer van Yu[3] kan niet opwegen tegen de hoogste heer.[4] De heer van Yu heeft nog steeds die medemenselijkheid in zich, waarmee hij anderen aan zich wil binden. Hij slaagt er dan ook in om mensen voor zich te winnen, maar is nog nooit doorgedrongen tot "wat niet des mensen is". Wat de hoogste heer betreft: zijn rust was zacht, zijn ontwaken was vrolijk, soms vond hij dat hij een paard was, soms vond hij dat hij een rund was. Zijn kennis berustte op de werkelijkheid, zijn deugd was waarachtig, en nimmer verliet hij "wat niet des mensen is".'

II

Jianwu ging eens Gekke Jieyu[5] opzoeken. Die vroeg: 'Wat wist die Zhongshi[6] je zoal te vertellen?'

1 Dit slaat op het verhaal in hoofdstuk 2, paragraaf V, waar Tandeloos allerlei vragen aan Prinsenkind stelt, en als antwoord krijgt: 'Hoe zou ik dat weten!'

2 *Piyi zi*; de *pi* was een mantel of cape uit één stuk zonder knopen, en komt overeen met de rituele mantel van de taoïsten. Daarom vertaal ik met 'kazuifel'.

3 Heer van Yu (You Yu) is een benaming voor Shun, de legendarische koning in wiens tijd Tandeloos en zijn kameraden geleefd zouden hebben.

4 Het is niet duidelijk of hier een bepaalde heerser mee bedoeld wordt. De tekst heeft *taishi*, wat erg onspecifiek is. Sommige commentaren spreken hier over Fuxi, de eerste van de legendarische heersers.

5 Zie hoofdstuk 4, paragraaf VII.

6 Zhongshi betekent letterlijk: 'middenbegin'. Het gaat hier om een metafoor met een

'Die zei dat een heerser zelf regels, modellen, rituelen en instellingen moet voorschrijven, dan zal niemand het wagen hem ongehoorzaam te zijn en proberen zich aan zijn beschavende invloed te onttrekken.'

'Dat is nepdeugd! Als je op die manier orde in de wereld wilt brengen, dan kun je net zo goed door de zee gaan lopen, gaten in rivieren gaan boren of aan een mug gaan vragen om een berg op z'n rug te nemen. Ik vraag je: als een heilig mens orde schept, houdt hij zich dan soms bezig met uiterlijkheden? Eerst zorgen dat bij jezelf alles goed in orde is, en dan pas handelen; er zeker van zijn dat je in staat bent het te volbrengen; dat is alles! Vogels die hoog vliegen om de gevaren van pijlen[7] te ontlopen, veldmuisjes die hun holletje diep onder de altaarheuvel graven om zich te beveiligen tegen het uitroken of uitgraven – zou jij soms over minder inzicht beschikken dan die diertjes?'

III

Hemelvast zwierf eens aan de zuidkant van de Yin, langs de oever van de Liao.[8] Toevallig kwam hij daar de Mens Zonder Naam tegen, en vroeg hem: 'Zegt u mij, alstublieft: wat moet er met deze wereld worden gedaan?'

'Ga weg!' riep de Mens Zonder Naam. 'Je bent een minderwaardige vent! Waarom stel je me zulke vervelende vragen? Ik was net op weg om metgezel te worden van de Schepper. En als ik daar genoeg van krijg, dan stijg ik op de Vogel van Lichtstralen om buiten de grenzen van de zes uitersten te gaan zwerven in het land van niemendal.[9] Waarom wil je dan nog mijn hart beroeren met de ordening van de wereld?'

onduidelijke betekenis. Cheng Xuanying zegt dat het om een vrouw moet gaan.

7 De tekst heeft 'lijnpijl', want in het oude China maakten de jagers een draad aan hun pijlen vast om zo de geschoten vogels te kunnen binnenhalen.

8 Yin en Liao zijn geen echte geografische aanwijzingen, maar verzonnen door Zhuang Zi. Yin, zoals het hier geschreven staat, is de naam van de Shang- of Yin-dynastie, waar de bewoners van Song, en Zhuang Zi zelf, van afstammen. Liao is ook de naam van een rijk uit de oudheid. Maar beide karakters kunnen ook 'groots' betekenen.

9 Vergelijk hoofdstuk 1, paragraaf VII.

Hemelvast stelde echter nog eens dezelfde vraag, en toen zei de Mens Zonder Naam: 'Laat je hart zijn geluk vinden in de eenvoud, bundel je levenskrachten in de stilte. Volg de spontane beweging der dingen en koester geen enkele persoonlijke voorkeur. Dan zal de wereld geordend zijn.'

IV

Yang Ziju[10] ging eens op bezoek bij Oude Langoor.[11] Hij vroeg: 'Stel je voor dat er iemand bestond die ijzersterk en intelligent was, met heldere inzichten en een ruime visie, die steeds ijverig de Tao bestudeerde: is zo iemand niet vergelijkbaar met een verlichte koning?'

'In vergelijking met een heilig mens is zo iemand alleen maar een bedreven dansmeester of een handige wichelaar die zijn lichaam uitput en zijn geest afmat,' zei Oude Langoor. 'Bedenk wel dat het de mooie vacht van de luipaard is die de jager op hem af doet komen, en dat het de slimheid van het aapje is die hem op een stokje doet belanden! Kun je dat soort van wezens met een verlichte koning vergelijken?'

Yang Ziju keek beschaamd, en zei: 'Mag ik dan vragen hoe een verlichte koning de wereld ordent?'

'Zijn goede werk verbreidt zich over de ganse wereld, maar ziet eruit alsof het niet van hem komt; zijn beschavende invloed doet zich in alle dingen gelden, maar het volk voelt zich niet tot hem verplicht. Nooit wordt zijn naam vermeld, en zo vindt ieder wezen spontaan geluk. Hij vestigt zich in het ondoorgrondelijke, om daar te verblijven waar niets is. Zo is het bestuur van de verlichte koning.'

10 Veel geleerden identificeren deze persoon met Yang Zhu, een bekend filosoof uit de Chinese oudheid, die een aan het taoïsme verwante leer van hedonisme aanhing.

11 Lao Dan, zoals eerder al vermeld, is een bijnaam voor Lao Zi.

V

In het land van Zheng[12] was er eens een sjamaan van de goden[13] die Jixian heette.[14] Hij bestond het om geboorte, overlijden, lotgevallen, fortuin en levensduur voor iedereen op de dag af te voorspellen, alsof hij zelf een god was. Zodra de mensen van Zheng hem zagen aankomen, lieten ze hun werk in de steek en namen de benen.[15] Maar Lie Zi[16] zocht hem op, en zijn hart werd bedwelmd.[17] Toen hij thuiskwam vertelde hij alles aan Meester Kalebas,[18] en voegde daaraan toe: 'Eerst dacht ik dat die Tao van u, meester, de allerhoogste was, maar nu heb ik een Tao gevonden die de uwe misschien nog overtreft!'

'Tot nu toe heb ik je alleen maar de uiterlijke aspecten ervan laten zien, en nog niet de kern. Heb je dan echt de Tao al bereikt? Waar allemaal haantjes zijn en geen hennetje, kunnen daar eieren komen? Je hebt jouw Tao willen meten aan die van de gewone wereld; nu je je met deze sjamaan hebt ingelaten, heeft hem dat de kans gegeven om vat op je te krijgen en je te doorgronden.[19] Probeer hem maar eens hier mee naar toe te nemen, om hem aan mij te laten zien,' zei Meester Kalebas.

De dag daarop nam Lie Zi de sjamaan mee om Meester Kale-

12 Zheng was een van de landen van het oude China, en een westelijke buurstaat van Song.

13 Dat wil zeggen: een sjamaan die niet met de onderwereld en de voorvaderen, maar met de hemel en de goden in verbinding staat en daarom 'de toekomst kan voorspellen alsof hij zelf een god was'.

14 Deze naam is ontleend aan de mythologie: Jixian was een goddelijke sjamaan in de vroege legenden van China.

15 Als een gezonde reactie van de gewone mensen, die niets ophebben met dit soort van vervaarlijke kennis, en liever met rust worden gelaten.

16 Zie hoofdstuk 1, paragraaf I, met bijbehorende noot 12. Hier is Lie Zi de leerling van Hu Zi, 'Meester Kalebas'.

17 Letterlijk: 'dronken'. Hij kwam dus zo onder de invloed van de sjamaan dat hij zijn kritisch vermogen verloor en de sjamaan zijn gedachten kon lezen.

18 De kalebas is het symbool van de oerchaos. Het hele verhaal draait om de tegenstelling tussen de religie van de goden en sjamanen enerzijds, en het mysterie van de Tao, dat zijn grondslag heeft in de kosmologie van de chaos en de spontane schepping, anderzijds.

19 *Xiang*; letterlijk: het 'lezen van het uiterlijk', om daaruit de persoonlijkheid en de toekomst van iemand te kunnen afleiden.

bas op te zoeken. Toen ze weer naar buiten kwamen, zei de sjamaan: 'Ach! Je meester staat op het punt te sterven. Het is met hem gedaan. Hij heeft nog maar een dag of tien te leven. Ik heb iets akeligs in hem gezien. Wat ik zag was uitgedoofde as.'[20]

Bitter wenend, de mouwen van zijn kleed doordrenkt met tranen, ging Lie Zi weer naar binnen om het aan Meester Kalebas te vertellen. Deze zei: 'Daarnet heb ik hem de "tekens van de aarde" getoond. De kiemen! Nog niet ontsproten, maar toch ook niet bewegingloos. Wat hij [in mij] gezien heeft was deze modaliteit van de verborgen kracht. Vraag maar of hij morgen nog eens komt.'

De volgende dag bracht Lie Zi opnieuw de sjamaan mee. Toen ze weer buiten stonden, zei de sjamaan: 'Gelukkig maar dat je meester mij ontmoet heeft! Het gaat hem al veel beter. Hij zit vol leven. Ik heb zijn verborgen kracht gezien.'[21]

Daarop ging Lie Zi terug en vertelde alles aan Meester Kalebas. Die zei: 'Daareven heb ik hem "hemel en aarde" getoond, waarbinnen zich noch naam, noch substantie bevindt,[22] en wiens kringloop begint bij de hielen.[23] Wat hij waarschijnlijk gezien heeft is deze modaliteit van de geboorte. Vraag hem maar of hij nog eens komt.'

De volgende dag bracht Lie Zi opnieuw de sjamaan mee. Toen ze naar buiten kwamen, zei deze: 'Je meester is niet evenwichtig. Ik kan maar geen vat op hem krijgen om hem te doorgronden. Als hij probeert wat evenwichtiger te zijn, dan zal ik hem opnieuw analyseren.'

20 Over de betekenis van 'uitgedoofde as', zie hoofdstuk 2, paragraaf 1, en bijbehorende noot 4. 'Het hart als uitgedoofde as' is een veel voorkomende manier om de mystieke trance van de taoïsten te beschrijven.

21 Als een echte charlatan maakt de sjamaan onmiddellijk gebruik van de omstandigheden om zichzelf in een gunstig licht te plaatsen.

22 De relatie tussen 'naam' en 'substantie' behoort tot de grote thema's van de vroege Chinese logica.

23 Vergelijk hoofdstuk 6, paragraaf 1: 'De ware mens ademt door zijn hielen.' Het gaat hier om de kringloop der levensenergieën tussen hemel en aarde, yin en yang. In de gewone gang van zaken stromen die van boven naar beneden, van de geboorte naar de dood. Voor de ware mens die naar het eeuwige leven streeft, is die kringloop omgedraaid en vindt de regeneratie plaats door de stroom van beneden naar boven te doen gaan, en dus 'te ademen door de hielen'.

Lie Zi ging naar binnen en vertelde alles aan Meester Kalebas. Die zei: 'Daareven heb ik hem het "grote evenwicht" getoond, waar geen element sterker is dan het andere.[24] Wat hij waarschijnlijk gezien heeft is deze modaliteit van het evenwicht van de qi. Er is de diepte van het wervelende water; er is de diepte van het stille water; er is de diepte van het stromende water. De diepte heeft negen namen. Drie hebben zich tot nu toe gemanifesteerd.[25] Vraag hem maar of hij nog eens wil komen.'

De volgende dag bracht Lie Zi opnieuw de sjamaan mee. Maar nog voor de begroetingen waren beëindigd, vluchtte deze hard lopend weg. 'Ga hem achterna!' riep Meester Kalebas. Lie Zi ging achter hem aan, maar kon hem niet inhalen. Toen hij terug was gekeerd, rapporteerde hij: 'Hij is totaal verdwenen! Hij is gevlucht, en ik kon hem gewoon niet inhalen.'

Meester Kalebas zei: 'Daarnet heb ik hem dat wat nog niet begonnen was voort te komen uit de voorvader[26] getoond. Ik gaf mij leeg en verstrengeld,[27] onmogelijk om dan ook maar iets van wie of wat dan ook te ontwaren. Eerst verscheen dit aan hem als wegebbend water, daarna kwam het op hem af als een grote golf. Daarvoor is hij gevlucht.'

Hierna besefte Lie Zi dat hijzelf nog niet begonnen was met leren.[28] Hij keerde terug naar huis en kwam drie jaar lang niet naar buiten.[29] Hij kookte voor zijn vrouw en gaf de varkens te

24 In plaats van 'evenwicht' hebben veel versies 'eigenschap'. Het idee is dat het hier gaat om de kosmische modaliteit van het evenwicht van alle krachten die zich in het centrum bundelen, zodat geen enkele energie zich kan differentiëren. Zodoende kan de sjamaan geen vat op Meester Kalebas krijgen.

25 Het water (de 'diepte') is de eerste van de kosmische fasen en kan zich manifesteren in negen verschillende modaliteiten (in een parallelversie van deze tekst, die in het boek *Liezi* bewaard is gebleven, worden alle negen opgenoemd). Hier, zegt de meester, heb ik hem drie van deze modaliteiten getoond, die dus alle drie transformaties zijn van een en hetzelfde grondbeginsel.

26 Het 'nog niet begonnen zijn' als dimensie van de oerchaos, voor de schepping. Vergelijk hoofdstuk 2, paragraaf IV.

27 De uitdrukking die hier gebruikt wordt heeft de eigenlijke betekenis van 'een kluwen krioelende slangen', als een metafoor voor de chaos.

28 Niet alleen had hij, gelukkig, nog niets geleerd, maar hij had ook het 'nog niet begonnen zijn' geleerd!

29 Drie jaar is de gebruikelijke rituele duur voor de ascese die tot de Tao leidt.

eten alsof ze mensen waren, en hij hield zich verre van alle zakelijke beslommeringen. Zijn ontwikkelde aard keerde terug tot natuurlijke eenvoud. Zo stond hij, alleen in zijn lichaam, ongekunsteld als een bonk klei. Te midden van de versplintering van de wereld hield hij zich gesloten, volkomen in eenheid, en zo bleef hij tot aan het einde.

VI

Wees geen vicaris van namen;[30]
Wees geen bergplaats voor listen;
Wees geen drager van beslommeringen;
Wees geen baas van wetenschap.

Vereenzelvig je geheel met het oneindige, zwerf daar waar geen sporen meer zijn; voleindig dat wat je vanuit de hemel beschoren is, zonder iets te willen verkrijgen, vrij van ambities, en dat is alles. De allerhoogste mens gebruikt zijn hart als een spiegel: dingen komen en gaan zonder meer, hij weerspiegelt zonder iets vast te houden. Zo kan hij alles overwinnen zonder gewond te raken.

VII

De god van de zuidelijke zeeën was Onbesuisd,[31] de god van de noordelijke zeeën was Onbezonnen. De god van het centrum was Chaos. Onbesuisd en Onbezonnen ontmoetten elkaar vaak op het grondgebied van Chaos. Chaos behandelde hen zeer goed.[32] Onbesuisd en Onbezonnen overlegden met elkaar hoe ze Chaos voor zijn deugdzaamheid konden belonen. Ze zeiden: 'Ieder

30 Vicaris: zie hoofdstuk 1, paragraaf I en II: de vertegenwoordiger van de dode tijdens het offer. De naam is maar de gast van het ding.

31 Deze scheppingsmythe voert de *di* (goddelijke opperwezens) van het zuiden en de *di* van het noorden ten tonele, als allegorieën voor yin en yang. Hun namen Onbesuisd en Onbezonnen zijn bedacht door Zhuang Zi.

32 Yin en yang kunnen zich in het rijk van Chaos verenigen, en dat is natuurlijk heerlijk. Zhuang Zi gebruikt hier voor 'behandelen' het woord *dai*, dat ook 'wachten' en 'ondersteunen' betekent, en dat in zijn filosofie een belangrijke plaats inneemt.

mens heeft zeven openingen om mee te zien, te horen, te eten en te ademen. Hij alleen heeft er geen. Laten we proberen ze in hem te boren.' Elke dag boorden ze er een. Op de zevende dag ging Chaos dood.

De Uiterlijke geschriften

HOOFDSTUK 8

Tenen met vliezen

Tenen met vliezen ertussen en overtollige vingers zijn wel degelijk aangeboren.[1] En toch zijn ze te veel van het goede. Wratten en gezwellen komen altijd voort uit het lichaam. En toch zijn ze meer dan wat de ingeboren natuur heeft voorzien.

Zij die in hun beleid kunstmatig hun heil zoeken in medemenselijkheid en gerechtigheid zien een duidelijke overeenkomst tussen deze deugden en de vijf ingewanden.[2] Maar toch komt dat niet overeen met de norm van de Tao en zijn deugd.

Daarom zeg ik: vliezen tussen de tenen zijn niets anders dan overtollig weefsel en een extra vertakking van de hand is gewoon een vinger te veel. Kunstmatig verband leggen tussen deze uitwassen en de gesteldheid van de vijf ingewanden, is niet anders dan perversiteit in de naam van medemenselijkheid en gerechtigheid, en een onnatuurlijk gebruik van ons intellect.

Want wie kan ontkennen dat te veel van het goede op het gebied van het zien, bij zo iemand als Li Zhu,[3] wanorde schept in de vijf kleuren, overdaad brengt op het gebied van de ornamentatie, zodat we verblind worden door fel contrasterende kleuren?

1 Dat wil zeggen: ze zijn een deel van de 'ingeboren natuur' (*xing*) van de persoon die ermee behept is. Het concept *xing* had een belangrijke plaats in de filosofie van de confucianisten.

2 *Ren* en *yi*, 'medemenselijkheid' en 'gerechtigheid', vormen de basis van de confucianistische moraal, zoals die door Confucius zelf werd verkondigd. In een later tijdperk werd deze leer gekoppeld aan de Chinese kosmologie van yin, yang en de vijf elementen (metaal, hout, water, vuur en aarde). Hierop ontwikkelde zich een scholastisch systeem waarin alle fenomenen werden ondergebracht: de vijf elementen, de vijf ingewanden, de vijf deugden, de vijf tonen, de vijf planeten, enzovoort. Deze gekunstelde intellectuele constructies worden hier bekritiseerd.

3 Dezelfde als Li Lou, wiens blik hem, volgens de legende, in staat stelde dingen op tienduizend mijl afstand te zien. De vergelijking, die ook verder in dit hoofdstuk wordt gebruikt, gaat enigszins mank.

Eveneens dat zij die maar niet genoeg kunnen krijgen van het horen, zoals bijvoorbeeld muziekmeester Kuang,[4] de vijf tonen bederven en de zes toonschalen verzieken met het geluid van metaal en klankstenen, zijden snaren en bamboefluiten, van de 'Gele Klok' tot aan de 'Grote Tube'?[5] En is het ook niet zo dat zij die met de uitwassen van medemenselijkheid behept zijn, die met hun deugden te koop lopen en hun ingeboren natuur onderdrukken om vooral een goede naam te verwerven, juist ook degenen zijn die de hele wereld met fluiten en trommels willen meeslepen om eer te gaan betuigen aan onhaalbare voorschriften?[6] Dat deden mensen als Zeng Shen en Shi Qiu.[7]

De sofisten, die hebben ook tenen met vliezen: die stapelen dakpannen op elkaar en knopen eindjes touw aan elkaar,[8] om de mensen daarna met zinnen te doorboren en met woorden te betimmeren, en spelletjes te spelen over 'hard' en 'wit', over 'welles' en 'nietes'. Komt dat niet neer op met haarkloverijen nutteloze redeneringen voort te brengen? Dat was het geval met Yang Zhu en Mo Di.

Daarom zeg ik: al die wegen, die berusten op overtollige uitwassen en aangroeisels, zijn niet de allerbeste norm voor de wereld. De allerbeste norm berust op het niet uit het oog verliezen van de eigenaardigheden van de door het lot toebedeelde natuur. Dan zien we dat wat van nature aan elkaar zit niet als overtollig vlees kan worden gezien, en wat van nature aangroeit niet een vinger te veel is. Wat lang is is niet te groot, en wat kort is is niet onvoldoende. Bijvoorbeeld: de eend heeft korte poten, maar als je ze zou willen uitrekken dan doe je hem pijn. Een ooievaar heeft daarentegen lange stelten, maar ze afhakken zou hem ten zeerste kwellen. Dat wat van nature lang is moet zo blijven, en hetzelf-

4 Al eerder vermeld in hoofdstuk 2, paragraaf IV.

5 Dit zijn namen van klassieke muziekstukken. Deze hele passage is een bewerking van de *Daodejing*, hoofdstuk 12: 'De vijf kleuren maken de mens blind', enzovoort.

6 Dit is een kritiek op het confucianistisch ritueel, dat zogenaamd deze deugden aanschouwelijk maakte en verheerlijkte.

7 Beroemde confucianisten. Zhen Shen was vooral vermaard om zijn liefde voor zijn ouders, die niets van hem moesten hebben.

8 Figuurlijk. Dat wil zeggen: allerlei wankele denkconstructies maken.

de geldt voor wat kort is; dan is er nooit een reden om verdriet te hebben. Volgens mij behoren menslievendheid en rechtvaardigheid evenmin tot de aard van de mens. Anders zouden al die menslievende lieden heus niet zo veel zorgen hebben!

Immers, als een kind geboren wordt met vliezen tussen de tenen en die worden opengesneden, dan huilt het. Hetzelfde geldt voor hem van wie de zesde vinger wordt afgesneden. In beide gevallen, of er nu iets te veel was of iets was onvoldoende,[9] de pijn was dezelfde. In onze hedendaagse tijd zijn er menslievende lieden die met uitpuilende ogen staan te turen naar al de ellende van deze droevige tijden, terwijl onmenslievende lieden zich niets aantrekken van hun aangeboren aard, teneinde rijkdom en aanzien te verwerven. Daarom ben ik ervan overtuigd dat medemenselijkheid en gerechtigheid geenszins tot de aanboren aard van de mens behoren, en vraag ik me af waarom er sinds de drie dynastieën[10] zo veel ophef over wordt gemaakt in de wereld!

Het is nu eenmaal zo dat wanneer je te werk gaat met zweihaken en loodlijnen, met passers en winkelhaken, om alles in het gareel te krijgen, dan verniel je de ingeboren natuur van de dingen, net zoals je wanneer je met touwen en knopen, lijm en lak, dingen vastmaakt je hun eigen natuurlijke werking belemmert. En zo is het ook met al dat knielen en buigen, met al die riten en die muziek, met al die stralend lachende gezichten van de menslievende en rechtvaardige personen die de harten van de hele wereld willen verwarmen: ze vernielen onze duurzame eigenheid.

Met deze duurzame eigenheid bedoel ik dat wat krom is niet krom gemaakt is met een zweihaak, noch wat recht is met de loodlijn, noch wat rond is met de passer en wat vierkant is met de winkelhaak. Geen lijm of lak die ze vastmaakt, geen touwtje dat ze aan elkaar bindt. Want in deze wereld wordt de een na de ander geboren, maar niemand weet waarom, en allen krijgen wat ze krijgen zonder te weten waarom. Dat was vroeger al zo, en

9 Onvoldoende, want tenen die met vliezen aan elkaar zitten zijn niet volledig in aantal.

10 De drie dynastieën van de oudheid: de Xia, de Shang (of Yin) en de Zhou.

vandaag is het niet anders; daar kun je niets aan afdoen. Waarom dan moeten medemenselijkheid en gerechtigheid steeds maar hun spelletjes spelen met hun verbindingen te leggen, als met lijm en touw, tussen de Tao en de deugd, en zo de grootste verwarring in de wereld brengen?

Immers, kleine verwarringen doen ons van richting veranderen, maar grote verwarring verandert onze ingeboren aard. Hoe weet ik dat dit zo is? Sinds Shun[11] begonnen is met een beroep te doen op medemenselijkheid en gerechtigheid, om daarmee de hele wereld om te buigen, rent iedereen in het Hemelse Rijk achter die medemenselijkheid en gerechtigheid aan, alsof hun leven ervan afhing. Is dat niet het bewijs dat medemenselijkheid en gerechtigheid de aard van de mensen hebben veranderd?

Laten we eens proberen om er verder op in te gaan: sinds de drie dynastieën is er niemand op aarde wiens aard niet om de een of andere zaak veranderd is. Kleine lieden worden het slachtoffer van hun winstbejag, lieden van stand van hun goede naam, edellieden ter wille van hun familie, en de Wijze[12] maakt zichzelf tot slachtoffer voor het welzijn van de wereld. Hoewel al deze mensen niet hetzelfde nastreven en ook niet dezelfde reputatie genieten, schaden ze toch allemaal op dezelfde manier hun ingeboren aard door zich op te offeren.

Een slaaf en een jonge heer gingen samen schapen hoeden, en slaagden erin al hun schapen zoek te maken. Toen men de slaaf vroeg hoe dat kwam, zei hij dat hij een doos met boeken had meegenomen en had zitten lezen. De jonge heer op zijn beurt verklaarde dat hij zich had vermaakt met gokspelletjes. Hoe dan ook, en ondanks de verschillende bezigheden van de een en de ander, het resultaat was hetzelfde: de schapen waren weg.

11 Grote cultuurheld uit de oudheid, hier in de tekst genoemd, met perifrase, 'de man van de Yu-clan'.

12 Hier vinden we de term *shengren*, die we in de Innerlijke geschriften vertaald hebben met 'de heilige mens'. In dat oudere gedeelte van de *Zhuangzi* wordt deze benaming gebruikt voor iemand die de ideeën van het taoïsme belichaamt en uitdraagt, terwijl hier, in een later stadium, de term *shengren* algemeen wordt toegepast op Confucius en in de context van zijn leer, en daarom een heel andere, negatieve inhoud heeft gekregen. Ik vertaal de term nu met 'de Wijze'.

Bo Yi stierf ter wille van zijn goede naam aan de voet van de Shouyang-berg,[13] en Rover Voetpad[14] stierf ter wille van de buit op de top van de berg van het oosten.[15] Hoewel ze dus om verschillende redenen stierven, moesten ze toch met hun leven boeten voor de schade die ze aan hun eigen aard hadden gedaan. Dan vraag ik me af waarom we zo nodig Bo Yi moeten prijzen en Rover Voetpad moeten misprijzen!

Datzelfde geldt voor allen in deze wereld die zichzelf tot slachtoffer maken. Het is algemeen gebruik om diegenen die zich opofferen in de naam van medemenselijkheid en gerechtigheid als hogere mensen te zien, terwijl zij die ten onder gaan omwille van de rijkdom beschouwd worden als minderwaardige lieden. Maar of je ze nu met de ene of met de andere naam betitelt, slachtoffers zijn ze allemaal. Ze boeten met hun leven voor de schade berokkend aan hun ingeboren aard, en in dat opzicht is er geen verschil tussen de wijze Bo Yi en Rover Voetpad. Waarom dan onderscheid maken tussen 'hogere mensen' en 'minderwaardige lieden'?

Ik zeg u: zij die hun eigen aard ondergeschikt maken aan medemenselijkheid en gerechtigheid, ook al bereiken ze het niveau van een Zeng Shen of een Shi Qiu, toch zou ik hen niet voortreffelijk willen noemen. En hetzelfde geldt voor hen die zich onderwerpen aan de vijf smaken, zoals Yu'er,[16] aan de vijf tonen, zoals Meester Kuang, of aan de vijf kleuren, zoals Li Zhu. Geen van hen zou ik voortreffelijk willen noemen op het gebied van de smaak, het gehoor of het zicht. Nee, wat ik voortreffelijk noem heeft niets met medemenselijkheid of gerechtigheid te maken, maar berust alleen op hoe zich dat verhoudt tot de deugd. En evenmin zou ik iemand voortreffelijk noemen wanneer die een reputatie van medemenselijkheid en gerechtigheid zou hebben, maar alleen

13 Bo Yi was het schoolvoorbeeld van 'gerechtigheid'. Zijn legende staat uitvoerig beschreven in hoofdstuk 28, paragraaf XV. De Shouyang-berg ligt in het huidige Hedong xian.

14 De spreekwoordelijke boef. Er is een lange anekdote over hem in het naar hem genoemde hoofdstuk 29.

15 De heilige berg Taishan.

16 Deze gastronoom is verder onbekend.

zien in hoeverre zo iemand zich aanpast aan de gesteldheid van zijn eigen aard.

Ik noem iemand pas goed horend als hij naar zichzelf luistert, in plaats van naar anderen. En datzelfde geldt voor goed zicht. Want als je niet naar jezelf kijkt maar alleen naar de ander, niet acht op wat je zelf hebt maar op dat wat anderen hebben, dan krijg je uiteindelijk ook wat anderen krijgen, en nooit je eigen voldoening. Eveneens, als je je altijd aanpast bij wat bij anderen past en niet bij wat jezelf past, dan schik je je uiteindelijk naar wat geschikt is voor anderen, en nooit naar wat geschikt is voor jezelf. Dus, of het nu de wijze Bo Yi of Rover Voetpad is, ze zijn allebei pervers. Ik schaam me tegenover de Tao en zijn deugd, en daarom durf ik niet te streven naar medemenselijkheid en gerechtigheid, en evenmin waag ik het me te verlagen tot pervers gedrag.

HOOFDSTUK 9

Paardenhoeven

Paarden hebben hoeven, waarmee ze over ijzel en sneeuw kunnen draven. Hun vacht kan wind en kou weerstaan, ze grazen en drinken water, en trekken in galop over het land. Dat is de ware aard van paarden. Ook al zou je ze gastburchten en herbergen aanbieden, ze zouden er geen gebruik van maken.[1] Maar dan komt Bole,[2] en die zegt: 'Ik ben goed in het paarden temmen!' Dan gaat hij hun huid schroeien, hun manen afsnijden, hun hoeven kappen en ze brandmerken, doet ze vervolgens bitten en halsters aan en brengt ze samen binnen omheiningen. Tegen die tijd zijn er van de tien paarden al twee of drie doodgegaan. Daarop lijden de paarden honger en dorst, moeten galopperen en rennen, in het gareel en op een rij lopen: van voren ondervinden ze de kwellingen van het bit en de hoofdtooi, van achteren krijgen ze met de zweep en de stok. Als het zover is, is al meer dan de helft van de paarden dood.

De pottenbakker zegt: 'Ik kan goed klei hanteren! Ik maak het rond volgens de passer en vierkant met de winkelhaak.' De timmerman zegt: 'Ik ben bekwaam in het bewerken van hout! Ik maak het krom met de zweihaak en recht met de loodlijn.' Maar denk je heus dat klei en hout er van nature van houden om in met passers, winkelhaken, zweihaken en loodlijnen gemaakte vormen te passen? Toch horen we van geslacht op geslacht 'Bole kon goed paarden temmen' en 'Pottenbakkers en timmerlieden

1 Dit is een aardige toespeling op de communicatiewegen van het oude China, waar de reizigers onderdak konden vinden in herbergen, die door de bevolking gastvrij werden onderhouden. Deze *yishe* heten hier *yitai*, erop duidend dat ze vaak hoog opgetrokken waren om bescherming te bieden tegen rovers en wilde dieren. Van deze rustplaatsen werd natuurlijk ook door bereden estafetteboodschappers gebruikgemaakt.

2 Beroemde paardenkenner (*maxiang*) uit de oude Chinese geschiedenis. Zijn eigenlijke naam was Sun Yang.

zijn bekwaam in het bewerken van klei en hout'. En dezelfde fout wordt gemaakt met betrekking tot het besturen van het Hemelse Rijk.[3]

Volgens mijn idee is het goed besturen van het Hemelse Rijk volkomen anders. De volken hebben hun duurzame aard: ze weven om zich te kleden en bewerken de aarde om zich te voeden, dat is wat je noemt hun band met de deugd.[4] Ze zijn eendrachtig en hebben geen partijen. Dat heet: 'Laat de hemel z'n gang maar gaan.'[5]

In het tijdperk dat de hoogste deugd nog regeerde, was de blik van de mensen gestadig en hun tred standvastig. In die tijden waren er geen paden en tunnels door de bergen, geen vaartuigen en bruggen over de wateren; de tienduizend schepsels leefden in groepen, hun gebieden grensden aan elkaar.[6] Wilde dieren vormden kuddes, planten en bomen tierden welig. Derhalve was het mogelijk met wilde dieren te verkeren en met ze te spelen, naar de nesten van vogels te klimmen en ze te bekijken zonder ze te verstoren.

Ja, in het tijdperk van de hoogste deugd konden de mensen met de wilde dieren samenwonen, en alle rassen van de tienduizend schepsels waren gelijk. Hoe zou men dan nog verschil maken tussen 'hogere mensen' en 'minderwaardige lieden'? Verenigd in hun niet-weten verloren ze nooit de deugd. Verenigd in het niet-begeren behielden ze wat je noemt hun simpele onbehouwenheid. Ja, simpele onbehouwenheid, dat was de ware aard van het volk.

Maar toen kwam de Wijze en begon te zeuren over medemen-

3 De Chinese tekst speelt hier met het woord *zhi*, dat zowel 'op orde brengen' als 'trainen', 'modelleren' en ook 'regeren' kan betekenen. De vraag 'hoe het Hemelse Rijk te regeren' (*zhi Tianxia*) was een geliefd onderwerp van de Chinese denkers van de late oudheid. Alle methodes die de natuurlijke orde in de wereld geweld aandoen zijn volgens onze auteur hier volkomen fout.

4 Dat is: geheel in aansluiting met de natuurlijke werking van de Tao.

5 Dit is een toespeling op het Mandaat des Hemels (*Tianming*), dat de basis was van de legitimatie van elk bewind, en daarom ook in het centrum stond van de politieke filosofie van het oude China. Deze passage refereert aan de *Liji*, hoofdstuk 23, 'Jifa'.

6 De ideale situatie van vroeger, toen mensen nog tevreden in hun eigen dorpje woonden, wordt beschreven in de *Daodejing*, hoofdstuk 80.

selijkheid en zich druk te maken over gerechtigheid, zodat voor het eerst twijfels kwamen in de wereld. Met veel kabaal maakte hij muziek, en met allerlei rare regels maakte hij rituelen, zodat er voor het eerst onderscheiden kwamen in de wereld.

Daarom zeg ik: zolang het hout onbehouwen blijft, hoe kunnen er offerschalen van gemaakt worden? Zolang de witte jade niet gekloven wordt, hoe kunnen er ceremonietabletten[7] van gemaakt worden? Als de Tao en zijn deugd niet waren tenietgedaan, waarom zou men dan zoeken naar medemenselijkheid en gerechtigheid?[8] Als we niet onze natuurlijke aard hadden afgelegd, waarom zouden we dan rituele ceremoniën nodig hebben? Als de vijf kleuren niet verloederd waren, waarom zouden we dan gekleurde versieringen aanbrengen? Als de vijf tonen niet verziekt waren, waarom zouden we dan de zes toonschalen nodig hebben? Het onbehouwen blok verminken om er schalen uit te maken, dat is het misdrijf van de ambachtslieden. De Tao en zijn deugd tenietdoen en ze in medemenselijkheid en gerechtigheid veranderen, dat is de schuld van de Wijze.

Wat de paarden betreft, zolang als ze over het land trekken, grazen en water drinken, tonen ze hun vreugde door hun nekken over elkaar te leggen en met hun lijven tegen elkaar te schuren, en hun wrevel door met hun achterste tegen elkaar te staan en naar elkaar te trappen. Dat is alles wat ze weten te doen. Maar worden ze geharnast en op een rij gehouden door middel van disselbomen, dan weten ze ineens hoe ze hun halster moeten breken, zich uit het harnas moeten wringen, de huif van de wagen kapot moeten slaan, het bit uit moeten spugen en de teugels stuk moeten bijten. Daarom zeg ik: paarden ertoe brengen als boeven te gaan denken, dat is de misdaad van mensen zoals Bole.

In de verre tijden van Hexu[9] verbleven de volken soms op een plaats zonder zich af te vragen wat ze er deden, en dan trokken ze weer verder zonder zich af te vragen waarheen. Ze vulden hun mond met voedsel en waren vrolijk, en trommelden op

7 Voor het hof, als scepters voor vorsten en insignes voor hoge ambtenaren.

8 Deze zin komt ook voor in de *Daodejing*, hoofdstuk 18.

9 Dit moet de naam van een mythische koning uit de hoge oudheid zijn, maar tot nu toe is deze niet geïdentificeerd.

hun volle buik om zich te vermaken. Dat was alles waartoe ze in staat waren. Maar toen kwam de Wijze en begon ze om te buigen en te breken met muziek en rituelen teneinde de vorm van de wereld te verbeteren. Hij leurde met zijn medemenselijkheid en zijn gerechtigheid om daarmee de harten van de wereld te bedwelmen. Sinds die tijd zijn de mensen begonnen op hun tenen te staan uit weetgierigheid, en te vechten om wie het meeste profijt kon trekken, en dat is nooit meer opgehouden. Ook dat is de schuld van de Wijze.

HOOFDSTUK 10

Koffers openbreken

I

Om je te beschermen tegen dieven die je koffers openbreken, in je tassen graaien en je kasten forceren, ben je wel genoodzaakt om er touwen en riemen om te doen, en ze vast te maken met klampen en sloten. Dat wordt in de volksmond 'wijs' genoemd. Maar komt er een reusachtige rover, die de kast op z'n rug neemt, en de koffers en tassen aan een draagstok over z'n schouder, dan is die alleen maar bang dat de touwen, riemen, klampen en sloten niet stevig genoeg zullen zijn! Is het dan niet zo dat zij die we daarnet nog wijs noemden, eigenlijk hun zaakjes goed hadden opgeborgen ten gerieve van die grote rover?

Laat ik eens proberen hier verder op in te gaan. Als we ons kunnen afvragen of diegene die door iedereen voor wijs wordt aangezien, eigenlijk zijn zaakjes bijeenbrengt ten gerieve van een grote dief, kunnen we dan ook niet opperen dat degene die voor een grote wijze man wordt aangezien, eigenlijk degene is die grote rovers in stand houdt? En hoe kan ik bewijzen dat dit zo is?

In vroeger tijden was het land van Qi[1] zo dicht bevolkt dat de dorpen aan elkaar grensden en op gezichtsafstand van elkaar lagen, zodat ze het kraaien van de hanen en het blaffen van de honden wederzijds van elkaar konden horen.[2] Het gebied waarover de bevolking haar netten uitstrekte en dat ze met haar ploegen had ontgonnen was meer dan tweeduizend mijl aan elke kant.[3] Binnen dit gebied, in de vier gewesten, ging alles: het stich-

1 Een van de belangrijkste onder de vroege Chinese staten, gevestigd in wat nu de provincie Hebei en het schiereiland Shandong is.

2 Vergelijk de beschrijving van de ideale samenleving in de *Daodejing*, hoofdstuk 80.

3 Dat wil zeggen: een virtueel vierkant waarvan elke zijde tweeduizend mijl lang was. Een Chinese mijl in de late oudheid kwam overeen met ongeveer vier- à vijfhonderd me-

ten van tempels voor de voorouders, het oprichten van altaren voor de goden der aarde en voor die van het graan, het bestuur van de dorpen, de steden en de streken, altijd volgens de wetten van de wijzen. Zo ging het daar, totdat op een zekere morgen de edele Tian[4] de vorst van Qi vermoordde en zijn koninkrijk stal. En denk je dat hij alleen maar het koninkrijk zou stelen? Hij roofde natuurlijk ook al de wijze wetten van de wijze mannen! Daarom had de edele Tian weliswaar de reputatie een rover en een dief te zijn, maar kon hij toch net zo rustig verder leven als eens Yao en Shun![5] Kleinere koninkrijken durfden hem geen strobreed in de weg te leggen, grotere landen durfden hem niet te straffen, zodat sindsdien zijn nazaten blijvend het land van Qi bezeten hebben.[6] Als dit niet een voorbeeld is van een land achterover drukken met daarbovenop nog de wijze wetten van de wijze mannen, om zodoende je rovende en stelende hachje te redden, wat is het dan?

Laat ik eens proberen hier nog verder op in te gaan. Hebben we niet gezien dat diegene die door iedereen als wijs wordt gezien, in feite zijn spullen bijeenbrengt ter wille van de grote rover? En dat hij die de allergrootste wijze wordt genoemd, in feite de beschermer is van grote rovers? Hoe weet ik dat dit zo is? In het verleden werd Longpang onthoofd, Gan van Bi in stukken gesneden, Chang Hong gevierendeeld en Zixu's lichaam onbegraven gelaten.[7] Zo zie je maar: al waren deze vier heren nog zo deugdzaam, ze konden toch de gewelddadige dood niet ontsnappen. Daarom

ter, en dus had, volgens de tekst, het land van Qi een oppervlakte van een miljoen vierkante kilometer, dat is ongeveer de grootte van Frankrijk en Duitsland samen.

4 Dit was Chen Huan, minister van het koninkrijk van Qi, hier aangeduid met de adellijke titel grootburggraaf van Tian. In 481 ontvoerde hij zijn vorst, de hertog Jian van Qi, vermoordde hem, en greep de macht. Confucius was hierover zo overstuur dat hij zijn heer, de hertog van Lu, verzocht Qi binnen te vallen en de moordenaar te arresteren, iets waarvoor de hertog van Lu wel te slim was om verder op in te gaan (zie de *Lunyu* XIV, 22). De staatsgreep in Qi wordt gezien als een belangrijk keerpunt in de oude geschiedenis van China, en een van de gebeurtenissen die het tijdperk der Strijdende Staten (475–221 voor onze jaartelling) hebben ingeluid.

5 Legendarisch wijze vorsten uit de hoge oudheid, door de confucianisten vereerd als de grondleggers van het goede bestuur.

6 De gangbare tekst heeft 'gedurende twaalf generaties' in plaats van 'blijvend' maar dit is historisch onmogelijk.

7 Dit zijn de geijkte voorbeelden van brave staatsdienaren die moedig kritiek leverden

was het ook dat de discipelen van Rover Voetpad[8] hem eens vroegen: 'Is er ook een Tao van het stelen?' Hij antwoordde: 'Hoe zou er ooit ergens géén Tao kunnen zijn?

Weten te gissen dat er in een kamer buit te vinden is, dat is wijsheid!
Als eerste naar binnen gaan, dat is moed!
Als laatste weer naar buiten gaan, dat is gerechtigheid!
Weten of je je kans kunt benutten of niet, dat is kennis!
Eerlijk de buit verdelen, dat is medemenselijkheid!

Zonder deze vijf deugden te bezitten toch een grote dief worden, dat bestaat op de hele wereld niet!'

Hieruit kan men concluderen[9] dat een goed mens de Tao van de wijze nodig heeft om zijn standpunt te bepalen, en een struikrover zoals Voetpad diezelfde Tao van de wijze nodig heeft om zijn beroep uit te oefenen! Aangezien er in de wereld maar weinig goede mensen zijn en een hoop minder goede, zijn de voordelen die een wijze man oplevert dan ook veel minder dan de schade die hij aan de hele wereld toebrengt. Daarom wordt er wel eens gezegd: 'Wanneer de lippen worden weggetrokken, krijgen de tanden het koud', en ook: 'Toen de wijn uit Lu te waterig werd bevonden, werd Handan belegerd.'[10] Met andere woorden, als er een wijze man verschijnt, dan komen de grote dieven opdagen.

op hun tirannieke vorsten. De eerste twee kwamen al voor in de Innerlijke geschriften. Longpang berispte Jie van de Xia- dynastie, die van wilde feesten hield. Gan van Bi bekritiseerde Zhou, de laatste koning van de Shang-Yin-dynastie. Chang Hong is minder bekend. Hij was een wijze raadsman van koning Ling van de Zhou-dynastie. Zixu is Wu Zixu, staatsman en strateeg van de zuidelijke Wu-staat. Zijn goede raad werd in de wind geslagen, en vervolgens werd hij tot zelfmoord gedwongen. Na zijn dood werd zijn lichaam in een zak genaaid en in de Yangzi-rivier geworpen.

8 De aartsmisdadiger, die veel voorkomt in de *Zhuangzi*, al in de Innerlijke geschriften. Zijn naam bevat een woordspeling: het woord voor 'rover' wordt hetzelfde uitgesproken als 'Tao', de weg.

9 De stijl van het betoog is een geestige persiflage op die van de moralistische confucianistische schrijvers van dezelfde tijd, zoals Mencius.

10 Het eerste gezegde gaat over oorzaak en gevolg, het tweede vertaalt het idee dat bepaalde kleine gebeurtenissen soms heel onvoorziene gevolgen kunnen hebben. Toen koning Huan van Chu (369–340 voor onze jaartelling), die de machtigste heerser van

Als we alle wijze mannen zouden neerslaan en de rovers en dieven zouden vrijlaten, dan pas zou er orde in de wereld komen!

Als de bergstromen droog zijn, blijven de rivieren leeg. Als de heuvels worden genivelleerd, raken de afgronden vol. Als alle wijze mannen dood zijn, dan komen er ook geen grote dieven meer. De hele wereld zal in vrede leven, zonder dat er ernstige voorvallen zullen plaatsvinden.

Zolang als er nog een wijze in leven is, zullen de grote rovers nooit ophouden. Ook al stelt men al zijn vertrouwen in een wijze man om het rijk te besturen, in feite zal dit vertrouwen alleen maar voordeel opleveren voor boeven zoals Rover Voetpad.

Maak je schepels en mudden om mee te meten, dan zul je met schepels en mudden worden bedrogen.

Maak je weegschalen en gewichten om mee te wegen, dan zul je met weegschalen en gewichten worden bedrogen.

Maak je insignes en zegels om mee te waarmerken, dan zul je met insignes en zegels worden bedrogen.

Bevorder je menslievendheid en gerechtigheid om de wereld in rechte banen te leiden, dan zul je met menslievendheid en gerechtigheid worden bedrogen.

Hoe weet ik dat dit zo is? Steel een riemgesp en je wordt terechtgesteld! Steel een land en je wordt een edelman!

Dat binnen de families van de edellieden menslievendheid en gerechtigheid zo goed in stand gehouden worden, komt dat niet neer op het zich onrechtmatig toe-eigenen van menslievendheid en gerechtheid, de leer van de wijzen?

Daarom, zolang grote rovers succes hebben en edellieden hun rang bewaren door zich meester te maken van menslievendheid en gerechtigheid, zowel als van schepels en mudden, weegschalen en gewichten, insignes en zegels en van al het profijt dat die zaken opleveren, dan zullen de grootste beloningen van kronen en wagens hen niet tot inkeer brengen, noch de zwaarste straffen van de bijl hen tegenhouden. De grote Rover Voetpad en zijns

zijn tijd was, de andere vorsten opriep om hem te bezoeken, kwam de hertog van Lu te laat, en bovendien bracht hij minderwaardige wijn mee. In het conflict dat volgde werd de grote handelsstad Handan, die tussen Chu en Lu lag, het slachtoffer. Zoiets had men absoluut niet kunnen voorzien.

gelijken op al deze manieren bevoordelen, zodat het onmogelijk is hen nog te stuiten, ja waarlijk, dat is de schuld van de wijze mannen!

Daarom zeg ik: 'Vissen kunnen beter niet uit de diepe wateren worden gehaald, en de scherpe wapens van het land kunnen beter niet aan de mensen worden getoond.'[11] De wijzen zijn de scherpe wapens van het Hemelse Rijk, en niet degenen die het licht brengen in het Hemelse Rijk.

En dus: 'Weg met de wijzen, verwerp de wijsheid',[12] dan zullen de grote rovers ophouden! Gooi weg de jade, vernietig de parels, en er zullen zich geen kleine dieven meer voordoen! Verbrand de insignes, breek de zegels in stukken, en het volk wordt weer eenvoudig en bescheiden. Verbrijzel de schepels, vernietig de mudden, en het volk zal geen geschillen meer aangaan. Schaf de wetten van de wijze mannen over de hele wereld af, en voor het eerst zal men zich weer met het volk verstandig kunnen beraden. Gooi de zes toonschalen door elkaar, verniel de mondorgels en breek de citers, stop de oren van muziekmeester Kuang dicht zodat hij niets kan horen, en in de hele wereld zal het volk beginnen zijn gehoor terug te vinden. Vernietig de decoraties, gooi de vijf kleuren overboord en plak de ogen van Li Zhu dicht, en in de hele wereld zal het volk beginnen het zicht terug te vinden. Verbrand die zweihaken en loodlijnen, gooi weg die passers en winkelhaken, breek de vingers van ambachtsman Chui,[13] en in de hele wereld zal het volk beginnen zijn eigen bekwaamheid terug te krijgen. Daarom heet het: 'De grootste bekwaamheid is als het ware onhandig.'[14]

Verwerp het gedrag van Zeng Shen en Shi Qiu, vergrendel de monden van Yang Zhu en Mo Di,[15] gooi menslievendheid en gerechtigheid overboord, en in de hele wereld zal de deugdzaamheid opnieuw het fundamentele gemeengoed worden.

Wanneer de mensen hun eigen gezicht bezitten, dan zal er in

11 Deze zin komt uit de *Daodejing*, hoofdstuk 36.

12 Ibidem, hoofdstuk 19.

13 Dit moet in de oudheid een beroemd handwerker zijn geweest.

14 De *Daodejing*, hoofdstuk 45.

15 Over deze figuren, zie het begin van hoofdstuk 8, en noot 7 aldaar.

de wereld niets meer zijn dat hen zal verblinden. Wanneer ze hun eigen gehoor hebben, dan zal er in de wereld niets meer zijn dat hen zal verdoven. Wanneer ze hun eigen wijsheid hebben, dan zal er in de wereld niets meer zijn dat hen zal misleiden. Wanneer de mensen hun eigen deugdzaamheid hebben, dan zal er niets meer in de wereld zijn dat hen zal verpesten. Want Zeng Shen, Shi Qiu, Yang Zhu, Mo Di, muziekmeester Kuang, ambachtsman Chui en Li Zhu, die vestigden hun deugdzaamheid allemaal in het uiterlijke. Zij zijn degenen die de wereld verblind hebben. Voor alles wat het Hemelse Rijk betreft: hen tot voorbeeld nemen, dat is iets dat we niet kunnen gebruiken.

11

Heb je dan nooit van het tijdperk van de hoogste deugd gehoord? Lang geleden waren er Rongcheng, Dating, Bohuang, Zhongyang, Lilu, Lixu, Xuanyuan, Hexu, Zunlu, Zhurong, Fuxi en Shennong.[16] In hun tijd gebruikten de mensen nog geknoopte touwtjes [om dingen op te tekenen].[17] Hun eigen voedsel smaakte hun het best, hun eigen kleding vonden ze het mooist, hun eigen gebruiken gaven hun het meeste plezier, hun eigen woonplaats was voor hen de vredigste. Buurlanden lagen op gezichtsafstand van elkaar,[18] zodat ze wederzijds de honden konden horen blaffen en

16 Dit is weer een van de vele opsommingen van mythologische helden uit het verre Chinese verleden. Slechts een enkele is bekend gebleven, en dan nog maar alleen omdat ze een plaatsje hebben gekregen in het pantheon van confuciaanse heiligen. Daarmee is ook hun mythologie vrijwel volkomen verloren gegaan. Rongcheng is bekend gebleven als de naam van een taoïstische meester van de kunst van het Lange Leven, vooral door seksuele oefeningen. Dating en Bohuang zijn thans onbekend, maar Zhongyang, letterlijk 'Centrum', is ons bekend als de held uit het mythefragment aan het einde van hoofdstuk 7. Als Heer van de Oerchaos bracht hij yin en yang bijeen in een gelukkige harmonie. Lilu is bekend als verziende, Lixu is niet meer bekend, Xuanyuan is de naam die thans aan Huangdi, de Gele Keizer en de stichter van de beschaving, gegeven wordt, Hexu en Zunlu zijn niet meer bekend. Zhurong vond het vuur uit, Fuxi de wichelarij en Shennong de landbouw.

17 Het gaat hier om een primitieve vorm van registratie die ook elders voorkomt, bijvoorbeeld in de oude Inca-cultuur (de zogenaamde *quipu*). De vermelding hier is een impliciete kritiek op het latere schrift en de daaruit voortvloeiende codificatie van het bewind.

de hanen kraaien, maar ondanks dat gingen de inwoners nooit van hun leven bij elkaar op bezoek.[19] In dit tijdperk heerste er het volmaaktste bestuur. Nu echter is het zover gekomen dat mensen reikhalzend op hun tenen gaan staan, en uitroepen 'Daar en daar is een verheven persoon'. Vervolgens vergaren ze proviand en spoeden zich naar hem toe, hun familie aan haar lot overlatend en zich onttrekkend aan hun verplichtingen tegenover hun vorst. In drommen trekken ze door alle gewesten, hun wagens rijden over de sporen van meer dan duizend mijl.[20] Dat is allemaal de wandaad van de leiders die te veel om de kennis van de wijzen geven.

Als de leiders werkelijk te veel om de kennis geven en zich niet om de Tao bekommeren, dan raakt het rijk in de grootste onrust. Hoe kan ik bewijzen dat dit zo is? Als er al te veel kennis is van alle soorten bogen, vangnetten, pijlen en vallen, dan komt er grote onrust onder de vogels in de hemel. Als er te veel kennis is over vishaken, aas, allerlei soorten netten, fuiken en korven, dan komt er grote onrust onder de vissen in het water. En als men al te veel verstand heeft van valstrikken, netten en klemmen, dan heerst er paniek onder de dieren in de wildernis. En zo is het eveneens dat hoe meer men redeneert met bedrieglijke huichelarijen, met gladde sofisterijen en subtiele onderscheiden, des te meer de goede zeden worden bedorven door discussies. Zo neemt de wanorde in het Hemelse Rijk met de dag toe, en de schuld daarvan ligt bij het te veel om kennis geven.

Zodoende gaat de hele wereld maar door met het zoeken naar kennis van wat men niet kent, maar er wordt niet gezocht naar meer kennis over wat men reeds kent.[21] En ook weet iedereen te verwerpen wat ze niet goed vinden, maar niemand verstaat het dat wat al goed gevonden wordt te verwerpen.[22] En daarom heerst de grootste verwarring. Hierboven verduistert het licht

18 Het gaat hier om de Chinese stadstaat (*guo*) van de oudheid, een stuk land met een versterkte vesting met daaromheen akkerland en jachtgebied.

19 Deze laatste twee zinsdelen, die het onbedorven bestaan van de primitieve samenleving willen beschrijven, komen ook voor in de *Daodejing*, hoofdstuk 80.

20 In het Löss-plateau van Noord-China maakten vroeger de karren over alle wegen diepe wagensporen.

21 Dat wil zeggen: men probeert niet onze schijnwetenschap aan de kaak te stellen.

van de zon en de maan, hierbeneden wordt de schoonheid van de bergen en de rivieren vernield. In het midden gaat de rijkdom van de vier jaargetijden te gronde. Ja, tot aan de kleinste insecten en vliegende beestjes toe is er geen enkel wezen dat niet zijn ingeboren natuur heeft moeten inboeten.[23] Groot inderdaad is de wanorde die de zucht naar kennis over de hele wereld gebracht heeft! Sinds de drie dynastieën gaat dit al zo. Gewone, brave mensen worden verguisd en slinkse mooipraters worden gewaardeerd. Men verwaarloost het vredig en kalm niet-ingrijpen in de natuur,[24] maar waardeert ideeën die met veel omhaal te berde worden gebracht. Die geruchtmakende ideeën, die hebben de wanorde in de wereld gebracht!

22 Niemand bestrijdt de vooroordelen over goed en kwaad.

23 Door de schade gedaan aan hun natuurlijke leefwijze. Dit is de vroegste tekst die het probleem van de vooruitgang van de menselijke cultuur in relatie tot de vernieling van het natuurlijke leefmilieu naar voren brengt.

24 Het nietsdoen (*wuwei*).

HOOFDSTUK 11

De vrije loop

I

Wat mij betreft zou je de wereld zijn vrije loop moeten laten, en zou het rijk niet bestuurd moeten worden. Is de wereld vrij, dan moet je oppassen dat hij niet zijn ingeboren natuur bederft; laat je de wereld op zijn beloop, dan moet je oppassen dat hij niet zijn deugdzaamheid bederft. Wanneer die twee condities gehandhaafd blijven, wat valt er dan nog te besturen in het rijk?

Toen vroeger Yao het rijk bestuurde, zorgde hij ervoor dat de mensen vreugde vonden in hun eigen natuur; iedereen was vrolijk, maar niemand was rustig. Toen daarna Jie het bestuur voerde, deed hij de mensen lijden onder hun eigen natuur; iedereen werd verdrietig, en niemand was blij.[1] Daar waar noch rust noch vreugde heerst, heerst evenmin de deugd. Daar waar de deugd niet heerst toch een duurzame staat behouden, zoiets bestaat op de hele wereld niet.

Wanneer mensen uitbundig vrolijk zijn, dan beschadigen ze hun yang-energie; zijn ze erg kwaad, dan beschadigen ze hun yin-energie. Daar waar zowel yin als yang letsel heeft ondergaan, daar raken ook de vier jaargetijden in de war en wordt de harmonieuze afwisseling van koud en warm weer belemmerd, en dat heeft welzeker een schadelijke uitwerking op het menselijk lichaam![2]

1 Yao en Jie zijn, volgens de confucianistische opvattingen, respectievelijk de voortreffelijkste en de grootste schurk onder de oude koningen van China. Hier scheert de auteur ze allebei over één kam.

2 Hier vinden we een voorbeeld van de grote overeenkomst die er volgens het taoïstische denken bestaat tussen de microkosmos van het menselijk lichaam en de macrokosmos. Een slecht bestuur maakt de mensen in de war, dat heeft weer invloed op de regelmaat van de natuur, wat wederom nadelig is voor de gezondheid.

Als gevolg van onbestendigheid in vreugde of woede, wisselvalligheid in het bestaan, ontevredenheid in het denken en onregelmatigheid in het dagelijks leven, krijg je in de wereld gemene, arglistige, kwaadaardige en gevaarlijke lieden die zich gaan gedragen als Rover Voetpad, of als Zeng Shen en Shi Qiu.[3] Al nam je het hele Hemelse Rijk om de goeden te belonen en de slechten te straffen, dan was het nog niet genoeg. Het Hemelse Rijk is eenvoudig niet groot genoeg om voldoende beloningen en straffen uit te delen. Sinds de drie dynastieën is er niets dan ruzies en krakelen, die allemaal gaan over kwesties van beloning of straf. Hoe zou men dan nog tijd kunnen vinden om rust te genieten in de eigen natuur en de eigen levensomstandigheden?

En dan nog dit: houdt men van al wat schittert? Dan wordt men door kleuren bedorven. Geniet men van al wat klinkt? Dan wordt men door tonen verloederd. Is men zeer op medemenselijkheid gesteld? Dan gaat men de natuurlijke deugd in verwarring brengen. Geeft men erg veel om gerechtigheid? Dan gaat men tegen de natuurlijke redelijkheid in. Houdt men sterk vast aan decorum? Dan draagt men bij aan aanstellerij. Is men dol op muziek? Dan bevordert men het verval der zeden. Houdt men zeer van wijsheid? Dan draagt men bij aan gekunsteldheid. Of van wetenschap? Dan draagt men bij aan vergissingen.

Zolang de hele wereld rust geniet in zijn eigen natuur en levensomstandigheden, is het om het even of de daarnet genoemde acht lusten bestaan of niet. Maar als dat niet meer het geval is, dan brengen de acht lusten op verschrikkelijke en gewelddadige wijze de grootste wanorde in het Hemelse Rijk. En als daarbovenop de hele wereld ze gaat vereren en koesteren, dan mag men wel zeggen dat de dwaling zeer groot is! Hoe zou hier sprake kunnen zijn van iets dat wel zal voorbijgaan en zal worden opgegeven? Na eerst ritueel gevast te hebben worden ze afgekondigd; eerbiedig knielend worden ze opgedragen; met trommelspel en gezang worden ze bejubeld![4] Wat kan ik daar dan nog aan doen?

3 Rover Voetpad is de legendarische dief die in vele hoofdstukken van de *Zhuangzi* te berde wordt gebracht. Zeng Shen en Shi Qiu zijn beroemde voorbeelden van de deugd zoals de confucianisten dat zien.

4 Dat wil zeggen dat de 'acht lusten' al tot een soort religie zijn geworden en als heilige

Daarom, wanneer de edelman niet anders kan doen dan zich met het Hemelse Rijk bezighouden, dan gaat er niets boven het nietsdoen. Ja, met nietsdoen kun je rust genieten in je eigen natuur en levensomstandigheden. Daarom is er gezegd:

> 'Slechts aan degene die zijn lichaam hoger schat dan het Hemelse Rijk
> kan het worden toevertrouwd.
> Slechts aan degene die zijn lichaam liever heeft dan het Hemelse Rijk
> kan de verantwoordelijkheid erover gegeven worden.'[5]

De edelman vermijdt de energie van zijn vijf ingewanden[6] te verspillen door zijn intelligentie aan anderen te laten zien. Doodstil zit hij te mediteren, maar zijn verschijning is als die van een draak.[7] In het diepste stilzwijgen klinkt zijn stem als die van de donder.[8] Wanneer zijn geest beweegt gaat de hemel met hem mee.[9] Geheel verzonken in het nietsdoen, doet hij alle dingen bloeien in vreugdevolle overvloed. 'Waarom zou ik mijn tijd verdoen met het bestuur van het Hemelse Rijk?'[10]

principes worden vereerd. Over de rituele betekenis van het vasten in de oude Chinese religie, zie hoofdstuk 4, paragraaf I.

5 Citaat uit de *Daodejing*, hoofdstuk 13.

6 Zie het begin van hoofdstuk 8.

7 Doodstil; de tekst zegt eigenlijk: 'als een kadaver'. In de godsdienst van het oude China werd de vicaris van de voorvader bij het offer 'het kadaver' genoemd. Deze vicaris raakte bij het opdragen van het offer in trance (zie hoofdstuk 1, noot 19). De draak is de manifestatie van de energie van de hemel en de goden. Confucius riep nadat hij Lao Zi gezien had uit: 'Voor het eerst van mijn leven heb ik een draak gezien!' (zie hoofdstuk 14, paragraaf VI).

8 Diepste; letterlijk: 'als een afgrond'. Deze passage beschrijft de taoïstische meditatie, en daarbij treedt soms het fenomeen op van het horen van de donder door de in volstrekte stilte zittende adept. Het is dus mogelijk om in deze passage een toespeling op dit fenomeen te zien. Zie verder hoofdstuk 14, paragraaf VI.

9 Door de concentratie van zijn geest kan de mediterende invloed uitoefenen op de goden in de hemel en op de natuur.

10 Deze uitroep, die hier de in het 'nietsdoen' (niet handelen) verzonken persoon in de mond wordt gelegd, komt een aantal malen voor in de Uiterlijke geschriften. De weigering om zich met het daadwerkelijke regeren van de wereld bezig te houden gaat terug op die van de heremiet Xu You in hoofdstuk 1, paragraaf II.

11

Cui Qu[11] vroeg eens aan Oude Langoor:[12] 'Als er geen bestuur is in het Hemelse Rijk, hoe leid je dan de harten van de mensen naar het goede?'[13]

'Pas op dat je de harten van de mensen niet gaat vertroebelen,' zei Oude Langoor. 'Het mensenhart veracht nu eenmaal wat laag is en dweept met wat hoog is. Hoog en laag zijn doodsvijanden. Zij die bescheiden zijn leggen het af tegen hen die hard en gewelddadig zijn. Zij die jong en onervaren zijn worden vermorzeld, want het menselijk hart kan heter zijn dan brandend vuur en kouder dan ijs. Het is zo snel dat het in een oogwenk meerdere malen heen en weer kan gaan van hier tot buiten de vier wereldzeeën. Is het hart in rust, dan is het diep verzonken in stilte, maar wordt het in beweging gezet, dan vliegt het op tot aan de hemel. Hovaardig en fier! Als iets niet aan banden kan worden gelegd, dan is het wel het menselijk hart!

Lang geleden was het de Gele Keizer die begon met de harten van de mensen te vertroebelen, en vervolgens waren het Yao en Shun die zich de benen uit het lijf liepen, zodat er geen haar meer op hun schenen groeide, om maar te zorgen voor het welzijn van het Hemelse Rijk. Door medemenselijkheid en gerechtigheid in te stellen kwelden ze hun vijf ingewanden. Door wetten en regels in te voeren vermoeiden ze hun lichaamskrachten. Toch waren er die zich niet lieten onderwerpen, en zo kwam het dat Huandou door Yao werd vrijgelaten in de Chong-bergen, Drie Miao werd verjaagd naar Sanwei en Gonggong werd verbannen naar de Stad der Duisternis.[14] Zo zie je dat het Hemelse Rijk niet compleet

11 Deze persoon is verder onbekend.

12 Lao Zi.

13 Een typisch confucianistische vraag, want voor de volgers van Confucius was het doel van regeren in de eerste plaats opvoeden.

14 Dit zijn gebeurtenissen in de oude Chinese mythologie, door de confucianisten opgetekend en vervormd tot een heilige geschiedenis. De passage hier is gebaseerd op het 'Boek der documenten' (*Shujing*). Huandou wordt daar vermeld als een minister van de wijze Yao. Andere bronnen geven aan dat Huandou een monsterachtig wezen in de vorm van een bal was, en dientengevolge Chaos (*Hundun*) genoemd werd. Drie Miao (*Sanmiao*), hier eveneens vervormd tot een historisch persoon, verwijst naar alle waarschijnlijkheid

werd onderworpen. Maar o wee! Deze politiek werd doorgegeven aan de drie koningen,[15] en sindsdien heeft er grote paniek in het Hemelse Rijk geheerst. Op het lagere peil vond je de tiran Jie en Rover Voetpad, op het hogere de wijze mannen zoals Zeng Shen en Shi Qiu. Uiteindelijk kwamen de confucianisten en de mohisten op de proppen. Met als gevolg:

> Boze mensen verdachten hen die blij waren;
> Slimme lieden bedrogen onnozele halzen;
> Slechte lui veroordeelden de goede;
> Gelovige mensen hekelden hen die zij niet geloofwaardig achtten.
> En de hele wereld leed eronder!
> De grote deugd was niet langer gemeengoed,
> De eigen natuur en de levensomstandigheden werden grondig bedorven.
> De wereld beminde wijsheid,
> Het gewone volk raakte in grote verwarring.
> Daarop gingen bijlen en zagen het fatsoeneren,
> Loodlijnen het vermoorden,
> Hamers en beitels er een einde aan maken.[16]

Het rijk bruist en raast in grote wanorde. Dat is het gevolg van de misdaad van het vertroebelen van de harten van de mensen. Zij die verstandig zijn leven verscholen onder de rotswanden in het diepst van de grote bergen, terwijl de vorsten met tienduizend strijdwagens in angst en beven tronen in hun koningshuizen.

In deze tijd is het ene lijk het hoofdkussen van het volgende.[17] Zij die schandborden om hun nek en boeien aan hun enkels hebben lopen elkaar in de weg. Zij die gemarteld en verminkt zijn sta-

naar de drie oerstammen van het Miao-volk, dat nog steeds als 'minderheid' in Zuid-China standhoudt. Gonggong was een monster dat in zijn strijd tegen Yao een van de pijlers waarop de hemel rustte omverstootte.

15 De stichters van de drie dynastieën: Xia, Shang en Zhou.

16 Dat wil zeggen: het 'onbehouwen blok', kenmerk van de primitieve en zuivere menselijke samenleving. Zie hoofdstuk 9.

17 Ze stapelen zich op.

ren elkaar aan. Ondertussen staan de confucianisten en mohisten met een voldaan gezicht hun leer te verkondigen te midden van de geketende gevangenen. Schande! Hun gebrek aan berouw en schaamte is gruwelijk. Ik vraag me af of wetenschap en wijsheid eigenlijk niet de sloten zijn van de schandborden en de boeien, en of medemenselijkheid en gerechtigheid niet de schakels zijn van de ketenen. Wie weet zijn die wijze mannen zoals Zeng Shen en Shi Qiu eigenlijk de fluitende pijlen die de komst van de tiran Jie en Rover Voetpad aankondigen! Daarom zeg ik: "Weg met de wijze mannen, eruit met de wetenschap!"[18] Dan zal het Hemelse Rijk groots bestuurd zijn!'

III

Nadat de Gele Keizer negentien jaar lang Zoon des Hemels was geweest en zijn bevelen in de hele wereld werden opgevolgd, vernam hij dat er ene Meester van Wijde Volkomenheid bestond die zich ophield in de Berg van de Lege Grot. Daarop ging hij bij hem op bezoek, en sprak: 'Ik heb vernomen dat u, mijn meester, bent doorgedrongen tot de allerhoogste Tao. Graag zou ik van u de essentie van die allerhoogste Tao vernemen! Ik wil daaruit de essentie van het bestuur van het Hemelse Rijk halen, teneinde de landbouw te steunen, en zo mijn volk te voeden. Bovendien wil ik de yin- en yang-energieën kunnen regelen, tot nut van al wat leeft. Wat denkt u daarvan?'

'Wat jij wilt weten gaat over de materiële dingen, en wat jij wilt regelen zijn de uiterlijke manifestaties van de dingen. Sinds jij het rijk bestuurt, begint het al te regenen nog voordat de wolken zich verzameld hebben! De gewassen beginnen al te sterven nog voordat ze verdord zijn! De stralen van de zon en de maan maken de natuur hoe langer hoe schraler! Je bent in wezen een zwetsende mooiprater. Hoe kun je waardig zijn om met mij over de allerhoogste Tao te spreken?'

De Gele Keizer trok zich terug, deed afstand van de regering van het Hemelse Rijk, bouwde een apart vertrek en legde daar-

18 Citaat uit de *Daodejing*, hoofdstuk 19.

in een witte grasmat. Gedurende drie jaar verbleef hij daar om te mediteren.[19] Daarna ging hij zich opnieuw presenteren.

De Meester van Wijde Volkomenheid lag te rusten, zijn hoofd naar het zuiden gekeerd.[20] De Gele Keizer, komende van de meest onderdanige kant,[21] benaderde hem op zijn knieën. Na herhaaldelijk gebogen te hebben, vroeg hij: 'Ik heb vernomen dat u, mijn meester, bent doorgedrongen tot de allerhoogste Tao. Nu waag ik het u het volgende te vragen: hoe moet ik mijn eigen lichaam op orde brengen, opdat ik lang kan leven?'

Met een ruk richtte de Meester van Wijde Volkomenheid zich op, en zei: 'Een uitstekende vraag! Kom! Ik zal je de allerhoogste Tao duidelijk maken:

De essentie van de allerhoogste Tao
Is dieper dan diep, duister en nog eens duister!
De apex van de allerhoogste Tao
Is totaal chaotisch en zwijgzamer dan zwijgzaam.
Niets zien, niets horen,
Vasthouden aan je geest in stilte,
En je lichaam wordt vanzelf weer goed.[22]
Wees stil! Wees zuiver!
Mat je lichaam niet af,
Zweep je zaad niet op,[23]
Dan kun je langer leven.

Als de ogen niets zien, de oren niets horen, het hart niets weet,[24] dan zullen de goden je lichaam bewaren,[25] en kan het lichaam

19 De term die hier gebruikt wordt is *xianju*, letterlijk: 'verblijven in ledigheid'. *Xian* is 'ledigheid' in de betekenis van 'niets te doen hebben', maar dit op zichzelf waardevolle woord heeft echter bij ons een negatieve connotatie gekregen. De uitdrukking *xianju* heeft echter de verdere betekenis van 'mediteren', vergezeld met ascese, met het doel een verruiming van het bewustzijn te bewerkstelligen. Vergelijk bijvoorbeeld de passage in de *Xunzi*, hoofdstuk 21, over de transcendente functie van het *xianju*.

20 Rituele houding van degene die over de wereld regeert.

21 Dat wil zeggen: van het zuiden naar het noorden.

22 *Zheng*; letterlijk: 'recht', 'correct'.

23 *Jing*; letterlijk: 'essentie', dat wil zeggen: de seksuele energieën.

24 Dat wil zeggen: als de geest zich nergens meer van bewust is.

25 *Shen*; de goden binnen in het lichaam.

langer leven. Ga voorzichtig te werk met al het innerlijke, sluit je af voor al het uiterlijke; te veel weten brengt ondergang.[26] Ik zal je brengen naar wat zich boven het Grote Licht bevindt,[27] daar waar zich de oorsprong van het uiterste yang bevindt; en tevens zal ik je doen ingaan door de deur van de diepste duisternis, daar waar zich de oorsprong van het uiterste yin bevindt. Want:

Hemel en aarde hebben hun beambten,
Yin en yang hebben hun domeinen.[28]
Bewaar je lichaam voorzichtig,
En alle dingen worden vanzelf gezond.
Ik bewaar het Ene,
En daardoor blijf ik steeds in harmonie.

Zo verzorg ik mezelf al twaalfhonderd jaar, en nog nooit heeft mijn lichaam enige zwakte gekend.'

De Gele Keizer boog opnieuw, knielde neer, en sprak: 'Meester van Wijde Volkomenheid, u bent wat men noemt een goddelijk wezen!'[29]

'Kom!' zei de Meester van Wijde Volkomenheid, 'laat ik je nog dit zeggen: datgene waar ik over sprak is oneindig, hoewel de mensen allemaal denken dat het een einde heeft. Het is onpeilbaar, maar de mensen denken allemaal dat het een eindpunt heeft. Zij die mijn Tao verkrijgen, worden hier boven een Poolster en een koning hier beneden.[30] Zij die mijn Tao verliezen, worden een lichtflits hier boven en worden tot aarde hier beneden. Want al wat groeit en bloeit wordt uit de aarde geboren en keert weer tot de aarde terug. Daarom zal ik je nu gaan verlaten, om binnen

26 Weer in de betekenis van 'bewust zijn', dus 'aan te veel dingen tegelijk denken'.

27 Het Grote Licht (*daming*), dat wil zeggen: de zon.

28 In de zichzelf spontaan regelende kosmos is ieder ding en wezen bezield. In het taoïsme wordt deze bezielende kracht (bijvoorbeeld yin of yang) voorgesteld als een functionaris die de opdracht heeft zijn domein goed te beheren.

29 Letterlijk: 'U bent wat men noemt de hemel!' 'Hemel' (*tian*) heeft in deze periode de betekenis van 'hemelse god' en 'goddelijk opperwezen'.

30 Volgens de theologie van de Chinese oudheid was de opperheerser op aarde (de Zoon des Hemels) een incarnatie van de Poolster.

te gaan in de poort van het onuitputtelijke, om dan te gaan zwerven op de velden van het oneindige.

Mijn licht schijnt samen met de zon en de maan,
Met hemel en aarde blijf ik altijd bestaan.
Zij die mij naderen worden verlicht,
Zij die zich verre houden blijven in het duister.
Alle mensen zullen eens sterven,
Maar ik alleen zal blijven bestaan!'

IV

De Wolkenaanvoerder reisde eens naar het oosten en passeerde daar de takken van de Fuyao-boom.[31] Daar kwam hij ineens Wijde Weetniet tegen. Die was net bezig zich te vermaken door te huppelen als een musje en zich daarbij op de billen te slaan. De Wolkenaanvoerder stopte onmiddellijk, bleef stokstijf staan, en riep: 'Oude heer! Wie bent u? Wat doet u?'

Wijde Weetniet ging door met te huppelen als een musje en met zichzelf op de billen te slaan, en antwoordde: 'Ik amuseer me!'

'Ik zou u graag een vraag willen stellen,' zei de Wolkenaanvoerder.

Wijde Weetniet lichtte zijn hoofd op en keek naar boven naar de Wolkenaanvoerder, en riep: 'Ach!'

'De qi van de hemel is uit zijn doen, de qi van de aarde is helemaal verstopt, de zes energieën zijn uit hun evenwicht geraakt,[32] de vier jaargetijden zijn in de war. Mijn wens is nu de essentiële krachten van de zes energieën weer bij elkaar te voegen om al wat leeft te doen groeien. Hoe kan ik daarin slagen?' vroeg de Wolkenaanvoerder.

Al huppelend als een musje en zichzelf op de billen slaand liep

31 Dit is een allegorische vertelling. De Wolkenaanvoerder is de god van de wolken, en al drijvend door de lucht naar het oosten komt hij boven de Fuyao-boom. Het is aantrekkelijk om hierin een variant van de Fusang-boom te zien, de grote zonneboom uit de Chinese mythologie, die ook in het oosten stond.

32 De zes energieën zijn yin, yang, wind, regen, licht en donker.

Wijde Weetniet weg. Hij draaide zijn hoofd om, en riep: 'Ik weet het niet! Ik weet het niet!'

En zo bleef de Wolkenaanvoerder met zijn vraag zitten. Na drie jaar op zijn tocht naar het oosten passeerde hij het gebied van Song.[33] Daar kwam hij plotsklaps opnieuw Wijde Weetniet tegen. De Wolkenaanvoerder was zeer verheugd. Met snelle tred liep hij op hem toe, en riep: 'Hemelse meester, bent u me vergeten? Hemelse meester, bent u me vergeten?' Hij boog herhaaldelijk en knielde neer, en smeekte Wijde Weetniet zijn vragen te beantwoorden.

Wijde Weetniet sprak:

'Ik zwerf hier en daar,
Zonder te weten wat ik zoek.
Wild en ongebreideld
Weet ik niet waar ik ga.
Ik vermaak me, zonder doel,
En aanschouw daarmee het eindeloze.
Wat voor kennis kan ik dan bezitten?'

'Ik beschouw mezelf ook als wild en ongebreideld,' zei de Wolkenaanvoerder, 'maar het volk volgt me waar ik ook ga, en daar kan ik niets aan doen. Nu ben ik de steun van het volk geworden. Alstublieft, geef mij, al was het maar één woordje, goede raad.'

'Bederf de orde van de natuur,
Weerstreef de ware aard der dingen,
En het ondoorgrondelijk bestel van de hemel kan niet worden voltooid.[34]

33 Het Song-koninkrijk, waar Zhuang Zi ook zelf vandaan kwam.

34 Over de term *xuantian* die hier voorkomt bestaat veel onenigheid. De letterlijke betekenis 'de mysterieuze hemel' is de confucianistische literaten onaangenaam omdat dit een al te taoïstische term is. Daarom zijn er allerlei andere duidingen gevonden, zoals: 'de oerenergie van de natuur', enzovoort, maar dan kwam men altijd met het werkwoord 'voltooien' (*cheng*) in de knel. De enige werkelijk taoïstische commentator, Cheng Xuanying, is de tekst nog het meeste trouw, met de perifrase: 'De spontane transformatie kan zich niet voltooien.'

Dan worden de kuddes der dieren verstrooid,
Gaan de vogels allemaal 's nachts zingen,
Bomen en planten worden vernield;
Zelfs voor de insecten wordt het een ramp!
Helaas! Dat is de schuld van het bestuur van de mensen!'[35]

'Als dat zo is, wat moet ik dan doen?' vroeg de Wolkenaanvoerder.

'Ach! Dat wordt lastig! Je zou je tot dansende *xian* moeten bekeren!'[36] antwoordde Wijde Weetniet.

'Dan sta ik nu voor een hemelhoog probleem! Alstublieft, geef me nog één goede raad!'

'Ach! Voed je hart! Je hoeft alleen maar te blijven nietsdoen. Dan gaat alles vanzelf!

Laat lijf en ledematen wegvallen,
Spuug uit, je intelligentie,[37]
Vergeet de dingen en hun ordening,
In volledige eenheid met de diepe duisternis,
Bevrijd je hart, laat los je geest,
Er is niets meer, ook niet de ziel.
"De tienduizend dingen, hoe florissant ze ook zijn,
keren alle terug naar waar zij vandaan kwamen."[38]

Ja, ieder ding keert terug naar zijn wortels, maar geen geeft zich daarvan rekenschap. In deze toestand van chaos blijven ze hun

35 Deze laatste drie zinnen zijn bedoeld als illustratie van de voorafgaande waarschuwing dat de natuur en haar wetten moeten worden gerespecteerd.

36 Wijde Weetniet raadt de Wolkenaanvoerder aan om 'terug te keren' (*gui*), een werkwoord dat net zoals bij ons de betekenis van zich bekeren kan hebben. Het woord *xian*, de 'onsterfelijke' van het taoïsme, wordt hier op een eigenaardige manier gebruikt, tweemaal herhaald (*xianxian*) op de manier van de bijwoordelijke bepalingen die een bepaald poëtisch beeld uitdrukken. Het gaat dus om een terugkeer naar een *xian*-manier van doen. Bovendien wordt het karakter *xian* hier op een manier geschreven die ook 'dansen' kan betekenen. Wijde Weetniet is zelf ook een danser. Ik neem aan dat al deze ideeën hier een rol spelen.

37 Vergelijk hoofdstuk 4, paragraaf 1, over het vasten van het hart.

38 Citaat uit de *Daodejing*, hoofdstuk 16.

hele leven.[39] Als ze zich rekenschap zouden geven, dan zouden ze hun wortels verliezen. Vraag niet naar zijn naam, speur niet naar zijn hoedanigheden, want heus, alle dingen worden spontaan gegenereerd.'

'O hemelse meester, u hebt de deugd van de Tao op mij doen neerdalen, zwijgend hebt u me alles onthuld. Dat wat ik mijn hele leven heb gezocht, heb ik eindelijk vandaag gevonden!' Herhaaldelijk buigend en knielend nam de Wolkenaanvoerder afscheid, en vertrok.

V

De gewone mensen van deze tijd zijn er allemaal op gesteld dat de anderen net zo zijn als zijzelf, en ze hebben een hekel aan mensen die anders zijn. De reden daarvoor is dat zij hopen boven de massa uit te stijgen. Maar hoe zullen ze daar ooit in slagen? Proberen de massa zijn eigen zienswijze te doen accepteren weegt niet op tegen het massaal aanvaarden van de kennis van de massa.

Wanneer iemand begeert de staat van een ander over te nemen, dan is dat omdat die persoon vooral oog heeft voor de goede kant [van de regering] van de drie koningen,[40] en niet ziet wat dat allemaal voor narigheid met zich meebrengt. Zodoende neemt zo'n persoon het bestuur van een land nogal lichtzinnig op; en hoe zou die lichtzinnigheid tot iets anders kunnen leiden dan tot de vernietiging van die staat? Dat zo iemand in staat zou zijn dat land te behoeden is een kans van één op tienduizend. Dat hij daarentegen dat land tot een ruïne zal maken, dat is nog waarschijnlijker dan tienduizend tegen één. Hoe smartelijk dat degenen die de grond bezitten[41] zich daar geen rekenschap van geven!

Ja, zij die grond hebben, bezitten een groot ding. Als men een groot ding bezit, kan men niet handelen door middel van de dingen.[42] Dingen hebben maar ze niet tot dingen maken, daardoor is

39 Chaos (*hunhun dundun*); zolang de schepsels in een onwetende toestand blijven, kan de schepping zich spontaan ontwikkelen.

40 De grondleggers van de drie dynastieën.

41 Dat wil zeggen: de adel uit die tijd.

men in staat om een ding met de andere dingen te zijn. Dus is het duidelijk dat datgene wat ons en anderen tot dingen maakt zelf geen ding is.[43] Hoe zou alles alleen maar draaien om het bestuur van het rijk en zijn volken? Trek vrijelijk binnen en buiten de zes polen,[44] zwerf door de negen regionen, ga alleen, kom alleen. De mens die alleen van zichzelf is, is de edelste van allen.

VI

Wat de grote mens[45] ons leert is als de schaduw met betrekking tot de vorm, als de echo met betrekking tot de stem. Vraag en u krijgt antwoord. Met zijn diepste gevoel begeleidt hij de noden van de hele wereld. Hij verblijft zonder echo op te wekken.[46] Hij gaat zonder richting te kiezen. Hij leidt u weg uit de steeds heen en weer gaande rusteloze kringloop, om met u te gaan zwerven in het oneindige. Hij komt en gaat zonder hindernissen, als de zon vernieuwt hij zich dag na dag, zijn voorkomen en zijn lichaam zijn in volkomen harmonie met de grote gelijkheid. In de grote gelijkheid is er geen 'ik'; zonder 'ik', hoe kan men iets wat men 'zijn' noemt zijn? Hij die het 'zijn' aanschouwt is de heer van voorheen. Hij die het 'niet-zijn' aanschouwt is de vriend van hemel en aarde.[47]

42 Maar men moet boven het materiële uitstijgen en de dingen niet voor eigen doeleinden gebruiken.

43 Niet mensen of goden maken en besturen de wereld, maar de Tao, en die is niet een 'ding', dat wil zeggen, een fenomeen.

44 Hemel, aarde en de vier windrichtingen, dat wil zeggen: het heelal.

45 *Daren*; naast de al eerder genoemde 'allerhoogste mens', 'ware mens' enzovoort, is ook dit een benaming voor degene die de Tao bereikt heeft.

46 Dat wil zeggen: in volkomen stilte.

47 Deze passage bouwt voort op de Innerlijke geschriften. Over de relatie tussen het bewustzijn van het 'ik' en het 'zijn', zie hoofdstuk 2. Het verliezen van het besef van de eigen identiteit door de ascese van de Tao is een thema in de beroemde passage over het vasten van het hart in hoofdstuk 4, paragraaf 1. De laatste twee zinnen gaan terug op het eerste hoofdstuk van de *Daodejing*. In de gangbare uitgaven van de *Zhuangzi* wordt deze passage gevolgd door een korte laatconfucianistische interpolatie zonder verband met de gedachtewereld van de *Zhuangzi*. Daarom wordt deze interpolatie hier niet vertaald.

HOOFDSTUK 12

Hemel en aarde

I

Hemel en aarde zijn weliswaar groot, maar hun veranderingen zijn hetzelfde.[1] De tienduizend dingen zijn weliswaar zeer talrijk, maar ze volgen een en hetzelfde principe.[2] Er zijn grote massa's mensen, maar aan hun hoofd staat altijd een heerser. De oorsprong van een heerser zijn ligt in de deugd, en het uiteindelijk slagen van zijn werk ligt in de hemel. Daarom, wanneer er gezegd wordt dat zij die in de hoge oudheid het Hemelse Rijk bestuurden dat deden volgens het principe van het nietsdoen, dan bedoelt men daarmee de hemelse deugd, en niets anders.[3]

Als men de taal vanuit het oogpunt van de Tao beschouwt, dan worden alle namen in de wereld correct.[4] Als men de standen vanuit het oogpunt van de Tao beschouwt, dan wordt de rechtvaardigheid van de scheiding tussen heren en dienaren duidelijk. Als men de bekwaamheden vanuit het oogpunt van de Tao beschouwt, dan zullen de beambten het rijk goed besturen. En als men vanuit het oogpunt van de Tao alles globaal beschouwt, dan zullen de tienduizend dingen ook voltallig reageren op zijn invloed.

Door de Tao communiceren we met de hemel, door de deugd volgen we het goede spoor op de aarde, door rechtvaardigheid

1 Dat wil zeggen: ze hebben dezelfde natuurlijke en spontane wetmatigheid.

2 Namelijk dat van de kosmische evolutie van yin en yang.

3 Dit is de kritische overgang in het betoog: een taoïstisch principe, het 'nietsdoen', wordt gelijkgeschakeld met een confucianistisch concept, de hemelse deugd. Van hier kan de auteur dus verdergaan met het assimileren van ideeën uit beide tradities, met als doel de rehabilitatie van het confucianisme.

4 De 'correctheid van namen' is een van de fundamentele leerstellingen van het confucianisme.

gaan we goed om met de tienduizend dingen, door dienstbaarheid besturen de leiders het volk, door techniek wordt vakkundigheid tot kunst. Techniek gaat samen met dienstbaarheid, dienstbaarheid met rechtvaardigheid, rechtvaardigheid met deugd, deugd met de Tao en de Tao met de hemel. Daarom is gezegd:

'Toen die van vroeger het rijk bestierden
Waren zij zonder begeerte, en de hele wereld had genoeg;
Zonder handelen veranderden de dingen spontaan;
Door hun diepe stilte kwamen de honderd families[5] tot rust.'

En in de 'Aantekeningen' staat:

'Dring door tot het Ene, en alle dingen zijn volbracht;
Wees zonder opzettelijkheid, en goden en voorouders zullen zich aan u onderwerpen.'[6]

II

De Meester[7] sprak: 'Voorwaar, de tienduizend dingen worden door de Tao overkoepeld en gedragen.[8] Groot is hij, als de oceaan der oceanen! Een edelman moet dus wel zijn hart voor de Tao openen.

Doen door nietsdoen, dat noemen we "des hemels".[9] Iets zeggen door nietsdoen kunnen we beschouwen als "deugd". De

5 *Baixing*; het Chinese volk.

6 Het is niet duidelijk welk werk met deze 'Aantekeningen' bedoeld wordt.

7 Hoewel de benaming 'de Meester' (*fuzi*) ook wel voor Lao Zi en zelfs voor Zhuang Zi gebruikt wordt, is het hier duidelijk Confucius die aan het woord is. De hele terminologie van de tekst (e.g. 'de edelman', 'medemenselijkheid', hier in de positieve zin gebruikt, enzovoort) maakt dat dit bedoeld is als een confucianistische tekst die tracht een brug te slaan naar het taoïsme.

8 De termen 'overkoepelen' en 'dragen' worden traditioneel in het Chinese denken gebruikt om de rollen van hemel en aarde te beschrijven.

9 In het confucianisme van de laatklassieke periode stond de term 'hemel' zo ongeveer gelijk met ons 'opperwezen'. In deze context is het niet te ver gezocht om het 'nietsdoen' als een attribuut van het opperwezen te zien.

medemens liefhebben en de schepping ten dienste zijn, dat noemen we "medemenselijkheid". Zich gelijk stellen met hen die niet gelijk zijn noemen we "groothartig". Zich gedragen zonder buitensporigheid noemen we "ruim". Tienduizend verschillende soorten bezitten, dat noemen we "rijk".[10] Voorts wordt het vasthouden aan de deugd "de richtlijn" genoemd, het vervolmaken "de bevestiging", het volgen van de Tao "de volledigheid", en het niet door de dingen zich van zijn doel laten afbrengen heet "de voltooiing". Als een edelman deze tien definities begrijpt, dan is wat hij doet in de grootsheid van zijn hart waarlijk geweldig, en de mate waarin hij de vrijheid van alle schepsels bevordert waarlijk buitengewoon.

Wie dat heeft bereikt, laat het goud liggen in de bergen, de parels in de zee, zoekt geen profijt in de handel, gaat niet om met adellijke of rijke lieden. Zo een iemand verheugt zich niet wanneer hij lang leeft, en klaagt niet als hij vroegtijdig komt te sterven. Hij acht succes geen reden voor faam, noch vindt hij armoede beschamend. Hij zal nooit de winst van iedereen als zijn eigen persoonlijke deel beschouwen, noch zal hij koning zijn over het rijk zien als zijn eigen verworvenheid. Zijn verworvenheid ligt in zijn verlicht besef dat de tienduizend dingen alle één huis delen, en dat leven en dood in wezen hetzelfde zijn.'

III

De Meester sprak: 'De Tao! Diep is zijn woonplaats! Rein is zijn schoonheid! Zonder hem kunnen klokken en klankstenen niet klinken.[11] Wie, zo niet hij, zal de tienduizend dingen hun plaats geven?

Wie die koninklijke deugd bezit, zal met eenvoud alles doen en zich schamen zich indringend met zaken bezig te houden. Door steeds zijn positie in relatie tot het fundamentele te bepalen, zal

10 De rijkdom van de natuur.

11 De chromatische klokken en klankstenen waren de belangrijkste rituele muziekinstrumenten bij de offerdiensten in het oude China. Hierna volgt in de tekst een zin die luidt: 'Het geluid dat klokken en klankstenen maken wordt veroorzaakt door erop te slaan.' Dit is kennelijk een stukje oud commentaar dat in de tekst is geslopen.

zijn wijsheid evenredig zijn aan die van de goden. Daarom, in zijn alomvattende deugd richt zijn aandacht zich slechts dan naar buiten wanneer deze door dingen opgeëist wordt. Want een lichaam kan niet leven zonder de Tao, en het leven kan niet bloeien zonder de deugd. Het lichaam bewaren, het leven ten volle leven, de deugd een vaste plaats geven en de Tao doen stralen, is dat alles niet de koninklijke deugd? Hoe machtig! Onverwachts breekt hij uit! Onstuimig beweegt hij zich, en de tienduizend dingen volgen hem! Zo is degene die de koninklijke deugd bezit.

Zie! Duisterder dan duister. Hoor! Geen enkel geluid. Juist in de diepste duisternis zal de dageraad verschijnen. Juist in de grootste stilte zullen harmonieuze tonen zich doen horen. In het diepste van het diepe bevindt zich een wezen. In het heiligste van het heilige bevindt zich het zaad,[12] en hierdoor bestaat de verbintenis van hem met de tienduizend dingen.[13] In zijn volstrekte leegheid voorziet hij in de behoeften van allen; in hun tijdgebonden gejacht verstrekt hij de nodige rust.'[14]

IV

De Gele Keizer reisde eens ten noorden van het Rode Water. Daar beklom hij de Kunlun-berg om ver uit te kijken in de zuidelijke richting.[15] Bij zijn terugkeer had hij zijn duistere parel verloren. Hij liet Kennis ernaar zoeken, maar deze vond hem niet. Hij vroeg Li Zhu[16] ernaar te zoeken, maar dat was eveneens vergeefs. De

12 Deze beschrijving van de hoedanigheden van de Tao gaat terug op hoofdstuk 21 van de *Daodejing*.

13 Dit is de grondslag van de belangrijke 'wet van overeenkomsten', volgens welke alle schepsels met elkaar in verbinding staan.

14 Deze laatste zin is vrijwel onvertaalbaar. Hierna volgen nog zes karakters, zonder relatie met het voorafgaande. Het is duidelijk dat de tekst hier corrupt is.

15 Deze allegorische vertelling is sterk symbolisch. Het Rode Water en de Kunlun-berg komen beide voort uit de Chinese mythologie, en wel uit de legende van koning Mu van de Zhou-dynastie, die een bezoek bracht aan de godin Xiwangmu op de Kunlun-berg, en met haar het feestmaal van de onsterfelijkheid nuttigde. De vertelling hier wordt in eenzelfde context geplaatst, en de Gele Keizer, na de berg van de goden bereikt te hebben, kijkt naar het zuiden over de aarde, als teken dat hij deze bezit en erover regeert. Door deze autoritaire daad verliest hij de Tao, gesymboliseerd als de duistere parel.

Redenaar moest ernaar zoeken, maar vond hem ook niet. Toen liet hij Beeldloos[17] ernaar zoeken, en die vond hem. 'Wat vreemd!' zei de Gele Keizer, 'dat Beeldloos degene was die hem kon vinden!'

V

De meester van Yao was Xu You.[18] De meester van Xu You was Tandeloos, en diens meester was Prinsenkind. Prinsenkinds meester was Kazuifel.

Yao vroeg eens aan Xu You: 'Denk je dat Tandeloos een metgezel van de hemel[19] zou kunnen zijn? Ik heb aan Prinsenkind gevraagd om hem uit te nodigen mijn plaats in te nemen.'

'Gevaarlijk! Erg gevaarlijk voor het Hemelse Rijk!' zei Xu You. 'Als mens is Tandeloos gezegend met een buitengewoon goed verstand en een grote wijsheid; hij heeft een weergaloos vlugge intelligentie en hij is van nature begaafder dan anderen. Om die reden heeft hij als mens de hemel verzaakt. Hij weet overtredingen te verbieden, maar weet niet waar overtredingen vandaan komen.[20] Wilt u hem de plaats van metgezel van de hemel geven? Dan zou hij integendeel zijn menselijke ideeën gebruiken en de hemel verwaarlozen. Bovendien beziet hij alles vanuit het standpunt van zijn eigen persoon, en zondert zich af van de massa. Hij schat zijn eigen wijsheid hoog in, en maakt zich overal razend druk om. Dat zal maken dat hij zich overal mee bezig gaat houden, dat hij door allerlei dingen in beslag wordt genomen, in alle richtingen reacties gaat opwekken, zich voor het welzijn van de massa gaat inzetten, om dan ten slotte nooit te beginnen aan een

16 De man met de scherpe blik.

17 Een allegorische benaming voor de oerchaos.

18 Yao is het schoolvoorbeeld van de volmaakte vorst, Xu You is het archetype van de taoïstische onsterfelijke. Hun ontmoeting is het onderwerp van de anekdote in hoofdstuk 1, paragraaf II. De andere personen in de huidige passage zijn ook allen bekend uit de Innerlijke geschriften.

19 De vertegenwoordiger van de hemel op aarde, dat wil zeggen de Zoon des Hemels, koning van het Hemelse Rijk.

20 Hij weet door strafwetten toe te passen overtredingen te beperken, maar is zich niet bewust van het feit dat die juist door een overgrote slimheid worden veroorzaakt.

duurzame verhouding tot de spontane verandering der dingen.[21] Hoe zou hij aan de eisen voldoen om metgezel van de hemel te worden!

Dit daargelaten is het juist dat hij uit een grote familie komt en illustere voorvaderen bezit, en dat hij dus een vader van een massa mensen zal zijn. Maar hij zal nooit een vader van de vaders van de massa's zijn. Zo'n bestuur leidt tot wanorde, en betekent rampspoed voor hen die zich naar het noorden keren, en onheil voor hem die naar het zuiden gewend zit.'[22]

VI

Yao inspecteerde het land van Hua.[23] De grenswachter van Hua riep hem toe: 'Ohé, een wijze man! Wijze man, ik wens je veel goeds! Dat je lang mag leven!'

'Nee dank je!' zei Yao.

'Dat je rijk mag worden!'

'Nee dank je!'

'Dat je veel zonen zult krijgen!'

'Nee dank je!'

'Lang leven, rijkdom en veel zonen, dat is toch wat iedereen begeert? Waarom wil jij dat nou uitgerekend niet?'

'Veel zonen betekent veel zorgen; rijkdom brengt veel rompslomp met zich mee; hoge ouderdom betekent veel vernederingen. Bovendien zijn geen van deze drie van belang voor het cultiveren van de deugd. Daarom bedank ik ervoor.'

'Hé, eerst dacht ik dat je een wijze man was, maar nu uit je je als een heer van stand![24] De hemel heeft alle volken geschapen, en heeft daarom ook een emplooi voor ieder mens. Als je veel zonen hebt, dan geef je aan ieder van hen wat te doen. Waarom zou je

21 Over het concept van de 'verandering der dingen', zie hoofdstuk 2, paragraaf VIII, en hoofdstuk 6, paragraaf I.

22 Dat wil zeggen: de vorst, de koning.

23 Dit land zou in het noorden van de huidige provincie Shaanxi gelegen hebben.

24 De wijze man is Confucius of een met hem vergelijkbaar persoon. De 'edelman' of 'heer van stand' is daar een graad onder, de nette heer die de leer van de wijze man toepast in zijn leven.

je dan nog zorgen maken? Als je veel rijkdom hebt en je deelt die met anderen, wat is er dan nog voor rompslomp? Een wijs mens leeft als een kwartel,[25] hij eet als een jong musje, hij verplaatst zich als een vogel, zonder sporen na te laten. Als het rijk volgens de Tao geregeerd wordt, dan bloeit hij tezamen met alle dingen. Als het rijk niet volgens de Tao wordt beheerd, dan cultiveert hij zijn eigen deugd en zoekt de rust op, en als hij na duizend jaar genoeg van de wereld heeft, dan vertrekt hij en stijgt op naar de onsterfelijken. Rijdend op zo'n witte wolk gaat hij naar het land van de voorvader. Geen van de drie plagen[26] kan hem kwellen, hij kent nimmer enig gevaar. Wat voor vernederingen kan hij ondergaan?'

Hierop ging de grenswachter ervandoor. Yao liep hem achterna, en riep: 'Ik wil u wat vragen!'

'Scheer je weg!' zei de grenswachter.

VII

Ten tijde dat Yao het rijk bestuurde werd Bocheng Zigao[27] in de adelstand verheven. Yao droeg zijn koningschap over aan Shun, en Shun aan Yu. Op dat moment deed Bocheng Zigao afstand van zijn titel en werd landbouwer. Yu ging hem opzoeken toen hij juist bezig was met ploegen. Yu haastte zich naar de meest onderdanige kant, bleef daar staan, en vroeg: 'In het verleden, toen Yao over het rijk regeerde, werd u, mijn meester, verheven in de adelstand. Yao droeg zijn koningschap over aan Shun, en Shun aan mij. Op dat moment hebt u afstand gedaan van uw titel en bent u landbouwer geworden. Mag ik u vragen waarom u dat hebt gedaan?'

'Toen Yao nog koning was waren er geen beloningen, en toch zette het volk zich in. Er waren geen straffen, en toch had het volk respect. Nu ben jij gebruik gaan maken van beloningen en bestraffingen, en als gevolg is er bij het volk geen medemenselijk-

25 Dat wil zeggen: hij is erg schuw.

26 Ziekte, ouderdom en dood.

27 Het is mogelijk dat de naam van deze figuur uit de taoïstische legende een woordspeling bevat: Bocheng zou zoiets kunnen betekenen als 'de volmaakte markies' en Zigao duidt ook op een hoogstaand iemand.

heid meer. Vanaf dat moment is de deugd steeds zwakker geworden en zijn er lijfstraffen ingesteld. De wanorde die er bij de latere geslachten zal heersen is hiermee begonnen. Waarom ga je niet weg? Stoor me niet in m'n werk!' zei Bocheng Zigao. Daarop boog hij zijn hoofd en ging door met ploegen, zonder om te kijken.

VIII

In het allereerste begin was er het niet-zijn;[28]
In dat niet-zijn was er het zonder-naam.[29]
Dit was de oorsprong van het Ene.
Toen was er dit Ene, maar nog zonder vorm.
Toen ontving dit ene ding[30] de kracht om leven te geven.
Dit is wat de deugd genoemd wordt.
In dat wat nog zonder vorm was ontstonden verschillen;
Doch het bleef een geheel, zonder ruimte ertussen.[31]
Dat is wat het lot genoemd wordt.[32]
In een stromende beweging werden de dingen geboren.[33]
Door de vervolmaking der dingen ontstond de ordening.
Dat is wat het lichaam genoemd wordt.
Het gevormde lichaam behield een god.[34]
Iedere god heeft zijn eigen ritueel.
Dat is wat de ingeboren natuur genoemd wordt.[35]

28 *Wu* is de negatie van *you*, 'er is', en betekent daarom 'er is niet'.
29 Vergelijk de *Daodejing*, hoofdstuk 1: 'Zonder naam is het begin van hemel en aarde' (*wuming tiandi zhi shi*).
30 Vergelijk de *Daodejing*, hoofdstuk 25: 'Er was een ding, chaotisch en toch vervolmaakt, geboren voordat de hemel en de aarde bestonden' (*you wu huncheng xian tiandi sheng*).
31 Alle dingen bestonden virtueel in de oerchaos.
32 Elk ding ontving zijn levensopdracht voordat het uit de chaos (het eerste en ene 'ding') geboren werd. Deze opdracht komt overeen met de 'naam' (*ming*), een woord dat semantisch verbonden is met *ming*, 'opdracht', 'lot'. Dit stadium in de wordingsgeschiedenis van het heelal is dat wat in hoofdstuk 1 van de *Daodejing* met 'dat wat naam heeft is de moeder der tienduizend dingen' (*you ming wanwu zhi mu*) wordt bedoeld.
33 Onder de invloed van de Tao, de kosmische structuur van de cyclische tijd, zet de oerchaos zich in beweging. De 'dingen' (fenomenen) worden door deze beweging in een centrifugale dynamiek een voor een uit de chaos afgescheiden.
34 Bij de schepping ontving elk lichaam een goddelijke, transcendentale, kracht.
35 Volgens het confucianisme beantwoorden de riten aan onze ingeboren natuur.

Als de ingeboren natuur goed gecultiveerd wordt, vindt zij de deugd weer.[36]
Het hoogtepunt van de deugd is de eenwording met het begin,
De eenwording met de leegte.
In de leegte vind je het grote.[37]
Tjirp en kwinkeleer samen,
En in dit samen tjirpen en kwinkeleren
Kom je samen met hemel en aarde.
Dit samenzijn is o zo knus,
Net alsof je onnozel en doezelig was.
Dit is wat de mysterieuze deugd genoemd wordt:
Die meegaat met de grote stroming.[38]

IX

De Meester vroeg aan Oude Langoor:[39] 'Er zijn mensen die een Tao hebben ontwikkeld die schijnbaar uit tegenstrijdigheden bestaat. Ze zeggen dat dingen kunnen die niet kunnen, en dat dingen zo zijn die niet zo zijn. De sofisten beweren dat het verschil tussen "hard" en "wit" zo helder is als de hemel. Kun je zo iemand als een wijs man beschouwen?'

'Zo iemand behoort tot het soort dat zijn lichaam uitput en zijn geest afmat zoals een bedreven dansmeester of een handige wichelaar dat doet,' zei Oude Langoor. 'Het is de mooie vacht van de luipaard die maakt dat de jager op hem afkomt, en het is de slimheid van het aapje die hem op een stokje doet belanden![40]

36 Of de ingeboren natuur bij de geboorte fundamenteel goed of slecht is, was een vraag die de Chinese filosofie in de tijd dat dit stuk geschreven werd ten zeerste bezighield. Hier gaat de auteur er kennelijk van uit dat de ingeboren natuur verbetering behoeft.

37 Dat is: de Tao. Vergelijk de *Daodejing*, hoofdstuk 25: 'de bijnaam van de Tao is Groot' (*qiang wei zhi ming yue da*).

38 Deze buitengewone tekst beschrijft de taoïstische meditatie als een geestelijke herbeleving van de schepping en een terugkeer naar de oorsprong. Hij volgt daarbij de leer zoals die staat uitgelegd in de *Daodejing*.

39 Hier weer een samenspraak tussen Confucius en Lao Zi.

40 Deze hele passage is overgenomen uit hoofdstuk 7, paragraaf IV.

Qiu![41] Ik zal je nu vertellen wat je tot nu toe niet hebt gehoord en niet hebt gezegd. Er zijn massa's mensen die een hoofd en voeten hebben en desondanks nooit ergens over nadenken en nooit iets geleerd hebben. Maar er is absoluut niemand die een lichaam heeft en met het lichaamloze en vormloze tezamen kan blijven bestaan. Activiteiten, levensloop, succes of mislukking, al dat wordt heus niet door de Tao bewerkstelligd, maar wordt gedaan door de mens zelf. De relatie tot de dingen vergeten, de relatie tot de hemel vergeten, dat heet "zichzelf vergeten". De mens die zichzelf vergeet, van hem kan gezegd worden dat hij de hemel is binnengegaan.'

X

Jianglü Mian ging op bezoek bij Ji Che,[42] en zei: 'De heer van Lu riep me, en zei: "Mian! Onderricht me alsjeblieft!" Ik wilde voor die eer bedanken, maar dat werd niet toegestaan, en dus heb ik maar tot hem gesproken. Ik weet niet of het juist was of niet. Sta me toe het nog eens aan je voor te leggen.

Ik zei dus tegen de heer van Lu: "U moet altijd respect en beheersing tonen, eerlijke en loyale mensen bevorderen en geen persoonlijke voorkeur tonen. Wie onder uw onderdanen zou dan nog wagen ongehoorzaam te zijn?"'

Ji Che barstte in lachen uit, en zei: 'Voorzover het hier gaat om de deugd die nodig is om koning en vorst te zijn, zijn die woorden van jou te vergelijken met een bidsprinkhaan die woedend met zijn poten zwaait om een kar tegen te houden! Met andere woorden: volstrekt niet opgewassen tegen de taak! Stel je voor dat hij je raad opvolgde. Dan zou hij zichzelf in gevaar brengen, op dezelfde manier als wanneer hij allerlei mooie dingen zou uitstallen op de torens en terrassen van zijn paleis. Dan zouden er ook hele drommen mensen op afkomen!'[43]

41 De voornaam van Confucius. Het feit dat Lao Zi hem zo aanspreekt duidt erop dat Confucius zijn leerling is.

42 Beide heren zijn verder onbekend.

43 Om hem te bestelen.

Jianglü Mian, zeer geschokt, vroeg angstig: 'Ik, Mian, ben verbijsterd door je woorden! Toch zou ik graag willen dat je me de juiste traditie vertelde.'

'Wanneer een grote wijze over de wereld regeert, dan laat hij de harten van zijn volk vrij en onbekommerd, en maakt dat tot zijn volmaakte leer om de zeden te veranderen. Om een volslagen einde aan hun misdadige aard te maken, bevordert hij bij allen het individuele karakter. Zo is het alsof ze het zelf doen vanuit hun eigen ingeboren natuur, en weten de mensen uit het volk niet waarom ze het doen. In dat geval, denk je dan heus dat hij Yao en Shun zou beschouwen als zijn oudere broeders wat betreft het onderwijzen van het volk, of, eerder, spontaanweg als zijn jongere broertjes? Hij wil alleen maar zijn geest laten rusten in volle verbondenheid met de deugd.'

XI

Zigong maakte eens een reis naar het zuiden, in het land van Chu.[44] Bij zijn terugkeer via Jin kwam hij langs de zuidelijke oever van de Han-rivier.[45] Daar zag hij een oude kerel die net bezig was zijn moestuin te beplanten. Hij had een tunnel gegraven naar het water in zijn put, en met een kruik in z'n armen kwam hij daar uit om de tuin te besproeien. Met een klokkend geluid stroomde het water eruit. Hij gebruikte erg veel energie voor een mager resultaat.

Zigong zei tot hem: 'Er bestaat een soort machine voor dit werk, die in een dag wel honderd moestuinen kan besproeien. Je hebt er maar weinig krachtsinspanning voor nodig, maar ze heeft veel effect. Mijn goede man, zou je die niet willen hebben?'

De tuinman keek op naar Zigong, en zei: 'En wat is dat dan?'

44 Een van de meest vooraanstaande discipelen van Confucius, met zijn volle naam genoemd Duanmu Ci, geboren in 520 voor onze jaartelling. Hij was een handelaar, vandaar dat hij veel op reis was. Chu was de meest zuidelijke staat van het oude China, gelegen tussen de huidige provincies Anhui en Hunan.

45 Jin is een andere belangrijke deelstaat, die noordelijk van Chu lag, op het gebied van de huidige provincies Henan en Shanxi. De Han-rivier stroomt van het noordoosten tot het zuiden van de provincie Hubei, op het vroegere grondgebied van Chu.

'Je neemt een stuk hout, daar boor je gaten in, en daar maak je een constructie van die van achteren zwaar is en licht van voren, en zo kun je water naar boven halen alsof je het uit [de put] trok, zo vlug gutst het eruit. Men noemt dat een putgalg.'

De tuinman kreeg een kleur van woede, en zei met een lach: 'Mijn meester heeft mij geleerd dat daar waar machines zijn, je ook beslist zorgen met machines krijgt. En daar waar zorgen met machines zijn, krijg je ook noodzakelijkerwijs een machinehart. Als er eenmaal zo'n machinehart in je boezem zit, dan is het daar gedaan met het zuiver witte licht.[46] Zo raakt onze goddelijke aard ontredderd, en als gevolg daarvan wordt deze dan niet meer door de Tao gesteund. Het is niet dat ik die machine niet ken, maar ik zou me schamen om haar te gebruiken. Daarom doe ik het niet.'

Met een schaamrood gezicht liet Zigong zijn hoofd hangen en antwoordde niet.

Na een poosje vroeg de tuinman: 'Wat doe je eigenlijk?'

'Ik ben een discipel van Confucius,'[47] zei Zigong.

'Je bent toch niet een van die geleerde personen die de wijzen willen nadoen, die zich met mooie woorden boven de massa willen stellen en die in hun eentje op hun snaren tokkelen en daarbij melancholieke liederen zingen om zich een reputatie in de wereld te verschaffen?[48] Als je nu eens je ambities kon vergeten en je lijf opzij kon leggen, dan zou je er dichtbij zijn![49] Je bent niet in staat je eigen lichaam te besturen, dus hoe zou je nog tijd overhebben om het Hemelse Rijk te besturen? Maak dat je wegkomt! Stoor me niet in m'n werk!'

Zigong, beschaamd, werd bleek in zijn gezicht. Terneergeslagen bleef hij in zichzelf verloren. Pas na dertig mijl te hebben afgelegd begon hij zich weer beter te voelen. Zijn discipelen vroegen hem: 'Die man van daarnet, wie was dat? Hoe komt het dat u, meester, nadat u hem gezien had, van uitdrukking en gelaatskleur bent veranderd en de hele dag uit uw doen bent geweest?'

46 De innerlijke visie van wit licht is in vele mystieke tradities een teken van een grote geestelijke verworvenheid.

47 De tekst heeft Kong Qiu.

48 Een toespeling op Confucius.

49 Bij de Tao.

'Aanvankelijk dacht ik dat mijn meester de enige ware was in de hele wereld, en ik wist niet dat er ook nog deze persoon was. Ik leerde van mijn meester dat de Tao van de wijzen erin bestaat om in zaken altijd de gulden middenweg te zoeken, in je taken te werken voor succes, en dat het erom gaat om door een minimum aan inspanning een zo groot mogelijk effect te behalen. Maar nu zie ik dat dit niet zo is. Wie vasthoudt aan de Tao, houdt zijn deugd intact. Wiens deugd intact is, houdt zijn lichaam heel.[50] Degene die een heel lichaam bezit, diens innerlijke goden zijn eveneens voltallig. De goden van het lichaam voltallig houden, dat is de Tao van de wijzen. Hij laat zijn leven meegaan met dat van het volk zonder te weten waarheen het leidt. Ja, groots is hij in de volledige zuiverheid van zijn bestaan! Alle ideeën van roem, profijt, gelegenheid en slimheid zijn uit zijn hart verdwenen. Iemand zoals hij zal nooit ergens heen gaan of iets doen dat indruist tegen zijn karakter en zijn hart. Ook al zou je hem de hele wereld tot beloning geven en hem in alles gehoorzamen, hij zou er trots niet naar omkijken. En ook al zou je de hele wereld tegen hem keren en hem alles weigeren, hij zou onverschillig blijven en zich er niets van aantrekken. Niet warm of koud worden van de beloningen of de verwerpingen van de wereld, dat pas is iemand die op een totale deugd kan bogen! In vergelijking met hem mag ik tot de lieden van de stormachtige golven gerekend worden.'[51]

Teruggekeerd in Lu vertelde hij alles aan Confucius. Deze zei: 'Hij is iemand die zijn kunst aan Heer Chaos heeft ontleend en die beoefent.[52] Hij onderkent het Ene, en weet niet van tweeslachtigheid. Hij bestuurt wat in hem is, en veronachtzaamt al het uiterlijke. Waarlijk, hij begrijpt de grote eenvoud, het nietsdoen, de terugkeer naar het onbehouwen blok. Hij incarneert zijn eigen aard en houdt vast aan zijn innerlijke goden, en zo zwerft hij in

50 Door alle uitspattingen te vermijden.

51 Zigong heeft nog geen innerlijke rust gevonden.

52 De 'kunst van Heer Chaos' is een poëtische benaming voor de kunst van de Tao, zoals die ook elders in de *Zhuangzi* genoemd wordt, onder meer in hoofdstuk 33. Het woord *jia* is hier een werkwoord en betekent 'ontlenen'. Door een fout van de vroege commentator Guo Xiang wordt dit woord bijna altijd als een bijwoord opgevat, met de betekenis 'valselijk'. Hiermee gaat de hele strekking van het verhaal verloren.

de wereld van de gewone mensen. Geen wonder dat je verbaasd was! Bovendien, de kunst van Heer Chaos, hoe zouden jij en ik waardig zijn om die te mogen kennen!'

XII

Simpele Mist ging eens oostwaarts naar de Grote Plas.[53] Op de kust van de Oostzee kwam hij toevallig Wervelwind tegen.

'Waar ga jij naar toe?' vroeg Wervelwind.

'Ik ben op weg naar de Grote Plas.'

'Wat ga je daar doen?'

'De Grote Plas is iets dat, ook al giet je er nog zo veel bij, nooit vol wordt; en ook al schep je er nog zo veel uit, niet leeg wordt. Ik ga me daar vermaken.'

'Goede meester! Heb je dan geen aandacht voor ons gewone spleetogen?[54] Zeg me alsjeblieft: wat is het bestuur van de wijze?'

'Het bestuur van de wijze?' vroeg Simpele Mist. 'Bij het aanstellen van beambten verliest hij niet uit het oog wat gevoegelijk is; bij het geven van opdrachten let hij op de bekwaamheden; pas nadat alle omstandigheden volledig in aanmerking zijn genomen gaat hij over tot handelen; zijn daden en woorden zijn zo vanzelfsprekend dat de wereld spontaan verandert; hij hoeft maar een handgebaar te maken of zijn oog ergens op te richten, en het volk stroomt uit alle windrichtingen voltallig naar hem toe. Dit is het bestuur van de wijze.'

'En de mens van deugd?'

'De mens van deugd vertoeft zonder te denken, handelt zonder te overwegen, hij rekent niet met juist of onjuist, noch met mooi of lelijk. Goed doen aan allen binnen de vier wereldzeeën geeft hem vreugde; alles delen met hen geeft hem vrede. Zonder hem is

53 In deze allegorie is de hoofdpersoon een zekere Zhunmang. Het woord *mang* is in dit gedeelte van de *Zhuangzi* herhaaldelijk voorgekomen in de betekenis van 'duister', 'nevelachtig' en 'vaag'. Aangezien de allegorie over natuurfenomenen gaat, heb ik 'mist' gekozen. De Grote Plas is de wereldzee, die natuurlijk vanuit Noord-China het snelst te bereiken was aan de oostkust.

54 *Hengmu zhi min*; letterlijk: 'het volk met de horizontale ogen', een uitdrukking die benadrukt dat Chinese mensen geen ronde maar horizontale spleetogen hebben.

het volk angstig als een klein kind dat zijn moeder heeft verloren, en verbijsterd als een reiziger die de weg kwijt is geraakt. Zij hebben een overvloed aan rijkdom zonder te weten waar die vandaan komt; hun eten en drinken is meer dan voldoende, maar zij geven zich geen rekenschap van de oorsprong. Dit is de gestalte van de mens van deugd.'

'En de goddelijke mens?'

'Zijn geest rijdt op een straal van licht,
Verdwenen is zijn aardse vorm;
Dit wordt genoemd de weidse uitstraling.
Met het hoogste mandaat neemt zijn eigen aard een einde.
Hemel en aarde zijn verheugd; de tienduizend zorgen zijn verdwenen,
De gehele schepping keert terug tot haar oorspronkelijke natuur;
Dit wordt genoemd het verdwijnen in de chaos.'

XIII

Men Wugui en Chizhang Manji observeerden het leger van koning Wu.[55] 'Hij is duidelijk inferieur aan de heer van Yu.[56] Vandaar dat hem deze narigheid overkomt,' zei Chizhang Manji.

'Was het rijk al op orde toen de heer van Yu het kwam besturen, of heerste er wanorde tot op het moment dat hij orde bracht?'[57] vroeg Men Wugui.

55 Koning Wu is de grondlegger van de Zhou-dynastie, onder welke de auteurs van de *Zhuangzi* leefden, zij het in de laatste periode ervan. De twee protagonisten hier zijn geen historische figuren, en hun namen hebben zeker een allegorische betekenis. Voor de eerste, Men Wugui, is dat nogal eenvoudig te duiden, want die naam betekent zoiets als 'in zijn familie zijn geen voorouders'. Dit is een metafoor voor de Tao. Maar Chizhang Manji is minder gemakkelijk te duiden, en geen van de mogelijke betekenissen is bevredigend. Daarom heb ik de namen hier onvertaald gelaten.

56 De legendarische koning Shun uit de hoge oudheid. Shun voerde nooit oorlog maar schikte alles door zijn goede karakter.

57 In het tweede geval zou er geen verschil zijn met koning Wu, die, volgens de confucianistische opvatting, grote wantoestanden aantrof en erin slaagde orde op zaken te stellen.

'Als het gaat om het verlangen algehele orde te hebben in het rijk, waarom zou je dan de politiek van de heer van Yu nodig hebben? De manier waarop hij een zeer hoofd genas bestond eruit om eerst te wachten tot je kaal was geworden, om je dan een pruik op te zetten! Hij wachtte altijd tot de mensen ziek werden, om dan pas naar een kuur te zoeken. En daarbij trok hij dan een triest gezicht, alsof hij een met piëteit vervulde zoon was die met geneesmiddelen om zijn lieve vader te verzorgen kwam aandragen. Een wijs man zou zich daarvoor schamen.

In tijden dat de allerhoogste deugd regeert, worden wijzen niet in de hoogte gestoken, en bedient men zich niet van capabele lieden. De leiders zijn als de takken van een grote boom, het volk de herten in de wei daaronder. Ze zijn eerlijk en oprecht zonder te weten dat dit als "gerechtigheid" wordt gezien, ze hebben elkaar lief zonder kennis te hebben van het feit dat dit "medemenselijkheid" wordt genoemd. Ze zijn betrouwbaar zonder zich te bekommeren over het principe van "loyaliteit", integer zonder zich te beroepen op "geloofwaardigheid", eenvoudig en tot wederdiensten bereid zonder zichzelf "edelmoedig" te vinden. Hierdoor laten hun daden geen sporen achter, en hun lotgevallen geen geschiedenis.'

XIV

Een liefhebbend kind vleit zijn ouders niet, en een trouwe dienaar spreekt zijn heer niet naar de mond. Dat zijn de besten onder de kinderen en de dienaren. Zij die altijd maar de ouders gelijk geven en prijzen wat ze doen, die worden in de volksmond ontaarde kinderen genoemd, en dienaren die zich zo gedragen zijn volgens de gangbare mening eveneens bedorven. Maar toch vraag ik me af: is dit wel beslist zo? Als je altijd instemt met de gangbare mening en altijd goedvindt wat in de ogen van de wereld goedgevonden wordt, dan word je geen vleiende mooiprater genoemd. Is het dan zo dat de volksmond nog verhevener is dan de ouders en nog meer vereerd wordt dan de heer?

Word je zelf voor een vleier uitgemaakt, dan verschiet je meteen van kleur; word je een mooiprater genoemd, dan loop je rood aan van woede. Maar zij die hun hele leven vleiers en mooipraters zijn, die met fraaie gelijkenissen en opgesmukte zinsneden de massa om zich heen vergaren, die zullen, van het begin tot het einde, nimmer beticht worden van tweeslachtigheid. Die dragen ruime mantels, die versierd zijn met schitterende kleuren. Ze trekken vriendelijke gezichten, en zodoende verleiden ze iedereen, zonder zichzelf als vleiers en mooipraters te zien. Een volgeling te zijn van de gewone mensen, instemmen met wat ze juist of onjuist vinden, en desalniettemin jezelf niet tot een van de massa rekenen, dat is wel het toppunt van domheid.[58]

Wanneer je weet dat je dom bent, dan is dat nog niet de allergrootste domheid, en wanneer je weet dat je dwaalt, dan is dat nog niet de allergrootste dwaling. De allergrootste dwaling is wanneer je je hele leven niets begrijpt; de allergrootste domheid is wanneer je je hele leven niet intelligent wordt. Wanneer er drie mensen op weg zijn en er is een dwaalgeest bij, dan kunnen ze nog wel hun einddoel bereiken. Dat is omdat de dwaalgeest in de minderheid is. Maar zijn er twee van de drie dwaalgeesten, dan zullen ze, ondanks al hun inspanningen, nooit aankomen, want de dwaalgeesten zijn in de meerderheid. Nu vandaag is echter de hele wereld aan het dwalen, en ofschoon ik de goede richting ken, slaag ik er niet in die te doen volgen. Is dat niet verdrietig?

Grote muziek is aan de oren van dorpelingen niet besteed,[59] maar horen ze 'De Gebroken Wilgentak' of 'De Keizerbloem', dan lachen ze blij.[60] Op dezelfde manier blijven hoogstaande betogen ook niet lang in de harten van de massa gegrift. De hoogste rede kan het niet winnen, omdat vulgaire redenaties in de meerderheid zijn. Net zoals wanneer twee van de drie verdwaald zijn, ze hun doel niet kunnen bereiken.[61]

58 De confucianisten geloven dat het volk het uiteindelijk altijd bij het goede eind heeft. Ze praten de mensen naar de mond, maar ze beschouwen zichzelf als edellieden of heren van stand (*junzi*), en niet als gewone mensen.

59 Dat wil zeggen: de klassieke muziek van de hofrituelen.

60 Jammer genoeg zijn deze romantische volksliedjes uit de oudheid verder niet bekend.

61 De tekst is hier erg corrupt, en deze vertaling is dan ook niet zeker. De hierop volgende zinnen zijn een herhaling van een eerdere passage.

Vandaag is echter de hele wereld aan het dwalen, en ofschoon ik de goede richting wel ken, hoe zou ik erin kunnen slagen die te doen volgen? Weten dat het niet mogelijk is te slagen en het toch willen forceren, dat is opnieuw een dwaling. Daarom is het maar beter het allemaal te laten varen en verder niet aan te houden. Als je niet aanhoudt, wie kun je dan nog verdriet aandoen? De melaatse die in het holst van de nacht een kind had gebaard ging onmiddellijk vuur halen om ernaar te kijken, uit panische angst dat het kind op haarzelf zou lijken.[62]

XV

Een honderdjarige boom wordt geveld om een offerbeker te maken.[63] Die wordt gedecoreerd met zwarte en gele motieven, terwijl de afgehouwen stukken hout in de greppel worden gegooid. Als je de beker met de afgehouwen stukken die weggegooid zijn zou willen vergelijken, dan zou je een verschil willen maken tussen 'mooi' en 'lelijk'; maar wat het verliezen van hun eigen oorspronkelijke toestand betreft zijn ze precies hetzelfde.[64]

Hetzelfde geldt voor mensen als de tiran Jie en Rover Voetpad in vergelijking tot wijze mannen als Zeng Shen en Shi Qiu.[65] Er mag dan verschil zijn in ieders manier om gerechtigheid te doen gelden, maar wat het verliezen van hun ingeboren natuur aangaat zijn ze eender. Welnu, er zijn vijf manieren om de oorspronkelijke natuur te bederven, te weten:

Ten eerste zijn er de vijf kleuren die de ogen bederven, en maken dat ze hun eigen helderheid verliezen.

62 Zo gaat het ons allen. Zozeer zijn we door de algemene norm beïnvloed en hunkeren we ernaar onze toestand te verbeteren, al was het maar voor onze kinderen.

63 De tekst preciseert dat het hier om een *chun* gaat, dat wil zeggen: een grote wijnbeker. Offervaten werden in het oude China over het algemeen van hout gemaakt, zoals ook nu nog voor de offerdiensten in de tempels ter ere van Confucius, en alleen bij uitzondering ook van brons. Deze bronsvaten zijn uiteraard beter bewaard gebleven en zijn nu in menig museum te zien.

64 Het gaat hier over de *xing*, de ingeboren natuur of eigen aard, hier vertaald met 'oorspronkelijke toestand'.

65 Al eerder ontmoet als de spreekwoordelijke voorbeelden van moreel gedrag.

Ten tweede zijn er de vijf tonen die de oren bederven, en maken dat ze hun eigen scherpte verliezen.

Ten derde zijn er de vijf geuren die de neus bedwelmen, en wier prikkelingen je pijn in je hoofd geven.

Ten vierde zijn er de vijf smaken die de mond vertroebelen en bezeren.

Ten vijfde zijn er liefde en haat die het hart bederven, en maken dat onze ingeboren natuur voortdurend opvliegt.

Deze vijf categorieën van dingen doen alle schade aan het leven. En dat terwijl filosofen als Yang Zhu en Mo Di trots rondlopen, en zelf vinden dat ze voor het eerst een oplossing hebben gevonden! Maar ik zou dat niet een oplossing willen noemen als deze oplossing erin bestaat dat alles nog moeilijker wordt. Kun je dat echt als een oplossing beschouwen? Als dat zo is, dan kun je ook zeggen dat de duif en de uil die in een kooi zitten de oplossing hebben gevonden!

Waarachtig, liefde en haat, vertier en seks branden hen op van binnen, terwijl leren kappen en vederhoeden, audiëntietabletten, lange sjerpen, mantels en andere hofkledij hen van buiten vastbinden. Van binnen zijn ze met schotten gebarricadeerd, van buiten met talloze koorden geboeid. Met uitpuilende ogen kijken ze vanuit hun geboeide toestand, en houden vol dat ze de oplossing hebben gevonden. Als dat zo is, dan kun je ook zeggen dat geboeide en aan elkaar geketende misdadigers, zowel als gevangen tijgers en luipaarden in hun kooien de oplossing hebben gevonden!

HOOFDSTUK 13

De Tao van de hemel

I

De Tao van de hemel volgt zijn kringloop zonder dat er iets is dat hem tegenhoudt, en de tienduizend dingen worden erdoor vervolmaakt. De Tao van het opperwezen volgt zijn kringloop zonder dat er iets is dat hem tegenhoudt, en de hele wereld schaart zich onder zijn gezag. De Tao van de wijze volgt zijn kringloop zonder dat er iets is dat hem tegenhoudt, en alles wat zich binnen de wereldzeeën bevindt onderwerpt zich aan hem. Indien er helderheid is over de Tao van de hemel en inzicht over de Tao van de wijze, zodat de zes polen van de wereld en de vier jaargetijden door de deugd van de vorst beïnvloed worden, dan zal alles spontaan, uit zichzelf en ongemerkt stilte vinden.

De wijze is stil, niet omdat men zegt dat stil zijn goed is, maar omdat geen van de tienduizend dingen in staat is zijn hart te beroeren; daarom is hij stil. Wanneer het water stil is, dan weerspiegelt het alles, tot aan de baard en de wenkbrauwen toe; het oppervlak is zo zuiver waterpas dat grote timmerlieden het als model nemen. Wanneer het water dat stil is zo helder wordt, hoeveel te meer nog de geest!

Stil is het hart van de wijze! Het is de spiegel van hemel en aarde, de spiegel van de tienduizend dingen. Waarlijk! In het open en stil zijn, met vredige mildheid en in eenzame kalmte niets doen, daarin ligt de grondslag van hemel en aarde en de hoogste uiting van de deugd van de Tao; daarom zullen de vorst en de wijze immer daarin blijven. 'Blijven' wil zeggen: leeg zijn; uit leegte komt volheid, en met volheid komt volledigheid. Leegte betekent stilte, uit stilte komt beweging, en met beweging komt welslagen. Stilte wil zeggen: niets doen, en door het nietsdoen voltooien zij die met opdrachten belast zijn al hun taken.

Niets doen is aangenaam. Daar waar het aangenaam is kunnen verdriet en leed niet verblijven, en zo bereikt men een hoge ouderdom.

Waarlijk! In het open en stil zijn, met vredige mildheid en in eenzame kalmte niets doen, daarin ligt de grondslag van de tienduizend dingen. Hij die als heer 'met het gezicht naar het zuiden gekeerd'[1] dit helder begreep, dat was Yao. Hij die als dienaar 'naar het noorden gekeerd'[2] dat helder begreep, dat was Shun. Met deze principes de dominerende positie innemen, dat is de deugd van de soevereine vorst, de Zoon des Hemels. Met deze principes de ondergeschikte positie innemen, dat is de Tao van de verborgen wijze, de ongekroonde koning.[3] Met deze principes zich terugtrekken en zorgeloos rondzwerven, dat zal maken dat de nobele heren die bij de rivieren, de zeeën, de bergen en de bossen leven zich onderwerpen.[4] Met deze principes deelnemen aan de regering en de maatschappij besturen, dat zal resulteren in grote verdienste, een glansrijke reputatie en de eenwording van het Hemelse Rijk. Diegene die stil kan zijn als de wijze, die kan bewegen als een koning, die zich dankzij het nietsdoen kan verheffen en eenvoudig en ongekunsteld kan blijven in verhouding tot de wereld, zo iemand zal niemand kunnen overtreffen.

11[5]

Een helder inzicht in de deugd van hemel en aarde leert ons dat het grote fundament en het grote principe is: dat men in harmonie met de hemel leeft.[6] Op die basis overeenstemming in de wereld brengen, dat betekent harmonie onder de mensen. Harmonie onder de mensen mag de menselijke vreugde genoemd worden.

1 De rituele positie van de heersende koning.

2 De positie van de minister, de dienaar, voor de troon.

3 *Xuansheng*; letterlijk: de 'mysterieuze wijze', maar hier is 'mysterieus' bedoeld als 'donker', 'onzichtbaar', dus een wijs man die in het verborgene werkt. 'De ongekroonde koning' (*Suwang*) is een traditionele benaming voor Confucius.

4 De heremieten. Deze zin lijkt corrupt.

5 In veel edities behoort dit stuk bij de vorige paragraaf.

6 Dat wil zeggen: met de spontane orde van de natuur.

Met de hemel in harmonie zijn, dat is de hemelse vreugde. Zhuang Zi zegt:

'Mijn meester, mijn meester!
Hij staat de tienduizend schepsels bij,
Doch niet vanwege "rechtvaardigheid";
Zijn weldaden strekken zich uit over tienduizend
generaties,
Doch niet uit "medemenselijkheid";
Langer heeft hij geleefd dan de hoogste oudheid,
Maar toch is hij niet "oud".
Hij draagt de hemel en steunt de aarde,
Hij beeldhouwt alle veelvuldige vormen,
Maar toch is hij niet "bekwaam".
Dit is de hemelse vreugde.'[7]

Daarom is er gezegd: 'Degene die de hemelse vreugde kent, zijn leven is het volgen van de weg des hemels, zijn dood is de verandering der dingen.'[8] In zijn stilte is hij één met de deugd van het yin, in zijn beweging volgt hij de stroom van het yang.

Degene die de hemelse vreugde kent zal niet de wraak des hemels ondervinden, noch de verwensing van de mensen, en evenmin vermoeienis van de dingen, noch bestraffing van de voorvaderen. Hierover kan men zeggen: 'In zijn beweging is hij de hemel, in zijn stilte is hij de aarde. Door de vastheid van zijn ene hart worden hemel en aarde gerecht. Zijn lagere zielen brengen geen bezetenheid, zijn hogere zielen geen vermoeidheid. Door de vastheid van zijn ene hart worden de tienduizend dingen onderworpen.'

Met andere woorden: in lege stilte doordringen tot de hemel en de aarde, verzinken in de tienduizend dingen, dat is wat de hemelse vreugde genoemd wordt. De hemelse vreugde, dat is het hart van de wijze dat de hele wereld voedt.[9]

7 Deze lofzang op de Tao komt ook voor in hoofdstuk 6, paragraaf x, waar hij door de heremiet Xu You wordt uitgesproken. Daar is de conclusie: 'Wandel hierin. Dat is alles!'
8 Zie hoofdstuk 2, paragraaf VIII.

III

Shun vroeg eens aan Yao: 'Als Koning des Hemels,[10] wanneer laat je je hart spreken?'

'Ik gedraag me niet minachtend tegenover hen die geen steun hebben,' zei Yao. 'Ik verwerp de armen onder het volk niet, ik betreur de doden, bemin kleine kinderen en heb medeleven voor vrouwen. Dat zijn de gelegenheden waarbij ik mijn hart laat spreken.'

'Als het erom gaat mooie dingen te doen,' zei Shun, 'dan is dat inderdaad mooi. Maar het is nog niet groots.'

'In dat geval, hoe zou het dan moeten zijn?' vroeg Yao.

'Dat,' zei Shun, 'is wanneer:

Door de hemelse deugd de aarde vreedzaam is;
Door het schijnen van de zon en maan de vier jaargetijden elkaar opvolgen;
Dag en nacht hun regelmaat houden,
En door het tijdig verschijnen van wolken de regen valt.'

'Ik ga gebukt onder beslommeringen en zorgen,' zei Yao. 'Jij bent samen met de hemel, en ik ben samen met de mensen.'

Hemel en aarde werden door de ouden als groot betracht, en daarom werd de hemel door de Gele Keizer, door Yao en Shun geprezen. Zij die in de oudheid koning waren over Alles onder de Hemel, wat deden zij? 'Hemel en aarde'; dat was alles.

IV

Confucius ging naar het westen om zijn boeken in bewaring te geven aan het hof van Zhou.[11] Zilu gaf hem raad, zeggende: 'Ik heb

9 Hierna volgt een lange, later toegevoegde paragraaf, die geen verband houdt met de oorspronkelijke tekst, en dus is weggelaten.

10 Dit is een andere benaming voor de Zoon des Hemels, de koning die het mandaat van de hemel heeft ontvangen.

11 Confucius woonde in Lu, in het huidige Shandong, en de residentie van de koning van Zhou was in Luoyang, ten oosten daarvan. Volgens de legende zou Confucius de

gehoord dat de klerk belast met het beheer van de bibliotheek een zekere Oude Langoor is, die het hof heeft verlaten en zich thuis heeft teruggetrokken. Meester, als u uw boeken in bewaring wilt geven, dan zou u kunnen proberen hem op te zoeken en om raad te vragen.'

'Uitstekend,' zei Confucius, en ging Oude Langoor opzoeken. Deze voelde er echter niet veel voor. Dus ging Confucius uitleggen wat er zoal in de zes klassieke boeken stond.[12] Maar Oude Langoor viel hem in de rede, zeggende: 'Dat duurt me te lang! Ik wil alleen de kern weten!'

'De kern ligt in medemenselijkheid en gerechtigheid,' zei Confucius.

'Mag ik vragen,' vroeg Oude Langoor, 'of die medemenselijkheid en gerechtigheid wel tot de aangeboren natuur van de mens behoren?'

'Welzeker! Een heer die niet medemenselijk is kan niet slagen, en zonder gerechtigheid kan hij niet bestaan. Medemenselijkheid en gerechtigheid behoren waarlijk tot de ingeboren natuur van de mens. Hebt u nog meer vragen?'

'Die medemenselijkheid en gerechtigheid, wat betekenen die eigenlijk?' vroeg Oude Langoor.

'Een oprecht hart, evenwichtig en vrolijk; universele liefde, onpartijdig, dat zijn de kenmerken van hen die medemenselijk en rechtvaardig zijn,' antwoordde Confucius.

'Ach!' zuchtte Oude Langoor, 'die laatste woorden van je zijn gevaarlijk. Universele liefde, bijvoorbeeld, is dat niet absurd? En wat de onpartijdigheid betreft, dat is een vorm van partijdig zijn. Wil je dat de wereld zijn herder niet verliest, bedenk dan dat hemel en aarde hun eigen bestendigheid hebben, de zon en de maan hun eigen licht doen schijnen, de sterrenbeelden hun eigen ordening

klassieke rituele boeken van de Zhou-dynastie hebben bewerkt en er kleine veranderingen in hebben aangebracht die zijn lof of zijn blaam over het geschrevene uitdrukten. In werkelijkheid is het zeker dat Confucius niets te maken heeft gehad met de redactie van deze klassieken, maar dat hij ze wel gebruikte in zijn onderwijs.

12 In de late Strijdende Staten-periode, toen dit geschreven werd, bestonden de klassieke boeken uit de 'Liederen', de 'Documenten', de 'Riten', de 'Muziek', de 'Annalen' en de 'Veranderingen'.

hebben, de wilde dieren hun eigen kuddes, de bomen hun eigen standplaatsen. Als jij, als meester, je in je gedrag gewoon verlaat op de deugd en in je ondernemingen de Tao volgt, dan heb je het al bereikt. Waarom dan met zo veel herrie medemenselijkheid en gerechtigheid aanprijzen? Dat is alsof je op de trommel slaat om je verdwenen kind te zoeken! Ach, Confucius! Je bederft de ingeboren natuur van de mens!'

V

Scholaster Bellettrie kwam Lao Zi eens opzoeken om hem te ondervragen. Hij zei: 'Ik had gehoord dat u een wijze was, meester. Uit verlangen u te leren kennen heb ik niet geweigerd een lange weg af te leggen. Ja, "dik eelt van honderd dagen trekken" mag ik wel zeggen,[13] en dat nog zonder rust te durven nemen. Maar nu ik u vandaag gadesla, zie ik dat u geen wijze bent. Het feit dat het door u weggegooide voedsel zich ophoopt voor de rattengaten in uw huis toont dat u geen medemenselijkheid kent.[14] Rauw en gekookt voedsel staat in grote hoeveelheden voor u, en u houdt daarbij nog ongelimiteerde hoeveelheden in reserve.'

Lao Zi bleef zwijgen, en reageerde niet.

De volgende dag kwam Scholaster Bellettrie opnieuw op bezoek, en zei: 'Gisteren had ik kritiek op u, maar vandaag is die uit mijn hart verdwenen. Hoe komt dat?'

'Wat mij betreft, ik ben vrij van al die slimme intelligentie en spirituele wijsheid van sommige mensen. Had je me gisteren "rund" genoemd dan had ik "rund" geheten, en had je me "paard" genoemd dan had ik "paard" geheten.[15] Indien je werkelijk zo bent, en mensen geven je een naam die je niet accepteert, dan moet je daarvan de nare gevolgen ondervinden. Ik ben altijd mee-

13 Dit was een gezegde in het oude China om aan te duiden dat men een zware reis achter de rug had. Vergelijk de Xunzi, hoofdstuk 1.

14 Door voedsel door de ratten te laten opeten in plaats van het aan arme mensen te geven.

15 Deze zin is ontleend aan hoofdstuk 7, paragraaf 1: 'Wat de hoogste heer betreft: zijn rust was zacht, zijn ontwaken was vrolijk, soms vond hij dat hij een paard was, soms vond hij dat hij een rund was.'

gaand, in alle omstandigheden, maar niet omdat ik me forceer om me aan te passen.'

Scholaster Bellettrie begaf zich met deftige passen buiten de schaduw van Lao Zi.[16] Daarna benaderde hij hem met eerbiedige kleine pasjes opnieuw, en vroeg: 'Hoe kan ik mezelf verbeteren?'[17]

'Je gelaatsuitdrukking is hooghartig,' zei Lao Zi, 'en je blik is agressief; je voorhoofd welft naar voren, je mond is die van een ruziemaker, en je hele houding is aanmatigend. Je bent als een vastgebonden paard dat wordt tegengehouden. Belemmerd in je bewegingsvrijheid, sta je als het ware klaar om weg te schieten zodra de trekker is overgehaald.[18] Je wilt je met alles bemoeien en hebt overal een oordeel over. Je hebt een slimme intelligentie en een enorme ambitie. Over het algemeen genomen wordt zo iemand niet vertrouwd, en wanneer hij zich aan diegenen die de landsgrens bewaken zou vertonen, zou hij een oplichter genoemd worden.'

VI

De Meester sprak:[19] 'Voorwaar, de Tao is oneindig groot en veronachtzaamt ook het kleinste niet, en dus zijn de tienduizend dingen volmaakt. Zo weids is hij dat er niets is dat er niet zijn eigen plaats in vindt; zo diep is hij dat hij ondoorgrondelijk is. Straffen en beloningen, medemenselijkheid en gerechtigheid zijn de uiterlijkheden van de geest; niemand, behalve de allerhoogste mens, is in staat om ze te bepalen. Als de allerhoogste mens de wereld regeerde, zou dat niet geweldig zijn? Toch zou het niet voldoende

16 Letterlijk: 'met de ganzenpas', dat wil zeggen: met haastige grote passen zoals de Chinese etiquette dat in de oudheid aan minderwaardigen voorschreef. Zich 'buiten de schaduw' van iemand begeven duidt op een eerbiedige afstand (vergelijk onze zegswijze: 'Ik kan niet in uw schaduw staan').

17 Letterlijk staat hier: 'Hoe kan ik mijn lichaam verzorgen?' Maar in de tijd dat dit geschreven werd betekende *shen* ('lichaam') ook al 'persoon', en *xiu* heeft de betekenis van 'repareren' en 'verbeteren'.

18 Van de kruisboog.

19 De Meester hier is Confucius, net als in hoofdstuk 12, paragraaf 11. Beide teksten tonen veel overeenkomst.

zijn om hem bezorgd te maken. Nooit zou hij zich mengen in de strijd om de macht in Alles onder de Hemel, maar steeds zou hij in een onafhankelijke positie blijven, waar hij niet door de uiterlijke dingen zou worden meegesleept.[20] Hij zou doordringen in de ware natuur van de dingen, en steeds het fundamentele bewaren. Op deze manier zou hij de hele wereld van zich afzetten, de tienduizend dingen aan zichzelf overlaten, en zo zou zijn geest nimmer door wat dan ook worden bezwaard. In verbondenheid met de Tao, in harmonie met de deugd, weigert hij medemenselijkheid en gerechtigheid, verstoot hij de rituelen en hun muziek. Want in het hart van de allerhoogste mens krijgen al deze dingen hun eindbestemming.'

VII

Van alle verschillende Tao's die er in de wereld bestaan wordt het schrift als het waardevolste beschouwd.[21] Maar het schrift gaat niet uit boven de taal, en daarom is de taal nog waardevoller. Dat wat waardevol is in de taal is de betekenis, en de betekenis leidt ons tot iets. Dat waartoe de betekenis leidt kan niet in woorden worden overgebracht, maar de wereld, die aan woorden zo veel waarde hecht, brengt ze over in schrift.

De wereld mag woorden dan heel waardevol vinden, ik daarentegen vind ze niet prijzenswaard, omdat de waarde die eraan gegeven wordt niet een werkelijke waarde is. Dus: wat we zien wanneer we kijken zijn vormen en kleuren, en wat we horen wanneer we luisteren zijn woorden en geluiden. Helaas! De mensen in de wereld denken dat vormen en kleuren, woorden en geluiden voldoende zijn om de hoedanigheid van 'dat daar' te bevatten.[22] Waarlijk, vormen en kleuren, woorden en geluiden zijn nooit in staat om de hoedanigheid van 'dat daar' te bevatten,

20 Deze zin is ontleend aan hoofdstuk 5, paragraaf I.

21 De Tao heeft hier de, in de Chinese oudheid zeer gangbare, betekenis van 'methode', 'techniek' of 'procédé'. Hiervan waren er natuurlijk vele. Ook nu nog spreekt men van de kalligrafie als de Tao van het schrift (*shudao*) en van het schermen als *jiandao*.

22 'Dat daar' (*bi*) is 'de ander', dat wil hier zeggen: de Tao. Vergelijk hoofdstuk 2, paragraaf III, waar de dialectiek van de eigen perceptie tegenover die van 'de ander' uitvoerig in beschouwing wordt genomen.

en daarom: 'Wie weet spreekt niet, en wie spreekt weet niet.'[23] Hoe zal de wereld dat ooit kunnen begrijpen!

Graaf Huan[24] was een boek aan het lezen in de zaal, en Pian de wagenmaker was daarbuiten bezig een wiel te hakken. Zijn hamer en beitel opzij leggend liep hij de zaal binnen, en vroeg aan graaf Huan: 'Mag ik vragen wat u daar leest?'

'De woorden van wijze mannen.'

'Leven die wijze mannen nog?'

'Ze zijn reeds gestorven.'

'Dan is wat u leest niets anders dan de stront van de mensen van vroeger!'

'Hoe waagt een wagenmaker het een oordeel te vellen over de boeken die ik, vorst, lees? Als je een goede reden kunt geven, dan is het goed; zo niet, dan is het met je gedaan!'

'Uw dienaar,' zei Pian de wagenmaker, 'beziet de dingen vanuit zijn eigen ambacht. Wanneer je een wiel hakt en je maakt het ruim,[25] dan past het makkelijk op de as maar gaat het wobbelen. Maak je het nauw, dan krijg je problemen als de as er niet in gaat. Niet te ruim en ook niet te nauw, dat moet je in je hart aanvoelen, en dan krijg je het in je vingers. Ergens zit er daar een kunstvaardigheid die je niet met woorden kunt uitdrukken.[26] Zelfs aan mijn eigen zoon kan uw dienaar dat niet voordoen, en mijn zoon kan het ook niet van uw dienaar leren. En daarom is het dat ik op meer dan zeventigjarige leeftijd, als oude man, hier nog steeds wielen sta te hakken. De mensen van toen zijn gestorven samen met de dingen die ze niet konden overdragen, en hieruit volgt dat wat u in uw boeken leest niets anders is dan de stront van de mensen van vroeger.'

23 Dit is een citaat uit de *Daodejing*, hoofdstuk 56.

24 Dit moet volgens de traditie graaf Huan van het rijk van Qi geweest zijn, die regeerde van 455 tot 405 voor onze jaartelling. Graaf Huan was de stichter van een beroemde academie, die vele geleerden en filosofen naar Qi heeft gebracht en in het intellectuele leven van de latere Strijdende Staten-periode een dominerende positie innam; vandaar dat hij in deze anekdote een hoofdrol vervult.

25 Dat wil zeggen: het gat waar de as doorheen moet.

26 Letterlijk: 'daartussen' (*qijian*). Wat er gebeurt tussen mijn hart (mijn denken) en mijn vingers (mijn doen) is een kwestie van een hoger niveau, dat alleen door een kunstvaardigheid bereikt kan worden, en dat woorden te boven gaat.

HOOFDSTUK 14

De kringloop van de hemel

I

De hemel: draait hij?
De aarde: staat hij stil?
De zon en de maan: strijden ze om elkaars plaats?
Wie houdt dit in de hand?
Wie houdt dit bij elkaar?
Wie, in rust vertoevend, zet dit in beweging?
Is het dat ze, door een mechanisme bewogen, zelf onmachtig zijn?
Is het dat ze hun draaiende kringloop niet zelf kunnen onderbreken?
Zijn het de wolken die regen geven?
Is het de regen die de wolken maakt?
Wie doet het rijkelijk neerdalen?
Wie, in rust vertoevend, doet dit in zijn weelderige vrolijkheid gebeuren?
De wind steekt op in het noorden,
Waait naar het oosten, naar het westen,
Heen en weer, boven ons,
Wie ademt er zo in en uit?
Wie, in rust vertoevend, blaast ze voort?
Mag ik vragen waarom dit alles zo is?[1]

1 Deze, op rijm gestelde, lijst van vragen is een navolging van de religieuze leergedichten die in China zowel als in het Westen deel hebben moeten uitgemaakt van de religieuze inwijding die jonge mensen in vroeger tijden ondergingen. Een vergelijkbaar gedicht, met de titel 'De hemelse vragen' (*Tianwen*), is opgenomen in *Chuci* (Elegieën van Chu), een bundel van religieuze zangen uit de eerste eeuwen voor onze jaartelling.

'Kom!' riep Xian de sjamaan,[2] en wenkte en riep: 'Kom! Ik zal het je vertellen! De hemel heeft zes polen en vijf constante fasen.[3] Wanneer het opperwezen hun kringloop bestuurt, dan heerst er orde. Gaat hij ertegenin, dan heerst er tegenspoed. In alle zaken van de negen gewesten is zijn bestuur volmaakt en zijn kracht compleet. Zijn aanschijn blinkt over de aarde beneden, de gehele wereld ondersteunt hem: hij zal de Opperste Monarch[4] genoemd worden.'

II

Tang, de grootwaardigheidsbekleder van Shang,[5] richtte zich eens tot Zhuang Zi om hem te ondervragen over de medemenselijkheid.

'Tijgers en wolven zijn medemenselijk,' antwoordde Zhuang Zi.

'Hoe dat zo?'

'Vaders en zonen erkennen hun wederzijdse verwantschap; is dat geen medemenselijkheid?'[6]

'En wat is dan de hoogste medemenselijkheid?'

'De hoogste medemenselijkheid erkent geen verwantschap,' zei Zhuang Zi.

2 Dit is Jixian, de god der sjamanen. Hij komt voor in de 'orakelinscripties', de oudste Chinese documenten uit het tweede millennium voor onze jaartelling. In die hoedanigheid moet hij een rol gespeeld hebben in de inwijdingsriten, en in deze rol vinden we hem hier terug. Vergelijk ook hoofdstuk 7, paragraaf v.

3 De zes polen van de wereld zijn de vier windrichtingen, het zenit en het nadir. De vijf constante fasen zijn de zogenaamde vijf elementen (*wuxing*): metaal, hout, water, vuur en aarde.

4 Shanghuang; *shang* is 'boven', 'hoogste', en *huang* betekent oorspronkelijk 'de Poolster', 'de heerser van de gehele wereld', en daarom 'de opperste godheid'. *Huang* en *di* (goddelijke voorvader) zullen samen de titel *huangdi* vormen, die de eerste keizer zichzelf gaf.

5 Shang is een van de dynastieën van de Chinese oudheid. De vorsten van de leenstaat Song, waar Zhuang Zi woonde, waren de nazaten van deze dynastie, en daarom kan, zoals hier het geval is, Shang ook voor Song gebruikt worden.

6 Het confucianisme heeft een heel systeem van 'medemenselijkheid' (*ren*), dat gerangschikt is volgens een schema van de menselijke betrekkingen. Ouders waren 'barmhartig' (*ci*) voor hun kinderen; kinderen waren vol 'piëteit' (*xiao*) voor hun ouders, en familieleden erkenden hun onderlinge 'verwantschap' (*qin*), enzovoort.

'Ik heb geleerd dat zonder toewijding er geen liefde is, en zonder liefde geen piëteit. Kunt u dan echt waarmaken dat de hoogste medemenselijkheid geen piëteit[7] kent?'

'Zo bedoel ik het niet,' zei Zhuang Zi. 'Omdat de hoogste medemenselijkheid zo verheven is, is "piëteit" absoluut ontoereikend om het te beschrijven. Dat wil niet zeggen dat de hoogste medemenselijkheid piëteit overtreft, maar dat het zo ver van piëteit af staat dat ze elkaar niet raken.

Als je naar het zuiden reist totdat je Ying bereikt,[8] dan kun je het Eiland van de Duistere Wateren in het noorden niet zien.[9] De reden is dat ze te ver van elkaar af liggen. Daarom zeg ik: piëteit uit respect is makkelijker dan piëteit uit liefde, maar piëteit uit liefde is makkelijker dan je verwanten vergeten.[10] Je verwanten vergeten is eenvoudiger dan te maken dat je door je verwanten vergeten wordt. Te maken dat je verwanten je vergeten is makkelijker dan daarbij nog de hele wereld te vergeten. En dat op zijn beurt is eenvoudiger dan te maken dat de hele wereld jou ook vergeet.

Waarlijk, de deugd die daaruit voortvloeit overtreft die van Yao en Shun, want hij bestaat uit het nietsdoen, en verspreidt zijn weldaden over tienduizend geslachten zonder dat de wereld er kennis van heeft. Hoe kan dit ooit bereikt worden door luid te galmen over medemenselijkheid en piëteit! Immers: piëteit, broederliefde, medemenselijkheid en gerechtigheid, trouw, integriteit, kuisheid en oprechtheid vergen allemaal dat je je inspant

7 *Xiao*; de eerbied en toewijding van kinderen tegenover hun ouders. Dit is een van de fundamenten van de confucianistische moraal.

8 De oude hoofdstad van het zuidelijke rijk van Chu, in de huidige provincie Hubei, in het district Jiangling.

9 Deze legendarische plaats wordt vermeld in de eerste zin van de Innerlijke geschriften als de plaats waar de grote vis Kun zich zou ophouden. In de vier wereldzeeën die de aarde omringen zijn ook eilanden waar de goden en onsterfelijken wonen. Opzettelijk maakt Zhuang Zi hier een vergelijking tussen een plaats uit zijn dagelijkse omgeving en een mythologisch oord uit de wereld van de goden, die net zo geforceerd is als de vergelijking van de piëteit die kinderen voor hun ouders voelen en de hoogste goedertierenheid van de Tao.

10 Met 'vergeten' wordt hier bedoeld: de mystieke verheffing die je losmaakt uit de wereld.

om je deugd eraan te onderwerpen, en dus verdient dat niet dat je er veel waarde aan hecht.

Daarom zeg ik: de hoogste adeldom verwerpt alle adellijke rangen van het koninkrijk; de grootste rijkdom verwerpt alle schatten van het koninkrijk; de grootste beroemdheid verwerpt alle loftuitingen. Want de Tao verandert nimmer.'

III

Cheng van de Noorderpoort vroeg aan de Gele Keizer:[11] 'Toen u op het veld van Dongting[12] de "Muziek van het Wijde Meer" ten uitvoer bracht,[13] werd ik eerst door vrees bevangen. Toen ik het een tweede maal hoorde, voelde ik mij vermoeid, en een laatste maal was ik verdwaasd. Onthutst en met stomheid geslagen was ik niet langer meester over mezelf.'

'Dat dacht ik wel!' zei de Gele Keizer. 'Hoewel ik het met mensen uitvoerde, werd het door de hemel gedirigeerd.[14] Het werd

11 Huangdi, de oudste van de mythologische heersers over het oude China, die gezien wordt als de grondlegger van de Chinese beschaving. Zijn naam betekent eigenlijk de 'gele', dat is de 'centrale' goddelijke voorvader, maar in de westerse literatuur wordt hij over het algemeen als de Gele Keizer aangeduid, en wij volgen hier deze gewoonte. Wat Cheng van de Noorderpoort betreft, deze naam komt alleen maar hier voor, en we beschikken over geen enkel aanknopingspunt om er een bepaalde betekenis aan te geven. De eigennaam Cheng betekent 'geslaagd', 'volkomen', en veel personages in de *Zhuangzi* voeren hem, zoals bijvoorbeeld Guangcheng (zi), Rongcheng (zi), enzovoort. Het zou dus om een wijze heremiet uit het gouden tijdperk van de Gele Keizer kunnen gaan.

12 Naam van een eiland in het midden van het grote Taihu, tussen de provincies Zhejiang en Jiangxi. Dit was van oudsher een heilige plaats. Dongting betekent letterlijk 'de hof in de grot'.

13 Dit was een dynastieke dans met muziek die op plechtige offerdagen ten uitvoer werd gebracht. De oorsprong van de naam van 'het Wijde Meer' (*Xianchi*) is onduidelijk, maar waarschijnlijk duidde het op een heilige plaats. In de *Zhuangzi* wordt deze muziek tweemaal met het eiland Dongting in het Taihu-meer in verband gebracht (vergelijk hoofdstuk 18, paragraaf V). Het behoorde tot de hofmuziek en -dansen van de Zhou-dynastie en wordt in deze hoedanigheid sporadisch in de klassieken vermeld. In het aan de geschiedenis van de muziek gewijde hoofdstuk 5 van het encyclopedische werk de *Lüshi chunqiu* (derde eeuw voor onze jaartelling) wordt de opinie dat het hier oorspronkelijk om de muziek van de Gele Keizer gaat bevestigd. Bovendien zou met deze compositie een begin zijn gemaakt met de klassieke regels die aan de Chinese muziek ten grondslag liggen.

14 'De hemel' in de betekenis van 'het opperwezen'.

voltrokken volgens de riten, maar het was gegrondvest in de hoogste zuiverheid.[15]

De vier jaargetijden verschijnen het ene na het andere,
De tienduizend dingen worden naar hun kringloop geboren,
Afwisselend in bloei en in verval;
Zacht en hard wisselden elkaar af,[16]
Nu helder, dan weer troebel;
Volgens de harmonische werking van yin en yang,
Stromen lichtstralen en klanken voort;
De overwinterende insecten worden als eerste gewekt,
Ik schrik ze wakker met donder en bliksem,[17]
Zonder staart aan het eind,
Zonder hoofd aan het begin.
Eenmaal leven, eenmaal dood,
Eenmaal dalend, eenmaal rijzend;
In zijn constantheid zonder einde,
Geen enkele maal kunnen ze op iets anders steunen.[18]

Dat maakte dat je door vrees bevangen werd.[19]

15 *Taiqing*; deze term in de latere taoïstische teksten verwijst naar de theologie van het oertaoïsme van Zhuang Zi en zijn tijdgenoten. De term komt een aantal malen in de *Zhuangzi* voor, in de betekenis van 'de sfeer van de Tao', 'de Tao zelf' of 'de incarnatie van de Tao'. In de oudere uitgaven van de *Zhuangzi* volgen hierna vijfendertig karakters die samen een interpolatie vormen, waarschijnlijk overgenomen uit het commentaar van Guo Xiang. Deze passage is hier weggelaten.

16 *Wenwu*; letterlijk: 'civiel en militair'.

17 Dit is een referentie aan de almanak van het oude China, zoals die opgetekend staat in de *Liji*, hoofdstuk 6, 'De maandelijkse verordeningen', die zegt: '[In de eerste maand] laat de donder zich horen en ziet men voor het eerst de bliksem; alle overwinterende insecten worden wakker.'

18 Dat wil zeggen: hun eeuwige verandering is immer spontaan. Over het concept van 'ergens op steunen' als een vorm van relativiteit, zie hoofdstuk 2. Dit hele gedicht, dat de eerste uitvoering van het muziek- en dansstuk betreft, is een beschrijving van de werking van de Tao in de wereld, zich manifesterend in de kringloop van de jaargetijden. Het 'Ontwaken der Insecten' is nog steeds een vaste datum in de Chinese boerenkalender.

19 Door het ontzaglijke wonder van de kosmische verandering.

Vervolgens speelde ik het in de eenstemmigheid van yin en yang en verlichtte het met toortsen van het licht van zon en maan:

De tonen kort of lang,
Naar believen zacht of hard,
Hun modulaties zijn volkomen egaal;
Zonder aan reden of regel te beantwoorden.
In de valleien vullen ze de valleien,
In de kuilen vullen ze de kuilen;
Alle openingen dicht, de goden bewarend,[20]
Alle dingen in hun volheid beschouwend.
De klanken stijgen op,
Zijn naam wordt verheven.

Daarom houden goden en voorvaderen zich schuil in de donkere contreien. Zon, maan en sterren volgen hun spoor. Ik sta stil in het onuitputtelijke en laat het stromen tot er geen stilstand meer is.[21] Je mag erover willen nadenken, maar je kunt het nooit begrijpen; je mag ernaar willen kijken, maar je zult het nooit zien; je mag het willen najagen, maar je zult het nooit bereiken.[22]

Met een vrij gevoel vind ik mijn plaats in de viervoudig openstaande Tao.[23] Met een vrij gevoel leun ik op mijn armsteun en zing ik.[24] Mijn hart heeft zich uitgeput in het willen begrijpen, mijn ogen zijn uitgeput van het willen zien, mijn kracht is gebro-

20 De goden van het lichaam. Door deze zin wordt het duidelijk dat wat hier beschreven wordt eigenlijk een meditatie van de Tao betreft. Vergelijk de *Daodejing*, hoofdstuk 56: 'Maak alle openingen dicht, sluit de deuren, maak alle scherpe kanten stomp, alle glans getemperd, alle stof verenigd. Dat is wat de mysterieuze eenheid genoemd wordt.' Deze onderliggende betekenis wordt nog duidelijker in de hierna volgende regels.

21 Het onuitputtelijke is de Tao. Over het stilstaan door niet stil te staan, zie de passage over 'het vasten van het hart' in hoofdstuk 4, paragraaf I.

22 Dit tweede gedicht beschrijft de innerlijke Tao, de Tao van het Ene, zoals die zich onzichtbaar en onkenbaar manifesteert in de kosmos, en zoals hij kan worden ervaren door de extatische meditatie.

23 Vrij en open in alle vier windrichtingen.

24 Letterlijk: 'leunend op een stuk oud plataan'. Hier staat dit voor de bekende armsteun gebruikt bij de meditatie. Voor deze en andere betekenissen, zie hoofdstuk 5, paragraaf VI.

ken in het willen najagen, maar nooit ofte nimmer zal ik het bereiken. Mijn lichaam is boordevol leegte, en dat maakt mij warrig.[25] Jij raakte ook in die warrige staat, en daarom voelde je je de tweede keer lusteloos.

En opnieuw speelde ik het, nu met klanken die niet lusteloos waren, en harmoniseerde die in spontane orde. Toen klonk het als de chaos, die alle leven baarde:

Wouden van muziek, en geen enkele vorm,
Overal verspreid, maar niet uitgerekt,
Obscuur en donker, zonder klanken,[26]
De bewegingen zijn zonder richting,
Verblijvend in het duister van het mysterie.[27]
Soms wordt hij dood geheten,
Soms levend;
Soms ziet men hem als de kern,
En soms als de uiterlijke glans.
Stromend verspreiden de klanken zich overal,
Zonder te beantwoorden aan gewone tonen.

De mensen van de wereld verwonderden zich en ondervroegen hierover een wijze man. Wat wijs zijn betreft, dat betekent de natuurlijke aard der dingen begrijpen en ze hun lot laten volgen. Hij zei: "Het hemelse klokwerk was nog niet in beweging gebracht, de vijf functies bleven nog verhuld.[28] Zonder woorden te uiten was het hart verheugd. Dat is wat men noemt de hemelse vreugde."[29] De heer van Yan[30] maakte er een lofzang op, die luidde:

25 De tekst heeft hier de zeldzame uitdrukking *weiyi*, die het beeld van krioelende slangen oproept, en voor de ineengestrengelde krachten in de oerchaos gebruikt wordt. De *locus classicus* voor de term bevindt zich in hoofdstuk 7, paragraaf v.

26 Zie de *Daodejing*, hoofdstuk 41: 'Grote muziek heeft onhoorbare klanken, de grote gestalte heeft geen vorm.'

27 Vergelijk de *Daodejing*, hoofdstuk 21: 'De Tao als ding is mysterieus en duister.'

28 Het hemelse klokwerk (de kringloop van de sterren) en de vijf functies van de vijf elementen duiden op de werking van de Tao in de reeds geschapen wereld, terwijl hier de oorspronkelijke chaos waaruit de wereld werd geboren, wordt beschreven. Deze wat problematische zin is waarschijnlijk bedoeld als de aanvang van het antwoord van 'de heilige mens'.

"Ik luister, maar hoor de klanken niet,
Ik kijk, maar zie de vorm niet,
Het vervult hemel en aarde,
En omvangt de zes uitersten."

Jij wilde het horen, maar je kon het niet accepteren, en dat maakte je verward. Wat deze muziek betreft, eerst werd je bevreesd, en door je bevreesdheid werd je geschokt.[31] Toen ik het nog een keer uitvoerde maakte het je lusteloos, en daardoor werd je rein. Ten slotte maakte de muziek je verward. Verwarring maakt je dom, en door domheid bereik je de Tao. De Tao kun je in je meedragen, en één worden met hem.'

IV

Toen Confucius naar de westelijke staat van Wei reisde,[32] richtte Yan Yuan zich tot Jin de onderwijzer met de vraag: 'Wat is uw mening over deze reis van de meester?'

'Het is jammer,' antwoordde Jin de onderwijzer. 'Dit zal het einde van de meester zijn!'

'Waarom?' vroeg Yan Yuan.

'Voordat strohonden op het altaar worden uitgestald, worden ze in bamboedozen gelegd met een doek van brokaat eromheen.[33] Om ze in de hand te mogen nemen moet de voorbidder eerst vas-

29 Woordspeling op de betekenis van het woord 'muziek', dat ook 'vreugde' kan betekenen. In het modern Chinees wordt hetzelfde karakter op twee verschillende manieren uitgesproken, maar in het oude China was dat niet het geval.

30 De mythologische koning Shun. Dit is een lofzang op de Tao. Vergelijk de *Daodejing*, hoofdstuk 14.

31 De tekst heeft eigenlijk het woord 'bezeten' (*sui*).

32 Een van de vele leenstaten van het oude China, gevestigd in wat nu het noordelijke gedeelte van de provincie Honan is.

33 Deze dienden voor de offers die gebracht werden om kwade invloeden, die met name aan onheil brengende sterrenbeelden werden toegeschreven, af te wenden. De strohonden verbeeldden de sterren van de Hemelse Hond (*Tiangou*). Periodiek werd ze een zoenoffer gebracht, om hun invloed af te wenden. Nadat de strohonden voor dit doel gebruikt waren, werden ze geacht alle kwade energieën in zich te hebben opgenomen, en dus werden ze terstond weggegooid. Deze vorm van exorcisme is nog steeds in zwang.

ten om zich te louteren. Maar zodra ze van het altaar zijn afgehaald loopt men over ze heen en trapt men op hun kop of rug, en sprokkelaars rapen ze op om er hun potje mee te koken. Als iemand ze opnieuw zou oppakken en ze in een bamboedoos zou stoppen met een doek van brokaat erom, en er, hetzij op reis, hetzij thuis, naast zou slapen, dan zou die persoon nare dromen krijgen, en zeer zeker ook dikwijls nachtmerries.[34] Nu heeft je meester ook al die strohonden die vroegere koningen op hun altaren hadden geplaatst verzameld, en samen met zijn discipelen reist hij rond en slaapt hij ernaast. Daarom werd de boom in Song boven hem omgehakt,[35] werden zijn sporen in Wei uitgewist en raakte hij benard in Shang zowel als in Zhou.[36] Waren dat geen nare dromen? En toen hij omsingeld was tussen Chen en Cai en zeven dagen lang geen warm voedsel had en zweefde tussen leven en dood, was dat geen nachtmerrie?[37]

Op het water kom je het beste vooruit in een boot, en op het land in een wagen. Maar als je probeert om met een boot die geschikt is om op het water te varen op het land te rijden, dan zou je tot aan het einde der dagen niet meer dan een paar el vooruit komen. Zijn vroeger en nu niet net zo verschillend als land en water? Zijn de landen van Zhou en Lu niet net zo verschillend als boten en wagens? Als je vandaag gaat proberen om wat gangbaar was in het oude Zhou toe te passen in Lu, dan komt dat overeen met een boot over het land te duwen.[38] Op die manier verspil je al je ener-

34 Het verschil tussen de twee is dat een nachtmerrie als een bezetenheid door kwade geesten wordt beschouwd, die daarom moeten worden uitgebannen. De strohonden die geladen zijn met slechte energieën veroorzaken dit gespook.

35 Toen Confucius in Song verbleef en eens met zijn discipelen onder een boom uitrustte, liet de plaatselijke machthebber de boom omhakken, en had Confucius ternauwernood tijd om te ontsnappen.

36 Bij een eerder bezoek aan de staat Wei werd Confucius met argwaan ontvangen en later voor een rover aangezien. Hoewel het misverstand werd opgehelderd, werd hij niettemin het land uit gezet. Shang is een andere naam voor Song, het vaderland van Zhuang Zi, en Zhou is de naam van de residentieplaats van de Zhou-dynastie en het land eromheen. Hier vonden kennelijk andere, nu niet meer bekende, hachelijke avonturen plaats.

37 Deze episode betreft een samenloop van omstandigheden, waarbij Confucius ongelukkigerwijs tussen twee oorlogvoerende legers bekneld raakte en bijna van de honger omkwam.

gie zonder enig resultaat, en breng je daarbij je eigen persoon in gevaar. Hij heeft nog niet begrepen dat je onuitputtelijke kracht hebt wanneer je naar de omstandigheden alle kanten op kunt.

Heb je wel eens goed naar een putgalg gekeken?[39] Trek je eraan dan buigt hij naar beneden, en laat je hem los dan veert hij weer op. Die putgalg, het zijn de mensen die aan hem trekken, niet hij die aan de mensen trekt. Op die manier kan hij buigen en weer opstaan zonder wie dan ook te beledigen.[40] De drie koningen en de vijf soevereinen legden zich bij het instellen van de riten en ceremoniën ook niet toe op de conformiteit, maar op wat goed was voor het bestuur.[41] Kunnen we de rituele instellingen van deze heersers uit de oudheid niet vergelijken met bramen, peren, sinaasappels en pomelo's? Ze zijn verschillend van smaak, maar toch zijn ze allemaal lekker.

De rituele regels veranderen in overeenstemming met de tijd. Als je nu eens een aap neemt en je trekt hem de gewaden van de hertog van Zhou[42] aan, dan zal hij er beslist net zo lang in bijten en eraan scheuren en zal hij niet tevreden zijn voordat ze allemaal van hem af zijn. Als we de oudheid in vergelijking met de hedendaagse tijd beschouwen, dan zijn ze net zo verschillend als die aap en de hertog van Zhou.

Wanneer de schone Xishi pijn in haar borst had, dan fronste ze haar wenkbrauwen tegen haar buurlieden. Onder hen was er ook een lelijkerd die dat zag en vond dat Xishi er zo mooi uitzag. Toen ze thuiskwam ging ze ook net zo op haar borst slaan

38 Confucius was een aartsconservatief die alles deed om de oude wetten, zeden en gebruiken uit het begin van de Zhou-dynastie, ongeveer vijfhonderd jaar voordat hij zelf leefde, hoog te houden. Dat was natuurlijk erg onrealistisch.

39 Vergelijk hoofdstuk 12, paragraaf XI.

40 Hij buigt en groet als een volmaakte confucianist, maar maakt zich niet onmogelijk zoals meester Confucius zelf.

41 De drie koningen van het oude China waren de stichters van de drie dynastieën: de Xia (Yu de Grote), de Shang (Tang de Overwinnaar) en de Zhou (koning Wu). Volgens verschillende latere bronnen zijn de vijf soevereinen Huangdi (de Gele Keizer), Zhuangxu, Digao, Yao en Shun. In het oude China werden rituelen beschouwd als wetten om het land mee te besturen.

42 De stichter van de Zhou-dynastie en het voorbeeld van perfecte deugd voor Confucius.

en met haar wenkbrauwen fronsen. De rijke lieden in de buurt sloten hun deuren als ze haar zagen aankomen en waagden zich niet buiten, terwijl de arme lieden hun vrouw en kinderen bij de armen pakten en ervandoor gingen. Die lelijkerd begreep wel dat de fronsende Xishi mooi was, maar ze wist niet waarom ze mooi was. Helaas! Dit zal het einde van de meester zijn!'

V

Confucius had al eenenvijftig jaar geleefd, maar had nog niet de Tao gevonden. Toen ging hij naar het zuiden, naar Pei,[43] en zocht Oude Langoor op.

'Ben je daar dan?' vroeg Oude Langoor. 'Ik heb gehoord dat je een eerbiedwaardig persoon uit het noorden bent. Heb je de Tao al bereikt?'

'Nog niet,' zei Confucius.

'En waar heb je dan zoal gezocht?' vroeg Lao Zi.[44]

'Ik heb in de rituele regels gezocht, vijf jaar lang, zonder het alsnog te bereiken.'

'En waar heb je nog meer gezocht?'

'Ik zocht het in de veranderingen van yin en yang, twaalf jaar lang, zonder het alsnog te bereiken.'[45]

'Inderdaad!' zei Lao Zi. 'Als de Tao gegeven kon worden, dan zou iedereen hem aan zijn vorst aanbieden; als hij overhandigd kon worden, zou iedereen hem aan zijn verwanten aanreiken; als hij aan de mensen kon worden verkondigd, dan zou iedereen hem aan zijn broeders vertellen, en als hij kon worden overgedragen, dan zou iedereen hem aan zijn kinderen en kindskinderen vermaken. De reden waarom dit niet mogelijk is, is niets anders dan: wat niet in de Heer berust,[46] kan van binnen niet worden

43 De woonplaats van Lao Zi.

44 In het begin van deze passage wordt er van Oude Langoor gesproken, en nu wordt hij als Lao Zi (de Oude Meester) geïdentificeerd.

45 Hiermee is de orakelkunst bedoeld, zoals die in het *Boek der Veranderingen* (*Yijing*) is neergelegd. Dit werk zou door Confucius zijn samengesteld.

46 De Heer (*zhu*) is het alles ordenende innerlijke principe. Zie hierover hoofdstuk 2, paragraaf III.

behouden; wat niet recht is, kan van buiten niet slagen. Wat het van binnen naar buiten uitdragen betreft: als dat van buiten niet ontvangen wordt, dan draagt de heilige mens het niet uit. Wat het van buiten naar binnen brengen betreft: als dat niet met de Heer in overeenstemming is, dan zal de heilige mens het niet behouden.

Namen zijn een algemeen werktuig dat je niet te veel moet gebruiken.[47] Medemenselijkheid en gerechtigheid waren voor de heersers van weleer als herbergen, waar je een avond kon overnachten maar niet lang kon verblijven,[48] want hoe meer je van deze deugden gebruik maakt, des te meer de mensen ertegen zondigen.

De allerhoogste mensen uit de oudheid maakten soms gebruik van de weg van de medemenselijkheid en bivakkeerden soms in de herberg van de gerechtigheid, om daarna te gaan zwerven op de heuvel der vrijheid, zich te voeden van de akker van eenvoud, zich te vestigen in de tuin van schuldeloosheid.

Vrijheid is niets doen; eenvoud is simpele voeding; schuldeloosheid is niets te hoeven opbrengen. De ouden noemden dit "rondzwerven om het ware te plukken".

Zij die rijkdom als het meest wezenlijke beschouwen zijn niet in staat hun inkomen op te geven; zij die de uiterlijke schijn het meest essentiële vinden zullen nooit hun reputatie loslaten; zij die van macht houden zullen nooit in staat zijn het roer met anderen te delen. Terwijl ze het vasthouden beven ze van angst. Als ze het loslaten zijn ze bedroefd. Geen enkele maal zullen zij zichzelf onderzoeken om inzicht te krijgen in wat hen zo rusteloos bezighoudt. Dezulken behoren tot het volk dat de hemel zal verdelgen.

Liefde en haat, geven en nemen, afkeuren en onderwijzen, doden of laten leven, deze acht zijn de instrumenten van de rechtheid. Alleen zij die handelen in overeenstemming met de grote

47 De leer van Confucius gaf een belangrijke plaats aan het aan ieder wezen een 'correcte' naam geven.

48 Dat wil zeggen: plaatsen waar men zich tijdelijk kan ophouden, als de omstandigheden daartoe dwingen, maar geen eeuwige principes.

mutaties van de Tao, zonder in het minst belemmerd te zijn, kunnen er gebruik van maken. Daarom zeg ik: slechts zij die recht zijn volgen de rechte weg; zij die in hun hart denken dat dit niet zo is, voor hen zal de poort van de hemel niet opengaan.'

VI

Confucius bracht een bezoek aan Oude Langoor, en onderhield hem over de medemenselijkheid en de gerechtigheid.

Oude Langoor zei: 'Ahem! Als je bij het wannen kaf in je ogen krijgt, dan zie je hemel en aarde en al de vier windstreken draaien; en als je door muggen en horzels gestoken wordt, dan kun je de hele nacht niet slapen. Maar de allergrootste verstoring is wel die die op zo'n verschrikkelijke manier onze harten bedwelmt met medemenselijkheid en gerechtigheid. Als je er zorg voor draagt, goede meester, dat de wereld niet zijn oorspronkelijke eenvoud verliest, en jij jezelf ook door de wind laat meedragen,[49] dan zul je gegrond staan in de deugd. Waarom dan met zo veel gebaar medemenselijkheid en gerechtigheid aanprijzen, alsof je op een grote trommel staat te slaan om een verdwaald kind te zoeken?[50]

Heus, de ooievaar is wit, maar niet omdat hij dagelijks in bad gaat, en de raaf is zwart, maar niet omdat hij zichzelf iedere dag verft! Over zulke eenvoudige dingen als zwart en wit hoef je geen ruzie te maken, en het uiterlijk vertoon van faam en prestige, ze zijn het niet waard dat je erover gaat opscheppen. Wanneer de bron van een rivier opdroogt, blijven de vissen samen met elkaar op de bodem. Dan blazen ze op elkaar met hun adem, ze bevochtigen elkaar met hun speeksel, maar toch weegt dat niet op tegen het elkaar kunnen vergeten in het water van de rivieren en meren.'[51]

Nadat Confucius van zijn bezoek aan Oude Langoor was thuisgekomen, zei hij er drie dagen lang geen enkel woord over, zodat

49 Dat is: je laat je meevoeren met de stroom van de natuurlijke verandering der dingen.

50 In hoofdstuk 13, paragraaf IV, komt nagenoeg dezelfde zin voor.

51 Deze zin is overgenomen uit de Innerlijke geschriften, hoofdstuk 6, paragraaf III.

zijn discipelen hem vroegen: 'Meester, toen u bij hem was, wat hebt u hem zoal aan goede raad gegeven?'

'Voor het eerst van mijn leven heb ik een draak gezien!'[52] antwoordde Confucius. 'Is zijn kracht gebundeld, dan verschijnt de draak als lichaam; is zijn kracht verspreid, dan verschijnt hij als tekens.[53] Rijdend op de wolken voedt hij zich met yin en yang.[54] Mijn mond viel open van bewondering, en ik kon hem niet meer dicht krijgen. Hoe zou ik hem nog goede raad hebben kunnen geven?!'

Zigong zei:[55] 'Heus? Is het dan echt zo dat een mens zich door het zitten als een vicaris[56] kan manifesteren als een draak die in de stilte van de afgrond oprijst met een donderslag die hemel en aarde doet beven?[57] Zou ik soms ook naar hem toe mogen gaan om dat te zien?'

Vervolgens, zich voorstaand op de reputatie van Confucius, ging hij Oude Langoor opzoeken. Deze had net in zijn zaal plaatsgenomen. Nadat hij de begroeting van Zigong gehoord had, zei hij

52 De draak is bij uitstek de verschijning van de hemelse kracht en een teken van grote zegen, zulks in tegenstelling met de folklore van de draak in het Westen, waar hij als een duivels monster gezien wordt. Het verhaal van de ontmoeting van Confucius en Lao Zi zoals het hier verteld wordt is zeer beroemd geworden in het latere taoïsme en wordt in alle hagiografieën aangehaald. Over het verband tussen de meditatie en de draak, vergelijk hoofdstuk 11, paragraaf I: 'Doodstil zit hij te mediteren, maar zijn verschijning is als die van een draak. In het diepste stilzwijgen klinkt zijn stem als die van de donder.'

53 In deze laconieke definitie van de draak ligt een heel stuk taoïstische kosmologie besloten, die vooral in de middeleeuwse teksten wordt verklaard. Bij de schepping verspreiden de kosmische energieën die uit de oerchaos voortkomen zich en vormen spontaan tekens (*zhang*), die de essentie van ieder wezen figureren. Deze tekens vormen de hoogste spontane openbaring van de Tao (zie mijn *Tao, de levende religie van China*). De draak hier is de incarnatie van de Tao, zoals ook blijkt uit wat hier volgt.

54 Vergelijk de beschrijving van de goddelijke mensen in hoofdstuk 1, paragraaf III, en verder.

55 Een van de voornaamste discipelen van Confucius. Zie hoofdstuk 12, paragraaf XI.

56 Letterlijk: 'kadaver', de persoon die bij de offers de voorouders of de goden vertegenwoordigde en die in trance verkeerde. Zie hoofdstuk 1, paragraaf II. In de confucianistische rituele traditie wordt gezegd dat een heer moet 'zitten als een vicaris' (de *Liji*, hoofdstuk 1). In de passage hier wordt met 'het zitten als een vicaris' de transcendentale meditatie bedoeld.

57 Volgens de oude Chinese folklore verschenen draken uit de afgronden en de grotten in de bergen, en stegen, vergezeld van donderslagen, op naar de hemel.

zachtjes: 'Ik ben al wat gevorderd in jaren; waarover dacht je mij te komen beleren?'

'De drie koningen en de vijf soevereinen hadden ieder hun eigen methode om Alles onder de Hemel te besturen, maar allemaal, als één man, hebben ze er een goede naam aan overgehouden. U, meester, bent de enige die hen niet als heilige mannen beschouwt. Hoe zit dat eigenlijk?'

'Kom wat dichterbij, jongeman!' zei Oude Langoor. 'In welk opzicht zeg je dat ze niet hetzelfde waren?'

'Welnu!' zei Zigong, 'Yao droeg het rijk over aan Shun, Shun aan Yu, Yu gebruikte zijn deugd en Tang gebruikte zijn leger, koning Wen volgde Zhou en durfde niet tegen hem in opstand te komen, koning Wu keerde zich tegen Zhou omdat hij hem niet langer wilde volgen; om al die redenen vind ik dat ze niet hetzelfde waren.'[58]

'Kom nog wat dichterbij, jongeman!' zei Oude Langoor, 'dan zal ik je vertellen hoe de drie koningen en de vijf soevereinen het rijk bestuurden. Toen de Gele Keizer het rijk bestuurde maakte hij dat het volk in hun harten één was, zodat wanneer een van iemands verwanten stierf maar hij niet weende, niemand hem afkeurde. Toen Yao het bewind voerde maakte hij dat het volk in hun harten zich van hun verwanten bewust werd, zodat wanneer iemand vanwege zijn verwanten partijdig werd, niemand hem afkeurde. Shun bracht wedijver in de harten van het volk. Zwangere vrouwen baarden al na tien maanden,[59] en vijf maanden na de geboorte konden de kinderen spreken, zodat ze nog voordat ze kleuters waren al wisten wie wie was. Vanaf die tijd

58 Dit is een wat merkwaardige lijst van de acht monarchen van het oude China (zie hierboven, noot 41), vooral omdat de door de taoïsten zo hooggeschatte Gele Keizer niet wordt vermeld, een verzuim dat Lao Zi in zijn antwoord op Zigongs vraag gaat rechtzetten.

59 Dat wil zeggen: maanmaanden, ofwel tien menstruatieperiodes, tot op vandaag de gebruikelijke manier om de duur van een normale zwangerschap te berekenen. Het idee is hier dat voor Shuns tijd de zwangerschap langer duurde en daarmee ook de levensduur van de mensen langer was (zie hierover mijn *Tao, de levende religie van China*). Deze versnelling vond plaats onder de druk van de competitie om in minder tijd meer kinderen te krijgen, en daarmee meer macht. Al vroeg moesten kinderen hun verwantschapsrelaties kennen.

begonnen de mensen voortijdig te sterven.[60] Yu bracht onenigheid in de harten van het volk. Mensen kregen hun eigen ideeen, met als gevolg gewapende conflicten. Iedere partij doodde "rovers" en niemand doodde "mensen",[61] van zichzelf bewerend dat ze recht op het land hadden,[62] en dientengevolge ook op het hele rijk. Daarop raakte de hele wereld in de grootst mogelijke paniek, en de confucianisten en mohisten rezen op. Zij brachten voor het eerst hun morele principes naar voren, en dat heeft ons tot de situatie gebracht waarin we nu zijn. Wat heb je daar nog aan toe te voegen? Ik zeg je: het bestuur van de drie koningen en de vijf soevereinen mocht in naam dan orde brengen in het rijk, in werkelijkheid bracht het de grootst mogelijke wanorde. De wijsheid van de drie koningen maakte dat het licht van de zon en de maan in de hemel verduisterd werd, de schoonheid van de bergen en de rivieren vernield werd. Hun wijsheid was gevaarlijker dan de steek van een schorpioen, zodat geen enkel wezen, tot aan het kleinste diertje toe, naar de omstandigheden van zijn ingeboren natuur in vrede kon leven. En toch vonden ze van zichzelf dat ze heiligen waren! Is deze schaamteloze houding van hen niet diep beschamend?'

Zigong stond te schuifelen met zijn voeten en voelde zich niet op zijn gemak.

VII

Confucius sprak met Oude Langoor, en zei: 'Ik heb de zes klassieken van de "Liederen", "Documenten", "Riten", "Muziek", "Veranderingen" en "Annalen" bewerkt;[63] ik heb er lang aan gewerkt en, al zeg ik het zelf, ben grondig vertrouwd geraakt met de diepe-

60 Voor een periode van tien maanden zwangerschap staat in principe een levensduur van honderd jaar.

61 Rovers zijn natuurlijk ook mensen, en wie rover is of niet hangt af van wie er wint of verliest.

62 *Zhong* heeft hier de betekenis van 'vrije boer'.

63 Dit is de lijst van de zes klassieken zoals die in het begin van de Han-periode werd opgesteld. Hiervan zijn de 'Riten' en de 'Muziek' vrijwel geheel verloren gegaan, en grote gedeelten van de 'Documenten' bestaan ook niet meer in hun oorspronkelijke vorm.

re betekenis ervan. Ik bracht ze naar tweeënzeventig vorsten, om op basis ervan de Tao van de koningen van weleer uit te leggen en de sporen van de grote daden van de hertog van Zhou en de hertog van Zhao bekend te maken.[64] Maar geen enkele onder hen behield ze om er gebruik van te maken. Hoe vreselijk moeilijk is het om mensen te overtuigen en de Tao bekend te maken!'

'Je mag wel van geluk spreken!' zei Lao Zi, 'dat je geen vorst hebt ontmoet die in staat was Alles onder de Hemel onder zijn bestuur te brengen. De zes klassieken zijn de nagelaten sporen van de koningen van weleer, maar er staat niet in waarvoor ze deze sporen hebben nagelaten. Wat jij vandaag vertelt zijn opnieuw de nagelaten sporen van weleer. Sporen worden gemaakt door stappen, maar hoe zouden die oude sporen ooit hetzelfde zijn als stappen doen![65] Witte reigers kijken naar elkaar, ze staren zonder te bewegen, en zo vindt bij hen de "verandering door de wind" plaats.[66] Onder de insecten roept het mannetje vanuit een plaats hoog aan de wind, en het vrouwtje antwoordt hem vanuit een plaats onder aan de wind, en zo vindt bij hen de "verandering door de wind" plaats. De *lei* is mannetje en vrouwtje tegelijk, en zo treedt bij hem dit in zichzelf op.[67] De aangeboren natuur kan niet worden veranderd, het levenslot kan niet worden gewijzigd. De tijd kan niet worden stopgezet, de Tao kan niet worden afgesloten. Als je de Tao hebt, dan is er niets dat je niet kunt bereiken. Maar ben je hem kwijt, dan kun je niets bereiken.'

Gedurende drie maanden bleef Confucius thuis. Daarna ging hij opnieuw bij Lao Zi op bezoek. 'Ik heb het gevonden!' zei hij. 'Vogels broeden hun eieren, vissen bevruchten elkaar met hun slijm, bijen muteren zichzelf, en als het jongere broertje komt huilt het oudere. Al die lange tijd heb ik als mens niet deelgeno-

64 Van deze twee jongere broers van koning Wu, de stichter van de Zhou-dynastie, wordt de hertog van Zhou in de confucianistische traditie hoog gehouden als een voorbeeld van deugd. Waarom hier tevens de hertog van Zhao genoemd wordt is niet bekend.

65 De wereld staat niet stil; alles verandert volgens de eigen ingeboren aard.

66 Dat wil zeggen: de bevruchting. Er bestonden in het oude China allerlei theorieën over de voortplanting, waar hier enkele voorbeelden van worden aangehaald.

67 Deze hermafrodiet is slechts bekend uit de mythologie van het 'Boek van de Bergen en Zeeën' (*Shanhai jing*).

men aan de verandering. Maar als je niet zelf deelneemt aan de verandering, hoe kun je dan anderen doen veranderen?'

'Juist!' zei Lao Zi. 'Qiu,[68] je hebt het gevonden!'

68 Qiu is de voornaam van Confucius.

HOOFDSTUK 15

Vooroordelen

Vooroordelen, voornaam gedrag, afstand van de wereld houden en zich distantiëren van het vulgaire, hoogstaande gesprekken voeren en bittere kritiek leveren, dat gaat onder de naam van 'eergevoel', en niets anders. Dit is waar de heren van de bergen en valleien van houden, zij die de mensen van de wereld op een afstand houden, en die zich met een uitgemergeld en verwrongen gelaat in de diepe wateren storten.[1]

Discussiëren over medemenselijkheid en gerechtigheid, over trouw en eerlijkheid, eerbiedig zijn, en daarbij zuinig, bescheiden en beleefd, dat gaat onder de naam van 'ontwikkeling', en anders niet. Dit is waar de heren van de eenvoudige wereld, zij die onderwijs en instructie geven, de geleerden die rondtrekken of thuis werken, op gesteld zijn.

Praten over grote verdiensten, werken voor een grote naam, de riten van vorst en onderdaan volgen, het correcte verschil tussen hoog en laag handhaven, al dat wordt gedaan in de naam van de 'orde', en anders niet. Dat is waar de heren van het hof, zij die hun vorst vereren, hun land sterk willen maken en al hun inspanningen erop richten om andere staten in te lijven, van houden.

Zich naar de meren en moerassen begeven, gaan wonen in de wijde wildernis, gaan vissen of de tijd in ledigheid doorbrengen, al dat wordt 'nietsdoen' genoemd, en daarmee uit. Dat is waar de heren van de rivieren en zeeën, zij die de wereld vermijden en die in ledigheid willen leven, van houden.

Blazen en puffen, in- en uitademen, de oude adem uitstoten

1 Deze beschrijving slaat op de politici uit de oudheid die zich uit verontwaardiging over wat zij zagen als een wereld zonder principes als heremieten terugtrokken of zelfmoord pleegden door in een rivier te springen. Hoofdstuk 28, paragraaf XIV noemt als voorbeelden de heremieten Yi Yin en Wu Guang.

en de verse lucht inhaleren, de berendans en de vogelbewegingen uitvoeren, al dat wordt in de naam van 'lang leven' gedaan, en anders niet. Dit wordt door de heren van het 'geleiden van de energie', zij die hun lichaam verzorgen en die zo oud als Pengzu hopen te worden, als het beste beschouwd.

Indien je zonder vooroordelen te koesteren toch je eergevoel kunt bewaren; zonder al die medemenselijkheid en gerechtigheid toch gecultiveerd kunt zijn; zonder beslist een eervolle onderscheiding te willen krijgen toch orde schept; zonder op rivieren en zeeën te zwalken toch van vrije rust geniet; en zonder al die energieoefeningen te doen toch een lang leven cultiveert: in dat geval kun je alles vergeten,[2] en zul je alles bezitten. Deze eindeloze rust brengt ontelbare geneugten. Dit is de Tao van hemel en aarde en de deugd van de heilige mens.

Daarom wordt gezegd: rustig zijn en stil, open zijn en niets doen, daarin ligt het fundament van hemel en aarde, en de materie van de Tao en zijn deugd. De heilige mens verblijft daarin. Door aldus te verblijven is hij vredig en op zijn gemak, en dit brengt hem tot rust. Zo in vrede, op zijn gemak, in rust verkeren maakt dat verdriet en pijn geen toegang vinden en dat kwade energieën hem niet kunnen belagen, zodat zijn deugd ongeschonden blijft en zijn geest geen schade ondervindt.

En daarom wordt gezegd: het leven van de heilige mens is het betreden van de paden van de hemel, zijn dood is de verandering der dingen.[3] In stilte is zijn deugd evenredig met het yin, in beweging is zijn deining gelijk met het yang. Nimmer zal hij omwille van het geluk aan iets de voorkeur geven, noch zal hij ter vermijding van ongeluk ooit iets ondernemen. Pas nadat hij is beroerd reageert hij; pas nadat hij aangestoten is beweegt hij; pas als er niets anders op zit onderneemt hij iets. Hij mijdt geleerdheid en argumentaties maar volgt in alles de ratio van de hemel. Daarom zal de hemel hem niet bezoeken, zullen de dingen hem niet belasten, de mensen hem niet laken en de geesten van de voorvade-

2 Toespeling op het 'zitten en vergeten' als een middel voor het verkrijgen van een hoger bewustzijn, verklaard in hoofdstuk 6, paragraaf XI.

3 Vergelijk hoofdstuk 2, paragraaf VIII.

ren hem niet straffen. Hij maakt zich geen zorgen, en hij maakt evenmin plannen. Zijn licht schijnt maar verblindt niet, hij is vol vertrouwen maar verwacht niets. In zijn slaap heeft hij geen dromen, in wakende toestand kent hij geen verdriet. Zijn leven is als drijven op de stroom, zijn dood als zich ter ruste begeven. Zijn geest is puur en zuiver, zijn ziel blijft onvermoeid. Open, rustig, is hij in stilte verenigd met de deugd des hemels.

Daarom wordt gezegd: smart en vreugde bederven de deugd, vrolijkheid en woede schenden de Tao, voorliefde en afkeer berokkenen schade aan het hart. Als het hart noch smart noch vreugde kent, bereikt de deugd zijn hoogtepunt; door het Ene te bewaren zonder enige afleiding bereik je de allerdiepste kalmte; als er geen enkele opstandigheid meer is bereik je de uiterste leegte; door geen enkel verkeer meer met de dingen te onderhouden bereik je de hoogste staat van rust, en als er niets meer tegen de draad in gaat, dan ken je de meest volmaakte zuiverheid.

En dus wordt gezegd: als het lichaam zich inspant en geen rust krijgt wordt het afgemat; als het zaad wordt gebruikt zonder matigheid raakt het uitgeput. Water dat niet vertroebeld wordt is van nature helder; als het niet beweegt is het vlak; stagneert het en stroomt het niet door, dan blijft het eveneens niet helder: dit is een beeltenis van de deugd van de natuur. En eveneens, puur en zuiver zijn, zonder enige vermenging, in stilte het Ene bewaren zonder enige afleiding, in kalmte het nietsdoen beoefenen en in elke actie de paden van de hemel volgen: dit is de Tao van het voeden van het leven. Wanneer iemand een zwaard van Gan of van Yue heeft,[4] dan bewaart hij het in een aparte kist en waagt hij het niet het te pas en te onpas te gebruiken; het is immers uitermate kostbaar. Maar de zaadgeest[5] kan uitstromen in alle vier windrichtingen, tot in het oneindige. Boven reikt hij tot aan de hemel, beneden cirkelt hij overal over de aarde. Uit deze zaadgeest wor-

4 Dit zijn de meest zuidelijke streken van het China van toen, die overeenkomen met de huidige provincies Jiangsu, Zhejiang en Fujian. Vooral in het laatste gebied werden beroemde stalen zwaarden gesmeed.

5 Dit is de letterlijke vertaling van het woord *jingsheng*, dat in betekenis enigszins overeenkomt met ons begrip 'zielkracht'. Zie hierover mijn *Tao, de levende religie van China*, p. 52-53.

den de tienduizend dingen geschapen en ontwikkeld. Geen beeltenis kan hem weergeven, maar zijn naam is 'Verenigd met de Goddelijke Voorvader'.

De puurste en reinste Tao bestaat uit het bewaren van de geest, en niets anders.[6] Als je hem kunt bewaren en hem nooit verliest, dan word je een met de geest. In dat geval wordt het zaadprincipe in de geest transcendent, en bereikt het de harmonie met de ratio van de hemel. Zoals het in de volksmond heet: 'De massa jaagt op winst, onkreukbare heren jagen op faam, eerbiedwaardige heren respecteren wilskracht, maar de heilige mens beschouwt het geestelijk zaad als het kostbaarste.' Daarom kan 'rein' worden gedefinieerd als 'zonder vermenging' en 'zuiver' als 'zonder schade aan de geest'.

Wie in staat is deze pure reinheid te belichamen, die is de ware mens.

6 *Shou*; 'bewaren', een vorm van meditatie.

HOOFDSTUK 16

De natuur verbeteren

Zij die de ingeboren natuur verbeteren door vulgaire methodes en daarmee proberen haar tot haar oorspronkelijke staat terug te brengen; zij die de eigen begeerten in banen leiden door vulgaire beschouwingen en daarmee proberen ze te sublimeren; al dat soort mensen kan stompzinnig genoemd worden.

Zij die in de oudheid de Tao beoefenden, ontwikkelden hun kennis in rust. Wanneer zich hun kennis ontwikkeld had, gebruikten ze haar niet om te handelen. Dat mag 'door kennis de rust bevorderen' genoemd worden. Wanneer kennis en rust elkaar wederzijds bevorderen, dan brengt de ingeboren natuur spontaan de harmonie met de ratio van de schepping voort.[1] Een dergelijk mens is recht van binnen, maar verbergt zijn deugd, zodat deze zich niet naar buiten manifesteert.[2] Want daar waar de deugd naar buiten treedt verliezen schepsels hun ingeboren natuur.

In de oudheid bleven de mensen kalm te midden van de chaos[3] en rustig met betrekking tot alles wat in hun tijdperk gebeurde. In die tijden verenigden yin en yang zich in stilte, voorvaderen en goden vielen de mensen niet lastig, de vier jaargetijden verliepen volgens regelmaat, de tienduizend dingen berokkenden elkaar geen letsel, geen van de massa levende wezens stierf een voortij-

1 In deze passage gaat het om een kritiek op de filosofische stromingen die de mens zouden willen 'verbeteren' en zijn begeerten 'sublimeren'. Deze wat moderne uitdrukking past volgens mij precies bij het idee van het willen 'verlicht' of 'schijnend' (*ming*) maken van de menselijke begeerte dat hier aan de orde is. Geen methodes of denksystemen, maar rust en stilte leiden ons terug naar onze eigen natuur en harmonie met de schepping. De tekst heeft hierna een lange interpolatie, waarschijnlijk uit een vroeg commentaar, dat ik hier weglaat.

2 Vergelijk hoofdstuk 14, paragraaf v.

3 De wereld verkeerde oorspronkelijk in een staat van chaos. Hier is deze kosmologische staat tot een soort prehistorische fase van de geschiedenis van de mensheid geworden.

dige dood. Hoewel de mensen over kennis beschikten, werd die nooit ergens voor gebruikt. Dit mag wel de uiterste staat van eenheid genoemd worden. Ja, in die tijden deed niemand iets, en alles ging steeds spontaan.

Totdat de deugd minder werd en verzwakte. Op dat moment gingen de Vuurmaker en Fuxi zich voor het eerst met de wereld bezighouden,[4] en daarop heerste er meegaandheid, maar was er geen eenheid meer. Toen de deugd nog meer afnam, kwamen de Heilige Landbouwer[5] en de Gele Keizer om zich met de wereld te bemoeien. Op dat moment kwam er vrede, maar het was gedaan met de meegaandheid. Daarna werd de deugd nog zwakker, en begonnen Tang en Yu dingen met de wereld te doen.[6] Met hen verscheen de mode van besturen en verbeteren, en die overspoelde de reinheid en verdreef de oorspronkelijke ongekunsteldheid.

In hun handelen verwijderden deze lieden zich van de Tao, door hun gedrag verspilden ze hun deugd. Daarop verwierpen ze de ingeboren natuur en volgden ze hun eigen ideeën.[7] Hun verstand wedijverde met dat van anderen om kennis en wijsheid te verwerven, maar dat was ontoereikend om de wereld tot bedaren te brengen. En daarbij voegden ze nog beschaving toe, en vermeerderden ze die nog met ontwikkeling, en toen raakte het volk in verbijstering en wanorde, en had geen mogelijkheid meer om zijn ingeboren natuur te hervinden, laat staan zijn oorspronkelijke staat te herstellen.

Uit dit alles blijkt het volgende: wanneer de wereld de Tao verlaat, dan verlaat de Tao de wereld. Wanneer de Tao en de wereld elkaar wederzijds verlaten hebben, hoe kan de Tao zich dan nog

4 De Vuurmaker is de Suiren, letterlijk de 'vuurboorman', die als eerste zelf vuur wist te maken. In de tot heden bewaarde Chinese literatuur uit de oudheid komt hij in deze passage van de *Zhuangzi* voor het eerst voor. Fuxi en zijn metgezellin Nüwa behoren eveneens tot de vroegste Chinese cultuurhelden.

5 Voor Shennong, de uitvinder van de landbouw, zie de lijst van cultuurhelden in hoofdstuk 10, paragraaf 11.

6 Tang is de stichter van de Shang-dynastie (1765–1122 voor onze jaartelling), maar Yu staat in principe voor Shun, de mythische opvolger van Yao (2257–2208 voor onze jaartelling). De chronologische volgorde klopt dus hier niet, en waarschijnlijk is de tekst fout. Men zou hier eerder de spreekwoordelijke Yao, en daarna Shun hebben verwacht.

7 De tekst heeft 'hart' (xin), maar dat heeft hier de betekenis van 'denkorgaan'.

in de wereld manifesteren? Hoe kan de wereld zich dan op zijn beurt nog verheffen in de Tao? Wanneer de Tao zich niet meer in de wereld kan manifesteren, noch de wereld zich in de Tao kan verheffen, in dat geval, zelfs al trekt de heilige mens zich niet terug in de bergen en de bossen, zal zijn deugd toch verborgen blijven.

Verborgen, maar niet omdat hij deze zelf verborg. Zij die in de oudheid 'heremieten' genoemd werden: het was niet omdat ze zich wilden verschuilen dat ze zich niet manifesteerden; het was niet omdat ze wilden zwijgen dat ze zich niet uitten; het was niet omdat ze hun wijsheid wilden verbergen dat die niet verspreid werd. Dat alles kwam omdat in hun tijdperk het met het hemelse mandaat volkomen verkeerd ging. Als ze wel het mandaat voor hun tijdperk zouden hebben ontvangen, zouden ze dat in grote mate op de wereld hebben toegepast, zodat de wereld zijn eenheid weer kon terugvinden en alle sporen van verdeeldheid zouden verdwijnen. Maar omdat ze niet het mandaat dat bij hun tijd paste kregen, onttrokken zij zich in grote mate aan de wereld. Ze wortelden zich diep in volkomen rust en wachtten af. Dat was hun Tao om zichzelf te bewaren.

Zij die in de oudheid hun persoon bewaarden, smukten hun wijsheid niet op met redevoeringen, zij gebruikten hun wijsheid niet om de wereld te doorgronden, noch om er hun kracht uit te putten, maar vestigden zich in afzondering, om zo terug te keren tot hun eigen natuur, en dat was alles. Wat zouden ze dan nog ondernemen? De Tao bestaat beslist niet uit kleine praktijken, en zijn deugd beslist niet uit kleine inzichten. Kleine inzichten doen schade aan de deugd, kleine praktijken verwonden de Tao. Daarom kan men zeggen: maak jezelf recht, en dat is alles. Wanneer de vreugde volkomen is, dan mag men zeggen dat het doel bereikt is.

Voor hen die in de oudheid hun doel bereikten was er geen sprake van wagens of kronen,[8] maar alleen dat er niets was dat aan hun vreugde ontbrak. Vandaag echter wordt het bereiken van het doel gezien in termen van wagens en kronen. Van wagens en kronen voorzien zijn heeft echter niets te maken met je eigen

8 De tekenen van hoge positie en macht.

natuur en levenslot.[9] De dingen die bij toeval tot ons komen zijn slechts aan ons toevertrouwd. Die dingen komen zonder dat je dat kunt afdwingen, en ze gaan weer zonder dat je ze kunt tegenhouden. Span je niet in vanwege het verkrijgen van de rijkdom van wagens en kronen, laat je niet meeslepen in het vulgaire vanwege armoede en benarde omstandigheden. In beide gevallen kun je dezelfde vreugde genieten; het enige is dus je geen zorgen te maken. Wanneer dat wat je was toevertrouwd nu weer verdwijnt en je daarom verdrietig wordt, dan blijkt daaruit dat de vreugde die je daarvoor genoot helemaal nergens op berustte. Daarom kun je zeggen: jezelf verliezen ter wille van de dingen, je eigen natuur bederven door het vulgaire, zij die dat doen zijn mensen die verkeerd in het leven staan.

9 *Ming*; hetzelfde woord als 'mandaat'.

HOOFDSTUK 17

Herfstvloed[1]

I

Toen de tijd van de herfstvloed was aangebroken, stortten de honderd valleien hun water in de Gele Rivier. De stroom werd daardoor zo groot dat men van de ene oever naar de andere kijkend geen paard van een rund kon onderscheiden. Daarop werd de Riviergraaf[2] blij en verheugd met zichzelf, want hij dacht dat van alles wat er mooi was in de wereld hijzelf wel de allermooiste was. Hij liet zich met de stroom meedrijven naar het oosten, tot hij uiteindelijk de Noordelijke Wereldzee bereikte.[3] Daar tuurde hij verder oostwaarts, zonder het einde van het water te bespeuren. Toen betrok het gezicht van de Riviergraaf. Starend over de wijde wereldzee richtte hij zich tot Ruo,[4] en zei met een diepe zucht: 'Er wordt gezegd dat hij die van alles en nog wat over de Tao heeft geleerd, denkt dat niemand tegen hem op kan. Dat slaat nu op mij. Ja warempel, als ik vroeger mensen hoorde die niet veel ophadden met de geleerdheid van Confucius of met de gerechtigheid van Bo Yi,[5] dan wilde ik daar niet naar luisteren. Nu echter,

1 Er zijn twee plaatsen in de *Daodejing*, in de hoofdstukken 32 en 66, die aan de allegorie van de rivier en de wereldzee refereren.

2 Hebo; van oudsher de benaming van de god van de Gele Rivier. Om hem gunstig te stemmen en de grote overstromingen waar de rivier berucht om was af te wenden, werd hem jaarlijks een bruid aangeboden door een jong meisje in de rivier te werpen. Hoewel dit wrede offer reeds in de oudheid werd bekritiseerd, bleef het tot aan de elfde eeuw van onze jaartelling in zwang.

3 Oftewel de Noordelijke Wereldzee, een van de vier wereldzeeën die de aarde omringen. De Gele Rivier (Huanghe) stroomt door Noord-China en mondt uit in de Golf van Zhili.

4 De god van de Noordelijke Wereldzee.

5 Als minister van de laatste koning van de Shang-dynastie weigerde Bo Yi de nieuwe heerser te dienen en liet zich doodhongeren. Zodoende werd hij later gezien als een voorbeeld van loyaliteit.

nu ik uw vrijwel eindeloze grootheid mag aanschouwen, zeg ik tegen mezelf dat als ik niet tot uw poorten was gekomen, ik het gevaar had gelopen me voor immer belachelijk te maken bij de filosofen van het grote vierkant.'[6]

'Met een kikker die in een put zit kun je niet over de grote zee praten, want hij zit vast in zijn eigen ruimte; en met een zomervlinder hoef je niet over ijs te discussiëren, want hij is gelimiteerd wat de tijd betreft. Evenmin heeft het zin om met een kamergeleerde over de Tao te spreken, want hij wordt beperkt door wat hij geleerd heeft. Maar nu jij je buiten je oevers hebt begeven en de grote zee hebt gezien, ben je je bewust geworden van je eigen beperkingen. Nu is het mogelijk geworden om met je over de grote rede te praten. Van alle wateren van de wereld is er geen zo groot als de oceaan. De tienduizend rivieren monden erin uit in een onophoudelijke stroom, en toch raakt hij niet vol; vanuit de eindpoort[7] stroomt het water weg, altijd maar door, en toch raakt de oceaan niet leeg. De wisseling van de seizoenen beïnvloedt hem niet, en hij weet niets van regen of droogte. Vanuit dit oogpunt gezien is het verschil met de rivieren zoals de Yangzi of de Gele Rivier onmetelijk groot. Desalniettemin zie ik hierin geen reden om mezelf "groot" te noemen, want als ik mijn gestalte vergelijk met het heelal, met alles wat het yin en het yang leven heeft gegeven, dan ben ik tussen hemel en aarde niet meer dan een steentje of een boompje op een grote berg. Aangezien ik zo nietig ben, hoe zou ik nog een hoge dunk van mezelf kunnen hebben? Wanneer we de plaats van de vier wereldzeeën binnen het heelal beschouwen, lijkt die dan niet op een kommetje water in het midden van een groot meer? En wanneer we dan naar de plaats van de Landen van het Midden[8] te midden van de vier wereldzeeën

6 'Het grote vierkant' (*dafang*) is een metafoor die een aantal malen in de Uiterlijke geschriften gebruikt wordt om de Tao aan te duiden, en kan daarom ook vertaald worden als 'de grote methode'. De uitdrukking gaat terug op hoofdstuk 41 van de *Daodejing*, waar de Tao vergeleken wordt met 'een groot vierkant zonder hoeken'.

7 *Weilü*; men geloofde indertijd dat ergens aan het einde van de wereldzeeën die de aarde omringen zich een gat bevindt waaruit het water wegstroomt.

8 *Zhongguo*; in de oudheid bestond China uit een groot aantal landen onder leiding van de koning van Zhou. Gezamenlijk noemden ze zich 'de Landen van het Midden'. Door de

kijken, is die dan niet als een graantje in een grote silo? Wanneer we aan de veelvuldigheid der dingen een naam willen geven, dan zeggen we "de tienduizend", en daar is de mens maar een van. Van de menigte die de negen landstreken bevolkt, die leeft door zich met granen te voeden overal waar boten en wagens maar kunnen doordringen, daar is de individuele persoon slechts een van. Wanneer je hem dan vergelijkt met de tienduizend dingen, lijkt hij dan niet op het puntje van een nietig haartje[9] in de vacht van een paard? De successie van de vijf voorvaderlijke heersers[10] en de strijd van de drie koningen,[11] ja alles waar de menslievende persoon zich om bekommert en de met verantwoordelijkheden belaste heer zich voor uitslooft, komt uiteindelijk op hetzelfde neer. Bo Yi weigerde te dienen omwille van zijn goede naam, en Confucius preekte om zijn geleerdheid te tonen; dat was omdat ze een hoge dunk van zichzelf hadden. Lijkt dat niet op de hoge dunk die jij daarnet, vanwege al dat water, van jezelf had?'

'Zo is het!' zei de Riviergraaf. 'En dus moet ik voortaan hemel en aarde als het grootste beschouwen, en het puntje van een haartje als het allernietigste.[12] Is dat wat u bedoelt?'

'Nee!' antwoordde Ruo van de Noordelijke Wereldzee. 'Want de omvang van de dingen is eindeloos, hun kringloop houdt nimmer op, hun levenslot is onbestendig, en het is onzeker wanneer ze begonnen zijn en wanneer ze eindigen. Daarom, wanneer we vanuit de grote kennis[13] de dingen beschouwen in hun relatieve

eenwording in de derde eeuw voor onze jaartelling is dit een enkelvoud geworden: het Land van het Midden.

9 Letterlijk 'het puntje van een herfsthaartje', het fijne dons dat in de vacht van een paard groeit bij het naderen van de winter.

10 Mythologische heersers uit de hoge oudheid, respectievelijk Huangdi (de Gele Keizer), Zhuanxu, Diku, Yao en Shun, wier heerschappij overeen zou zijn gekomen met vijf kosmische periodes. Deze periodes zouden elk onder het teken van een van de vijf fasen (water, vuur, metaal, hout en aarde) hebben gestaan. De theorie van de opeenvolging van deze fasen was een uiterst belangrijk onderwerp in de vroege Chinese filosofie.

11 De stichters van de eerste drie dynastieën: de Xia (Da Yu), de Shang (Cheng Tang) en Zhou (Zhou Wu). In de oudheid strekten hun legenden tot onderwerp van vele plechtige, met dansen begeleide gezangen die deel uitmaakten van de officiële plechtigheden.

12 Met andere woorden: men moet steeds de relatieve kant van grootheden in het oog houden.

13 *Dazhi*; vergelijk hoofdstuk 1, paragraaf 1.

verwijdering of nabijheid, dan zien we dat wat klein is niet noodzakelijkerwijs ontoereikend is, noch dat wat groot is meer dan voldoende is, en beseffen we dat hun afmetingen eindeloos gevarieerd zijn. En wanneer we zo het heden en verleden doorvorsen, dan rouwen we niet om wat voorheen gebeurd is, noch zijn we gebrand op wat er nu gebeurt, want we zijn ons bewust dat de kringloop van de tijd nooit ophoudt. Beoordelen we ze vanuit het oogpunt van hun bloei of hun verval, dan zijn we niet verheugd over hun slagen, noch teleurgesteld over hun falen, want we weten hoezeer het lot onbestendig is. En wanneer we kijken naar hun levenspad, dan verheugen we ons niet bij een geboorte, noch rouwen we bij een sterfte, want we weten dat begin en einde niet kunnen worden bepaald. Berekenen we alles wat de mens weet, dan constateren we dat het geenszins opweegt tegen alles wat we niet weten. Kijken we naar de duur van zijn leven, dan zien we dat die verre tekortschiet in vergelijking met de tijdsduur die verstreken is voor zijn geboorte.[14] We willen vanuit een uiterst nietige positie een immens groot gebied doorgronden, en daarom raken we volkomen het spoor bijster en zijn niet in staat tot één enkel goed resultaat te komen. Wanneer we alles vanuit dit standpunt bezien, hoe kunnen we dan nog volhouden dat het puntje van een klein haartje het toppunt van kleinheid is of dat hemel en aarde de allergrootste ruimtelijke dimensie is die er bestaat?'

'De sofisten van vandaag beweren allemaal dat het allerkleinste geen substantie heeft en het allergrootste geen omvang.[15] Kunnen we daaraan geloof hechten of niet?' vroeg de Riviergraaf.

'Dat zit zo,' zei Ruo van de Noordelijke Wereldzee. 'Wanneer je vanuit het gezichtspunt van het kleine naar het grote kijkt, dan

14 Het taoïsme houdt zich zeer bezig met het probleem van de tijd en de relatieve tijdsduur; zie hoofdstuk 1, paragraaf I. 'De tijd voor de geboorte' is een belangrijk concept, dat overeenkomt met dat van de oerchaos; vergelijk de *Daodejing*, hoofdstuk 25: 'Er was een ding, chaotisch en toch volkomen, dat bestond voordat hemel en aarde geboren werden.' In deze entropische staat is geen tijdsduur, en dus kan gezegd worden dat deze tijdsdimensie oneindig groter is dan de beperkte levensduur van de mens in deze wereld.

15 Deze stelling van de beroemde Chinese sofist Hui Shi komt overeen met de stelling van dezelfde auteur die geciteerd wordt in hoofdstuk 33, paragraaf x: 'Het allergrootste heeft geen "buiten"; dat is het Grote Ene. Het allerkleinste heeft geen "binnen"; dat is het Kleine Ene.'

kun je het niet volledig in je opnemen, en omgekeerd, wanneer je met grote ogen naar het kleine kijkt, dan kun je het niet helder onderscheiden. Verschil in grootte heeft zijn voordeel al naar gelang de omstandigheden. De subtiele kern is het fijnste van alle kleine dingen, de limiet van het heelal het uiterste van al wat groot is. Zodoende hangt wat fijn of wat grof is af van de vorm die de dingen hebben. Als iets geen vorm heeft, kun je het niet in getallen uitdrukken; je kunt het niet omvatten en er valt niets te tellen. Datgene wat grof is kun je met woorden beschrijven, terwijl de subtiele kern van de dingen in gedachte kan worden bereikt. Maar dat wat niet in woorden kan worden uitgedrukt en niet in gedachte kan worden bereikt, dat staat volkomen los van "grof" of van "fijn".'[16]

'Of je de dingen nu van buiten of van binnen uit bekijkt, hoe kun je zien of ze waardevol of minderwaardig, al dan niet klein of groot zijn?' vroeg de Riviergraaf.

'Wanneer je de dingen vanuit het gezichtspunt van de Tao beschouwt, dan bestaat daartussen geen onderscheid van waardevol of minderwaardig. Maar wanneer je er vanuit de dingen zelf tegenaan kijkt, dan zijn ze zelf waardevol en maken ze elkaar wederzijds voor minderwaardig uit. En wanneer je je aan de nu gangbare zeden houdt, dan hangt het waardevol of minderwaardig zijn niet van jezelf af.[17] Kijk je naar de verschillen die er tussen de dingen bestaan en neem je hun relatieve grootte tot richtsnoer, dan zul je zien dat alle dingen op de een of andere manier wel groot zijn; kijk je naar ze vanuit hun kleinheid, dan zijn ze allemaal klein. Als je bedenkt dat hemel en aarde evenredig zijn aan een graankorrel, dan concludeer je dat het puntje van een haartje zo groot is als een berg, want zo gaat het nu eenmaal wanneer je de dingen bekijkt om hun verschillen te becijferen.

Benader je de dingen vanuit hun functie, en kijk je naar wat

16 Hierna heeft de gangbare tekst een lange paragraaf gewijd aan het morele gedrag van de 'grote mens' (*daren*). Dit is, te oordelen naar de inhoud en de context van dit hoofdstuk, vrijwel zeker een latere interpolatie, zonder verband met het voorafgaande of het hierop volgende, en is daarom weggelaten.

17 Maar is voorbestemd door het lot. Dit is een toespeling op de feodale samenleving en haar confuciaanse ideologie.

voor functie ieder ding heeft, dan zul je zien dat alle dingen op de een of andere manier wel een functie hebben. Kijk je naar het ontbreken van functie, dan hebben ze er allemaal geen. Als je bedenkt dat oost en west elkaars tegengestelde zijn en dat ze niet zonder elkaar kunnen bestaan, dan heb je ze gedefinieerd in termen van hun functie.

Benader je de dingen vanuit het oogpunt van wat je leuk vindt, en kijk je wat er in ieder ding leuk is, dan zul je zien dat alle dingen op de een of andere manier wel leuk zijn. Kijk je in welk opzicht ze niet leuk zijn, dan zijn ze ook allemaal niet leuk. En als je dan weet dat Yao zowel als Jie[18] zichzelf goed vond terwijl ze de ander afkeurden, dan begrijp je wat het resultaat is wanneer je de dingen bekijkt vanuit het standpunt van wat je leuk vindt.

In vroeger tijden deed Yao afstand van zijn troon ten gunste van Shun, en zo werd deze koning.[19] Later deed Kuai hetzelfde voor zijn minister Zhi, maar die ging eraan ten onder.[20] Tang en Wu kwamen door strijd aan de macht.[21] Maar toen hertog Bai hetzelfde deed werd hij verslagen.[22] Hieraan kun je zien dat het je opstellen als een vechtersbaas of als een onzelfzuchtig mens – je te gedragen als een Yao of als een Jie[23] – op het ene moment kan leiden tot een hoge positie en op het andere tot verguizing. Niets kan in dit opzicht als een onwrikbare norm gelden.

Een grote nokbalk of een pilaar kan dienstdoen om een stadsmuur te rammeien, maar om er een gat mee te stoppen zijn ze

18 Yao is de spreekwoordelijke deugdzame koning en Jie de meest afschuwelijke despoot.

19 Volgens de vrome confucianistische legende gebeurde dit omdat de voortreffelijke Yao zijn minister Shun geschikter vond dan zichzelf om het land te regeren.

20 Kuai (eind vierde eeuw voor onze jaartelling) was koning van Yan, een land in Noord-China, in de streek waar nu Peking ligt. Zijn raadslieden overreedden hem het voorbeeld van Yao te volgen, en dus deed hij troonsafstand ten gunste van zijn minister Zi Zhi. Deze misgreep dompelde het land in chaos, en ten slotte ging het volslagen ten onder.

21 Dit zijn respectievelijk de stichters van de Shang- en de Zhou-dynastie. Zij kwamen aan de macht door in opstand te komen tegen hun heersers.

22 Dit was een vazal van de koning van het zuidelijke land van Chu, die in 479 voor onze jaartelling in opstand kwam tegen zijn vorst, maar in tegenstelling tot de hiervoor vermelde edellieden moest hij zijn poging tot staatsgreep met de dood bekopen.

23 De aartsschurk; zie noot 18.

onbruikbaar. Dat wil zeggen dat je voor alles het geschikte werktuig moet vinden. Qizhi en Hualiu konden duizend mijl per dag afleggen,[24] maar om ratten te vangen waren ze minder geschikt dan katten of wezels. Dat wil zeggen dat er verschillen bestaan in vaardigheid. Een uil kan 's nachts een vlo vangen en het puntje van een haartje onderscheiden, maar komt hij overdag naar buiten, dan kan hij zelfs een berg nog niet zien, en daarmee is gezegd dat er nu eenmaal verschillen bestaan in de aangeboren natuur. Wanneer er gezegd wordt: "Waarom volgt u dan niet datgene wat juist is en verwerpt u niet datgene wat onjuist is? Waarom richt u zich niet naar dat wat ordelijk is en verwerpt u niet al wat onordelijk is?",[25] dan toont dat een wanbegrip van de grondslagen van hemel en aarde en van de hoedanigheden van al wat bestaat. Dergelijke uitspraken komen overeen met te zeggen: "Volg de hemel en verwerp de aarde!" of "Volg het yin maar verwerp het yang!" Het is duidelijk dat zoiets onmogelijk is. En als men dan toch maar doorgaat met dat soort gepraat en er nooit over ophoudt, dan is de redenaar zo niet een domoor dan wel een schurk.

De goddelijke heersers uit de oudheid hadden verschillende manieren om af te treden; de koningen van de drie dynastieën hadden verschillende manieren van troonopvolging. Zij die tegen de tijdgeest handelden of tegen de geijkte gebruiken in gingen werden voor boeven uitgemaakt, terwijl zij die meegingen met hun tijd en zich voegden naar de in zwang zijnde gebruiken werden beschouwd als volgers van het rechte pad. Zeg maar niets, mijn beste Riviergraaf! Hoe zou jij ooit het verschil kennen tussen waardevol en minderwaardig of tussen klein en groot?'

'Wat moet ik dan doen?' vroeg de Riviergraaf. 'En wat moet ik nalaten? Wat zijn uiteindelijk de dingen die ik zou moeten weigeren of accepteren, die ik op zou moeten pakken of afstoten?'

Ruo van de Noordelijke Wereldzee antwoordde: 'Beschouw het vanuit de Tao!

24 Legendarische paarden uit de oudheid.

25 De *locus classicus* van dit citaat is niet gevonden, maar natuurlijk gaat het hier om een moralistische uitspraak van de confucianisten.

Wat is waardevol? Wat is minderwaardig?
Ze wisselen elkaar af.
Hang niet aan wat je wilt,
Want dat verhindert ten enen male de werking van de Tao.

Wat is weinig? Wat is veel?
Ze zijn maar betrekkelijk.
Houd niet halsstarrig vast aan een doel,
Want dat verwijdert je van de Tao.

Wees zo ernstig
Als de heer van het land:
Onpartijdig in zijn machtsvertoon.
Wees zo statig
Als de priester die offert op het altaar:
Onpartijdig in zijn zegening.
Wees zo ruimdenkend
Als de oneindige vier windrichtingen,
Die nergens begrensd of beperkt zijn.

Sluit al de tienduizend dingen in je hart,
Koester ze, en behoed ze allemaal.
Dat is "geen voorkeur tonen".
De tienduizend dingen zijn allemaal gelijk,
Geen onderscheid van "lang" en "kort".

De Tao heeft begin noch einde,
Voor de schepsels is er leven en dood:
Geen toevlucht in hun zoeken naar vervolmaking;
Eenmaal vol en eenmaal leeg:
Geen bestendigheid in hun lichaam.

De jaren van het leven kunnen niet worden opgespaard,
De tijd staat niet stil.
Oud en nieuw, vol en leeg,
In een eindeloze kringloop.

Dat is wat men het grote principe, de ratio van de tienduizend dingen mag noemen. Het leven van de schepsels is niets anders dan rennen en vliegen, bij elke beweging wordt alles gewijzigd, op elk moment worden de dingen anders. Wat moet je doen? Wat moet je nalaten? Eén ding is zeker: alles zal vanzelf veranderen.'

'In dat geval,' zei de Riviergraaf, 'bestaat er iets dat waardevoller is dan de Tao?'

'Om de Tao te begrijpen moet je doordringen tot zijn principe, en om dat te bereiken is het nodig dat je eerst zijn modaliteit doorgrondt. Allen die het doorgronden kunnen verhinderen dat ze door dingen geschaad worden, want ze beschikken over de grootste deugd. Vuur kan hen niet verbranden, water kan hen niet doen verdrinken, hitte noch kou kan hen schaden, wilde beesten kunnen hen niet grijpen.[26] Dat wil niet zeggen dat ze deze gevaren niet ernstig nemen, maar dat ze steeds bedacht zijn op wat veilig is en wat niet. Ze berusten in de wisselvalligheden van fortuin of tegenspoed, ze zijn voorzichtig in hun komen en gaan. Zo kan niets hen schaden. Daarom wordt gezegd: "Laat de hemel binnen in je, maar houd de mensen buiten jezelf, want in de hemel ligt de deugd. Ken het handelen van de mens, zoek je grondslag in de hemel, vind bestendigheid in de deugd, en dan, waar je ook gaat of staat, hoe je je ook wendt of keert, je keert terug naar het essentiële, en wat je zegt gaat over het allerhoogste."'

'Wat wordt er dan bedoeld met "hemel", en wat met "de mensen"?' vroeg ten slotte de Riviergraaf.

'Dat koeien en paarden vier poten hebben, dat komt van de hemel,'[27] zei Ruo van de Noordelijke Wereldzee. 'Teugels vastmaken aan het hoofd van een paard of de neus van een koe met een ring doorboren, dat is het werk van de mensen. Daarom wordt gezegd: "Laat het werk van de mensen niet vernielen wat je van de hemel gegeven is; probeer niet opzettelijk je lot te veranderen, ga je niet inspannen om beroemd te worden. Bewaar de hemelse natuur. Wees voorzichtig en verlies haar niet. Dat wordt genoemd 'terugkeren tot het waarachtige'."'

26 Deze passage is vrijwel identiek met de *Daodejing*, hoofdstuk 55.

27 Hier heeft 'hemel' weer de betekenis van 'de natuur'.

11

De *kui*[28] benijdde de duizendpoot, en die was weer jaloers op de slang; de slang benijdde de wind, de wind het oog,[29] het oog het hart.[30]

De kui zei tegen de duizendpoot: 'Ik loop maar te hinkelen op één been, heel anders dan jij! Jij maakt gebruik van ontelbare poten; is dat niet bijzonder?'

'Helemaal niet!' zei de duizendpoot. 'Let maar eens op iemand die spuugt. Hij produceert niet alleen druppels die zo groot zijn als parels, maar ook een mist van oneindig veel kleine druppeltjes die samen naar beneden vallen.[31] Ik maak gebruik van de mij door de hemel gegeven mechaniek, zonder mezelf er rekenschap van te geven hoe het werkt.'

De duizendpoot zei op zijn beurt tegen de slang: 'Ik loop met een heleboel poten, maar toch kan ik niet op tegen jou die er helemaal geen hebt. Hoe zit dat?'

'Ik beweeg dankzij de mij door de hemel gegeven mechaniek,' zei de slang. 'Hoe zou ik dat kunnen veranderen? Wat zou ik nou aan voeten hebben?'

De slang zei tegen de wind: 'Ik gebruik mijn ruggengraat en ribben om me voort te bewegen, want ik heb een lichaam. Jij daarentegen stijgt al suizelend op van de Noordelijke Wereldzee en begeeft je al suizelend naar de Zuidelijke Wereldzee, en dat doe je allemaal zonder lichaam. Hoe zit dat?'

'Het is waar,' zei de wind, 'dat ik al suizelend opstijg van de Noordelijke Wereldzee en me al suizelend verplaats naar de Zuidelijke Wereldzee, maar het is ook waar dat iemand maar een vinger, of anders een voet, hoeft uit te steken om me te belemmeren. Aan de andere kant ben ik ook in staat om in mijn eentje

28 Een legendarisch wezen dat maar één been heeft.

29 Omdat het oog zijn doel kan bereiken zonder zich te verplaatsen.

30 Het hart kan zien door de verbeelding. In het oude China was het hart, en niet de hersenen, de zetel van het denken.

31 Deze gedurfde vergelijking wil aantonen dat er in wezen niet zo veel verschil bestaat tussen de natuur die wezens schept en iemand die spuugt: sommige van de geproduceerde dingen vallen groot en massief uit, andere klein en meervoudig.

grote bomen te breken of zelfs een groot huis omver te blazen. Zodoende kan ik van vele kleine nederlagen een grote overwinning maken. En grote overwinningen, die zijn alleen voor de heilige mensen onder ons weggelegd.'[32]

III

Toen Confucius zich eens te Kuang bevond, werd hij omsingeld door de mannen van Wei.[33] Ze stelden zich een paar rijen dik rondom hem op, terwijl hijzelf rustig doorging op zijn luit te spelen.

'Hoe kunt u zich onder deze omstandigheden nog vermaken?' vroeg zijn discipel Zilu.

'Kom eens hier!' zei Confucius, 'dan zal ik je wat vertellen. Lang heb ik getracht moeilijkheden te vermijden. Dat ik daar niet in geslaagd ben, dat is mijn lot. Lang heb ik geprobeerd succes te behalen. Dat het niet gelukt is ligt aan de tijd waarin ik leef. In het tijdperk van Yao en Shun waren er geen mislukkelingen, zonder dat iemand daar prat op ging. In de tijden van Jie en Zhou was niemand succesvol, maar dat kwam niet omdat men niet beter wist; de situatie was niet anders.

De moed van de visser bestaat erin zich op het water te begeven zonder vrees voor krokodillen of dat soort monsters.[34] De moed van de jager is op het land neushoorns en tijgers onbevreesd tegemoet te treden. De dappere krijger trotseert zwaarden en sabels, zonder zich erom te bekommeren of hij er levend of dood vanaf komt. En hij die weet dat mislukking of succes afhangt van het lot en van het tijdperk, en die, zelfs wanneer hij in de grootste moeilijkheden geraakt, zich nooit bevreesd toont, die heeft de moed

32 De allegorie houdt hier op, hoewel het oog en het hart nog niet aan bod gekomen zijn. Waarschijnlijk is de tekst defectief.

33 Kuang was een stad in de kleine noordelijke staat van Wei, in het zuiden van de huidige provincie Hebei. Het gevaar dat Confucius op deze plaats ondervond wordt tweemaal genoemd in de *Lunyu*, hoofdstuk 9, paragraaf 5 en hoofdstuk 11, paragraaf 22, maar zonder het verhaal dat hier wordt verteld.

34 De tekst heeft *qiaolong*, een gevaarlijk waterdier dat nooit bevredigend is geïdentificeerd.

van de heilige mens. Hou je dus maar kalm, mijn beste You.[35] Mijn lot is reeds bepaald.'

Korte tijd daarop kwam de aanvoerder op bezoek en verontschuldigde zich. 'We zagen u aan voor Yang Hu, daarom hebben we u omsingeld. Nu weten we dat we ons vergist hebben. Staat u mij toe me te verontschuldigen. We trekken ons terug.'

IV

Gongsun Long[36] legde zijn probleem voor aan prins Mou van Wei: 'Toen ik nog jong was, bestudeerde ik de wegen der vroegere koningen. Later, toen ik opgroeide, kreeg ik begrip in het handelen volgens de principes van medemenselijkheid en gerechtigheid. Nog later verdiepte ik me in tegenstrijdigheden, bewees het verschil tussen "hard" en "wit", het onderscheid tussen "dit is zo" en "dit is niet zo", en de discrepantie tussen "mogelijk" en "onmogelijk". Hiermee bracht ik de filosofen van de honderd scholen in verlegenheid, zegevierde ik over alle andere sofisten, en dus was ik ervan overtuigd dat ik het volkomen gevonden had. Maar nu hoor ik ineens wat Zhuang Zi zegt, en ik ben daar volkomen verbijsterd van. Zijn mijn theorieën ontoereikend? Of kan mijn kennis niet tegen de zijne op? Zoals het nu is durf ik mijn mond niet tegen hem open te doen. Ik zou u willen vragen of u me raad kunt geven.'

Prins Mou leunde op zijn armsteun, en zuchtte diep. Hij hief zijn blik op naar de hemel, en zei met een glimlach: 'Heb je dan nooit gehoord van die kikker die onder in de oude put zat? Die zei tegen de schildpad uit de Oostelijke Wereldzee:[37] "Ik ben in m'n schik! Wanneer ik eruit wil, dan spring ik boven op de rand van de put,[38] en wanneer ik binnen wil uitrusten, dan is er het

35 You is de eigennaam van Ziyou.

36 Een beroemd sofist, actief in de eerste helft van de derde eeuw voor onze jaartelling (zie de Inleiding).

37 Kennelijk een mythisch beest van grote omvang, zoals dat al eerder, in het begin van hoofdstuk 1, voorkomt.

38 Deze anekdote is verwant aan die van de kleine vogeltjes in het begin van hoofdstuk 1.

gat van de ontbrekende steen in de wand. Wanneer ik in het water duik, dan komt het tot mijn oksels en tot onder mijn kin, en zit ik in de modder, dan zakken mijn poten erin weg tot over mijn enkels. Rondom me zie ik krabbetjes en donderkopjes, die geen van al tegen me op kunnen wegen. Ja zeker wel! Een hele plas water voor mij alleen, het plezier om in een oude put rond te plenzen, dat is echt het beste dat er bestaat! Waarom zou u, meneer, niet eens een keertje naar binnen gaan om een kijkje te nemen?"

De schildpad van de Oostelijke Wereldzee had zijn linkerpoot nog niet naar binnen gestoken of zijn rechterknie zat al klem. Daarop keerde hij zich om, maakte zich los, en zei tot de kikker: "De zee! Afstanden van duizenden mijlen zijn ontoereikend om over zijn grootheid te praten; dimensies van duizenden vadems zijn ontoereikend om zijn diepte te peilen. In het tijdperk van de grote Yu waren er negen van de tien jaren grote overstromingen,[39] en toch steeg het peil van de zee niet. Ten tijde van Tang heerste er zeven van de acht jaren droogte, en toch bleven de oevers van de zee op hun plaats. Nimmer veranderen, geen moment, en ook niet in alle eeuwigheid, nooit uitbreiden of terugtrekken, of er nu veel of weinig water binnenkomt, dat nu is de grote vreugde van de Oostelijke Wereldzee."

Toen onze kikker uit de oude put dat hoorde was hij verbijsterd van schrik; hij keek verdwaasd om zich heen en maakte dat hij wegkwam.

En nu, terwijl je eigen wijsheid ontoereikend is om gebieden van het juiste en het onjuiste te onderkennen, wil je je desalniettemin aan een onderzoek van Zhuang Zi's woorden wagen. Dat komt zo ongeveer overeen met een mug die een berg op z'n rug wil nemen of een worm die de Gele Rivier over wil zwemmen: tegen die taken zijn ze echt niet opgewassen! Iemand als jij, wiens wijsheid ontoereikend is om deze uiterst subtiele woorden van Zhuang Zi te begrijpen, en die alleen geschikt is om profijt te trek-

39 Dit is een welbekend gegeven in de Chinese mythologie. In de tijd van de grote Yu overstroomde de Gele Rivier voortdurend, maar dankzij de geweldige inspanningen van deze cultuurheld kon het overtollige water afgevoerd worden.

ken van de hedendaagse mode, ben jij niet zoals die kikker in z'n oude put? Maar wat Zhuang Zi betreft:

> Zojuist maakte hij een sprong in de diepte naar de gele bronnen,[40]
> Om daarna op te klimmen naar de grote Poolster.
> Zonder zich erom te bekommeren of hij nu zuidwaarts of noordwaarts gaat,
> Gaat hij vrij en blij, zonder belemmeringen, in alle richtingen.
> Hij laat zich verzinken in het onpeilbare,
> Daar waar noch oost noch west meer betekenis heeft.
> Hij vindt zijn oorsprong in de duisternis van het mysterie,
> Om zo terug te keren naar de grote doorstroom.[41]

En dat terwijl jij hier verbijsterd staat te zoeken naar een middel om hem nader te onderzoeken en een discussie met hem aan wilt gaan! Dat komt neer op met een kokertje de hemel te gaan bestuderen of met een priem proberen de aarde te doorboren. Zijn die instrumenten niet al te klein? Heb jij dan nooit gehoord van dat knaapje uit Shouling[42] dat naar Handan ging om daar hun manier van lopen te leren?[43] Nog voordat hij zich de manier van voortbewegen van dat land had eigen gemaakt, was hij zijn oude manier van lopen al vergeten, en moest hij kruipend terug naar huis! Als jij nu niet vlug vertrekt, loop je ook de kans dat je je oude vaardigheden gaat vergeten, en dientengevolge je vak niet meer kunt uitoefenen.'

Gongsun Long bleef met open mond staan; zijn tong kleefde aan zijn verhemelte en wilde niet naar beneden komen. Daarop nam hij de benen en verdween.

40 De onderwereld en het rijk der doden.
41 Zie hoofdstuk 6, paragraaf XI.
42 Een streek in het noorden, in het toenmalige rijk van Yan.
43 Handan, in het huidige Henan, was de hoofdstad van het rijk van Zhao en een belangrijk commercieel en cultureel centrum. Bij de rijke burgers van die stad was een bepaalde manier van breed zwaaiend en opschepperig lopen in zwang, en onze jongeman wilde zich deze modieuze trant eigen maken.

V

Zhuang Zi zat eens te vissen in de Bu-rivier.[44] Toen kwamen er twee raadslieden die door de koning van Chu gestuurd waren hun opwachting maken, met de boodschap: 'Graag zou ik u met het bestuur van mijn gebied willen belasten!'

Zhuang Zi liet zijn hengel niet los, en zonder zich om te draaien zei hij tot de raadslieden: 'Ik heb gehoord dat er in Chu een heilige schildpad is die al drieduizend jaar geleden gestorven is, maar die door de koning bewaard wordt in de grote zaal van de voorvadertempel, in een met brokaat omwikkelde doos. Denken jullie dat die schildpad zou kiezen om te sterven om zijn gebeente zo bewaard te zien of dat hij liever was blijven leven en z'n staart door de modder liet slepen?'

'Hij zou liever blijven leven en z'n staart door de modder laten slepen,' antwoordden de raadslieden.

'Weg met jullie!' zei Zhuang Zi. 'Ik verkies om mijn staart door de modder te laten slepen.'[45]

VI

Ten tijde dat Hui Zi in Liang[46] de post van eerste minister bekleedde, ging Zhuang Zi hem opzoeken. Toen zeiden sommigen tegen Hui Zi: 'Die Zhuang Zi komt eraan: hij wil je plaats van eerste minister innemen!' Toen werd Hui Zi bang en liet drie dagen en nachten lang naar Zhuang Zi zoeken.[47]

Toen Zhuang Zi bij hem gekomen was, zei hij: 'In het zuiden is er een vogel die de Yuanchu heet. Weet je daarvan? Die Yuanchu neemt zijn vlucht van de Zuidelijke Wereldzee om naar de Noordelijke Wereldzee te vliegen. Onderweg rust hij alleen uit wanneer hij een plataan vindt en eet hij uitsluitend de vruchten van

44 Een stroom in het huidige Shandong, die door de oude bedding van de Gele Rivier loopt.

45 Deze anekdote wordt door Sima Qian geciteerd. Zie ook de Inleiding.

46 De hoofdstad van de al eerder genoemde staat Wei, in het huidige Kaifeng in Henan.

47 Waarschijnlijk om hem te arresteren.

de moerbeiboom. Ook drinkt hij alleen het puurste bronwater. Maar er was eens een uil die net een rotte rat gevonden had, en op dat moment vloog de Yuanchu voorbij. Die uil hief toen zijn kop op, keek naar de Yuanchu, en riep: "Boe! Wil je nu, omdat je minister van Liang bent geworden, net zo 'Boe!' tegen mij roepen?"'

VII

Zhuang Zi en Hui Zi wandelden over de brug van de Hao-rivier. Zhuang Zi zei: 'Die ellerlingen zwemmen daar zo vredig rond. Dat is de vreugde van die vissen.'

'Jij bent geen vis,' zei Hui Zi. 'Hoe weet jij nou wat de vreugde van de vissen is?'

'Jij bent mij niet,' zei Zhuang Zi. 'Hoe weet jij dat ik niet weet wat de vreugde van de vissen is?'

'Ik ben jou niet, en dus weet ik zeker niet wat jij weet. En jij bent beslist geen vis, en je weet dus niet waaruit de vreugde van de vissen bestaat. Daarmee is de zaak rond.'

'Laten we teruggaan naar het begin,' zei Zhuang Zi. 'Je zei: "Hoe weet jij nou wat de vreugde van de vissen is." Dat wil zeggen dat toen je dat vroeg, je eigenlijk al wist dat ik het wist. En ik weet het, omdat ik nu hier op de brug van de Hao-rivier loop.'[48]

48 Vanuit een intuïtieve kennis die voortkomt uit de harmonie met de natuur.

HOOFDSTUK 18

Het volmaakte geluk

I

Bestaat er zoiets in de wereld als volmaakt geluk of niet? Is het mogelijk het lichaam in leven te houden[1] of is dat onmogelijk? Wat moet men doen? Waarop kan men steunen? Wat moet vermeden worden? Waar moet men aan vasthouden? Wat te zoeken en wat te vermijden? Waar genot te vinden en wat te haten?

Ja, waar de wereld het meest om geeft is grote rijkdom, een voorname positie, hoge ouderdom en een goede naam, en waar men zijn plezier in vindt is een rustig leven, lekker eten, fraaie kleren, mooie dingen om naar te kijken en welluidende muziek. Wat men minacht is armoede, lage afkomst, vroege dood en verstoting. Men lijdt als er nooit een moment rust is voor het lichaam, er geen lekker eten is voor de mond, geen fraaie kleren voor het lijf, geen mooie dingen voor het oog, geen muziek voor de oren. Heel erg bezorgd en angstig worden als je dat allemaal niet krijgt, dat is echt een domme manier om voor jezelf te zorgen!

Rijke mensen matten hun lichaam af met al hun zwoegen, en vergaren meer geld dan ze ooit kunnen gebruiken. Wat het verzorgen van de eigen persoon betreft is dat er volkomen naast. Zij die een voorname positie hebben zitten dag en nacht te piekeren over wat fatsoenlijk is en wat niet. Op die manier verwaarloos je ook je lichaam. De mens wordt geboren, en daarmee ook zijn

1 Een nieuwe uitdrukking in de woordenschat van de *Zhuangzi*: *huoshen* (letterlijk: 'een levend lichaam hebben'), die in dit hoofdstuk een aantal malen zal worden gebruikt. De meest voor de hand liggende betekenis is 'een eeuwig levend lichaam hebben', maar het kan dat er hier iets minder absoluuts wordt bedoeld, meer in de trant van 'blijdschap vinden in de mogelijkheid een gezond en gelukkig lichaam te behouden'. Maar 'lichaam' betekent in de *Zhuangzi* ook vaak 'persoon', en dus zou men het kunnen vertalen met 'een levend mens te blijven'.

zorgen. Zij die lang leven worden seniel van het zich alsmaar zorgen maken of ze misschien niet doodgaan. Wat een narigheid! En wat het lichaam betreft is dat ook verre van goed. Helden worden in de wereld voor goed aangezien, maar wat betreft het in leven blijven schieten ze toch tekort. Ik ben er dus nog niet achter of die goedheid van hen wel echt goed is of niet. Wat we in hun geval als goed beschouwen, is niet in staat het lichaam in leven te houden. Wat we als niet goed beschouwen, is wél in staat de mens in leven te laten. Daarom zeg ik: geef trouwhartige raadgevingen, maar willen ze niet luisteren, trek je dan terug en maak geen ruzie. Want zoals je weet maakte Wu Zixu zo erg ruzie dat hij daarbij zijn eigen leven kapotmaakte.[2] Maar als hij geen ruzie had gemaakt, dan was hij ook niet zo beroemd geworden. Dus: was dat nou eigenlijk goed of niet?

Wat de gewone mensen van vandaag vinden dat hun geluk brengt, ook daarvan kan ik niet zeggen of het nu uiteindelijk wel geluk is of niet. Ik zie dat het geluk van de gewone mensen iets is waar ze in massa's hardnekkig achteraan hollen, alsof hun leven ervan afhangt. Maar wat ze daar allemaal voor geluk in vinden, daarvan moet ik bekennen dat ik niet weet of dat wel geluk is of niet. Is er uiteindelijk wel zoiets als geluk, of soms niet?

Ik beschouw het nietsdoen als het werkelijke geluk, maar dat is nu weer iets dat de gewone mensen erg vervelend vinden. Daarom zeg ik: het volmaakte geluk is geen geluk; de hoogste waardering is geen waardering. De wereld kan uiteindelijk niet beslissen wat juist is en wat niet, maar desondanks kan het door niets te doen wel bepaald worden. Het volmaakte geluk en het lichaam in leven houden, daar kan alleen het nietsdoen je nader toe brengen.

Laat ik eens proberen het zo te zeggen: door niets te doen is de hemel puur, door niets te doen is de aarde stil.[3] Zo zijn ze allebei door niets te doen in harmonie, en toch worden de tienduizend

2 Wu Zixu was een briljant politicus uit de vijfde eeuw voor onze jaartelling, die er bij de koning van de zuidelijke staat Wu op aandrong beducht te zijn voor de dreigende aanval van de naburige staat van Yue. De koning wilde niet luisteren en werd zelfs boos op Wu Zixu. De wijze raadsman werd gedood, en zijn lichaam werd in de Huai geworpen. Sindsdien wordt hij met offers vereerd als de god van die rivier.

3 Deze passage is geïnspireerd op de *Daodejing*, hoofdstuk 39.

dingen daaruit voortgebracht. Duister! Vaag! En zonder oorsprong worden ze geboren! Vaag! Duister! En er is geen beeltenis![4] De tienduizend dingen wemelen in overvloed, met niets te doen vermenigvuldigen zij zich. Daarom zeg ik: laat de wereld niets doen, en niets zal ongedaan blijven. O mensen! Wie kan vasthouden aan dit nietsdoen!

11

Zhuang Zi's vrouw was gestorven. Hui Zi kwam condoleren. Zhuang Zi zat op de grond met gespreide benen op een vat te trommelen en te zingen.

Hui Zi zei: 'Zij heeft met je geleefd, je kinderen grootgebracht en is oud geworden. Nu haar lichaam gestorven is en je niet huilt, dat is tot daaraan toe. Maar op een vat te zitten trommelen en te zingen, is dat niet een beetje te veel?'

'Zo is het niet!' zei Zhuang Zi. 'Toen ze stierf was ik natuurlijk diep bedroefd, net als ieder ander. Maar toen dacht ik na over haar begin, en hoe er oorspronkelijk geen geboorte bestaat; en niet alleen geen geboorte, maar oorspronkelijk ook geen lichaam; en niet alleen geen lichaam, maar oorspronkelijk ook geen qi. In duisternis en vaagheid was alles vermengd![5] Door een eerste verandering kwam er qi, door de verandering van de qi ontstond haar lichaam, en door nog een verandering werd ze geboren. Nu is er opnieuw een verandering geschied en is ze gestorven. Dit is net als lente, zomer, herfst en winter, de cyclus van de vier jaargetijden. Thans ligt ze rustig te slapen in de grote kamer.[6] Stel dat ik haar nu achtervolgde met groot misbaar en tranen, dan zou ze vinden dat ik niets begrepen heb van het lot. Dus ben ik ermee opgehouden.'

4 Ibidem, hoofdstuk 21.
5 Als in de oerchaos.
6 Van hemel en aarde.

III

Meneer Gedrocht[7] en Meneer de Malle aanschouwden de heuvel van de Heer der Duisternis en ook de toppen van de Kunlun, daar waar de Gele Keizer rust.[8] Opeens groeide er een gezwel[9] op de arm van Meneer de Malle. Hij schrok ervan en keek niet vrolijk. 'Vind je het akelig?' vroeg Meneer Gedrocht. 'Welnee!' antwoordde Meneer de Malle. 'Wat zou ik daar nou akelig aan vinden? Leven is niets anders dan lenen. Dat wat we lenen om te leven is stof. Leven en dood zijn als dag en nacht. Hier zijn we om de kosmische veranderingen te aanschouwen, en nu ben ik het zelf die aan verandering onderhevig is. Wat zou ik daar nou akelig aan vinden?'

IV

Toen Zhuang Zi in Chu was, zag hij daar eens een lege schedel: het was een verweerde oude doodskop. Hij tikte er met zijn rijzweep tegenaan, en vroeg toen: 'Bent u, mijnheer, in deze toestand geraakt omdat u te roekeloos van het leven hebt genoten? Of was het omdat uw land ten onder ging en u door wapens werd neergeveld? Misschien hebt u misdaden gepleegd en schande gebracht over uw ouders en echtgenote, en toen uit schaamte de dood gekozen? Of was het als gevolg van het lijden aan honger en kou? Of omdat u aan het einde van uw levensloop was gekomen?'

Na deze rede voltooid te hebben pakte hij de schedel op, nam hem tot hoofdsteun en ging slapen. In het midden van de nacht verscheen de schedel hem in een droom, en sprak: 'Dat gebabbel van jou heeft veel weg van dat van de sofisten! Van mijn oogpunt

7 Deze allegorische figuur zijn we al tegengekomen in hoofdstuk 4, paragraaf VI.

8 Van deze mythische contreien is vooral de Kunlun-berg bekend. De heuvel van de Heer der Duisternis staat waarschijnlijk in verband met de onderwereld, en de Kunlun met de hemel.

9 De tekst heeft het karakter *liu* voor 'wilg', en dientengevolge zou men kunnen begrijpen dat er een wilgentak uit de arm van Meneer de Malle ontsproot. Maar *liu* is homofoon met een ander karakter, dat 'gezwel' betekent, en het is zeer waarschijnlijk dat deze meer prozaïsche lezing de juiste is.

uit gezien slaat alles wat je zei op de zorgen die mensen in het leven hebben. Wij doden hebben die niet. Zou je niet eens willen horen van de vreugde van de doden?'

'Goed,' zei Zhuang Zi.

'Bij de doden,' vervolgde de schedel, 'zijn er geen heersers en geen dienaren, en evenmin is er al dat werk der jaargetijden. Alles loopt vanzelf, en onze jaren zijn eindeloos als hemel en aarde. Zelfs de koning op zijn troon kent de vreugde niet die wij ervaren.'

Zhuang Zi weigerde dit te geloven, en zei: 'Als ik de Opzichter van het Lot[10] ertoe zou kunnen bewegen je je lijf terug te geven, compleet met vlees, botten, spieren en huid, en je je ouders, je echtgenote, je woonplaats en je oude vrienden allemaal terugkreeg, hoe zou je dat vinden?'

De schedel fronste zijn wenkbrauwen en keek nors voor zich uit: 'Hoe zou ik ooit deze vreugde van de doden willen opgeven, om de vermoeienissen van het mensenleven daarvoor terug te krijgen!'[11]

V

Toen Yan Yuan[12] oostwaarts naar Qi was vertrokken, zat Confucius bezorgd voor zich uit te staren. Zigong kwam van zijn zitmat af, en vroeg: 'Als deze kleine discipel iets mag vragen: nu Hui oostwaarts naar Qi is gegaan, waarom zit u er zo treurig bij?'

'Goede vraag!' zei Confucius. 'Guan Zi[13] heeft eens iets gezegd waar ik volkomen mee instem: "In een kleine zak kun je geen grote dingen stoppen, en met een kort touw kun je geen diep water putten." Dit is zo omdat ieder schepsel van het lot zijn eigen ster-

10 Siming, de god die het lot van de mensen, en in de eerste plaats hun levensduur, bestuurt. Hij zetelt in de Grote Beer.

11 Volgens de amendering van de tekst voorgesteld door Li Mian.

12 De discipel die Confucius het meeste liefhad. Zijn meer familiaire voornaam was Hui. Zie hoofdstuk 4, paragraaf 1.

13 Een van de vroegste Chinese wijsgeren, raadsman van hertog Huan van Jin, die in de latere hoofdstukken nog een aantal malen zal voorkomen. Hij stierf in 634 voor onze jaartelling.

ke kanten heeft gekregen en ieders lichaam voor bepaalde dingen geschikt is, zonder dat je daar wat vanaf kunt halen of aan toe kunt voegen. Ik ben bang dat onze Hui, als hij de hertog van Qi ziet, hem zal gaan onderhouden over de weg van Yao en Shun en van de Gele Keizer, en daar bovenop nog de woorden van de Grote Vuurmaker en de Heilige Landbouwer.[14] En dan gaat die hertog naar zichzelf kijken, en zal moeten inzien dat hij tekortschiet. Zich eenmaal daarvan bewust, verliest hij zijn gezonde verstand. En mensen die hun gezonde verstand verliezen gaan doden.

Heeft iemand je eigenlijk ooit verteld over die zeevogel die eens buiten de muren van Lu[15] neerstreek? De hertog van Lu ging hem zelf ophalen en hield een offerfeest voor hem in de voorvadertempel. Hij liet de muziek en dans van "De Negen Harmonieën"[16] voor hem opvoeren en spijsde hem met de beste stukken van het grote slachtoffer.[17] De vogel staarde verdwaasd en in grote droefenis voor zich uit. Hij waagde het niet ook maar een flintertje vlees te eten of een bekertje wijn te drinken, en na drie dagen was hij dood.

Dit gebeurt als je een vogel gaat voeden met dat waarmee je jezelf voedt, en niet de vogel voedt waarmee vogels gevoed worden. Wil je de vogel op zijn manier laten leven, dan moet je hem in het diepe woud laten wonen, vrij laten zwerven op zandbanken en oevers, laten ronddobberen op rivieren en meren, modderaal en witvis laten eten, met de vlucht mee laten gaan en laten rusten: alles naar believen. Zo'n vogel heeft er een hekel aan alleen al de stem van de mensen te horen; waarom moest er dan al die drukte gemaakt worden?

Wanneer op de oevers van het Dongting-meer[18] de sacrale muziek en de dans van "Het Volle Water" of "De Negen Harmo-

14 Suiren en Shennong; mythologische figuren. Zie hoofdstuk 10, paragraaf 11, waar de Vuurmaker Zhurong heet.

15 Lu is de staat waar Confucius vandaan kwam, in het huidige Shandong. 'Buiten de muren' duidt op de plaats waar de offers aan de hemel gebracht werden.

16 Jiushao; de meest plechtige rituele muziek van het hof van de Zhou-dynastie.

17 Tailao; de naam van het meest plechtige slachtoffer, dat bestond uit een rund, een varken en een schaap.

18 Een belangrijke heilige plaats in het oude China.

nieën" worden uitgevoerd, dan vliegen alle vogels weg, alle wilde dieren nemen de benen en alle vissen duiken diep in het water. Maar mensen komen in drommen om ernaar te luisteren, en staan in een kring om naar het schouwspel te kijken.

Vissen leven in het water, maar mensen gaan erin dood. Wezens zijn verschillend van elkaar, en zo is het ook met wat ze al dan niet fijn vinden. De heiligen uit vroeger tijden eisten daarom niet dat alle mensen dezelfde capaciteiten hadden of allemaal hetzelfde zouden doen. Namen moeten zich beperken tot het uitdrukken van de realiteit, principes moeten worden toegepast in zoverre ze in overeenstemming zijn met wat toegepast kan worden. Dit is wat bedoeld wordt met "zich aan de omstandigheden aanpassen voor duurzaam geluk".'

VI

Lie Zi was eens op reis en zat aan de kant van de weg te eten. Daar zag hij een honderd jaar oude schedel. Hij haalde het onkruid rondom weg, wees ernaar, en zei: 'Alleen jij en ik weten dat je nooit "dood" bent gegaan, nooit "levend" bent geweest. Ben jij nou echt verdrietig? Ben ik nou echt blij?'

VII

Alle soorten van wezens hebben kiemen.[19] In het water worden dat heel dunne draden, en op de grens van water en land worden het kikkerkleren.[20] Op hogere plaatsen en op heuvels wordt het weegbree. Wanneer weegbree in vruchtbare grond terechtkomt, dan groeit hij uit tot haagdoorn. Uit de wortels van de haagdoorn komen gouden torretjes, en uit zijn bladeren komen vlinders. Daarna veranderen de vlinders in insecten die onder de haard

19 Het zeldzame karakter dat hier staat wordt uitgesproken als ji. Er zijn veel verschillende opvattingen over de betekenis van de termen in deze buitengewoon moeilijke paragraaf over de vroege Chinese natuurkennis. Hier beschouwen we, met Hu Shih, ji niet als 'modaliteit' of 'mechanisme', maar als een minuscuul micro-organisme dat aan de basis ligt van de evolutie en het kiemende bestanddeel is van al wat leeft.

20 Waarschijnlijk een soort wier of alg.

leven en op larven lijken. De naam van dit soort larven is 'overwinterende krekels'. Na duizend dagen worden deze krekels tot vogeltjes, die *ganyugu* heten.[21] Het spuug van de ganyugu produceert de *simi*,[22] en de simi worden wijnslakken. Deze produceren de *yiluo*, terwijl de *huangshuang* uit de *jiuyou* geboren wordt. De *maorui* komen voort uit de *fuguan*. De *yangxi* paart met de *buxunjiuzhu*, en daar komt de *qingning* uit voort. De qingning produceert de luipaard, en de luipaard het paard. Het paard is de voorvader van de mens, en de mens keert weer terug tot het micro-organisme van de kiem. De tienduizend dingen komen alle voort uit kiemen en keren alle terug tot kiemen.

21 Letterlijk: 'overgebleven dorre beenderen'.

22 De betekenis van deze naam, en van vrijwel alle namen die volgen, is volkomen onzeker.

HOOFDSTUK 19

Het leven doorgronden

I

Wie de aard van het leven doorgrondt, houdt zich niet op met wat in het leven onmogelijk is. Wie de natuur van het lot begrijpt, houdt zich evenmin op met wat onvermijdelijk is.

Om je lichaam te verzorgen heb je eerst dingen nodig; toch komt het voor dat er een overvloed aan dingen is en het lichaam nochtans niet wordt verzorgd. Om te leven moet je er vóór alles voor zorgen dat je je lichaam behoudt, maar het komt ook voor dat het lichaam behouden wordt zonder dat er nog leven is. Het leven komt zonder dat het kan worden geweerd, het leven gaat zonder dat het kan worden tegengehouden.

Helaas! De mensen van deze tijd denken dat door het lichaam te verzorgen ze hun leven kunnen behouden. Maar als dit verzorgen uiteindelijk van geen waarde is om het leven te behouden, wat is er dan nog van enige waarde voor de mensen te doen? Maar ofschoon het geen waarde heeft, kunnen ze het toch niet nalaten; want ze kunnen niet vermijden iets te doen.

Als je wilt vermijden je uit te sloven voor je lichaam, dan is er niets beter dan de wereld opgeven. Geef je de wereld op, dan houden de moeilijkheden ook op. Bevrijd van moeilijkheden wordt alles normaal; zo ga je dan met het andere[1] mee regenereren. En door die regeneratie kom je er dichtbij.[2]

Waarom is het van waarde om je uit het leven terug te trekken en je zo van alle beslommeringen te bevrijden? Vrij van beslommeringen put je je lichaam niet uit, door je uit het leven terug te

1 Bi; 'de ander', dat wil zeggen: de Tao.

2 Deze hele zin gaat terug op de filosofische beschouwingen van hoofdstuk 2, paragraaf III.

trekken houd je je levenskracht[3] intact. Door je lijf heel te houden en je energie terug te winnen word je één met de hemel. Hemel en aarde zijn de vader en de moeder van de tienduizend dingen. Van hun samenzijn komt een lichaam, van hun scheiding komt een nieuw begin.[4] Wanneer lichaam en energie volkomen zijn, dan kun je spreken van de mogelijkheid tot transsubstantiatie.[5] In de veredeling van de energie liggen de terugkeer en het samengaan met de hemel.

II

Meester Lie Zi vroeg eens aan Yin de Wachter van de Bergpas:[6] 'De allerhoogste mens kan onder het water blijven zonder te verstikken, over het vuur lopen zonder zich te branden, boven de tienduizend dingen uitstijgen zonder angst te ondervinden. Mag ik vragen hoe hij dat kan bereiken?'

'Dat komt door de zuivere qi te bewaren. Dat heeft niets te maken met speciale kennis of met durf en dat soort dingen. Ga maar zitten! Ik zal het je zeggen: alles wat vorm, gestalte, stem en kleur heeft is een ding. En hoe zou er tussen dingen onderling een groot verschil bestaan? Welk zou meer waarde hebben dan andere, en dus voorrang genieten? Ze zijn niets anders dan vormen en kleuren.[7] Maar dingen worden geschapen uit dat wat geen vorm heeft en vinden hun einde in dat wat nooit verandert. Zij die dit verwerven en zich dit volledig eigen maken,[8] hoe zouden [uiterlijke] dingen ooit vat op hen kunnen krijgen? De allerhoogste mens

3 *Jing*; letterlijk: 'essentie', het zaad, de levensenergie. In de taoïstische praktijk van het 'lange leven' werden de mannelijke en de vrouwelijke seksuele energie als de belangrijkste levensbron beschouwd.

4 Na gescheiden te zijn zullen ze zich weer herenigen en een nieuw leven scheppen.

5 Ik ontleen deze term aan de westerse theologie als vertaling van het woord *yi*, dat 'muteren' betekent, en dat in de taoïstische liturgie de specifieke bijbetekenis heeft van 'de verandering van het stoffelijk lichaam in een goddelijk en onsterfelijk lichaam'.

6 Dit is de beroemde wachter van de Xiangu-pas, die Lao Zi bij zijn vertrek uit de wereld tegenhield om zijn onderricht te ontvangen. Lao Zi dicteerde hem de *Daodejing*. Zie ook hoofdstuk 33, paragraaf VIII.

7 Dat wil zeggen: uiterlijke kenmerken, niet het essentiële.

8 Dat wil zeggen: de modaliteiten van vormeloosheid en onveranderbaarheid.

verblijft binnen de grenzen van het vormeloze, hij verschuilt zich in de fundering van de stilte, hij zwerft daar waar de tienduizend dingen geen begin en geen einde hebben.[9] Hij maakt zijn natuur één, hij voedt zijn qi, hij concentreert zijn deugd,[10] en zo dringt hij door tot daar waar de dingen geschapen worden. Dat wat in hem des hemels is, dat bewaart hij volledig; zijn geest is zonder hapering. Hoe zouden uiterlijke dingen ooit vat op hem kunnen krijgen?

Iemand die dronken van een kar valt mag zich bezeren, maar hij krijgt geen dodelijk letsel. Zijn gestel is dat van ieder ander mens, en toch wordt hij niet gewond: dat is omdat zijn geest heel is gebleven. Hij was zich niet bewust dat hij op een kar zat, en hij was zich ook niet bewust dat hij ervan afviel. De angst om te sterven kwam niet in hem op, en zo kon hij zonder vrees tegen andere dingen aan stoten. Als iemand uit de wijn al een dergelijke immuniteit kan krijgen, hoeveel te meer dan hij die zijn volkomenheid van de hemel verkrijgt! De heilige mens vindt zijn toevlucht in de hemel, en zo kan niets hem schaden.'[11]

III

Op weg naar Chu, midden in een bos, kwam Confucius een man met een bochel tegen die met een kleefstok krekels aan het vangen was; het was alsof hij zijn hand maar hoefde uit te strekken om ze te pakken.

'Dat is nog eens behendigheid!' zei Confucius. 'Heb je soms de Tao?'

'Jazeker heb ik de Tao! Eerst oefende ik gedurende vijf of zes maanden door twee ronde kogels op elkaar te zetten. Toen ze niet meer vielen, waren er nog maar enkele krekels die me ontsnap-

9 Dat wil zeggen: de oerchaos. Ik volg hier de amendering van de tekst door Li Mian.

10 Hier met de betekenis van 'innerlijke kracht'.

11 In de gangbare tekst van de *Zhuangzi* volgt hier nog een passage: 'Degene die wraak zoekt gaat niet het kostbare zwaard breken; zelfs de kwaadste persoon richt zijn woede niet op de dakpan die per ongeluk op zijn hoofd is gevallen', enzovoort. De inhoud staat niet in verband tot het voorafgaande, en deze passage wordt in het algemeen als een foutieve interpolatie beschouwd.

ten. Daarna probeerde ik drie kogels op elkaar te zetten, en toen me dat lukte was het nog maar een op de tien krekels die ik niet kon vangen. En sinds ik vijf kogels op elkaar kan stapelen, hoef ik m'n hand maar uit te strekken om ze te pakken. Ik houd mijn lichaam bewegingloos als een eikenboom en mijn arm lijkt wel een dorre tak.[12] Hoe groot hemel en aarde, hoe talrijk de tienduizend dingen ook mogen zijn, ik ben me slechts bewust van vliegende krekels. Ik kijk niet op of om, van de tienduizend dingen kan geen enkele voor mij de plaats van vliegende krekels innemen. Hoe zou ik ze dan niet vangen!'

Confucius keerde zich tot zijn discipelen, en sprak: 'Richt je wilskracht onverdeeld op je doel; concentreer zo je geest. Dat is de les die wij van deze eerwaarde gebochelde mogen ontvangen!'

IV

Yan Yuan[13] had eens de volgende vraag voor Confucius: 'Eens stak ik een wilde en diepe kolk over. De veerman bestuurde de boot alsof hij een god was. Ik vroeg hem: "Een boot zó besturen, is dat te leren?" "Welzeker!" antwoordde hij. "Een goed zwemmer kan het al heel gauw. En als het iemand is die onder water kan zwemmen, dan kan hij, zelfs als hij nog nooit een boot gezien heeft, hem al besturen." Ik ondervroeg hem verder, maar meer wilde hij niet zeggen. Weet u misschien wat dit betekent?'

Confucius zei: 'Dat een goed zwemmer het heel gauw kan leren is omdat hij niet meer piekert over het water. Wat betreft de onderwaterzwemmer: zo iemand beschouwt een kolk als een heuvel, en wanneer de boot zou kapseizen, dan zou dat voor hem net zoiets zijn als een kar die omkiepert. Zelfs al zouden de tienduizend dingen[14] voor zijn ogen ondersteboven vallen, dan zou hij daar toch niet in zijn innerlijk[15] door beroerd worden. Waarom zou hij zich niet op z'n gemak voelen?

12 Dit is een zinspeling op de uitdrukking 'een lichaam als verdord [of uitgedroogd] hout', die iemand die in trance is beschrijft. Zie hoofdstuk 2, paragraaf 1.

13 De meest geliefde discipel van Confucius.

14 Ik volg hier de amendering van Yu Yue.

15 *She*; letterlijk: 'de woning van de ziel'.

Ga je om dakpannen een wedstrijd in het boogschieten aan, dan schiet je het beste. Gaat het om gordelhaken,[16] dan word je nerveus. En als het om goud gaat, dan raak je volslagen van de kaart. Je vaardigheid is hetzelfde, maar dat waarom het gaat beïnvloedt je van buiten. Als uiterlijke dingen invloed op je krijgen, dan word je van binnen onbeholpen.'

V

Tian Kaizhi[17] was op audiëntie bij hertog Wei van Zhou.[18] Deze zei: 'Ik hoor dat Zhu Xian het voeden van het leven heeft bestudeerd, en dat jij met hem bevriend bent. Wat heb je zoal van hem geleerd?'

'Ik veeg bij hem de grond aan en bewaak zijn deur,' antwoordde Tian Kaizhi. 'Hoe komt u erbij dat ik iets van deze meester zou hebben geleerd?'

'U hoeft niet zo bescheiden te zijn, Meester Tian,' zei de hertog. 'Ik wil graag horen wat het is.'

'Ik heb de meester horen zeggen dat het voeden van het leven hetzelfde is als schapen hoeden. Je moet letten op de schapen die achterblijven en ze met de zweep opporren.'

'Wat bedoelde hij daarmee?' vroeg de hertog.

'Er was eens in Lu een zekere Shan Bao die zich had teruggetrokken in de bergen en daar alleen water dronk,[19] en die niet zoals andere mensen op voordeel uit was. Met zeventig jaar zag hij er nog uit als een jong ventje. Jammer genoeg kwam hij op een dag een hongerige tijger tegen, die hem opat.

En dan was er nog een zekere Zhang Yi, die zich altijd respectvol opstelde, niet alleen tegenover de hooggeplaatsten, maar ook tegenover de mindere lui.[20] Hij was veertig toen hij stierf aan

16 De bronzen en vaak fraai ingelegde gordelhaken waren in het oude China gewaardeerde kleinoden.

17 Een verder onbekende taoïst.

18 Deze hertog was verwant aan het vorstenhuis van de Zhou-dynastie en had zijn grondgebied in het huidige Henan.

19 Een voorbeeld van de heremieten, voornamelijk uit de hogere kringen, die in het tijdperk van de Strijdende Staten veel opgang maakten.

koorts in de ingewanden. Shan Bao voedde zijn innerlijke wezen, maar de tijger at zijn uiterlijke [lichaam] op. Zhang Yi zorgde voor zijn uiterlijke voorkomen, maar de ziekte velde zijn innerlijk. In deze beide gevallen hadden ze verzuimd de achterblijvers goed op te porren. Zoals Confucius eens heeft gezegd:

"Trek je niet terug, verschuil je niet,
Treed ook niet naar buiten, vertoon je niet;
Plaats jezelf in het midden, als was je van hout.
Wie deze drie voorwaarden kan vervullen,
Zal zeker de grootste roem oogsten."

Wanneer er gevaar heerst op de wegen en van tien reizigers er een wordt gedood, dan waarschuwen vaders en zonen, oudere en jongere broers elkaar, en niemand durft zich buiten te wagen zonder een groot escorte van gewapende mannen. Is dat niet verstandig? Maar dat waar de mensen echt beducht voor zouden moeten zijn, namelijk wat er gebeurt op de slaapmat of tijdens het eten en drinken, niemand is verstandig genoeg om daarvoor te waarschuwen. Wat een abuis!'

VI

De voorbidder van de voorvadertempel, gekleed in zijn zwarte toga, stond bij het varkenshok en richtte zich tot het zwijn met de woorden: 'Waarom heb je er toch zo'n hekel aan om dood te gaan? Ik ga je eerst drie maanden vetmesten, dan zal ikzelf tien dagen lang in retraite gaan, drie dagen lang vasten, een bedje van witte biezen voor je spreiden en je schouders en hammen ga ik op de gebeeldhouwde offerstandaarden plaatsen. Hoe vind je dat? Als ik het vanuit jouw standpunt als varken bekijk, dan zou ik zeggen dat ik liever in m'n hok zou blijven en daar afval eten, maar als ik het vanuit mijn eigen positie bekijk, dan zou ik maar al te graag tijdens mijn leven als een hooggeplaatst persoon geëerd worden, en bij mijn overlijden in een prachtig geornamenteerde

20 Zoals een goed confucianist betaamt.

doodskist op een versierde lijkwagen liggen. Als ik een varken was zou ik het weigeren, maar vanuit mezelf bezien zou ik het aannemen. Wat kan het toch zijn dat mij zo verschillend maakt van een varken?'

VII

Hertog Huan was aan het jagen in de wildernis en Guan Zhong[21] mende zijn wagen, toen hij plotseling een geestverschijning zag. De hertog greep Guan Zhongs hand, en riep: 'Vadertje Zhong, wat zie ik daar?'

'Ik zie niets!' antwoordde Guan Zhong.

Toen de hertog terug was gekeerd, werd hij ziek en sprak wartaal, en gedurende meerdere dagen kwam hij niet naar buiten. Een heer uit Qi genaamd Huangzi Gao'ao[22] zei tot de hertog: 'U maakt uzelf ziek. Hoe zou een geest u kunnen deren? Wanneer de verzamelde qi in uw lichaam wegvliegt en niet terugkeert,[23] dan veroorzaakt dat een gebrek [aan levensenergie]. Wanneer de qi opstijgt en niet meer neerdaalt, dan valt de persoon makkelijk ten prooi aan woedeaanvallen, en in het omgekeerde geval wordt hij vergeetachtig. Mocht de qi geblokkeerd zijn en in het midden van het lichaam op de hoogte van het hart blijven vastzitten, dan wordt men ziek.'

'Maar bestaan geesten eigenlijk wel?' vroeg de hertog.

'Jazeker! In de haard heb je de *li*, in de oven de *ji*. Bij de afvalhoop binnen de poort woont de *leiting*,[24] in de noordoosthoek van het huis springen de *pei'a* en de *guilong*[25] in het rond. In de noordwesthoek woont de *yiyang*. In het water vindt men de *wangliang*[26]

21 Hertog Huan was de eerste militaire leider die de hegemonie voerde over de gehele Chinese confederatie. De filosoof Guan Zhong was zijn grote raadsman. Deze laatste stierf in 634 voor onze jaartelling.

22 Verder onbekend.

23 Dit is volgens de Chinese fysiologie het gevolg van een hevige schrik.

24 Letterlijk: 'donderklap'. Van deze en van de twee voorafgaande huis- en haardgeesten heb ik geen beschrijving gevonden.

25 Van de guilong is de volgende beschrijving bewaard gebleven: hij ziet eruit als een klein kindje, een voet en drie duimen hoog, met zwarte kleren en een rode tulband met een grote kroon. Hij heeft een zwaard en een hellebaard.

en in de heuvels de *xin*. In de bergen huist de kui,[27] op het veld de *panghuang* en in de wildernis de *weituo*.'

'Zou ik mogen vragen hoe die weituo eruitziet?' vroeg de hertog.

'De weituo heeft de omvang van een wielnaaf, hij is zo lang als een disselboom,[28] hij draagt een purperen mantel en een rood hoofddeksel. Hij heeft de eigenaardigheid niet van het donderend geluid van een wagen te houden; dan steekt hij zijn kop op en gaat geheel rechtop staan. Wie hem ziet zal voorzeker de hegemonie verkrijgen.'

Het gezicht van hertog Huan klaarde op, en hij zei met een lach: 'Dat is wat ik gezien heb!' Daarop trok hij zijn hofgewaden aan en ging op zijn troon zitten. Nog voor de dag ten einde was, was zijn ziekte verdwenen.

VIII

Ji Xingzi trainde een vechthaan voor de koning. Na tien dagen vroeg de koning: 'Kan hij al vechten?'

'Nog niet,' was het antwoord. 'Voor het moment is hij nog te verwaten en te zelfgenoegzaam.'

Tien dagen later was hij ook nog niet gereed, en luidde het antwoord: 'Hij reageert nog op geluiden en beelden.'

Nog tien dagen later zei de trainer: 'Hij is nog niet klaar, want hij kijkt nog kwaad en gedraagt zich arrogant.'

Maar toen er nogmaals tien dagen verstreken waren en de koning naar de haan vroeg, luidde het antwoord: 'We zijn er bijna. Zelfs wanneer een andere haan kraait, geeft hij geen blijk van enige beroering. Als men van verre naar hem kijkt, lijkt hij wel van hout. Zijn deugd is volmaakt. Andere hanen durven hem niet te weerstreven. Zodra ze hem zien keren ze om en nemen ze de benen.'

26 De watergeest, die ook voorkomt in hoofdstuk 2, paragraaf VII.

27 De kui is een mythologisch wezen met maar één been.

28 De weituo zag er dus uit als een slang of ander groot reptiel.

IX

Confucius bezocht de waterval van Luliang. Er is daar een gordijn van water van dertig vadem hoog, en de stroom borrelt en schuimt er over een afstand van veertig mijl. Geen reptiel, geen vis en geen schildpad die daar zwemmen kan. Maar Confucius zag een kerel die er toch aan het zwemmen was. 'Dat is zeker iemand die van verdriet een einde aan zijn leven wil maken,' dacht Confucius, en hij stuurde een van zijn discipelen stroomafwaarts om de man uit het water te halen. Maar na een paar honderd passen kwam hij er zelf uit. Met loshangend haar trok hij al zingend langs de oever. Confucius liep hem achterna, en riep: 'Ik dacht dat je een geestverschijning was, en nu blijk je een levend mens te zijn! Mag ik zo vrij zijn om te vragen of je soms een bepaalde Tao hebt die je in staat stelt zo in het water te verblijven?'

'Welnee!' zei de man. 'Ik heb helemaal geen Tao. Er is dat wat ik bij mijn geboorte heb meegekregen, dat wat toen ik opgroeide een stuk van mijn eigen natuur is geworden en dat wat op volwassen leeftijd mijn lot is. Met de draaikolk ga ik naar beneden en met de tegenstroom kom ik weer boven; ik volg de weg van het water, en er is niets dat ik zelf doe. Zo kan ik erin verblijven.'

'Wat bedoelt u met dat wat u bij uw geboorte hebt meegekregen, dat wat in uw jeugd tot uw eigen natuur is geworden en op volwassen leeftijd uw lot is geworden?'

'Ik ben op de vaste grond geboren, en daar voel ik me thuis, dat is dus wat ik van het begin af heb meegekregen. Ik groeide op met het water, en daar ben ik me thuis gaan voelen, dat is mijn natuur geworden. Ik ben zo, maar ik weet niet waarom ik zo ben, en dat is het lot.'

X

Er was eens een meesterhoutsnijder genaamd Qing, die een hangraam voor een klokkenspel had gebeeldhouwd, zo mooi dat eenieder die ernaar keek verrast uitriep: 'Dit lijkt wel godenwerk!' Toen de hertog van Lu[29] het zag, ondervroeg hij de kunstenaar, en zei: 'Welke kunstvaardigheid bezit je om zoiets te kunnen maken?' 'Uw dienaar is maar een gewone handwerker, en ik heb hoegenaamd geen kunstvaardigheid! Desalniettemin is er toch wel één ding: wanneer ik met zo'n hangraam bezig ben, dan pas ik op dat ik mijn qi niet verspil. Daarom moet ik eerst vasten om mezelf tot rust te brengen. Na drie dagen vasten koester ik geen gedachten meer over succes, beloning, positie of promotie. Als ik vijf dagen vast denk ik niet meer aan kritiek of lofbetuiging, aan vaardigheid of onhandigheid. En als ik zeven dagen gevast heb, dan verlies ik onmiddellijk elk bewustzijn van mijn vier ledematen en mijn hele lijfelijke bestaan. Op dat ogenblik bestaat er voor mij geen vorst of hofhouding meer, mijn gehele kunnen is geconcentreerd en alle stoornissen van buiten verdwijnen. Daarna ga ik naar het bos en kijk naar de door de hemel gegeven aard van de bomen. Als ik er een vind die wat betreft vorm perfect is, dan kijk ik er net zo lang naar totdat ik het voltooide hangraam al zie, en dan pas begin ik er de hand aan te slaan. Als dat allemaal niet lukt, dan houd ik ermee op. Op die manier sluit de hemelse aard [van de boom] aan bij mijn eigen hemelse aard.[30] Zou dit niet de reden kunnen zijn waarom men denkt dat de goden dit hangraam hebben gemaakt?'

XI

Ji van het Oosterveld vertoonde eens zijn paardendressuur aan hertog Zhuang.[31] De paarden liepen zo recht als een lijn vooruit en achteruit, en draaiden rechts en links in cirkels zo nauwkeurig alsof ze met een passer waren getrokken. Hertog Zhuang vond dat dit zelfs de dressuur van vadertje Zhao[32] niet kon overtreffen, en wilde dat de paarden deze fraaie figuren honderd keer achter elkaar zouden doen. Yan He[33] zag het, en ging naar de her-

29 Lu, in het huidige Shandong, is de geboortestreek van Confucius.

30 Die de kunstenaar door de ascese van het vasten heeft teruggeworven.

31 Volgens de Chinese geleerden moet dit een adellijke heer van het land van Wei zijn, die een zoon was van hertog Ling (531–493 voor onze jaartelling).

32 Dit was een beroemde paardendresseur uit de oudheid. De tekst is hier enigszins corrupt.

33 Deze Yan He zijn we al eerder tegengekomen in hoofdstuk 4, paragraaf III.

tog toe om te zeggen: 'Dat gaat mis met die paarden van Ji!' De hertog deed alsof hij niets gehoord had, en antwoordde niet. Na een poosje ging het inderdaad mis, en werden de paarden terug naar de stal geleid. Toen vroeg de hertog: 'Hoe kwam het dat je dit wist?' 'De kracht van de paarden was al tot het uiterste gebruikt, en toch ging men door meer van ze te vergen. Dus zei ik: "Dat gaat mis!"'

XII

Meester Chui[34] kon [uit de vrije hand] cirkels trekken alsof ze met een passer gemaakt waren. Zijn vingers pasten zich helemaal aan de dingen aan, en hij berekende niets met zijn brein. Zodoende bleef zijn godenaltaar[35] geheel intact en was er niets wat hem belemmerde. Als je schoenen goed passen vergeet je je voeten; als je riem goed zit, dan denk je niet aan je middel; als je je in je hart lekker voelt, dan denk je niet aan 'welles' of 'nietes'. En als je relatie tot de wereld goed zit, dan hoef je van binnen niet te veranderen en ook niet de buitenwereld na te volgen. En je zo goed voelen dat je zelfs vergeet wat goed voelen is, dat krijg je pas wanneer je in je allerdiepste zelf goed zit en nooit ofte nimmer daarvan afwijkt.[36]

34 Deze spreekwoordelijke bekende ambachtsman zijn we al in hoofdstuk 10, paragraaf I, tegengekomen.
35 *Lingtai*; vergelijk de in hoofdstuk 5, paragraaf IV, gebezigde term *lingfu*. Dit is een term voor 'heiligdom', maar hier niet toepasselijk op een gebouw of monument, maar op de mens zelf. Over het algemeen vertaalt men met 'hart', maar het lijkt me dat we hier onder 'het huis der goden' het hele lichaam en dus het hele 'zelf' kunnen verstaan.
36 In de gangbare uitgaven van de *Zhuangzi* volgt hier een anekdote over een zekere Sun Xiu, die raad gaat vragen bij een verder onbekende wijsgeer. De hele stijl en strekking van dit stukje zijn verschillend van die van de *Zhuangzi*, en daarom wordt deze passage gezien als een latere interpolatie, en dus hier weggelaten.

HOOFDSTUK 20

De boom in de bergen

1

Zhuang Zi liep eens in de bergen en zag daar een grote boom met veel takken en weelderig loof. Een houthakker zat naast de boom, maar maakte geen aanstalten deze om te hakken. Toen hem gevraagd werd wat de reden was, zei hij: 'Dit hout is onbruikbaar!' Zhuang Zi zei: 'Deze boom kan dus dankzij het feit dat hij onbruikbaar is zijn natuurlijke levensduur behouden!'

Toen hij uit de bergen was afgedaald, ging Zhuang Zi bij een oude vriend thuis overnachten. Deze was erg blij hem te zien, en droeg zijn zoon op een gans te slachten en te bereiden. De zoon vroeg: 'Welke zullen we slachten? De ene die kan snateren? Of de andere die niet kan snateren?'

'Slacht de gans maar die niet kan snateren!' antwoordde de gastheer.

De volgende morgen vroeg een van de discipelen aan Zhuang Zi: 'Gisteren in de bergen was er die boom die vanwege zijn onbruikbaarheid zijn natuurlijke levensduur kon behouden, maar nu is de gans van onze gastheer juist geslacht omdat het hem aan gaven ontbrak. Meester, wat is uw positie in deze kwestie?'

Zhuang Zi lachte, en zei: 'Als ik mijn positie zou moeten bepalen, dan zou die ergens in het midden, tussen bruikbaar en onbruikbaar in, moeten zijn. Maar zo'n middenpositie lijkt beter dan ze is, want op die manier ontkom je niet aan beslommeringen. Maar ik zeg jullie: als je de kracht van de Tao berijdt en zo gaat rondzwerven – dan is het anders:[1]

1 Vergelijk hoofdstuk 1, paragraaf 1.

Geen lof, geen blaam;
Nu eens draak, dan weer slang;[2]
Verander met de tijd mee,
Laat je nooit vastzetten in één manier van doen;
Soms hoog, dan weer laag,
Afhangend van wat het beste overeenkomt met de omstandigheden.

Ga zwerven en spelen met de voorouder van de tienduizend dingen! Laat de dingen maar de dingen, en laat je niet door de dingen tot een ding maken. Wanneer je zo handelt, hoe zou je dan nog beslommeringen kunnen krijgen? Dit was de methode van de Heilige Landbouwer en de Gele Keizer.[3] Maar kijken we eens naar de verhoudingen tussen de tienduizend dingen en naar de tradities wat betreft de relaties tussen de mensen, dan zien we iets heel anders:

Al wat verenigd is wordt gescheiden;
Wat volkomen is wordt vernield;
Wat nederig is wordt vertrapt;
Wat verheven is wordt bekritiseerd.
Zij die handelen worden de dupe,
Die wijs zijn worden tegengewerkt,
Die vroom zijn worden bedrogen.

Helaas! Waar kan men ergens houvast vinden? Discipelen, let op mijn woorden! Slechts in het land van de deugd van de Tao!'

2 Draken en slangen zijn in de Chinese mythologie verwante dieren. Draken manifesteren zich zichtbaar, maar slangen blijven graag verborgen.
3 Al eerder, in de hoofdstukken 16 en 18, ontmoet stel cultuurhelden. In tegenstelling tot de eerdere passages worden ze hier voorgesteld als heiligen die de 'deugd [de innerlijke kracht] van de Tao' verworven hebben.

11

Yiliao van Nanshi kwam eens op audiëntie bij de hertog van Lu.[4] Deze had een droeve uitdrukking op zijn gelaat, en dus vroeg hij: 'Waarom kijkt u zo verdrietig?'

'Ik heb de Tao bestudeerd van de koningen van weleer,' zei de hertog. 'Ik zet het werk voort van de leiders van vroeger.[5] Ik aanbid mijn voorvaderen en huldig hen die deugdzaam zijn. Ik doe altijd alles zelf, nooit verslap ik in mijn streven, en desalniettemin ontkom ik niet aan het leed. Dat is de oorzaak van mijn droefenis.'

'Ik zie dat u niet erg bedreven bent in de kunst het leed te vermijden!' zei de wijsgeer van Nanshi. 'Kijk maar eens naar de vossen en de luipaarden met hun bontpelzen: zij houden zich stil in de bergen en de bossen; ze zijn zo voorzichtig dat ze pas 's nachts te voorschijn komen en gedurende de dag verscholen blijven; en ze weten zich dusdanig te beheersen dat, ofschoon geteisterd door honger en dorst, ze toch een voor een gaan jagen op de oevers van rivieren en meren om aan voedsel te komen. En ondanks al die voorzorgsmaatregelen ontkomen ze niet aan het leed van vangnetten en vallen. En wat is de schuld daarvan? Het is hun bontpels die dit onheil veroorzaakt. En dit land van Lu, komt dat nu niet net overeen met uw pels? Ik zou willen dat u uw lichaam van deze pels ontdoet, uw hart reinigt en van begeerten vrijmaakt, om zo te gaan zwerven in de contreien ver van de mensen.

In het zuidelijke Yue[6] ligt het land van Jiande.[7] De bewoners zijn onwetend en eenvoudig, ze zijn niet zelfzuchtig en hebben

4 Dit schijnt een historische figuur te zijn. De *Zuozhuan* vermeldt een zekere Yiliao die minister was in het koninkrijk van Chu. Zijn familienaam was Xiong, en hij leefde omstreeks 470 voor onze jaartelling. In dat geval moet de hertog van Lu die hier genoemd wordt, hertog Ai zijn geweest. 'Nanshi' betekent de 'zuidelijke markt'. Maar of hij ook echt bij de zuidelijke markt van de hoofdstad woonde vermeldt de historie niet.

5 Hiermee duidt de hertog op de stichters van de Zhou-dynastie, van wie het geslacht van de hertogen van Lu afstamde.

6 Het koninkrijk van Nanyue, dat in het toenmalige zuiden van China gevestigd was. Dit land was de voorloper van het huidige Vietnam (Yuenan).

7 In de oudheid bestond er inderdaad een streek met de naam Jiande, in het zuiden van de huidige provincie Fujian. We hebben hier de vroegste historische vermelding van deze streek, waaruit zo veel Chinezen in Indonesië en in Nederland afkomstig zijn.

maar weinig verlangens;[8] ze weten hoe ze dingen moeten maken maar niet hoe ze te bewaren, en wanneer ze iets geven verwachten ze niets terug. Ze hebben geen idee waar het begrip "gerechtigheid" op slaat, en evenmin waar men met "ritueel" naar toe wil. Wild en ongebreideld lopen ze maar raak, en aldus treden zij binnen in het grote vierkant.[9] Bij hun geboorte is er reden tot vreugde, bij hun sterven is er reden om een begrafenis te vieren. Ik zou willen dat u, heer, dit land verliet en zijn zeden verwierp,[10] en de Tao volgt om daarheen te gaan.'

'Maar de weg daarheen is ver en gevaarlijk, er zijn rivieren en bergen, en ik heb geen boot of wagen. Wat te doen?' vroeg de hertog.[11]

'Mogen dan deemoed en volgzaamheid uw voertuig zijn,' antwoordde de wijsgeer.

'Maar de weg is duister en lang, en gaat door onbewoonde streken! Wie zullen mijn metgezellen zijn? Ik heb geen proviand, en dus niets te eten voor onderweg. Hoe kan ik die plaats ooit bereiken?' vroeg de hertog weer.

'Als u zo weinig mogelijk uitgeeft en uw begeerten vermindert, dan zult u zelfs zonder proviand altijd genoeg hebben,' zei de wijsgeer. 'U zult rivieren doorkruisen en over de zeeën drijven, zo ver dat u in de verte de kusten niet meer kunt zien; hoe verder u gaat, hoe meer u de onuitputtelijke weidsheid zult leren kennen. Zij die u begeleiden zullen aan de kust gekomen omkeren, en zelf zult u vanaf dat moment naar de wijde verte gaan! Want mensen om je heen hebben brengt beslommeringen, en mensen die op je toezien geven narigheid. Daarom had Yao geen mensen om zich

8 Een zin ontleend aan de *Daodejing*, hoofdstuk 19.

9 Dit is een metafoor voor de Tao, ontleend aan de *Daodejing*, hoofdstuk 41. Zie ook hoofdstuk 17, paragraaf 1. De betekenis hier is dat de bewoners van Jiande, door volledig, zonder nadenken, hun natuur te volgen, zich zonder het te weten al binnen het gebied van de Tao bevinden.

10 Het hertogdom van Lu is de geboorteplaats van Confucius, en de streek waar zijn leer de grootste invloed had.

11 Deze bedenkingen van de hertog van Lu zijn hier omwille van het verhaal en de argumentatie. Natuurlijk had de hertog wel wagens en boten tot zijn beschikking. Er is ook een moedwillige, maar wat onhandige, zinspeling op 'Tao', dat ook de letterlijke betekenis van 'weg' kan hebben.

heen, en ook geen mensen die toekeken op wat hij deed. Ik zou willen dat u alle vermoeienissen verwijdert, alle narigheid doet verdwijnen, om zo, alleen met de Tao, te gaan rondzwerven in het Land van het Grote Niets.

Als iemand in een vierkante veerbak een rivier oversteekt en een lege boot botst tegen hem op, dan wordt hij niet boos, ook al is hij misschien wel een humeurig persoon. Maar als er iemand in die boot zit, dan gaat onze veerman schreeuwen dat hij afstand moet bewaren. En als de eerste schreeuw niet wordt gehoord, dan volgen er een tweede en een derde, en daarna, als er nog steeds geen gehoor wordt gegeven, volgen er lelijke woorden. Eerst werd hij niet kwaad, en nu wel: dat komt alleen omdat eerst de boot leeg was, en nu vol! Iemand die zichzelf kan leegmaken en zo in de wereld rondzwerven, wie zou die ooit kunnen deren?'

III

Een zekere She van het Noordpaleis moest voor graaf Ling van Wei bijdragen verzamelen voor het maken van een klokkenspel.[12] Hij zette een platform op buiten de stadspoort, en nog voor er drie maanden voorbij waren was alles klaar en waren de twee reeksen van klokken volledig. Prins Qingji[13] zag het, en vroeg: 'Wat voor truc heeft u daarvoor aangewend?'

'In het midden van het een-zijn zou ik het niet wagen enige truc aan te wenden. Ik heb geleerd: "schoon gebeeldhouwd en gepolijst, alles gaat terug tot het onbewerkte blok".[14]

Onnozel ben ik: ik weet niets;
Dom ben ik: laks en besluiteloos;
Blindelings, op de tast,
Volg ik al wat komt of gaat.

12 Carillons, samengesteld uit een groot aantal bronzen klokken, in chromatische volgorde opgehangen in een groot houten raamwerk, werden gebruikt bij de hofceremoniën en -rituelen.

13 Dit moet ook een historische figuur zijn geweest, over wie echter verder niets bekend is.

14 De oorspronkelijke natuurlijke eenvoud. Vergelijk hoofdstuk 7, eind paragraaf v.

Wie komt houd ik niet tegen,
Wie gaat houd ik niet terug;
Ik berust in hun zelfingenomenheid,
Ik volg hen in hun grillen,
Net zo lang tot ze er zelf mee ophouden.

Zo kan ik van 's morgens vroeg tot 's avonds laat bijdragen verzamelen, zonder dat wie dan ook weigert wat te geven. En dit zou nog meer het geval zijn als de persoon die inzamelde de grote Tao zou bezitten!'

IV

Toen Confucius eens tussen Chen en Cai werd omsingeld[15] en hij zeven dagen lang geen warm eten had gehad, kwam de oude heer Ren hem opzoeken. Deze betuigde zijn medeleven met de woorden: 'Nu ga je zeker gauw dood, hè?'

'Zo is het,' sprak Confucius.

'En dat vind je vast niet leuk, hè?' vroeg de oude heer.

'Zo is het,' beaamde Confucius opnieuw.

'Laat ik dan maar eens proberen je iets te vertellen over de Tao om niet te sterven,' zei de oude heer. 'In de Oostelijke Wereldzee is er een vogel die de Luilief genoemd wordt. Hij flapt met z'n wieken en fladdert maar wat: schijnbaar is hij nergens toe in staat. Om te gaan vliegen moet hij eerst worden gesleept, en om weer te gaan zitten moeten ze hem ondersteunen. Nooit waagt hij het om voorop te gaan, en hij durft ook nooit de laatste te zijn. Hij zal dan ook nimmer als eerste iets proeven, maar voedt zich uitsluitend met wat de andere overlaten. Op die manier wordt hij nooit uit de rangorde verstoten, niemand daarbuiten zal hem ooit deren, en kan hij alle narigheid vermijden. De rechte boom wordt als eerste omgehakt; de zoete bron is als eerste uitgeput. Maar jij houdt ervan je kennis te etaleren om de onwetenden te imponeren, en

15 Uiteraard door vijanden. Hetzelfde verhaal is al als thema gebruikt in hoofdstuk 14, paragraaf IV, en zal nog eens terugkomen in hoofdstuk 28, paragraaf XII. Chen en Cai zijn twee staatjes van het oude China.

bent erop uit een goed figuur te slaan om zodoende de vuilakken aan de kaak te stellen. Je loopt overal te schitteren alsof je de zon en de maan in je handen houdt! Maar ik heb eens iemand van grote volkomenheid[16] horen zeggen:

> "Wie zichzelf roemt zal niet slagen;[17]
> Wie succes heeft behaald komt ten val;
> Wie een grote naam heeft verworven gaat daaraan ten onder."

Wie is in staat zich van succes en faam te ontdoen en weerom te keren, om deel uit te maken van de massa?

> Hij volgt de Tao, maar schittert niet,
> Hij bedrijft de deugd, maar vergaart geen faam;
> Zo simpel en gewoon is hij
> Dat het lijkt dat hij dwaas is.
> Hij veegt zijn voetsporen uit,
> Hij ontdoet zich van zijn macht,
> Teneinde succes en roem te ontlopen.

Op die manier vraagt hij niemand iets, en zal ook niemand hem iets vragen. De allerhoogste mens is niet uit op faam. Waarom schep jij er dan genoegen in?'

'Voortreffelijk!' riep Confucius uit. Daarop wenste hij zijn metgezellen vaarwel, stuurde zijn discipelen naar huis, en trok zich terug in de grote wildernis. Daar kleedde hij zich in dierenvellen en wollen kleren en voedde zich met noten en kastanjes. Hij kon zich te midden van de wilde beesten begeven zonder hun kudde te verstoren, en met de vogels verkeren zonder ze op te schrikken. Vogels en wilde beesten hadden geen hekel aan hem; laat staan mensen!

16 Aangezien wat nu volgt vrijwel geheel in de *Daodejing* te vinden is, zal hier wel Lao Zi bedoeld zijn.
17 Citaat uit de *Daodejing*, hoofdstuk 24.

V

Eens wendde Confucius zich tot Meester Sanghu[18] met het volgende probleem: 'Tot tweemaal toe ben ik uit Lu verbannen.[19] In Song hakten ze een boom over mijn hoofd om.[20] In Wei werden mijn voetsporen uitgewist.[21] Tussen Chen en Cai werd ik omsingeld.[22] En niet alleen heb ik al deze narigheden ondergaan, maar mijn familie en kennissen houden zich hoe langer hoe meer op een afstand, en mijn discipelen en vrienden lopen de een na de ander weg. Hoe komt dat toch?'

'Heb je dan nooit van de uittocht uit Yin gehoord?[23] Een zekere Lin Hui vluchtte met zijn kindje op zijn rug, terwijl hij een jade schijf van onschatbare waarde achterliet. "Waarom deed je dat?" vroeg iemand. "Was het vanwege de waarde? Maar een klein kind brengt toch veel minder geld op? Of was het vanwege de overlast? Maar zo'n wurm geeft toch veel meer overlast dan een schijf van jade? Ik begrijp het niet."

"Die schijf had ik vanwege het profijt dat ik ervan kon trekken," zei Lin Hui, "terwijl dat kindje mij door de hemel werd toebedeeld. Ik zeg u: zij die vanwege het profijt verbonden zijn, laten elkaar in de steek zodra men met armoede, ongeluk, narigheden of schade geconfronteerd wordt. Maar in het geval dat men door de hemel aan elkaar verwant is, dan worden bij al die onfortuinlijkheden de banden alleen maar hechter. Het verschil tussen het een en het ander is dus enorm groot. Bovendien: 'De omgang van een edel mens is zo neutraal als water; de omgang van een vulgair persoon is zoet als wijn.[24] Het neutrale gedrag van de edelman

18 Over deze wijze, zie hoofdstuk 6, paragraaf VIII.

19 Lu is het geboorteland van Confucius, waar hij ook als ambtenaar werkzaam was.

20 Dit incident is al eerder in hoofdstuk 14, paragraaf IV, ter sprake gekomen.

21 Als teken van verachting en verwerping.

22 Zie de vorige paragraaf.

23 Yin was het koninkrijk dat aan de Zhou-dynastie, waaronder Confucius en ook Zhuang Zi leefden, voorafging. Toen Yin door Zhou werd verslagen sloegen vele mensen uit de hoofdstad op de vlucht. In plaats van Yin heeft de tekst heeft hier het karakter *Jia*, maar men is het erover eens dat dit een schrijffout is.

24 Deze beroemde uitspraak komt ook voor in de *Liji*, hoofdstuk 23 ('Biaoji pian'), waar hij in de mond van Confucius zelf gelegd wordt.

leidt tot verbondenheid, de mierzoete houding van de vulgaire mensen leidt tot verwijdering.' Die jade schijf van mij: er was geen eigenlijke reden dat ik hem bezat, en zo kon ik me er, zonder me verder iets af te vragen, van losmaken."'

'Eerbiedig aanvaard ik uw instructie,' zei Confucius. Hierna liep hij vrij en blij naar huis. Hij hield op met studeren en gooide zijn boeken weg, zijn discipelen maakten niet langer buigingen voor hem, maar hun liefde werd er des te groter om.

Een paar dagen later zei Meester Sanghu opnieuw: 'Toen Shun op sterven lag instrueerde hij Yu, en zei: "Wees vooral voorzichtig! Uiterlijk gaat er niets boven meegaandheid; innerlijk gaat er niets boven oprechtheid. Als je maar meegaand blijft komt er geen verwijdering, en als je oprecht blijft ontkom je aan vermoeienissen. Indien je in deze twee opzichten geslaagd bent, maak dan de zaken niet mooier dan ze zijn om uiterlijk goed voor den dag te komen. Als je dat kunt vermijden, dan hoef je niet op dingen te steunen."'[25]

VI

Gekleed in grove en opgelapte kleren, met schoenen die met touwtjes bij elkaar gehouden werden, zo ging Zhuang Zi naar de koning van Wei. Deze zei: 'Welke rampspoed, meester, heeft u getroffen?'

'Ik ben arm, en dat is geen rampspoed,' sprak Zhuang Zi. 'Wanneer een man de deugd van de Tao bezit maar die niet kan betrachten, dat is rampspoed. In armzalige kleren en met kapotte schoenen lopen, dat is armoede, maar geen rampspoed. Ik heb alleen maar wat men noemt het verkeerde tijdperk getroffen. O koning! Hebt u dan nooit naar een klauterende aap gekeken? Wanneer die in een goede trompetboom of kamferboom zit, dan slingert hij met zijn handen en zijn staart aan de takken, zó dat zelfs Yi en Pengmeng[26] hem niet in het vizier kunnen krijgen. Maar wanneer hij in een meidoorn of braambos zit, dan beweegt

25 *Dai wu*; 'op dingen steunen', dat wil zeggen: van uiterlijke dingen afhankelijk zijn.
26 Legendarisch goede schutters.

hij zich voorzichtig en kijkt hij schuw om zich heen, trillend en bevend van angst. Dat komt niet omdat zijn spieren en ledematen stijf zijn geworden en hij zijn soepelheid verloren heeft, maar omdat hij in een benarde positie zit waar hij zijn vaardigheden niet kan gebruiken. In deze tijd van gedegenereerde vorsten en corrupte ministers, ook al zou men dat niet willen, hoe kan men anders dan in rampspoed leven? Die arme Bi Gan, wiens hart werd uitgesneden, is wel het beste bewijs daarvoor!'[27]

VII

Toen Confucius tussen Chen en Cai in de penarie zat en hij zeven dagen lang geen warm eten had gehad, stond hij met zijn linkerhand tegen een dode boom geleund, en in zijn rechterhand hield hij een dorre tak waarmee hij tegen de boom sloeg, terwijl hij de 'Ode van de heer van Yan' zong.[28] Dat wil zeggen: hij had wel een maatstok, maar de maat houden deed hij niet; hij had wel een stem, maar hij zong zo vals als wat. Het slaan van de stok en de stem van de man klonken zo akelig dat het hartverscheurend was.

Yan Hui, na netjes gegroet te hebben, sloeg een en ander met verbijstering gade. Confucius was bang dat Yan Hui zou gaan overdrijven en het zo erger zou gaan maken dan het al was, en dat hij er vanwege zijn liefde voor hem een drama van zou gaan maken. Dus zei hij: 'Hui! De tegenspoed die ons door de hemel wordt toebedeeld is makkelijk te trotseren; de voorspoed die ons door onze medemensen gebracht wordt is daarentegen niet makkelijk te trotseren. Niets wat een begin heeft is zonder einde. De mens en de hemel zijn één.[29] De vraag is: wie is degene die nu hier staat te zingen?'

'Mag ik vragen wat u bedoelt met "de tegenspoed die ons door de hemel wordt toebedeeld is makkelijk te trotseren"?' vroeg Yan Hui.

27 Bi Gan: zie hoofdstuk 4, noot 8. Dit is enigszins anachronistisch.

28 Dat wil zeggen: een zang van de mythische koning Shun. Zie hoofdstuk 14, paragraaf III.

29 Deze zinspreuk zou later door de confucianistische denker Dong Zhongshu (tweede eeuw voor onze jaartelling) tot basis van zijn systeem worden gemaakt.

'Honger, dorst, kou en hitte, of nu hier vastzitten en niet verder kunnen, dat is allemaal de loop van hemel en aarde, het gevolg van de verandering der dingen. Dat betekent dat we ons daarin moeten schikken. Als je de dienaar van iemand bent, dan kun je je daaraan niet onttrekken. Als het met de status van dienaar van mensen zo gesteld is, dan des te meer als men van de hemel afhankelijk is!'

'En wat bedoelt u met "de voorspoed die ons door onze medemensen gebracht wordt is daarentegen niet makkelijk te trotseren"?'

'Als alle condities gunstig zijn. In het begin, wanneer je een ambt hebt gekregen, dan gaat alles voorspoedig: eer en geld stromen je toe alsof het nooit ophoudt. Maar deze voorspoed bestaat uit uiterlijke dingen en heeft niets te maken met je innerlijke zelf. Het zijn zaken die buiten mijn eigenlijke lot vallen. Een echte heer rooft niet, een deugdzaam mens ontvreemdt niets. Zou ik dan iets nemen dat mij niet toekomt? Daarom wordt wel eens gezegd dat onder de vogels geen zo wijs is als de zwaluw. Ziet hij een plekje maar is dat niet geschikt om neer te strijken, dan keurt hij het verder geen blik waardig. Zelfs al moet hij de vrucht die hij in z'n snavel heeft ervoor laten vallen, hij laat het links liggen en gaat verder. Hij vreest de mens, en nochtans vindt hij zijn woning te midden van de mensen en nestelt op de altaren van het land om daar te kunnen bestaan.'

'En wat bedoelt u met "niets wat een begin heeft is zonder einde"?'

'Degene die de tienduizend dingen geschapen heeft, wie vertegenwoordigt die? En als we dat niet weten, hoe weten we dan waar alles eindigt, en hoe weten we waar alles begint? Zich aanpassen aan de norm [van de verandering] en berusten, dat is alles wat men doen kan.'

'En "de mens en de hemel zijn één" dan, wat betekent dat?'

'Dat de mens bestaat is door de hemel bestemd. Dat de hemel bestaat is ook door de hemel bestemd. Dat de mens zelf de hemel niet kan zijn, dat is de natuur. De wijze mens neemt vredig afscheid van zijn lichaam en sterft.'

VIII

Zhuang Zhou wandelde eens in het park van de Haviksheuvel. Daar zag hij vanuit het zuiden een vreemde vogel komen, met wieken van wel zeven el lang en ogen van een duim in diameter. Hij vloog rakelings langs Zhuang Zhou's voorhoofd en streek neer in een kastanjebos. 'Wat is me dat voor een vogel?' zei Zhuang Zhou. 'Hij heeft zulke geweldige vleugels, maar hij kan niet eens behoorlijk vliegen, en met zijn grote ogen kijkt hij ook niet goed!'

Hij schortte zijn kleed op, en liep snel naar de vogel toe. Daarop pakte hij zijn kruisboog, en legde aan. Daar ontwaarde hij een krekel, die net zo'n mooi schaduwrijk plekje had gevonden dat hij vergat op zichzelf te passen. Er was een mantis die, profiterend van de schaduw, de krekel wilde vangen en, denkend aan zijn prooi, eveneens zijn eigen hachje vergat. De vreemde vogel ging de mantis achterna, want hij zag zijn kans. Alleen denkend aan zijn eigen kans vergat ook hij zijn eigen integriteit.

'Ach!' riep Zhuang Zhou verschrikt uit, 'niets dan narigheid bezorgen de wezens elkaar: zie wat hier de ene soort de andere aandoet!' Hij wierp zijn kruisboog weg en haastte zich naar huis. Een opzichter liep hem achterna en schold hem uit.[30]

Thuisgekomen bleef Zhuang Zhou drie dagen lang verdrietig binnen zitten. Lin Ju, zijn volgeling, vroeg hem: 'Meester, hoe komt het dat u in deze tijd zo diep verdrietig bent?'

'Ik ben mezelf vergeten door me te zeer bezig te houden met de uiterlijke vorm,' zei Zhuang Zhou. 'Ik spiegelde mezelf in een troebele plas in plaats van in een heldere bron.[31] Zoals ik eens mijn meester hoorde zeggen: "Begeef je je onder de gewone mensen, volg dan ook hun regels!" Ik ging wandelen op de Haviksheuvel,

30 Omdat hij in het park had willen gaan jagen, en daarom voor een stroper werd aangezien. Zo moest Zhuang Zi op zijn beurt ook boeten voor het feit dat hij zichzelf een moment was vergeten.

31 Met deze beeldspraak wil Zhuang Zi zeggen dat hij zich door zijn hartstocht narigheid op de hals had gehaald. Wanneer ons hart door hartstocht bevangen is, wordt het als troebel water, waarin we onszelf niet meer goed kunnen zien, en daarom dus fouten begaan.

en vergat toen mezelf, een vreemde vogel vloog rakelings langs mijn voorhoofd en vergat zijn eigen integriteit, en de opzichter van het kastanjebos veronderstelde dat ik iets schandelijks had gedaan. Vandaar dat ik zo verdrietig ben.'

IX

Yang Zi[32] ging eens op reis naar Song, en overnachtte in een herberg. De herbergier had twee bijzitten. De ene was mooi, de andere lelijk, maar de lelijke stond meer in aanzien dan de mooie. Toen Yang Zi naar de reden hiervan vroeg, zei het zoontje van de waard: 'Die mooie vindt zichzelf zo mooi dat we er niets moois meer aan vinden, en de lelijke vindt zichzelf zo lelijk dat we er niets lelijks meer aan vinden!'

'Vergeet dit niet, mijn discipelen!' riep Yang Zi uit. 'Zolang jullie deugdzaam handelen maar je ontdoet van de gedachte dat jullie deugdzaam zijn, zullen jullie waar dan ook steeds geliefd zijn!'

32 Dit moet Yang Zhu zijn, de beroemde epicurist van het oude China.

HOOFDSTUK 21

Tian Zifang

1

In de tijd dat Tian Zifang[1] deel uitmaakte van de hofhouding van hertog Wen van Wei[2] en eens bij de hertog zat, gebeurde het dat hij zich herhaaldelijk op een zekere Qi Gong beriep.

'Is die soms uw leermeester?' vroeg de hertog.

'Nee,' antwoordde Tian Zifang. 'Hij is iemand uit het dorp waar ik woon, en toen we over de Tao spraken, zei hij een paar keer zeer juiste dingen. Daarom beroep ik me op hem.'

'En hebt u dan geen leermeester?' vroeg de hertog.

'Jazeker wel!'

'En wie is die leermeester dan?'

'Meester Xun van de Oosterwal,' zei Tian Zifang.

'En waarom beroept u zich dan nooit op hem?' vroeg de hertog.

'Hij is een waarachtige onder de mensen,' antwoordde Tian Zifang. 'Uiterlijk heeft hij een menselijke gestalte, maar innerlijk is hij als de hemel. Hij doorgrondt alles, en bewaart zo zijn waarachtigheid; hij is zuiver, en verzoent zo alle wezens. Wanneer de wezens tegen de Tao in handelen,[3] brengt hij hen door zijn rechte houding tot inkeer en doet hun menselijke begeerten verdwijnen. Wie ben ik dat ik me op hem zou mogen beroepen!'

Toen Tian Zifang vertrokken was, was hertog Wen de hele verdere dag als met stomheid geslagen, en sprak geen woord. Daarop riep hij al zijn hovelingen bijeen en zei tot hen: 'Hoe ver van

1 Deze wijsgeer is verder onbekend.

2 Een belangrijk staatsman uit de Chinese oudheid, die van 424 tot 387 voor onze jaartelling actief was.

3 Met 'wezens' zijn de mensen bedoeld, en 'tegen de Tao in handelen' betekent dat zij verworden zijn.

ons verwijderd is hij niet, de edele mens die de volkomen deugd bezit. Voorheen beschouwde ik de woorden van de Heilige[4] over het betrachten van medemenselijkheid en gerechtigheid als het hoogste goed. Nu ik echter over de leermeester van Tian Zifang gehoord heb, voel ik me lichamelijk bevrijd en heb ik geen lust meer tot handelen, mijn mond is als vergrendeld, en ik wil niet meer spreken. Alle dingen die ik bestudeerd heb zijn niets anders dan kleipoppen.[5] En dit land van Wei is echt alleen maar een last op mijn schouders!'

II

Meester Wenbo Xue, op weg naar Qi, maakte een rusthalte in Lu.[6] Daar kwam iemand vragen of hij op bezoek mocht komen, maar de meester weigerde dit met de woorden: 'Ik heb vernomen dat de heren van stand uit de Landen van het Midden[7] zeer briljant zijn wat betreft het ritueel en de moraal, maar erg dom zijn wanneer het gaat om de kennis van het menselijk hart. Ik heb geen zin om hem te ontmoeten.'

Op de terugreis van Qi kwam Meester Wenbo Xue weer door Lu, en dezelfde persoon kwam weer vragen of hij de meester een bezoek mocht brengen. Deze zei: 'Op de heenreis verzocht hij me te ontmoeten, en nu op de terugreis opnieuw: hij heeft me kennelijk iets belangrijks te vertellen!'

Nadat hij buiten zijn gast had ontmoet, ging hij al zuchtend weer naar binnen. De dag daarop had hij opnieuw een ontmoeting, en opnieuw kwam hij zuchtend weer terug. Zijn dienaar vroeg: 'Waarom komt u, nadat u deze bezoeker hebt ontmoet, elke keer zuchtend binnen?'

4 Dit is de canonieke titel van Confucius.

5 Figuren uit klei, die niets waard zijn en makkelijk vergaan. Ze werden voor rituele doeleinden gebruikt.

6 Het staatje van Lu bevond zich in Zuid-Shandong en Qi in Noord-Shandong. Deze verder onbekende meester kwam dus uit het zuiden.

7 Zhongguo, de staten van de centrale vlakte, is de naam die nu nog gebruikt wordt voor China. Meester Wenbo kwam uit het zuiden, waarschijnlijk uit de staat van Chu, dat zichzelf niet als een van de oorspronkelijke Landen van het Midden beschouwde.

'Ik waarschuw je nogmaals,' zei Meester Wenbo, 'die mensen uit de Landen van het Midden zijn briljant wat betreft het ritueel en de moraal, maar erg dom wanneer het gaat om de kennis van het menselijk hart. De persoon die me is komen opzoeken was toen hij binnenkwam en bij het afscheid zo vormelijk alsof het met een driehoek of een passer was afgemeten. Soms stelde hij zich op als een draak, dan weer als een tijger. Hij leerde me de les alsof ik zijn zoontje was, en hij preekte tegen me alsof hij mijn vader was. Daarom slaakte ik die zuchten.'

Toen daarna Zhongni[8] bij hem op bezoek kwam, sprak hij geen woord. 'Meester, u wilde deze Wenbo Xue al zo lang ontmoeten, maar nu u hem eindelijk ziet, zegt u geen enkel woord. Daar begrijp ik niets van!' zei Zilu.[9]

Toen antwoordde Zhongni met de woorden: 'Iemand zoals hij hoef je alleen maar te zien om te beseffen dat hier de Tao aanwezig is. En dat is echt niet in woorden uit te drukken.'

III

Eens richtte Yan Yuan[10] zich tot Zhongni: 'Meester! Wanneer u loopt, loop ik mee; wanneer u draaft, draaf ik mee; wanneer u galoppeert, dan galoppeer ik ook mee; maar wanneer u zo hard rent dat u een grote stofwolk achterlaat, dan kan ik u alleen maar achterna staren!'

'Mijn beste Hui, wat bedoel je daarmee?' vroeg Zhongni.

'Met "lopen" bedoel ik dat wanneer u praat, ik mee kan praten; met "draven" bedoel ik dat wanneer u discussieert, ik mee kan discussiëren; met "rennen" bedoel ik dat wanneer u met mij over de Tao spreekt, ik ook met u over de Tao kan spreken. Maar als ik het heb over "zo hard rennen dat u een grote stofwolk achterlaat, en ik u dan alleen maar achterna kan staren", dan bedoel ik daarmee dat u ook zonder te spreken het vertrouwen van de mensen weet te wekken, dat u alles van alle kanten beziet zonder partij te

8 Zhongni is de tweede, oftewel poëtische, voornaam van Confucius.

9 Een van de discipelen van Confucius.

10 De meest geliefde volgeling van Confucius. Zie hoofdstuk 4, paragraaf 1.

kiezen,[11] dat hoewel u geen hoge positie bekleedt het volk naar u toe stroomt, en dat ik echt niet weet waarom dat zo is.'

'Ach!' riep Zhongni uit. 'Dit moeten we verder uitdiepen! Ik zeg je: er is geen grotere smart dan de dood van de geest;[12] de dood van de mens is daarmee vergeleken secundair. De zon gaat op in het oosten en gaat onder in het westen, en geen van de tienduizend dingen die zich niet daarnaar richt. Al wat een hoofd en voeten heeft is ervan afhankelijk om wat dan ook te bereiken. Wanneer de zon verschijnt dan leeft hij, en zijn ondergang is de dood. Ditzelfde geldt voor al de tienduizend dingen: het is wachten om te sterven, en dan weer wachten om geboren te worden. Vanaf het moment dat ik mijn eigen lichaam heb ontvangen, blijft het onveranderd in afwachting van het moment dat het afgelopen is.[13] Ik roer me in het contact met andere dingen, dag en nacht, zonder ophouden, zonder te weten waar het zal eindigen. Mijn lichaam is als een rookwolk: ik weet wat voor lot het te wachten staat, maar kan niet vooruitzien wat het gaat worden. En zo volg ik de loop der dagen.

Mijn hele leven ben ik arm in arm met jou opgetrokken, en dit eens te gaan missen zal een heel groot verdriet zijn. De voetsporen waarin je mij gevolgd bent: ik ben bang dat die ook reeds zijn opgehouden te bestaan. Dat je ze desondanks gaat zoeken, denkend dat ze er nog zijn, is als het zoeken naar een paard wanneer de markt al voorbij is! Wat ik je heb kunnen geven zal volkomen verdwijnen, en wat jij mij hebt kunnen geven zal ook volkomen verdwijnen. Maar hoewel dat zo is, hoef je dit toch niet als een ramp te zien. Want hoewel mijn oude ik er niet meer zal zijn, zal er toch immer iets van mij blijven bestaan.'

11 Een toespeling op een passage uit de *Analecta* van Confucius.

12 Letterlijk: 'het hart'.

13 Deze zin is hier overgenomen uit hoofdstuk 2, paragraaf III.

IV

Confucius ging op bezoek bij Lao Dan.[14] Deze was fris gebaad, en had zojuist zijn haren los laten hangen om ze te laten drogen.[15] Hij zat zo roerloos stil[16] dat het leek alsof hij niet langer een mens was. Confucius ging een beetje ter zijde staan, en wachtte.

Na een poosje kondigde hij zich echter aan met de woorden: 'Hebben mijn ogen mij bedrogen? Of is het echt zo? Daarnet, meester, hield u uw lichaam zo stram dat het wel leek alsof het dor hout was, alsof u wereld en mensen vaarwel had gezegd om in eenzaamheid te vertoeven.'

'Ik liet mijn geest wandelen in het begin der dingen,' zei Lao Dan.

'Mag ik vragen wat dat betekent?'

'Hoe ik mijn geest ook afpijnig, ik ben niet in staat het te begrijpen, en ook al doe ik mijn mond open, toch ben ik niet bij machte hier iets over te zeggen. Maar ik kan proberen je het in grote trekken uit te leggen: het yin, in zijn uiterste hoedanigheid, is steenkoud; het yang, in zijn uiterste staat, is brandend heet. Wat steenkoud is komt voort uit de aarde, wat brandend heet is uit de hemel. Wanneer deze twee bij elkaar komen en zich verstrengelen, vervolmaken ze zich en vullen elkaar aan, en zo worden alle dingen geschapen. Misschien is er iemand die het reguleert, maar niemand heeft hem ooit ontwaard. Rijzend en dalend, dan vol, dan leeg, eenmaal duister, eenmaal licht: de zon heeft zijn cyclus, de maan zijn fasen, dag na dag is hij doende, maar niemand doorgrondt zijn werk. Ergens ontkiemt het leven, ergens naar terug gaat de dood, begin en einde wisselen elkaar af in een ononderbroken kring, en niemand weet waar dit ooit een einde zal nemen. Zo niet hier,[17] waar is dan het principe van al wat is?'

14 Zoals al eerder vermeld is deze Oude Langoor niemand anders dan Lao Zi.

15 In het oude China droegen de mannen hun haren samengebonden in een knotje boven op hun schedel. De haren laten hangen is een rituele voorbereiding op meditatie en trance, en ook het bad heeft de betekenis van een rituele zuivering. Hier hebben we dus weer te maken met de bekende humoristische draai van de *Zhuangzi*, die erop uit is aan heilige dingen een andere, bij voorkeur alledaagse, betekenis te geven.

16 Het karakter dat hier gebruikt wordt kan 'een insect dat overwintert' betekenen.

17 Dat wil zeggen: 'het begin der dingen', waarover Lao Dan mediteerde.

'Mag ik vragen hoe het is om daar te wandelen?' vroeg Confucius.

'Dit te bereiken is de hoogste schoonheid, het hoogste genot,' zei Lao Dan. 'Diegene die de hoogste schoonheid bereikt en die wandelt in het hoogste genot, die is de allerhoogste mens.'

'Graag zou ik de manier om dit te bereiken willen leren,' zei Confucius.

'Grazende dieren maken zich niet dik om een verandering van weidegrond, en waterdieren evenmin om een afwisseling van hun zwemwater, want het gaat om een kleine variatie die niets afdoet aan hun vaste gewoonte. Daarom voelen zij geen bepaalde blijdschap, woede, droefenis of vreugde in hun gemoed. Beschouwen we dit nu vanuit het oogpunt van de hele wereld, dan zien we waarin alle dingen één zijn. Degene die vat kan krijgen op dit Ene en zich daarmee vereenzelvigt, voor hem worden zijn vier ledematen en honderd lichaamsdelen niets anders dan stof, en leven en dood, begin of einde zijn voor hem als dag en nacht; geen van die dingen kan hem beroeren. Hoeveel minder zullen zaken als winst of verlies, geluk of ongeluk hem dan nog kunnen raken! We ontdoen ons wel van onze dienaren alsof ze uit klei gemaakte figuren zijn, want voor onszelf zijn wij belangrijker dan onze dienaren. De waarde ligt in onszelf en gaat niet verloren door wat voor veranderingen dan ook. En omdat de veranderingen in de wereld volstrekt eindeloos zijn,[18] waarom zouden we ons hart daarover pijnigen! Alleen diegene die zelf de Tao beoefent kan zich aldus bevrijden.'

'Meester, uw deugd is evenredig aan die van hemel en aarde, en bovendien bedient u zich van verheven bewoordingen om daarmee de geest te cultiveren. Wie van de edele heren van de oudheid kan u overtreffen?'

'Zo is het niet!' zei Lao Dan. 'Neem het kabbelen van het water: dat is iets dat het water vanzelf doet en daarom natuurlijk is. Hetzelfde geldt voor de allerhoogste mens: hij doet niet aan cultivering, en toch verwijderen de dingen zich niet van hem.[19] Hij is als de hemel, die vanzelf hoog is, als de aarde, die vanzelf diep is, als

18 Letterlijk: 'nog niet begonnen zijn met een einde te hebben'.

19 Hij blijft één met alle dingen, en deze ondergaan altijd zijn invloed.

de zon en de maan, die vanzelf schitteren: wat is er voor hem te cultiveren?'

Toen Confucius weer naar buiten kwam, vertelde hij aan Yan Hui wat er gebeurd was, en zei: 'De kennis die ik van de Tao had was niet beter dan die van een vlieg die in een wijnkruik zit. Als de meester niet de deksel er voor mij had afgenomen, dan had ik nooit iets geweten van de grote volmaaktheid van hemel en aarde.'

V

Zhuang Zi bracht eens een bezoek aan hertog Ai van Lu.[20] Deze zei: 'Er zijn veel confucianisten in dit land, terwijl er maar weinige zijn die uw methode toepassen.'

'Er zijn weinig confucianisten in Lu,' antwoordde Zhuang Zi.

'Het hele land loopt in confucianistische dracht,' zei de hertog. 'Hoe kunt u dan beweren dat er maar weinig zijn?'

'Ik heb vernomen dat confucianisten ronde hoeden dragen om aan te tonen dat ze weet hebben van de kringprocessen van de hemel,[21] en dat ze vierkant schoeisel hebben omdat ze zich bewust zijn van de vorm van de aarde.[22] Aan hun gordel dragen ze een jade ring met een stuk eruit, als teken dat ze in extreme situaties een breuk weten te maken. De heren van stand die de Tao bezitten hebben niet noodzakelijkerwijs het daarbij passende gewaad aan, en zij die wel zulke kleding dragen zijn niet beslist op de hoogte van de Tao. Als u, heer, nog steeds van mening bent dat ik ongelijk heb, waarom vaardigt u dan geen bekendmaking in uw land uit waarin u zegt dat al diegenen die deze Tao niet bezitten en desondanks deze kleren dragen, de doodstraf verdienen!'

Daarop vaardigde hertog Ai deze bekendmaking uit, en na vijf dagen was er niemand meer die in het land van Lu nog confucianistische kleding durfde te dragen. Alleen één oude man kon-

20 Deze vorst van de bakermat van Confucius zijn we al eerder tegengekomen in hoofdstuk 5, paragraaf IV.

21 Dit zijn de opeenvolgende periodes van bloei en verval in de geschiedenis.

22 Volgens de oude Chinese kosmologie was de aarde vierkant.

digde zich gekleed in de confucianistische dracht aan bij de poort van het paleis. De hertog liet hem voor zich roepen, en ondervroeg hem over de situatie in het land, en hoewel de discussie duizend draaien en tienduizend wendingen nam, was de oude heer nooit verlegen om een antwoord.

Zhuang Zi zei: 'Als er in het hele land van Lu maar één echte confucianist is, kun je dat dan nog "veel" noemen?'

VI

Boli Xi liet nooit enige overwegingen van hoge positie of van geldelijke beloning binnendringen in zijn hart, en om die reden werden de runderen die hij voederde nog dik ook.[23] Dat maakte dat hertog Mu van Qin zijn minderwaardige status vergat en de regering aan hem overdroeg. De heer van Yu[24] liet nooit enige overwegingen van leven of dood in zijn hart binnendringen, en daarom was hij bij machte om anderen te beïnvloeden.

VII

Yuan, de heer van Song,[25] wilde eens schilderingen gemaakt hebben, en alle schilders kwamen in groten getale aanzetten. In de rij staand kregen ze te horen wat de bedoeling was, en terwijl de helft nog buiten stond begonnen ze al aan hun penselen te likken en inkt te maken. Maar er was één schilder die later arriveerde, op z'n dooie gemak, zonder zich te haasten, en nadat hij zijn instructies had gekregen ging hij niet in de rij staan, maar ging onmiddellijk naar zijn logies. Toen de hertog iemand zond om te gaan zien wat hij daar uitvoerde, had hij zijn kleren uitgetrokken en zat hij naakt op de grond. De hertog zei: 'Goedzo! Dat is een echte meester-schilder!'

23 Deze beroemde staatsman uit de zevende eeuw voor onze jaartelling werd door het leger van het rijk van Qin gevangen genomen en als koeienherder tewerkgesteld.

24 Dit is de legendarische koning Shun. Zijn ouders wilden hem doden, maar dat deed niets af aan zijn kinderlijke piëteit voor hen. Zie hoofdstuk 7, paragraaf 1.

25 Dit moet hertog Yuan van het vorstendom van Song geweest zijn (531–517 voor onze jaartelling).

VIII

Toen koning Wen[26] eens de Zangstreek[27] bezichtigde, ontwaarde hij daar een oude man die aan het vissen was, maar er zat geen haak aan zijn hengel.[28] Hij hanteerde zijn hengel niet als iemand die vis wil vangen, maar als de eeuwige visser.[29] Koning Wen wilde hem onmiddellijk bevorderen en de regering aan hem overdragen, maar was bang dat zijn ministers en zijn familieleden daardoor ongerust zouden worden. Maar toen hij ten slotte zijn plan wilde opgeven, kon hij het toch niet over zijn hart verkrijgen om het volk deze door de hemel gezonden zegen te laten ontberen. Daarom riep hij de volgende morgen al zijn raadsheren bij elkaar, en zei: 'Gisteren had ik een droom waarin ik een edele persoon met een donker gelaat en een baard zag. Hij bereed een schimmel met roodgevlekte hoeven, en riep mij toe: "Draag de regering over aan de oude man van Zang, opdat het volk een kans heeft op een beter leven!"'

'Dat was uw vader, de voormalige koning!' riepen alle raadsheren verschrikt uit.

'Als dat zo is, laat ons dan het orakel raadplegen,' zei koning Wen.

'Dit is een bevel van uw vader! U dient niet te aarzelen. Hoezo nog het orakel raadplegen?'

De oude man van Zang werd onmiddellijk gehaald en de regering werd aan hem overgedragen. De grondwet werd niet gewijzigd, en er werden geen verdere bepalingen uitgevaardigd. Toen drie jaar later koning Wen het rijk inspecteerde, zag hij dat de kleine ambtenaren hun politieke beginselen hadden afgedankt en hun partijen hadden ontbonden, dat de hoge ambtenaren niet langer opschepten over hun goede beleid, en dat niemand het

26 Koning Wen is een van de stichters van de Zhou-dynastie. Hij werd vereerd als een heilige voorvader.

27 De streek die Zang genoemd werd, komt overeen met een rivierengebied dicht bij de hoofdstad, waar verschillende stromen bij elkaar komen.

28 De figuur die hier ten tonele wordt gevoerd is niemand anders dan de legendarische Jiang Ziya, de grootste veldheer aller tijden, omdat hij wist te wachten!

29 Deze zin is een persiflage op de allereerste zin van de *Daodejing*.

meer in zijn hoofd haalde om korenmaten van buiten de grenzen mee te brengen.[30] De kleine ambtenaren waren nu uit op samenwerking met hen die boven hen stonden, de hoge ambtenaren werkten nu onderling samen, en de leenheren waren er niet langer op uit om mensen van buiten te bedriegen.[31]

Daarop concludeerde koning Wen dat de oude man de hoogste meester moest zijn. Met zijn gezicht naar het noorden gekeerd[32] richtte hij zich tot hem met de woorden: 'Kunnen we deze politiek niet over de hele wereld uitbreiden?' De oude man van Zang staarde wezenloos voor zich uit en gaf geen antwoord, maar maakte wat vage excuses. De volgende morgen vaardigde de koning een gebod uit, maar de nacht daarop verdween de oude man, en van zijn levensdagen is er nooit meer van hem gehoord.[33]

Yan Yuan stelde hierover een vraag aan Confucius: 'Was dan zelfs koning Wen niet perfect? Waarom moest er dan ook nog die droom aan te pas komen?'

'Zwijg! Hou je praatjes voor je!' zei Zhongni. 'Onze koning Wen heeft hier perfect gehandeld; wat zou er nog te bediscussiëren of te bekritiseren zijn? Dat van die droom was alleen maar een kleine concessie!'

IX

Lie Yukou[34] liet aan Duisterman Afwezig[35] zien hoe goed hij wel kon boogschieten. Hij spande de boog tot aan de pijlpunt, liet iemand een glas water op zijn elleboog plaatsen en liet los. De ene pijl was nog niet vertrokken of hij was al klaar met een nieuwe, en gedurende de hele tijd stond hij zo onbeweeglijk als een beeld.

30 Uit angst om bedrogen te worden.

31 De leenheren, die het gezag voerden over de steden, organiseerden ook de markten.

32 Als teken van onderdanigheid, omdat de meerdere steeds met het gezicht naar het zuiden gekeerd zit.

33 Dit is de traditionele conclusie van alle legenden betreffende de taoïstische 'onsterfelijken'.

34 Dit is de bekende Lie Zi, al eerder ontmoet in hoofdstuk 1, paragraaf I.

35 Deze allegorische figuur komt eerder voor in hoofdstuk 5, paragraaf II.

'Dat is "boogschietend boogschieten", niet "onboogschietend boogschieten",' zei Duisterman Afwezig. 'Zal ik eens samen met je op een hoge berg over gevaarlijke rotsen klimmen langs een afgrond van honderden vadems, om te zien hoe je dan nog kunt boogschieten?'

Zo gezegd, zo gedaan, en Duisterman Afwezig ging, nadat ze op een hoge berg waren geklommen en langs een honderden vadems diepe afgrond over gevaarlijke rotsen waren geklauterd, met zijn rug naar de afgrond staan en liep zo achteruit, net zo ver totdat zijn voeten voor tweederde over de rand hingen. Toen wenkte hij Lie Yukou naar hem toe te komen. Maar deze was op de grond gaan liggen, en het angstzweet stroomde tot aan zijn hielen.

'De allerhoogste mens, of hij nu de azuren hemel hierboven bezichtigt of een duik neemt in de Gele Bronnen[36] van de onderwereld, oftewel in alle uithoeken van het heelal gaat ronddwalen, zijn houding zal er geen zier om veranderen,' zei Duisterman Afwezig, 'terwijl jij hier nu in een staat van paniek met je ogen ligt te rollen. Wanneer je nu met pijl en boog zou moeten mikken, dan was het droevig met je gesteld!'

X

Jianwu[37] zei tegen Sunshu Ao: 'Drie keer was je eerste minister, zonder op je glorie prat te gaan, en drie keer werd je ontslagen, zonder maar een spoor van verdriet te tonen. Ik had daar eerst mijn twijfels over, maar nu ik hier neus aan neus met je sta en zie dat je zo rustig en tevreden bent,[38] vraag ik me af over welke bijzondere geestelijke discipline je beschikt.'

'Hoezo zou ik beter zijn dan anderen? Toen dit op mij afkwam vond ik dat ik niet kon weigeren, en toen ik werd ontslagen wist ik dat ik dit niet kon tegenhouden. Succes en falen hangen niet van mij af, vind ik, en daarom trok ik geen droevig gezicht; dat is alles! Hoezo zou ik beter zijn dan anderen? Bovendien weet ik

36 Het rijk der doden.
37 Zie hoofdstuk 1, paragraaf III.
38 *Yuyuran*; zoals de vlinder in hoofdstuk 2, paragraaf VIII.

niet of dit succes of falen aan het ambt lag of aan mezelf. Als het aan dat ambt lag, dan had het met mijzelf niets te maken; en als het aan mezelf lag, dan had het met dat ambt niets te maken! Zo voel ik me pas gelukkig en tevreden,[39] en heb ik geen tijd om me te gaan bezighouden met wat de mensen als eervol of verachtelijk beschouwen.' Aldus Sunshu Ao.

Toen Zhongni[40] hiervan hoorde, sprak hij: 'De waarachtige mens van weleer,[41] geen slimmerik kon hem bepraten, geen schoonheid kon hem verleiden, geen rover kon hem bestelen, geen Fuxi of Gele Keizer kon hem vergezellen. Leven en dood mogen dan nog zo groot zijn, ze waren niet in staat hem te beïnvloeden![42] Des te minder positie en fortuin! Zijn geest was zodanig dat hij zonder enige schroom over de hoogste bergen trok, zonder te verdrinken in de diepste kolken kon springen, zonder zich rampzalig te voelen in de nederigste en armste positie verkeerde, de hele hemel en aarde in zich kon opnemen en toch zich niet nietig voelde! Hoe meer hij aan anderen gaf, des te meer hij zelf bezat.'[43]

XI

Eens zat de heer van Fan bij de koning van Chu.[44] Na een tijdje begonnen de raadsheren van de koning te zeggen dat Fan vernietigd moest worden, en herhaalden dat tot drie keer toe. Toen zei de heer van Fan: 'De ondergang van Fan is niet genoeg om mij te doen verliezen wat ik behoud.[45] En net zoals de ondergang van Fan niet genoeg is om mij te doen verliezen wat ik behoud, zo ook is het behoud van Chu niet genoeg om het te doen behouden wat het zou moeten behouden. Van dit oogpunt uit gezien zal Fan nooit ten onder gaan en zal Chu nooit behouden blijven.'

39 De bewoording is hier dezelfde als in hoofdstuk 3, paragraaf 11, waar kok Ding aan zijn heer een les in levenskunst geeft.

40 Confucius.

41 Zie hoofdstuk 6, paragraaf 1.

42 Zie hoofdstuk 5, paragraaf 1, waar dezelfde zin voorkomt.

43 Dit is een citaat uit de *Daodejing*, hoofdstuk 81.

44 Fan was een kleine leenstaat aan de grens van het oude koninkrijk van Chu, dat ten zuiden van de Yangzi-rivier lag. Chu had zijn zinnen erop gezet dit gebied te annexeren.

45 Namelijk de Tao.

HOOFDSTUK 22

Kennis reisde naar het noorden

I

Kennis reisde eens naar het noorden, naar de oevers van het Duistere Water.[1] Aldaar beklom hij de Onzichtbare Heuvel en liep daar Doeniet de Zwijger tegen het lijf.[2]

'Ik zou je wat vragen willen stellen,' zei Kennis tegen Doeniet de Zwijger: 'Wat te denken en wat te overwegen om de Tao te kennen? Waar te verblijven en waar je te verschuilen om in de Tao te rusten? Welk spoor te volgen, welke weg te kiezen om de Tao te bereiken?' Drie vragen, maar Doeniet de Zwijger gaf geen antwoord. Niet dat hij niet wilde antwoorden – hij *wist niet* te antwoorden.

Kennis bleef dus met zijn vragen zitten. Hij maakte rechtsomkeert en liep naar het Lichte Water in het zuiden. Daar aangekomen beklom hij het Vossenhol,[3] en bespeurde Dolle Warhoofd. Kennis stelde hem dezelfde vragen, en Dolle Warhoofd zei: 'Ha! Ik weet het, hoor! Ik zal het je vertellen!' Maar net toen hij iets wilde gaan zeggen vergat hij wat hij wilde zeggen.

Kennis bleef dus opnieuw met zijn vragen zitten. Hij maakte rechtsomkeert en ging naar het voorvaderlijk paleis om daar zijn opwachting te maken bij de Gele Keizer en hem zijn vragen te stellen. De Gele Keizer sprak: 'Denk niet, overweeg niets; dan pas kun je de Tao kennen. Verblijf nergens, verschuil je nergens; dan

1 Zie het begin van hoofdstuk 1: 'In de duistere wateren van het noorden was er eens een vis...'

2 In deze allegorie staat Kennis voor de menselijke drang om te weten en te begrijpen, en vertegenwoordigen de andere personages de verschillende benaderingen tot de Tao. Doeniet de Zwijger representeert hier het 'nietsdoen' en het 'niets zeggen' van hen die de Tao beheersen.

3 Een 'vossenhol beklimmen' is een *contradictio in terminis.*

pas kun je in de Tao rusten. Volg geen spoor, kies geen weg; dan pas kun je de Tao bereiken.'

Toen vroeg Kennis aan de Gele Keizer: 'Jij en ik weten het nu, terwijl die twee het niet weten. Wie heeft het nu eigenlijk bij het rechte eind?'

'Doeniet de Zwijger heeft het echt bij het rechte eind,' antwoordde de Gele Keizer. 'Dolle Warhoofd komt er dichtbij. Wat jou en mij betreft, wij zijn er nog helemaal niet! Want zoals je weet: "Wie weet spreekt niet; wie spreekt weet niet."[4] Daarom betracht de heilige mens een leer zonder woorden.[5] Want de Tao is onhaalbaar en zijn deugd[6] is onbereikbaar. Met medemenselijkheid kun je optreden, met gerechtigheid kun je schade berokkenen en met ritueel kun je elkaar bedriegen.[7] Daarom luidt het:

> Toen de Tao verloren was kwam de deugd.
> Nadat de deugd verloren was kwam de medemenselijkheid.
> Toen de medemenselijkheid verloren was kwam het ritueel.
> Wat het ritueel betreft: het is het schijnsel van de Tao en de kop van de wanorde.[8]

En voorts luidt het:

> Zij die de Tao bedrijven verminderen dag na dag.
> Ze verminderen en verminderen steeds weer opnieuw,
> Totdat ze het nietsdoen bereiken.
> Dankzij dat nietsdoen is er niets dat niet gedaan wordt.[9]

Al degenen die nu reeds tot ding zijn geworden,[10] wanneer zij willen "terugkeren tot hun wortel",[11] dan zal dat heel moeilijk zijn.

4 Zie de *Daodejing*, hoofdstuk 56.
5 Ibidem, hoofdstuk 43.
6 In de betekenis van 'werking'.
7 De drie voornaamste deugden van het confucianisme.
8 Deze passage staat ook, met enige varianten, in de *Daodejing*, hoofdstuk 38.
9 Ibidem, hoofdstuk 48.
10 En een eigen hoedanigheid hebben verworven, die afgescheiden is van de grote eenheid in de Tao.

Dat is alleen maar eenvoudig voor de grote mensen onder ons. Het leven is de "volgeling van de dood",[12] en de dood is het begin van het leven: wie kent hun mechanisme? Het leven van de mens bestaat uit een bundeling van qi: zolang die bundeling duurt is er leven, maar als die zich ontbindt gaat men dood. Wanneer leven en dood volgelingen van elkaar zijn, waar zou ik dan nog bevreesd voor zijn? Alle tienduizend dingen zijn immers één! De mooie onder hen zien we als goddelijke wonderen, en de lelijke onder hen beschouwen we als stinkende rotdingen. Stinkende rotdingen veranderen in goddelijke wonderen, en goddelijke wonderen veranderen weer in stinkende rotdingen. Daarom wordt gezegd: "Eén enkele qi doorstroomt de gehele wereld."[13] Daarom waardeert de heilige mens het Ene.'

'Ik ondervroeg Doeniet de Zwijger,' zei Kennis tot de Gele Keizer, 'maar hij gaf geen antwoord. Niet dat hij niet wilde antwoorden – hij *wist niet* te antwoorden. Ik ondervroeg eveneens Dolle Warhoofd, maar juist toen hij me iets wilde gaan zeggen hield hij op. Niet dat hij niet wilde antwoorden – maar midden in zijn betoog vergat hij wat hij wilde zeggen. En nu heb ik jou ondervraagd, en jij wist het. Hoe kan het dan dat je er nog helemaal niet bent?'

'De eerste had het echt bij het rechte eind,' antwoordde de Gele Keizer, 'omdat hij het niet wist. De tweede kwam er dichtbij, omdat hij het vergeten was. De reden waarom jij en ik er nog helemaal niet zijn, is omdat we het weten!'

Toen Dolle Warhoofd dit hoorde, vond hij dat de Gele Keizer goed wist te praten.

11

Hemel en aarde bezitten hun grote schoonheid, maar ze praten daar niet over. De vier jaargetijden volgen hun heldere wetmatigheid, maar ze zitten daar niet over te discussiëren. De tienduizend

11 Zie de *Daodejing*, hoofdstuk 16.

12 Deze uitdrukking komt voor in de *Daodejing*, hoofdstukken 50 en 76.

13 De auteur van deze kosmologische formule is onbekend.

dingen hebben hun perfecte ratio, maar geven daar geen uitleg van. De heilige mens vindt zijn bron in de schoonheid van hemel en aarde en doorgrondt de ratio der tienduizend dingen. De allerhoogste mens doet daarom niets, de Grote Heilige onderneemt niets nieuws; dit is wat met 'de hemel en aarde aanschouwen'[14] bedoeld wordt.

Verenigd met de allerhoogste essentie der goden van hemel en aarde volgen zij hun ontelbare veranderingen. De dingen: of ze nu ongeanimeerd of geanimeerd, rechthoekig of rond zijn, geen van hen kent zijn oorsprong. Wat echter zeker is, is dat de tienduizend dingen er sinds de oudste tijden geweest zijn. Het heelal is gigantisch, maar het blijft binnen de grenzen van hemel en aarde. Een herfsthaartje is nietig, maar ook dit is voor zijn lichaam van hen afhankelijk. In de wereld is er niets dat niet opkomt of ondergaat, gedurende hun hele bestaan zijn ze in beweging. Yin en yang en de vier jaargetijden, zij volgen hun kringloop, alles volgens hun eigen orde. In hun verborgenheid lijkt het alsof ze vergaan zijn, en toch blijven ze bestaan. Bruisend, maar zonder fysieke vorm, manifesteert zich de geest die de tienduizend dingen bezielt, zonder dat zij daar weet van hebben. Dit is wat de 'fundamentele oorsprong' genoemd wordt, en wat wij in de hemel[15] mogen aanschouwen.

III

Tandeloos ging naar Meester Kazuifel[16] om hem over de Tao te ondervragen. Deze sprak:

'Breng je lichaam in orde,
Maak je visie één,
En de hemelse harmonie zal komen.
Concentreer je gedachten,
Richt je hele aandacht op het Ene,

14 De wetten van de natuur te observeren en zich daarnaar te voegen.
15 In de betekenis van 'de natuur'.
16 Dit paar zijn we al eerder tegengekomen in hoofdstuk 7, paragraaf 1.

En de goden zullen in je komen wonen.
De deugd[17] zal je schoonheid geven;
De Tao zal in jou zijn verblijf vinden;
Zo, wezenloos voor je uit starend, word je als een
pasgeboren kalf,
En zoek je niet langer naar de reden waarom!'

Hij was nog niet uitgesproken of Tandeloos was al in diepe slaap gevallen. Zeer verheugd liep Kazuifel weg en zong:

'Als uitgedroogd hout, zijn lichaam!
Als uitgedoofde as, zijn hart![18]
Waarachtig is zijn geconcentreerde bewustzijn,
Het waarom der dingen houdt hem niet langer bezig.
Donker! Duister!
Zijn geest is weg. Je kunt niet meer met hem praten.
Ja! Wat een mens is dat!'

IV

Eens vroeg Shun aan zijn minister:[19] 'Is het mogelijk de Tao te verkrijgen en te behouden?'

'Je eigen lichaam is niet van jezelf; hoe zou je dan de Tao kunnen behouden?'

'Als mijn eigen lichaam niet van mezelf is, aan wie behoort het dan toe?'

'Dat is een vorm die je door hemel en aarde is toevertrouwd. Ook je leven is niet van jezelf: dat is een samenvoeging die door hemel en aarde aan je is toevertrouwd.[20] Het je door de natuur toebedeelde lot is ook niet van jezelf, dat is slechts een door hemel en aarde aan je toevertrouwde levensloop. En evenmin zijn je kin-

17 In de betekenis van 'innerlijke kracht'.

18 Vergelijk hoofdstuk 2, paragraaf 1.

19 De heilige koningen uit de oudheid hadden grote wijsgeren als ministers en raadslieden.

20 Een tijdelijke samenvoeging van kosmische energieën.

deren en kleinkinderen van jezelf. Dat zijn slechts je door hemel en aarde toevertrouwde wedergeboren schepsels.[21] Daarom loop je zonder te weten waar je heen gaat, verblijf je zonder te weten wat je behoudt, eet je zonder te weten wat je proeft, want alles bestaat uit de yin-qi en de yang-qi van hemel en aarde; hoe zou je die kunnen verkrijgen en behouden?'

V

Confucius ging op bezoek bij Oude Langoor,[22] en zei: 'Vandaag heb ik een beetje tijd en zou ik graag eens iets willen horen over de allerhoogste Tao.'

'Ga dan vasten om je hart te zuiveren, je geestelijke essentie te louteren en je kennis te verwijderen. Ja, de Tao is diep, en moeilijk in woorden uit te drukken. Voor jou wil ik proberen er in grote lijnen iets over te zeggen:

Het licht komt voort uit de duisternis,
Het gedifferentieerde komt voort uit het vormeloze,
De geestelijke essentie komt voort uit de Tao,
De oorsprong van het lichaam komt uit het zaad,
En de tienduizend dingen planten zich voort met hun lichaam.

Zodoende wordt al wat negen openingen heeft uit de baarmoeder geboren, en wat acht openingen heeft uit een ei.

Zijn komst is spoorloos,
Zijn gang is grenzeloos,
Geen toegang, geen vertrek,
Over alle windrichtingen strekt zich zijn grootsheid uit.

Al degenen die hem volgen, hebben:

21 Het karakter dat ik hier als 'wedergeboren' vertaal, heeft als grondbetekenis 'cocon'. De cocon van een vlinder of krekel is een geliefde metafoor van de reïncarnatie.
22 Lao Zi.

Rust in hun vijf ingewanden,
Kracht in hun vier ledematen,
Een penetrant verstand,
Scherpe oren, heldere ogen,
Hun geest is onvermoeibaar,
Hun aanpassing aan alles is volkomen.

Zonder hetwelk de hemel niet hoog is,
Zonder hetwelk de aarde niet ruim is,
Zonder hetwelk de zon en de maan niet hun baan volgen,
Zonder hetwelk de tienduizend dingen niet gedijen,
Is dat niet de Tao?

Daar komt nog bij dat een geleerde niet beslist echte kennis bezit, noch dat iemand die goed kan redeneren over echte wijsheid beschikt.[23] Zodoende ontdoet de heilige mens zich van deze zaken. Maar dat waaraan kan worden toegevoegd zonder ooit toe te nemen, of waarvan kan worden afgehaald zonder ooit te verminderen,[24] dat wordt door de heilige mens behouden. Diep is het, dieper dan de diepste oceaan. Hoog is het, hoger dan de hoogste berg. Aan het einde van de cyclus gekomen begint het opnieuw, en sleurt de tienduizend dingen in zijn maalstroom mee zonder er één enkele te verliezen. De "Weg van de Edelman",[25] zou die daarbuiten vallen? Waar de tienduizend dingen alle heen gaan om steun te verkrijgen die hun nooit zal ontbreken, is dat niet de Tao?

De lieden die in de Landen van het Midden[26] wonen zijn half yin en half yang,[27] en verblijven tussen hemel en aarde. Nu, op dit moment, zijn ze nog mensen, maar weldra gaan ze terug naar hun oorsprong. Fundamenteel gezien is hun leven een zaak van

23 Een toespeling op de *Daodejing*, hoofdstuk 81.

24 Vergelijk hoofdstuk 21, paragraaf XI.

25 Dat wil zeggen: de leer van Confucius.

26 Tijdens de oudheid was China een confederatie van staten, die zich samen de 'Landen van het Midden' noemden. Deze naam 'Zhongguo' is gebleven, maar staat nu voor een enkelvoud.

27 Dat wil zeggen: tussen leven en dood.

een snik en een zucht. Er mogen er dan zijn die langer leven dan anderen, maar hoeveel verschil is daartussen? Het gaat maar over een enkel ogenblik, echt niet lang genoeg om je te bekommeren over de goede of slechte kanten van Yao en Jie.[28] Net zoals er boomvruchten en komkommers zijn[29] met hun eigen hoedanigheden, zo zijn er verschillen in de menselijke verhoudingen die weliswaar moeilijkheden met zich meebrengen, maar daardoor vullen ze elkaar ook aan. Wanneer de heilige mens deze omstandigheden tegenkomt gaat hij ze niet uit de weg, en wanneer ze voorbijgaan houdt hij ze niet tegen. Hij bejegent ze met de harmonie van zijn deugd, en komt ze tegemoet als een metgezel in de Tao. Zo zijn de goddelijke heersers en koningen onder ons verschenen.

Het leven van de mens tussen hemel en aarde is als een lichtstraal die door een opening in de muur valt: een ogenblik en het is voorbij. Stromend en barstend komt alles te voorschijn; glijdend en vloeiend gaat alles weer naar binnen. Een verandering en hij leeft; nog een verandering en hij is dood. Levende wezens betreuren het, de mensheid berouwt het, maar als het hemelse foedraal wordt geopend en de hemelse schede wordt verwijderd, dan, met een zwier en een zwaai, gaan de lichtere en de zwaardere zielen[30] huns weegs. Dan volgt het lichaam hen, en dat is dan de grote terugkeer!

De gestalte van dat wat geen gestalte heeft is het gestalteloze in elke gestalte;[31] dat is universeel onder de mensen bekend. En dat men dit niet als een "ding" kan benaderen, dat is iets waar de menigte in het algemeen over discussieert. Maar waar het om gaat is niet met discussies te benaderen, want met discussies kom je er niet. Hoe helder je ook uit je ogen kijkt, je kunt het niet zien;

28 Volgens de confucianisten was de een de deugdzaamste en de ander de meest verwordene van alle oude koningen.

29 Die laag bij de grond groeien.

30 Volgens de Chinese opvattingen vanaf de latere oudheid heeft de mens niet één maar meerdere 'zielen', die overeenkomen met de verschillende levensenergieën (*qi*) in ons lichaam. De lichtere heten *hun*, de zwaardere *po*.

31 Deze fraaie paradox is een benadering van de Tao als gestalteloos principe dat aan alles gestalte geeft.

hoe goed je ook redeneert, je kunt beter zwijgen. Je kunt niets over de Tao horen, en dus doe je er maar beter aan je oren dicht te houden. Zo te handelen, dat heet: "het hoogste bereiken".'

VI

Meester Zuiderwal[32] vroeg eens aan Zhuang Zi: 'Dat wat ze "Tao" noemen, waar bevindt zich dat eigenlijk?'

'Er is geen plek waar de Tao zich niet bevindt,' antwoordde Zhuang Zi.

'Geef dan eens een precies voorbeeld!'

'Zelfs in mieren,' zei Zhuang Zi.

'Kan er nog iets nederiger zijn?'

'In potscherven.'

'En nog lager misschien?'

'In poep en pis.'

Meester Zuiderwal zweeg hierop, maar Zhuang Zi voegde eraan toe: 'Die vraag van jou was er echt helemaal naast. Je doet me denken aan Huo de marktopzichter die een varkenshandelaar ondervroeg. Deze vertelde dat wanneer je met je voet een varken wilt testen, dan is het: "hoe lager hoe beter"![33] Stop dus maar met beslist naar een definitie te zoeken, want de Tao is in alle dingen. En omdat het met de Tao zo gesteld is, geldt dat ook voor al die superlatieven zoals "alomvattend", "alomtegenwoordig" of "volkomen". Die drie uitdrukkingen komen in wezen op hetzelfde neer en verwijzen alle naar het Ene.

Kom mee! Laten we gaan zwerven in het land van niemendal,[34] en laten we alle discussies op een hoop gooien, want die zijn immers eindeloos. Dan gaan we samen proberen niets te doen, in rust en stilte, in vrede en zuiverheid, in harmonie en vrijheid. Reeds heb ik geen bepaalde bedoeling meer en geen reisdoel; ik weet niet waarheen dit pad voert en ik weet niet wat ik ga berei-

32 Deze wijsgeer zijn we al eerder tegengekomen, bijvoorbeeld in het begin van hoofdstuk 2, onder de naam Ziqi van de Zuiderwal.

33 In de buik, om te zien hoe vet het varken is.

34 Zie hoofdstuk 1, paragraaf VII. In plaats van 'land' schrijft de tekst hier 'paleis' (*gong*), maar dit is beslist een schrijffout.

ken, ik kom en ga, en weet niet waar ik zal stoppen. Ik ben er al geweest en ook weer teruggekomen, zonder me rekenschap te geven waar het allemaal ophoudt. Ik zwerf hier en daar in een eindeloze ruimte. Het besef van de grootsheid vervult mijn gemoed, want het is onmogelijk te weten waar het eindigt. Datgene wat ons tot dingen maakt[35] is inherent aan alle dingen, terwijl alle dingen onderling van elkaar gescheiden zijn. Alles wat begrensd is noemen we dingen. De grens van het onbegrensde, dat is wat alle begrensde dingen met elkaar verbindt. Wij noemen iets vol of leeg, wij spreken van groei en van vernietiging. Maar dat wat vol of leeg maakt is zelf noch vol noch leeg. Dat wat doet groeien of laat vernietigen groeit zelf niet en wordt nooit vernietigd. Dat wat het begin en het einde is, heeft zelf noch begin noch einde; dat wat bijeengebracht en verstrooid is, is zelf nooit bijeengebracht en zal nooit worden verstrooid.'

VII

Ahegan en Shennong waren in de leer bij de oude draak Ji.[36] Het mediteren[37] van Shennong bestond erin om bij heldere dag de deur dicht te doen en te gaan zitten slapen. Zo gebeurde het dat Ahegan op een dag om twaalf uur 's middags bij hem binnenstormde met de boodschap: 'De oude draak is dood!' Shennong greep zijn staf en stond op. Daarop gooide hij met veel misbaar de staf op de grond, en riep schaterlachend uit:[38] 'Hemel! U wist hoe minderwaardig en lui ik was, en dus bent u doodgegaan om van me af te zijn. Ach, helaas! Nu bent u gestorven zonder enige excentrieke woorden,[39] die mij geestelijk hadden kunnen verheffen, tot me te richten!'

35 Dit is een omschrijving van de Tao. Zie hoofdstuk 11, paragraaf v, en andere passages.

36 Van deze drie mythische figuren is alleen Shennong, 'de Heilige Landbouwer', wel bekend (zie hoofdstuk 10, paragraaf ii). 'Oude draak' moet hier de bijbetekenis hebben van 'oude meester'.

37 De tekst zegt hier 'leunen op de armsteun'. Zoals we in het begin van hoofdstuk 2 hebben gezien, betekent deze uitdrukking 'zitten mediteren'.

38 In China is hard lachen vaak een uitdrukking van grote woede.

Toen Yangang[40] kwam condoleren en hoorde wat er gebeurd was, zei hij: 'De edele heren van onze tijd zoeken hun toevlucht bij hen die één met de Tao zijn geworden.[41] En zodoende kan vandaag de dag iemand die slechts het tienduizendste deeltje van het puntje van een herfsthaartje van de Tao meegekregen heeft, toch nog begrijpen dat wanneer je doodgaat je die excentrieke woorden beter achterwege kunt laten. Hoeveel te meer geldt dit voor iemand die waarlijk één geworden is met de Tao!

Kijk ernaar: het heeft geen vorm;
Luister ernaar: er is geen geluid;
Zij die er met anderen over spreken,
Noemen het duister en nog eens duister![42]

En zodoende kan de Tao waarover gediscussieerd wordt nimmer de echte Tao zijn.'

VIII

Op een dag[43] vroeg Hoogste Zuiverheid[44] aan Eindeloos: 'Ken jij de Tao?'

'Ik ken hem niet,' antwoordde Eindeloos.

Toen Hoogste Zuiverheid het ook aan Doeniet vroeg, zei deze: 'Ik ken de Tao.'

'Om de Tao te kennen, heb je daarvoor een bepaald middel?'

'Jazeker!'

39 Hiermee worden de cryptische wijze woorden van mystieke 'gekken' (zoals de beroemde Jieyu uit hoofdstuk 1) bedoeld. Al sinds de oudheid gaven leermeesters alvorens te sterven enige wijze woorden aan hun discipelen waarin de essentie van hun leer besloten lag. Dit gebruik werd later door de zenmeesters overgenomen.

40 Nog een onbekende mythische figuur.

41 De uitdrukking hier is *tidao*, letterlijk: 'de Tao belichaamd hebben'.

42 Vergelijk hoofdstuk 11, paragraaf III.

43 Eigenlijk staat hier: 'En vervolgens vroeg Hoogste Zuiverheid...' Dit zou betekenen dat we hier met een vervolg op het voorafgaande verhaal te maken hebben, maar dat kan onmogelijk het geval zijn.

44 Zie hoofdstuk 14, paragraaf III. Hoogste Zuiverheid (*Taiqing*) is een benaming van de Tao, en 'Eindeloos', 'Doeniet' en 'Geen Begin' zijn allegorische aspecten van de Tao.

'Waar bestaat die vaardigheid dan uit?'

'Ik ken de Tao in zijn verhevenheid en in zijn laagheid;[45] in zijn gebundeld-zijn en in zijn verspreiding.[46] Dat is het middel dat mij in staat stelt de Tao te kennen.'[47]

Hoogste Zuiverheid vertelde dit aan Geen Begin, en vroeg daarop: 'Wie heeft het nu bij het juiste eind: Eindeloos, die hem niet kent, of Doeniet, die hem wel kent?'

'Niet kennen is diep, en wel kennen is oppervlakkig. Niet kennen raakt het innerlijke, en wel kennen alleen de buitenkant,' antwoordde Geen Begin.

'Niet kennen is dus het [ware] kennen,' zei Hoogste Zuiverheid, en keek naar boven met een zucht. 'En echt kennen is dus niet kennen! Maar wie heeft de kennis van het niet kennen?'

'De Tao kun je niet vernemen, want als je hem verneemt is het de Tao niet meer; de Tao kun je niet zien, want als je hem ziet is het de Tao niet meer; de Tao kun je niet in woorden uitdrukken, want als je hem in woorden uitdrukt is het de Tao niet meer. Besef dan dat wat alle vormen vorm geeft zelf geen vorm heeft! Er is geen naam die op de Tao kan worden toegepast,' zei Geen Begin.

Geen Begin zei opnieuw: 'Hij die op de vraag naar de Tao antwoord geeft, kent de Tao niet. Hij die desalniettemin naar de Tao vraagt, zal eveneens niets over de Tao vernemen. Over de Tao valt niets te vragen, en op zulke vragen valt niets te antwoorden. Vragen stellen waar niets te vragen valt heeft geen enkele zin. Antwoorden waar niets te antwoorden valt is waardeloos. Waardeloze antwoorden geven op zinloos gevraag, zij die dat doen hebben nooit hun blik naar buiten gericht om het heelal te aanschouwen, noch binnen zichzelf gezocht naar de kennis van de Grote Oorsprong. En daarom zullen zij nimmer oversteken naar de Kunlun,[48] om daar te gaan rondzwerven in de Grote Leegte.'

45 De 'laagheid' van de Tao is een belangrijk aspect, dat wordt toegelicht in hoofdstuk 7 van de *Daodejing*, waarin van het water, dat immer naar de laagste en dus algemeen verachte plaats stroomt, gezegd wordt dat het 'daarom het dichtst bij de Tao is'.

46 Dat wil zeggen: leven en dood.

47 De paradoxale benadering, die kenmerkend is voor de gehele taoïstische mystiek.

48 Hier de heilige berg van de onsterfelijkheid.

IX

Helder Licht vroeg aan Niemendal: 'Besta jij eigenlijk wel? Of niet misschien?'

Niemendal gaf geen antwoord.

Helder Licht, onbevredigd, keek met grote inspanning of hij Niemendals gestalte kon zien, maar alles wat hij kon ontwaren was duistere leegte. De hele dag zat hij te turen, maar zonder iets te zien; luisterde hij, maar zonder iets te horen; tastte hij in het rond, maar zonder iets te voelen.[49]

'Dit is wel het toppunt!' sprak Helder Licht. 'Wie kan dit evenaren? Dat dingen bestaan, dat snap ik. Maar deze volkomen negatie van wat dan ook, die kan ik niet bevatten. En toch heeft hij deze staat bereikt. Hoe zal ik hem ooit kunnen navolgen en een dergelijke perfectie bereiken!'

X

De smid die voor de grootmaarschalk agrafen maakte, had op eenentachtigjarige leeftijd nog niets van zijn vaardigheid verloren. 'Is dat nou omdat je zo handig bent of omdat je de Tao bezit?' vroeg de grootmaarschalk.

'Uw dienaar bezit de Tao. Sinds mijn twintigste houd ik al van agrafen smeden. Ik keek naar niets anders. Als het geen agrafe was, dan lette ik er niet op. Deze manier van [mijn talent] benutten berust in wezen op het niet benutten. Daarom kan ik [mijn talent] zo lang benutten. En hoeveel te meer zal dat het geval zijn voor iemand die niets niet benut.'[50]

49 Deze passage komt overeen met de *Daodejing*, hoofdstuk 14.

50 Dit wat geforceerde sofistische betoog wil zeggen dat hoe meer we onze talenten niet benutten, des te langer blijven ze intact, en daarom kunnen we ze eindeloos lang benutten.

XI

Ran Qiu vroeg eens aan Zhongni:[51] 'Kunnen we iets weten van toen hemel en aarde nog niet bestonden?'

'Jazeker!' zei Zhongni. 'Het verleden is als het heden.'[52]

Ran Qiu had niets meer te vragen, en vertrok. De volgende dag kwam hij weer, en zei: 'Toen ik u gisteren vroeg of we iets konden weten van toen hemel en aarde nog niet bestonden, antwoordde u dat dat wel degelijk het geval is en dat het verleden als het heden is. Gisteren vond ik dat heel verlichtend, maar vandaag is het me volkomen duister. Mag ik u vragen hoe dat komt?'

'Gisteren vond je dat heel verlichtend omdat je mijn antwoord direct met je ziel ontving. En vandaag is het je volkomen duister wat ik bedoelde omdat je het antwoord zonder je ziel bent gaan zoeken, nietwaar? Er is geen verleden, er is geen heden; er is geen begin, en er is geen einde; voordat er kinderen en kindskinderen waren, bestonden er al kinderen en kindskinderen.[53] Begrijp je het nu?'

Ran Qiu had nog niets geantwoord of Zhongni zei: 'Genoeg! Zeg maar niets! Met het leven te leven sterven wij niet. Met de dood te sterven leven wij niet. Wij leven niet door met de dood te sterven. Het leven wordt niet voortgebracht om te sterven. Beide hebben iets in zich waardoor ze één totaliteit zijn.[54] Is er een wezen dat bestond voordat hemel en aarde er waren? Datgene wat de wezens tot wezens gemaakt heeft, is zelf niet een wezen. Er kunnen geen wezens voortkomen voordat er al wezens waren,

51 Zhongni is de eigennaam van Confucius, Ran Qiu is een van zijn bekendere volgelingen.

52 Deze cryptische uitlating heeft een dubbele betekenis. Voordat de wereld bestond was er de oerchaos, en daarin bestond geen historische tijd zoals wij die kennen. Daarom was er geen heden of verleden en was alles één. De tweede betekenis is dat wanneer wij de oerchaos willen kennen, we dan terug moeten naar die oorspronkelijke eenheid, en heden en verleden als een geheel zien.

53 In de chaos is alles reeds potentieel aanwezig.

54 'Het leven leven': vergelijk de *Daodejing*, hoofdstuk 50. Deze passage moet begrepen worden in het licht van hoofdstuk 6, paragraaf VI: 'Dit maakte dat hij in staat was om geen heden of verleden meer te ervaren, en daar binnen te treden waar geen leven of dood meer is. Wat het leven doodt sterft niet; wat het leven voortbrengt is nooit geboren.'

want [op het moment dat ze voortkwamen] waren er al wezens, en voor die waren er ook al wezens, en dit is eindeloos. Zo eindeloos is ook de liefde die de heilige mens de andere mensen toedraagt, en die liefde is ook hierop gebaseerd.'

XII

Yan Yuan[55] zei tot Zhongni: 'Eens hoorde ik u zeggen, Meester, dat er niets [ouds] is om vast te houden, noch is er iets [nieuws] om te verwelkomen. Mag ik u vragen hoe u [zo vrij] kunt zwerven?'[56]

'De mensen van weleer veranderden naar buiten toe,[57] maar niet vanbinnen. De mensen van nu veranderen vanbinnen, terwijl ze tegenover de buitenwereld hetzelfde blijven. En zij die met de schepping mee veranderen, blijven één met degene die niet verandert.[58] In welke vorm van verandering of geen verandering dan ook, en hoe je ook met hem mee verandert, je moet je bij hem aanpassen en je nooit van hem verwijderen.[59] De Heer Xiwei[60] had zijn lusthof, de Gele Keizer zijn tuin, de Man van Yu[61] zijn paleis, Tang and Wu[62] hun woningen.[63] En daarna kreeg die edele heren, leraren van de Confucianistische en Mohistische scholen, die elkaar met "welles" en "nietes" aanvielen, om dan maar te zwijgen over de mensen van vandaag!

De Heilige Mens woont te midden van de schepselen zonder de schepselen te deren. Omdat hij ze niets doet, kunnen ze hem ook

55 Yan Yuan, of Yan Hui, was de meest geliefde jongeling van Confucius.

56 Deze passage kan vergeleken worden met hoofdstuk 7, paragraaf VI: 'De Allerhoogste Mens gebruikt zijn hart als een spiegel: dingen komen en gaan zonder meer, hij weerspiegelt zonder iets vast te houden. Zo kan hij alles overwinnen zonder gewond te raken.' Hoewel de meeste commentaren hier het karakter voor 'zwerven' vervangen met het gelijkluidende: 'reden' (wat is de reden voor deze uitlating), houd ik liever vast aan de oorspronkelijke tekst.

57 Dat wil zeggen dat ze zich aanpasten aan de veranderingen in de natuur.

58 De Tao.

59 Ik lees 'yi' verwijderen, verwisselen, in plaats van de foute grafie 'duo'.

60 De goddelijke schepper. Zie hierboven hoofdstuk 6, paragraaf V.

61 Shun, een van de eerste mythische vorsten.

62 Respectievelijk de stichters van de Shang- en de Zhou-dynastieën.

63 Hoe later het tijdperk, hoe armzaliger.

niet deren. En alleen degene die niets kan deren kan voor andere mensen het oude vasthouden en het nieuwe verwelkomen.

Ach! De bergen en de bossen! De heuvels en de weiden! Ze vervullen mij met vreugde en geluk, maar nog voor dat het geluk uitgeput is, volgt al de droefenis. Ik ben niet in staat om verdriet en vreugde te weren als ze komen, noch hen tegen te houden wanneer ze gaan. Helaas! De mens in deze wereld is slechts een herberg voor dingen die komen en gaan. Hij kent slechts wat hem overkomt en weet niet wat hem nog niet overkomen is. Hij kan wat hij kan, en kan niet wat hij niet kan. Niet kennen en niet kunnen, dat zijn twee menselijke omstandigheden waar je nooit aan ontkomt. Wat degenen betreft die al hun best doen om te ontkomen aan wat onontkoombaar is – wat kan je anders dan medelijden met ze hebben! De meest verheven woorden zijn geen woorden. Het hoogste handelen is niet handelen. Genoegen te nemen met wat de kennis je kan leren, dat is een oppervlakkige houding.

De Gemengde geschriften

HOOFDSTUK 23

Gengsang Chu

I

Onder de volgelingen van Oude Langoor[1] bevond zich een zekere Gengsang Chu,[2] die een gedeelte van de Tao van zijn meester had meegekregen en zich daarmee in de Woeste Bergen van het noorden ging vestigen. Alle dienaren die blijk gaven van intelligentie stuurde hij weg, en alle bijvrouwen die lief tegen hem waren hield hij op een afstand, terwijl de onnozele domoren bij hem mochten blijven en de slonzige luiaards hem mochten bedienen. Nadat er drie jaar verstreken waren, werden de oogsten in die Woeste Bergen steeds beter, zodat de mensen uit de streek tegen elkaar gingen zeggen: 'Die Meester Gengsang, toen die hier net was vroegen we ons zuchtend af wat hij kwam doen, maar nu: "Berekenen we van dag tot dag, dan komen we te kort; bekijken we het over het hele jaar, dan is er te over en te veel!"[3] Het lijkt wel alsof hij een heilige is! Waarom zouden we hem niet voorzien van een vicaris en een voorbidder,[4] en hem de altaren van het land toevertrouwen?'[5]

Toen Gengsang Chu dit hoorde, nam hij de met het gezicht naar het zuiden gerichte positie in,[6] maar vrolijk keek hij niet. Zijn dis-

1 Lao Zi.

2 In de *Liezi* komt deze figuur ook voor, met varianten in de grafie van zijn naam (Kangchang Zi). Er bestaat ook een filosofisch werkje van hem, maar dat is een latere vervalsing.

3 Dit is waarschijnlijk een volksgezegde.

4 De priesters van de offerreligie van het oude China.

5 Letterlijk: 'het altaar van de Aarde en van de Oogst'. Samen symboliseerden deze de religieuze basis van de staat. De koning was, zoals dat elders in de oudheid ook gebruikelijk was, de opperpriester van het land.

6 Dit is de rituele plaats van de koning, een symbolische oriëntering van de troon als heerser over de aarde.

cipelen verwonderden zich erover. Toen zei Gengsang Chu: 'Wat verwondert u zich over mij, discipelen? Voorwaar! Wanneer de lentewind opsteekt gaan de honderd gewassen groeien; en wanneer de kalender de herfst bereikt, dan rijpen de tienduizend vruchten. Welnu! Hoe zou het met de lente en de herfst anders gesteld kunnen zijn? De hemelse Tao zet ze immers in beweging! Ik heb vernomen dat de allerhoogste mens zich als een vicaris[7] opsluit in een kluizenaarshut,[8] en de gewone mensen maar rond laat razen zonder dat ze weten waar ze naar toe gaan. Maar nu heeft het volkje van de Woeste Bergen het in zijn hoofd gezet om mij als een eerbiedwaardig mens hun offervazen toe te vertrouwen. Ben ik dan zo'n lichtend voorbeeld onder de mensen? Denkend aan de woorden van Oude Langoor, ben ik daarom niet vrolijk.'[9]

'Zo is het niet!' riepen de discipelen. 'Een gigantische vis heeft in een gewoon slootje geen ruimte om zich om te draaien, terwijl een modderkruiper het er juist naar z'n zin heeft. Op een klein heuveltje heeft een groot beest geen plaats om zich te verbergen, maar een slimme vos vindt het er uitstekend.[10] Eerbiedwaardige mensen eren, het gezag aan bekwame lieden toevertrouwen, wat goed en profitabel is voorrang geven: zo is het altijd geweest sinds de oudste tijden van Yao en Shun,[11] en des te meer nog bij het volkje van de Woeste Bergen! Ook u, meester, moet naar hun stem luisteren!'

7 *Shi*; zoals we al eerder gezien hebben heeft deze uitdrukking de letterlijke betekenis van 'lijk'. In de religie van het oude China was dit een door de geesten van goden of voorvaderen bezeten priester, die deze tijdens de offerriten als een plaatsvervanger (vicaris) vertegenwoordigde. Hij was als het ware het 'lijk' dat door de geest van de goden en voorvaderen bezield werd.

8 Dit is de eerste vermelding in de Chinese literatuur van de in het latere taoïsme zo belangrijke 'ronde kluis' (*huandu*), een uit gestampte aarde opgetrokken hut van ongeveer drie meter doorsnede en drie meter hoog waarin kluizenaars zich voor onbepaalde tijd terugtrokken om te mediteren en zich te zuiveren.

9 Op een aantal plaatsen waarschuwt de *Daodejing* tegen het roekeloos tentoonspreiden van bekwaamheden of verdiensten. De ware wijze en de ware koning houden zich steeds op de achtergrond.

10 Dit wil zeggen dat ieder wezen zijn juiste plaats heeft, en dus moeten grote mannen belangrijke posities innemen.

11 De mythologische goede koningen uit de vroegste tijden.

'Kom eens hier, mijn kinderen!' sprak Gengsang Chu. 'Zelfs een beest zo groot dat het een hele wagen kan opslokken ontkomt niet aan de valnetten wanneer het eenmaal uit de bergen is gekomen. En een reuzenvis die wel een hele boot naar binnen kan werken wordt door mieren belaagd zodra hij uit het water komt! Daarom is voor vogels de lucht nooit hoog genoeg, en voor vissen het water nooit diep genoeg. De mens die lijf en leden intact wil houden verbergt zich zo ver en zo diep als maar mogelijk is. Dat is alles. En wat die twee[12] die jullie zojuist noemden betreft: wat is er zo prijzenswaardig aan hen? In hun manier van alles te onderscheiden gingen ze openingen maken in schuttingen en muren om daarna doornhagen te planten,[13] eerst hun haren vlechten om ze daarna te kammen, en rijstkorreltjes tellen alvorens ze te koken! Zulk aanmatigend gedrag! Hoe kan dat ooit toereikend zijn om de wereld te redden? Door wijzen te eren bereik je dat de mensen over elkaar heen gaan lopen; door op kennis te vertrouwen krijg je dat de mensen elkaar gaan bestelen. Dat soort van methodes is ontoereikend om hen hun integriteit te doen behouden. De mensen zijn zo belust op winst dat zonen hun vader vermoorden en onderdanen hun heer. In vol daglicht wordt er gestolen, in volle openbaarheid worden er gaten in muren geboord! Ik zeg jullie: de bron van al die wanorde, die bevindt zich juist bij die Yao en die Shun. De gevolgen daarvan zullen tot over duizend generaties blijven bestaan. Na duizend generaties zal het beslist zover komen dat mensen elkaar levend gaan verslinden!'

Met een ruk ging Nanrong Zhu[14] rechtop zitten, en zei: 'Voor iemand die zoals ik al op vergevorderde leeftijd is, wat zou die nog kunnen ondernemen om datgene waarover u spreekt te bereiken?'

Meester Gengsang antwoordde:

12 Yao en Shun, de koningen uit de oudheid. Volgens de discipelen is Gengsang Chu ook zo'n uitzonderlijk mens.

13 Dat wil zeggen: bestaande afscheidingen doorbreken om er daarna andere, en slechtere, voor in de plaats te zetten.

14 Hier neemt ons verhaal een wending, en gaat verder alleen nog over de oude Nanrong Zhu, een discipel van Meester Gengsang, en over diens bezoek aan Lao Zi.

'Hou je lichaam heel;
Hou je leven vast;
Zorg dat je geen overspannen gedachten hebt.

Als je dat drie jaar lang volhoudt, dan kun je het bereiken.'

'Maar,' zei Nanrong Zhu, 'uit lichamelijk oogpunt bezien weet ik niet wat het verschil is tussen het ene oog en het andere, en dat ondanks het feit dat de blinde met de zijne niet kan zien. En zo is het ook met het verschil tussen het ene oor en het andere, ondanks het feit dat de dove met zijn oren niet kan horen; en ook wat het hart[15] betreft is dat zo, hoewel degene die krankzinnig is zich er niet van bewust is. Daarom vraag ik me af of er soms ook een onderscheid bestaat tussen het ene lichaam en het andere, en of er soms iets tussenbeide komt? Ik wil dat graag zoeken, maar kan het maar niet vinden. En dus, wanneer u, meester, vandaag tegen me zegt: "Hou je lichaam heel; hou je leven vast; zorg dat je geen overspannen gedachten hebt", dan komt de Tao, die ik op latere leeftijd nog van u mag vernemen, niet verder dan mijn oren!'[16]

'Genoeg gepraat!' zei Meester Gengsang. 'Kleine bijtjes worden geen grote rupsen, en de kippen van Yue kunnen geen eieren van ganzen uitbroeden, terwijl die van Lu dat waarachtig wel kunnen. De ingeboren aard van de ene soort kip is dezelfde als die van de andere, maar wat de ene wel kan en de andere niet, daartussen bestaat welzeker een geweldig verschil in talent. Nu is het zo dat mijn talent maar gering is, en dus ontoereikend om je te veranderen. Zou je niet liever eens naar het zuiden gaan om Lao Zi op te zoeken?'

Nanrong Zhu nam proviand mee en liep zeven dagen en nachten door om bij de plek waar Lao Zi woonde te komen. Deze vroeg hem: 'Kom je van Gengsang Chu?'

'Jawel!' zei Nanrong Zhu.

15 In het oude China het zintuig van het bewustzijn en de verstandelijke waarneming.

16 Deze ingewikkelde redenering komt erop neer dat de ene mens de andere niet is, en dat de oude Nanrong Zhu zich geen raad weet met de voorschriften die hem door Meester Gengsang worden gegeven.

'Waarom heb je dan zo'n menigte mensen meegenomen?'[17]

Verschrikt keek Nanrong Zhu achter zich.

'Begrijp je dan niet waarover ik het heb?' vroeg Lao Zi.

Vol schaamte liet Nanrong Zhu zijn hoofd hangen. Daarop keek hij op, en zei met een zucht: 'Nu ik zo verkeerd geantwoord heb, mag ik zeker ook geen vragen meer stellen.'

'Wat wil je dan vragen?'

'Als ik het allemaal niet begrijp, dan vinden de mensen me een stom varken. En als ik het wel begrijp, dan doe ik mezelf verdriet aan.[18] Ben ik zonder medegevoel,[19] dan berokken ik anderen kwaad, en heb ik het wel, dan moet ik zelf de smart dragen. Ben ik onrechtvaardig, dan breng ik schade toe aan anderen. Ben ik wel rechtvaardig, dan doe ik mezelf weer verdriet aan. Hoe kan ik hieraan ontsnappen? Deze drie kwesties maken me helemaal ongelukkig. Vandaar dat ik u, op aanraden van Gengsang Chu, om raad kom vragen.'

'Ik heb net naar de plek tussen je wenkbrauwen en je ogen gekeken, en toen al begrepen wat er met je aan de hand is. En wat je nu tegen me zegt bevestigt het: het is alsof je de weg bijster bent, alsof je je vader en moeder kwijt bent en nu met een stok in de zee naar hen zoekt. Een verdwaald mens ben je! Het spoor totaal bijster probeer je toch je eigen innerlijke natuur terug te vinden, zonder te weten waar te beginnen. Ik heb echt met je te doen!'

Nanrong Zhu vroeg als leerling te mogen worden aangenomen en een eigen kamertje te krijgen. Daar dacht hij na over wat hij fijn vond, en probeerde niet te denken aan wat hij naar vond. Gedurende tien dagen ontdeed hij zich zo van zijn verdriet,[20] en toen ging hij Lao Zi opnieuw opzoeken.

Deze sprak: 'Je hebt jezelf gereinigd. Hoe komt het dan dat je er nog zo bedrukt uitziet? Zou er toch nog iets van het kwaad zijn

17 Een manier om te zeggen dat Nanrong Zhu zich niet innerlijk één had gemaakt alvorens bij Lao Zi zijn opwachting te maken.

18 Dat te veel kennis en inzicht de mens verdrietig maken is een algemeen thema in het taoïstische denken.

19 *Ren*; de deugd van medemenselijkheid.

20 Volgens de amendering van Li Mian, die in plaats van 'zelfpijniging' hier 'ontpijniging' leest. Tien dagen is een rituele tijdsduur.

blijven zitten? Weet dat wanneer je van buiten wordt aangevallen en je kunt het niet beteugelen of op een andere manier tegenhouden, je je van binnen moet vergrendelen. En wanneer je van binnen wordt aangevallen en je kunt het niet de baas worden, dan moet je je van buiten vergrendelen.[21] Maar wanneer je het zowel van buiten als van binnen te kwaad krijgt, dan kan de deugd van de Tao er al niet meer tegenop, laat staan dat er dan nog iets te verwachten zou zijn van een beoefenaar die de Tao al heeft opgegeven.'[22]

'Als een dorpeling ziek wordt, dan vragen zijn buren wat hem scheelt. En als die zieke dan in staat is te vertellen wat zijn ziekte is, en hij weet dat op een juiste manier te doen, dan is hij zo ziek nog niet,' zei Nanrong Zhu. 'Maar als ik iets over de grote Tao hoor, dan is het of ik door mijn medicijn te drinken alleen maar zieker word! Ik wil nu alleen nog maar horen over de regels om in goede gezondheid te blijven, en daarmee uit.'

Lao Zi sprak: 'Dit zijn de voorschriften om gezond te blijven:

Kun je het Ene bewaren?
Het nooit verliezen?
Zonder orakels te raadplegen weten wat voorspoedig en wat rampzalig is?[23]
Weet je van stilstaan?[24]
Weet je van loslaten?
Het anderen niet aan te rekenen, maar het in jezelf te zoeken?
Kun je ongebreideld zijn?
Kun je onnozel zijn?
Kun je als een kind zijn?[25]
Een kind dat de hele dag kan schreeuwen zonder een schorre keel te krijgen, zo volmaakt is zijn harmonie![26]

21 Door niets van je emoties te laten blijken.
22 Zoals Gengsang Chu, die zich tot koning liet uitroepen.
23 Deze zinnen komen ook voor in de *Guanzi*, hoofdstuk 36, 'Xinshu'.
24 Zie hoofdstuk 4, paragraaf 1, over het vasten van het hart.
25 Vergelijk de *Daodejing*, hoofdstuk 10.
26 Deze zin staat ook in de *Daodejing*, hoofdstuk 55.

De hele dag zijn vuistjes ballen zonder kramp te krijgen, zo volkomen is zijn deugd![27]
De hele dag staren zonder met zijn ogen te knipperen, zo onbewogen is het door uiterlijke dingen!
Gaan zonder te weten waarheen,
Staan zonder te weten waarom,
Soepel met alle dingen meebewegend,
Meedrijven op dezelfde golven;
Dat zijn de regels om gezond te blijven.'

'Nou,' zei Nanrong Zhu, 'dan moet je wel over de deugd van de allerhoogste mens beschikken!'

'Nee!' zei Lao Zi. 'Dit is alleen maar wat je noemt de "ontdooifase" om je uit het ijs te bevrijden. Kun je dat? De allerhoogste mens vindt samen met de anderen zijn voedsel op de aarde en zijn vreugde in de hemel. Hij gaat niemand lastigvallen over zijn voor- of nadeel, gaat nooit met anderen rare dingen doen, complotten smeden en zaken ondernemen. Ongebreideld en onnozel komt hij en gaat hij weer. Dat zijn de voorschriften om gezond te blijven.'

'Als je zo bent, dan heb je wel het allerhoogste bereikt!'

'Nog niet. Ik zeg je nogmaals nadrukkelijk: kun je als een kind zijn? Het kindje roert zich zonder te weten waarom, het gaat zonder te weten waarheen. Zijn lichaam is als een tak van een dorre stam, en zijn hart als uitgebluste as.[28] In dat geval kan geen ongeluk je raken, geen geluk kan je beroeren. Daar waar geen geluk en ongeluk meer zijn, hoe zouden de menselijke rampen nog kunnen toeslaan?'

27 Hier heeft 'deugd' (*de*) de betekenis van 'innerlijke kracht'.

28 Deze op het eerste gezicht merkwaardige zinsnede heeft in feite betrekking op de staat van in trance zijn, zoals die een aantal malen ook elders in de *Zhuangzi* wordt beschreven. Zie, bijvoorbeeld, het begin van hoofdstuk 2, waar de mediterende Ziqi wordt beschreven: 'Het lichaam als uitgedroogd hout, het hart als uitgedoofde as!' Maar hier wordt deze vergelijking gebezigd in de context van het 'zijn als een kind'. Dit is zeer opmerkelijk, aangezien in de traditie van het Chinese sjamanisme de sjamaan algemeen wordt aangeduid als 'het kind' (zie mijn *Tao, de levende religie van China*, hoofdstuk 4, 'Poppen en mediums'.

II

Wie in hoge stilte verblijft gaat hemels licht uitstralen. Zij die dit hemelse licht uitstralen worden door de mensen als medemensen herkend, en alle wezens herkennen hen als medewezens. Zij die de Tao cultiveren[29] verkrijgen bestendigheid.[30] Zij die bestendig zijn, de mensheid vindt in hen haar toevlucht, de hemel staat hen bij. Zij bij wie de mensheid haar toevlucht vindt heten hemelse mensen; zij die door de hemel worden bijgestaan heten hemelse kinderen.[31]

III

Echt leren is leren wat je niet kunt leren; echt beoefenen is beoefenen wat je niet kunt beoefenen; echt discussiëren is discussiëren over wat je niet kunt bediscussiëren. Want 'wie weet stil te staan bij wat hij niet weet, die heeft het allerhoogste bereikt'.[32] Maar als je dat niet bereikt, dan wordt je hemelse evenwicht[33] verstoord.

IV

Voorzie in alle dingen voor het voeden van je lichaam. Verberg alle zorgen om je hart te verkwikken. Respecteer je innerlijke gevoel, en betracht datzelfde respect tegenover anderen. Als je zo bent, en eindeloze rampen bezoeken je, dan zijn die alle ver-

29 *Xiu*; de Tao in praktijk brengen. Zie mijn *Tao, de levende religie van China*, hoofdstuk 8.

30 *Heng*; de onveranderlijkheid van de Tao, zoals die in het eerste hoofdstuk van de *Daodejing* ter sprake komt.

31 Veel wat in deze korte paragraaf voorkomt toont overeenkomst met de heilsleer van het latere taoïsme. Zo bijvoorbeeld de licht uitstralende heilige, die door alle wezens, inclusief dieren, wordt herkend. Deze is 'bestendig', dat wil zeggen onsterfelijk. De mensheid zoekt bij hem haar toevlucht. De bekeerlingen heten 'hemelse mensen'. Deze uitdrukking, die men ook vertalen kan als 'het hemelse volk', wordt in het latere taoïsme gebruikt om de leden van de gemeenten van de taoïstische ecclesia aan te duiden. De term *tianzi*, 'hemelse kinderen', duidt op de profeten (mediums) onder hen, en is hetzelfde woord als 'Zoon des Hemels', de titel van de koning (later keizer) van China.

32 Citaat uit hoofdstuk 2, paragraaf IV.

33 Vergelijk hoofdstuk 2, paragraaf III.

oorzaakt door de hemel, en niet door de mensen. 'Het dient nergens toe om je harmonie te verstoren door deze aangelegenheden te laten binnendringen in de burcht der goden.'[34] Wat de burcht der goden betreft, hij geeft een bescherming, maar we weten noch wat hij beschermt, noch wat hij niet kan beschermen.[35]

Onderneem je iets zonder te hebben nagegaan of je wel volstrekt eerlijk met jezelf bent, dan mislukt alles wat je onderneemt. Als je van buiten slecht beïnvloed wordt, en je ontdoet je er niet van, dan mislukt alles des te meer. Als je in volle openbaarheid slechte dingen doet, dan word je daarvoor door de mensen gestraft. En als je het heimelijk doet, dan zijn het de geesten die je zullen pakken en je straffen. Je moet in het reine zijn met de mensen en met de geesten, alvorens je eigen weg te kunnen gaan.

Degene die zich met het innerlijke verbindt zal geen naam maken, terwijl degene die alleen om het uiterlijke geeft bij alle gelegenheden van zich wil laten blijken. Degene die naamloos door het leven gaat zal echter steeds licht uitstralen,[36] terwijl degene die bij alle gelegenheden van zich wil laten blijken uiteindelijk slechts een koopman is.[37] De anderen zien hem al wankelen, terwijl hij zelf nog denkt dat hij alles aankan. Ga je geheel met de dingen mee, dan zullen de dingen uiteindelijk tot je komen. Maar ga je je tegen de dingen afzetten, dan heb je al gauw geen ruimte meer voor jezelf, en des te minder voor anderen!

Degene die geen ruimte in zijn leven kan maken voor anderen heeft geen verwantschap met de anderen, en geen verwantschap meer hebben is het einde van het mens-zijn. Geen enkel wapen is scherper dan de wil: het zwaard van Moyé[38] is er niets bij. Er zijn geen grotere rovers dan yin en yang:[39] tussen hemel en aarde

34 Deze zin is regelrecht overgenomen uit hoofdstuk 5, paragraaf IV, waar Confucius zegt: 'Leven en dood, slagen of mislukken, rijkdom en armoede, wijsheid en domheid, eer of blaam, honger en dorst, hitte en kou, dat zijn de wisselvalligheden van het leven, afhankelijk van het lot.' Met 'de burcht der goden' (elders: 'het huis der goden' en 'altaar der goden') wordt ons eigen lichaam en ons eigen bewustzijn bedoeld.

35 Vergelijk hoofdstuk 2, paragraaf III, over het lichaam.

36 Omdat hij zijn levensenergie niet heeft uitput.

37 Die zijn levenskapitaal verkwanselt voor tijdelijke bevrediging.

38 Zie hoofdstuk 6, paragraaf VII.

39 Dat wil zeggen: de seksualiteit.

bestaat er geen plek om aan ze te ontkomen. Maar het zijn niet yin en yang die ons beroven: het is ons eigen hart dat daar verantwoordelijk voor is.

V

De Tao is wezenlijk in alles en maakt alle dingen één. Scheidt men ze van elkaar, dan krijgen de dingen een eigen bestaan. Maar wat zo tot stand is gekomen, gaat ook weer te gronde.[40] Wat aan deze scheiding zo akelig is, is dat zij totaal is. Deze totale scheiding is akelig, omdat de levenskracht waarmee dit geschiedt het Ene verlaat en er niet naar terugkeert, maar zich manifesteert als afgestorven ziel.[41] Wat door het verlaten verkregen wordt, dat noemen we de dood. Dat wat overblijft na die ondergang, dat is de afgestorven ziel van het Ene. Dat is omdat de gestalte van wat een lichaam heeft wordt bepaald door iets dat geen lichaam heeft.

Het is ontsproten uit waar geen stam is, het is binnengegaan waar geen opening is. Het bestaat maar heeft geen eigen plek, het groeit maar heeft begin noch einde. Dat wat stamloos ontspruit en zonder ingang binnenkomt, dat is het bestaan. Dat wat bestaat en geen eigen plek heeft, dat is de ruimte. Dat wat groeit maar begin noch einde heeft, dat is de tijd. Nu weer leven, dan weer dood; nu ontspruit het, dan weer gaat het terug naar binnen. Zo gaat het in en uit, maar niemand die zijn vorm kan zien. Dat is immers wat de Poort des Hemels genoemd wordt.[42] De Poort des Hemels is het niet-zijn, want de tienduizend dingen spruiten voort uit het niet-zijn. Het 'zijn' kan niet uit iets anders voortkomen, maar moet noodzakelijkerwijs uit het niet-zijn komen. En

40 Deze drie zinnen komen uit hoofdstuk 2, paragraaf III. De tekst hier is enigszins corrupt, maar varianten die in een oud manuscript in het Japanse klooster Kôzanji bewaard zijn gebleven, helpen ons hier de oorspronkelijke versie terug te vinden.

41 De *gui*, de ziel van de gestorvene, die in en rondom het graf en in de onderwereld verblijft, wordt gezien als een overblijfsel van de levensenergie van de mens. Hier is dit het gevolg van het feit dat we ons hebben afgescheiden van de Tao, en daardoor moeten sterven.

42 Vergelijk 'de Poort van Alle Wonderen' in het eerste hoofdstuk van de *Daodejing*.

dit niet-zijn is het totale niet-zijn van het Ene.[43] De heilige mens verschuilt zich hierin.

VI

De kennis van de mensen in de oudheid ging daar ver bovenuit. Hoe ver dan wel? Onder hen waren er die meenden dat daar waar de dingen nog niet begonnen waren te zijn, dat dat het allerhoogste was, het uiterste, waar niets aan kon worden toegevoegd. Daarop kwamen zij die zeiden dat er wel al dingen waren.[44] Zij zagen geboren worden als een verlies[45] en de dood als een terugkeer. Daar bestond dus al een scheiding. Vervolgens waren er die zeiden: 'In het begin was er het niet-zijn, en daarop kwam het leven, en in het leven komt onverwachts de dood.' Zo beschouwden zij het niet-zijn als het hoofd, het leven als de romp en de dood als de kont, en vroegen: 'Wie beseft dat zijn en niet-zijn, leven en dood één lichaam zijn? Die zal onze vriend zijn.'[46]

Deze drie meningen zijn verschillend, maar ze zijn allemaal als een adellijke familie aan elkaar verwant, hoewel ze, net zoals in het geval van de families Zhao en Jing, wier namen op hun afstamming duiden, en de Qu-familie, die de leenheren zijn, toch niet hetzelfde zijn.[47]

Pikdonker is ons leven, en uiterst versplinterd. Dat betekent dat we twijfelen. Proberen we aan onze twijfels uitdrukking te geven, dan zien we dat er nergens iets over te zeggen valt. Maar hoewel dit zo is, kun je toch niets over het hoofd zien.[48] Bijvoor-

43 De totale eenheid van de Tao.

44 Dit is een citaat uit hoofdstuk 2, paragraaf IV. Maar in de oorspronkelijke versie worden drie stadia in de kosmogonie beschreven, terwijl hier de auteur ervan uitgaat dat het om verschillende theorieën handelt.

45 Van de oorspronkelijke eenheid in de baarmoeder van de Tao.

46 Citaat uit hoofdstuk 6, paragraaf VII: 'Wie kan het niet-zijn beschouwen als zijn hoofd, het leven als zijn ruggengraat en de dood als zijn kont? Wie beseft dat dood en leven, het bewustzijn en het onbewustzijn één lichaam zijn? Die zal onze vriend zijn!'

47 Deze vergelijking gebruikt het voorbeeld van de drie verwante adellijke families van het koninkrijk van Chu, waarvan twee, Zhao en Jing, de clannamen droegen van de voorouders van hun tak, terwijl de Qu-clan het eigenlijke koningshuis was.

48 Volgens de amendering van Li Mian, die hier een dubbele negatie voorstelt.

beeld, bij het grote winteroffer heb je de kwestie van de hoeven van het rund: behoor je die niet te offeren of moet je ze juist wel offeren? Bij het bezichtigen van een huis bezoek je alles: de slaapvertrekken en het heiligdom voor de voorvaderverering, en ook moet je dan vast naar de latrine om te urineren. Daarna begin je dan te twijfelen.[49]

Laat ik eens proberen iets over dit twijfelen te zeggen: beschouwt men het leven als de basis van het bestaan en vertrouwt men op de kennis als zijnde de leermeester, dan krijg je die argumenten over 'welles' en 'nietes', en begin je onderscheid te maken tussen de naam en het ding.[50] Dientengevolge beschouwt iedereen zichzelf als de standaard. En om de anderen zover te krijgen dat men als een onkreukbaar persoon wordt beschouwd, is men bereid te sterven teneinde deze reputatie te verkrijgen! Op die manier wordt degene die nuttig werk doet als intelligent beschouwd, en een nietsnut als een stommeling. Wie succesvol is krijgt een goede naam, en wie mislukt wordt vernederd. In al hun onzekerheid zijn de mensen van vandaag net als dat krekeltje en dat duifje die het erover eens werden dat ze eender waren.[51]

VII

Trap je op de markt op andermans voet, dan vraag je nederig om verontschuldiging. Maar betreft het je oudere broer, dan roep je 'Au' [uit medeleven]; en zijn het je eerwaarde ouders, dan laat je het maar zitten.[52] Daarom zeg ik: de hoogste beleefdheid maakt geen onderscheid tussen de een en de ander, de hoogste gerechtigheid maakt geen verschil tussen dingen, de hoogste kennis bedenkt geen list, de hoogste medemenselijkheid kent geen verwantschap, het hoogste vertrouwen vermijdt alle goud.[53]

49 Over wat belangrijker is: de voorvadertempel of de latrine?
50 Zoals de sofisten doen. Zie bijvoorbeeld hoofdstuk 33, paragraaf X.
51 In hun onmacht om vrij en blij te zijn. Zie hoofdstuk 1, paragraaf I.
52 Want die vergeven je toch wel.
53 Als borgsom.

VIII

Hou op met de waanzin van je wil, maak je los uit de snaren van het hart, verwijder wat deugd belast, doorbreek wat de Tao versperrt. Aanzien, rijkdom, beroemdheid, gezag, een goede naam en profijt, die zes zijn de illusies van onze wil. Gestalte, gratie, schoonheid, aanzien, hartstocht en verliefdheid, deze zes zijn de snaren van het hart. Afkeer, begeerte, vreugde, woede, verdriet en genot, deze zes belasten de deugd. Aannemen en verwerpen, geven en nemen, kennis en kunnen, deze zes zijn de versperringen van de Tao.[54] Wanneer deze vier maal zes dingen ons innerlijk niet langer in beroering brengen, dan ben je op het juiste pad, dan komen rust en stilte, en dan ook het licht, het loslaten, en ten slotte het nietsdoen; zo is er niets dat ongedaan blijft. De Tao is het meest verheven principe van de deugd. Het leven is de uitstraling van de deugd.[55] De natuur is het wezen van het leven. Wanneer de natuur in beroering komt, dan noemen we dat 'doen'. Verkeerd doen noemen we 'missen'. Begrijpen is verbanden leggen, en inzicht wordt verkregen door zich te beraden. Maar als we ons rekenschap geven van wat we niet weten, dan staren we in verwondering. Handelen alleen wanneer het niet anders kan, dat mag handelen vanuit de deugd genoemd worden. Handelen zonder 'ik', dat kan de wereld op orde brengen genoemd worden. Deze twee definities lijken tegenstrijdig, maar in werkelijkheid stemmen ze met elkaar overeen.

IX

Yi[56] was erg goed in het raken van het allerkleinste doelwit, maar dom in het niet vermijden dat mensen hem daarom ophemelden. De heilige mens is erg goed in alles wat de hemel aangaat, maar dom wat betreft zijn medemensen. Zowel goed zijn in wat de hemel betreft en weldadig zijn met betrekking tot de mensen,

54 Alles wat deelt en onderscheid maakt verspert de toegang tot de eenheid en de Tao.
55 Weer in de betekenis van 'innerlijke kracht'.
56 De mythische boogschutter.

dat kom je alleen bij de allerhoogste mens tegen. Alleen een worm kan een goede worm zijn, en dus is er ook een hemel voor goede wormen! Maar de allerhoogste mens heeft lak aan de hemel in het algemeen, en lak aan de hemel van de mensen in het bijzonder. En des te minder heeft hij het begrepen op degenen die hun eigen ideeën over de relatie tussen hemel en mensen te berde brengen.

Er hoefde maar een musje langs Yi te komen of hij kreeg het zeker te pakken. Dat was geweldig. Had hij maar van de wereld één grote vogelkooi gemaakt, dan had geen enkel musje hem kunnen ontsnappen! Zo te handelen is in navolging van Tang, die Yin Yi in een kooi stopte door hem als kok aan te stellen,[57] of van Mu, de hertog van Qin, die voor vijf schapenvachten Boli Xi in een kooi ving.[58] Zo zie je maar dat je mensen alleen maar in een kooi krijgt met dingen die ze graag willen hebben, en niet anders. Want degene die voor straf geamputeerde voeten heeft gaat zich niet langer mooi maken, omdat hij ongevoelig is voor lof of blaam; en de veroordeelde misdadiger beklimt de hoogste bergen zonder bevreesd te worden, want leven en dood betekenen niets meer voor hem. Zulke lieden zoeken geen verdere wraak voor wat ze ondergaan, want ze hebben de mensheid achter zich gelaten, en dientengevolge zijn ze hemelse mensen geworden. En zo zijn ze niet blij wanneer ze geëerd worden, en niet boos wanneer ze smadelijk behandeld worden. Slechts zij die verenigd zijn met de harmonie van de hemel kunnen dit bereiken. Als je woede uit zonder echt woedend te zijn, dan is die woede een uiting van niet-woede. Als je iets doet zonder echt iets te doen, dan is die actie een uiting van niets doen. Wil je stil zijn, breng dan je qi in evenwicht; wil je mediteren, dan moet je naar je hart luisteren. Als je iets doet en je wilt dat het doeltreffend is, dan moet de handeling berusten op het onvermijdelijke. Doen wat onvermijdelijk is: dat is de Tao van de heilige mens.

57 De beroemde staatsman Yin Yi was een begaafde kok, en Tang, de stichter van de Yin-dynastie, wist hem aan zich te binden door hem een baan te geven die in overeenstemming was met zijn talenten.

58 Boli Xi komt ook voor in hoofdstuk 21, paragraaf VI.

HOOFDSTUK 24

Xu Wugui

1

Xu Wugui kwam op audiëntie bij hertog Wu van Wei, dankzij een introductie van Nu Shang.[1] Vol medeleven zei de hertog: 'Het gaat vast slecht met u! U lijdt zeker onder het uitputtende leven in de bossen en de bergen, vandaar dat u bereid bent mij, de alleenstaande,[2] te komen opzoeken.'

'Ik heb juist medeleven met u! Om mij hoeft u zich echt niet te bekommeren,' zei Xu Wugui. 'Want als u zich laat leiden door al uw wensen en begeerten, en steeds toegeeft aan wat u al dan niet prettig vindt, dan berokkent u schade aan uw ingeboren natuur en aan uw levensduur. Maar gaat u uw wensen en begeerten aan banden leggen en luistert u niet meer naar wat u al dan niet prettig vindt, dan is dat jammer voor uw zintuigen.[3] En dus is het aan mij om medeleven met u te hebben, en hoeft u zich echt niet over mij te bekommeren.'

De hertog keek ontevreden voor zich uit, en antwoordde niet.

Na een poosje zei Xu Wugui: 'Laat ik u eens vertellen hoe ik honden beoordeel. Die van inferieure kwaliteit houden op met iets te doen zodra ze volgegeten zijn. Dat zijn honden die alleen capabel zijn ratten te vangen. De gemiddelde soort zit de hele dag te kijken of die geen prooi ziet. De allerbeste soort zijn de honden die zichzelf helemaal vergeten.[4]

En mijn inzicht in de aard van honden is nog niets vergeleken

1 Van de heremiet Xu Wugui is buiten deze tekst niets bekend. Hertog Wu van de leenstaat van Wei heeft van 395 tot 370 voor onze jaartelling geregeerd. Nu Shang was zijn raadsman.

2 'De alleenstaande' is de naam die een heerser in het oude China zichzelf geeft.

3 Waarschijnlijk vanwege het ontberen van allerlei geneugten.

4 Zo geconcentreerd zijn ze.

bij mijn inzicht in paarden. Als ik paarden beoordeel, dan zijn alleen die paarden die loodrecht, krom als een haak, haaks als een driehoek en zo rond alsof het met een passer was uitgemeten kunnen draven het waardig om "koningspaarden" genoemd te worden. Maar dat zijn nog geen "keizerspaarden"! Een keizerspaard, zijn talenten zijn volkomen, maar hij lijkt verdrietig en verloren alsof hij de weg kwijt is, en desalniettemin stormt hij ervandoor en laat alleen stofwolken achter zich, zo snel dat men hem uit het oog verliest!'

Hertog Wu, zeer verheugd, schaterde van het lachen.

Toen Xu Wugui naar buiten kwam, vroeg Nu Shang: 'Wat heb je onze heer toch wel voor bijzonders kunnen vertellen? Wanneer ik met hem praat, dan gaat het de ene keer over de "Liederen", de "Documenten", de "Riten" en de "Muziek",[5] en de andere keer over de "Gouden Tabletten" en de "Zes Boogholsters".[6] Verder heb ik hem ontelbare uiterst verdienstelijke plannen voorgelegd, maar nog nooit heb ik hem zijn mond zien openen om te lachen. Waarover hebt u vandaag dan wel met hem gepraat, dat onze heer dermate vrolijk was?'

'Ik heb hem simpelweg verteld hoe ik honden en paarden beoordeel,' antwoordde Xu Wugui.

'Hoe dat zo?'

'Heb je nooit gehoord van de mensen die naar Yue[7] zijn verbannen? Gedurende de eerste paar dagen zijn ze dolblij als ze iemand tegenkomen die ze kennen. Na een paar maanden zijn ze blij als ze iemand zien die ze vroeger in de Landen van het Midden zijn tegengekomen, en na enkele jaren zijn ze al gelukkig als ze maar mensen zien die daar vaag op lijken!

Is het niet waar dat hoe langer je van iemand gescheiden bent, hoe dieper je naar hem verlangt? Stel je voor dat iemand naar een onbewoonde streek gevlucht is, en omringd is door hoog gras dat zelfs de kleinste weggetjes verspert, en lange tijd geheel alleen daar zit, zou het geluid van een menselijke voetstap hem niet ver-

5 De klassieke boeken van de confucianistische school.
6 Uit de werken over de krijgskunde van Sun Zi.
7 Yue, de 'barbaarse' staat van het oude China die langs de zuidoostkust lag.

blijden, en zou hij niet nog verheugder zijn als hij aan zijn zijde de lachende stemmen van zijn broers of verwanten zou horen? Lang, lang is het geleden sinds iemand lachend aan de zijde van onze heer de woorden van de ware mens heeft gesproken!'

11

Xu Wugui kwam op audiëntie bij hertog Wu. Deze sprak: 'Meester, sinds lang verblijft u in de bossen en de bergen, u voedt zich met nootjes en kastanjes, want u hebt een hekel aan uien en look,[8] en zo verwaarloosde u mij, de alleenstaande. Is het omdat u zich nu oud voelt worden? Of omdat u verlangt weer eens de smaak van wijn en vlees te proeven? Of omdat u voorspoed wilt brengen in mijn land?'

'Ik ben van arme en eenvoudige afkomst,' zei Xu Wugui. 'Hoe zou ik ooit van uw wijn durven drinken en uw vleesgerechten durven eten? Nee, ik ben gekomen om u mijn medelijden te betuigen.'

'Hoe dat zo? Waarom hebt u medelijden met mij?'

'Ik heb medelijden met uw geest en met uw lichaam.'

'En waarom dan wel?'

'De wijze waarop hemel en aarde alles voeden is één en hetzelfde. Opgeklommen zijn tot een hoge positie geeft geen voordeel, en het verblijven in een ondergeschikte plaats is geen nadeel. U, heer, bent de monarch van een land met tienduizend strijdwagens,[9] en u kunt uw gehele volk laten zwoegen voor het genot van uw zintuigen. Maar wat uw geest betreft bent u niet vrij. Want de geest houdt van vrede en haat verdorvenheid.[10] Verdorvenheid is een kwaal, en dat vervult me met medelijden. En weet u wel, heer, wat u scheelt?'

'Reeds lang heb ik ernaar uitgezien u te ontmoeten, meester. Ik

8 Sterk ruikende en smakende gewassen, die in het taoïstische dieet worden vermeden.

9 In de periode der Strijdende Staten was dit een gebruikelijke manier om een groot en machtig land aan te duiden.

10 Hier wordt waarschijnlijk bedoeld dat de hertog niet genoeg rekening houdt met de behoeften van zijn volk.

wil mijn volk liefhebben en recht doen, alvorens de wapens neer te leggen. Is dat niet goed?' zei de hertog.

'Dat is niet goed,' antwoordde Xu Wugui. 'Door het lief te hebben brengt u het volk alleen maar ellende. Recht doen, om dan de wapens neer te leggen, veroorzaakt het maken van meer wapens.[11] Als u met dit soort dingen begint, dan ben ik bang dat het misloopt. Alle ondernemingen om "iets moois" te doen zijn uit den boze. U, mijn heer, mag dan nog zo toegewijd zijn aan medemenselijkheid en gerechtigheid, ten slotte loopt dat altijd uit op huichelarij! Iedere vorm produceert een andere vorm, en zo loopt iedere overwinning beslist uit op overmoed,[12] en veroorzaakt iedere nederlaag smaad van buitenaf. Ook hoeft u beslist niet uw soldaten voortdurend te laten paraderen tussen de uitkijktorens, noch uw infanterie en cavalerie te legeren bij de fraaie altaren van uw rijk. Koester geen verkeerde gedachten in uw binnenste teneinde uw doel te bereiken. Zoek geen overwinning door kunstgrepen; zoek geen overwinning door complotten; zoek geen overwinning door krijgsgeweld. Wanneer men de krijgers en het volk van anderen doodt, het land van anderen annexeert, teneinde daarmee de eigen oogmerken, de eigen geest te bevredigen, dan vraag ik me af wie aan de goede kant staat in deze strijd en waar de overwinning ligt. Waarom zou u dit alles niet opgeven, en in plaats ervan de oprechtheid in uw inborst cultiveren, teneinde in overeenstemming met de natuur van hemel en aarde niets verder te verstoren. Zo is het volk reeds ontkomen aan de dood, en hoeft u, heer, ook niets meer te ondernemen, om daarna de wapens te kunnen neerleggen.'

III

Toen de Gele Keizer op reis ging om een bezoek te brengen aan de Grote Berggod[13] van de Doornbosberg,[14] was Toepasselijk Licht

11 Vanwege het feit dat men het nooit eens wordt over wat 'recht' is.

12 Volgens de amendering van Li Mian.

13 *Dawei*; alle commentaren zijn het erover eens dat het hier een berggod betreft. *Da* is 'groot' en *wei* is een zeldzaam karakter dat uit de elementen 'berg' en 'geest' of 'voor-

zijn koetsier, Verlichtende Allegorie zijn palfrenier, Gewaagde Veronderstelling en Gesprekspartner liepen voorop bij de paarden, Chaoswachter en Grappenmaker kwamen achteraan.[15] Eenmaal bij de velden van Xiangcheng[16] aangeland, waren al deze zeven wijzen verdwaald, en nergens konden ze naar de weg vragen.

Toevallig kwamen ze een knaap tegen, die daar paarden aan het hoeden was, en vroegen hem naar de weg. 'Ken jij de Doornbosberg?'

'Welzeker!' zei de knaap.

'Weet je dan ook waar de Grote Berggod zich ophoudt?'

'Welzeker!' beaamde de knaap weer.

'Je bent een merkwaardige knaap!' riep de Gele Keizer uit. 'Niet alleen weet je waar de Doornbosberg is, maar bovendien weet je waar de Grote Berggod zich bevindt. Mag ik je vragen wat met de wereld gedaan moet worden?'

'Ach! Om de wereld te regeren zou je alleen maar hoeven te doen zoals ik hier doe. Waarom zou ik me daar druk over maken? Van jongs af aan zwerf ik al overal vrij rond binnen de Zes Perken.[17] Toen ik toevallig een oogaandoening kreeg, raadde een oudere persoon mij aan maar eens de zonnewagen te nemen om in de velden van Xiangcheng te gaan rondtrekken. Nu is mijn kwaal al een beetje genezen, en denk ik maar weer te gaan dolen, dit keer buiten de Zes Perken. Om de wereld te regeren hoef je niets anders te doen dan ik doe. Wat zou ik me daar verder nog druk over maken?'

'De wereld besturen is waarachtig niet iets dat u persoonlijk

vader' bestaat. De berg komt in de mythologie van het oude China voor, en ook het verhaal van het bezoek van de Gele Keizer aan deze berg is uit andere bronnen bekend.

14 *Juci*; letterlijk: 'vol met doornen'. Een berg met deze naam bevindt zich in de huidige provincie Henan (district van Mixian), maar hier hebben we in elk geval te maken met een mythische plaats.

15 Al deze namen zijn allegorisch, en verwijzen naar de taoïstische retoriek van de *Zhuangzi*. 'Chaoswachter' is de vertaling van *hunhun*, waarschijnlijk een variant van *hundun*, 'chaos', een woord dat semantisch verwant is aan *tohu bohu* en ook aan 'Humpty Dumpty'.

16 Dit is de naam van een stad in Henan, ten zuiden van de berg Dawei.

17 De vier windrichtingen, het zenit en het nadir.

aangaat,' beaamde de Gele Keizer, 'maar desalniettemin zou ik u toch willen vragen hoe dit moet worden aangepakt.'

De knaap weigerde hierop te antwoorden, maar toen de Gele Keizer bleef aandringen, zei hij: 'De wereld regeren, waarin zou dat verschillend zijn van deze paarden hier hoeden? Je hoeft alleen maar alles te verwijderen wat de paarden schaden kan, dat is genoeg.'

De Gele Keizer boog uit respect meerdere malen, en noemde de knaap zijn 'Hemelse Meester'.[18] Daarop trok hij zich terug.

IV

De geleerde: zonder veranderingen in het denken is hij niet gelukkig.
De redenaar: zonder onderwerpen voor discussies is hij niet gelukkig.
De onderzoeker: zonder kleine details is hij ongelukkig.
Dat is omdat ze allemaal vastzitten binnen de begrenzing van de dingen.

Mannen die bij hun tijdgenoten beroemd worden hebben succes aan het hof.
Mannen uit het gewone volk willen eer behalen als ambtenaar.
Mannen met fysieke kracht gaan prat op de moeilijkheden die ze hebben doorgemaakt.
Mannen met moed gaan dapper op gevaren af.
Mannen in wapenrusting genieten van strijdgeweld.
Mannen die eruitzien als uitgemergelde kluizenaars zijn uit op faam.
Mannen van wetten en voorschriften willen meer gezag.
Mannen van riten en lessen hebben respect voor uiterlijkheden.

18 Dit is de eerste maal dat we in de Chinese literatuur deze titel tegenkomen. In latere tijden werden de hoogste leiders van het taoïsme steeds met deze titel aangeduid.

Mannen van medemenselijkheid en gerechtigheid hechten waarde aan redding brengen.

De boer: als hij geen velden te ontginnen heeft, is hij niet blij.
De koopman: als hij geen markten en waterplaatsen heeft waar hij kan handelen, is hij niet blij.
De gewone man: als hij van morgen tot avond werk om handen heeft, dan is hij ijverig.
De ambachtsman: als hij met zijn gereedschap en zijn machines zijn bekwaamheid kan tonen, dan is hij vol energie.

Als zijn geldelijk vermogen niet vermeerdert, is de vrek bedroefd.
Als zijn macht niet groter is dan die van de anderen, is de opschepper terneergeslagen.

Opportunisten en materialisten zijn blij met veranderingen. Als ze een gelegenheid zien die ze kunnen uitbuiten, dan kunnen ze zich niet weerhouden te handelen. En zo volgen al dezen hun plezier, jaar na jaar, en laten zich beïnvloeden door de dingen. Zij jagen hun lichaam en hun ingeboren natuur voort, zijn gaan onder in de tienduizend dingen, en niet eenmaal in hun leven maken zij een ommekeer. Wat verdrietig!

V

Zhuang Zi: 'Als een boogschutter, zonder eerst te richten, toevallig in het doel schiet en we prijzen hem voor zijn uitstekende prestatie, dan kan de hele wereld wel een Yi[19] zijn, waar of niet?'

Hui Zi:[20] 'Waar!'

19 De spreekwoordelijke kampioen boogschieten.

20 De bekende sofist. Zie hoofdstuk 33, paragraaf x.

Zhuang Zi: 'Als er geen algemene overeenstemming is over wat juist is, en iedereen beschouwt wat hij zelf juist vindt als juist, dan kan de hele wereld wel een Yao[21] zijn, waar of niet?'

Hui Zi: 'Waar!'

Zhuang Zi: 'In dat geval, welke van de vier scholen, de confucianisten, de mohisten, de yangisten[22] en de bingisten[23] – en met uzelf, meester, erbij, zijn het er vijf – heeft nu uiteindelijk gelijk?[24] Of is het met jullie zo gesteld als met die Lu Ju?[25] Diens leerling zei eens: "Ik geloof dat ik de Tao van u, meester, verkregen heb, want ik kan 's winters vuur onder de ketel stoken en 's zomers ijs maken." "Dat is alleen maar met yang yang opwekken, en met yin yin.[26] Dat noem ik nog geen Tao," antwoordde Lu Ju. "Ik zal je mijn echte Tao laten zien." Hierop stemde hij een tweetal luiten, waarna hij de ene in de zaal plaatste en de andere in een kamer. Plukte hij op een van de instrumenten de *gong*-snaar, dan trilde op de andere dezelfde snaar mee, en plukte hij de *jue*-snaar, dan ging het net zo. Dat was omdat het dezelfde toon was. Maar als hij een van de snaren anders stemde en niet volgens de schaal van de vijf tonen, en hij plukte die, dan zette hij alle vijfentwintig snaren van het andere instrument in beweging, niet omdat er een verschil in geluid was, maar omdat die toon alle andere beheerste. Gaat het met jou ook niet zo?'[27]

Hui Zi: 'Vandaag waren de confucianisten, de mohisten, de yangisten en de bingisten met me aan het disputeren. We bestreden elkaar met argumenten, en legden elkaar het zwijgen op door

21 De mythische koning uit de oudheid en het schoolvoorbeeld van de goede heerser.

22 Een school die als principe het individualisme poneerde, en die wel met de epicuristen vergeleken wordt.

23 Dit is de school van Song Bing, die we al eerder tegengekomen zijn, in hoofdstuk 1.

24 Net zoals iedere schutter wel eens raak schiet, en iedereen wel eens in het gelijk wordt gesteld, hebben ook alle filosofen wel eens gelijk. Maar dat betekent niets.

25 Een denker van wie wordt aangenomen dat hij in de vroege Zhou-periode, dus in de elfde eeuw voor onze jaartelling, leefde.

26 Het idee hier is waarschijnlijk dat je vuur kunt maken als je maar genoeg yang-energie kunt opwekken, en ijs met voldoende yin-energie.

27 Het argument schijnt hier te zijn dat filosofen of bewijzen wat iedereen al weet, of het toevallig bij het juiste eind hebben, of met een argument komen waar niemand tegenop kan. Dit laatste is, zoals nu blijkt, het geval met Hui Zi.

harder te schreeuwen, maar tot nu toe heeft geen van hen mij in het ongelijk gesteld. Hoe kun je mij met hen vergelijken?'

Zhuang Zi: 'Een man uit Qi verminkte zijn zoon om hem als deurwachter naar het land van Song te sturen,[28] maar als hij een bronzen gong of klok kreeg, dan pakte hij die zorgvuldig in.[29] Een ander zocht naar zijn vermiste kind, maar ging niet verder dan de grenzen van zijn streek.[30] Van dit soort mensen zijn er te over en te veel. En dan was er nog die vent uit Chu die eerst de deurwachter van het huis waar hij logeerde beledigde, en daarna, midden in de nacht en zonder dat iemand erbij was, ruzie maakte met de veerman. Op die manier, nog voordat hij vaste grond onder de voeten had, had hij al meer dan genoeg gedaan om de wrok van deze mensen op te wekken.'[31]

VI

Zhuang Zi liep eens in een begrafenisstoet, en kwam toen voorbij het graf van Hui Zi. Zich omdraaiend zei hij tegen hen die achter hem liepen: 'Er was eens een pleisterwerker[32] die wanneer hij specie op zijn neus kreeg, ook al was het niet meer dan een spetje zo klein als de vleugel van een vlieg, timmerman Shi[33] riep om het eraf te halen. Dan zwaaide timmerman Shi zo hard met zijn bijl dat je de wind hoorde fluiten, en sloeg alle specie eraf zonder de neus te verwonden, en zonder dat de pleisterwerker ook maar

28 Zoals we al eerder hebben gezien, werden in het oude China verminkte misdadigers als deurwachters gebruikt.

29 Opdat ze niet zouden breken. De bronzen voorwerpen waren hem meer waard dan zijn eigen zoon, een voorbeeld van een verkeerde keus in het leven, zoals Hui Zi die ook heeft gemaakt.

30 Een andere verborgen kritiek op Hui Zi, die maar doorgaat in het knusse kringetje van de bekende filosofen te discussiëren, terwijl hij de waarheid daarbuiten zou moeten zoeken.

31 Nog een toespeling op het gevaarlijke spel dat Hui Zi speelt. Door al die luidruchtige discussies neemt hij op den duur anderen tegen zich in.

32 De huidige tekstedities hebben allemaal 'een man van Ying', maar na veel filologisch gekibbel is men het er nu in het algemeen over eens dat hier oorspronkelijk 'een pleisterwerker' stond.

33 Deze timmerman hebben we al ontmoet in hoofdstuk 4, paragraaf IV.

een spiertje in zijn gezicht vertrok. Heer Yuan van Song[34] hoorde ervan, en riep timmerman Shi bij zich met de vraag of hij het ook eens op zijn persoon wilde proberen. Timmerman Shi zei: "Vroeger kon ik dit inderdaad, maar de makker met wie ik dit deed is reeds lang gestorven." Sinds meester Hui Zi gestorven is heb ik ook geen dergelijke makker meer, en is er niemand met wie ik nog kan praten.'

VII

Guan Zhong[35] was ziek geworden, en hertog Huan kwam naar zijn toestand informeren. Hij zei: 'Vadertje Guan, je bent echt ziek! Ik hoor dit eigenlijk niet te vragen, maar mocht het tot het ergste komen, aan wie zou ik dan het bestuur van het rijk kunnen toevertrouwen?'

'Wie had u edele dan wel in gedachten?' vroeg Guan Zhong.

'Bao Shuya,' zei de hertog.

'Onmogelijk! Als mens is hij een goede edelman, zuiver en eerlijk. Maar hij wil niets te maken hebben met mensen die niet zijn zoals hijzelf, en als hij ook maar één keer hoort dat iemand een fout heeft begaan, dan vergeet hij dat z'n hele leven niet. Als men hem de regering toevertrouwt, dan zal hij enerzijds zich aan u, als zijn meerdere, vastklampen, en anderzijds het hem ondergeschikte volk tegen zich in het harnas jagen. En zo zal het niet lang duren voordat hij bij u in ongenade valt.'

'Aan wie kan ik het dan toevertrouwen?' vroeg de hertog.

'Als er echt niets anders op zit, dan maar aan die Xipeng.[36] Als mens houdt hij zich niet bezig met zijn meerderen, maar hen die beneden hem staan laat hij nooit in de steek. Hij schaamt zich ervoor dat hij niet zo goed is als de Gele Keizer, en erbarmt zich over hen die niet zo deugdzaam zijn als hijzelf. Wie zijn deugd

34 Niemand schijnt de moeite genomen te hebben deze figuur te identificeren. Een graaf Yuan van Song regeerde van 531 tot 516 voor onze jaartelling, en dat is veel te vroeg voor dit verhaal.

35 Over deze staatsman en raadsman van hertog Huan, zie hoofdstuk 19, paragraaf VII.

36 Deze wijze raadsman is, net zoals de bovenvermelde Bao Shuya, verder volstrekt onbekend.

aan anderen geeft mag heilig genoemd worden, en wie zijn fortuin met anderen deelt is een deugdzaam mens. Om de mensen voor je te winnen is het niet genoeg om hen met deugdzaamheid te besturen, maar wie zich in deugdzaamheid aan anderen ondergeschikt maakt, die zal steeds hun vertrouwen hebben. Zo iemand zal niet willen horen over sommige dingen die in het rijk gebeuren, en zijn ogen sluiten voor wat er bij de mensen thuis aan de hand is. Zodoende, als er echt niets anders op zit, dan kies ik voor die Xipeng.'

VIII

De koning van Wu, die een tocht langs de Yangzi-rivier maakte, beklom bij die gelegenheid een berg vol met apen. Zodra de horde apen hem zag, vluchtten ze verschrikt weg en verscholen zich diep in het struikgewas. Maar er was een aap die vrolijk in zijn boom bleef klimmen en zich aan zijn lijf krabde, om aan de koning te laten zien hoe behendig hij wel was. Toen de koning op hem schoot, wist hij heel gewiekst de pijl te vangen. Daarop beval de koning zijn metgezellen naar voren te komen en allemaal te schieten, en toen was het met de aap gauw gedaan. De koning keerde zich daarop tot zijn vriend Yan Buyi, en zei: 'Die aap! Hij liep te koop met zijn behendigheid en, in de waan dat hij mij te slim af was, durfde hij me uit te dagen. Zo kwam hij tot zijn trieste eind. Wees voorzichtig! Tja! Toon je nooit arrogant tegenover anderen!'

Toen Yan Buyi thuiskwam, zocht hij lering bij Dong Wu[37] om zijn gelaatsuitdrukking te leren beheersen, zijn vreugde te verbergen en zijn zucht naar glorie op te geven. Na drie jaar prees iedereen in het koninkrijk hem.

IX

Ziqi van de Zuiderwal zat te leunen op zijn armsteun.[38] Zijn gezicht was naar de hemel gekeerd, en hij ademde zachtjes. Yan-

37 Onbekend.
38 Dit is een nieuwere versie van het verhaal in hoofdstuk 2, paragraaf 1. Voor 'Zuider-

cheng Zi kwam binnen, zag hem, en zei: 'Meester! Dit is het hoogste goed! Hoe is het mogelijk om het lichaam zo als uitgedroogd hout te doen worden, en het hart als uitgebluste as!'

'Eens woonde ik in een grot in de bergen,' zei Ziqi. 'In die tijd kwam Tian He[39] me één keertje opzoeken, en dientengevolge werd hij door het volk in Qi wel driemaal gehuldigd. Ik had me vast en zeker gemanifesteerd,[40] en daarom had hij kennis van mijn bestaan. Ik had mezelf als het ware te koop aangeboden, en daarom kon hij me dan ook komen kopen. Als ik me niet had gemanifesteerd, hoe had hij dan weet van me kunnen krijgen? Als ik me niet te koop had aangeboden, hoe zou hij me dan ooit hebben kunnen kopen? Helaas! Ik betreurde hen die, zoals ik, zichzelf te gronde richtten! En ook betreurde ik hen die dit betreurden. En daarboven betreurde ik nog hen die dit betreuren betreurden.[41] Na me dit gerealiseerd te hebben, heb ik me hiervan dag na dag steeds verder verwijderd.'[42]

X

Toen Zhongni[43] naar Chu[44] was gekomen, gaf de koning een feestmaal. Sunshu Ao[45] stond op en hield de drinkbeker in zijn hand, terwijl Yiliao van de Zuidermarkt[46] er wat wijn in deed, en de rituele plenging[47] voltooide met de woorden: 'U bent een mens van de oudheid![48] Spreek hier nu tot ons.'

wal' (*Nanguo*) schrijft de tekst hier *Nanbo*, maar dit is een van de vele verbasteringen die de bestaande versie van de *Zhuangzi* rijk is. In dezelfde eerdere versie heet Yancheng Zi ('Meester Yancheng') voluit Yancheng Ziyou.

39 Een hoge staatsman van het koninkrijk van Qi.

40 Als een vrome kluizenaar.

41 Een eindeloze reeks van elkaar veroorzakende, maar in wezen zinloze, emoties.

42 Om zo ten slotte de staat van volkomen rust te bereiken.

43 Eigennaam van Confucius.

44 Het grote koninkrijk van Zuid-China.

45 Een beroemd staatsman van Chu, die al eerder, in hoofdstuk 21, paragraaf x, ten tonele is gevoerd als een voorbeeld van iemand die onberoerd blijft door de wisselvalligheden van het lot. Onder zijn bewind heerste er in Chu langdurig vrede.

46 Een beroemd veldheer en staatsman van Chu; zie ook noot 49.

47 Volgens het Chinese gebruik werd alvorens te drinken de wijn geplengd als offer aan de goden en de voorvaderen.

'Wat mij betreft,' zei Confucius, 'ik heb het spreken zonder woorden geleerd. Nog nooit eerder heb ik hiervan gewag gemaakt, maar hier mag ik het nu wel zeggen. Want Yiliao van de Zuidermarkt jongleerde met ballen, en zo werd het probleem van de twee huizen opgelost,[49] terwijl Sunshu Ao, door lekker op zijn divan te rusten en zich met zijn veren waaier koelte toe te wuiven, het volk van Ying[50] ertoe kreeg zijn wapens neer te leggen. Ik kies er dus voor om een drie voet lange snavel te hebben.'[51]

Zij beoefenden wat je noemt 'de onzegbare Tao',[52] en hij hield wat je noemt 'een discussie zonder woorden'.[53] Immers, wanneer de deugd zich bundelt in het een-zijn met de Tao,[54] en de woorden verstillen in het niet-weten van onze kennis, dan wordt het allerhoogste bereikt. Hieruit volgt dat het een-zijn in de Tao niet door de deugd alleen bereikt wordt, en de kennis van het niet-weten niet door discussies kan worden verworven. Alles een naam geven, zoals de confucianisten en de mohisten dat doen, is verderfelijk. Maar zijn zoals de zee, die nooit het water dat oostwaarts in hem vliedt zal weigeren, dat is het allergrootste van het grootzijn.[55]

De heilige mens omvat hemel en aarde, hij schenkt overvloed aan de gehele wereld, en nochtans kent men zijn afkomst niet. Tijdens zijn leven wordt hij niet geadeld, en na zijn dood wordt hij niet gecanoniseerd. Bezittingen vergaart hij niet, een naam voor zichzelf maakt hij niet: dat is wat ik noem een groot mens.

48 Een groot compliment. Vergelijk hoofdstuk 2, paragraaf III, en vele andere plaatsen waar de wijsheid van de mensen uit de oudheid wordt geroemd.

49 Yiliao van de Zuidermarkt weigerde in 479 voor onze jaartelling zijn medewerking aan een rebellie binnen de koninklijke familie. Door zijn kalm en onpartijdig optreden — hij bleef jongleren terwijl hij met de dood bedreigd werd — liep de opstand met een sisser af.

50 De hoofdstad van het koninkrijk Chu.

51 Met zo'n lange snavel kun je niets zeggen. Met andere woorden: Confucius kiest ervoor te zwijgen, net zoals de hiervoor genoemde helden van Chu, die zonder woorden te verspillen hun doel bereikten.

52 Zie het eerste hoofdstuk van de *Daodejing*: 'De Tao waarover gesproken kan worden is niet de absolute Tao.' Dit slaat op de twee hiervoor genoemde helden.

53 Dit slaat op Confucius.

54 Vergelijk de *Daodejing*, hoofdstuk 39.

55 Vergelijk het begin van hoofdstuk 17.

Want net zoals een hond niet geprezen wordt omdat hij kan blaffen, zo wordt ook een mooiprater niet als een wijs mens, en dus nog minder als een groot mens, beschouwd! Want grote dingen doen is niet voldoende om ook echt groot te zijn, en nog minder om op deugd aanspraak te kunnen maken! Want niets is groter dan hemel en aarde, maar wanneer zijn die zelf ooit gaan zoeken om hun grootheid te vervolmaken? Degene die de volledige grootheid kent, die zoekt niets, verliest niets, verwerpt niets, en verandert zichzelf nooit vanwege de dingen. Maar terugkerend tot zichzelf zal hij zich nooit uitputten, het pad van de ouden volgend zal hij zich nooit afmatten: dat is echt het bewijs dat iemand een groot mens is.

XI

Ziqi[56] had acht zonen. Hij zette ze op een rijtje en riep Jiufan Yin[57] erbij, zeggende: 'Lees jij eens de gelaatstrekken van mijn zonen en zeg me wie het voorspoedigst zal zijn.'

'Dat is Kun,' zei de waarzegger.

Blij verrast zei Ziqi: 'Hoezo dan?'

'Die Kun zal tot aan het eind van zijn leven samen met de vorst van het land eten.'

Ziqi werd heel verdrietig. De tranen sprongen hem in de ogen, en hij zei: 'Waarom zal het dan met mijn zoon tot een dergelijke extreme situatie komen?'

'Maar samen met de vorst van het land eten, dat brengt toch voorspoed aan alle familieleden, en in de eerste plaats toch wel aan de ouders? Dat je begint te wenen nu je dit verneemt, dat is het geluk de rug toekeren! De zoon is gelukkig, maar de vader is onfortuinlijk.'

'Yin!' zei Ziqi, 'wat weet je er eigenlijk van, om dit als zijnde voorspoed aan mijn zoon te voorspellen? Je zegt alleen maar dat

56 Dit moet de bekende Ziqi van de Zuiderwal zijn uit paragraaf IX, uit het begin van hoofdstuk 2 en vele andere plaatsen.

57 Een verder onbekende expert in de Chinese gelaatskunde (*xiang*), een techniek die iemands karakter en fortuin uit de gelaatstrekken afleest.

hij gespijsd en gelaafd zal worden met vlees en wijn, maar weet je ook waar het vandaan komt?

Stel dat ik nog nooit van mijn leven vee gefokt had, maar er toch ineens een lammetje in een hoekje van mijn land geboren werd, of dat, zonder dat ik iets om de jacht gaf, een fazant zich in een ander hoekje nestelde. Als dat geen wonderen waren, wat dan wel?

Ga ik met mijn zoon op reis, dan zwerven we tussen hemel en aarde; beiden bidden we de hemel om ons vreugde te geven en vragen we de aarde om ons te voeden. We bekommeren ons om niets, we maken geen plannen, we doen geen wonderlijke dingen, maar rijden op de norm van hemel en aarde,[58] zonder vanwege uiterlijke zaken daarmee in het ongerede te raken. In volkomen eenheid bewegen we ons soepel en vrij, zonder ons erom te bekommeren of wat we doen eigenlijk wel zo hoort. Maar vandaag hoor ik opeens dat er een beloning op komst is uit de vulgaire wereld. Als er wonderen gebeuren, dan komt dat altijd omdat men wonderlijk gehandeld heeft. Ware het niet vanwege die zonden van mij en mijn zoon, waarom zou de hemel ons dit dan aandoen?'

Niet lang daarna werd Kun naar Yan[59] gestuurd, en tijdens die tocht werd hij door rovers gevangen genomen. Ze overwogen dat hij als gaaf mens moeilijk verkoopbaar was, maar dat het makkelijker zou gaan als z'n voeten waren afgehakt. Daarop amputeerden ze zijn voeten en verkochten hem naar Qi.[60] Zo kwam het dat hij werd aangesteld tot deurwachter van de privévertrekken van hertog Kang, en in die hoedanigheid mocht hij tot aan het einde van zijn dagen vlees eten.

XII

Tandeloos kwam Xu You[61] tegen, en vroeg: 'Waar ga jij heen?'

58 Deze zin is een citaat uit hoofdstuk 1, paragraaf I; zie noot 14 aldaar.

59 De noordelijkste staat van de toenmalige Chinese federatie, in de streek waar nu Peking ligt.

60 Een andere staat in Noord-China, in het huidige Shandong.

61 Zie hoofdstuk 1, paragraaf II. Tandeloos was de leermeester van Xu You, en deze was de leermeester van Yao.

'Ik loop weg van Yao!'

'Hoe dat zo?'

'Die Yao wil met alle geweld medemenselijk zijn. Ik ben bang dat hij zich nu over de hele wereld belachelijk maakt, en dat in latere tijden de mensen elkaar gaan verslinden![62] Het is heus niet zo ingewikkeld om het volk bijeen te brengen of het uit elkaar te doen gaan. Wees lief tegen de mensen en ze zullen zich aan je binden, geef hun voorspoed en ze zullen naar je toe komen, prijs hen en ze zullen hun best doen; maar gebeurt er iets waar ze een hekel aan hebben, dan gaan ze ervandoor.

Liefde en voordeel komen voort uit medemenselijkheid en gerechtigheid, maar zij die daar niet om geven zijn weinig talrijk, terwijl er massa's zijn die er gebruik van maken. Voorwaar! Op die manier medemenselijkheid en gerechtigheid betrachten is niet alleen onoprecht, maar maakt ze heimelijk tot het instrument van de meest liederlijke corruptie.

Daar komt nog bij dat als één enkel persoon over alles beslist en de wetten voor de hele wereld neerlegt, je hem slechts met een slachter kunt vergelijken. Die Yao heeft uitsluitend weet van brave lieden die voordeel aan de wereld brengen, en begrijpt niet hoe deze zelfde brave lieden de wereld schaden. Voorwaar, alleen zij die zichzelf ontdaan hebben van al die "braafheid" weten dit!'

XIII

Je hebt de zelfgenoegzame betweters, de maffe klaplopers en de zwoegende uitslovers.

De zelfgenoegzame betweters verdienen hun naam door het feit dat ze de woorden van één enkele meester geleerd hebben en dan, zelfvoldaan en zeker van hun zaak, erg tevreden met zichzelf zijn, terwijl ze nog helemaal nergens verstand van hebben.

De maffe klaplopers zijn net als luizen op een zwijn. Ze kiezen een plekje tussen de ruige borstels en noemen dat hun ruim paleis en weidse tuin, of ze nestelen zich in de plooien van de kont en de

62 Zie hoofdstuk 23, waarin Gengsang Chu hetzelfde zegt. Het hele argument wordt hier verkort weergegeven.

spleten van de hoeven, in de lies, tussen de uiers of bij de gewrichten, en feliciteren zichzelf met deze veilige woning en voorspoedige woonplaats. Ze realiseren zich niet dat op een goede morgen de slager komt en in een handomdraai zijn stro uitspreidt en zijn vuur aanmaakt, en dat ze dan samen met het varken in één klap verschroeien. Afhankelijk van de gelegenheid gaan ze erop vooruit of erop achteruit: dat zijn wat je noemt maffe klaplopers.

Als zwoegende uitslovers heb je Shun. Schapen zijn niet dol op mieren, maar mieren wel op schapen, want schapen ruiken ranzig. Shun had een ranzige manier van doen, en het volk hield daarvan. Zo veranderde hij driemaal van residentie, en toen hij de stad van Deng[63] betrok had hij wel honderdduizend families bij zich. Yao hoorde van de deugdelijkheid van Shun, en haalde hem van zijn kale vlakte om hem te bevorderen, zeggende: 'Wij hebben onze hoop gevestigd op de weldadige invloed die u meebrengt!' Toen Shun van zijn kale vlakte werd gehaald, was hij al hoogbejaard, en zijn gezicht en gehoor waren al aanmerkelijk verzwakt, en toch kreeg hij geen kans om thuis te gaan uitrusten. Dat heb je met die zwoegende uitslovers.

Daarom heeft de goddelijke mens er een hekel aan dat de menigte naar hem toe komt. Als de menigte naar hem toe komt is hij niet vriendelijk, en zodoende is er ook geen voordeel te behalen. En zo is hij met niets nauw betrokken, en is er niets waar hij ver vanaf staat, maar hij houdt vast aan zijn deugd en voedt de harmonie, en volgt daarmee de gang van de wereld. Dat is wat je noemt de ware mens. Hij verwerpt de slimheid van de bovengenoemde mieren, maar volgt de strategie van de vissen,[64] en laat de ranzige ideeën over aan de schapen.

XIV

Met de ogen kijken naar wat de ogen zien, met de oren luisteren

63 In de huidige provincie Henan. Het idee is dat Shun hoe langer hoe meer volk om zich heen verzamelde en daarom iedere keer een nieuwe stad moest bouwen.

64 Die elkaar vergeten in het water, dat wil zeggen: als ze in hun eigen natuurlijke element zijn. Zie hoofdstuk 6, paragraaf VIII.

naar wat de oren horen, en met het hart voelen wat zich in het hart weerspiegelt.[65] Op die manier gaan we recht als een lijn door het leven, en komen er veranderingen, dan volgen die de natuurlijke gang van zaken. De waarachtige mens van vroeger ondersteunde het menselijke met het hemelse, en ging niet met het menselijke de hemel te lijf. Voor de ware mens van vroeger betekende dit te bereiken het leven en dit te verliezen de dood, en ook dit te bereiken de dood en dit te verliezen het leven.[66]

Neem de geneesmiddelen: je hebt Shijin,[67] Jugeng,[68] Jiyong[69] en Shiling,[70] en elk ervan is op een bepaald moment de soevereine remedie. Hoe zou je daarover ooit uitgepraat kunnen raken? En dan heb je Goujian, die met zijn drieduizend manschappen in Kuaiji gelegerd lag,[71] en alleen Zhong wist op welke manier wat verloren was behouden kon blijven. Diezelfde Zhong was echter ook de enige die niet wist dat hij daarmee zichzelf droefenis bezorgde. En dus zeg ik: de ogen van de uil zijn precies wat de uil nodig heeft, en de stelten van de ooievaar hebben de juiste geleideren, en als je daar iets vanaf haalt, dan maak je die dieren ongelukkig.

En dus kan men zeggen dat wanneer de wind over de rivier gaat, dan is de rivier daaraan onderworpen, en schijnt de zon over de rivier, dan is de rivier daar ook aan onderworpen. Maar kijken we naar de wind die blaast en de zon die schijnt over de rivier, dan zien we dat de rivier dat helemaal niet als iets schadelijks ondervindt, want hij krijgt zijn kracht uit zijn bron. Maar het is de aarde die het water onderwerpt, het is de mens die zijn

65 Dat wil zeggen: alles op zich af laten komen, en er zelf niets aan toevoegen.

66 De eerste helft van de zin betreft de Tao, en de tweede helft de wereld.

67 De zaden van de *Viola verecunda*.

68 *Radix platycodi*, ook nu nog een bekend Chinees geneesmiddel.

69 *Radix aconiti*.

70 De zwam *Polyporus umbellatus*, die geacht wordt op varkensmest te groeien.

71 Goujian was de machtige koning van de staat Yue, gelegen aan de zuidoostkust van China. Hij werd verslagen door de buurstaat Wu (zie hoofdstuk 1, paragraaf VI), en na zijn nederlaag vluchtte hij naar zijn hoofdstad, Kuaiji, het huidige Shaoxing, in de provincie Jiangsu. Daar wist hij, dankzij de goede raad van zijn minister Zhong, een tegenoffensief te organiseren en versloeg hij op zijn beurt zijn vijand. Maar daarna ging hij Zhong wantrouwen en dwong hem tot zelfmoord.

schaduw beheerst, en het is de tijd die de dingen overmeestert.[72]

Daarom kan het gevaarlijk zijn als de ogen te scherp zien, de oren te scherp horen, en als het hart te veel overpeinst. Alle vermogens die in ons innerlijk aanwezig zijn kunnen gevaar opleveren. Als dat gevaar zich verwezenlijkt, dan is het te laat om het af te wenden, en op de lange duur stapelen de rampen zich op. De ommekeer wordt bereikt door oefening,[73] en het resultaat daarvan ziet men pas na lange tijd. En toch beschouwen de mensen hun eigen vermogens als grote schatten. Is dat niet verdrietig? Vandaar al die landen die vernietigd worden en al die mensen die worden afgeslacht, zonder dat iemand beseft dat hier het probleem ligt.

Hierbij komt nog dit: onze voeten betreden maar een klein stukje van alle grond, maar hoewel wat we betreden maar klein is, hebben we toch de grond die we niet betreden nodig om overal goed naar toe te kunnen gaan. En zo is ook onze menselijke kennis zeer gering, maar desondanks hebben we toch alles wat we niet weten nodig om te begrijpen wat we onder 'de hemel' verstaan.[74] Het grote Ene, het grote vrouwelijke, het grote waarnemen, het grote evenwicht, het grote vierkant, het grote teken en de grote stilte: die te kennen is het allerhoogste.[75]

Het grote Ene doordringt alles, het grote vrouwelijke ontbindt alles, het grote waarnemen aanschouwt alles, het grote evenwicht relateert alles, het grote vierkant geeft vorm aan alles, het grote teken openbaart alles, de grote stilte bestendigt alles.

72 Volgens de tekstamendering van Li Mian. De aarde damt het water in, onze schaduw moet ons volgen, en alle dingen veranderen in de tijd.

73 Hier staat, voor het eerst in de geschiedenis van het taoïsme, het woord *gong*, de term voor geestelijke en lichamelijke oefeningen die men terugvindt in termen als *gongfu* en *qigong*.

74 Hier heeft 'de hemel' weer de betekenis van het natuurlijke en spontane bestel, dat onze beperkte intelligentie niet kan omvatten. Ook wij die maar weinig weten kunnen afstand doen van onze intelligentie om ons over te geven aan het natuurlijke en spontane.

75 Dit zijn alle attributen van de grote onkenbare Tao. Over het grote vierkant, vergelijk de *Daodejing*, hoofdstuk 41: 'Het grote vierkant heeft geen hoeken.' Zie ook hoofdstuk 17, paragraaf 1.

76 Als we alle fenomenen doorgrond hebben, komen we altijd terug bij de spontane natuur.

In het uiteindelijke is de hemel;[76] door het volgen van de natuur komt de verlichting; in de duisternis vindt men de kern; het begin leidt tot het verdere.[77]

En zo zien zij die het begrijpen eruit alsof ze het niet begrijpen, en gaan zij die het weten lijken op hen die het niet weten, want hun kennis komt voort uit het niet-weten. Wat hun vragen betreft, die kunnen niet anders dan oneindig zijn, en toch kunnen ze niet oneindig zijn. In dit ongrijpbare heen en weer gaan ligt een kern van waarheid die vanaf de oudheid tot op heden nooit door een andere is vervangen, en die onverwoestbaar is. Mag dit dan niet vervolgens de grote openbaring genoemd worden? Waarom zou je dit dan niet verder onderzoeken? Waarom ben je zo verward? Door met wat niet verward is dat wat wel verward is te ontrafelen, keren we terug tot het niet-verwarde. En zo bereiken we de hoogste graad van niet-verward-zijn.

77 Is er eenmaal een begin, dan kom je van het ene in het andere.

HOOFDSTUK 25

Ziyang

I

Ziyang[1] was op bezoek in Chu. Yi Jie sprak over hem met de koning, maar nog voor het tot een audiëntie was gekomen, was Yi Jie al terug naar huis gegaan. Toen ging Peng Ziyang bij Wang Guo op bezoek, en vroeg:

'Waarom doet u, meester, niet een goed woordje voor mij bij de koning?'

'Ik zou dat minder goed kunnen dan Gong Yuexiu!'[2] antwoordde Wang Guo.

'Wat is dat voor iemand, die Gong Yuexiu?' vroeg Peng Ziyang.

'In de winter jaagt hij op schildpadden langs de grote rivier,[3] in de zomer slentert hij in de dichtbegroeide bergen. Aan hen die hem tegenkomen verklaart hij: "Dit hier is mijn woning!" Bedenk dat Yi Jie er al niet in geslaagd is [je bij de koning te introduceren], en dat ik nog minder daartoe bij machte ben dan hij. Die Yi Jie is weliswaar geen deugdzaam mens, maar hij beschikt over inzicht. Hij laat zich niet gaan, maar gebuikt al zijn geestelijk vermogen in zijn omgang met anderen. Volkomen verblind door rijkdom en adel als hij is, is hij niet iemand die anderen helpt om te doen wat deugdzaam is, maar hij helpt hen eerder in het schaden. Hij is als diegene die in de kou de lente nabij roept door meer kleren aan te trekken, die in de hitte op de tocht gaat staan om het gevoel te

1 Deze reizende politieke raadsman had, zoals we uit dit verhaal kunnen opmaken, de familienaam Peng. Hij is verder volkomen uit de geschiedenis verdwenen. Hetzelfde geldt voor de twee ministers van de koning van Chu, de sluwe Yi Jie en de hem afkrakende Wang Guo.

2 Dit moet, naar het verhaal hier, een soort taoïst zijn geweest.

3 De Yangzi, aan de noordgrens van Chu.

krijgen dat het winter is.[4] Nu is de koning van Chu een imposante en strenge persoon, die als hij zich beledigd voelt zo onverbiddelijk is als een tijger. Alleen een mooiprater of anders een oprecht en braaf mens[5] is in staat om hem te beïnvloeden.

Een heilig mens kan, al is hij nog zo arm, zijn familie haar ontberingen doen vergeten. Manifesteert hij zich naar buiten, dan maakt hij dat koningen en edellieden hun positie en fortuin vergeten en nederig worden. Wat andere schepsels betreft vindt hij er plezier in met hen samen te zijn, en wat mensen betreft vindt hij er vreugde in om met hen als andere schepsels te communiceren, maar toch daarbij zichzelf te beschermen. En zo gebeurt het dat hij soms, zonder een woord te zeggen, mensen ertoe brengt om in harmonie te leven, en soms, door zijn aanwezigheid, mensen ertoe brengt te veranderen. Als een goede vader met zijn zonen, zo laat hij allen tot hem komen en bij hem wonen,[6] en brengt alles wat zich voordoet tot rust. Als je zijn hart met dat van de gewone mensen vergelijkt, hoe onmetelijk ver staan die van elkaar af! Dus zeg ik: wacht op Gong [Yuexiu].

11

De heilige mens dringt door in alle verwikkelingen en verstrengelingen, en rolt ze allemaal op tot een geheel. Maar hij weet niet hoe het komt, want dit is van nature gegeven. Hij handelt in overeenstemming met zijn lot en ziet de hemel als zijn meester.

Wat de mensen betreft, zij volgen hem en kwalificeren hem als zodanig.[7] Hij gaat gebukt onder wat hij weet,[8] maar zijn daden blijven voor altijd bestendig, want hoe zou hij ooit kunnen ophouden?

En hoe komt dit? Mensen die mooi zijn, ook al geeft men ze een spiegel, als men ze er niet op attent maakt, dan blijven ze onwe-

4 Met andere woorden: een opportunist.
5 Zoals de bovengenoemde Yi Jie en Gong Yuexiu.
6 Volgens de interpretatie van Li Mian.
7 Als heilig mens, heiland, meester, enzovoort.
8 Van de wereld en de mensen.

tend van het feit dat ze mooier zijn dan de andere mensen. Maar of ze het nu wel weten of niet, of ze het nu wel vernemen of niet, hun charme blijft dezelfde en verandert nooit, en de voorkeur die de mensen voor hen voelen blijft eveneens altijd bestaan, want dit is van nature gegeven.

De heilige mens heeft de mensheid lief, en de mensen kwalificeren hem als zodanig. Maar als hij daar niet op attent wordt gemaakt, dan is hij zich niet bewust dat hij de mensheid liefheeft. Maar of hij het nu wel weet of niet, of hij het nu wel hoort zeggen of niet, zijn liefde blijft dezelfde en verandert nooit, en de vrede die de mensen bij hem vinden blijft ook altijd bestaan; want dit is van nature gegeven.

III

Het land van vroeger, de stad van vroeger: wanneer je ze van verre ziet, stroomt je hart over van vreugde. En zelfs al zijn het maar ruïnes die voor negentiende met onkruid overwoekerd zijn, je blijft je gelukkig voelen. Hoeveel te meer dan wanneer je een plek ziet die je kent en een stem van vroeger hoort! Die steken als het ware als levenshoge torens boven de menigte uit![9]

Heer Ranxiang[10] verkreeg het centrum van het draaipunt,[11] en bracht vervolgens alles tot vervolmaking. In zijn eenheid met de schepping was er geen begin of einde, geen seizoen en geen uur, van dag tot dag veranderde hij met de dingen, en zo was er geen enkel ding dat niet veranderde, want hoe zou hij het loslaten?[12] Want de hemel als onze meester hebben, dat betekent dat wij niet

9 In de moderne uitgaven van de tekst van de *Zhuangzi* wordt dit stukje nu eens bij de vorige paragraaf, dan weer bij de volgende ingedeeld. Voor mijn gevoel gaat het hier om een onafhankelijke uitspraak, die iets over de grote waarde van de herkenning van geestverwantschap zegt. Ook de volgende stukjes, over Ranxiang, over Tang en de zin met de uitspraak van Rongcheng zijn korte fragmenten die hier zonder duidelijke reden bijeengevoegd zijn.

10 Heer Ranxiang is een mythische schepper van de wereld, net als de eerdergenoemde Xiwei, die evenals deze laatste eigenlijk alleen in de *Zhuangzi* genoemd wordt.

11 Vergelijk hoofdstuk 2, paragraaf III: 'Vanaf het moment dat de spil in het centrum van het draaipunt staat, kan hij eindeloos reageren.'

12 De werking van de Tao is immanent in alle dingen.

de meester zijn van de hemel. Zij die in alles de gang der schepping volgen, hoe zouden ze anders te werk gaan? Voorwaar! De heilige mens bekommert zich nooit om 'de hemel', noch om 'de mens', noch om 'in den beginne' of om 'het einde'. Hij handelt in overeenstemming met het tijdperk, zonder zich daarvoor op te offeren.[13] Alles wat hij doet is afdoende, maar nooit overdreven. Hoe zou hij anders de harmonie bewaren?

Tang[14] nam zijn minister Menyin Dengheng[15] als zijn raadsman. Hij volgde hem als ware hij zijn meester; aldus bevrijd van belemmeringen werd hierdoor alles volmaakt. Door geen acht te geven op zijn eigen titel, maar door de koningstitel, en de wetten die daaruit voortkomen, als overtollig te zien, waren beiden immer in overeenstemming.

Confucius zegt dat je op moet houden met plannen maken. Laat dat je leidraad zijn.[16]

'Denk je niet in dagen, dan tellen ook de jaren niet meer. Als er binnen niets is, dan gebeurt er buiten ook niets,' zei heer Rongcheng.[17]

IV

Ying van Wei[18] had een verdrag gesloten met hertog Tian Mou.[19] Deze laatste trok zich daar echter niets van aan. Ying van Wei was hier zeer verbolgen over en wilde hem laten vermoorden.

13 Als zondebok of slachtoffer.

14 De stichter en eerste koning van de Shang-dynastie, in 1765 voor onze jaartelling.

15 Dit is Yin Yi, de beroemde raadsman van koning Tang, die van simpele kok opklom tot eerste minister.

16 Zie hoofdstuk 4, paragraaf I, over het vasten van het hart.

17 We zijn deze Rongcheng al eerder in hoofdstuk 10, paragraaf II, noot 17 tegengekomen als meester van de kunst van het Lange Leven, vooral door seksuele oefeningen. Rongcheng staat ook bekend als kalenderdeskundige, en in deze hoedanigheid wordt hij hier aangehaald.

18 De vorst van de leenstaat van Wei, algemeen bekend in de geschiedenis als koning Hui van Liang (379–335 voor onze jaartelling).

19 Dit moet koning Wei van Qi zijn. De Tian-familie usurpeerde in 481 voor onze jaartelling de macht (zie hoofdstuk 10, paragraaf I) en regeerde sindsdien over de staat. Hier weigert de auteur echter deze machthebber zijn koningstitel te geven.

Toen Gongsun Yan, de generaal van de elitetroepen, dit vernam, vond hij dit beschamend, en zei: 'Heer, u beschikt over tienduizend strijdwagens,[20] en desalniettemin gaat u zich wreken alsof u een plebejer was. Ik verzoek u mij twintigduizend gewapende manschappen te geven. Dan zal ik hem aanvallen, zijn volk onderwerpen, zijn runderen en paarden in beslag nemen, hemzelf zo kokend van woede maken dat hij builen op zijn rug krijgt! Daarna val ik zijn stad aan, en als Ji[21] dan op de vlucht slaat, val ik hem van achteren aan en breek ik zijn ruggengraat.'

Ji Zi[22] hoorde hiervan, en vond dit beschamend. Hij zei: 'Als je een tien vadem hoge muur aan het bouwen bent en die is al voor zeventiende af, en je gaat hem dan weer afbreken, dan hebben de corveearbeiders voor niets gezwoegd. Nu hebben we al zeven jaar lang onze troepen niet gemobiliseerd, en dat is de basis van dit koninklijk bewind. Die Yan is een warhoofd. Er moet niet naar hem geluisterd worden.'

Hua Zi hoorde op zijn beurt over deze discussie, en betreurde die. 'Hij die zo vrolijk zegt dat Qi moet worden aangevallen is een warhoofd, maar hij die even makkelijk beweert dat Qi niet moet worden aangevallen is ook een warhoofd. En degenen die roepen dat zij die al dan niet voor of tegen aanvallen zijn warhoofden zijn, zijn de ergste warhoofden van allemaal!'

'Wat moet ik dan doen?' vroeg de vorst.

'U moet de goede weg vinden, dat is alles,' antwoordde Hua Zi.

Hui Zi hoorde op zijn beurt van de kwestie, en presenteerde toen Dai Jinren[23] aan de koning. Deze wijze sprak: 'Heer, kent u het wezen dat slak genoemd wordt?'

'Jawel!'

'Op de linkerhoorn van de slak bevindt zich het land van iemand die Knokker heet, en op de rechter dat van iemand die Wildeman

20 Het aantal strijdwagens was in die tijd een gebruikelijke manier om de militaire macht van een land uit te drukken. Bereden cavalerie kwam in China pas in de derde eeuw voor onze jaartelling in zwang.

21 Dit is Tian Ji, de generaal van het land van Qi.

22 Minister van Wei.

23 Beroemde staatsman uit de meer zuidelijke staat van Liang.

heet. Deze twee hebben regelmatig ruzie over hun grondgebied en gaan met elkaar in oorlog. Dan telt men tienduizenden gesneuvelden, en de achtervolging duurt een halve maand voordat de overwinnaars naar huis keren.'

'Bah! Wat is dat voor zinloos gepraat!' zei de koning.

'Dan zal ik u de waarheid van dit verhaal aantonen. Bestaat er, volgens u, een limiet aan de vier windrichtingen, aan het zenit en aan het nadir?'

'Nee, die zijn grenzeloos,' antwoordde de vorst.

'En beseft u dat wanneer we onze geest laten zwerven in deze eindeloze ruimtes en daarna weer terugkomen in onze beperkte landjes, we dan het gevoel hebben dat het er niet erg op aankomt of die er nu wel zijn of niet?'

'Ja,' zei de vorst.

'En te midden van die beperkte landjes heb je Wei, en binnen Wei heb je Liang, en in Liang woont u, koning! En bestaat er tussen u, koning, en de zojuist genoemde Wildeman enig verschil?'

'Geen verschil,' beaamde de vorst.

Toen zijn gast was vertrokken, bleef de vorst stil en geheel in zichzelf verzonken zitten. Hui Zi presenteerde zich voor hem, waarop de vorst zei: 'Deze gast is een groot mens. Zelfs onze heiligen zijn niet met hem te vergelijken.'

'Als je op een fluit blaast, dan krijg je heldere klanken, maar als je door de holte van het heft van een zwaard blaast, dan krijg je alleen maar een dof gesuis. Yao en Shun mogen dan door de mensen worden opgehemeld, maar de Tao van Yao en Shun is niet meer dan een dof gesuis vergeleken met die van de wijze Dai Jinren.'

V

Toen Confucius eens op weg was naar Chu, logeerde hij in een taveerne bij de Mierenhoopberg, en de dames en heren, knechten en meiden uit de buurt klommen op hun daken [om hem te zien].

'Wat moet al dat gepeupel?' vroeg Zilu.[24]

'Dit zijn de dienaren van een heilige,' zei Confucius. 'Hij is

24 Een van de bekendste volgelingen van Confucius.

ondergedoken te midden van het volk, hij heeft zich verborgen op het platteland. Hij vermijdt alle faam, maar zijn ideaal is grenzeloos. Hoewel hij met zijn mond woorden uit, heeft hij nog nooit zijn hart in woorden uitgedrukt. Bovendien houdt hij de wereld op een afstand en zorgt ervoor dat hij geestelijk nooit gemene zaak met hem maakt. Hij is iemand die in staat is op de vaste aarde onder te duiken! Wie anders kan dit zijn dan Yiliao van de Zuidermarkt?'[25]

Zilu vroeg of hij hem mocht gaan halen.

Confucius zei: 'Laat maar! Hij weet wel dat ik erop uit ben om een naam voor mezelf te maken. En dat ik juist naar Chu ben gekomen met het vaste voornemen om mij door de koning van Chu een ambt te laten geven. Hij vindt vast en zeker dat ik een mooiprater ben, en van een mooiprater wil hij niets weten, laat staan dat hij er een persoonlijk wil ontmoeten! Waarom zou hij daarvoor thuisgebleven zijn?'

Toen Zilu ging kijken, zag hij dat het huis leeg was.

VI

De opzichter van de altaren in Grote Plataan[26] voerde eens een gesprek met Zilao:[27] 'Een vorst moet niet slonzig zijn in zijn regering, en niet halfslachtig in het besturen van het volk. Als ik vroeger graan ging zaaien, dan ploegde ik op een slonzige manier, en dientengevolge kreeg ik ook een slonzige oogst. Ik wiedde mijn akker op een halfslachtige manier, en dientengevolge kreeg ik ook een halfslachtige oogst. Maar in de jaren daarna verbeterde ik mijn aanpak en ploegde ik diep, om vervolgens ijverig te schoffelen, zodat mijn graan weelderig en overvloedig werd, en ik voor het hele jaar meer dan genoeg te eten had.'

25 Al eerder voorgekomen in hoofdstuk 20, paragraaf II, en in hoofdstuk 24, paragraaf X.

26 De opzichter der altaren (*fengren*) was een belangrijke ambtenaar, belast met de controle van de offers aan de heilige plaatsen. 'Grote Plataan' is een onbekende plaatsnaam.

27 Deze figuur wordt door sommigen geacht een discipel van Confucius te zijn, maar daarvoor ontbreekt elk bewijs.

Zhuang Zi hoorde hiervan, en sprak: 'De manier waarop de mensen van vandaag hun lichaam besturen en hun geest ordenen heeft veel weg van wat die opzichter zei. Om de menigte te volgen verbergen ze zich voor de hemel, verlaten ze hun ingeboren natuur, vernietigen ze hun gevoelens en doden ze hun geest. Zij die slonzig omgaan met hun ingeboren natuur, bij hen zal het kwaad dat voorkomt uit hun begeerten en hun haatgevoelens als onkruid en rietgewas[28] hun ingeboren natuur overwoekeren. In het begin denken we dat hun kiemen ons lichaam steun geven, maar langzaam aan ontwortelen ze onze ingeboren natuur, en over het hele lichaam breekt het uit: de dikke pus gaat sijpelen uit puisten en gezwellen, en de innerlijke verhitting geeft troebele urine. Dat krijg je ervan.'

VII

Bo Ju[29] was bij Oude Langoor in de leer, en vroeg verlof om in de wereld te gaan zwerven.

'Ga je gang!' zei Oude Langoor. 'De wereld staat voor je neus.'

Toen Bo Ju zijn verzoek herhaalde, vroeg Oude Langoor: 'Waar dacht je dan te beginnen?'

'In Qi.'

In Qi aangekomen zag hij daar het lijk van een misdadiger.[30] Hij trok en rukte eraan totdat het goed lag. Daarop trok hij zijn hofkleding[31] uit en legde die over het lijk heen. Met zijn gelaat opgeheven naar de hemel riep hij wenend uit: 'Mijn zoon! Mijn zoon! Deze rampzalige wereld, dat juist jij hem zo vroeg moest verlaten! Er wordt ons gezegd: "Steel niet! Pleeg geen moord!" Maar sinds er onderscheid wordt gemaakt tussen eer en schande zie je wat voor misstanden daaruit voortvloeien; als er fortuinen worden vergaard zie je wat voor vechtpartijen daaruit voortkomen. Het

28 Hier wordt de alang-alang bedoeld die in Zuid-China op verwaarloosde akkers groeit.

29 Misschien hebben we hier een allegorische naam, die moet worden verstaan als 'Recht van Hart en Leden'.

30 Deze lijken werden op de markt tentoongesteld als afschrikwekkend voorbeeld.

31 Dit is een verassend detail: de held van het verhaal was dus een hoge ambtenaar.

zijn deze misstanden en deze vechtpartijen die nu maken dat alle berooide en armzalige mensen geen moment van rust meer kennen. Dan kun je nog zo wensen dat het niet zo afloopt, maar dient dat ergens toe?

Zij die in de oudheid heersten over de mensen schreven hun slagen toe aan het volk en hun falen aan zichzelf; wat goed ging was de verdienste van het volk, en wat scheef ging was hun eigen schuld. En dus, wanneer ook maar een enkele persoon zijn leven verloor, dan trokken zij zich terug en namen alle schuld op zich.

Maar in deze tijd is dat niet meer zo. De overtreding van het oppotten van goederen[32] wordt niet onderkend. De schuld van hen die op grote schaal moeilijkheden veroorzaken durft men niet aanhangig te maken. De straffen voor hen die de zwaarste verantwoordelijkheden dragen zijn onvoldoende. De vonnissen raken niet hen die tijdig naar een verre plaats zijn vertrokken.

Het volk weet dat de macht van het bestuur ontoereikend is, en dientengevolge wordt er fraude gepleegd. Als de fraude dag na dag toeneemt, wie onder de hoge of lage rangen van de bevolking zou dan niet de kans grijpen om te bedriegen? Want waar de macht tekortschiet krijg je fraude, waar de kennis tekortschiet krijg je oplichterij, en waar het nodige geld ontbreekt krijg je diefstal. Het plegen van diefstal en andere misdrijven, wie zou in feite de schuld daarvan moeten krijgen?'

VIII

Toen Qu Boyu zestig jaar was geworden, was hij al zestig keer veranderd.[33] Niet één keer dat hij, nadat hij in het begin had gedacht dat het goed was, het ten slotte niet verwierp omdat hij vond dat het niet deugde. Je weet dus nooit of wat hij vandaag zegt dat goed is, in feite niet iets is dat hij al negenenvijftig keer

32 Goederen, en vooral graan, aan de algemene circulatie onttrekken om ze in tijden van schaarste pas op de markt te brengen.

33 Hetzelfde wordt later ook beweerd met betrekking tot Confucius. Zie hoofdstuk 27, paragraaf II. Qu Boyu zijn we al eerder tegengekomen in hoofdstuk 4, paragraaf III.

heeft verworpen. De tienduizend dingen: ze leven, maar niemand ziet hun oorsprong; ze komen te voorschijn, maar niemand ziet waar vandaan. Alle mensen hechten waarde aan wat hun verstand kan bevatten, en niemand heeft de kennis die berust op wat het verstand niet kan bevatten, en die we wel de grote onzekerheid mogen noemen! Genoeg! Genoeg! In feite kun je daar niet aan ontsnappen, en komt het erop neer te zeggen: 'Zo is het! – Is het zo?'

IX

Zhongni[34] ondervroeg eens de grootannalisten Datao, Bo Changqian en Xiwei:[35] 'Graaf Ling ["de transcendente"] van Wei was een dronkaard en een genotzoeker die geen acht sloeg op de regering van zijn land. Hij was verzot op jagen met vangnetten en pijl en boog, en verwaarloosde zijn verplichtingen tegenover de andere vorsten. Waarom heeft hij dan toch de titel van hertog Ling[36] gekregen?'

'Zo was het nu eenmaal,' zei Datao.

'Hertog Ling had drie vrouwen, met wie hij samen in één badkuip placht te baden,' zei Bo Changqian. 'Maar toen Shi Qiu[37] met de kleren van de koning binnenkwam, bedekte deze met de ene hand zijn schaamdelen, en met de andere hielp hij hem op te staan.[38] Aan de ene kant was hij dus door en door liederlijk, aan

34 Confucius.

35 De grootannalisten waren belast met het optekenen van de voorspellingen en van de gebeurtenissen. Zij waren het ook die aan gestorven vorsten een postume titel gaven, waarin tot uiting kwam welke kwaliteiten of gebrekkigheden de vorst aan de dag had gelegd. Onder de drie namen van de verder onbekende annalisten valt die van Xiwei op. We hebben deze naam eerder al gezien als die van de grote, maar buiten de *Zhuangzi* vrijwel onbekende goddelijke schepper van het heelal. Hier wordt deze naam als familienaam gebezigd.

36 Letterlijk: 'bezield', 'betoverend', 'transcendent', enzovoort, en dus een zeer verheven titel.

37 Een zeer achtenswaardige staatsman uit Wei. Hij wordt ook genoemd in het begin van hoofdstuk 8.

38 Vanuit zijn knielende houding. Shi Qiu had kennelijk de eer de kleren van de koning te presenteren nadat zijne majesteit een bad had genomen.

de andere kant toonde hij zich zo eerbiedig tegenover een achtenswaardig persoon. Dat zijn de redenen waarom hij de titel van hertog Ling verdiende.'

'Toen hertog Ling goed en wel dood was,' zei Xiwei ten slotte, 'wichelden we om te zien of hij soms op de bestaande begraafplaats begraven kon worden, maar de voorspelling was ongunstig. We wichelden opnieuw om te zien of hij op de Zandheuvel begraven kon worden, en dat viel goed uit. Toen we die plek over een aantal vadems hadden uitgegraven, stootten we op een stenen sarcofaag. Nadat we hem goed afgewassen en bekeken hadden, vonden we een inscriptie die aldus luidde: "Vertrouw niet op je nageslacht, want deze plek zal door hertog Ling worden weggenomen om er zelf begraven te worden." Dus was hertog Ling al lang van tevoren bestemd om "de transcendente" te zijn. Deze twee hier, hoe zouden die in staat zijn om dit te begrijpen?'[39]

X

Weetbeetje vroeg eens aan de Grote Overeenstemmer: 'Wat bedoelen ze eigenlijk met "gemeenschapswoorden"?'[40]

'Een gemeenschap,' zei de Grote Overeenstemmer, 'bestaat uit tien families en een honderdtal individuen die er allemaal dezelfde gewoontes op na houden. Als je alle onderlinge verschillen bij elkaar doet, dan zijn ze allemaal krek hetzelfde, en als je dan die overeenkomsten weer uiteenrafelt, dan zijn ze allemaal verschillend.[41] Vandaag de dag zijn er die wijzen op alle verschillende

39 Met andere woorden: de postume titel van de hertog had niets uitstaande met het feit of hij al dan niet een goed vorst was geweest, maar was simpelweg voorbestemd.

40 Hier worden bedoeld: concepten die een algemene benaming geven aan een complex geheel. Als vergelijking: er leven allerlei soorten mensen in een dorp, en toch zijn er dingen waarover ze het allemaal eens zijn. Dat zijn bijvoorbeeld gemeenplaatsen of spreekwoorden. De allegorische naam van 'Grote Overeenstemmer' hoort ook thuis in deze problematiek. Deze is hier van belang, omdat in de vroege Chinese filosofie de definitie van concepten een belangrijke plaats innam. De sofisten bestreden algemene concepten door vol te houden dat, bijvoorbeeld, een 'wit paard' geen 'paard' was. Zie ook hoofdstuk 2, paragraaf IV.

41 Dit is een schertsend voorbeeld van de 'tegenstrijdigheden' die de sofisten bezighielden. Zie hoofdstuk 17, paragraaf IV, en hoofdstuk 30.

onderdelen van een paard, en nooit de notie het paard op zich te pakken krijgen,[42] en dat terwijl er een paard voor hun neus staat aangebonden en, met al zijn verschillende onderdelen in zijn geheel, gewoon "paard" heet. Op dezelfde manier is de hoogte van een heuvel of een berg de opeenstapeling van kleine deeltjes, zijn de Huanghe en de Yangzi grote rivieren dankzij het samenvloeien van kleine waterstromen, en is een groot mens onpartijdig doordat hij alle opinies gelijkelijk in zich verenigt. Ook al zijn ze in overeenstemming met zijn eigen innerlijke principes, dan zal hij toch niet beslist vasthouden aan opinies die hem van buiten bereiken. En op dezelfde manier zal hij, ook al zijn zijn eigen, van binnen uit komende, opinies volkomen correct, toch niet andere opinies verwerpen. De vier jaargetijden hebben hun eigen weersomstandigheden, maar omdat de hemel niet aan een ervan de voorkeur geeft, kan de jaarcyclus worden voltooid.

De vijf afdelingen van de administratie[43] hebben elk hun eigen bevoegdheid, maar zolang de vorst er niet een ten opzichte van de andere voortrekt, zal het rijk bestuurbaar blijven.[44] De tienduizend dingen hebben elk hun eigen ratio, maar zolang de Tao aan geen ervan de voorkeur geeft, blijven ze naamloos.[45] Geen namen geven betekent niets doen,[46] en door niets te doen blijft niets ongedaan. De jaargetijden hebben hun begin en hun einde, alles in de wereld verandert voortdurend, geluk en ongeluk zijn wisselvallig, zodat wat op je afkomt soms tegenvalt en soms precies goed is. En houd je vast aan je eigen gezichtspunt, dan zien sommige dingen er correct uit en andere onjuist. Vergelijk dat eens met de wildernis, die alle soorten bomen en planten laat leven, en kijk eens naar de grote bergen, hoe daar zowel hout als

42 Opnieuw een ironische opmerking over de beroemde stelling van de sofisten dat een 'wit paard' geen 'paard' is.

43 Zoals die beschreven staan in de *Liji*, hoofdstuk 1.

44 Hier volgt een defecte zin, die bovendien niet in het betoog past, en daarom is weggelaten.

45 Dat wil zeggen dat geen enkel wezen een bepaalde onveranderbare naam heeft die zijn lot bepaalt. Vergelijk de *Daodejing*, hoofdstuk 1: 'Namen waarmee we dingen kunnen benoemen zijn geen bestendige namen.'

46 Zolang men aan dingen geen bepaalde hoedanigheid toekent, verstoort men hun natuurlijke existentie niet.

steen de heilige plaats gestalte geeft. Dat is het wat men bedoelt als men over "gemeenschapswoorden" spreekt.'

'In dat geval, mogen we dan niet volstaan met het woord "Tao"?'[47] vroeg Weetbeetje.

'Absoluut niet!' antwoordde de Grote Overeenstemmer. 'Als je eens alle dingen die er zijn zou tellen, dan kom je zeker tot meer dan tienduizend. Dat men desondanks overeen is gekomen om de term "tienduizend" te gebruiken, komt erop neer dat men daarmee de grote veelvuldigheid wil uitdrukken. Op analoge wijze spreken we over "hemel en aarde" als we de allergrootste materie bedoelen, over "yin en yang" als we over de som van alle energieen spreken, en over "Tao" als we datgene willen aanduiden waar alle dingen gelijkelijk deel van uitmaken. Al die termen zijn juist zolang we ze gebruiken om iets zeer groots te beschrijven. Maar zodra je het woord "Tao" gaat definiëren, probeer dan maar eens om hem als vergelijkingsterm te gebruiken! Als je op dezelfde manier over "Tao" gaat discussiëren als wanneer je honden en paarden met elkaar vergelijkt, ben je dan niet al te ver van de werkelijkheid af?'

Toen vroeg Weetbeetje: 'Binnen de vier windstreken en de zes uitersten, waar bevindt zich de oorsprong waaruit de tienduizend dingen geboren worden?'

De Grote Overeenstemmer antwoordde hierop: 'Yin en yang beantwoorden aan elkaar: als het ene afneemt, dan neemt het andere toe. De vier jaargetijden volgen elkaar op: als het ene komt, dan verdwijnt het andere. Begeerte en haat, weigering en aanvaarding gaan als zwengels op en neer, en het paren van mannelijke en vrouwelijke wederhelften wordt daarmee een algemeen verschijnsel. Veilig en gevaarlijk wisselen elkaar af, tegenspoed en geluk komen uit elkaar voort, spanning en ontspanning botsen tegen elkaar op, samenkomen en verspreiden vervolmaken elkaar.[48] Hiervan kunnen de namen zowel als de werkelijkheid worden opgetekend, en tot in de kleinste details

47 Als de alomvattendste term waarmee alle fenomenen en hun evolutie kunnen worden aangeduid.

48 Dit heeft betrekking op leven en dood.

worden geregistreerd. De principes van de ordening en de opeenvolging der dingen, de wetmatigheid van hun kringproces, die maken dat wat uitgeput is zich muteert in zijn tegendeel, en dat elk einde ook een nieuw begin betekent,[49] dat alles is inherent aan elk ding. Maar alles wat in woorden kan worden uitgedrukt, alles wat onze kennis kan bevatten, gaat niet verder dan "dingen", en houdt dan op. De mens die de Tao aanschouwt speurt niet naar de plaats waar de dingen verdwijnen, noch zal hij zoeken naar de oorsprong vanwaar ze komen, want dit is de plaats waar alle theorieën ophouden.'

'Van de twee filosofische scholen, die van Ji Zhen, die zegt "er was geen maker", en die van Jie Zi, die beweert "iemand deed het", welke geeft een juiste verklaring van de situatie, en welke heeft een onvolledig begrip van het principe?'[50] vroeg Weetbeetje.

'Dat hanen kraaien en honden blaffen, dat weet iedereen,' zei de Grote Overeenstemmer. 'Maar zelfs zij die over de grootste kennis beschikken kunnen niet in woorden uitleggen waardoor het komt dat ze zo zijn geworden, en evenmin kunnen ze met hun verstand doorgronden hoe deze dieren zich later zullen gaan gedragen. Als je dat wilt gaan doorgronden, dan kom je al gauw tot zulke minutieus kleine deeltjes dat die nergens meer in kunnen worden uitgedrukt, of tot zulke reusachtig grote dimensies dat die nergens meer mee kunnen worden gemeten. Maar of je nu volhoudt dat er "geen maker" was of dat "iemand het deed", je ontsnapt niet aan de limiet van de dingen, en zo beland je uiteindelijk bij verkeerde conclusies. Als "iemand het deed", dan bestond er concrete materie; denk je dat er "geen maker" was, dan was alles leeg.

Met namen en concrete materie ben je in het rijk der dingen. Zonder namen en zonder materie zijn er geen dingen, maar is er leegte. Je kunt erover praten en je kunt erover denken, maar hoe

49 Dit heeft betrekking op de kringloop van yin en yang zoals die wordt geïllustreerd in het diagram van het hoogste principe (*taiji tu*).

50 Van deze twee filosofen is alleen Jie Zi bekend. Hij was verbonden aan de beroemde Jixia-academie, in het land van Qi, en moet tussen 350 en 275 voor onze jaartelling hebben geleefd. Een boek dat zijn naam draagt bestond nog omstreeks het begin van onze jaartelling, maar is verloren gegaan.

meer je erover praat, hoe verder je ervan af raakt. Wat alras geboren moet worden kan niet worden tegengehouden; wat alras moet gaan sterven kan niet worden teruggehouden. Leven en dood zijn niet ver van elkaar verwijderd, maar we kunnen de rationaliteit ervan niet doorgronden. Te zeggen dat er "geen maker" was of dat "iemand het deed", dat zijn alleen maar veronderstellingen die voortkomen uit onze twijfels. Bekijk ik de zaak vanuit het begin, dan zie ik een oneindig verleden. En zoek ik ernaar in het einde, dan vind ik een onbeperkte toekomst.

"Oneindig", "onbeperkt" betekenen "niet in woorden uit te drukken", en dat komt overeen met het principe van de dingen. Maar veronderstellingen als "er was geen maker" of "iemand deed het", die berusten op woorden, en beginnen en eindigen dus met de dingen zelf.

De Tao is niet te bevatten; bevat je hem, dan is het de Tao niet. De naam van "Tao" is alleen maar een surrogaathulpmiddel. "Er was geen maker" of "iemand deed het", die veronderstellingen raken alleen maar één kant van de dingen; hoe zouden die ooit toereikend kunnen zijn voor het bevatten van het Grote Bestel![51]

Als woorden toereikend waren, dan zouden we de hele dag kunnen spreken, en alles wat we zeiden zou dan in overeenstemming met de Tao zijn. Maar omdat woorden nu eenmaal niet toereikend zijn, praten we de hele dag, maar komen we niet verder dan de dingen. De Tao staat boven de dingen, en spreken zowel als zwijgen is ontoereikend om er uitdrukking aan te geven. Alleen door noch te spreken noch te zwijgen kunnen we onze gedachten boven de dingen laten uitstijgen.'

51 *Dafang*; synoniem voor *Dadao*, de grote Tao.

HOOFDSTUK 26

Uiterlijke dingen

1

Uiterlijke dingen kun je niet forceren, getuige [Guan] Longfeng, die onthoofd werd, Bi Gan die werd afgemaakt, Ji Zi, die krankzinnig werd gemaakt, E Lai, die de dood in werd gejaagd; zelfs Jie en Zhou gingen te gronde.[1]

Er is geen vorst die niet wenst dat zijn ministers loyaal zijn, maar die loyaliteit wordt niet altijd vertrouwd, en daarom verdronk Wu Yuan in de Yangzi-rivier en vond Chang Hong de dood in Shu. Nadat zijn bloed drie jaar lang bewaard was veranderde het in groen jade.[2]

Ook zijn er geen ouders of ze wensen dat hun kinderen hen liefhebben, maar liefhebbende kinderen worden niet noodzakelijkerwijs bemind. Zo moest Ji, ofschoon hij zijn ouders vereerde, lijden, en onderging Zeng Shen zeer groot verdriet.[3]

Als je twee stukken hout tegen elkaar wrijft, dan gaan ze branden. Metaal dat in het vuur gehouden wordt, gaat smelten en wordt vloeibaar. Als yin en yang verkeerd lopen, dan komen hemel en aarde in opschudding. Dan komt er donder en bliksem, vuur in het water dat de grootste bomen kan verbranden. En zo

1 Guan Longfeng en Bi Gan zijn we al eerder tegengekomen in hoofdstuk 4, paragraaf 1, als brave ministers die door de tirannen Jie en Zhou werden gedood. Ji Zi was een prins aan het hof van Zhou, die door krankzinnigheid aan zijn noodlot ontsnapte, en E Lai bleef tot aan het einde toe trouw aan Zhou, maar vond de dood toen Zhou uiteindelijk werd verslagen. Want zelfs tirannen gaan er op een gegeven moment aan.

2 Wu Yuan, beter bekend als Wu Zixu, is al eerder genoemd in hoofdstuk 18, paragraaf 1. Chang Hong is minder bekend, en het hier genoemde wonder wordt nergens anders vermeld. De verandering van bloed in jade moet gezien worden als een postuum bewijs van zijn grote integerheid.

3 Ji was een koningszoon uit de oudheid die een wrede stiefmoeder had te verduren, en Zeng Shen een discipel van Confucius, die door zijn vader gehaat werd.

is het ook met de twee valkuilen van geluk en verdriet, waaraan niet valt te ontsnappen. Met angst en vrees zal niets ooit lukken. Dan hangt het hart als het ware tussen hemel en aarde, door wanhoop overspoeld, want voordeel en nadeel wrijven tegen elkaar en ontsteken talloze vuren, waardoor de harmonie tussen de mensen verbrandt. Zelfs het oerwater van de maan kan dit vuur niet de baas. Dan volgt de uiteindelijke capitulatie, en dat is dan het einde van de weg.

II

Zhuang Zhou's familie leed armoede, en zo kwam het dat hij wat graan wilde lenen van de Watergraaf. Deze zei: 'Ja graag! Zodra ik de pacht van mijn gebied binnen heb, zal ik je driehonderd goudstukken lenen. Wat vind je daarvan?'

Zhuang Zhou liep rood aan van woede. 'Gisteren, op weg hier naar toe, hoorde ik op de weg iemand roepen. Na overal gezocht te hebben, zag ik dat het een snoek was die in de greppel lag, en ik vroeg hem: "Hé, snoek! Wat doe je daar?"

"Ik ben de golvengraaf van de Oosterzee! Heb je misschien een emmertje water om me in leven te houden?" zei de snoek.

"Ja graag!" zei ik. "Zodra ik naar het zuiden, naar de gebieden van Wu en Yue ben gereisd, zal ik de waterstroom van de Westelijke Rivier verleggen en jouw kant op sturen. Wat vind je daarvan?"

De snoek liep rood aan van woede, en zei tegen me: "Ik ben uit mijn element geraakt en heb niets waar ik in kan verblijven. Het enige wat ik nodig heb is een emmertje water om in leven te blijven. Met wat jij me daar belooft kun je beter straks naar me uitkijken bij het marktstalletje met gedroogde vis!"'

III

Prins Ren maakte een enorme hengel met een reuzelang touw en een aas van vijftig ossen. Zo nam hij plaats op de Kuaiji-berg,[4] en

4 Een beroemde heilige berg in het noorden van het huidige Zhejiang bij Shaoxing.

wierp zijn hengel uit in de Oosterzee. Dag na dag viste hij, maar gedurende een heel jaar ving hij niets. Eindelijk kwam er een grote vis die het aas opslokte. Hij trok de gigantische haak pijlrecht naar de diepte, om daarna weer omhoog te steigeren, alle rugstekels uitgespreid. Met schuimende golven zo hoog als bergen kolkte de zee omhoog, een geraas zo groot dat het tot de goden en voorvaderen doordrong en terreur verspreidde over duizend mijl in de omtrek.

Toen prins Ren eenmaal die vis gevangen had, sneed hij hem in moten en droogde hem, en over het hele gebied van Zhehe[5] in het oosten tot aan Cangwu[6] in het zuiden was er niemand die er zich niet zat aan at. Sindsdien, van geslacht op geslacht, vertellen lieden met geringe talenten die verzot zijn op verhalen tot ieders verbazing deze geschiedenis.

Sla je dus je hengel over je schouder en rep je je om in een stroompje of sloot op baars te gaan vissen, dan zul je niet gemakkelijk een grote vis vangen. En als je met je pietluttige verhaaltjes erop uit bent om districtshoofd te worden, dan ben je ook mijlenver verwijderd van het grote inzicht. Zo is het dan ook dat als je nooit van prins Ren en zijn manier van doen gehoord hebt, je eveneens ver verwijderd bent van het je losmaken van al wat er in de wereld omgaat.

IV

Met hun 'Oden' en 'Riten' gaan de confucianisten graven beroven. De opperste van de confucianisten waarschuwt de anderen: 'Het daagt in het oosten! Hoe ver zijn jullie met de zaak gevorderd?' De kleine confucianisten zeggen: 'We zijn net bezig zijn kleren uit te trekken. En in zijn mond zit een parel!' Want er staat immers geschreven in de 'Liederen':

5 De huidige provincie Zhejiang.
6 De huidige provincie Guangxi.

'Groen, groen het koren,
Wassend op de heuvelhelling.
Tijdens je leven was je niet vrijgevig;
Waartoe nu die parel in je mond?'[7]

Ze grijpen het lijk bij zijn haren, trekken aan zijn baard, en met een metalen spatel wrikken ze behoedzaam zijn kaken open om vooral de parel niet te beschadigen.[8]

V

Een van de discipelen van Laolai Zi[9] ging eens hout sprokkelen. Daar kwam hij Zhongni[10] tegen. Bij thuiskomst meldde hij: 'Er loopt iemand buiten met een lang lijf en korte benen. Hij loopt gebogen, zijn oren staan naar achteren. Overal staat hij te gluren alsof alles in de wereld hem aangaat.'

'Dat moet die Qiu[11] zijn! Roep hem maar om hier te komen!'

Toen Zhongni binnenkwam, zei Laolai Zi: 'Qiu! Als je nu eens die aanmatigende houding en alleswetende gelaatsuitdrukking achterwege kon laten, dan zou je er werkelijk als een voornaam heer uitzien!'

Zhongni maakte een hoffelijke buiging, deed een paar passen achteruit, en met een wat verbijsterd gezicht vroeg hij: 'Zou ik dan misschien nog vorderingen kunnen maken?'

'Omdat je het verdriet van je eigen generatie niet verdraagt,

7 Of 'Boek der liederen', een van de klassieken. Deze regels komen in de thans overgeleverde tekst niet voor. Het lijkt zeer waarschijnlijk dat het hier om een persiflage gaat, en wel op de beroemde regels: 'Groen, groen is je kraag, vol verlangen is mijn hart', enzovoort. Zie 'Liederen' (*Shijing*), no. 91.

8 Dit is van alle kritiek die er in de *Zhuangzi* op de confucianisten wordt uitgeoefend wel de meest bijtende. Grafrovers behoren tot de laagste soort misdadigers, en onder het mom de klassieke boeken te vereren dit misdrijf te plegen is wel het toppunt van verdorvenheid.

9 Oude Meester Lai, een bekende wijze uit de oudheid en vermaard om zijn jeugdig uiterlijk en gedrag. In sommige bronnen wordt hij met Lao Zi vereenzelvigd.

10 Confucius.

11 Qiu is de voornaam van Confucius. Omdat hij geacht wordt de leerling van Lao Zi te zijn, wordt hij hier en ook elders in de *Zhuangzi* op deze familiaire manier aangesproken.

ben je nu ondoordacht bezig de komende tienduizend generaties in het onheil te storten! Ben je echt zo'n slecht mens? Of kun je er gewoon met je verstand niet bij? Je schept op over al die vreugde die je veroorzaakt met al je goede daden, maar juist dat zal je tot het einde van je dagen een slechte naam geven. Dat is het soort "vorderingen" dat alleen middelmatige mensen nastreven.

Je verleidt de mensen met je reputatie, je bindt ze aan je met onderhandse overeenkomsten. Allemaal samen hemelen jullie Yao op en verguizen jullie Jie, hoewel jullie er beter aan zouden doen om die twee vroegere heersers te vergeten en op te houden met lof of smaad uit te delen. Wat tegen de natuur in gaat geeft altijd verdriet; dit soort ondernemingen is altijd onzuiver.

De heilige mens is behoedzaam wanneer hij iets begint, en daarom slaagt hij uiteindelijk in alles wat hij onderneemt. Maar wat heb jij bereikt met al je streven? Uiteindelijk alleen die aanmatigende houding van je!'

VI

Yuan, de vorst van Song,[12] droomde eens midden in de nacht dat iemand met loshangende haren door een van de zijdeuren naar binnen gluurde en sprak: 'Ik kom van de diepten van Zailu[13] en was met een boodschap op weg naar de Riviergraaf, toen een zekere visser genaamd Yu Ju me heeft gevangen.'

De heer van Song ontwaakte, en ontbood zijn wichelaars, die zeiden: 'Dit is een heilige schildpad.'

'Staat een visser genaamd Yu Ju bij jullie bekend?'

'Jazeker!' zeiden de hovelingen.

'Laat die Yu Ju dan op audiëntie komen!'

De volgende dag kwam Yu Ju aan het hof, en de vorst vroeg hem: 'Wat heb je zoal gevangen?'

'Ik kreeg een witte schildpad in mijn net. Hij is wel vijf voet in diameter.'

'Geef die schildpad dan maar aan mij.'

12 Al eerder tegengekomen in hoofdstuk 21, paragraaf VII.

13 Een arm van de Yangzi-rivier.

Toen de schildpad gebracht was, raakte de vorst in twijfel. Op het ene moment wilde hij hem slachten, en op het andere wilde hij hem in leven laten. Hij raadpleegde daarom het orakel, en de uitkomst was: 'Het is gunstig om de schildpad te doden om ermee te wichelen.'

Daarop werd de schildpad in stukken gesneden, en werden er tweeënzeventig holtes in zijn plastron geboord.[14] Deze gaven altijd een juiste voorspelling.

Zhongni zei hierover: 'Deze schildpad was bij machte om aan vorst Yuan in een droom te verschijnen, maar hij was niet in staat om aan het net van visser Yu Ju te ontkomen. Zijn verstand stelde hem in staat om juiste antwoorden te geven met alle van zijn tweeënzeventig orakelholtes, maar het was ontoereikend om aan de rampspoed van in stukken gesneden te worden te ontkomen. Zijn verstand is ergens beperkt en zijn goddelijk inzicht op de een of andere manier ontoereikend. Zelfs degene die over het hoogste verstand beschikt delft het onderspit wanneer tienduizend mensen tegen hem complotteren.

Vissen zijn niet bang voor netten, ze zijn alleen bang voor aalscholvers. Als je je van je kleine verstand ontdoet, zal het grotere begrip zich ontplooien; hou op met je best te doen, en alles zal vanzelf goed komen. Een klein kind leert praten zonder dat daar grote leermeesters aan te pas komen; dat is omdat het samenleeft met mensen die al kunnen praten.'

VII

Hui Zi zei tegen Zhuang Zi: 'Wat jij vertelt is nutteloos!'

'Alleen met hen die het nutteloze begrijpen heeft het zin om over wat nuttig is te praten,' zei Zhuang Zi. 'Hemel en aarde zijn overal weids en groots, maar een mens gebruikt van al die ruimte slechts zo veel als nodig is om zijn voet op te zetten. Maar als je alle grond die buiten zijn voetstappen ligt van hier tot aan de Gele

14 De belangrijkste wichelmethode in de Chinese oudheid bestond erin om tweeënzeventig holtes in een plastron van een schildpad te boren, en het dan in het vuur te houden. De barstjes die erin kwamen werden dan als basis gebruikt om de toekomst te voorspellen.

Bronnen[15] zou weggraven, zou hij er dan nog gebruik van kunnen maken?'

'Nee, dan was het nutteloos,' zei Hui Zi.

'Dan heb je nu begrepen wat het nut van het nutteloze is!' zei Zhuang Zi.

VIII

Als een mens in staat is te gaan zwerven, zou hij dat dan ooit niet doen? En als een mens hiertoe niet in staat is, zou hij dat dan ooit wel doen?[16] Immers, zij die denken volgens de gangbare opinies of die bepaalde ideeën juist vermijden, zij die handelen met vormelijkheid of om zich juist van de anderen te onderscheiden, hoe zou men die ooit kunnen beschouwen als lieden van het hoogste verstand en met de sterkste deugd?[17] Ze gaan ten onder, zonder tot inkeer te komen, ze galopperen maar door, zonder ooit om te zien. En hoewel op een gegeven moment de een heerser is en de ander dienaar, de tijden veranderen, en er is dus geen reden om op de ander neer te zien. Daarom zeg ik: de hoogste mens heeft geen vast gedragspatroon.

Het is bij de geleerden gangbaar om de oudheid op te hemelen en de huidige tijd te verguizen. En inderdaad, als je de dag van vandaag vanuit het gezichtspunt van heer Xiwei en de zijnen beschouwt, wie zou dan niet partijdig zijn?[18] En zo is het alleen de allerhoogste mens die in staat is in deze wereld rond te zwerven zonder partij te kiezen, en die de anderen kan volgen zonder daarbij zichzelf te verliezen. Dat wat zij onderwijzen, dat leert hij niet; de betekenis die hij heeft gevonden is niet die van hen.[19]

15 De onderwereld.

16 Het 'zwerven' betekent hier 'vrij van geest' over de dingen denken, je nergens aan vastklampen.

17 In de betekenis van 'innerlijke kracht'.

18 Xiwei is de oergodheid die we al eerder, bijvoorbeeld in hoofdstuk 6, paragraaf v, zijn tegengekomen.

19 Dat wil zeggen: van de geleerden die de huidige wereld verguizen.

IX

Heldere ogen zien ver, goede oren horen scherp, een goede neus onderscheidt veel geuren, een goed proevende mond onderscheidt veel smaken, een doordringende geest is verstandig, en een penetrant verstand brengt deugd.

In wat voor omstandigheden dan ook moet de Tao nooit geblokkeerd worden, want door te blokkeren veroorzaak je stagnatie, en als die stagnatie niet ophoudt, dan wordt het pervers. Deze tegen de natuur in gaande perversiteit is op alle manieren schadelijk voor het leven.

Alle wezens die met bewustzijn behept zijn ademen lucht. Dat ze niet volop lucht ademen is heus niet de schuld van de hemel. De hemel heeft ze van de nodige openingen voorzien, en zorgt dag en nacht dat er voldoende lucht is; het is de mens zelf die de holtes blokkeert. Ons lijf bevat een opeenvolging van ruimtes, waarin onze geest hemels kan zwerven.[20] Als de vertrekken van de woning niet genoeg vrije ruimte bieden, dan krijgen schoonmoeder en schoondochter ruzie; als de geest niet aan zijn hemels kan rondzwerven, dan gaan de zes gaten met elkaar overhoop liggen.[21]

X

De grote bossen en de bergen zijn beter dan de mens; dat is juist te danken aan het feit dat hun geestelijke krachten onovertroffen zijn.

De deugd wordt bedorven door faam; de faam wordt bedorven

20 Voor 'lijf' staat hier eigenlijk 'baarmoeder', maar wat kennelijk bedoeld wordt is de innerlijke ruimte in onszelf, waar alle organen ('ruimtes') hun plaats hebben en de geest zich vrij, zonder obstakels, kan bewegen. We hebben hier een duidelijke toespeling op de taoïstische meditatie op het lichaam, de zogenaamde 'reis door de organen' (*licang*). 'Hemels zwerven' betekent een transcendente meditatie. De volgende paragraaf komt hierop terug.

21 Dit zouden dan de mond, neus, oren, ogen, anus en geslachtorganen moeten zijn. Hoe dan ook, het idee is hier dat als de mens geen vrije geest heeft, de openingen van zijn lichaam met elkaar gaan wedijveren om zijn lusten te bevredigen.

door gewelddaden. Complotten worden gesmeed in tijden van crisis, terwijl kennis wordt gebruikt om te twisten.[22] Men wordt ongevoelig als hout teneinde zijn eigen positie te beschermen, en presenteert het resultaat van zijn daden als zijnde dat wat voor de massa het beste is.

Als in de lente de regen op het goede tijdstip valt, dan groeien planten en bomen dat het een lieve lust is. Dan begint men met het gereedmaken van de schoppen en schoffels. Maar toch blijven planten en bomen maar groeien, zonder zich er rekenschap van te geven waarom ze dat doen.

Stilte kan zieke mensen goeddoen; massage kan aan oude mensen verlichting brengen; rust kan een einde maken aan overspanning. Maar hoewel dit zo is, gaat dit op voor mensen die moe en afgemat zijn. De allerhoogste mens[23] zal daar nooit de minste aandacht aan schenken. De manier waarop de heilige mens te werk gaat om de wereld te verbeteren, daar zal de goddelijke mens niet de minste aandacht aan schenken. En de manier waarop de wijze mens te werk gaat om de wereld te verbeteren, daar zal de heilige mens weer niet de minste aandacht aan schenken. En de manier waarop de heer van stand te werk gaat om de wereld te verbeteren, daar zal de wijze mens weer niet de minste aandacht aan schenken.

Er was eens een man die bij de Waterpoort[24] woonde, die bij het overlijden van zijn ouders zichzelf op zo'n voorbeeldige manier had verminkt[25] dat hij in de adelstand werd verheven en tot een officieel erkend leraar werd benoemd. Daarop gingen zijn buurlieden zich ook allemaal verminken, met als gevolg dat de helft van hen stierf.

Toen Yao het rijk wilde afstaan aan Xu You, liep deze laatste hard weg. Toen Tang hetzelfde wilde doen met Wu Guang, werd Wu Guang razend. Toen Ji Ta hiervan hoorde, verzamelde hij al zijn leerlingen om zich heen en trok hij zich terug bij de Kuan-ri-

22 Twee zinsdelen uit dit betoog komen al voor in hoofdstuk 4, paragraaf 1.
23 Volgens de tekstamendering van Li Mian.
24 Een van de stadspoorten van de hoofdstad van Song.
25 Om zijn liefde voor zijn ouders en zijn rouw om hun heengaan te tonen.

vier, en liet zich daar drie jaar door de adellijke heren bewieroken. En Shentu Di ging zelfs zover om zich in de rivier te werpen.[26]

Het visnet bestaat omwille van de vis, en als de vis gevangen is, dan kun je het net vergeten. De konijnenstrik bestaat omwille van het konijn, en als het konijn gevangen is, dan kun je de strik vergeten. Woorden bestaan vanwege hun betekenis, en als je de betekenis begrepen hebt, dan kun je de woorden vergeten. Waar zal ik iemand vinden die de woorden is vergeten, zodat ik een woordje met hem kan spreken!

26 De voorafgaande verhalen hebben allemaal de strekking dat er grote verschillen bestaan tussen de mensen, en dat zij die anderen willen na-apen niet op één lijn kunnen worden gesteld met hen die werkelijk tot iets groots in staat zijn.

HOOFDSTUK 27

Schuilwoorden

I

In negen van de tien gevallen zijn het schuilwoorden.[1] In zeven van de tien gevallen zijn het wichtige woorden.[2] Maar iedere dag uiten we leuke woorden[3] die ons in harmonie brengen met het Hemelse Kind.[4]

De veelvuldig gebruikte schuilwoorden maken gebruik van externe personen om het verhaal te doen. De eigen vader is geen

1 *Yuyan*; ook te vertalen als 'parabelen'. In deze belangrijke passage wordt de retoriek van de *Zhuangzi* besproken. Deze bestaat inderdaad voor het overgrote deel uit parabelen, allegorieën en vergelijkingen. Bovendien worden bekende historische of mythologische figuren vaak allerlei woorden in de mond gelegd die ze beslist nooit gezegd hebben. Het is vooral de figuur van Confucius die hiervoor gebruikt wordt. De auteur 'verschuilt' zich dus achter zijn betoog door het aan Confucius toe te schrijven.

2 *Zhongyin*; 'wichtige woorden', of *chongyin*, 'woorden die herhaald worden'. Beide betekenissen zijn mogelijk. Het gaat hier om spreekwoorden, zinsneden, aanhalingen en gezegden die aan het eind van een betoog een conclusie geven, in de trant van 'daarom wordt er gezegd...', enzovoort. Ook hiervan wordt in de *Zhuangzi* overvloedig gebruik gemaakt.

3 *Zhiyan*; letterlijk 'kiepelbekertjeswoorden'. *Zhi* is een wijnbekertje zonder voet, dat wanneer het volgeschonken wordt meteen omkiepert, soms naar de ene, soms naar de andere kant, daarmee de drinker verplichtend het onmiddellijk op te pakken en te ledigen, wat bij drinkgelagen natuurlijk voor de nodige hilariteit zorgt. Onzekerheid, twijfels en ook humor kenmerken deze spontane reacties op het leven, die niet vasthouden aan bepaalde vooroordelen of berekeningen, geen waardeoordelen vellen, geen bepaald systeem aanhangen. De twijfels, maar ook de lachende ironie die we voelen ten opzichte van de zogenaamde zekerheden, maken ons als onbevangen kinderen, het 'Hemelse [natuurlijke] Kind'.

4 Hier wordt een toespeling gemaakt op een belangrijke passage in hoofdstuk 2, paragraaf VI, die over de logica en de retoriek gaat. De passage luidt: 'Veranderende geluiden [i.e.: menselijke uitingen] die elkaar ondersteunen komen neer op het feit dat ze elkaar niet ondersteunen. Maar als we ze in overeenstemming brengen met het Hemelse Kind en ze de eindeloze mutaties [van de kosmos] laten volgen, dan leef je rustig tot het door de hemel gegeven einde.'

goede huwelijkskoppelaar voor zijn zoon, want wanneer hij hem aanprijst, dan is dat minder effectief dan wanneer iemand anders, die niet de vader is, dat doet. Dat is niet mijn schuld, maar die van de anderen. Mensen reageren alleen gunstig op dat waarmee ze het zelf eens zijn, en verwerpen dat waarmee ze het oneens zijn. Iedereen die het met hen eens is is goed, en zo niet, dan is hij slecht.[5]

Dat in meer dan de helft van de verhalen wichtige woorden worden aangehaald, is omdat je op die manier kunt afronden met wat de ouderen gezegd hebben. Maar al ben je gevorderd in jaren, als je geen ervaringen hebt opgedaan met alle verschillende canonieke systemen en inzicht hebt verkregen in wat ze zeggen, dan ben je niet echt verder gekomen. Een oud mens die niet op de een of andere manier verder is gekomen, heeft niet echt de weg van de mens bewandeld. En iemand die niet de weg van de mens heeft afgelegd, is wat je noemt een verouderd mens.

De leuke woorden die we iedere dag uiten en die ons in harmonie brengen met het Hemelse Kind, maken dat we de eindeloze mutaties van de kosmos volgen en daarom rustig kunnen leven tot het door de hemel gegeven einde.[6] Door niets te zeggen is er gelijkheid.[7] Maar als je over gelijkheid iets wilt zeggen, dan krijg je ongelijkheid, want gelijkheid en iets zeggen gaan niet samen. En omdat iets zeggen en gelijkheid niet samengaan, wordt gezegd: 'Zeg niets!' Want als je je hele leven dingen zegt, dan heb je uiteindelijk nooit iets gezegd, terwijl als je je hele leven niets zegt, dan ben je nooit opgehouden met iets te zeggen.[8] Er is een oorzaak om te zeggen dat iets juist is of iets onjuist is. Er zijn oorzaken die maken dat dingen zo zijn of dat ze niet zo zijn. Waarom zijn

5 De auteur is zich ervan bewust dat veel van zijn ideeën niet algemeen geaccepteerd worden, en daarom maakt hij gebruik van 'schuilwoorden'.

6 Een citaat uit hoofdstuk 2. Zie ook noot 4 hierboven.

7 Als besproken in hoofdstuk 2, 'Verhandeling over de gelijkheid der dingen'. Het 'zeggen' impliceert hier het maken van onderscheiden zoals 'goed' of 'slecht'. Het betoog hier is een vervolg op dat van hoofdstuk 2, in het bijzonder paragraaf 11.

8 Dit staaltje van taoïstische paradoxale redenering komt neer op het volgende: de mensen praten hun hele leven over het een en het ander zonder ooit echt iets te zeggen; de taoïst zegt niets, maar daardoor geeft hij aan alles de ware betekenis. Ik volg voor deze moeilijke passage de amenderingen van Li Mian.

ze zo? Omdat we bevestigen dat ze zo zijn. Waarom zijn ze niet zo? Omdat we bevestigen dat ze niet zo zijn. Waarom is iets juist? Omdat we ermee instemmen. Waarom is iets onjuist? Omdat we er niet mee akkoord gaan. Ieder ding heeft zijn eigen hoedanigheid, ieder ding heeft zijn eigen authenticiteit; geen enkel ding ontsnapt hieraan. Ja, als we niet die dagelijkse leuke woorden hadden die ons in harmonie brengen met het Hemelse Kind, wie zou dan ooit blijven bestaan? De tienduizend dingen hebben alle hun zaden, en dragen alle hun eigen vorm over op de volgende generatie. Zo vormen begin en einde een lange kringloop, en niemand kan het grondbeginsel daarvan bevatten. Dat is wat het 'hemelse evenwicht' genoemd wordt, en dat hemelse evenwicht is het Hemelse Kind.

II

Zhuang Zi zei tegen Hui Zi: 'In zestig jaar veranderde Confucius zestig keer. Niet één keer dat hij, nadat hij in het begin had gedacht dat het goed was, het ten slotte niet verwierp omdat hij vond dat het niet deugde. Je wist dus nooit of wat hij vandaag zei dat goed was, in feite niet iets was dat hij al negenenvijftig keer had verworpen.'[9]

'Confucius deed ijverig zijn best om de wetenschap onder de knie te krijgen,' zei Hui Zi.

'Confucius heeft dat opgegeven, maar hij heeft er nooit iets over gezegd.[10] Confucius zei: "Wij ontvingen onze materie van de grote oorsprong, die ons van een ziel voorzag om te leven. Wanneer we zingen, dan horen we de wijs te houden; wanneer we spreken, dan horen we de regels te volgen. Maar worden we geconfronteerd met wat voordelig of wat rechtvaardig is, en met argumenten over wat goed of slecht, juist of onjuist is, dan kunnen we slechts bereiken dat de mensen verbaal met ons instem-

9 Dezelfde opmerking is al in hoofdstuk 25, paragraaf VIII, gemaakt met betrekking tot de wijze minister Qu Boyu.

10 Over dit 'niets zeggen' worden hier dezelfde termen gebezigd als in de vorige paragraaf.

men. Ja, als we konden bereiken dat de mensen zich met hun hart onderwierpen, en niet langer opstandig durfden te zijn, dan was de wereld voor eens en altijd tot rust gebracht." Maar genoeg hierover! Nooit zal ik in staat zijn hem te evenaren!'

III

Zeng Zi[11] werd twee keer met een hoog ambt bekleed, en tweemaal veranderde hij. Hij zei: 'Toen ik mijn ouders nog had en mijn eerste ambt verkreeg, ontving ik maar drie mud graan, maar toch was ik gelukkig. Nu, in dit tweede ambt, ontvang ik drieduizend ton, maar omdat ik nu mijn ouders niet meer heb om voor te zorgen is mijn hart vol verdriet.'

De leerlingen vroegen aan Zhongni: 'Kan er gezegd worden dat wanneer men zoals Zeng Shen is, men vrij is van de zonde te zeer aan dingen gebonden te zijn?'

'Maar hij is al te erg gebonden!' was het antwoord. 'Als hij vrij van banden was, zou hij dan zo verdrietig kunnen zijn? Iemand die vrij van banden is beschouwt drie mud of drieduizend ton als mussen of muggen die hij voorbij ziet vliegen!'

IV

Yancheng Ziyou zei tegen Ziqi van de Zuiderwal:[12] 'Vanaf het moment dat ik bij ben gaan leren,

Het eerste jaar was ik wild;
Het tweede jaar was ik gedwee;
Het derde jaar drong het tot me door;
Het vierde jaar werd ik één met alle dingen;
Het vijfde jaar kwam alles tot mij;
Het zesde jaar kreeg ik de geest;
Het zevende jaar werd mijn hemelse natuur vervolmaakt;

11 Dit is Zeng Shen, de al eerder genoemde leerling van Confucius die uitblonk door zijn toewijding aan zijn ouders.

12 Dit paar zijn we al aan het begin van hoofdstuk 2 tegengekomen.

Het achtste jaar was ik me niet langer bewust, noch van de dood, noch van het leven;
Het negende jaar bereikte ik het grote wonder.'

V

We worden geboren om te sterven. Er is een oorzaak waardoor we sterven, maar er is geen oorzaak voor de wederopwekking van het leven.[13] En is dat wel heus zo? In dat geval, wat is er dan nog in de dood dat juist of niet juist is? De hemel heeft zijn cyclische periodes, de aarde voorziet in de menselijke conditie. Wat valt er dan nog af te smeken? Omdat niemand weet wanneer aan alles een einde gaat komen, betekent dat dan dat het lot[14] niet bestaat? Omdat niemand weet hoe dit allemaal begonnen is, betekent dat dan dat het lot wél bestaat?[15] Als het zo is dat er een relatie is tussen de hemel en de mens, hoe zou de geest[16] dan niet bestaan? Maar als er geen relatie is, hoe zou de geest dan wel bestaan?

VI

De Watergeest vroeg eens aan de Schaduw:[17] 'Daarnet ging je naar omlaag, en nu ga je weer omhoog; daarnet zat je haar in een knoetje, en nu hangt het los; zojuist zat je, en nu ben je weer opgestaan; even geleden liep je, maar nu sta je stil. Waarom toch?'

De Schaduw antwoordde: 'Dat is zomaar. Wat is daar nou aan te vragen? Ik besta, maar ik weet niet waarom. Net als de cocon van de krekel of de schubben van de slang lijkt het alsof ik iets eigens ben, maar dat is niet zo. In het licht van het vuur of van de

13 Letterlijk *sheng yang*, 'het weer yang maken van het leven'. Deze ingewikkelde constructie behelst een verwijzing naar de passage in hoofdstuk 2, paragraaf II, die over de gewone mens zegt: 'Hun hart is op weg naar de dood,/ En niemand kan hen doen omkeren naar het leven.'

14 Of voorbestemming, goddelijke voorzienigheid, enzovoort.

15 Omdat de schepping van hemel en aarde een mysterie is, mogen we daar dan uit afleiden dat er zoiets als een goddelijk bestel is?

16 *Gui*; letterlijk: 'de geesten van de afgestorvenen', maar in dit verband wordt een geestelijk, onstoffelijk bestaan bedoeld, een goddelijke ziel, en godheid.

17 Deze hele paragraaf is een bewerking van hoofdstuk 2, paragraaf VII.

zon manifesteer ik me. In het donker of in de nacht, dan haak ik af. Is het niet dat ik zo ben omdat ik van iets anders afhankelijk ben?[18] Wanneer dat komt, dan kom ik ook, en wanneer dat verdwijnt, dan verdwijn ik eveneens. Wanneer de yang-kracht sterk is, dan ben ik ook sterk. En wat die yang-kracht betreft: moet je daar nou echt naar vragen?'

VII

Yang Ziju[19] begaf zich zuidwaarts, naar Pei,[20] terwijl Oude Langoor[21] op reis was naar het westen, naar Qin.[22] Hun wegen kruisten elkaar, zodat toen Yang in Liang[23] aankwam hij daar Lao Zi ontmoette.[24] Nog midden op de weg hief Lao Zi zijn blik op naar de hemel, en zei met een zucht: 'Ik dacht eerst dat jij nog wel kon leren, maar nu zie ik dat het onmogelijk is.'

Yang Ziju antwoordde niet, maar toen ze bij de herberg waren aangekomen, ging hij een bak met water, een handdoek en een kam halen.[25] Bij de deur deed hij zijn schoenen uit, en kroop op zijn knieën tot voor Lao Zi. Toen zei hij: 'Zojuist wilde uw discipel u, meester, om raad vragen, maar toen had u, meester, geen tijd, en daarom durfde ik het niet. Nu hebt u het minder druk en mag ik u misschien vragen wat mijn fouten zijn.'

18 Hier heeft de huidige tekst een zin die luidt: 'En gaat dat niet des te meer op voor alles dat niet van iets anders afhankelijk is?' Dit moet een interpolatie van een commentaar zijn.

19 Men neemt aan dat het hier om de hedonistische denker Yang Zhu gaat. Zie ook hoofdstuk 7, paragraaf IV.

20 Het huidige Xuzhou. Dit is volgens de legende de geboortestreek van Lao Zi. Het verhaal impliceert dat Yang deze reis maakte om Lao Zi te bezoeken.

21 Hier en ook elders een bijnaam voor Lao Zi.

22 Het machtige koninkrijk dat eens heel China zou overheersen. Komt min of meer overeen met de huidige provincie Shaanxi. Volgens de legende ging Lao Zi aan het eind van zijn leven naar Qin en verliet vandaar de beschaafde wereld. Op de grens dicteerde hij de *Daodejing* aan Yin Xi.

23 Het huidige noorden van de provincie Henan, bij de toenmalige hoofdstad Luoyang.

24 De tekst is hier obscuur en zeker corrupt. De reden voor deze enscenering van de ontmoeting blijft moeilijk te begrijpen.

25 Net als een bediende, teneinde Lao Zi met zijn toilet behulpzaam te zijn.

'Je kijkt zo verwaand uit je ogen. Wie zou met je samen willen zijn? De grootste helderheid lijkt vertroebeld, de sterkste innerlijke kracht lijkt ontoereikend.'[26]

Yang Ziju schrok, en zijn gelaatskleur verschoot: 'Vol eerbied hoor ik uw oordeel!' zei hij.

Toen Yang Ziju arriveerde, was de herbergier op hem toe gekomen om hem te verwelkomen, de bedienden kwamen al met een zitmat aandragen, de bazin kwam aanzetten met een handdoek en een kam, de andere gasten schoven opzij om plaats voor hem te maken, en zij die zich warmden bij de haard lieten hem voorgaan. Maar toen hij terugkeerde van zijn onderhoud met Lao Zi wilden de andere gasten hem geen plaatsje afstaan voor zijn zitmat!

26 Deze uitspraak komt overeen met een zin in de *Daodejing*, hoofdstuk 41.

HOOFDSTUK 28

Afstand doen van het koningschap

1

Yao wilde het rijk[1] afstaan aan Xu You, maar Xu You weigerde.[2] Daarop probeerde Yao hetzelfde met vadertje Zhi van Zizhou, maar die zei: 'Mij Zoon des Hemels[3] maken? Dat zou wel kunnen, behalve dat ik juist een verdrietige ziekte heb opgelopen. Ik ga nu net met de genezing aan de gang, en heb dus vooreerst geen tijd om me met het rijk te bemoeien.'

Het rijk is een uiterst gewichtige aangelegenheid, en toch wilde hij hiervoor niet zijn gezondheid schaden; laat staan dus voor andere dingen! Het rijk kan slechts worden toevertrouwd aan hen die er niets om geven.[4]

Shun[5] wilde op zijn beurt ook afstand doen van het rijk ten gunste van vadertje Zhi van Zizhou, maar die zei opnieuw: 'Ik heb net een verdrietige ziekte opgelopen, en ga juist met de genezing aan de gang. Ik heb dus vooreerst geen tijd om me met het rijk te bemoeien.'

Het rijk is weliswaar een groot geschenk, maar hij wilde er toch niet zijn leven voor veranderen. In dat opzicht zijn zij die de Tao bezitten anders dan de gewone mensen.

Vervolgens wilde Shun het rijk afstaan aan Shanjuan.[6] Deze

1 *Tianxia*; letterlijk: 'alles onder de hemel', 'de hele wereld', 'het rijk'; zie ook hoofdstuk 1, noot 17.

2 Dit verhaal staat aan het begin van hoofdstuk 1, paragraaf 11.

3 Koning van het Chinese rijk.

4 Vergelijk de *Daodejing*, hoofdstuk 13: 'Slechts aan degene die zijn lichaam kostbaarder acht dan de regering, kan men de regering toevertrouwen.' Deze passage, en ook enkele andere uit dit hoofdstuk, is overgenomen in de *Lüshi chunqiu* van Lü Buwei (239 voor onze jaartelling).

5 De legendarische opvolger van Yao.

6 Verder onbekend.

sprak: 'Ik sta in het centrum van de kosmos. In de winter draag ik dierenvellen, in de zomer een van bonenstengels gevlochten kleed. In de lente ploeg en zaai ik, en dat geeft mijn lichaam genoeg arbeid. In de herfst oogst ik, en dat geeft me genoeg om te eten en uit te rusten. Met zonsopgang sta ik op, met zonsondergang ga ik ter ruste. Zo leef ik vrij en blij tussen hemel en aarde, en ben ik steeds blij van gemoed. Wat moet ik nou doen met het rijk? Wat verdrietig dan toch dat jij me niet begrijpt!'

Daarop weigerde hij het rijk aan te nemen. Terstond vertrok hij diep in de bergen. Niemand weet waar hij is gebleven.

Vervolgens wilde Shun het rijk afstaan aan zijn vriend, een boer uit Shihu.[7] De boer zei: 'Een uitslover! Dat ben je.' En omdat hij vond dat Shuns deugd echt tekortschoot, nam hij zijn bezittingen op zijn rug terwijl zijn vrouw de hare op haar hoofd droeg, en met hun zoontje aan de hand vertrokken ze naar de eilanden in de zee om nooit meer terug te komen.[8]

11

Toen de grote koning en voorvader Dan nog in Bin woonde, werd hij door het Di-volk aangevallen.[9] Hij gaf hun huiden en zijden stoffen ten geschenke, maar die wilden ze niet. Hij presenteerde hun honden en paarden, maar die weigerden ze ook. Toen gaf hij hun parels en jade, en ook dat werd afgewezen. Wat het Di-volk wilde, dat was land.

Toen zei de grote koning en voorvader Dan: 'Met de oudere broers samenwonen om de jongere broers te laten sterven, of met de vaders samenwonen om de zonen te laten sterven, dat alles kan ik niet verdragen. Mijn kinderen! Pas allen goed op en blijf waar jullie zijn. Of jullie nu de onderdanen van mij zijn of van het Di-volk, wat maakt dat uit? Ik heb geleerd dat men niet vanwege dat-

7 Letterlijk: 'Steendeur'. Onbekende plaatsnaam.

8 Dit is misschien wel de eerste vermelding van de eilanden van de onsterfelijken, die in latere tijden zo'n grote rol in de Chinese religie gaan spelen.

9 Dan was de voorvader van de koningen van de Zhou-dynastie. Bin was een streek in het uiterste westen van het toenmalige China. De Di was een nomadische volksstam uit de steppen die veelvuldig de Chinese landbouwers aanviel.

gene waaruit men zijn voedsel betrekt, degenen die erdoor gevoed worden mag schaden.'[10] Daarop nam hij zijn staf en zijn zweep en vertrok. Zijn volk volgde hem in een lange stoet. Ten slotte stichtte hij een nieuw koninkrijk aan de voet van de Qi-berg.[11]

Van deze grote koning en voorvader Dan mag werkelijk gezegd worden dat hij het verstond het leven te eerbiedigen. Zij die zo zijn, ook al zijn ze van adel en vermogend, dan laten ze toch niet door hun voeding hun gezondheid bederven. En mochten ze arm en onaanzienlijk zijn, dan gaan ze toch niet hun lichaam vermoeien om er beter op te worden. De mensen van vandaag, als ze een hoog ambt bekleden en een eerwaardige positie hebben verkregen, dan maken ze zich allemaal zorgen dat ze het gaan verliezen, en zodra ze iets zien dat hun voordeel brengen kan, ruïneren ze lichtvaardig hun gezondheid. Wat een waanzin!

III

Driemaal achtereen vermoordden de mensen van Yue[12] hun koning. Prins Sou vond dat niet leuk, en vluchtte daarom naar de Cinnaber-grotten. Vervolgens ging het volk van Yue, toen het geen koning meer had en tevergeefs naar prins Sou had gezocht, hem achterna naar de Cinnaber-grotten. Toen prins Sou weigerde naar buiten te komen, dreven de mensen van Yue hem eruit met de rook van verbrande bijvoet, om hem daarna in de koningskoets te zetten. Toen prins Sou het koord greep om zich op te trekken om in de koets te gaan zitten, richtte hij zijn gezicht op naar de hemel, en riep: 'O Heer! O Heer! Mocht ik dan echt niet hieraan ontkomen?'

Prins Sou had er geen hekel aan om koning te zijn, maar hij had een hekel aan alle narigheden die het koningschap behelst. Wat prins Sou betreft mag je wel zeggen dat het feit dat hij niet omwille

10 Dat wil zeggen: om het land te behouden de bevolking niet in moeilijkheden brengen.

11 In het oosten van de huidige provincie Shaanxi.

12 De bevolking van Zuidoost-China, in de huidige provincies Zhejiang, Fujian en Guangdong, bestond uit de zogenaamde 'honderd stammen van Yue'. Zij waren de voorvaderen van de bevolking van Vietnam (Yuenan).

van het koninkrijk zijn gezondheid wilde schaden, juist de reden was dat de mensen van Yue hem als koning wilden hebben.

IV

Han en Wei[13] waren in oorlog vanwege een stuk grondgebied. Meester Zihua[14] ging bij markies Zhaoxi van Han op bezoek. Deze laatste had een droevige uitdrukking op zijn gezicht.

Meester Zihua vroeg: 'Stel u voor dat de bevolking van de wereld u een document schrijft en u dat voorlegt, waarop staat: "Pak dit met de linkerhand, dan zult u uw rechterhand verliezen. Pak dit met de rechterhand, dan zult u uw linkerhand verliezen. Nochtans, zodra u het pakt, dan verkrijgt u de regering van het gehele rijk." Zou u het dan heus oppakken?'

'Nee!' zei markies Zhaoxi. 'Dan zou ik het niet oppakken.'

'Uitmuntend!' zei Meester Zihua. 'Zo zie je dat uw twee handen voor u belangrijker zijn dan het rijk te bezitten. En uw hele lichaam is natuurlijk nog belangrijker. De staat van Han is heel wat minder belangrijk dan het gehele rijk. En het grondgebied waarover jullie aan het oorlog voeren zijn is veel minder belangrijk dan de hele staat van Han. En toch doet u afbreuk aan uw gezondheid en bederft u zich het leven vanwege de bezorgdheid dat u het niet in uw bezit kunt krijgen!'

'Goed gesproken!' zei Zhaoxi. 'Ik heb al een menigte raadgevingen gehad, maar nog nimmer hoorde ik woorden zoals deze.'

Men mag zeggen dat Meester Zihua het verschil kende tussen wat belangrijk is en wat niet.

V

Toen de heer van Lu vernam dat Yan He[15] iemand was die de Tao had bereikt, stuurde hij een afgezant met geschenken naar hem toe. Yan He woonde in een arme buurt. Hij droeg een ruw

13 Twee staten in het noorden van het toenmalige China.
14 Een wijze man uit Wei.
15 De lievelingsleerling van Confucius.

kleed en was net een buffel aan het voeren toen de afgezant van de heer arriveerde. Yan He kwam in persoon op hem toe, en toen de afgezant vroeg: 'Is dit wel het huis van Yan He?' beaamde hij het. Maar toen de afgezant hem de geschenken aanbood, zei Yan He: 'Ik ben bang dat er een misverstand is en dat u gestraft zult worden voor een foute bezorging. Gaat u maar liever eens navragen.' De afgezant keerde terug en verifieerde nogmaals. Toen hij wederom kwam om Yan He te zoeken, was deze nergens meer te vinden. Zo zie je dat mensen zoals Yan He echt een hekel hebben aan positie en aan geld.

En daarom kan men zeggen dat de ware Tao is op je gezondheid passen; wat er dan nog aan energie overschiet mag wel gebruikt worden voor je eigen land, en je uitwerpselen zijn er om het rijk mee te regeren. Van dit standpunt uit bekeken is de verdienste van keizers en koningen iets dat de heilige mens in zijn vrije tijd even doet, en geenszins iets dat overeenkomt met zijn gezondheid intact te houden en het leven te voeden. Als je ziet hoe vandaag de dag de ordinaire heerschappen hun gezondheid in gevaar brengen en hun leven verspillen om het aan uiterlijke dingen op te offeren, dan kun je niet anders dan verdrietig zijn.

Als de heilige mens iets onderneemt, dan kun je er zeker van zijn dat hij eerst goed onderzoekt waar het toe leidt en waar het om is. Als er vandaag lieden zouden zijn die parels van de markies van Sui[16] als kogels voor hun kruisboog gebruiken om er mussen mee te gaan schieten, dan zouden ze beslist worden uitgelachen. De reden daarvoor is dat wat ze gebruiken veel waard is en wat ze ermee hopen te verkrijgen heel weinig. En het leven, is dat niet nog veel meer waard dan de parels van de markies van Sui?

VI

Meester Lie Zi was arm, en aan zijn gezicht kon je zien dat hij honger leed. Een bezoeker vertelde dit aan Ziyang van Zheng.[17] Hij

16 In Sui werden kostbare parels gevonden die door de markies van die streek verhandeld werden.

17 Dit was de minister van de koning van Zheng.

zei: 'Deze Lie Yukou[18] is waarschijnlijk een heer die de Tao heeft bereikt. Hij leeft in armoede in uw land. Zou dat niet de verdenking geven dat u niet om zulke vooraanstaande personen geeft?'

Ziyang van Zheng beval terstond een van zijn beambten hem graan te gaan schenken. Toen Meester Lie Zi deze afgezant ontving, groette hij hem zeer beleefd, maar weigerde het aan te nemen.

Toen de afgezant vertrokken was, ging Meester Lie Zi weer naar binnen. Zijn vrouw stond op hem te wachten, en zich op de borst slaand [van verdriet] sprak ze: 'Ik heb gehoord dat de vrouw en kinderen van hen die de Tao hebben verkregen allemaal in rust en blijdschap leven, terwijl wij er uitgehongerd bij lopen. Nu heeft onze vorst zich er rekenschap van gegeven en graan aan u, meester, gegeven om te eten, maar u weigerde het aan te nemen. Als dat niet het noodlot is, wat dan wel?'

'Die vorst kent me niet!' zei Lie Zi lachend. 'Hij stuurde me graan vanwege wat de mensen hem over mij vertelden. Zodoende zou hij ook, opnieuw afgaande op wat de mensen hem vertellen, mij ook eens kunnen veroordelen. Dat is de reden waarom ik het graan geweigerd heb.' Ten slotte kwam het volk inderdaad tegen Ziyang in opstand en bracht hem ter dood.

VII

Toen koning Zhao van Chu zijn koninkrijk verloor,[19] verliet de schapenslager Yue[20] ook het land en volgde de koning. Later kwam koning Zhao terug, en wilde hij allen die hem gevolgd waren belonen. Toen het de beurt van Yue de schapenslager was, zei deze tegen de afgezanten: 'Toen onze grote koning zijn land verloor, raakte ik mijn werk als slachter kwijt. En nu hij weer is teruggekeerd, ben ik weer slachter en heb ik mijn positie en salaris teruggekregen. Wat is er dan nog voor reden om mij te belonen?'

18 Dit is de volledige naam van de filosoof Lie Zi.

19 In 591 voor onze jaartelling werd de koning door het leger van het nabije rijk van Wu verjaagd. Het jaar daarop keerde hij weer terug.

20 Deze naam betekent 'Vrolijk'. Hier wordt de rituele slachter van schapen voor de offers door de koning gebracht bedoeld.

'Dwing hem het aan te nemen!' riep de koning.

'Toen de koning zijn rijk verloor, was dat mijn schuld niet, en zou het niet redelijk zijn geweest dat ik daarvoor gestraft werd. Nu hij zijn koninkrijk weer terug heeft, is dat niet door mijn verdienste. Daarom behoor ik daar ook geen beloning voor te ontvangen.'

'Laat hem op audiëntie komen!' riep de koning.

'Volgens de wetten van Chu wordt men alleen voor grote beloningen voor grote verdiensten op audiëntie ontvangen,' zei Yue. 'Maar ik als onderdaan was niet slim genoeg om het koninkrijk te redden, en mijn moed was niet groot genoeg om de vijanden te doden. Toen het leger van Wu de stad Ying binnenviel, werd ik bang voor m'n hachje en vluchtte weg voor de vijand. Het was dus niet met opzet dat ik de koning volgde. Nu wil de koning tegen alle wetten en verordeningen in mij op audiëntie laten komen. Volgens mij is zoiets nog nooit eerder in de wereld gebeurd!'

De koning zei tegen zijn maarschalk Ziqi: 'Die schapenslager Yue heeft een nederige positie, maar het gevoel voor rechtvaardigheid dat hij aan de dag legt is buitengewoon verheven. Ik vraag je om hem uit mijn naam met de positie van een van de drie staatsministers te bekleden.'

De schapenslager Yue zei: 'Ik weet dat de positie van staatsminister verhevener is dan mijn positie hier in de schapenstal. Ik geef me ook rekenschap van het feit dat een traktement van tienduizend mud graan overvloediger is dan wat het schapen slachten me oplevert. Maar hoe zou ik ooit, omdat ik zin heb in een hoge positie en een rijk traktement, mijn vorst de reputatie van iemand die in het wilde weg dingen weggeeft willen bezorgen? Ik mag dit niet aannemen en verkies terug te keren naar mijn schapenstal.' Met die woorden weigerde hij het aanbod.

VIII

Yuan Xian woonde in Lu.[21] Zijn woning was een kluizenaarshut[22]

21 Dit was een leerling van Confucius, die evenals zijn meester uit de staat Lu, op het huidige schiereiland Shandong, kwam. Hij stond bekend om zijn armoedige bestaan.

waarvan het dak met gras overgroeid was, de deur van gevlochten lianen kapot was en de daksteun uit een moerbeiboom bestond; grote potten zonder bodem, met ruwe vlasstof dichtgestopt, deden dienst als vensters voor de twee vertrekken. Het dak lekte en de grond was nat, maar Yuan Xian zat rechtop op zijn luit te spelen en zong erbij.

Zigong[23] kwam met een groot rijtuig, van binnen bekleed met blauwe en van buiten met witte zijde, dat niet eens het straatje in kon, Yuan Xian opzoeken. Deze laatste kwam, met een gescheurde muts en schoenen zonder hakken, steunend op een stok met doornen, hem aan de deur begroeten.

'Ai!' zei Zigong. 'Meester! Wat bent u er naar aan toe!'

'Ik heb geleerd dat wanneer je geen geld hebt, dan ben je arm,' antwoordde Yuan Xian. 'En dat wanneer je over de Tao hebt geleerd, maar je kunt die niet in praktijk brengen, dat je er dan naar aan toe bent. Ik ben arm, maar ik ben er niet naar aan toe.'

Met een beschaamd gezicht deed Zigong een paar passen terug.

Yuan Xian begon te lachen: 'Je gedrag aanpassen aan wat de wereld verwacht, vrienden maken vanwege wederzijds voordeel, leren vanwege je reputatie bij de anderen, onderwijzen om jezelf in de hoogte te steken en om je eigendunk te voeden, om dan te gaan pronken met mooie rijtuigen: ik zou het nooit over mijn hart verkrijgen om zoiets te doen.'

IX

Zengzi woonde in Wei.[24] Hij droeg altijd een grof linnen kleed zonder enige distinctie, zijn gezicht was mager, vel over been, zijn handen en voeten zaten vol eelt. Soms at hij drie dagen achtereen geen warm eten, en in geen tien jaar had hij nieuwe kleren. Als hij zijn hoofddeksel opzette dan brak het lint, als hij aan zijn

22 *Huandu*; zie hoofdstuk 23, paragraaf 1.

23 Een andere discipel van Confucius, bekend om zijn rijkdom en zijn verkwistend leven.

24 Dit is de leerling van Confucius die befaamd was vanwege zijn liefde voor zijn ouders.

mouwen trok dan zag je zijn ellebogen door de gaten, als hij zijn schoenen aantrok dan verloor hij de hakken. Zo liep hij rond, terwijl hij de gezangen van de Shang zong,[25] en zijn stem vulde al de ruimte tussen hemel en aarde en klonk als een klokkenspel.[26] De Zoon des Hemels[27] kon hem niet als minister krijgen, de edellieden konden hem niet als vriend krijgen. Want degene die zijn wilskracht cultiveert, die vergeet zijn lichaam; wie zijn lichaam cultiveert vergeet zijn eigenbelang, en wie de Tao bereikt vergeet zijn verlangens.

X

Confucius sprak met Yan Hui, zeggende: 'Hui! Kom eens hier! Je familie is arm en je positie nederig. Waarom word je geen ambtenaar?'

'Ik wil geen ambtenaar worden!' antwoordde Yan Hui. 'Ik bezit vijftig *mou*[28] akkerland buiten de wallen, genoeg om me van rijstepap te voorzien, en tien mou binnen de wallen om zijde en vlas te telen; en wat ik van uw Tao, meester, heb mogen leren is voor mij genoeg om gelukkig te zijn. Nee, ik wil geen ambtenaar worden.'

Confucius verschoot van kleur, en zei beschaamd: 'Voortreffelijk! Je hebt gelijk. Al sinds jaar en dag verklaar ik zelf: "Degene die het verstaat tevreden te zijn gaat zich niet uitsloven om ergens van te profiteren; degene die het verstaat zelf gelukkig te zijn is nooit bang iets te verliezen; degene die zijn innerlijk cultiveert wordt niet verdrietig als hij geen positie krijgt." Vandaag zie ik dat jij dat ten uitvoer brengt. Dat is wat ik heb bereikt.'

25 De heilige oden van de Shang-dynastie, waarvan er een aantal is opgenomen in het 'Boek der liederen'.

26 Letterlijk: 'de klank van klokken en stenen'. Voor de rituele Chinese muziek van de oudheid werd gebruik gemaakt van bronzen klokken en van lithofonen.

27 De koning.

28 Een oppervlakte van ongeveer drie hectare.

XI

Mou,[29] prins van Zhongshan,[30] wendde zich tot Meester Zhan[31] met de vraag: 'Met mijn lichaam verkeer ik op de oevers van rivieren en zeeën, maar met mijn geest ben ik nog steeds binnen de hoge poorten van het paleis van Wei.[32] Wat is daar aan te doen?'

'Hecht waarde aan het leven,' zei Meester Zhan. 'Als je waarde aan het leven hecht, dan denk je minder aan profijt.'

'Dat weet ik wel, maar ik kan mezelf niet overwinnen.'

'In dat geval, doe dan maar waar je zin in hebt,' zei Meester Zhan. 'Want als je jezelf niet kunt overwinnen, en bovendien jezelf forceert om niet te doen waar je zin in hebt, dan is dat wat je noemt dubbele schade. Mensen met dubbele schade horen niet tot de soort die een lang leven beschoren is.'

Mou van Wei was een prins die over tienduizend strijdwagens beschikte.[33] Voor hem was het moeilijker om zich terug te trekken te midden van de bergklippen en de spelonken dan voor eenvoudige mensen. Hoewel hij niet de Tao heeft bereikt, kan men toch zeggen dat hij de intentie daartoe bezat.

XII

Toen Confucius tussen Chen en Cai in benarde omstandigheden verkeerde,[34] kreeg hij zeven dagen lang geen warm eten, alleen maar groentemoes zonder enig graan erin. Hij zag er afgemat uit, maar bleef toch doorgaan met in zijn kamer op zijn luit te spelen en te zingen. Toen Yan Hui buiten was om groenten te plukken, spraken Zilu en Zigong hem aan, en zeiden: 'Reeds tweemaal is

29 Over deze tot het taoïsme geneigde prins van Wei, zie hoofdstuk 17, paragraaf IV.

30 Zhongshan is de naam van een voormalige kleine staat in Noord-China, in de huidige provincie Hebei. Het werd later een deel van de Wei-staat, en aan prins Mou als leengoed gegeven.

31 Dit is Zhan He.

32 Hij probeerde zich in de natuur terug te trekken van het publieke leven, maar dacht nog steeds aan de politiek.

33 Een uitdrukking die wordt gebruikt voor de vorst van een machtig land.

34 Hetzelfde verhaal is al als thema gebruikt in hoofdstuk 14, paragraaf IV, en in hoofdstuk 20, paragraaf IV. Chen en Cai zijn twee staatjes van het oude China.

onze meester uit Lu verjaagd, in Wei hebben ze zijn sporen uitgewist, in Song hebben ze een boom over zijn hoofd omgehakt, in Zhou[35] en in Shang[36] heeft hij gebrek geleden, en nu in Chen en Cai wordt hij omsingeld. Wie hem vermoorden wil gaat vrijuit, wie hem gevangen wil nemen wordt niets in de weg gelegd. En hij zit alsmaar te spelen en te zingen! Mag een edelman zich wel zo onbeschaamd gedragen?'

Yan Hui had hier niets op te antwoorden, maar ging naar binnen om het aan Confucius te vertellen. Deze schoof zijn luit opzij, slaakte een diepe zucht, en sprak: 'Die You en die Xi,[37] dat zijn maar minne kereltjes. Roep ze maar binnen, ik zal ze wel toespreken.'

Toen ze binnen waren gekomen, zei Zigong: 'Je kunt wel zeggen dat we, zoals we er nu aan toe zijn, in benarde omstandigheden verkeren!'

'Wat is dat voor praat!' zei Confucius. 'Als de edelman met de Tao in verbinding staat, dan heet dat "verbonden zijn". En als hij niet met de Tao in verbinding staat, dan heet dat pas "benard". Ik handhaaf steeds de Tao van medemenselijkheid en gerechtigheid, maar word geconfronteerd met de ellende van deze wanordelijke tijden. Hoe kun je dat "benard" noemen! Omdat ik steeds mijn innerlijk wezen onderzoek,[38] ben ik nooit van de Tao afgesneden, en wanneer ik moeilijkheden ontmoet, verlies ik niet mijn deugd. Pas wanneer de grote kou komt en het ijzelt en sneeuwt, dan begrijp ik waar het groen van de pijnbomen op berust.[39] Deze benarde situatie tussen Chen en Cai, die maakt me juist gelukkig!'

Hierop keerde Confucius heel rustig terug naar zijn luit en

35 De hoofdstad van de Zhou-dynastie, het huidige Luoyang, in Henan.

36 De oude staat van de Shang-dynastie, ook in Henan.

37 Voornamen van respectievelijk Zilu en Zigong.

38 Dit is een toespeling op een passage in de *Analecta* van Confucius, hoofdstuk 1, waar een van de volgelingen van Confucius zegt: 'Dagelijks onderzoek ik mezelf op drie dingen: Ben ik wel betrouwbaar genoeg geweest in mijn behartiging van de belangen van anderen? Ben ik wel eerlijk genoeg geweest in mijn omgang met vrienden? Heb ik de instructies van mijn meester wel genoeg begrepen en ten uitvoer gebracht?'

39 Dit is opnieuw een toespeling op een passage in de *Analecta*, hoofdstuk 9, waar de meester zegt: 'Komt het koude seizoen, dan begrijpen we waarom pijnbomen de laatste zijn die hun naalden verliezen.'

begon weer te tokkelen en te zingen, terwijl Zilu een schild greep en daarmee vurig begon te dansen. Zigong zei: 'Tot nu toe had ik nog niet begrepen hoe hoog de hemel is, en hoe laag de aarde daaronder.'

Zij die in de oudheid de Tao bereikten waren vrolijk zowel in benarde als in gunstige omstandigheden, want dat waarin ze hun geluk vonden was onafhankelijk van die omstandigheden. De door de Tao verkregen deugd was dusdanig dat ze benarde of gunstige omstandigheden zagen als het op elkaar volgen van hitte en kou, wind en regen. Zodoende kon Xu You[40] zich vermaken aan de oever van de Ying-rivier, en vond de hertog van Gong wat hij wilde op de Qiushou-berg.[41]

XIII

Shun wilde van Alles onder de Hemel afstand doen ten gunste van zijn vriend, de noorderling Wuzi.[42] Deze sprak: 'Wat is die vorst van ons toch een merkwaardige vent! Hij woonde bij zijn slootje en zijn akkertje, maar toen ging hij zich ophouden binnen de poorten van Yao. En alsof dat nog niet genoeg is, wil hij ook nog mij met zijn schandelijke gedrag bezoedelen! Ik zou me schamen hem te ontmoeten.' Daarop wierp hij zich in de diepten van Qingling.[43]

XIV

Toen Tang op het punt stond Jie aan te vallen,[44] ging hij te rade bij Bian Sui.[45] Deze zei: 'Daar heb ik niets mee te maken!'

'Wie zou het meest geschikt zijn?'[46]

40 Nadat Xu You geweigerd had om de troon van Yao over te nemen, ging hij in het water van de Ying-rivier zijn oren uitwassen, en trok zich daar vervolgens als heremiet terug.

41 Dit was de vorst van een kleine staat uit de oudheid die zich, in plaats van koning te worden, op een berg terugtrok als heremiet.

42 Deze naam, die letterlijk 'niet kiezen' betekent, is waarschijnlijk allegorisch.

43 Verschillende plaatsen zijn met deze afgrond vereenzelvigd.

44 Dit gaat over een van de bekendste vrome verhalen uit de Chinese geschiedenis. Jie was de laatste, en zeer verdorven, koning van de Xia-dynastie, en de zeer deugdzame Tang had het hemelse mandaat verkregen hem van de troon te stoten en een nieuwe dynastie te stichten.

'Dat weet ik niet!'

Toen ging Tang te rade bij Wu Guang. Ook deze zei: 'Daar heb ik niets mee te maken!'

'Wie zou het meest geschikt zijn?'

'Dat weet ik niet!'

'Wat denk je van Yi Yin?'

'Hij beschikt over brute kracht en verdraagt schande. Verder weet ik niets van hem.'

Vervolgens ging Tang met Yi Yin de aanval op Jie beramen. Nadat ze hem verslagen hadden, wilde Tang de troon afstaan aan Bian Sui. Deze weigerde met de woorden: 'Toen je Jie wilde aanvallen ben je mij om raad komen vragen. Dat was zeker omdat je dacht dat ik een bandiet was. Nu je over Jie gezegevierd hebt kom je me de troon aanbieden. Dat is zeker omdat je denkt dat ik hebzuchtig ben. Ik leef in wanordelijke tijden, en een mens zonder Tao komt voor de tweede keer me bezoedelen met zijn schandelijke gedrag. Ik verdraag het niet voortdurend naar hem te luisteren.' Daarop wierp hij zich in de wateren van Chou en verdronk.

Tang ging vervolgens naar Wu Guang en bood hem de troon aan: 'De wijze maakt de plannen; de heldhaftige voert ze uit; de medemenselijke bezet de troon. Dat was de Tao der ouden. Waarom, meester, zou u deze plaats afwijzen?'

Wu Guang weigerde met de woorden: 'Het is in strijd met de rechtvaardigheid om je vorst te verstoten. Het is niet medemenselijk om het volk te laten sneuvelen. Anderen moeten met moeilijkheden kampen, en zelf strijk je de winst op: dat is niet eerlijk. Ik heb geleerd dat je geen traktement mag ontvangen van onrechtvaardige lieden. Men zal het land van dynastieën die de Tao ontberen niet betreden! Ik verdraag het niet dit nog langer aan te zien!' Daarna nam hij een steen in zijn armen en verdronk in de wateren van de Lushui.[47]

45 Een verder onbekende heremiet.

46 Als aanvoerder.

47 In het huidige Peking.

XV

Toen lang geleden de Zhou-dynastie gesticht werd, woonden er twee heren in Guchu[48] die Bo Yi en Shu Qi heetten. Ze zeiden tot elkaar: 'Er schijnt iemand in het westen te zijn die de Tao bezit. Laten we proberen hem te gaan zien.' Toen ze ten zuiden van de Qi- berg[49] gekomen waren, hoorde koning Wu[50] ervan, en stuurde Shu Dan[51] om hen te ontmoeten en een verdrag met hen te sluiten. Hij zei: 'We geven jullie een inkomen van de tweede klasse en een ambt van de eerste klasse. Laten we dit bezegelen met een bloedoffer en dat begraven.'[52]

De twee heren keken elkaar aan en begonnen te lachen, en zeiden: 'Haha! Wat merkwaardig! Dat is nou niet iets dat wij de Tao zouden noemen! Toen voorheen de Heilige Landbouwer over Alles onder de Hemel heerste, bracht hij op de gebruikelijke tijd en met uiterste zorg de offers, maar zonder om zegen te bidden. Wat de mensen aanging: zijn bestuur kenmerkte zich door volkomen trouw en eerlijkheid, zonder iets van hen terug te verlangen. Hij bestuurde met vreugde en regeerde met vreugde, en anders niet. Hij profiteerde niet van de slechtheid van anderen om zelf te slagen, noch gebruikte hij de vernedering van anderen om zichzelf te verheffen. Nu echter heeft Zhou, omdat de Yin[-dynastie] in wanorde verkeert, plotseling de macht gegrepen.[53] De vooraanstaanden maakte Zhou tot zijn medeplichtigen en de ondergeschikten worden omgekocht. Steunend op het leger beschermt [dit bewind] zijn gezag. Verdragen sluiten door slachtoffers te brengen en eden uit te spreken, propaganda maken met je daden

48 In het noordoosten van China.

49 In de huidige provincie Shaanxi, dicht bij de toenmalige hoofdstad van de Zhou-koningen.

50 De stichter van de Zhou-dynastie in de elfde eeuw voor onze jaartelling.

51 De jongere broer van de koning.

52 Dat wil zeggen: men smeerde het bloed van het offerdier op de lippen en sprak zo de eed van bondgenootschap uit; daarna werd ook het geschreven verdrag met het bloed besmeerd en bij het altaar begraven.

53 De Yin-dynastie, ook wel de Shang-dynastie genoemd, volgde in 1170 voor onze jaartelling de Xia-dynastie op. Over de datum van de overwinning van Zhou over Yin wordt nog gediscussieerd; over het algemeen noemt men 1046 voor onze jaartelling.

om de massa's te overreden, moorden en aanvallen om er zelf beter op te worden, dat alles komt neer op de wanorde verdrijven en die vervangen door tirannie!

Wij hebben geleerd dat als in de oudheid een heer een tijd van orde ontmoette, hij niet weigerde om te dienen, maar als hij een periode van wanorde aantrof, dan ging hij zich niet aan zijn ambt vastklampen. Nu is Alles onder de Hemel donker, en de deugd van de Zhou is in verval geraakt. Om hier zij aan zij met de Zhou-dynastie te verkeren bezoedelt onze personen. We doen er beter aan dit te vermijden omwille van de reinheid van ons handelen.' Toen gingen de twee meesters naar de Shouyang-berg[54] in het noorden, en daar kwamen ze om van de honger.

Zulke mensen als Bo Yi en Shu Qi namen beslist geen rijkdom en hoge posities aan, ook al werd het hun aangeboden. In hun verheven morele gedrag waren ze anders dan de doorsneemensen. Ze vonden alleen vreugde in hun eigen doelstellingen, zonder zich aan de wereld te onderwerpen. Dat was het principe van deze twee heren.

54 Exacte locatie onbekend.

HOOFDSTUK 29

Rover Voetpad[1]

I

Confucius was bevriend met Liuxia Ji,[2] en die had een jongere broer die Rover Voetpad genoemd werd. Aan het hoofd van negenduizend man trok Rover Voetpad dwars door de hele wereld. Hij bestookte de leenvorsten en joeg ze de angst op het lijf, viel grote en kleine huizen binnen, voerde de runderen en de paarden van de mensen weg, greep hun vrouwen en dochters. In zijn hebzucht vergat hij zijn familie, bekommerde hij zich niet om zijn ouders en broers en offerde ook niet aan zijn voorouders. Waar hij zich ook vertoonde bemande men in de grote staten de stadsmuren en in de kleine de forten. Het hele volk beklaagde zich over hem.

Confucius sprak met Liuxia Ji, zeggende: 'Een vader moet beslist in staat zijn zijn zoon op te voeden, net zoals een oudere broer in staat moet zijn zijn jongere broer te onderwijzen. Indien dat niet het geval is, wat heeft de familierelatie dan nog voor waarde? Mijnheer, u geldt vandaag de dag als een van de begaafdste personen van deze tijd, maar uw jongere broer is Rover Voetpad, een ramp voor de hele wereld, en u bent niet bij machte hem te beleren. Staat u mij toe u te zeggen dat ik me voor u schaam. Staat u mij toe dat ik hem in uw plaats ga opzoeken om hem toe te spreken.'

'Wat u daarnet zei, mijnheer, over vaders die hun zonen niet op konden voeden, en oudere broers die hun jongere broers niet konden onderwijzen: ja, zelfs al kun je net zo mooi praten als u,

1 We zijn dezelfde 'Wegrover' al een aantal malen tegengekomen. Zie hoofdstuk 10, paragraaf 1.

2 Deze brave burger uit Lu komt ook voor in de *Analecta* onder de naam Liuxia Hui.

als ze niet willen luisteren en gehoorzamen, wat is er dan nog aan te doen? Wat Rover Voetpad betreft: zijn hart is als een fontein,[3] zijn geest als een wervelstorm; hij heeft genoeg kracht om zich tegen alles en iedereen te verdedigen, en is slim genoeg om wat dan ook mooi in te kleden. Als alles naar z'n zin gaat is hij blij, maar zodra iets tegen zijn zin indruist wordt hij woedend. Hij draait er zijn hand niet voor om mensen te beledigen. U moet hem beslist niet gaan opzoeken!'

Confucius luisterde niet, en met Yan Hui als koetsier en Zigong als zijn begeleider ging hij naar Rover Voetpad toe. Die legerde met zijn roversbende op de zuidelijke helling van de Taishan,[4] en was net bezig een hapje van gehakte mensenlever te verorberen. Confucius steeg uit zijn wagen, ging naar de gastenontvanger,[5] en zei: 'Ik ben Kong Qiu uit Lu. Ik heb gehoord dat de generaal een persoon van hoge integriteit is. Eerbiedig buig ik mij neder met het verzoek bij hem mijn opwachting te mogen maken!'

De gastenontvanger ging naar binnen en bracht de boodschap over. Rover Voetpad ontstak in grote woede. Zijn ogen fonkelden als sterren, zijn haren stonden als stekels rond zijn kap. Hij riep: 'Dat is zeker die gewiekste zwendelaar Kong Qiu uit Lu, nietwaar? Zeg hem maar dit van me: Je bent een praatjesmaker en je verzint verhalen waarin je je ten onrechte op koning Wen en koning Wu[6] beroept. Met een betakte boomstronk op je hoofd en een gordel van dooie koeienribben rond je lendenen hou je niet op met te praten over je bedrieglijke theorieën. Je eet zonder geploegd te hebben, je hebt kleren zonder geweven te hebben, maar door je lippen heen en weer te bewegen en je tong te roeren beslis je op eigen houtje over "welles" en "nietes", om daarmee de vorsten van de hele wereld te misleiden en te maken dat de geleerden over de hele wereld niet meer weten van terugkeer tot het wezenlijke. Op een willekeurige manier stel je de normen voor "piëteit"

3 De betekenis van deze beeldspraak is niet geheel duidelijk.

4 De grote heilige berg in Shandong.

5 Een van de volgelingen van de rover, speciaal belast met het verwelkomen van gasten.

6 De heilige stichters van de Zhou-dynastie en voorbeelden van de confucianistische moraal.

en "broederschap", om op die manier in de gunst te komen bij de adel en de rijkelui. Uiterst zwaar zijn je zonden! Keer maar gauw terug naar waar je vandaan kwam, want anders voeg ik je lever nog toe aan het middaghapje dat ik aan het genieten ben!'

Maar opnieuw gaf Confucius een boodschap op, zeggende: 'Ik heb het voorrecht uw broer Ji te kennen, en verlang ernaar uw schoenen onder het voorhangsel te mogen aanschouwen!'[7]

'Laat hen dan maar binnen,' zei Rover Voetpad toen zijn gastenontvanger hem dit bericht had.

Confucius kwam met gehaaste dribbelpas naar binnen, weigerde plaats te nemen op een mat, maar deed enkele passen naar achteren en boog zich meerdere malen ter aarde[8] voor Rover Voetpad. Deze ontstak [opnieuw] in grote woede. Hij strekte zijn benen uit, legde zijn hand op zijn zwaard, en sprak met uitpuilende ogen en een stem als een brullende tijger: 'Qiu! Kom hier! Als ik leuk vind wat je gaat zeggen, dan blijf je in leven. Is dat niet zo, dan sla ik je dood.'

'Ik heb gehoord dat voor alle mensen in de hele wereld er drie deugden zijn,' zei Confucius. 'Groot zijn van lijf en leden, weergaloze schoonheid bezitten, zodat groot en klein, edel of vulgair zich allen verheugen in uw verschijning, dat is de eerste deugd. Kennis bezitten die hemel en aarde omvat, capabel zijn om over alles te discussiëren, dat is de tweede deugd. Dapper zijn en vastberaden, een grote menigte verzamelen en een leger soldaten aanvoeren, dat is de derde deugd. Ieder die slechts een van deze deugden bezit is waard om een naar het zuiden gerichte positie in te nemen[9] en zich uniek te noemen. Maar u, o generaal, beschikt over alle drie deugden. U bent zes voet en twee duim lang, uw gelaat straalt, uw lippen zijn rood als karmijn, uw tanden gelijken een rij kauri's. Uw stem klinkt als de gele klok.[10] Maar u wordt "Rover Voetpad" genoemd! Staat u mij toe u te zeggen dat ik me voor u, generaal,

7 Deze overdreven beleefdheidsvorm slaat op het feit dat verheven personen zoals koningen en vorsten bij audiënties achter een rolgordijn zaten.

8 Dit is het oude hofritueel.

9 Dat wil zeggen: vorst te zijn. Zie hoofdstuk 23, paragraaf 1.

10 In de rituele muziek van de oudheid gaf de gele klok in het klokkenspel de juiste toon aan.

beschaamd voel en dat niet kan accepteren. Mocht u genegen zijn, o generaal, om naar uw nederige dienaar te luisteren, dan vraag ik u mij als uw afgezant naar het zuiden naar Wu en naar Yue te sturen, en naar het noorden naar Qi en naar Lu, naar het oosten naar Song en naar Wei, naar het westen naar Jin en naar Chu, om ze ertoe te bewegen u een vesting te geven van enkele honderden mijlen oppervlakte, met een stadsbevolking van enkele honderd-duizenden mensen, u een eervolle plaats te midden van de leenheren te geven. Dan begint voor u in deze wereld een nieuw leven. U legt uw wapens neer en legert uw soldaten. U verzamelt al uw familieleden rondom u en onderhoudt hen. Samen met hen brengt u de offers aan uw voorvaderen. Dat komt niet alleen overeen met het gedrag van een heilig mens en van een heer van talent, maar dat is eveneens de wens van de gehele wereld.'

Rover Voetpad zei woedend: 'Qiu! Kom hier! Zij die beïnvloed kunnen worden door vooruitzichten van profijt en daarom met woorden kunnen worden overgehaald, dat zijn allemaal niets anders dan domme, laagstaande, brave lieden. Dat ik nu eenmaal groot van stuk en mooi ben uitgevallen, zodat mensen met plezier naar me kijken, dat is een deugd die mij door mijn vader en moeder is nagelaten. Denk je dat ik dat zelf zonder je lovende woorden echt niet wist? Daar komt nog bij dat ik geleerd heb dat zij die mensen in hun gezicht prijzen, er ook een handje van hebben om achter hun rug kwaad van hen te spreken. Vandaag kom je me een grote stad met een menigte volk beloven, om me zo te beïnvloeden met vooruitzichten van profijt te behalen, om me als een brave burger te lijmen. Maar hoe lang denk je dat dat zou duren? Geen enkele stad is zo groot dat hij Alles onder de Hemel omvat. Yao en Shun bezaten Alles onder de Hemel, maar hun nazaten bezaten niet genoeg land om er al was het maar een priem in te steken. Tang en Wu bestegen de troon van de Zoon des Hemels, maar later werden hun dynastieën volledig uitgeroeid. Kwam dat niet allemaal omdat ze te veel zochten naar profijt?

Daar komt nog bij dat ik heb vernomen dat in vroegere tijden de dieren talrijk waren en de mensen gering in aantal. Om aan de dieren te ontkomen maakte de bevolking nestwoningen in de bomen. Overdag vergaarden ze noten en kastanjes, en bij zonsondergang klommen ze in de bomen. Daarom werden ze "het volk van de nestbouwers" genoemd. Ook droegen de mensen in de oudheid geen kleren. In de zomer verzamelden ze brandhout, om zich daarmee in de winter warm te houden, en daarom werden ze ook aangeduid als "het volk dat wist hoe te leven".

Ten tijde van de Heilige Landbouwer sliep men nog heerlijk rustig en werd men blij en opgewekt wakker. De mensen wisten wie hun moeder was, maar kenden niet hun vader.[11] Ze leefden tezamen met herten en reeën, ze bebouwden het land voor voedsel, ze weefden om zich te kleden, maar dachten er nog niet aan elkaar kwaad te doen. Dit was de bloeitijd van de allerhoogste deugd.

Helaas kon de Gele Keizer deze deugd niet evenaren. Hij vocht met Zhiyou op het veld van Zhuolu,[12] en het bloed stroomde honderd mijl in het rond. Toen Yao en Shun opkwamen voerden ze de status van onderdaan in. Tang verbande zijn monarch, en koning Wu doodde Jie. En van die tijd af onderdrukken de sterken de zwakken, en mishandelt de meerderheid de minderheden. Sinds Tang en Wu, en tot op heden zijn het allemaal onrustzaaiers.

Jij volgt vandaag de Tao van de koningen Wen en Wu. Je maakt gebruik van de redekunst van de hele wereld om de latere geslachten te onderrichten. In op maat genaaide kleren[13] en met een lichte gordel om verkondig je valse woorden en pleeg je schijnheilige daden teneinde de vorsten van de hele wereld te misleiden, om op die manier rijkdom en aanzien te verwerven. Een groter misdadiger dan jij bestaat niet! Ik vraag me af waarom, als ze mij Rover Voetpad noemen, de hele wereld jou niet "Rover Heuvel" noemt![14]

11 Deze duidelijke toespeling op het oorspronkelijke matriarchaat van de menselijke samenleving heeft zoals men denken kan zeer de aandacht getrokken van de moderne wetenschap. De auteur van deze passage baseert zijn verhaal waarschijnlijk op de observatie van de oorspronkelijke samenlevingen, die ook thans nog hier en daar in Zuid-China te vinden zijn.

12 Zhiyou was een monster dat de wapens uitvond. Men denkt dat dit slagveld zich ergens in het midden van de provincie Shandong, bij de heilige Taishan, bevond.

13 In plaats van een eenvoudig kleed.

14 De eigennaam van Confucius is Qiu, en dat betekent 'heuvel'.

Jij hebt met je zoete woorden Zilu bewogen om je te volgen en zijn helm af te leggen, zijn lange zwaard te ontgorden en met je andere leerlingen je onderricht te ontvangen. De hele wereld zei toen dat Kong Qiu in staat was een eind aan de tirannie te maken en het kwaad uit te bannen. Maar uiteindelijk wilde Zilu de hertog van Wei vermoorden,[15] en slaagde daar niet in, met als gevolg dat zijn tot pulp geslagen lichaam bij de Oosterpoort [van Wei] werd opgehangen. Jouw onderricht had voor Zilu dit rampzalige gevolg: zijn eigen leven kon hij niet waarborgen, en evenmin dat van anderen, allemaal omdat jouw onderricht verkeerd is. Beschouw jij jezelf als een talentvol heer en een heilig mens? Maar tot tweemaal toe werd je uit Lu verbannen, in Wei werden je voetsporen uitgewist, in Qi zat je in grote nood, tussen Chen en Cai werd je omsingeld. Niemand in de hele wereld die je kan uitstaan. Wat kan die Tao van jou dan nog waard zijn?

Niemand wordt in deze tijden met meer eerbied beschouwd dan de Gele Keizer, maar zelfs hij kon zijn deugd niet geheel in stand houden, maar leverde een veldslag op het veld van Zhuolu, zodat het bloed honderd mijl in de omtrek vloeide. Yao had geen medelijden, Shun beminde zijn ouders niet, Yu liep mank, Tang verbande zijn vorst en koning Wu viel Jie aan. Deze zes heren worden in onze tijd opgehemeld, maar als je er dieper op ingaat, dan merk je dat ze allemaal vanwege hun voordeel hun ware inborst hebben verloochend en hun ingeboren natuur hebben verkracht. Over wat ze gedaan hebben kun je alleen maar schaamte voelen.

Niemand ter wereld wordt eerwaardiger geacht dan Bo Yi en Shu Qi. Zij weigerden de heerschappij van Guchu, om ten slotte van honger om te komen op de Shouyang-berg,[16] zonder dat hun lijken begraven werden. Bao de houthakker oefende door zijn voorbeeldig gedrag kritiek uit op zijn tijdgenoten. Hij sloeg zijn armen om een boom [en bleef zo staan] totdat hij doodging.[17]

15 Tijdens een opstand in 480 voor onze jaartelling.

16 Zie hoofdstuk 28, paragraaf XV.

17 Over deze verder onbekende figuur wordt verteld dat hij zo zelfmoord pleegde, nadat hij om zijn morele houding was uitgelachen door een volgeling van Confucius.

Shentu Di's waarschuwingen werden in de wind geslagen; hij nam een kei op zijn rug en sprong in de rivier om de vissen en schildpadden tot voer te dienen.[18] Jiezi Tui was de meest trouwe persoon. Hij sneed een stuk van zijn eigen billen af om graaf Wen [van Jin] te eten te geven. Maar later keerde graaf Wen hem de rug toe, en Jiezi Tui liep boos weg. Hij sloeg zijn armen om een boom en liet zich verbranden.[19] Student Staart had een afspraakje met een meisje gemaakt onder de brug, en toen ze niet kwam opdagen en het water ging stijgen vertrok hij niet, maar omarmde een van de pijlers van de brug en verdronk. Deze zes heren waren niet beter dan gekeelde honden en verdronken zwijnen[20] of dan bedelaars met hun bedelnappen. Allemaal gingen ze vanwege hun goede naam lichtzinnig de dood in, zonder zich om het wezenlijke te bekommeren en zich op een lang leven toe te leggen.

Niemand ter wereld wordt trouwer geacht dan prins Bi Gan en Wu Zixu. Desalniettemin verdronk Wu Zixu in de [Yangzi-] rivier, en Bi Gans hart werd uit zijn lichaam gesneden. Hoewel deze twee heren in het algemeen voor trouwe dienaren doorgingen, werden ze uiteindelijk door de hele wereld als belachelijk beschouwd. Hieruit volgt dat je mensen als Wu Zixu en Bi Gan echt niet hoeft te bewonderen.

Als je me hier over geschiedenissen van geesten was komen vertellen, dan had het gekund dat ik daar niets vanaf wist. Maar nu je me over de menselijke zaken komt onderhouden, en als dat het is wat je me te zeggen hebt, nou, dan weet ik daar alles van! Nu zal ik je eens iets vertellen over de menselijke conditie: onze ogen zien graag mooie dingen, onze oren horen graag mooie muziek,

18 Al eerder genoemd in hoofdstuk 26, paragraaf x.

19 Dit is een beroemd verhaal. Graaf Wen van Jin was als jongeman uit zijn land verdreven en leidde een zeer moeilijk bestaan met enkele trouwe dienaren, onder wie deze Jiezi Tui, die door een deel van zijn eigen lichaam op te offeren zijn meester van de hongerdood redde. Later kwam de graaf terug naar zijn land en werd de machtigste vorst van heel China. Ondankbaar behandeld trok Jiezi Tui zich terug op een berg. De graaf, die spijt kreeg, wilde hem aan het hof laten komen, maar Jiezi Tui weigerde te voorschijn te komen. Toen stak de graaf de berg in brand, maar Jiezi Tui, in plaats van te vluchten, verkoos het om ter plekke de dood in te gaan.

20 Bij de offers aan de goden werden honden geslacht en varkens in de rivieren gegooid.

onze mond wil graag van alles proeven, en we willen graag dat onze wensen in vervulling gaan. Zij die het langste leven beschoren zijn worden honderd jaar, een middelmatig lang leven is tachtig, en de laagste graad zestig. Trek je alle tijd van ziekte, rouw, zorgen en verdriet eraf, dan blijven er per maand niet meer dan vier of vijf dagen over waarop je eens lekker kunt lachen. Hemel en aarde zijn oneindig, maar voor ieder mens komt een tijd van sterven. Neem dit tijdelijke samenraapsel en plaats het te midden van de oneindigheid, en het gaat als een flits voorbij, als een galopperend paard dat men door een spleet in de muur ziet voorbijkomen. Wie niet zijn wensen en zinnen kan bevredigen, wie zich niet toelegt op het behalen van een hoge ouderdom, die heeft volstrekt niets van de Tao begrepen.

Alles wat je hebt gezegd komt overeen met wat ik verwerp. Vooruit! Ga naar huis! Zeg niets meer! Die Tao van jou is om gek van te worden, niets dan bedrog en huichelarij, nooit kun je daar je ware integriteit in vinden. Wat heeft het nog voor waarde om daar verder over te discussiëren!'

Confucius boog een aantal malen diep en schuifelde weg. Eenmaal buiten gekomen en in zijn wagen geklommen greep hij driemaal naar de teugels en liet ze iedere keer vallen. Zijn ogen waren verblind en hij zag niets meer, zijn gelaatskleur was asgrauw. Steunend op de disselboom liet hij zijn hoofd hangen, en kon haast niet ademen.

Toen ze terug waren gekomen bij de Oosterpoort van Lu kwamen ze toevallig Liuxia Ji tegen. Die zei: 'Ik heb je een paar dagen lang niet gezien. Je wagen ziet eruit alsof je op reis bent geweest. Ben je soms Voetpad gaan opzoeken?'

Confucius hief zijn hoofd op naar de hemel, en zei met een diepe zucht: 'Ja!'

'En was hij, zoals ik je voorspeld had, tegen al je ideeën gekant?'

'Zo was het!' zei Confucius. 'Ik heb me, zoals men zegt, zonder ziek te zijn aan een moksakuur onderworpen. Roekeloos ben ik de tijger over zijn kop gaan aaien en aan zijn snor gaan kietelen. Ik ben maar net aan zijn muil ontsnapt!'

11

Zizhang[21] vroeg aan Hebbesman:[22] 'Waarom let je niet beter op je gedrag? Als je je niet netjes gedraagt, dan hebben de mensen geen vertrouwen in je. En als ze geen vertrouwen in je hebben, dan krijg je ook geen aanstelling. En zonder aanstelling is er geen voordeel te behalen. Of je nu hoopt op een goede reputatie of dat je plannen maakt om winst te behalen, dan is rechtvaardigheid toch echt het beste. En als je geld en goede naam verwerpt en daarover gaat nadenken in je hart, dan zul je zien dat je het goede gedrag van een heer geen enkele dag kunt verwaarlozen!'

'Schaamteloze lieden worden rijk,' zei Hebbesman, 'terwijl veelpraters beroemd worden. Echt heel rijk en beroemd worden is weggelegd voor hen die niet alleen zonder scrupules zijn, maar bovendien worden vertrouwd. Als je dus hoopt op een goede reputatie of dat je plannen maakt om winst te behalen, dan is vertrouwen winnen toch echt het beste. En als je geld en goede naam verwerpt, en je denkt daarover na in je hart, dan zul je zien dat het goede gedrag van een heer erin bestaat om vast te houden aan de hemel![23]

Voorheen hadden Jie en Zhou[24] de hoge positie van Zoon des Hemels, en hun rijkdom omvatte Alles onder de Hemel. Maar als je vandaag tegen een ondergeschikte of onaanzienlijke persoon zegt dat hij zich gedraagt als Jie of als Zhou, dan krijgt hij een kleur van schaamte en kan dat in zijn hart niet verkroppen, want zelfs een persoon van lage stand veracht hen. En neem nou Zhong Ni of Mo Di, dat waren arme sloebers, maar als je vandaag tegen een minister zegt dat hij zich gedraagt als Zhong Ni of als Mo Di, dan verandert zijn gelaatsuitdrukking en bloost hij van genoegen, en gaat hij roepen dat hij dit onwaardig is, want iedere heer heeft oprecht respect voor hen. Zo zie je dat zelfs al beschik je

21 Een van de volgelingen van Confucius, die bij de meester in de leer was gegaan in de hoop ambtenaar te worden.

22 Mangoude; een allegorische naam voor een hebzuchtig mens.

23 De goddelijke natuur.

24 De spreekwoordelijke slechte koningen aan het einde van de Xia- en de Shang-dynastieën.

over de macht van een Zoon des Hemels, je toch niet noodzakelijkerwijs hoog wordt aangezien, terwijl zelfs een arme sloeber niet beslist wordt geminacht. Want het verschil tussen hoog aanzien of minachting zit hem in goed of slecht gedrag.'

'De kleine dief wordt gepakt, de grote dief wordt een leenvorst. Binnen de poorten van de leenvorsten vind je rechtvaardige heren.[25] In het verleden, toen Xiaobai, dat is hertog Huan, zijn oudere broer vermoordde en zijn schoonzuster tot vrouw nam, was Guang Zhong zijn minister. Toen Chang, dat is de burggraaf Tian Cheng, zijn heer vermoordde en zijn land stal, toen ontving Confucius een geschenk van hem. Men praat weliswaar minachtend over hen, maar men onderwerpt zich ook aan hen. Op zo'n manier gaan dat wat je zegt en dat wat je in werkelijkheid doet aan het vechten in je hart. Wat een tegenstrijdigheid! Daarom staat er geschreven:

"Wie is slecht? Wie is goed?
Wie overwint is de kop, wie verliest is de staart."'[26]

Aldus Hebbesman. Toen zei Zizhang weer: 'Maar als je je niet goed gedraagt, dan gaat de relatie tussen verre en nabije verwanten verloren, dan wordt er geen rechtvaardig onderscheid meer gemaakt tussen hoog en laag, geen rangorde meer bewaard tussen ouderen en jongeren. Hoe kan men dan de Vijf Verhoudingen en de Zes Posities[27] nog onderscheiden?'

Hebbesman zei: 'Yao doodde zijn oudste zoon, Shun verbande de jongere broer van zijn moeder. Noem je dat de relatie tussen verre en nabije verwanten onderhouden? Tang die Jie verbande en koning Wu die Zhou doodde, noem je dat een rechtvaardig onderscheid maken tussen hoog en laag? Koning Ji werd de

25 Deze zin komt ook, met een kleine variatie, voor in hoofdstuk 10, paragraaf 1.

26 De oorsprong van dit citaat is niet bekend.

27 Dit zijn de fundamenten van de confucianistische leefregels. De Vijf Verhoudingen (*Wulun*) bepalen de regels die gelden voor de relaties tussen ouders en kinderen, heersers en dienaren, echtparen, ouderen en jongeren, en tussen vrienden. De Zes Posities zijn een analoge serie.

opvolger,[28] de hertog van Zhou executeerde zijn oudere broer,[29] noem je dat de rangorde van ouderen en jongeren bewaren? Met de valse argumenten van de confucianisten[30] en de leer van universele liefde van de mohisten,[31] denk je dat je zo de Vijf Verhoudingen en de Zes Posities nog kunt onderscheiden?

Jij gaat helemaal voor je reputatie, ik ga helemaal voor winstbejag, maar in feite is noch het een noch het ander in overeenstemming met de rede of in weerspiegeling met de Tao. Toen we laatst samen ons probleem voorlegden aan Onbeschaamd, toen sprak hij: "Een klein mens offert zich op voor geld, de heer van stand voor reputatie. Ze verschillen wat betreft de manier waarop ze hun eigen en ingeboren natuur deformeren, maar ze zijn hetzelfde als het gaat om weg te gooien wat ze zijn en zich op te offeren voor wat ze niet zijn. En vandaar dat ik zeg:

Wees geen klein mens;
Bekeer je en offer jezelf aan de hemel.
Doe niet als een heer van stand,
Maar volg de ratio van de hemel.
Of iets nu krom of recht is,
Beschouw het vanuit de top van de hemel;
Kijk in alle vier windrichtingen,
Pas je aan bij de vier jaargetijden.[32]
Of iets nu juist of onjuist is,
Houd steeds de ronde spil vast.[33]
Alleenstaand bereik je je doel,
En zwerf je vrij in gezelschap van de Tao.

28 Dit was de jongste zoon van de Danfu, de voorvader van het koningshuis van de Zhou-dynastie. Hij ontving de troon in plaats van zijn oudere broer.

29 Die verdacht werd van opstandigheid.

30 Die alle misdaden die zojuist zijn vermeld op allerlei manieren goedpraten.

31 De volgelingen van Mo Di verkondigden een ideaal van universele liefde, ongeacht de status van de persoon.

32 Dit is een toespeling op de techniek van de qi-energie in het lichaam te doen circuleren.

33 Vergelijk hoofdstuk 2, paragraaf III, over 'de spil van de Tao': 'Vanaf het moment dat de spil in het centrum van het draaipunt staat, kan hij eindeloos reageren. Of het nu "wel" of "niet" is blijft dan ook eindeloos hetzelfde.'

Hou niet vast aan een stelselmatig gedrag,
Streef niet naar volkomen oprechtheid,
Want anders zul je wat je [eigenlijk] bent verliezen.
Sloof je niet uit om rijk te worden,
Offer je niet op om succes te boeken,
Want anders verlies je je hemelse natuur!

Bi Gans hart werd uitgesneden, Wu Zixu's ogen werden uitgestoken: dat is de rampspoed van hen die te trouwhartig zijn. Eerlijke Gong nam de schuld van zijn vader op zich,[34] Student Staart moest verdrinken: dat is de rampspoed van hen die te trouw zijn. Meester Bao [de houthakker] bleef net zo lang staan totdat hij uitgedroogd was, en Meester Shen begroef zichzelf: dat is de rampspoed van hen die te eerlijk zijn. Confucius weigerde zijn moeder te zien,[35] en Meester Kuang zijn vader:[36] dat gebeurt als er iets mis is met het plichtsbesef.'

Al deze verhalen zijn uit vroegere tijden overgeleverd, om in de latere tijden besproken te worden. Ze tonen aan dat heren die hun woorden censureren en zich absoluut netjes willen gedragen daardoor onheil en verdriet moeten lijden.

III

Nooitgenoeg zei tot Harmoniebesef: 'Er is echt niemand die niet streeft naar een goede reputatie en veel geld. Als je rijk bent, dan komen de mensen naar je toe, ze onderwerpen zich dan nederig aan je, en dan vereren ze je ook nog. Op die manier, door hen die aan je onderworpen zijn, geëerd te worden, dat is de Tao om een lang leven te genieten, met rust voor je lichaam en vreugde voor je geest. En nu ben jij het alleen die daar geen zin in hebt. Ben je dan niet slim genoeg? Of begrijp je het wel, maar kom je krachten te kort? Of weiger je het expres?'

'Jij en je soortgenoten denken, omdat jullie tot dezelfde gene-

34 Een verhaal uit de *Analecta* van Confucius.

35 Toen zijn moeder op sterven lag, ging hij haar niet opzoeken. Confucius was een buitenechtelijk kind.

36 Deze confucianist was door zijn vader berispt, wat hij kennelijk niet kon verkroppen.

ratie behoren en in dezelfde streek geboren zijn, dat jullie tot een elite behoren die boven de gewone mensen en jullie tijdgenoten staat,' zei Harmoniebesef. 'Dat is omdat jullie helemaal geen principes hebben waarmee jullie de dingen van vroeger en nu kunnen evalueren of onderscheid kunnen maken tussen wat juist is en wat niet. In plaats daarvan draai je met de mode en de tijd mee, verwaarloos je wat het belangrijkst is en verlies je wat het kostbaarst is, allemaal omdat je denkt dat je van alles doen moet. Als je dan redeneert dat dit de manier is om een lang leven te genieten, met rust voor je lichaam en vreugde voor je geest, dan heb je het toch wel heel erg mis!

De pijn van verdriet, de rust van stil genieten, die helpen niet om inzicht te geven in ons lichaam. De paniek van de angst, de blijdschap van vreugdevolle gebeurtenissen, die geven geen inzicht in onze geest. We weten wat we doen, maar we weten niet waarom we doen wat we doen. En zo, ook al waren we even verheven als de Zoon des Hemels en was onze rijkdom de grootste van de hele wereld, toch ontsnappen we niet aan de rampspoed.'[37]

'Als je eenmaal rijk bent,' zei Nooitgenoeg, 'dan is alles voorspoedig. De grootste schoonheid, de totale macht, die zelfs de allerhoogste mens nooit kan verkrijgen en de meest achtenswaardige mens nooit zal bereiken. Ze kopen de moed en de kracht van andere mensen om zodoende zelf macht te verwerven; ze bemachtigen de kennis van anderen om zo zelf een helder inzicht te krijgen; ze gebruiken de deugdzaamheid van anderen om zo zelf voor achtenswaardig door te gaan; ze hebben het niet nodig om een koninkrijk te hebben om toch de autoriteit van een vorst te bezitten.

Om muziek en vrouwelijk schoon, de genoegens van de smaak, macht en prestige te genieten en te waarderen, daarvoor hoeft een mens zijn geest heus niets te laten leren, noch zijn lichaam speciaal te trainen. Wat je begeert, wat je haat, wat je wilt vermijden of juist wilt hebben, daar heb je echt geen leermeester voor nodig, want dat komt allemaal uit de ingeboren natuur van de mens. Ook al bekritiseert de hele wereld me hierom, wie kan ontkennen dat dit zo is?'

37 Van de dood.

'Wanneer degene die weet iets onderneemt, dan is dat altijd vanwege het volk,' zei Harmoniebesef. 'Hij overschrijdt niet de normen, dat is voor hem genoeg, en hij gaat niet expres zoeken naar meer. Als dat niet toereikend is, dan zoekt hij naarstig in alle hoeken, zonder zich daarom hebzuchtig te voelen. Alles wat te veel is, dat weigert hij. En zo kan hij Alles onder de Hemel weigeren, en nochtans zichzelf niet als deugdzaam beschouwen. Want hebzuchtigheid en deugdzaamheid hangen niet af van wat van buiten wordt bepaald, maar zijn normen die men door inkeer en inzicht verwerft. Op die manier kan iemand de macht hebben van een Zoon des Hemels, en nochtans zich met zijn verheven status niet aanmatigend tonen tegenover anderen; zijn rijkdom mag de grootste van de hele wereld zijn, toch zal hij zijn geld niet gebruiken om daarmee op te scheppen. Hij houdt rekening met wat er mis kan gaan en denkt na over eventuele tegenspoed, en overweegt in hoeverre die schade kan veroorzaken aan zijn ingeboren natuur, en zo kan hij dan weigeren om het aan te nemen, maar dat doet hij niet om daarmee een goede naam voor zichzelf te verwerven.

Toen Yao en Shun over Alles onder de Hemel regeerden was alles harmonieus. Dat was niet omdat ze medemenselijk voor de hele wereld waren, want ze wilden niet met mooi doen hun eigen ingeboren natuur schaden. Shan Juan en Xu You konden soeverein worden, maar namen het niet aan. Dat was niet omdat ze uit hypocrisie de troon aan anderen wilden overlaten, maar omdat ze niet door deze zaken zelf geschaad wilden worden. Al deze mensen zochten dat wat het beste voor henzelf was en weigerden wat hen kon schaden. Dat de wereld hen daarom eerbiedwaardig noemt, daar is niets op tegen, maar ze deden het niet om daarmee lof te oogsten en een goede naam te krijgen.'

Daarop zei Nooitgenoeg: 'Om zo'n reputatie te willen handhaven, daarvoor moet je je lichaam doen lijden en je alle genoegens ontzeggen, spaarzaam eten en zuinig zijn om je in stand te houden; dat is hetzelfde als langdurig ziek zijn en voortdurend lijden zonder te sterven!'

'Alles met mate brengt geluk,' zei Harmoniebesef. 'En alle overdaad doet kwaad. Zo is het voor alles, en in het bijzonder wat geld betreft. De rijkaards van vandaag de dag horen niets anders dan de muziek van klokken en trommels, van fluiten en orgels; zij proeven niets anders dan de smaak van vetgemeste dieren en zoete wijnen, tot op het punt dat hun zinnen zijn geprikkeld en ze hun zaken vergeten. Dat mag je dan wel losbandig noemen!

Overspoeld en dronken van opwellende hartstocht lijken ze op hen die met een zware last op hun rug een helling moeten beklimmen. Dat mag je wel een lijdensweg noemen!

Door hun begeerte naar geld maken ze zichzelf ziek, met hun dorst naar macht putten ze zich uit. Wanneer ze uitrusten dan denken ze aan alles wat ze begeren, wanneer hun lichaam verzadigd is dan maakt de hartstocht zich van hen meester. Dat mag je wel ziekelijk noemen!

In hun begeerte naar geld en hun zoeken naar profijt stapelen ze hun bezittingen in hun verblijven op totdat er niets meer bij kan, en toch weten ze niet van ophouden. Steeds groter wordt hun hartstocht, en ze geven niet op. Dat mag je wel beschamend noemen!

Hun schatten stapelen zich op zonder gebruikt te worden, en toch houden ze eraan vast en doen er geen afstand van. Hun hart is vol zorg en angst, maar toch willen ze steeds meer, en houden nooit op. Dat mag je wel zielig noemen!

Binnenshuis zijn ze achterdochtig dat mensen op misdadige wijze hun geld komen afpersen, buitenshuis zijn ze beducht dat bandieten en rovers hen zullen schaden. Rondom hun huis bouwen ze torens en graven ze grachten, en daarbuiten durven ze nooit alleen te zijn. Dat mag je wel angstaanjagend noemen!

Deze zes gevallen die ik hier noemde zijn de grootste calamiteiten van de hele wereld, en toch worden ze vergeten en passen ze er niet voor op. En als dan de rampspoed toeslaat, dan doen ze alles wat ze maar kunnen, en geven hun hele fortuin weg om al was het maar een enkele dag terug te kunnen keren tot een onbekommerd bestaan, maar vergeefs.

Zie uit naar een goede reputatie: je zult haar nooit vinden! Zoek naar fortuin: je zult het nooit krijgen! Je geest en je lichaam in deze dingen te verstrikken, is dat niet onzinnig?'

HOOFDSTUK 30

Over zwaarden

Lang geleden was koning Wen van Zhao[1] verzot op zwaarden. Het krioelde van de zwaardvechters voor zijn poorten, en meer dan drieduizend werden door hem onderhouden. Dag en nacht werd er voor de koning geduelleerd, zodat er jaarlijks meer dan driehonderd sneuvelden. Toch kreeg de koning er nooit genoeg van, zodat na drie jaar het land steeds meer verzwakte en andere leenvorsten tegen hem begonnen te complotteren.

Kui, de kroonprins, was hier verdrietig over. Hij ging te rade bij zijn hovelingen, en sprak: 'Wie de koning kan overtuigen om met deze zwaardvechters op te houden, die krijgt van mij duizend goudstukken.'

'Daar moet je Zhuang Zi voor hebben!' zeiden de hovelingen.

Daarop stuurde de kroonprins een boodschapper met duizend goudstukken om die aan Zhuang Zi aan te bieden. Deze wilde ze echter niet aannemen, maar ging samen met de boodschapper terug om de kroonprins op te zoeken. 'Wat voor instructies wilt u mij geven, dat u met duizend goudstukken aankomt?' vroeg hij.

'Ik heb gehoord dat u een verlichte wijze bent,' zei de kroonprins. 'Daarom heb ik duizend goudstukken genomen om die aan uw volgelingen te geven. Nu u geweigerd hebt ze aan te nemen, durf ik er helemaal niet meer over te spreken!'

'Ik heb gehoord dat u, kroonprins, mij wilde gebruiken in de hoop dat ik de koning van zijn liefhebberij zou weten af te brengen. Mocht ik echter, wanneer ik met de koning spreek, zijn wrevel opwekken, dan faal ik ten opzichte van u, en zelf zal ik het met de dood moeten bekopen. Waarvoor zou ik dat goud dan nog kunnen gebruiken? En wanneer ik er wel in slaag om de koning

1 Dit moet eigenlijk koning Huiwen zijn, die over de staat van Zhao regeerde.

te overreden en alles gaat naar wens, zou er dan iets zijn in het koninkrijk van Zhao wat ik niet zou mogen hebben?'

'Zo is het!' zei de kroonprins. 'De koning wil echter niemand anders dan zwaardvechters zien.'

'Ik ben een uitmuntend zwaardvechter,' zei Zhuang Zi.

'Maar de zwaardvechters die bij de koning komen, die hebben allemaal van die wilde haren en borstelige bakkebaarden, scheve petten met wilde kwasten, hun gewaden zijn van achteren kort, ze hebben uitpuilende ogen en hebben moeite met zich uit te drukken. Dat is het soort lieden in wie de koning behagen schept. Als u erop staat om in uw geleerdentoga op audiëntie te gaan, dan wordt hij beslist erg nijdig.'

'Laat dan maar zo'n zwaardvechterspak voor me maken,' zei Zhuang Zi.

Na drie dagen was het pak klaar, en ging Zhuang Zi de kroonprins opzoeken; samen gingen ze toen naar de koning. De koning wachtte op hen met een getrokken zwaard in zijn hand. Zhuang kwam doodbedaard de zaal binnen en boog niet voor de koning.

'Waarin wil je me onderrichten, nu je door de kroonprins bent geïntroduceerd?' vroeg de koning.

'Ik heb gehoord dat u van zwaarden houdt, en daarom ben ik u met een zwaard komen opzoeken,' was het antwoord.

'En wat vermag je dan wel met dat zwaard uit te richten?'

'Wanneer ik mijn zwaard hanteer, dan versla ik elke tien passen een persoon, en zelfs over een afstand van duizend mijl word ik niet in mijn voortgang gestuit.'

De koning was blij dit te horen, en hij zei: 'Dan kan in de hele wereld niemand tegen je op!'

Zhuang Zi zei: 'Wie het zwaard hanteert voor een tegenstander, die

Presenteert zich geheel leeg,[2]
Geeft hem eerst het voordeel,
Is de laatste om het zwaard te heffen,
Maar raakt het eerste.'

2 Vergelijk hoofdstuk 7, paragraaf v: 'Ik gaf mij leeg en verstrengeld...'

'Meester, ga nu maar naar je kamer om eerst uit te rusten, en wacht tot ik het toernooi heb georganiseerd. Dan zal ik je uitnodigen te komen,' zei de koning.

Gedurende zeven dagen selecteerde de koning zijn zwaardvechters. Meer dan zestig onder hen werden gedood of gewond. Vijf of zes bleven over. Die liet hij buiten zijn zaal het zwaard presenteren, terwijl hij Zhuang Zi liet komen. Toen zei de koning: 'Ik laat vandaag deze heren proberen het zwaard met u te kruisen!'

'Daar zit ik al lang op te wachten!' zei Zhuang Zi.

'En welke maat zwaard gaat u gebruiken, meester? Een lang of een kort?' vroeg de koning.

'Ik kan met alle maten overweg,' zei Zhuang Zi. 'Hoe dan ook, ik beschik over drie zwaarden, en u, koning, mag zeggen welk ik zal gebruiken. Maar sta me toe u eerst een uitleg te geven, alvorens ze uit te proberen.'

'Ik wil graag iets over die drie zwaarden horen!' zei de koning.

'Er is het zwaard van de Zoon des Hemels; er is het zwaard van de leenvorst; en er is het zwaard van de gewone man,' zei Zhuang Zi.

'Wat is het zwaard van de Zoon des Hemels?' vroeg de koning.

'De punt van het zwaard van de Zoon des Hemels komt overeen met de Vallei van Yan[3] en de stenen muur.[4] Het scherp van het zwaard is de Taishan in Qi.[5] De rug van het zwaard komt overeen met de staten van Jin en Wei, terwijl [de residenties van] Zhou en Song de stootring zijn[6] en Han en Wei het gevest.[7] Het wordt door de vier barbaarse volken omringd, het voegt zich in de vier jaargetijden, het is omspoeld door de Pohai-zee en begrensd door de Hengshan-berg.[8] De vier jaargetijden omhullen het. Het wordt gewijd door de vijf elementen,[9] het spreekt de taal van de

3 De vlakte waar het huidige Peking ligt.

4 De muur ten noorden van Peking die de Yan-staat moest beschermen tegen de nomadenstammen van het noorden. Dit is de oorsprong van de Grote Muur van China.

5 De beroemde heilige berg in het huidige Shandong.

6 De uit jade gemaakte ring waar het gevest op rust.

7 Al deze landen en plaatsen omringen de staat Zhao.

8 De heilige berg van het noorden.

9 De vijf elementen: metaal, hout, water, vuur en aarde, geven het zijn kracht.

macht om te straffen, het verdeelt het yin en het yang, het houdt zich terug in het voorjaar en de zomer en doet zich gelden in de herfst en de winter.[10] Dit zwaard: steek het naar voren en niets staat ervoor, steek het omhoog en niets staat erboven, zet het neer en niets bevindt zich eronder, zwaai het in het rond en niets dat buiten zijn bereik blijft. In de hoogte steekt het door de wolken, beneden snijdt het door verdelingen van de aarde. Wanneer je eenmaal dit zwaard hanteert, dan keren de leenheren terug in het gelid en onderwerpen zich aan Alles onder de Hemel. Dat is het zwaard van de Zoon des Hemels.'

Koning Wen was diep in zichzelf verzonken. Hij vroeg: 'En het zwaard van de leenvorst, hoe ziet dat eruit?'

'De punt van het zwaard van de leenvorst wordt gemaakt door dappere krijgers; het scherp zijn de zuivere en oprechte ridders, de rug zijn de eerbiedwaardige en voortreffelijke heren, de stootring zijn de trouwe en wijze officieren, en het gevest de edellieden. Dit zwaard: steek het naar voren en niets staat ervoor, steek het omhoog en niets staat erboven, zet het neer en niets bevindt zich eronder, zwaai het in het rond en niets dat buiten zijn bereik blijft. Aan de bovenkant is het rond als de hemel, in overeenstemming met de drie lichtbronnen,[11] van beneden is het vierkant als de aarde, in overeenstemming met de cyclus van de vier jaargetijden, in het midden verenigt zich het volk in de harmonie van het centrum en vinden de vier gewesten vrede. Wanneer je eenmaal dit zwaard hanteert, dan is het alsof de donder en bliksem losbarsten, en binnen de vier grenzen van het rijk is er niemand die zich niet onderwerpt en de bevelen van de vorst niet opvolgt. Dat is het zwaard van de leenvorst.'

'En het zwaard van de gewone man, hoe is dat?'

'Zij die dat hanteren hebben allemaal van die wilde haren en borstelige bakkebaarden, scheve petten met wilde kwasten, hun gewaden zijn van achteren kort, ze hebben uitpuilende ogen en hebben moeite met zich uit te drukken, en ze leveren zich uit aan gevechten in uw aanwezigheid. Van boven hakken ze hoofden af

10 Dit zijn de seizoenen waarin vonnissen worden voltrokken.

11 Zon, maan en sterren.

en snijden ze halzen door, beneden doorboren ze levers en longen. Dit soort van gewone zwaardvechters is precies hetzelfde als vechtende hanen. Op elk moment kunnen ze sterven, en ze zijn dan ook zonder enig nut voor het koninkrijk. U, mijn koning, hebt de status van een Zoon des Hemels, en desondanks houdt u van dit soort vulgaire zwaardgevechten. Staat u mij toe u te zeggen dat ik dat onwaardig voor mijn koning vind.'

De koning nam Zhuang Zi bij de hand en leidde hem de zaal in. De koks brachten de maaltijd binnen. De koning liep driemaal rond de zaal. Zhuang Zi zei: 'Mijn koning! Ga rustig zitten en bestendig uw energieën. Ik ben klaar met mijn rapport over de zwaarden.'

Hierna bleef koning Wen drie maanden lang in zijn paleis. In de tussentijd pleegden alle zwaardvechters ter plekke zelfmoord.

HOOFDSTUK 31

De oude visser

Confucius ging wandelen in het Zwartepluimenbos, en verpoosde zich op het Abrikozenterras.[1] Zijn leerlingen zaten boeken te lezen, en hij ging op zijn luit tokkelen en zingen. Toen hij halverwege de ballade was, kwam er een oude visserman die uit zijn bootje stapte en naar hem toe kwam. Zijn baard en wenkbrauwen waren spierwit, zijn haar hing los. Met flapperende mouwen liep hij de helling op. Eenmaal op de vlakke grond gekomen hield hij stil; daar zat hij met de linkerhand op zijn knie, de rechter onder zijn kin, en luisterde. Toen de ballade geëindigd was, wenkte hij Zigong en Zilu om naar hem toe te komen. Toen wees hij naar Confucius, en vroeg: 'Wie is die man daar?'

'Hij is een heer van stand uit Lu,' zei Zilu.

Toen vroeg de visser[2] naar zijn familie, en Zilu zei: 'Hij is van de Kong-clan.'

'Waar houdt de heer van Kong zich mee bezig?' vroeg de visser weer.

Nog voordat Zilu kon antwoorden, zei Zigong: 'De heer van Kong is van nature volstrekt betrouwbaar en eerlijk. Met zijn persoon legt hij zich toe op medemenselijkheid en gerechtigheid, verfraait hij de riten en de muziek, om zo orde te scheppen in de medemenselijke verhoudingen. Hierdoor is hij naar boven loyaal aan de leiders van deze tijd, en naar beneden wijdt hij zich volkomen aan de opvoeding van het gewone volk, om daarmee Alles onder de Hemel te doen profiteren. Daar houdt hij zich mee bezig.'

'Is hij heer over een grondgebied?'

1 Xingtan; dit wordt vanouds als de plek gezien waar hij zijn onderricht gaf. In de tempel van Confucius in zijn geboorteplaats Qufu (Shandong) is het terras nog te zien. De naam 'Zwartepluimenbos' is verder niet bekend.

2 De tekst schrijft eigenlijk 'de bezoeker'.

'Nee,' zei Zigong.

'Is hij de rechterhand van een vorst of een koning?'

'Nee,' zei Zigong opnieuw.

Toen begon de visser te lachen, en maakte aanstalten om terug te gaan. Zijn laatste woorden waren: 'Wat medemenselijkheid betreft mag hij medemenselijk zijn, maar ik ben bang dat hij er niet ongedeerd vanaf zal komen. Door zo zijn hart af te pijnigen en zijn lichaam te vermoeien brengt hij zijn waarachtigheid[3] in gevaar. Helaas! Zeer ver verwijderd is hij van de Tao!'

Bij zijn terugkeer berichtte Zigong aan Confucius wat er gebeurd was. Deze schoof de luit van zich af en stond op: 'Dat moet een heilig mens zijn!' riep hij uit. Hij liep naar beneden om hem te zoeken, en toen hij bij de oever kwam, was de visser net bezig met zijn vaarboom zijn bootje van de wal te duwen. Toen hij, over zijn schouder kijkend, Confucius aan zag komen, draaide hij zich naar hem toe en bleef staan. Confucius deed enkele passen achteruit,[4] boog zich meermalen ter aarde en kwam dichterbij.

'Wat moet je?' vroeg de visser.

'Daarnet sprak u, meester, enkele onduidelijke woorden en daarop vertrok u. Onwaardig als ik ben, heb ik nog niet helemaal begrepen wat ze betekenen. Staat u mij toe dat ik onder de wind[5] mijn opwachting bij u maak, in de hoop het geluk te mogen smaken uw vriendelijke woorden te vernemen, opdat ik eindelijk iets mag leren!'

'Haha!' zei de visser. 'Je bent wel erg verzot op leren, hè?'

Confucius boog zich meermalen ter aarde. Daarna richtte hij zich op, en zei: 'Vanaf mijn jeugd tot op mijn huidige leeftijd van negenenzestig jaar heb ik altijd vlijtig gestudeerd. Maar ik heb nog niet uw allerhoogste onderwijzingen ontvangen. Ik zou niet anders durven dan met een geheel open geest tot u komen.'

'Wat van hetzelfde soort is, volgt elkaar; dezelfde stemmen antwoorden elkaar.[6] Dat is de onwrikbare wet van de natuur. Sta

3 Over de waarachtigheid, zie hoofdstuk 2, paragraaf III.
4 Uit beleefdheid.
5 Dat wil zeggen: op een nederige plaats, met uiterst respect.
6 Zoals dieren die hun eigen soort opzoeken en elkaars roepen beantwoorden.

me toe te onthullen wat ik in mijn mars heb, maar het dan wel aan te passen aan waar u mee bezig bent. U bent bezig met de zaken van de mens. De Zoon des Hemels, de leenvorst, de dignitaris en de gewone man, als die vier soorten spontaan goed zijn geregeld, dan is het met het bestuur dik in orde. Maar als die vier hun status verlaten, dan volgt er de grootst mogelijke wanorde. Als de ambtenaren hun functies goed uitvoeren, dan zijn de zaken van de mensen ook allemaal in orde, en is er niets dat niet goed loopt.

Het verdriet van de gewone man bestaat erin dat de velden verwilderen, de woningen lekken, er niet genoeg te eten is en er te weinig kleren zijn, vrouwen en bijvrouwen het samen niet kunnen vinden, en dat ouderen en jongeren hun plaats niet kennen.

Het verdriet van de dignitarissen is dat hun capaciteiten onvoldoende zijn voor de hun toevertrouwde taken; de officiële zaken niet goed worden uitgevoerd; er onzuiverheid is in de gang van zaken; dat de ondergeschikten wanordelijk en lui zijn; dat ze geen verdienste en eer behalen en geen titel en traktement krijgen.

Het verdriet van de leenheren bestaat eruit dat binnen hun hofhouding geen loyale ministers zijn; dat er wanorde heerst in hun land; dat de ambachtslieden geen vaardigheid bezitten, zodat de verplichte tribuutartikelen[7] niet goed genoeg zijn; dat ze bij de lente- en herfstceremoniën[8] een plaats achteraan krijgen en niet met de Zoon des Hemels overweg kunnen.

Het verdriet van de Zoon des Hemels is dat yin en yang niet in evenwicht zijn,[9] en dat daardoor de warme en koude periodes niet op de juiste tijd komen, en schade berokkenen aan alle dingen; dat de leenheren in opstand komen, zonder permissie met elkaar in oorlog gaan en elkaar aanvallen, zodat het volk daaron-

7 In het oude China was iedere leenheer of vazal verplicht jaarlijks een aantal geschenken aan de koning te geven. Deze geschenken waren over het algemeen natuurproducten uit de streek van het leengoed, of, zoals in dit geval, daar gemaakte zijdestoffen of andere ambachtsartikelen. Deze tribuutartikelen werden natuurlijk op waarde geschat, en wanneer ze niet goed waren, dan had de gever daaronder te lijden.

8 Aan het hof van de Zoon des Hemels.

9 Volgens de oude Chinese opvattingen was de Zoon des Hemels verantwoordelijk voor de harmonie in de kosmos.

der moet lijden; dat de riten en ceremoniën niet goed verlopen; dat de schatkist leeg raakt; dat de sociale ordening in verwarring raakt, met als gevolg dat het gewone volk zich aan liederlijke uitspattingen overgeeft.

Nu hebt u als vorst of leenheer aan de ene kant geen machts- en bestuurspositie, en aan de andere kant geen ambtelijke en bestuurlijke verplichtingen. Desalniettemin gaat u op eigen houtje de riten en de muziek verfraaien en u aan de opvoeding van het gewone volk wijden. Is dat niet een beetje te veel van het goede?

Vervolgens hebben de mensen acht gebreken, en veroorzaken ze met wat ze doen vier kwalen. Daar kun je niet oplettend genoeg op zijn.

> Je bezighouden met dingen die je niet aangaan, dat is bemoeizucht.
> Iets aanbieden zonder dat je daartoe bent uitgenodigd, dat is je inlikken.
> Iemands woorden herhalen om hem zo naar de mond te praten, dat is flikflooien.
> Spreken zonder acht te slaan op wat juist is of wat niet, dat is vleierij.
> Ervan houden om over mensen kwaad te spreken, dat is achterklap.
> Vriendschappen kapotmaken en families uit elkaar doen gaan, dat is kwaadaardig.
> Valselijk mensen prijzen om hen in het verderf te storten, dat is gemeen.
> Zonder rekening te houden met wat goed is en wat niet, met een dubbel gezicht aan beide kanten staan om er zodoende in het geheim achter te komen wat elke partij wil bereiken, dat is verraad.

Deze acht gebreken brengen waar dan ook wanorde en ellende. Een heer van stand heeft zulke lieden niet als vriend, een verlicht vorst heeft ze niet als minister.

Wat de vier kwalen betreft, dat zijn:

Ervan houden om grote dingen te ondernemen, wispelturig
en grillig zijn, om op die manier te proberen profijt en een
goede naam te verwerven, dat is eerzuchtigheid.
Alles voor jezelf houden om je eigen zaken te bevorderen,
anderen beroven om het zelf te gebruiken, dat heet
hebzucht.
Weten dat je verkeerd hebt gehandeld maar weigeren te
veranderen, luisteren naar berispingen om het dan nog
erger te maken, dat noem je koppigheid.
Wanneer mensen het met je eens zijn ze goedkeuren, en
wanneer ze het met je oneens zijn ze afkeuren, ook al zijn ze
eigenlijk goed, dat noem je verwaandheid.

Dit zijn de vier kwalen. Als je je van die acht gebreken en vier kwalen kunt ontdoen, dan begin je pas in aanmerking te komen om mijn onderricht te ontvangen.'

Confucius keek verdrietig en slaakte een zucht. Opnieuw boog hij meerdere malen, en sprak: 'Tot tweemaal toe ben ik uit Lu verbannen, in Wei zijn mijn voetsporen uitgewist, in Song hebben ze een boom boven mijn hoofd omgehakt, tussen Chen en Cai ben ik omsingeld. Ik ben me er niet van bewust dat ik ergens gefaald heb; waarom ben ik dan vier keer zo slecht behandeld?'

De visser verschoot van kleur, en zei vol medelijden: 'Verschrikkelijk! Wat ben jij toch hardleers. Net zoals die man die bang voor zijn schaduw was en een hekel had aan zijn voetsporen. Zodoende liep hij weg om aan ze te ontkomen. Maar hoe vaker hij zijn voeten neerzette, des te meer voetsporen hij maakte, en hoe hard hij ook liep, zijn schaduw bleef hem altijd volgen. Hij dacht dat hij nog te langzaam was, en dus hield hij niet op met rennen, totdat hij uiteindelijk dood neerviel van uitputting. Hij had niet begrepen dat hij alleen maar in de schaduw hoefde te gaan staan om van zijn schaduwbeeld af te zijn, en ergens rustig te gaan zitten om geen voetsporen meer te maken. Wat verschrikkelijk dom toch van hem!

En nu ga je je verdiepen in de kwestie van medemenselijkheid en gerechtigheid, je buigt je over het probleem van wat hetzelfde is en wat niet, je observeert de mutatie van beweging naar stilstand,[10] je bepaalt de regels van ontvangen en geven,[11] redeneert over de omstandigheden van liefde en haatgevoelens, bepaalt de mate van vreugde en toorn... hoe dacht je daar ongeschonden vanaf te komen? Je zou je van deze boeien kunnen bevrijden door ijverig jezelf te cultiveren, voorzichtig te bewaren wat waarachtig is en alle uiterlijke dingen aan anderen over te laten. Maar nu, zonder jezelf te cultiveren, ben je van de anderen afhankelijk! Ben je er dan niet ver naast?'

'Mag ik u vragen wat u met "waarachtigheid" bedoelt?' vroeg Confucius.

'Waarachtigheid is de allerhoogste vorm van zuivere gerechtigheid. Zonder zuiverheid, zonder gerechtigheid, kan men de anderen niet beïnvloeden. Daarom zal onnatuurlijk huilen als rouwbetoon geen werkelijk medeleven opwekken, geforceerde verontwaardiging om strengheid te tonen geen indruk maken, gekunstelde genegenheid, ook al wordt er nog zo gelachen, geen werkelijke band scheppen. Echte rouw wekt ook zonder stemgeluid medelijden; werkelijke verontwaardiging hoeft zich niet te uiten om indruk te maken, ware affectie kan ook zonder lachen een band vormen.

Als men van binnen oprecht is, dan manifesteert zich dat door de geest naar buiten. Dat is de reden waarom ik de waarachtigheid prijs.

Als je de medemenselijke verhoudingen met waarachtigheid betracht, dan geeft dat wederzijdse liefde in de relatie tot de ouders, wederzijdse loyaliteit in de relatie tot de leiders, vrolijkheid bij het wijn drinken, echt verdriet bij sterfgevallen.

Bij loyaliteit ga je uit van verdienste, wijn drinken doe je om vrolijk te zijn, bij sterfgevallen gaat het om rouw, en om je ouders goed te verzorgen moet je uitgaan van wat voor hen gerieflijk is. Om echt goed te dienen is er geen bepaalde manier van doen die je kunt volgen; om het je ouders naar de zin te maken ga je niet discussiëren over wat en hoe; als je bij het wijn drinken vro-

10 Dit slaat op de 'observatie der dingen' (*guanwu*), om er de toekomst door te voorspellen, zoals dat door de confucianisten gedaan werd.

11 De etiquette.

lijk wilt zijn, dan ga je niet zeuren over de bekers; en als je echt verdrietig bent bij een sterfgeval, dan ga je je niet met de riten bemoeien.

Riten behoren tot de zeden van de wereld, maar de waarachtigheid is iets dat ons door de hemel geschonken wordt. Het is zoals het is, en kan niet veranderd worden. Daarom neemt de heilige mens de hemel als voorbeeld, en prijst hij de waarachtigheid. Hij laat zich niet door de zeden belemmeren. De domme mensen doen juist het tegenovergestelde. Ze zijn niet in staat het voorbeeld van de hemel te volgen, maar maken zich alleen zorgen over wat anderen wel vinden. Ze hebben geen idee van de waarde van waarachtigheid, maar veranderen steeds naar gelang de zeden van de wereld, en zo is het nooit genoeg. Helaas! Dat je zo jong al je hebt laten onderdompelen in de medemenselijke valsheden, en nu zo laat pas de Grote Tao leert kennen!'

Nogmaals boog Confucius zich diep ter aarde. Toen richtte hij zich op, en zei: 'Dat ik u vandaag heb mogen ontmoeten komt mij voor als een door de hemel geschonken geluk! Als u het niet erg vindt zou ik graag mijn plaats willen innemen te midden van uw dienaren, om zo persoonlijk uw onderricht te ontvangen. Staat u mij toe u te vragen waar uw woning zich bevindt. Gaarne zou ik daar mijn dienst aanvaarden om eindelijk de Grote Weg te mogen leren.'

'Ik heb vernomen dat als je een goede metgezel hebt, je samen met hem de Wonderbaarlijke Tao kunt bereiken. Maar als het geen goede metgezel is, omdat hij geen weet van de Tao heeft, dan moet je oppassen en niet samen met hem gaan, om geen gevaar te lopen. Doe maar je best! Ik ga ervandoor!' Daarna duwde hij zijn bootje van de wal en verdween tussen het riet.

Yan Yuan haalde de wagen, en Zilu gaf het koord waaraan Confucius zich kon optrekken.[12] Maar deze keek niet op of om, en stond te wachten totdat het laatste golfje verdwenen was en hij niet meer het geluid van de vaarboom hoorde, voordat hij bereid was op de wagen te klimmen.

Zilu, die naast de wagen liep, zei: 'Zolang ik voor u werk heb ik

12 Om op de wagen te klimmen.

u nog nooit eerder zo eerbiedig zien doen tegenover iemand. Zelfs een heerser die over tienduizend strijdwagens beschikt en een vorst met duizend strijdwagens laten u altijd naast zich zitten en behandelen u als een gelijke, en u staart bij die gelegenheden toch trots voor u uit. Vandaag echter komt die oude visser, leunend op z'n vaarboom, voor u staan, en u, meester, buigt als een klanksteen,[13] en iedere keer als hij heeft gesproken nijgt u alvorens te antwoorden. Is dat niet erg overdreven? Uw volgelingen verbazen zich over u, meester, en vragen zich af waaraan die visser het wel verdiend heeft om zo behandeld te worden.'

Confucius steunde op de disselboom, en zei met een zucht: 'Verschrikkelijk! Jij zult toch nooit veranderen! Hoe lang ben je je al aan het verdiepen in de betekenis van de riten, en toch ben je nog steeds niet af van je lompe en onbehouwen mentaliteit. Klim maar op de wagen, dan zal ik het je vertellen. Als je geen respect toont tegenover ouderen, dan ben je onbeleefd; als je geen eer betoont aan eerwaardige personen, dan ben je zonder medemenselijkheid. Als die visser niet tot de allerhoogste mensen behoorde, dan zou niemand zich als zijn mindere opstellen. En als degenen die zich als zijn minderen opstellen dat doen zonder zuiverheid, dan zijn ze niet in staat zijn waarachtigheid te bereiken, en doen op die manier schade aan zichzelf. Helaas! Er is geen groter onheil voor een mens dan tekort te schieten in medemenselijkheid! Hoe waag je het je zo te gedragen!

De Tao is waarin de tienduizend dingen hun oorsprong vinden. Alle schepsels die de Tao verliezen sterven, maar zij die hem behouden zullen leven. Zij die met hun daden tegen de Tao in gaan zullen falen, maar zij die hem volgen zullen slagen. Waar de Tao zich ook mag bevinden, de heilige mens zal hem eren. Wat de visser van vandaag en de Tao betreft: hij bezit hem voorzeker! Zou ik het dan wagen hem niet te eren?'

13 De klankstenen in het oude China hadden de vorm van een omgekeerde v. Wij zouden zeggen: 'buigen als een knipmes'.

HOOFDSTUK 32

Lie Yukou[1]

I

Lie Yukou was op weg naar Qi, maar halverwege keerde hij om. Toen kwam hij Duisterman Afwezig[2] tegen. Die vroeg: 'Wat is er aan de hand, dat je terugkeert?'

'Ik was bang.'

'Waarvoor dan?'

'Ik heb onderweg in tien soepstalletjes gegeten, en in vijf werd ik als eerste bediend.'

'Waarom moet je daar nou bang van worden?' vroeg Duisterman Afwezig.

'Als je de oprechtheid van je inborst niet weet te camoufleren, dan maakt ze dat er rond je lichaam een aura ontstaat, en die beïnvloedt dan degenen met wie je in aanraking komt. Als gevolg daarvan verwaarlozen ze dan hun plichten tegenover hen die boven hen staan of die ouder zijn, en dat geeft alleen maar narigheid. Soepverkopers doen niet anders dan mensen soep te eten geven, en daar houden ze niet veel aan over. Wanneer lieden die zo weinig verdienen en die zo weinig te vertellen hebben al zo zijn, hoe moet dat dan wanneer ik te maken krijg met een heerser die over tienduizend strijdwagens beschikt? Uitgeput door het regeren van zijn land, en zich geen raad wetend hoe de lopende zaken aan te pakken, gaat hij me opdragen me met die zaken bezig te houden en me uit te sloven om me verdienstelijk te tonen. Daarvan werd ik bang.'

'Dat heb je goed gezien!' riep Duisterman Afwezig. 'Wacht

1 Dit is de volle naam van de bekende Lie Zi, die we al een aantal malen zijn tegengekomen. Zie ook de Inleiding.

2 Zie hoofdstuk 5, paragraaf 11.

maar! De mensen zullen in drommen op je afkomen!'

Korte tijd daarna ging hij eens een kijkje bij Lie Yukou nemen, en constateerde dat het buiten zijn deur vol lag met schoenen.[3] Duisterman Afwezig bleef staan, zijn gezicht naar het noorden gekeerd, en liet zijn kin op zijn wandelstaf rusten. Na zo een poosje gestaan te hebben, vertrok hij zonder een woord te zeggen. Toen de gastenontvanger[4] dit aan Lie Zi vertelde, greep deze zijn schoenen en rende blootsvoets de deur uit. Bij de poort gekomen riep hij: 'Meester! Nu u gekomen bent, wilt u mij dan geen medicijn voorschrijven?'

'Te laat! Ik had je al gewaarschuwd dat de mensen in drommen op je af zouden komen, en dat is gebeurd ook. Het gaat er niet om of je in staat bent hen te laten komen; het gaat erom dat je niet bij machte bent te verhinderen dat ze komen. Maar waar dient het toe om hun een gevoel van geluk te geven en anders te zijn dan anderen? Want jij gaat je dan ook [hierdoor] gelukkig voelen, en brengt daarmee je eigen habitus aan het wankelen. En dus valt er niets meer te zeggen.'

Die nu met je optrekken,
Zullen je heus niet waarschuwen.
De aardige praatjes die zij maken,
Zijn puur gif voor de mens;
Ze begrijpen niets, ze verstaan niets,
Waarom ga je met hen om?
Wie capabel is wordt moe; wie verstand heeft wordt triest.
De incapabele, die nergens iets zoekt,
Die eet zich vol en gaat dan leuk spelen.
Hij dobbert op de golven als een ankerloos bootje,
Leeg en ledig zwerft hij in het rond!

3 Zoals dat ook nu nog het geval is, laten de Chinezen hun schoenen bij de deur staan.

4 De discipel die belast is met de ceremoniële ontvangst van gasten. Dit was een belangrijke verantwoordelijkheid.

11

Een zekere Lamzak uit Zheng psalmodieerde [de klassieke teksten] op het grondgebied van heer Toga. Nog geen drie jaar later, of hij was al een echte confucianist. Zoals de Gele Rivier het land bevrucht tot op negen mijl buiten zijn oevers, zo strekte de goede invloed van onze Lamzak zich uit over de drie groepen van zijn verwanten.[5] Hij maakte dat zijn kleine broer aanhanger van Mo Di werd. Maar wanneer de confucianist en de mohist met elkaar gingen discuteren, dan koos Lamzaks vader altijd partij voor de kleine Di.[6] Tien jaar lang ging dat zo door, tot Lamzak zelfmoord pleegde. Daarna droomde zijn vader van hem. Lamzak zei: 'Ik was het die je zoon tot mohist maakte! Waarom kom je niet eens naar mijn graf kijken? Ik ben het die daar de vruchten aan de trompetboom en de cipres maakt!'[7]

Dat wat de schepper in de mens legt is niet het menselijke maar juist het hemelse in de mens. Zoals hij van oorsprong was, zo zal hij zich ook verder ontwikkelen. Die Lamzak zag zichzelf als verschillend van de anderen en keek neer op zijn familie, hij leek op de man die de anderen wegduwde bij het water drinken aan de bron.[8] In de wereld van vandaag zijn het allemaal van die lamzakken die vinden dat ze zelf gelijk hebben. Maar degene die de deugd bezit, geeft zich daar zelf geen rekenschap van, en dit is nog meer het geval bij degene die de Tao bezit! Mensen zoals die Lamzak, van hen werd in de oudheid gezegd dat ze zondigden tegen de hemel.

De heilige mens laat in vrede wat vredig is, en laat niet in vrede wat niet vredig is. De massa laat in vrede wat niet vredig is, en laat niet in vrede wat vredig is.[9]

5 De verwanten van vaderskant, van moederskant en van de kant van zijn vrouw.

6 Dus voor het jongere broertje dat Mo Di aanhing.

7 Er zijn veel verschillende uitleggingen over deze zin. Volgens mij is de boodschap dat Lamzak zichzelf ziet als de belangrijke persoon die overal zijn invloed doet gelden, toen hij leefde op zijn broertje, en nu hij dood is op de bomen naast zijn graf.

8 Alsof hij dat water zelf gemaakt had! De tekst heeft 'de man van Qi', maar dat moet een fout zijn.

9 Met andere woorden: ze kunnen wat van de natuur gegeven is niet ongemoeid laten.

Zhuang Zi zegt: 'De Tao te kennen is makkelijk; er niet over te spreken is moeilijk. Weten maar niet spreken, dat brengt je tot de hemel. Weten en erover spreken, dat behoort bij de mensen. Bij de allerhoogste mens uit de oudheid ging het om de hemel, niet om de mens.'

III

Kleine Woelwater[10] leerde bij Gedrochtelijke Yi het draken slachten. Heel zijn familievermogen van duizend goudstukken moest eraan geloven, maar toen hij na drie jaar zijn vak meester was, vond hij nergens emplooi voor zijn vaardigheid.[11]

IV

De heilige mens begrijpt dat het onvermijdelijke niet onvermijdelijk is; daarom bezit hij geen wapens. De massa vindt dat wat niet onvermijdelijk is wél onvermijdelijk is, en bezit daarom veel wapens. Zij laten zich door de wapens meeslepen, en daarom zijn zij behoeftig. Wie op wapens steunt, zal door wapens vergaan.

V

Het begrip van kleine mensen gaat niet verder dan elkaar een bloemetje geven[12] en visitekaartjes[13] uitwisselen. Ze putten hun geest uit in moeilijkheden en oppervlakkigheden, met het streven om zowel de Tao als alle wezens te redden door materiële leegte van het Grote Ene. In zulke omstandigheden raken ze verdwaald en verbijsterd in het universum, en matten hun lichaam af met het zoeken naar het Ultieme Begin. Hij, de allerhoogste mens, leidt zijn geest terug naar daar waar geen begin is, en slaapt in

10 Zhu Pingman, een allegorische figuur. *Pingman* betekent zoiets als 'ongedurig' en *zhu* ('rood') is een aanduiding voor kleine kinderen.

11 Mogelijkerwijs slaat dit verhaal op literaire studies.

12 Volgens de commentaren slaat dit niet alleen op een gift van bloemen, maar op cadeautjes in het algemeen.

13 In de Chinese oudheid uiteraard niet van papier, maar van hout; visitelatjes dus.

zoete rust in het land van niemendal.[14] Als water stroomt zijn geest in vormeloosheid, het gutst voorwaarts uit de Hoogste Zuiverheid. Ach jij, die met je verstand vastzit op minieme details, en niets weet van de Grote Vrede!

VI

Een zekere Cao Shang uit Song werd door zijn koning naar Qin gestuurd. Op de heenweg was hij voorzien van enkele wagens, maar omdat de koning [van Qin] behagen in hem vond, vermeerderde hij zijn escorte tot honderd wagens, en zond hem zo terug naar Song. Daar ontmoette hij Zhuang Zi, en zei: 'In een kronkelig straatje in een arme wijk wonen, uit pure armoede je eigen sandalen moeten weven, zo'n schrale nek, zo'n verweerd gezicht: dat alles is niets voor mij. Maar ik hoef maar een heerser over een land met tienduizend strijdwagens te zien of hij geeft me een escorte van honderd wagens. Daar ben ik goed in.'

'Als de koning van Qin ziek is, dan roept hij zijn dokters. De dokter die zijn puisten doorprikt en de pus eruit drukt krijgt één wagen. De dokter die zijn puisten likt krijgt vijf wagens. Hoe lager je gaat likken, hoe meer wagens je krijgt. Ik vraag me af wat voor puisten jij wel hebt moeten likken voordat je al die wagens kreeg! Vooruit! Scheer je weg!'

VII

Hertog Ai van Lu vroeg eens aan Yan He: 'Als ik Zhongni tot de steunpilaar van het land maak, zal het dan beter gaan?'

'O, lieve help! Dat is gevaarlijk! Zhongni gaat dan alles met veren opsmukken en mooi opschilderen, met bloemrijke woorden de zaken afdoen, bijkomstigheden tot hoofdzaken maken. Hij doet zich bij het volk voor als iemand die een krachtig karakter heeft, maar hij is noch wijs, noch betrouwbaar, en wat hij in zijn hart koestert dat overheerst in zijn ziel.[15] Hoe kunt u denken dat

14 Zie hoofdstuk 1, paragraaf VII.

15 Wij zouden zeggen: 'zo is hij in hart en nieren'.

hij zou voldoen als bestuurder van het volk? Bevalt hij u dan zo? Steunt u hem? Het is verkeerd, maar [als u wilt] moet u het maar doen. Iemand die nu de mensen de werkelijkheid uit het oog doet verliezen en valse dingen laat leren, die is geen goed voorbeeld voor het volk. Met het oog op latere generaties is het beter dit plan op te geven, want dat maakt regeren alleen maar moeilijker.'

VIII

Mensen dingen geven en dat nooit vergeten, dat is niet de manier waarop de hemel zijn zegen verspreidt. Zelfs kooplieden en handelaren hebben het daar niet over, en hoewel ze voor hun zaken wel erover praten,[16] in hun ziel is het niet zo.

Uiterlijke straffen worden voltrokken met [dingen van] ijzer en hout, innerlijke straffen zijn beroering en berouw. Wanneer de kleine mens uiterlijk gestraft wordt, dan wordt hij ondervraagd onder de pijniging van ijzeren en houten instrumenten, maar wanneer hij innerlijk gestraft wordt, dan wordt hij verteerd door het conflict van yin en yang.[17] Slechts de waarachtige mens vermag het aan uiterlijke en aan innerlijke straffen te ontkomen.

IX

Confucius sprak: 'Het hart van de mens is altijd riskanter dan bergen of ravijnen, moeilijker te doorgronden dan de hemel. De hemel heeft zijn vaste tijden van lente, herfst, zomer en winter, van morgenstond en avondrood, maar de mens verbergt zijn gemoed diep onder een dikke buitenkant. Daarom kan hij er serieus uitzien maar toch arrogant zijn; zo gezien kan hij heel wat in zijn mars hebben en toch onbeduidend zijn; eigenwijs maar toch doortastend; schijnbaar sterk en in feite zwak; schijnbaar mild maar in feite wreed. Daarom is het dat zij die schijnbaar dorsten naar oprechtheid in werkelijkheid die oprechtheid mijden als vuur.

16 Namelijk dat ze wat terug moeten hebben voor wat ze geleverd hebben.

17 Tegenstrijdige gevoelens.

Om van zo iemand de loyaliteit te toetsen stuurt de heer van stand hem op een verre ambassade; om zijn respect te toetsen laat hij hem in zijn directe nabijheid werken; om zijn capaciteiten te toetsen belast hij hem met een lastige zaak; om zijn inzicht te beproeven stelt hij hem plotseling een vraag; om zijn betrouwbaarheid te testen maakt hij met hem een moeilijke afspraak; om zijn moraliteit te beproeven vertrouwt hij hem geld toe; om zijn zelfbeheersing op de proef te stellen waarschuwt hij hem voor gevaren; om zijn zelfdiscipline te leren kennen geeft hij hem wijn te drinken; om te weten wat voor aantrekkingskracht vrouwelijk schoon op hem heeft plaatst hij hem in gemengd gezelschap. Door deze negen proeven te nemen constateert hij of hij al dan niet met een klein mens te maken heeft.

Toen mijn grote voorvader in directe lijn[18] zijn eerste aanstelling kreeg, boog hij zijn hoofd; bij de tweede boog hij zijn rug; bij de derde boog hij vanaf zijn middel en liep hij steeds langs de muur. Wie zou durven dit voorbeeld niet te volgen? De gewone man daarentegen gaat zich vanaf het moment dat hij zijn eerste benoeming krijgt hooghartig gedragen; bij zijn tweede benoeming danst hij op zijn wagen; bij de derde benoeming gaat hij zijn ooms bij hun voornaam noemen. Wat een verschil met Yao en Xu You!'[19]

X

Er is geen groter kwaad dan wanneer de deugd door het hart bestuurd wordt, en het hart door het oog. Dan gaat het oog zich naar binnen richten, en daardoor gaat alles verkeerd. Deze verderfelijke deugd heeft vijf kanten, en daaronder is zichzelf als middelpunt nemen de ergste. Wat betekent dat? Zichzelf als middelpunt nemen maakt dat men vindt dat men zelf gelijk heeft en allen die het daar niet mee eens zijn bekritiseert.

18 Confucius spreekt hier van zijn *zheng kaofu*, die volgens de commentaren zijn voorvader van tien generaties terug moet zijn geweest, en die ambtenaar was in de staat van Song.

19 De tekst heeft hier 'Tang', maar dat was de familienaam van Yao, de mythische vorst die de regering aan Xu You aanbood. Zowel Yao als Xu You was zich terdege bewust van de zware verantwoordelijkheden die regeren met zich meebrengt.

Er zijn acht extreme situaties die je in moeilijkheden brengen. Er zijn drie condities om te slagen. Er zijn zes gelegenheden die aanleiding geven tot strafmaatregelen.

Schoonheid, baard, lengte, dikte, kracht, charme, moed en durf, als die acht in te grote mate aanwezig zijn, dan brengen ze je in moeilijkheden.

Met de grote stroom meegaan, je onderwerpen en je bescheiden voordoen alsof je niet op kunt tegen de anderen, dat zijn de drie condities om te slagen. Kennis en intelligentie die er van buiten afstralen, moed en durf die rancunes opwekken, goedheid en oprechtheid die verantwoordelijkheden met zich meebrengen, deze zes zijn het die tot strafmaatregelen aanleiding geven.[20]

Degene die tot in het wezen van het leven is doorgedrongen is groot; degene bij wie alles op kennis berust is klein; degene die het Grote Lot heeft begrepen volgt het; degene die zich aan de kleine lotgevallen houdt moet nemen wat komt.

XI

Iemand ging eens op audiëntie bij de koning van Song, en die schonk hem tien wagens. Trots ging hij met zijn tien wagens naar Zhuang Zi om erover op te scheppen.

Zhuang Zi zei: 'Bij de rivier woont een arme familie die leeft van biezenmatten vlechten. Hun zoon dook eens in het diepste water en vond een parel van duizend goudstukken. De vader zei tot de zoon: "Pak een steen en sla hem stuk! Een dergelijke parel kan alleen van onder de kin van de zwarte draak komen, die zich beneden in de negende verdieping bevindt. Dat je deze parel hebt weten te bemachtigen komt beslist omdat hij net aan het slapen was. Als die straks wakker wordt, dan blijft er geen stuk van je over!"

De negende verdieping van het water hier is niets vergeleken bij de diepte van de staat van Song; de woestheid van de zwarte draak is niets vergeleken bij die van de koning van Song. Dat je

20 Deze zin komt slechts in één versie, die van Liu Deyi, voor. Het is zeker dat deze hele tekstpassage ernstig corrupt is.

die wagens hebt bemachtigd kan alleen maar komen door het feit dat hij net aan het slapen was. Als hij straks wakker wordt, dan word jij tot poeder vermalen!'

XII

Iemand wilde Zhuang Zi uitnodigen om een ambt te aanvaarden. Zhuang Zi zei tegen zijn afgezant: 'Heb je wel eens goed gekeken naar een rund dat geofferd gaat worden? Hij wordt bedekt met bont geborduurde kleden en krijgt hooi en bonen te eten. Maar wanneer het moment gekomen is dat hij naar de voorvadertempel wordt geleid, dan zou hij in weerwil van dat alles toch wel weer een klein kalfje willen zijn! Maar is dat mogelijk?'

XIII

Toen Zhuang Zi op het punt lag te sterven, wilden zijn volgelingen een grote begrafenis voor hem bereiden. Maar Zhuang Zi zei: 'Wat mij betreft zijn hemel en aarde de planken van mijn doodskist, de zon en de maan de twee jade ringen, de constellaties de kralenkettingen en de tienduizend dingen mijn grafgiften. Zijn alle dingen die ik in mijn graf moet meekrijgen dan al niet volledig? Wat moet daar nog aan toegevoegd worden?'

'We zijn bang dat de raven en valken u, meester, zullen opeten!' zeiden de volgelingen.

'Boven de grond zijn het de raven en valken die mij eten, en onder de grond de wormen en de mieren. Waarom partij kiezen voor de ene groep en niet voor de andere?'

Wil je met wat niet gelijk is iets gelijk maken, dan is het resultaat altijd scheef. Wil je met iets onbewijsbaars iets bewijzen, dan blijft het altijd onbewezen. Degene die over een heldere blik beschikt zal door anderen in dienst genomen worden, maar hij die de geest bezit kan zelf beoordelen. Sinds lang reeds is het bekend dat niets helderder is dan de geest. Maar domme lieden gaan nog steeds uit van wat ze zien en beroepen zich op andere mensen. Is dat niet verdrietig?

HOOFDSTUK 33

Alles onder de hemel

I

Velen zijn het die zich onder de hemel bezighouden met systemen en methodes, en ieder van hen vindt dat wat hij heeft onovertroffen is.

Maar waar is dan wat men in de oudheid de methode van de Tao noemde? Het antwoord luidt: 'Nergens waar die niet is.'[1]

En dan komt de vraag: 'Van waar daalt de geest op ons neer? Van waar komt zijn licht?'

'Waar de heilige uit voortkomt, waar zijn heerschappij door volmaakt wordt, dat alles vloeit voort uit het Ene.'

Wie immer vasthoudt aan de voorvader, die is een hemels mens.
Wie immer vasthoudt aan het zuivere, die is een goddelijk mens.
Wie immer vasthoudt aan het ware, die is de allerhoogste mens.

II

De heilige mens neemt de hemel tot voorvader, de deugd als de basis, de Tao als zijn poort, en heeft voorkennis van alle veranderingen.

De heer van stand bevordert het goede door zijn menselijkheid, heeft als principe de oprechtheid, regelt zijn gedrag volgens de

1 *Daoshu*; de 'techniek van de Tao', ook te vertalen als 'de kunst van de Tao', is alomvattend en vindt men gedeeltelijk terug in alle verschillende scholen en richtingen, methodes en technieken die in dit hoofdstuk aan de orde komen.

riten, bevordert de harmonie door de muziek, en is geheel doortrokken van liefde voor zijn medemensen.

Door door de wet onderscheidingen te maken, door namen te gebruiken om alles duidelijk aan te duiden, door door vergelijkingen te zien wat goed werkt, door door onderzoek tot beslissingen te komen, door alles op een rijtje te hebben: een, twee, drie, vier: zo werkt de hiërarchie van de honderd ambtenaren.

Altijd de lopende zaken volgen, voorzieningen voor genoeg eten en kleren voorop stellen, letten op de productie en op de voorraden, zorgen dat ouden van dagen, kleine kinderen, alleenstaanden en weduwen iets te eten hebben: zo werkt het bestuur van het volk.

III

Hoe goed hadden de mensen uit de oudheid alles voor elkaar! Zij vergezelden de goden en volgden de hemel en de aarde; zij verzorgden de tienduizend dingen, en behielden de vrede in Alles onder de Hemel. Hun weldadigheid strekte zich uit tot het gewone volk, zij hadden een helder inzicht in de fundamentele categorieën, en pasten die toe tot in de details van de maten van de zes uiteinden van de wereld en de vier jaargetijden.[2] In het grote en het kleine,[3] het fijne en het grove,[4] overal bestaat eenzelfde cyclus [van energieën]. Hun inzichten in de maten en getallen[5] zijn tot op heden nog veelvuldig bewaard gebleven in de oude verordeningen en de overgeleverde annalen. Wat in de 'Liederen', de 'Documenten', de 'Riten' en de 'Muziek' staat opgetekend,[6] daar

2 Het gaat hier om de numerologie. Zie Marcel Granet, *La pensée chinoise*, 'Les nomb res'.

3 Macrokosmos en microkosmos.

4 Volgens de kosmologie van de qi vormen de fijne energieën de hemel en de grove de aarde.

5 Maten en getallen hadden in het oude China een symbolische en magische betekenis, maar hun toepassing werd gezien als een vorm van politiek bewind. Onze tekst refereert hier aan beide aspecten.

6 De klassieke boeken. Hier worden de twee andere teksten niet vermeld die normaliter tot de 'zes klassieken' behoren, te weten de 'Annalen van de Staat van Lu' (*Chunqiu*) en het *Boek der Veranderingen* (*Yijing*). Alle zes worden wel opgesomd in een paragraaf die in

hebben de heren van Zou en van Lu,[7] meesters met ceremoniële tabletten en sjerpen, veel verstand van. Deze kennis van de categorieën heeft zich verbreid over de hele wereld, en heeft een vaste plaats gekregen in de Landen van het Midden. In het onderricht van de honderd scholen wordt deze wetenschap ook regelmatig genoemd en uitgelegd.

IV

Over de hele wereld heerst wanorde. Er zijn geen verlichte wijsgeren en heilige mensen meer, de meningen over de Tao en de deugd zijn onderling verschillend. Velen in de wereld bekijken de dingen van één kant en vinden dan dat ze zelf gelijk hebben. Het is alsof oren, ogen, neus en mond alle hun eigen inzicht hebben en niet in staat zijn onderling tot een overeenkomst te komen. Dat is precies hetzelfde als de kennis van de honderd scholen. Elke school heeft zijn eigen sterke punten, en bij tijd en wijle zit er ook wel wat bruikbaars tussen. Maar geen van hun stelsels is volledig en universeel. Het is alsof een geleerde vanuit zijn kleine hoekje een oordeel wil vellen over alle schoonheden van het heelal, de ratio wil ontleden van alle tienduizend dingen, de volledige kennis van de mensen van de oudheid wil onderzoeken. Het zijn slechts weinigen die de volledige schoonheid van het heelal in zich hebben opgenomen en welgevallig zijn voor het aangezicht der goden. Om deze reden is de Tao 'van binnen een heilige, van buiten een koning'.[8] Thans is hij verduisterd en schijnt hij niet meer; hij blijft belemmerd en kan zich niet ontplooien. In de hele wereld heeft iedereen zijn eigen verlangens en maakt die tot zijn eigen systeem. Helaas! De honderd scholen gaan steeds verder en weten van geen ommekeer, en zullen daarom nooit meer tot eensgezindheid komen. De geleerden van latere dagen zullen jammer genoeg nooit meer de [oorspronkelijke] reinheid van de schep-

vele versies achter deze paragraaf staat, maar die duidelijk een latere interpolatie is, en dus hier is weggelaten.

7 De confucianisten.

8 Het ideaal van de klassieke Chinese filosofie: de heilige koning als redder van de mensheid.

ping kunnen zien, en zullen nooit meer de grote saamhorigheid der ouden beleven, want de 'techniek van de Tao' is nu versplinterd over de gehele aarde.

V

Geen verkwistingen in deze late tijden, geen verspillingen van de tienduizend dingen, geen verheerlijking van maten en getallen, maar zo strikt als een peillood je eigen gedrag bepalen, teneinde de crisis van de wereld het hoofd te bieden: de methode van de Tao van de oudheid bestond gedeeltelijk ook hieruit.

Mo Di en Qin Huali[9] hoorden van deze traditie en hielden ervan, maar ze waren te overmatig in de uitvoering en te streng in de beperkingen die ze oplegden. Mo Di schreef 'Tegen de muziek', en een ander stuk genaamd 'Zuinig leven',[10] waarin hij aanbeveelt dat er in het leven niet gezongen wordt en dat er bij de dood geen rouwvertoon is. Mo Di propageerde universele liefde, egalitaire winstverdeling en een einde aan oorlogen. Volgens zijn Tao mocht je niet boos worden. Verder hield hij van studeren en was hij zeer geleerd, in dit opzicht was hij niet verschillend [van anderen]. Maar hij verschilde van de koningen uit de oudheid in zoverre dat hij de riten en de muziek wilde afschaffen.

Huangdi maakte 'Het meer voor allen', Yao 'De grote stanza's', Shun had 'De grote harmonie' en Yu 'Het grote China'. Tang maakte 'De grote waterstroom', koning Wen 'Muziek voor het gymnasium' en Kong Wu componeerde samen met de hertog van Zhou militaire muziek.[11] Wat de vroegere rouwrituelen betreft werd er een verschil gemaakt tussen of je van adel was of niet en tussen de hogere en lagere standen. De Zoon des Hemels had recht op een doodskist van zeven lagen, de leenvorsten van vijf, de hoge ambtenaren drie, en de gewone man mocht een dubbele doodskist.

9 Een filosoof die leefde van 470 tot 391 voor onze jaartelling.

10 Deze beide traktaten van Mo Di bestaan nog. Volgens Mo Di dient muziek nergens toe, het is een nutteloze tijdverspilling en de belastingbetaler betaalt ervoor.

11 Dit zijn allemaal door de geschiedenis overgeleverde namen van de rituele offermuziek uit de oudheid. Geen enkel van deze muziekstukken is blijven bestaan.

Mo Di nu bepaalt in z'n eentje dat je nooit mag zingen, en dat er geen rouw meer is wanneer je doodgaat, en dat de doodskist uit drieduims planken van platanenhout bestaat zonder een tweede kist eromheen. Dat zijn de rituele regels. Van iemand die zo'n leer verkondigt mag je je wel afvragen of hij van de mensen houdt; en als hij dit zelf ook doet, dan is het te vrezen dat hij echt niet van zichzelf houdt. Toch bestaat zijn leer nog steeds, in weerwil van het feit dat als mensen willen zingen, hij zegt: 'Geen gezang!', als mensen willen huilen, dan roept hij: 'Geen gehuil!', en als ze muziek willen maken, dan verbiedt hij dat ook. Is dat nog menselijk? Een hard leven, een schrale dood, dat is me toch wel een erg barre Tao. De mensen zo bezorgd en zo verdrietig te maken, dat mag je toch niet in praktijk brengen. Het is te vrezen dat men dat niet als de Tao van een heilig mens mag beschouwen. Dit is tegen de mentaliteit van de hele wereld, en de hele wereld kan dit niet verdragen. Misschien dat Mo Di dit zelf wel kan verdragen; maar de hele wereld? Zo kappen met Alles onder de Hemel, dat is mijlenver verwijderd van wat een [heilige] koning zou doen.

Wanneer Mo Di over zijn Tao uitweidt, dan zegt hij: 'Toen lang geleden Yu de grote watersnood[12] bedwong door de Gele Rivier en de Yangzi te openen, zodat zij vanaf dat moment door de streken van de vier barbarenstammen en door de negen provincies [van China] stroomden, [en communiceerden met] de driehonderd bekende rivieren en de drieduizend aftakkingen zowel als met kleine stroompjes zonder tal, droeg Yu zelf de mand en de spade. Zo maakte hij verbindingen tussen alle waterwegen van de hele wereld. Geen dons groeide meer op zijn kuiten, geen haar meer op zijn schenen; de stortregens baadden hem, de sterke winden kamden zijn haren, allemaal om de tienduizend landen te stichten. Yu was een groot heilige, omdat hij zijn lichaam dusdanig uitputte voor [het welzijn van] de hele wereld.'

De latere generaties van mohisten dragen daarom kleren van dierenvellen of van ruwe stof, klompen of strooien sandalen, en

12 Dit slaat op de Chinese mythe van de zondvloed, de grote watersnood in de oudheid. Yu, of 'Grote Yu', bedwong het water door rivieren en kanalen te graven, waardoor het water kon wegvloeien.

zwoegen dag en nacht tot het uiterste van hun krachten. Ze zeggen: 'Als we dit niet mogen doen, dan volgen we de Tao van Yu niet en zijn we geen goede mohisten.'

De volgelingen van Xiangli Qin, de discipelen van Wu Hou en de zuidelijke mohisten als Ku Huo, Ji Chi, Deng Lingzi en zo, reciteren allemaal de heilige boeken van Mo Di, maar zijn het oneens over de interpretaties. Ze beschuldigen elkaar ervan afscheidingsbewegingen te vormen. In hun discussies maken ze ruzie met elkaar over wat 'hard' en 'wit' is, wat 'hetzelfde' of 'verschillend' is,[13] en bestoken elkaar met argumenten over de incompatibiliteit van 'even' en 'oneven'. Zij zien hun grote leiders[14] als heilige mensen, en eenieder hoopt dat zijn leider als 'de vicaris'[15] wordt erkend, en dat de latere generaties hem zullen volgen. Maar tot op heden zijn deze problemen nog niet opgelost.

De ideeën van Mo Di en van Qin Guli waren juist, maar de manier waarop die ten uitvoer werden gebracht was niet goed. Het gevolg is geweest dat de latere generaties van mohisten niets anders deden dan met elkaar wedijveren in zelfkwelling tot er 'geen dons meer groeide op hun kuiten, geen haar meer op hun schenen'. Dat is de hoogste graad van wanorde en de laagste graad van bestuur.

Ondanks dit alles was Mo Di een van de beste mensen van de hele wereld. Men zal niet gauw meer zijns gelijke vinden. Ondanks alle moeilijkheden en ontberingen gaf hij het nooit op. Een held was hij!

VI

Niet verstrikt raken in vulgaire modes, niet veeleisend zijn op het gebied van de materiële dingen, niet al te streng zijn tegenover anderen, niet ingaan tegen de massa, verlangen naar vrede

13 Niet alleen de sofisten, maar ook de mohisten discussieerden over deze vorm van logica.

14 De leiders van de mohistische sekten werden 'reuzen' (*juzi*) genoemd.

15 *Shi*; de levende vertegenwoordiger van de goden en voorouders. Zie hoofdstuk 1, paragraaf 11.

en rust voor de hele wereld, en de mensen de kans geven om te leven, zorgen dat jij en ik allebei genoeg voedsel hebben en het daarbij laten, om zo je onschuldig hart te bewaren: de methode van de Tao van de oudheid bestond gedeeltelijk ook hieruit.

Song Xing en Yin Wen hoorden van deze traditie en hielden ervan. Ze maakten hoofddeksels in de vorm van de Huashan, om daarmee hun ideaal uit te drukken.[16] Het eerste was voor hen om duidelijke onderscheiden te maken met betrekking tot de tienduizend dingen.[17] Ook spraken zij over wat leeft in ons hart, en dat noemden zij dan 'De gedragingen van het hart'. Met zachtheid zochten zij voor iedereen gezamenlijk vreugde te brengen, en zo allen die binnen de wereldzeeën wonen in harmonie met elkaar te laten leven. Ze spoorden iedereen aan om dat wat in hun eigen hart leeft als uitgangspunt te nemen.

Door zich niet beschaamd te voelen als ze werden beledigd, wilden ze conflicten vermijden binnen het volk, het gebruik van wapens verbieden en de wereld redden van oorlog. Met deze boodschap trokken ze door de hele wereld, om hen die boven hen stonden te overreden en hen die beneden hen stonden te onderrichten. En hoewel ze geen succes boekten, hielden ze stug vol en gaven het niet op. Daarom zei men van hen: 'Van hoog tot laag kan niemand ze meer zien, en toch staan ze erop zich te vertonen.'

Hoe dan ook, ze deden te veel voor de mensen en niet genoeg. Ze zeiden: 'Geef ons maar vijf koppen rijst; dat is genoeg!' Het is te vrezen dat hun leermeesters daar niet zat van werden en dat hun volgelingen honger hadden. Toch vergaten zij hun wereldtaak niet, en gingen ze dag en nacht, zonder ophouden, door met te zeggen: 'Wij zullen ervoor zorgen dat iedereen te eten krijgt.' Ze hadden wel een erg hoge ambitie, deze 'redders van de wereld'! Verder zeiden ze nog: 'De heer van stand let niet al te streng op, en

16 De heilige berg Huashan heeft een volkomen platte top, en deze hoofddeksels dus ook, hetgeen, volgens de commentaren, het ideaal van gelijkheid en vrede moest uitdrukken.

17 Vergelijk hoofdstuk 1, paragraaf 1, waar van Song Xing wordt gezegd: 'Hij maakte een strikt onderscheid tussen het innerlijke en het uiterlijke. Hij hield roem en schande goed uit elkaar, en dat was dat. Wat de wereld betrof, daar maakte hij zich helemaal niet druk over.'

laat zijn bestaan niet afhangen van uiterlijke dingen.' Ook waren ze van oordeel dat je alles wat geen direct nut had voor Alles onder de Hemel maar beter kon laten zoals het was en beter niet kon onderzoeken. Het verbieden van wapens en agressie was hun uiterlijke doel; het verminderen van emotie en begeerte was hun innerlijke doel. In het kleine en in het grote, in het ruwe en in het fijne, zover ging hun streven, en niet verder.

VII

Algemeen zijn en niet partijdig, billijk zijn en niet egoïstisch; absoluut geen vooroordelen en geen dubbele maatstaven hebben in relatie tot de dingen. Geen acht slaan op overpeinzingen, geen gebruik maken van kennis om plannen te maken, geen keus maken tussen de dingen, maar je overal aan aanpassen: de methode van de Tao van de oudheid bestond gedeeltelijk ook hieruit.

Peng Meng, Tian Pian en Shen Dao hoorden van deze traditie en hielden ervan. Het belangrijkste voor hen was 'de gelijkheid van alle dingen',[18] met als redenering: 'De hemel kan ze wel bedekken, maar kan ze niet dragen; de aarde kan ze wel dragen, maar niet bedekken; de grote Tao kan ze geheel omvatten, maar maakt er een onderscheid tussen.' Door op deze manier alles gelijk te stellen, vonden ze dat er aan ieder ding wel een positieve en een negatieve kant was, en dus zeiden ze: 'Iedere keus is partijdig; ieder onderwijs is beperkt; de Tao echter laat nooit iets achterwege.'

In overeenstemming met deze stellingen verwierp Shen Dao alle kennis en ontdeed zich van zijn eigen ik, om zich te laten leiden door het onvermijdelijke. Hij wilde niets meer te maken hebben met uiterlijke dingen. 'Door te willen weten wat je niet kunt weten forceer je het weten en beschadig je jezelf.' Hij liet alles zijn gang gaan, weigerde elke verantwoordelijkheid en lachte om de eer die de hele wereld aan eerbiedwaardige personen betuigde. Hij liet alles zoals het was en deed nooit iets, behalve zich negatief uitlaten over de Grote Heilige[19] van Alles onder de Hemel. Hij

18 Zie hoofdstuk 2, 'Verhandeling over de gelijkheid der dingen'.

hamerde en schaafde alles rond,[20] zodat hij met alle dingen kon meedraaien. Hij maakte een einde aan 'welles' en 'nietes', en dat was voldoende om buiten schot te blijven. Hij ging niet te rade bij hen die over de dingen hadden nagedacht, hij wilde niets weten van oorzaak en gevolg, als een klomp aarde bleef hij zoals hij was.

Hij ging pas lopen als hij geduwd werd, hij vertrok pas als hij weggesleept werd. Hij kon draaien als een wervelwind, cirkels maken als een vallend veertje, wentelen als een slijpsteen, en zo bleef hij ongeschonden, zonder blaam, nooit excessief in wat hij deed, en hij ontliep zo alle straf.

Hoe kwam dit? Omdat een schepsel dat onwetend is niet te maken krijgt met de narigheden van voor jezelf een plaats verwerven, nooit verstrikt raakt in de toepassing van de kennis; maar wat hij ook doet, hij blijft altijd binnen de norm, en zo leeft hij tot in lengte van dagen zonder lof te oogsten. Daarom zei hij: 'Laat mij als een wezen zonder kennis worden, dat is alles; zonder wijzen of heiligen erbij nodig te hebben is hij die als een klomp aarde blijft één met de Tao.' Vooraanstaande heren lachen hem uit en zeggen: 'Die Shen Dao, wat hij doet is niets voor levende mensen, maar eerder een systeem voor hen die al dood zijn! Dat moet je wel raar vinden!'

Tian Pian was net zo. Hij studeerde onder Peng Meng en ontving het 'niet leren' van hem.[21] De meester van Peng Meng had hem gezegd: 'De taoïsten uit de oudheid kwamen zo ver dat ze niets meer beaamden en niets meer negeerden, en dat was genoeg. Hun tradities waren dermate verstild: wat valt er nog over te zeggen?'

Als je altijd tegen de mensen in gaat, dan wordt er niet meer op je gelet, en dan moet je je wel rond maken.[22] Wat hij zijn Tao noemde was niet de Tao, en wat hij beaamde kon niet anders dan fout genoemd worden. Peng Meng, Tian Pian en Shen Dao kenden de Tao niet, maar toch hadden ze er allemaal wel min of meer van gehoord.

19 Natuurlijk Confucius.
20 Figuurlijk gesproken.
21 Dat wil zeggen: hij leerde dat leren niets is, en kennis evenmin.
22 Een ronde rug maken, alles over je heen laten gaan.

VIII

De oorsprong zien als zijnde de pure essentie, en de fenomenen [die daaruit zijn voortgekomen] als ruwe bijkomstigheden; alle accumulaties beschouwen als [uitingen van] onbevredigd zijn; in stilte, alleen samen met de goden, verblijven: de methode van de Tao van de oudheid bestond gedeeltelijk ook hieruit.

Yin de Wachter van de Bergpas[23] en Oude Langoor[24] hoorden van deze traditie en hielden ervan. Zij formuleerden het als 'het constante zijn' en 'het constante niet-zijn', met als grondbegrip 'het Grote Ene'.[25] Zij droegen dit uit door zich zacht, vriendelijk en bescheiden op te stellen, terwijl de kern van hun streven lag in het ledig zijn[26] en in het niet schaden van de tienduizend dingen.[27]

Yin de Wachter van de Bergpas sprak:

'Als je niet in jezelf vastzit,
Dan openbaren de dingen zich vanzelf aan je.
Als [ons hart] beweegt is het als stromend water,[28]
Door stil te zijn wordt het als een spiegel:
Het weerkaatst alles als een echo.
Eerst is alles chaotisch en onzichtbaar,
Dan komt de stilte en wordt alles helder.
Hij die zich hiermee verenigt zal het behouden,
Maar wie het wil vasthouden[29] zal het verliezen.'

23 Volgens de legende de leerling van Lao Zi, die de *Daodejing* ontving. Zie hoofdstuk 19, paragraaf II. Een boek met zijn naam als titel, de *Guan Yinzi*, wordt geacht door hem te zijn geschreven, maar dit is een latere falsificatie.

24 Bijnaam voor Lao Zi, die veelvuldig in de *Zhuangzi* voorkomt.

25 *Taiyi*; hoe belangrijk het concept van het 'Ene' is voor de taoïstische filosofie blijkt duidelijk in de *Zhuangzi* en in de *Daodejing*. Een recentelijk ontdekte tekst uit de vierde eeuw voor onze jaartelling heeft als onderwerp de schepping van het universum door de 'Grote Ene' (*Taiyi shengshui*).

26 Zonder ambitie en vooropgezette ideeën.

27 Respect voor al wat is.

28 Dat wil zeggen: ons bewustzijn, ons denken.

29 Om er iets mee te doen, zoals bijvoorbeeld magie bedrijven.

Yin de Wachter van de Pas ging nooit aan de mensen vooruit, maar volgde hen altijd.[30]

Oude Langoor zei:

'Ken het mannelijke,
Behoud het vrouwelijke,
En u zult de bergstroom van de wereld zijn;
Ken het witte,
Behoud het donkere,
En u zult tot het ravijn van de wereld worden.[31]

Allen willen de eerste zijn,
Ik alleen neem de laatste plaats.'[32]

Daarmee bedoelde hij: 'Neem de smaad van de hele wereld op je.'[33]

'Alle mensen nemen het volle;
Ik alleen neem het ledige.
Ik neem niets in voorraad,
En zo heb ik overvloed.'

In zijn manier van doen was hij voorzichtig en verspilde hij zijn krachten niet. Hij bedreef het 'nietsdoen' en lachte om alle kunstgrepen.

30 Passieve houding, nooit het initiatief nemen.

31 Deze tekst komt overeen met hoofdstuk 28 van de huidige *Daodejing*. In de versie die de *Zhuangzi* hier geeft zijn enkele varianten, maar die berusten zeker op een foute teksttraditie. Ik heb hier de lezing van de *Daodejing*, hoofdstuk 28, hersteld. Deze passage is uitvoerig besproken in mijn *Tao, de levende religie van China*, hoofdstuk 7.

32 Deze zin komt niet in de *Daodejing* voor, maar komt wat betreft de strekking overeen met hoofdstuk 20 van dat boek.

33 De strekking van deze zin komt overeen met de *Daodejing*, hoofdstuk 78: 'Degene die alle smaad van het koninkrijk op zich neemt, zal de heerser zijn over de altaren.'

'Alle mensen zoeken het geluk,
Ik alleen buig me, om intact te blijven.'[34]

Daarmee bedoelde hij dat hij alle gevaar wilde vermijden.

'Zoek het diepste is de basis,
Wees zuinig is de richtlijn.'

Want, zei hij: 'Alles wat hard is zal verbrijzeld worden, alles wat scherp is zal stomp worden.' Hij was altijd edelmoedig tegenover alle wezens, en berokkende nooit schade aan de mensen. Je mag zeggen dat hij het hoogste bereikt had.

Grenswachter Yin! Oude Langoor! Jullie waren de allergrootste ware mensen uit de oudheid!

IX

Chaotisch! Zonder vorm!
Transformaties, nooit bestendig.
Zijn we dood? Zijn we levend?
Zijn we evenredig met de hemel en de aarde?
Trekken wij samen op met de goden?
Hoe duister! Waar zijn we?
Hoe onduidelijk! Waar gaan we naar toe?
De tienduizend dingen omringen ons totaal,
Geen enkel voldoet als toeverlaat.[35]

De methode van de Tao van de oudheid bestond gedeeltelijk ook hieruit. Zhuang Zhou hoorde van deze traditie en hield ervan. Met extravagante uiteenzettingen, absurde taal en verhalen zonder kop of staart liet hij de vrije loop aan wat op een bepaald moment in hem opkwam, zonder pretenties en zonder de dingen slechts van één kant te bezien.

Omdat hij Alles onder de Hemel zag als een diepe modderpoel,

34 Vergelijk de *Daodejing*, hoofdstuk 22.
35 Geen enkel materieel ding kan ons helpen.

vond hij dat het geen zin had om ernstige taal te bezigen, maar gebruikte amusante woorden voor ongedwongen verhalen, wichtige woorden voor de authenticiteit en schuilwoorden om aan dit alles een brede betekenis te geven. Hij was uniek in de wijze waarop hij verkeerde met de spirituele essenties van hemel en aarde, maar toch was hij nooit aanmatigend tegenover zijn medeschepsels. Hij maakte geen ruzie over 'welles' en 'nietes', maar bleef bij de zeden en gewoontes van zijn tijd. Hoewel zijn geschriften zijn als grillige edelstenen, zijn ze goed gemonteerd en veroorzaken ze geen verwondingen. Zijn verhalen springen van de hak op de tak, maar toch zijn ze humoristisch en goed om te lezen. Ze zijn zo rijk van inhoud dat er nooit een eind aan komt. Zhuang Zi neemt ons mee naar hoger sferen om daar met de schepper samen rond te zwerven, en dan af te dalen en vriendschap te sluiten met hen die leven en dood hebben uitgebannen, en voor wie er geen begin en geen einde meer is.[36] Wat betreft de oorsprong is zijn visie zowel breed, groots en open als diep, weids en vrij. Wat de voorvader aangaat kun je zeggen dat hij met hem overeenstemming heeft gevonden en hem in den hoge heeft bereikt.

In zijn creatieve werk[37] en in zijn studie van de schepping heeft hij voor altijd geldige principes naar voren gebracht, en zijn benadering zal niet worden verworpen. Duister! Mysterieus! Niemand heeft hem nog volledig doorgrond.

X

Hui Shi kende veel systemen, en hij had vijf wagens vol boeken.[38] Maar zijn Tao was vreemd en grillig, en zijn redeneringen sloegen nergens op. Zijn benadering van de dingen was als volgt:[39]

36 Vergelijk hoofdstuk 6, paragraaf VII: 'Wie beseft dat dood en leven, het bewustzijn en het onbewuste één lichaam zijn? Die zal onze vriend zijn!'

37 *Ying yu hua*; *hua* is 'schepping', en *ying* is 'in relatie staan tot de Tao'. Letterlijk staat hier dus: 'in zijn door de Tao bestuurde schepping'.

38 Hui Shi, doorgaans Hui Zi ('Meester Hui') genoemd, is de beroemde sofist en hartsvriend van Zhuang Zi. Sommige commentaren menen dat de vijf karren vol boeken de werken van Hui Shi zelf zijn, maar dat is onwaarschijnlijk.

39 Hier volgt een lange reeks van paradoxen van de school van de sofisten, van wie Hui

'Het allergrootste heeft geen "buiten"; dat is het Grote Ene.
Het allerkleinste heeft geen "binnen"; dat is het Kleine Ene.
Dat wat geen dikte heeft, kun je niet op elkaar stapelen; het is duizend mijl in omvang.[40]
De hemel is net zo laag als de aarde; een berg is even hoog als een moeras.
Zodra de zon het middaguur bereikt gaat hij onder; zodra iets is geboren sterft het.
Een grote gelijkenis en een kleine gelijkenis zijn verschillend; dat kun je de kleine differentiatie noemen.
Alle dingen zijn gelijk en zijn verschillend; dat kun je de grote differentiatie noemen.
Het zuiden is eindeloos, en het is eindig.
Vandaag ga ik naar Yue, en ben daar gisteren aangekomen.[41]
Met elkaar verbonden ringen kunnen worden losgemaakt.
Ik ken het middelpunt van de hele wereld: het ligt ten noorden van Yan en ten zuiden van Yue.[42]
Vul alle dingen met liefde; hemel en aarde zijn één lichaam.'

Omdat Hui Shi deze stellingen geweldig vond, liet hij ze aan de hele wereld zien, en legde hij ze uit aan de sofisten. Dezen voegden er met plezier nog een aantal aan toe:

'Eieren hebben veren.
Kippen hebben drie poten.
Ying[43] bevat de hele wereld.
Een hond kan een schaap zijn.

Shi de belangrijkste vertegenwoordiger was. Vrijwel alle teksten van deze school zijn verloren gegaan, en deze paragraaf hier is dus een belangrijke bron voor de kennis van de oude Chinese filosofie. Het is hier ondoenlijk om te proberen deze paradoxen uit te leggen, want de redeneringen die er de grondslag van zijn, zijn onbekend.

40 Dat wil zeggen: oneindig.

41 Deze paradox is al eerder genoemd in hoofdstuk 2, paragraaf III.

42 Yan en Yue waren respectievelijk de meest noordelijke en de meest zuidelijke staat van de Chinese wereld.

43 Ying was de hoofdstad van het koninkrijk Chu.

Paarden leggen eieren.
Kikkers hebben staarten.
Vuur is niet heet.
De berg komt uit de mond.
Wielen raken nooit de grond.
Ogen zien niet.
Ernaar wijzen[44] bereikt het [ding] niet, want bij het bereiken ontstaat er een afstand.[45]
Een schildpad is langer dan een slang.
Driehoeken maken rechte hoeken, passers maken geen cirkels.
Een beitel past niet in het gat van zijn handvat.
De schaduw van een vliegende vogel beweegt nooit.
In het traject van de van weerhaken voorziene pijl zijn er momenten dat hij noch beweegt noch stilstaat.
Een hond behoort niet tot het ras der honden.
Een geel paard en een zwart rund, dat maakt drie.
Een witte hond is zwart.
Een moederloos veulen heeft nooit een moeder gehad.
Een stok van een el: snij hem elke dag doormidden; na tienduizend generaties is het nog niet af.'

Met deze stellingen beantwoordden de sofisten Hui Shi, en zo gingen ze hun hele leven door.

Huan Duan en Gongsun Long[46] behoorden tot de sofisten. Ze hielpen de mensen aan fraaie ideeën en veranderden hun opinies. Ze waren in staat anderen omver te praten, maar niet om hun harten te veroveren; daarin school de beperking van de sofisten. Hui Shi was elke dag bezig zijn intellect met anderen te meten en zich bij de sofisten in de hele wereld interessant te maken. Zie de hier gegeven voorbeelden.

44 Zhi; 'met de wijsvinger ergens naar wijzen', 'aanduiden'. Ik heb ditzelfde woord in de aan de logica gewijde paragraaf 111 van hoofdstuk 2 vertaald als 'teken'.

45 Dit is een axioma van de ontoereikendheid van attributen. Ergens naar 'wijzen' is ook 'een attribuut geven'.

46 Huan Duan is verder vrijwel onbekend. Van het werk van Gongsun Long is een fragment bewaard gebleven.

Maar hoe dan ook, Hui Shi vond zelf dat wat hij vertelde de geweldigste wijsheden waren. 'Alleen hemel en aarde zijn groter!' verklaarde hij. Hij wilde de hoofdrolspeler zijn, maar daarvoor ontbrak hem de techniek. Er was in het zuiden een merkwaardige man die Huang Liao heette,[47] die hem vroeg waarom de hemel niet naar beneden viel en de aarde niet in stukken brak, en waar regen en wind, donder en bliksem vandaan kwamen. Hui Shi aarzelde niet hem te antwoorden, en zonder verder na te denken begon hij een discussie. Hij begon te redeneren over van alles en nog wat, en ging eindeloos door. En alsof dat nog niet genoeg was, voegde hij er ook nog al zijn vreemde stellingen aan toe. Hij nam altijd het tegengestelde standpunt in, in de hoop beroemd te worden door het van anderen met praten te winnen, en daarom konden de mensen in het algemeen niet met hem overweg. Hij ging, zwak in innerlijke kracht maar zeer gebrand op materiële dingen, over kronkelige paden.

Als we de capaciteiten van Hui Shi bezien in het licht van de Tao van hemel en aarde, dan zijn die te vergelijken met de inspanningen van een enkele mug of een enkele vleermuis. Wat levert dat op voor de dingen? Welnu, in zijn specialiteit was hij goed genoeg, en je kunt zeggen dat, mits hij wat meer eerbied gehad had voor de Tao, hij het bijna zou hebben bereikt. Maar Hui Shi was niet in staat zichzelf de rust te geven om dit te doen. Hij kreeg er nooit genoeg van om zich in tienduizend dingen te versnipperen, en ten slotte bereikte hij alleen dat hij bekend werd als een goede sofist. Helaas! Hui Shi verkwistte zijn talent zonder ooit iets te bereiken, hij volgde de weg van de tienduizend dingen zonder ooit om te zien, als iemand die de echo probeert te overschreeuwen of harder te lopen dan zijn schaduw. Wat verdrietig!

47 Een historische figuur die als filosoof in Chu bekendstond om zijn controverse met Hui Shi.

Zoeklijst van onderwerpen

De cijfers verwijzen naar hoofdstuk en paragraaf.